Zum Buch:

Als die Witwe Claire unter den Sachen ihres kürzlich verstorbenen Mannes grausames Filmmaterial findet, das offensichtlich den Tod einiger Menschen zeigt, verändert sich ihr Leben für immer. Hat sie ihren Mann je wirklich gekannt? Inwiefern hat er mit den schrecklichen Taten, die sie auf den Videos sehen kann, etwas zu tun? Eines der Opfer kommt ihr beängstigend bekannt vor, und Claire kann nicht anders, als nachzuforschen. Doch die Schatten der Vergangenheit folgen ihr …

Zur Autorin:

Karin Slaughter ist eine der weltweit berühmtesten Autorinnen und Schöpferin von über 20 New-York-Times-Bestseller-Romanen. Dazu zählen *Cop Town*, der für den Edgar Allan Poe Award nominiert war, sowie die Thriller *Die gute Tochter* und *Pretty Girls*. Ihre Bücher erscheinen in 120 Ländern und haben sich über 40 Millionen Mal verkauft. Ihr internationaler Bestseller *Ein Teil von ihr* ist 2022 als Serie mit Toni Collette auf Platz 1 bei Netflix erschienen. Eine Adaption ihrer Bestseller-Serie um den Ermittler Will Trent ist derzeit eine erfolgreiche Fernsehserie, weitere filmische Projekte werden entwickelt. Slaughter setzt sich als Gründerin der Non-Profit-Organisation »Save the Libraries« für den Erhalt und die Förderung von Bibliotheken ein. Die Autorin stammt aus Georgia und lebt in Atlanta.

KARIN SLAUGHTER

PRETTY GIRLS

ROMAN

Aus dem amerikanischen Englisch von
Fred Kinzel

HarperCollins

Die Originalausgabe erschien 2015 unter dem Titel
Pretty Girls bei HarperCollins, New York.

2. Auflage 2026

Ungekürzte Neuausgabe im HarperCollins Taschenbuch

Valentinskamp 24 · 20354 Hamburg
info@harpercollins.de
Published by arrangement with William Morrow,
an imprint of HarperCollins *Publishers*, US

Umschlaggestaltung von Hafen Werbeagentur, Hamburg
Umschlagabbildung von Lyn Randle / Trevillion Images,
Groundback Atelier / Shutterstock
Gesetzt aus der Stempel Garamond
von GGP Media GmbH, Pößneck
Druck und Bindung von GGP Media GmbH, Pößneck
Printed in Germany
ISBN 978-3-365-00532-3
www.harpercollins.de

„Eine besonders schöne Frau ist ein Quell des Schreckens.“

C. G. Jung

I

Als du damals verschwunden bist, sagte deine Mutter, dass es schlimmer wäre, genau zu wissen, was dir zugestoßen ist, als es nie zu erfahren. Wir stritten pausenlos über dieses Thema, denn Streiten war das Einzige, was uns zu dieser Zeit zusammenhielt.

„Die Einzelheiten zu kennen wird es nicht leichter machen", warnte sie. „Die Einzelheiten werden dich zerreißen."

Ich war ein Mann der Wissenschaft. Ich brauchte Fakten. Ob ich wollte oder nicht, mein Verstand produzierte unablässig Hypothesen: Entführt. Vergewaltigt. Geschändet.

Rebellisch.

Das nämlich war die Theorie des Sheriffs, oder zumindest war es seine Ausrede, wenn wir Antworten forderten, die er uns nicht geben konnte. Deine Mutter und ich hatten uns insgeheim immer gefreut, weil du deine Anliegen so eigensinnig und leidenschaftlich vertreten hast. Als du dann verschwunden warst, mussten wir feststellen, dass es genau diese Eigenschaften sind, die junge Männer als intelligent und ehrgeizig erscheinen lassen und junge Frauen als schwierig.

„Mädchen laufen ständig weg." Der Sheriff hatte mit den Schultern gezuckt, als wärst du ein x-beliebiges Mädchen, als würdest du nach einer Woche, einem Monat, vielleicht einem Jahr in unser Leben zurückkehren, mit einer halbherzigen Entschuldigung wegen eines Jungen, dem du nachgelaufen warst, oder einer Freundin, der du dich für einen Trip nach Europa angeschlossen hattest.

Du warst neunzehn Jahre alt. Rechtlich gesehen, gehörtest du uns nicht mehr. Du gehörtest dir selbst. Du gehörtest der ganzen Welt.

Dennoch organisierten wir Suchmannschaften. Wir telefonierten immer wieder mit Krankenhäusern, Polizeidienststellen und Obdachlosenzentren. Wir hängten überall Suchplakate auf. Wir klopften an Türen. Wir sprachen mit deinen Freunden. Wir sahen in leer stehenden Gebäuden und ausgebrannten Häusern in den üblen Vierteln der Stadt nach. Wir engagierten einen Privatdetektiv, der die Hälfte unserer Ersparnisse einsackte, und einen Hellseher, der den größten Teil vom Rest kassierte. Wir appellierten an die Medien, doch die Medien verloren rasch das Interesse, als die saftigen Einzelheiten ausblieben, über die man sensationslüstern hätte berichten können.

Was wir wussten, war Folgendes: Du warst in einer Kneipe. Du hast nicht mehr als sonst getrunken. Du hast deinen Freunden gesagt, dir sei nicht gut, und du wolltest zu Fuß nach Hause gehen. Seitdem hat dich niemand mehr gesehen.

Im Lauf der Jahre gab es viele falsche Geständnisse. Das Rätsel um dein Verschwinden zog scharenweise Trittbrettfahrer und Sadisten an. Sie lieferten Einzelheiten, die sich nicht beweisen, Spuren, die sich nicht verfolgen ließen. Aber wenigstens waren sie ehrlich, wenn man ihnen auf die Schliche kam. Die Hellseher warfen mir immer nur vor, nicht energisch genug zu suchen.

Doch in Wirklichkeit hörte ich nie auf, dich zu suchen.

Ich verstehe, warum deine Mutter aufgegeben hat. Oder zumindest diesen Eindruck erwecken musste. Sie musste ein neues Leben aufbauen, wenn schon nicht für sich selbst, dann für den Rest der Familie. Deine kleine Schwester wohnte noch zu Hause. Sie war still und unauffällig, doch sie trieb sich mit der Sorte Mädchen herum, die sie zu Dingen überredeten, die man lieber nicht tun sollte. Wie zum Beispiel sich in eine Kneipe zu schleichen, um Musik zu hören und dann nie wieder nach Hause zu kommen.

An dem Tag, als wir die Scheidungspapiere unterzeichneten, sagte deine Mutter zu mir, sie hoffe nur, wir würden eines Tages deine Leiche finden. Es war das, woran sie sich klammerte, die Vorstellung, wir würden dich eines Tages doch noch zur letzten Ruhe betten können.

Ich erwiderte, vielleicht würden wir dich ja doch in Chicago, Santa Fe oder Portland finden oder in einer Hippie-Kommune, in der du dich verkrochen hast. Schließlich bist du schon immer ein Freigeist gewesen.

Es überraschte deine Mutter nicht, mich das sagen zu hören. Zu dieser Zeit schwang das Pendel der Hoffnung bei uns noch hin und her, sodass sie an manchen Tagen zutiefst deprimiert im Bett blieb und an anderen mit einer Bluse, einem Pullover oder einer Jeans nach Hause kam, die sie dir schenken wollte, wenn du zu uns zurückkehren würdest.

Ich erinnere mich noch genau an den Tag, an dem ich die Hoffnung verlor. Ich arbeitete gerade in der Tierarztpraxis im Zentrum, als jemand einen herrenlosen Hund bei uns ablieferte. Das Tier war in einem kläglichen Zustand und offenbar misshandelt worden. Es war ein gelb gescheckter Labrador, wenngleich das jetzt mit seinem aschgrauen Fell vom Leben im Freien kaum noch zu erkennen war. An seinem Hinterteil hingen Klumpen von Stacheln und Dornen. Auf den kahlen Stellen im Fell war die Haut entzündet, weil das Tier sich zu heftig gekratzt oder zu oft geleckt hatte – Dinge, die Hunde tun, um sich zu beruhigen, wenn man sie allein lässt.

Ich verbrachte eine Weile mit ihm, um ihm zu vermitteln, dass ich keine Gefahr für ihn darstellte. Er durfte meine Hand lecken, und ich gab ihm Zeit, sich an meinen Geruch zu gewöhnen. Nachdem er sich etwas beruhigt hatte, begann ich mit der Untersuchung. Es war ein älterer Hund, aber noch bis vor Kurzem waren seine Zähne gut gepflegt worden. Eine Operationsnarbe ließ darauf schließen, dass ein verletztes Knie früher einmal sorgfältig und kostspielig wiederhergestellt worden war. Die offensichtlichen Misshandlungen, die das Tier erlitten hatte, waren noch nicht in sein Muskelgedächtnis vorgedrungen. Wenn ich die Hand an sein Gesicht legte, ließ er den Kopf entspannt auf meine Handfläche sinken.

Ich sah in die kummervollen Augen dieses Tieres und malte mir Einzelheiten aus dem Leben dieses armen Geschöpfes aus. Natürlich konnte ich es nicht mit Bestimmtheit wissen, doch mein Herz sagte mir, dass Folgendes geschehen war: Dieser Hund war nicht ausgesetzt worden; er hatte sich einfach verlaufen oder war aus seinem Halsband geschlüpft und weggerannt. Seine Besitzer waren beim Einkaufen gewesen oder in Urlaub gefahren, und irgendwie – ein offen gelassenes Tor, ein Zaun, über den er sprang, eine Tür, die eine Haushälterin nicht richtig geschlossen hatte – hatte sich dieses behütete Wesen plötzlich allein in den Straßen wiedergefunden und nicht gewusst, wie es zurück nach Hause kommen sollte.

Und eine Gruppe Jugendlicher oder ein unbeschreibliches Monster – oder eine Kombination aus beidem – hatte den Hund aufgegriffen und einen zärtlich umsorgten Liebling in ein gehetztes Tier verwandelt.

Wie mein Vater habe auch ich mein Leben der Behandlung von Tieren gewidmet, aber damals stellte ich zum ersten Mal den Zusammenhang zwischen den schrecklichen Dingen her, die Menschen Tieren antun, und den noch schrecklicheren, die sie anderen Menschen zufügen.

So sah es aus, wenn eine Kette die Haut aufriss. So sah der Schaden aus, den Tritte und Schläge verursachten. Und so sah ein Mensch aus, wenn er in eine Welt geriet, in der man sich nicht um ihn sorgte, in der man ihn nicht liebte und aus der man ihn nie nach Hause zurückkehren lassen wollte.

Deine Mutter hatte recht gehabt.

Die Einzelheiten zerrissen mich.

1. KAPITEL

Das Restaurant in der Innenstadt von Atlanta war leer bis auf einen einsamen Geschäftsmann an einem Ecktisch und den Barkeeper, der sich anscheinend für einen Meister in der Kunst des Flirtens hielt. Die Vorbereitungen für das Abendessen kamen langsam auf Touren. In der Küche klapperten Besteck und Porzellan. Ein Koch brüllte. Eine Bedienung stieß ein beleidigtes Lachen aus. Aus dem Fernseher über der Bar drang leise ein steter Strom schlechter Nachrichten.

Claire Scott versuchte, das endlose Trommelfeuer von Geräuschen zu ignorieren, während sie an der Bar saß und an ihrem zweiten Club-Soda nippte. Paul hatte zehn Minuten Verspätung. Er kam sonst nie zu spät, normalerweise war er zehn Minuten zu früh dran. Das gehörte zu den Dingen, mit denen sie ihn neckte, obwohl sie es im Grunde nicht anders haben wollte.

„Noch eins?"

„Sicher." Claire lächelte den Barkeeper höflich an. Seit sie Platz genommen hatte, hatte er versucht, ihre Aufmerksamkeit zu gewinnen. Er war jung und gut aussehend, und sie hätte sich geschmeichelt fühlen müssen, doch sie kam sich einfach nur alt vor – nicht weil sie tatsächlich alt *war*, sondern weil sie bemerkt hatte, dass ihr Menschen in den Zwanzigern umso mehr Verdruss bereiteten, je weiter sie selbst auf die vierzig zuging. In ihrer Gesellschaft dachte sie ständig Sätze, die mit „Als ich in dem Alter war …" anfingen.

„Das dritte", sagte der Barkeeper augenzwinkernd, als er ihr Soda-Glas auffüllte. „Sie ziehen sich das Zeug ja ganz schön rein."

„Ach ja?"

Er blinzelte ihr zu. „Sagen Sie Bescheid, wenn Sie jemanden brauchen, der Sie nach Hause fährt."

Claire lachte, weil das einfacher war, als ihm zu sagen, er solle sich die Haare aus den Augen streichen und zurück zu seiner Schulbank gehen. Wieder sah sie auf ihrem Handy nach der Uhrzeit. Paul hatte inzwischen zwölf Minuten Verspätung. Sie begann, sich Katastrophen auszumalen: in seinem Wagen entführt, von einem Bus angefahren, von einem herabfallenden Flugzeugteil erschlagen, von einem Verrückten verschleppt.

Die Eingangstür ging auf, aber es waren andere Leute, nicht Paul. Sie trugen lässige Businesskleidung. Vermutlich waren es Angestellte aus den umliegenden Bürogebäuden, die sich noch einen Feierabend-Drink genehmigten, bevor sie sich auf die Heimfahrt in die Vororte machten, wo sie bei ihren Eltern im Souterrain wohnten.

„Haben Sie das hier verfolgt?" Der Barkeeper nickte in Richtung Fernseher.

„Nicht wirklich", sagte Claire, obwohl sie die Story selbstverständlich verfolgt hatte. Man konnte keinen Sender einschalten, ohne von dem vermissten Teenager zu hören. Ein sechzehnjähriges Mädchen. Weiß. Mittelschicht. Sehr hübsch. Irgendwie schien die Empörung immer nicht ganz so groß zu sein, wenn ein hässliches Mädchen verschwand.

„Tragisch", sagte der Barmann. „Sie ist so schön."

Claire sah wieder auf ihr Handy. Paul war jetzt dreizehn Minuten zu spät dran. Ausgerechnet heute. Er war Architekt, kein Gehirnchirurg. Es konnte keinen so schlimmen Notfall geben, dass er nicht zwei Sekunden für eine SMS oder einen Anruf übrig gehabt hätte.

Sie begann, ihren Ehering am Finger zu drehen, eine nervöse Angewohnheit, die ihr nicht bewusst gewesen war, bis Paul sie darauf aufmerksam gemacht hatte. Sie hatten sich über irgendetwas gestritten, das Claire zu diesem Zeitpunkt offenbar ungeheuer wichtig gewesen war, aber jetzt erinnerte sie sich weder an das Thema noch daran, wann der

Streit überhaupt stattgefunden hatte. Letzte Woche? Letzten Monat? Sie kannte Paul seit achtzehn Jahren und war beinahe ebenso lange mit ihm verheiratet. Es gab nicht mehr viel, worüber sie mit einiger Überzeugung streiten konnten.

„Sind Sie sicher, dass ich Sie nicht doch für was Härteres interessieren kann?“ Der Barkeeper hielt eine Flasche Wodka hoch, aber es war klar, was er meinte.

Claire zwang sich erneut zu einem Lachen. Sie kannte diese Sorte Mann schon ihr ganzes Leben lang. Hochgewachsen, dunkelhaarig und gut aussehend, mit blitzenden Augen und einem geschmeidigen Mundwerk. Mit zwölf hätte sie ihr Matheheft mit seinem Namen vollgekritzelt. Mit sechzehn hätte sie ihm erlaubt, seine Hand unter ihren Pullover zu stecken. Als sie zwanzig war, hätte er mit seiner Hand machen dürfen, was er wollte. Und jetzt, mit achtunddreißig, wollte sie nur, dass er endlich abhaute.

„Nein danke“, sagte sie. „Mein Bewährungshelfer hat mir geraten, nur dann Alkohol zu trinken, wenn ich den ganzen Abend zu Hause bin.“

Sein Lächeln zeigte, dass er den Witz nicht ganz verstanden hatte. „Böses Mädchen, was? Sie gefallen mir.“

„Sie hätten mich mal mit meiner Fußfessel sehen sollen.“ Sie blinzelte ihm zu. „Schwarz ist das neue Orange.“

Die Eingangstür ging auf: Es war Paul. Erleichterung durchflutete Claire, als er auf sie zukam.

„Du hast dich verspätet“, sagte sie.

Paul küsste sie auf die Wange. „Tut mir leid. Ich habe keine Entschuldigung. Ich hätte anrufen sollen. Oder eine SMS schicken.“

„Ja, das hättest du.“

Paul wandte sich an den Barkeeper. „Glenfiddich, einen einfachen, aber anständig eingeschenkt.“

Claire beobachtete, wie der junge Mann Pauls Whisky mit bisher nicht erlebter Professionalität einschenkte. Der Ehering und ihre milderen und deutlicheren Zurückweisungen waren nur unbedeutende Hindernisse gewesen. Kein Vergleich mit dem deutlichen Nein, das die Anwesenheit eines anderen Mannes ausdrückte, der sie auf die Wange küsste.

„Sir." Er servierte Paul den Drink und eilte dann ans andere Ende der Theke.

Claire senkte die Stimme. „Er hat angeboten, mich nach Hause zu bringen."

Zum ersten Mal, seit er die Bar betreten hatte, sah Paul den Barkeeper an. „Soll ich ihm eins auf die Nase geben?"

„Ja."

„Bringst du mich ins Krankenhaus, wenn er zurückschlägt?"

„Ja."

Paul lächelte, aber nur, weil sie ebenfalls lächelte. „Und, wie fühlt es sich an ohne Leine?"

Claire sah auf ihren nackten Knöchel hinab und erwartete fast, einen blauen Fleck oder ein Mal an der Stelle zu sehen, wo die klobige schwarze Fußfessel gewesen war. Sechs Monate lang hatte sie in der Öffentlichkeit keinen Rock getragen, solange sie mit dem vom Gericht angeordneten Überwachungsgerät hatte herumlaufen müssen. „Fühlt sich wie Freiheit an."

Er richtete den Strohhalm neben ihrem Glas parallel zur Serviette aus. „Du wirst übers Handy und über das GPS in deinem Wagen pausenlos überwacht."

„Aber ich wandere nicht ins Gefängnis, wenn ich mein Handy weglege oder aus dem Auto steige."

Paul zuckte nur mit den Schultern, obwohl sie ihr Argument ziemlich gut fand. „Und die Ausgangssperre?"

„Aufgehoben. Wenn ich ein Jahr lang keinen Ärger mache, wird mein Eintrag im Strafregister komplett getilgt, so als wäre nie etwas passiert."

„Reinste Zauberei."

„Ein sehr teurer Anwalt, besser gesagt."

Er grinste. „Er war immerhin billiger als dieses Armband von Cartier, das du haben wolltest."

Eigentlich sollten sie keine Witze über die Geschichte machen, aber die Alternative wäre gewesen, sie sehr ernst zu nehmen. „Es ist komisch", sagte sie. „Ich weiß, dass das Überwachungsgerät nicht mehr da ist, aber ich spüre es immer noch."

„Signalentdeckungstheorie." Er richtete den Strohhalm wieder gerade. „Deine Wahrnehmung ist voreingestellt, weil sie mit dem Überwachungsgerät rechnet. Man erlebt so etwas manchmal mit dem Handy. Man spürt, wie es vibriert, obwohl das überhaupt nicht der Fall ist."

Das hatte sie nun davon, dass sie einen Streber geheiratet hatte.

Paul schaute zum Fernseher. „Glaubst du, sie finden sie?"

Claire antwortete nicht, sondern starrte auf den Drink in Pauls Hand. Sie hatte den Geschmack von Scotch nie gemocht, aber nicht trinken zu dürfen weckte in ihr den Wunsch nach einer tagelangen Sauftour.

Aus lauter Verzweiflung, irgendein Gesprächsthema zu finden, hatte Claire am Nachmittag zu ihrer vom Gericht bestellten Psychiaterin gesagt, dass sie es absolut hasse, wenn man ihr vorschrieb, was sie tun sollte. „Gibt es denn jemanden, der das nicht hasst?", hatte die schmuddelige Frau etwas verwundert gefragt. Claire hatte gespürt, wie sie errötete, aber sie hatte sich die Bemerkung verkniffen, dass sie es eben besonders schlecht vertrug und genau deshalb in einer vom Gericht angeordneten Therapie gelandet war. Sie hatte der Frau nicht die Genugtuung gegönnt, einen Durchbruch erreicht zu haben.

Abgesehen davon, war Claire in dem Moment, als sich die Handschellen um ihre Gelenke schlossen, von allein zu dieser Erkenntnis gelangt.

„Idiotin", hatte sie gemurmelt und sich selbst damit gemeint, als die Polizeibeamtin sie auf den Rücksitz des Streifenwagens verfrachtete.

Doch die hatte es falsch verstanden. „Das kommt in meinen Bericht“, hatte sie prompt erwidert.

Es waren nur Frauen, die Claire an diesem Tag begegneten, Polizistinnen in allen Größen und Formaten, mit breiten Ledergürteln um die strammen Taillen, an denen alle möglichen tödlichen Gerätschaften hingen. Claire war überzeugt, dass in Anwesenheit eines männlichen Polizisten alles viel besser gelaufen wäre, doch das war leider nicht der Fall gewesen. Dorthin hatte der Feminismus sie also gebracht: in einem hochgerutschten Tennisröckchen auf den klebrigen Rücksitz eines Streifenwagens.

Im Gefängnis nahm eine korpulente Frau mit einem Muttermal zwischen den buschigen Augenbrauen Claire den Ehering, die Uhr und die Schnürsenkel ihrer Tennisschuhe ab. Deren Aussehen erinnerte sie irgendwie an eine Stinkwanze, und Claire fragte sich, warum die Frau sich die Mühe machte, das Haar aus dem Muttermal auszureißen, sich aber nicht die Augenbrauen zupfte. Dann kam jedoch eine andere Frau, diesmal groß und dürr wie eine Gottesanbeterin, und führte Claire in den nächsten Raum.

Das Abnehmen der Fingerabdrücke lief ganz anders ab als im Fernsehen. Claire musste die Fingerkuppen auf eine schmutzige Glasplatte drücken, damit die Papillarlinien gescannt und digitalisiert werden konnten. Offenbar waren ihre Linien sehr schwach ausgeprägt, denn es waren mehrere Versuche nötig.

„Nur gut, dass ich keine Bank ausgeraubt habe“, sagte Claire und schob schnell ein „Hahaha“ nach, um klarzumachen, dass es sich um einen Scherz handelte.

„Gleichmäßig aufdrücken“, sagte die Gottesanbeterin und kaute auf einer Fliege herum.

Claires Karteifoto wurde vor einem weißen Hintergrund aufgenommen. Das zum Hintergrund gehörige Lineal lag eindeutig um zwei, drei Zentimeter falsch. Claire fragte, warum sie kein Schild mit ihrem Namen und einer Nummer hochhalten musste.

„Photoshop-Schablone", antwortete die Gottesanbeterin lapidar. Ihr gelangweilter Ton zeigte, dass die Frage nicht neu war.

Es war das einzige Foto, das je von Claire gemacht wurde, bei dem niemand sie zum Lächeln aufforderte.

Dann hatte eine dritte Polizistin, die – sozusagen gegen den Trend – eine Nase wie eine Stockente hatte, Claire in die Arrestzelle geführt, wo sie zu ihrer Verblüffung nicht die einzige Frau im Tennis-Outfit war.

„Weswegen bist du hier?", hatte die andere gefragt. Sie wirkte hart und zugedröhnt und war offensichtlich auf einem ganz anderen Spielplatz unterwegs gewesen, als sie verhaftet wurde.

„Mord", hatte Claire geantwortet, da sie beschlossen hatte, das Ganze einfach nicht ernst zu nehmen.

„Hallo." Paul gab dem Barkeeper ein Zeichen, ihm nachzuschenken. „Woran denkst du?", fragte er dann Claire.

Sie stieß einen langen Seufzer aus. „Ich denke, dass dein Tag wahrscheinlich schlimmer war als meiner, wenn du einen zweiten Drink bestellst." Paul trank selten. Das hatten sie gemeinsam: Beide bevorzugten sie das Gefühl, alles unter Kontrolle zu haben. Was das Gefängnis zu einem echten Reinfall gemacht hatte, haha.

„Alles in Ordnung?", fragte sie.

„Im Moment ist alles gut." Er strich ihr über den Rücken. „Was hat die Psychiaterin gesagt?"

Claire wartete, bis sich der Barkeeper in seine Ecke zurückgezogen hatte. „Sie meint, dass ich in Bezug auf meine Gefühle nicht sehr mitteilsam bin."

„Das sieht dir aber überhaupt nicht ähnlich."

Sie lächelten sich zu. Ein weiterer alter Streitpunkt, zu dem längst alles gesagt war.

„Ich lasse mich nicht gern analysieren", erwiderte Claire und sah im Geist ihre Therapeutin vor sich, die übertrieben mit den Schultern zuckte und sagte: „Wer tut das schon?"

„Weißt du, was ich heute gedacht habe?" Paul nahm ihre Hand. Seine Handfläche fühlte sich rau an, denn er hatte das ganze Wochenende in der Garage gearbeitet. „Ich habe gedacht, wie sehr ich dich liebe."

„Komisch, wenn ein Mann so etwas zu seiner Frau sagt."

„Es stimmt aber." Paul presste ihre Hand an seine Lippen. „Ich kann mir nicht vorstellen, wie mein Leben ohne dich aussähe."

„Ordentlicher", erwiderte sie trocken, da Paul immer derjenige war, der herrenlose Schuhe und Kleidungsstücke aufhob, die in den Wäschekorb gehörten, aber irgendwie auf dem Boden vor dem Waschbecken gelandet waren.

„Ich weiß, im Moment ist es schwer", sagte er. „Vor allem damit ..." Er wies mit einem Kopfnicken auf das Fernsehgerät, wo gerade ein neues Foto der vermissten Sechzehnjährigen gezeigt wurde.

Claire sah zum Bildschirm. Das Mädchen war wirklich schön. Sportlich und schlank, mit dunklem, welligem Haar.

„Du sollst nur wissen, dass ich immer für dich da sein werde", fuhr Paul fort. „Egal, was geschieht."

Claire spürte, wie sich ihre Kehle zusammenzog. Sie betrachtete ihn manchmal als selbstverständlich, das war der Luxus einer langen Ehe. Aber sie wusste, dass sie ihn liebte. Sie brauchte ihn. Er war der Anker, der verhinderte, dass sie fortgetrieben wurde.

„Du bist die einzige Frau, die ich je geliebt habe", sagte Paul.

Sie rief sich ihre Vorgängerin am College in Erinnerung. „Ava Guilford wäre ganz schön schockiert, das zu hören."

„Keine Witze bitte. Ich meine es ernst." Er beugte sich so nah zu ihr, dass ihre Köpfe sich fast berührten. „Du bist die Liebe meines Lebens, Claire Scott. Du bist alles für mich."

„Trotz meiner Vorstrafe?"

Er küsste sie. Küsste sie richtig. Sie schmeckte Scotch und einen Hauch Pfefferminz, und die Lust überkam sie, als seine Finger über die Innenseite ihrer Schenkel strichen.

„Lass uns nach Hause fahren", drängte Claire, als sie wieder Luft holten.

Paul trank sein Glas in einem Zug leer und warf etwas Bargeld auf den Tresen. Seine Hand lag immer noch auf Claires Rücken, als sie das Lokal verließen. Ein kalter Windstoß zerrte am Saum ihres Rockes. Paul rieb ihren Arm, um sie warm zu halten. Er ging so dicht neben ihr, dass sie seinen Atem an ihrem Hals spürte. „Wo hast du geparkt?"

„Im Parkhaus", antwortete sie.

„Mein Wagen steht auf der Straße." Er gab ihr die Schlüssel. „Lass uns den nehmen."

„Wo willst du denn hin?"

„Komm hier rein." Er zog sie in eine Gasse und presste sie mit dem Rücken an die Wand.

Claire öffnete den Mund, um zu fragen, was in ihn gefahren sei, aber dann küsste er sie, und seine Hand glitt unter ihren Rock. Claire blieb die Luft weg, aber weniger, weil er ihr den Atem raubte, sondern weil es in der Gasse nicht dunkel und die Straße keineswegs unbelebt war. Sie konnte Männer vorbeigehen sehen, die den Kopf wandten und das, was in der Gasse vor sich ging, bis zum letzten Moment verfolgten. Mit genau solchen Dingen landete man im Internet.

„Paul." Sie legte ihm die Hand auf die Brust und fragte sich, was aus ihrem biederen Ehemann geworden war, der es schon für eine gewagte Abwechslung hielt, wenn sie es im Gästezimmer trieben. „Jeder kann uns sehen."

„Hier hinten." Er nahm ihre Hand und zog sie noch tiefer in die Gasse.

Claire stieg über eine Ansammlung von Zigarettenkippen, als sie ihm folgte. Die Gasse verlief T-förmig, weil eine weitere Servicegasse für Restaurants und Läden kreuzte. Was die Umstände nicht wirklich verbesserte. Claire stellte sich Burgerbrater mit Zigaretten im Mund und iPhones in den Händen vor. Aber auch ohne ungebetene Zuschauer gab es gute Gründe, dies hier nicht zu tun.

Andererseits ließ sich niemand gern vorschreiben, was er zu tun hatte.

Paul zog sie um die Ecke. Claire blieben nur wenige Momente, um ihre Umgebung zu checken, ehe sie wieder an eine Wand gepresst wurde. Pauls Mund lag auf ihrem, seine Hände umfassten ihren Hintern. Er wollte sie so sehr, dass sie angesteckt wurde. Sie schloss die Augen und ließ es geschehen. Ihre Küsse wurden tiefer. Er zerrte ihr die Unterwäsche vom Leib. Sie half ihm dabei und zitterte, weil es kalt war und weil es gefährlich war, und sie war so bereit, dass das alles sie nicht mehr interessierte.

„Claire …“, flüsterte er in ihr Ohr, „sag mir, dass du es willst.“

„Ich will es.“

„Sag es noch einmal.“

„Ich will es!“

Ohne Vorwarnung wirbelte er sie herum. Claires Wange schrammte über die Ziegelmauer. Er hielt sie fest an die Wand gepresst. Sie drückte sich an ihn. Er stöhnte, weil er ihre Reaktion für Erregung hielt, dabei bekam sie kaum Luft.

„Paul …“

„Keine Bewegung!“

Claire verstand, aber ihr Gehirn brauchte ein, zwei Sekunden, um die Tatsache zu verarbeiten, dass die Worte nicht aus dem Mund ihres Mannes gekommen waren.

„Dreh dich um.“

Paul wandte sich ganz langsam herum.

„Nicht du, Arschloch.“

Sie. Er meinte sie. Claire war zu keiner Bewegung fähig. Ihre Beine zitterten, und sie konnte sich kaum aufrecht halten.

„Ich sagte, dreh dich um, verdammt noch mal."

Paul legte die Hände sanft um Claires Arme. Sie schwankte, als er sie langsam umdrehte.

Direkt hinter Paul stand ein Mann. Er trug ein schwarzes Kapuzenshirt, dessen Reißverschluss bis knapp unter den feisten Hals mit der Tätowierung geschlossen war. Eine finster dreinblickende Klapperschlange prangte auf seinem Adamsapfel, sie grinste bösartig und zeigte dabei ihre Giftzähne.

„Hände hoch." Das Maul der Schlange hüpfte beim Sprechen.

„Wir wollen keinen Ärger." Paul hielt die Hände hocherhoben. Er stand vollkommen reglos. Claire sah ihn an. Er nickte ein Mal, um ihr zu signalisieren, dass alles in Ordnung sei, obwohl offensichtlich gar nichts in Ordnung war. „Meine Geldbörse steckt in der Gesäßtasche."

Der Mann zerrte die Börse mit einer Hand aus Pauls Hosentasche. Claire war überzeugt, dass er in der anderen eine Waffe hielt. Schwarz, glänzend, in Pauls Kreuz gedrückt.

„Hier." Paul nahm seinen Ehering ab, seinen Collegering, seine Uhr. Eine *Patek Philippe*. Sie hatte sie ihm vor fünf Jahren gekauft, ihre Initialen waren eingraviert.

„Claire." Pauls Stimme war angespannt. „Gib ihm deine Brieftasche."

Claire sah ihren Mann an. Sie spürte, wie es in ihrer Halsschlagader heftig pochte. Eine Waffe war auf Pauls Rücken gerichtet, sie wurden soeben ausgeraubt. Das war real, es geschah in genau diesem Augenblick. Sie sah auf ihre Hand hinunter, ihre Bewegungen waren langsam, denn sie stand unter Schock und war in Panik und wusste nicht, was sie tun sollte. Ihre Finger waren noch um Pauls Autoschlüssel gekrallt. Sie hatte ihn die ganze Zeit nicht losgelassen. Hatte sie es etwa so mit ihm treiben wollen – mit dem Schlüssel in der Hand?

„Claire", drängte Paul noch einmal. „Hol dein Portemonnaie raus."

Sie ließ den Autoschlüssel in die Handtasche fallen, nahm dafür die Geldbörse heraus und gab sie dem Mann.

Er steckte sie ein und hielt ihr seine Hand wieder hin. „Telefon."

Claire reichte ihm das Handy. All ihre Kontakte. Ihre Urlaubsfotos der letzten Jahre. St. Martin. London. Paris. München.

„Den Ring auch." Der Mann sah sich in der Gasse um, und Claire tat es ihm nach: Da war niemand. Selbst die Quergasse zu den Läden und Restaurants war leer. Sie stand noch mit dem Rücken zur Wand. Die Ecke zur Hauptstraße war nur eine Armlänge entfernt. Und dort waren Leute unterwegs. Viele Leute.

Der Mann erriet ihre Gedanken. „Mach keine Dummheiten. Nimm den Ring ab."

Claire zog ihren Ehering ab. Es war kein Problem, wenn der weg war, er war versichert. Es waren nicht einmal die Originalringe. Sie hatten sie vor Jahren ausgesucht, als Paul endlich sein Praktikum beendet und seine Zulassung als Architekt bekommen hatte.

„Ohrringe", kommandierte der Mann. „Komm schon, Schlampe, mach hin."

Claire griff an ihr Ohrläppchen, und jetzt zitterten ihre Hände. Sie konnte sich gar nicht daran erinnern, die Diamantstecker heute Morgen angelegt zu haben, aber nun sah sie sich plötzlich vor ihrer Schmuckschatulle stehen.

Zog da gerade ihr Leben an ihr vorüber – nichtssagende Erinnerungen an irgendwelche Lappalien?

„Beeilung!" Der Mann trieb sie mit seiner freien Hand an.

Claire fummelte an den Verschlüssen der Ohrstecker

herum. Sie dachte daran, wie sie die Ohrringe anlässlich ihres zweiunddreißigsten Geburtstags bei Tiffany ausgesucht hatten. Paul hatte sie mit einem „Passiert uns das hier wirklich?"-Blick angelächelt, als die Verkäuferin sie in den diskreten Nebenraum des Ladens führte, wo die wirklich kostspieligen Käufe stattfanden.

Claire ließ die Ohrringe in die offene Hand des Straßenräubers fallen. Sie zitterte am ganzen Leib, und ihr Herz schlug wie eine Snare Drum.

„Das war's." Paul drehte sich, stellte sich vor Claire, indem er ihr den Rücken zuwandte, und schirmte sie ab. Er hielt die Hände weiter erhoben. „Sie haben jetzt alles von uns."

Claire beobachtete den Mann über Pauls Schulter hinweg. Er hielt keine Schusswaffe in der Hand, sondern ein Messer. Ein langes, scharfes Messer mit gezackter Klinge und einem Haken an der Spitze, das aussah wie ein Werkzeug, mit dem Jäger Tiere ausweideten.

„Sonst haben wir nichts mehr", sagte Paul. „Gehen Sie doch einfach."

Aber der Mann ging nicht. Er starrte Claire an, als hätte er etwas noch Wertvolleres entdeckt als ihre Sechsunddreißigtausend-Dollar-Ohrringe, und verzog den Mund zu einem Grinsen. Auf einem seiner Vorderzähne trug er eine Goldkrone, und Claire fiel nun auf, dass das Klapperschlangen-Tattoo auf seiner Kehle einen passenden goldenen Giftzahn hatte.

Und dann begriff sie mit einem Schlag, dass dies mehr war als ein Raubüberfall.

Paul begriff es ebenfalls. „Ich habe Geld", drängte er.

„Wer hätte das gedacht." Der Mann hämmerte Paul seine Faust an die Brust, und Claire spürte den Aufprall bis in ihren eigenen Brustkorb. Pauls Schulterblätter schlugen gegen ihre Schlüsselbeine, sein Kopf knallte ihr ins Gesicht, ihr Hinterkopf krachte gegen die Ziegelwand.

Erst mal war Claire völlig benommen, sah Sterne vor den Augen tanzen und schmeckte Blut im Mund. Sie blinzelte und senkte den Blick. Paul krümmte sich auf dem Boden.

„Paul …“ Sie streckte die Hand nach ihm aus, aber da fuhr ihr ein weiß glühender Schmerz durch die Kopfhaut. Der Mann hatte sie an den Haaren gepackt und zerrte sie tiefer in die Gasse hinein. Claire stolperte, ihr Knie schrammte über das Pflaster. Der Mann ging unbeirrt weiter, fiel fast in einen Laufschritt. Sie musste sich vorbeugen, um den Schmerz am Kopf ein wenig abzumildern. Einer ihrer Absätze brach ab. Sie versuchte zurückzuschauen und sah, dass Paul einen Arm an die Brust gepresst hielt, als hätte er einen Herzinfarkt.

„Nein“, flüsterte sie und fragte sich noch im selben Moment, warum sie eigentlich nicht schrie. „Nein, nein, nein.“

Der Mann schleifte sie weiter. Claire hörte ihren pfeifenden Atem, ihre Lungen schienen plötzlich wie mit Sand gefüllt. Er führte sie zu einer Seitenstraße, wo ein schwarzer Van stand, den sie zuvor nicht bemerkt hatte. Claire grub ihre Fingernägel in das Handgelenk des Mannes. Er riss ruckartig an ihrem Haar, und sie stolperte. Und wieder ein Ruck. Der Schmerz war höllisch, aber er war nichts gegen ihre Angst. Sie hätte gern geschrien. Sie *musste* schreien! Aber ihre Kehle war wie zugeschnürt durch das Wissen darüber, was nun kam. Er würde sie in diesem Van verschleppen. Irgendwohin, wo er ungestört war. An einen schrecklichen Ort, den sie vielleicht nie wieder verlassen würde.

„Nein“, bettelte sie. „Bitte … nicht … nein …“

Der Mann ließ Claire los, aber nicht etwa, weil sie darum gefleht hatte. Er fuhr herum, das Messer in der ausgestreckten Hand. Paul war wieder auf den Beinen und lief ihnen nach. Mit einem rauen Aufheulen sprang er auf den Mann los.

Es ging alles sehr schnell. Zu schnell. Es gab keine Zeitlupe, damit Claire jeden Sekundenbruchteil des Kampfes hätte verfolgen können.

Paul hätte den Mann vielleicht auf dem Laufband besiegt, und ganz sicher hätte er eine Gleichung gelöst, bevor der Kerl auch nur seinen Bleistift spitzen konnte, doch sein Gegner hatte Paul etwas voraus, was man an der Universität nicht lernte: wie man mit einem Messer kämpfte.

Es gab nur ein pfeifendes Geräusch, als die Klinge durch die Luft fuhr. Claire hätte mehr erwartet: eine Art Schnalzen vielleicht, als die gebogene Messerspitze sich durch Pauls Haut bohrte, oder ein Knirschen, als die gezackte Klinge Sehnen und Knorpel durchtrennte.

Pauls Hand zuckte zum Bauch. Der Perlmuttgriff des Messers ragte zwischen seinen Fingern hervor. Er taumelte rückwärts gegen die Wand, sein Mund stand offen, er hatte die Augen so weit aufgerissen, dass es fast komisch wirkte. Er trug den dunkelblauen Anzug von Tom Ford, der ihm um die Schultern zu eng war. Claire hatte sich vorgenommen, die Nähte zum Auslassen zu bringen, doch dafür war es jetzt zu spät, denn das Jackett war blutgetränkt.

Paul sah auf seine Hände hinab. Die Klinge war bis zum Heft eingedrungen, etwa auf halber Höhe zwischen Bauchnabel und Herz, und auf seinem blauen Hemd breitete sich ein Blutfleck aus. Er schien unter Schock zu stehen. Sie beide standen unter Schock. Eigentlich hatten sie heute zeitig zu Abend essen und feiern wollen, dass Claire erfolgreich dem Strafrechtssystem entronnen war. Würde er nun in einer kalten, dreckigen Gasse verbluten?

Claire hörte eilige Schritte. Der Schlangenmann rannte weg, ihr Schmuck und ihre Uhren klimperten in seiner Tasche.

„Hilfe“, sagte Claire, aber es war nur ein Flüstern, so leise, dass sie ihre Stimme selbst kaum hörte. „Hi-hilfe“, stammelte sie. Aber wer sollte ihnen denn helfen? Es war doch immer Paul gewesen, der für Hilfe gesorgt hatte. Paul war der, der sich um alles kümmerte.

Bis jetzt.

Er glitt langsam an der Ziegelwand hinab und sank zu Boden. Claire kniete neben ihm nieder und rang hilflos die Hände, denn sie wusste nicht, wo sie ihn berühren sollte. Achtzehn Jahre lang hatte sie ihn geliebt, achtzehn Jahre lang das Bett mit ihm geteilt. Sie hatte ihm die Hand auf die Stirn gelegt, um zu sehen, ob er Fieber hatte, sie hatte ihm das Gesicht abgewischt, wenn er krank war, sie hatte seinen Mund, seine Wangen, seine Augenlider geküsst und ihn einmal sogar im Zorn geschlagen, aber jetzt wusste sie nicht, wo sie ihn berühren sollte.

„Claire."

Pauls Stimme. Sie kannte seine Stimme. Sie schlang die Arme um ihn, zog ihn an ihre Brust, presste die Lippen auf seine Wange. Sie merkte, wie die Wärme seinen Körper verließ. „Paul, bitte, du musst okay sein, du musst einfach."

„Ich bin okay", sagte Paul, und es hörte sich an wie die Wahrheit, bis es nicht mehr die Wahrheit war. Das Zittern begann in seinen Beinen und ging dann als heftiges Beben durch seinen ganzen Körper. Seine Zähne schlugen aufeinander. Seine Augenlider flatterten.

„Ich liebe dich", sagte er.

„Bitte", flüsterte sie und barg das Gesicht an seinem Hals. Sie roch sein Aftershave. Spürte eine raue Stelle, die er heute Morgen beim Rasieren übersehen hatte. Wo sie ihn auch berührte – seine Haut war sehr, sehr kalt. „Bitte verlass mich nicht, Paul. Bitte!"

„Das werde ich nicht", versprach er.

Aber dann tat er es doch.

2. KAPITEL

Lydia Delgado blickte auf das Meer von Cheerleadern im Teenageralter und sprach lautlos ein Dankgebet, dass ihre Tochter nicht darunter war. Nicht, dass sie etwas gegen Cheerleader gehabt hätte. Sie war einundvierzig Jahre alt. Die Zeiten, als sie Cheerleader gehasst hatte, waren längst vorbei. Jetzt hasste sie deren Mütter.

„Lydia Delgado!" Mindy Parker begrüßte immer jeden mit Vor- und Nachnamen und legte zum Ende hin einen triumphierenden Schwung in die Stimme: Seht, wie intelligent ich bin, weil ich mir die vollständigen Namen merke!

„Mindy Parker", erwiderte Lydia ein paar Oktaven tiefer. Sie konnte nicht anders. Sie war immer schon auf Widerstand gebürstet gewesen.

„Das erste Spiel der Saison! Ich glaube, unsere Mädchen haben dieses Jahr eine echte Chance."

„Absolut", pflichtete Lydia bei, obwohl alle wussten, dass es ein Gemetzel geben würde.

„Jedenfalls", fuhr Mindy fort, streckte das linke Bein und beugte den Rumpf zu den Zehen, „brauche ich die unterschriebene Erlaubnis für Dee."

Lydia verschluckte gerade noch die Frage, von welcher Erlaubnis sie spreche. „Sie bekommen Sie morgen."

„Fantastisch!" Als Mindy ihre Rumpfbeuge beendet hatte, ließ sie zischend den Atem entweichen. Mit den aufgeworfenen Lippen und dem ausgeprägten Unterbiss erinnerte sie Lydia immer an eine frustrierte Französische Bulldogge. „Sie wissen: Wir wollen auf keinen Fall, dass sich Dee ausgeschlossen fühlt. Wir sind so stolz auf unsere Stipendiatinnen."

„Danke, Mindy." Lydia zwang sich zu einem Lächeln. „Es ist schon traurig, dass sie intelligent sein musste, um nach Westerley zu kommen, statt einfach nur Geld mitzubringen."

Mindy setzte ebenfalls ein bemühtes Lächeln auf. „Okay, prima. Ich rechne dann morgen früh mit dieser schriftlichen Zustimmung." Bevor sie die Tribüne hinauf zu den anderen Müttern hüpfte, drückte sie Lydias Schulter. Den Übermüttern, wie Lydia sie nannte, um unflätigere Bezeichnungen zu vermeiden.

Lydia suchte das Basketballfeld vergeblich nach ihrer Tochter ab. Einen Moment blieb ihr vor Schreck fast das Herz stehen, aber dann entdeckte sie Dee schließlich in einer Ecke. Sie unterhielt sich mit Bella Wilson, ihrer besten Freundin; die beiden ließen einen Ball zwischen sich hin- und herspringen.

War diese junge Frau wirklich ihre Tochter? Es schien, als hätte ihr Lydia eben noch die Windeln gewechselt und nur kurz den Kopf abgewandt, um dann beim nächsten Hinsehen festzustellen, dass Dee plötzlich siebzehn Jahre alt war. In nicht einmal zehn Monaten würde sie ins College aufbrechen. Zu Lydias Entsetzen hatte sie sogar schon begonnen zu packen. Der Koffer in Dees Schrank war bereits so voll, dass der Reißverschluss nicht mehr ganz zuging.

Lydia verdrückte sich ein paar Tränen, denn schließlich war es nicht normal, dass eine erwachsene Frau wegen eines Koffers weinte. Stattdessen dachte sie über diese schriftliche Genehmigung nach, die Dee ihr nicht zum Unterzeichnen gegeben hatte. Wahrscheinlich wollte das Team bei einem Abendessen ein wenig feiern, und Dee hatte Angst, dass Lydia es sich nicht leisten konnte. Ihre Tochter verstand nicht, dass sie keineswegs arm waren. Ja, am Anfang, als Lydia ihren Hundesalon aufgebaut hatte, hatten sie zu kämpfen gehabt. Doch inzwischen gehörten sie zur soliden Mittelschicht, und das war mehr, als die meisten Leute von sich behaupten konnten.

Über den in Westerley üblichen Wohlstand verfügten sie freilich nicht. Die meisten Schülereltern der Westerley Academy konnten die dreißigtausend Dollar Schulgebühren im

Jahr mühelos aufbringen, um ihr Kind auf diese Privatschule zu schicken. Sie konnten über Weihnachten in Lake Tahoe Ski fahren oder Privatflugzeuge in die Karibik chartern. Aber auch wenn Lydia ihrer Tochter solche Dinge niemals würde bieten können, reichte es verdammt noch mal, um ihr ein ordentliches Steak bei *Chops* zu spendieren.

Allerdings würde sie eine weniger feindselige Formulierung finden, um das ihrem Kind zu verklickern.

Lydia griff in ihre Handtasche und zog eine Tüte Kartoffelchips heraus. Das Salz und das Fett sorgten schlagartig für Wohlbefinden, so als würde man ein paar Tranquilizer auf der Zunge zergehen lassen. Als sie heute Morgen ihre Jogginghose anzog, hatte sie sich vorgenommen, ins Fitnessstudio zu gehen, und sie war dem Studio auch ziemlich nahe gekommen, aber nur weil es auf dem Parkplatz einen „Starbucks“ gab. Thanksgiving stand vor der Tür, und es war eiskalt. Lydia hatte sich einen ihrer seltenen freien Tage genommen; sie hatte es sich verdient, ihn mit einer Kürbis-Latte mit Karamellaroma zu beginnen. Und sie brauchte einfach das Koffein. Sie musste vor Dees Spiel noch so viel Scheißkram erledigen. Supermarkt, Tierfutterladen, Discounter, Apotheke, Bank, zurück nach Hause, um alles auszuladen, dann mittags wieder los zum Friseur, denn Lydia war mittlerweile zu alt, um ihr Haar einfach nur schneiden zu lassen. Nein, sie musste sich der langwierigen Prozedur unterziehen, das Grau in ihrem Haar in blonde Strähnchen zu verwandeln, damit sie nicht aussah wie Cruella de Vils arme Cousine. Ganz zu schweigen von den seit Neuestem sprießenden Haaren im Gesicht, um die sie sich auch noch hatte kümmern müssen.

Lydias Hand flog an die Oberlippe. Das Salz von den Chips brannte auf der gereizten Haut.

„Verdammt“, murmelte sie, weil sie vergessen hatte, dass man ihren Damenbart heute mit Wachs entfernt und dass die Kosmetikerin dann ein neues Gesichtswasser benutzt hatte, was zu dem bösen Ausschlag auf Lydias Oberlippe führte. Jetzt trug sie statt der zwei, drei vereinzelten Barthaare einen dicken roten Streifen unter der Nase.

Sie konnte sich gut vorstellen, wie Mindy Parker das den andern Müttern erzählte. „Lydia Delgado! Mit einem Ausschlag vom Waxing!“

Lydia stopfte sich gleich noch eine Handvoll Chips in den Mund. Sie kaute lautstark und scherte sich nicht um die Krümel auf ihrer Bluse. Sie scherte sich auch nicht um die Übermütter, die zusahen, wie sie Kohlehydrate in sich hineinfraß. Es hatte eine Zeit gegeben, wo sie sich mehr angestrengt hatte: die Zeit, bevor sie vierzig wurde.

Saft-Diät. Saft-Fasten. Null-Saft-Diät. Obst-Diät. Eier-Diät. *Curves*-Ganzkörpertraining. Bootcamp. Fünf-Minuten-Cardio-Work-out. Drei-Minuten-Cardio-Work-out. South-Beach-Diät. Atkins-Diät. Steinzeit-Diät. Jazzgymnastik.

Lydias Kleiderschrank enthielt ein umfangreiches *eBay*-Sortiment des Versagens. Zumba-Schuhe, Crosstrainer, Trekking-Stiefel, Bauchtanz-Zimbeln, ein Tanga, der es nie in diesen Pole-Dance-Kurs geschafft hatte, auf den eine ihrer Kundinnen schwor.

Lydia wusste, dass sie Übergewicht hatte, aber war sie wirklich fett? Oder war sie es nur nach Westerley-Maßstäben? Das Einzige, was sie sicher wusste, war, dass sie nicht dünn war. Abgesehen von einer kurzen Atempause um ihr zwanzigstes Lebensjahr herum, hatte sie immer mit ihrem Gewicht zu kämpfen gehabt.

Das war die düstere Wahrheit hinter ihrem glühenden Hass auf die Übermütter: Sie konnte sie nicht ausstehen, weil sie nicht so sein konnte wie sie. Sie war scharf auf Kartoffelchips. Sie liebte Brot. Sie gab alles für einen guten *Cupcake* – oder drei. Sie hatte nicht die Zeit für Übungen mit einem Personal Trainer oder für Pilates-Kurse. Sie hatte ein Geschäft zu führen. Sie war eine alleinerziehende Mutter.

Sie hatte einen Freund, um den sie sich gelegentlich kümmern musste. Und nicht nur das: Sie arbeitete mit Tieren. Es war schwer, glamourös auszusehen, wenn man gerade die Analdrüsen eines Dackels ausgedrückt hatte.

Lydias Finger gruben sich in die leere Chipstüte. Sie fühlte sich elend, sie hatte die Chips gar nicht essen wollen. Nach den ersten Bissen hatte sie im Grunde gar nichts mehr geschmeckt.

Hinter ihr brachen die Mütter in Jubel aus. Eines der Mädchen machte gerade eine perfekte Reihe von Flickflacks auf dem Hallenboden. Die Bewegungen waren flüssig und sehr eindrucksvoll, doch als sie am Schluss die Arme in die Höhe riss, erkannte Lydia, dass es gar kein Cheerleader-Mädchen war – sondern eine Cheerleader-Mutter.

Eine Cheerleader-Übermutter.

„Penelope Ward!“, brüllte Mindy Parker. „Weiter so, du Süße!“

Lydia stöhnte und sah nach, ob sie in ihrer Handtasche noch etwas zu essen fand. Penelope kam jetzt direkt auf sie zu. Hektisch wischte sich Lydia die Krümel von der Bluse und versuchte, sich eine Bemerkung zurechtzulegen, die nicht aus einer Reihe von Kraftausdrücken bestand.

Zum Glück wurde Penelope aber von Coach Henley aufgehalten.

Lydia seufzte erleichtert und zog ihr Handy aus der Tasche. Es gab sechzehn E-Mails vom elektronischen Schwarzen Brett der Schule, die größtenteils mit einem kürzlich aufgetretenen Befall mit Kopfläusen zu tun hatten, der in den Grundschulklassen wütete. Während Lydia die Einträge durchlas, sprang eine neue Nachricht auf, diesmal die dringende Bitte des Direktors, der erklärte, es sei wirklich völlig unmöglich festzustellen, wo die Läuse-Pandemie ihren Anfang genommen habe, und die Eltern sollten bitte aufhören nachzufragen, welches Kind die Schuld daran trage.

Lydia löschte sie alle. Sie beantwortete einige Nachrichten von Kunden, die Termine vereinbaren wollten. Sie sah in ihrem Spam-Ordner nach, ob Dees Erlaubnisschreiben nicht zufällig darin gelandet war. Fehlanzeige. Sie schrieb dem Mädchen, das sie für Büroarbeiten angestellt hatte, und bat es zum wiederholten Mal, ihren Arbeitszeitnachweis abzuliefern. Man hätte meinen sollen, das sei etwas, was man sich leicht merken konnte, weil es ohne diesen Nachweis kein Geld gab, aber das Kind war von einer dominanten Mutter aufgezogen worden und vergaß sogar, sich die Schuhe zu binden, wenn man ihm nicht ein Post-it mit einem Smiley an die Treter heftete, auf dem stand: BIND DIR DIE SCHUHE. GRUSS MOM. PS: ICH BIN SO STOLZ AUF DICH!

Jetzt war sie aber kleinlich. Bemuttern unter Zuhilfenahme von Post-its war Lydia durchaus nicht fremd. Allerdings sollten ihre überfürsorglichen Anwandlungen tendenziell sicherstellen, dass Dee lernte, allein zurechtzukommen, das immerhin konnte sie zu ihrer Verteidigung anführen. DENK DRAN, DEN MÜLL RAUSZUTRAGEN. ODER ICH BRING DICH UM. LIEB DICH. MOM. Leider hatte niemand sie gewarnt, dass es zu ganz eigenen Problemen führte, wenn man seinem Kind diese Art von Unabhängigkeit beibrachte. Etwa, dass man einen prallvoll gepackten Koffer im Schrank seiner Tochter fand, obwohl es bis zur Abreise ins College noch zehn Monate waren.

Lydia ließ ihr Handy wieder in die Tasche gleiten. Sie sah, wie Dee den Ball zu Rebecca Thistlewaite passte, einem blassen englischen Mädchen, das selbst dann keinen Punkt erzielt hätte, wenn man ihm den Kopf in den Korb gesteckt hätte. Lydia lächelte über den Großmut ihrer Tochter. In Dees Alter war Lydia die Sängerin einer wirklich grässlichen Riot-Girl-Band gewesen und hatte damit gedroht, die Highschool zu schmeißen. Dee war im Debattier-Club. Sie arbeitete ehrenamtlich im YMCA. Sie war gutmütig, großherzig und wahnsinnig intelligent. Ihre Fähigkeit, sich Dinge zu merken, war erstaunlich, allerdings auch höchst ärgerlich, wenn man mit ihr stritt. Schon in jungen Jahren hatte sie alles, was sie hörte, auf fast unheimliche Weise nachahmen können – vor allem, wenn sie es von Lydia hörte. So war sie auch zu dem Namen Dee gekommen, statt mit dem schönen Namen angesprochen zu werden, den Lydia in ihre Geburtsurkunde hatte eintragen lassen.

„Deedus Christus!", hatte ihre süße kleine Tochter geschrien und dazu in ihrem Hochstühlchen gestrampelt, als sie „Jesus" noch nicht aussprechen konnte. „Deedus Christus!"

Rückblickend war es natürlich ein Fehler gewesen, sie merken zu lassen, dass Lydia es lustig fand.

„Lydia?" Penelope Ward reckte einen Finger in die Höhe, als wollte sie Lydia auffordern zu warten. Lydias Blick schoss sofort zur Tür. Dann hörte sie die Mütter hinter sich kichern und erkannte, dass sie in der Falle saß.

Penelope war eine Art Berühmtheit in Westerley. Ihr Mann war Anwalt, was für einen Westerley-Vater typisch war, aber er war außerdem Senator und hatte vor Kurzem angekündigt, er wolle als Abgeordneter für den Kongress kandidieren. Von allen Vätern an der Schule sah Branch Ward wahrscheinlich am attraktivsten aus, aber das lag größtenteils daran, dass er unter sechzig war und noch freien Blick auf seine Füße hatte.

Penelope war die perfekte Politikergattin. In allen Werbebroschüren ihres Mannes sah man sie mit der kulleräugigen Hingabe eines Border Collies zu Branch aufblicken. Sie war attraktiv, aber nicht so sehr, dass sie von ihm ablenkte. Sie war dünn, aber nicht magersüchtig. Sie hatte ihre Teilhaberschaft an einer erstklassigen Anwaltskanzlei aufgegeben, um fünf hübsche, arisch aussehende Kinder in die Welt zu setzen. Sie war Vorsitzende des Elternbeirats und führte das Gremium mit eiserner Hand. All ihre Memos waren perfekt mit Spiegelstrichen aufbereitet, so präzise und bündig, dass selbst die schlichteren Übermütter mühelos folgen konnten. Sie neigte dazu, auch in Spiegelstrichen zu sprechen. „Okay, meine Damen", sagte sie etwa und klatschte in die Hände – die Mütter waren große In-die-Hände-Klatscher –, „Erfrischungen! Willkommensgeschenke! Luftballons! Tischdecken! Besteck!"

„Lydia, da sind Sie ja", rief Penelope. Ihre Knie und Ellbogen arbeiteten wie ein Kolbenmotor, als sie die Tribüne heraufeilte, um sich neben Lydia zu setzen. „Lecker." Sie deutete auf die leere Chipstüte. „Ich wollte, ich könnte so etwas essen."

„Ich wette, ich könnte Sie dazu bringen."

„Ach, Lydia, wie ich Ihren trockenen Humor liebe." Penelope wandte sich Lydia zu und hielt den Augenkontakt wie eine angespannte Perserkatze. „Ich weiß nicht, wie Sie das machen. Sie führen Ihr eigenes Geschäft. Sie halten Ihr Zuhause in Schuss. Sie haben eine fantastische Tochter großgezogen." Sie legte eine Hand auf die Brust. „Sie sind meine Heldin."

Lydia merkte, dass sie begann, mit den Zähnen zu knirschen.

„Und Dee ist so eine kompetente junge Dame." Penelope senkte die Stimme. „Sie ist mit diesem verschwundenen Mädchen in die Mittelstufe gegangen, nicht wahr?"

„Ich weiß nicht", log Lydia. Anna Kilpatrick war eine Klasse unter Dee gewesen. Sie waren zusammen im Sportunterricht, hatten aber sonst nicht viel miteinander zu tun gehabt.

„Was für eine Tragödie", sagte Penelope.

„Sie finden sie. Es ist ja erst eine Woche her."

„Aber was kann in einer Woche alles geschehen!" Penelope zwang sich zu einem Schaudern. „Man darf gar nicht daran denken."

„Dann tun Sie es nicht."

„Was für ein wundervoller Ratschlag“, sagte sie und klang zugleich erleichtert und arrogant. „Sagen Sie, wo ist Rick? Wir brauchen ihn hier. Er ist unser kleiner Testosteronschub.“

„Er ist auf dem Parkplatz.“ Lydia hatte keine Ahnung, wo Rick war. Sie hatten sich heute Morgen grässlich gestritten. Bestimmt wollte er sie nie wiedersehen.

Nein, das stimmte nicht. Rick würde kommen, schon wegen Dee. Aber wahrscheinlich würde er sich Lydias wegen auf die andere Seite der Sporthalle setzen.

„Rebound! Rebound!“, schrie Penelope, obwohl die Mädchen noch beim Aufwärmen waren. „Himmel, bisher ist es mir nie aufgefallen, aber Dee sieht ja genauso aus wie Sie.“

Lydia musste lächeln. Es war nicht das erste Mal, dass jemand auf die Ähnlichkeit hinwies. Dee hatte Lydias helle Haut und die veilchenblauen Augen. Sie hatten die gleiche Gesichtsform und das gleiche Lächeln. Beide waren sie von Natur aus blond – was sie definitiv von allen anderen Blondinen in der Halle unterschied. Dees Sanduhrfigur ließ nicht ahnen, was später im Leben passieren konnte, wenn man in Jogginghosen herumsaß und Kartoffelchips in sich hineinschaufelte. In diesem Alter war Lydia genauso schön und genauso schlank gewesen. Leider war eine Menge Kokain nötig gewesen, damit es so blieb.

„Also …“ Penelope schlug sich auf die Oberschenkel, als sie sich wieder Lydia zuwandte. „Ich wollte fragen, ob Sie mir vielleicht helfen können.“

„Okaaay.“ Lydia zog das Wort ängstlich in die Länge. Genau so pflegte Penelope einen einzufangen: Sie befahl einem nicht, etwas zu tun; sie sagte einem, dass sie Hilfe brauchte.

„Es geht um das Internationale Festival nächsten Monat.“

„Das Internationale Festival?“, wiederholte Lydia, als hätte sie noch nie von der eine Woche dauernden Wohltätigkeitsveranstaltung gehört, bei der die weißesten Männer und Frauen von North Atlanta in Dolce & Gabbana-Klamotten herumsaßen und Piroggen und schwedische Hackfleischbällchen kosteten, die die Nannys ihrer Kinder zubereitet hatten.

„Ich schicke Ihnen die E-Mails alle noch einmal zu", sagte Penelope. „Jedenfalls habe ich mir gedacht, Sie könnten vielleicht ein paar spanische Gerichte mitbringen. *Arròs negre. Tortilla de Patatas. Cuchifritos.*" Sie sprach alle Worte mit einem selbstbewussten spanischen Akzent aus, den sie wahrscheinlich von ihrem Poolboy aufgeschnappt hatte. „Mein Mann und ich hatten *Escalivada* letztes Jahr in Katalonien. Einfach fantastisch."

Lydia wartete seit vier Jahren darauf, es endlich zu sagen: „Ich bin keine Spanierin."

„Wirklich?" Penelope blieb ungerührt. „Dann eben *Tacos*. Oder *Burritos*. Oder vielleicht *Arroz con Pollo*?"

„Ich bin auch nicht aus Meh-i-ko."

„Ja, gut, natürlich ist Rick nicht Ihr Mann. Aber ich dachte, da Sie Delgado heißen, dass Dees Vater …"

„Penelope, sieht Dee für Sie wie eine Latina aus?"

Penelopes schrilles Lachen hätte Glas zerspringen lassen. „Was heißt das überhaupt: ‚wie eine Latina aussehen'? Sie sind so komisch, Lydia."

Lydia lachte ebenfalls, aber aus völlig anderen Gründen.

„Du meine Güte." Penelope wischte sich unsichtbare Tränen aus den Augen. „Aber jetzt rücken Sie schon raus mit der Geschichte."

„Welcher Geschichte?"

„Ach, kommen Sie! Sie tun immer so geheimnisvoll, wenn es um Dees Vater geht. Und um Sie selbst. Wir wissen kaum etwas über Sie." Sie rückte näher. „Raus mit der Sprache. Ich erzähl's niemandem."

Lydia stellte blitzartig eine Gewinn-und-Verlust-Rechnung an: Auf der Habenseite stand, dass die Mütter wegen

Dees ungeklärter Herkunft immer ängstlich zusammenzuckten, wenn ihnen mal eine leicht rassistische Bemerkung herausrutschte. Auf der Kostenseite dagegen, dass sie an einer Spendensammlung des Elternbeirats würde teilnehmen müssen.

Eine schwierige Entscheidung. Die leicht rassistischen Bemerkungen waren legendär.

„Kommen Sie“, drängte Penelope wieder, da sie Schwäche witterte.

„Also gut.“ Lydia holte tief Luft und hob an, das kunterbunte Lied ihrer Lebensgeschichte zu singen, bei dem sie hier eine Wahrheit wegließ, dort eine Lüge einschob, die eine oder andere Ausschmückung hinzufügte und das Ganze gut verrührte.

„Ich bin aus Athens, Georgia. Dees Vater Lloyd stammt aus South Dakota.“ *Oder dem südlichen Mississippi, aber Dakota klang weniger heruntergekommen.* „Er wurde von seinem Stiefvater adoptiert.“ *Der seine Mutter nur heiratete, damit man sie nicht zwingen konnte, gegen ihn auszusagen.* „Lloyds Vater starb.“ *Im Gefängnis.* „Lloyd war auf dem Weg nach Mexiko, um es seinen Großeltern zu erzählen.“ *Um zwanzig Kilo Kokain abzuholen.* „Sein Auto wurde von einem Lkw erfasst.“ *Er wurde tot auf einem Lkw-Parkplatz gefunden, nachdem er versucht hatte, mehrere Gramm Koks auf einmal zu schnupfen.* „Es ging schnell.“ *Er ist an seinem eigenen Erbrochenen erstickt.* „Dee hat ihn nie kennengelernt.“ *Was das größte Geschenk war, das ich meiner Tochter machen konnte.* „Ende.“

„Lydia.“ Penelope schlug die Hand vor den Mund. „Ich hatte ja keine Ahnung.“

Lydia fragte sich, wie lange es wohl dauern würde, bis die Geschichte die Runde machte. „Lydia Delgado! Die tragische Witwe!“

„Was ist mit Lloyds Mutter?“

„Krebs.“ *Ihr Zuhälter hat ihr ins Gesicht geschossen.*

„Von dieser Seite der Familie ist niemand mehr übrig." *Der nicht im Gefängnis sitzt.*

„Die armen Menschen." Penelope legte die Hand aufs Herz. „Dee hat nie etwas davon gesagt."

„Sie weiß alles." *Außer den Dingen, von denen sie Albträume bekäme.*

Penelope sah auf das Basketballfeld hinunter. „Kein Wunder, dass Sie so fürsorglich sind. Sie ist alles, was Ihnen von ihrem Vater blieb."

„Stimmt." *Außer man zählt Herpes mit.* „Ich war mit Dee schwanger, als er starb." *Ich war auf kaltem Entzug, weil ich wusste, sie würden sie mir wegnehmen, wenn sie Drogen in meinem Blut fanden.* „Es war ein Glück für mich, dass ich sie bekommen habe." *Dee hat mir das Leben gerettet.*

„Ach, Schätzchen." Penelope nahm Lydias Hand, und Lydia sank der Mut, als ihr bewusst wurde, dass alles umsonst gewesen war. Die Geschichte hatte Penelope sichtlich bewegt oder zumindest interessiert, aber sie war mit einer Aufgabe zu Lydia gekommen und musste sie loswerden. „Aber sehen Sie, es ist dennoch ein Teil von Dees Erbe, oder? Ich meine, eine Stieffamilie ist immer noch eine Familie. Einunddreißig Kinder an dieser Schule sind adoptiert, aber sie gehören trotzdem dazu!"

Lydia brauchte einen Moment, um diese Aussage zu verarbeiten. „Einunddreißig? Sagten Sie eben: einunddreißig?"

„Ich weiß." Penelope nahm ihre gespielte Schockiertheit für bare Münze. „Die Harris-Zwillinge sind gerade in die Vorschule gekommen. Die hat ihre Mutter mit in die Ehe gebracht, als Altlasten sozusagen." Sie senkte die Stimme. „Altlasten, die Läuse verbreiten, wenn man den Gerüchten glauben darf."

Lydia öffnete den Mund und schloss ihn wieder.

„Wie dem auch sei." Penelope setzte wieder ihr strahlendes Lächeln auf. „Geben Sie mir nur die Rezepte vorher kurz durch, okay? Ich weiß, Sie mögen es, wenn sich Dee

Fertigkeiten außerhalb des Lehrplans aneignet. Sie haben ja so ein Glück! Mutter und Tochter stehen zusammen in der Küche und kochen. Was für ein Spaß!"

Lydia hielt den Mund. Das Einzige, was sie und Dee zusammen in der Küche taten, war, darüber zu streiten, wann ein Mayonnaise-Glas so leer war, dass man es wegschmeißen musste.

„Danke für Ihre Bereitschaft!" Penelope trabte über die Tribüne fort und ruderte dazu mit den Armen.

Lydia fragte sich, wie lange Penelope wohl brauchte, um den anderen Müttern vom tragischen Tod Lloyd Delgados zu erzählen. Ihr Vater sagte immer, der Preis dafür, dass man sich Klatsch anhörte, sei, dass über einen selbst ebenfalls geklatscht wurde. Sie wünschte, er würde noch leben, damit sie ihm von den Müttern hier erzählen könnte. Er würde sich vor Lachen in die Hose pinkeln.

Coach Henley blies in seine Trillerpfeife und zeigte damit an, dass die Mädchen langsam mit dem Aufwärmen zum Ende kommen sollten. Penelopes Worte von wegen „Fertigkeiten außerhalb des Lehrplans aneignen" gingen Lydia nicht aus dem Kopf. Hier hatte sie also die Bestätigung, dass den Übermüttern nichts entging.

Lydia hatte kein schlechtes Gewissen, weil sie ihre Tochter dazu anhielt, einen Autoreparatur-Workshop zu besuchen, damit sie zumindest einen platten Reifen wechseln konnte. Und sie bereute es auch nicht, Dee gezwungen zu haben, sich für einen Selbstverteidigungskurs einzuschreiben, auch wenn sie dafür im Sommer das Basketball-Camp versäumte. Oder darauf bestand, dass Dee Schreien übte, weil Dee dazu neigte, in Paniksituationen vor Angst zu erstarren. Denn stumm zu bleiben war das absolut Blödeste, was man tun konnte, wenn man einen Mann vor sich hatte, der einen attackierte.

Lydia hätte darauf gewettet, dass Anna Kilpatricks Mutter sich in diesem Moment wünschte, ihrer Tochter beigebracht zu haben, wie man einen Reifen wechselte. Der Wagen des Mädchens war auf dem Parkplatz eines Einkaufszentrums gefunden worden, mit einem Nagel im Vorderreifen. Es war nicht unrealistisch, wenn man annahm, dass dieselbe Person, die den Reifen beschädigt hatte, auch Anna entführt hatte.

Coach Henley ließ zweimal kurz seine Trillerpfeife ertönen, damit sein Team sich in Bewegung setzte. Die Westerley-Mädels schlenderten zu ihm und bildeten einen Halbkreis. Die Mütter stampften mit den Füßen und bemühten sich nach Kräften, Begeisterung für ein Spiel aufzubauen, das so viel Dramatik entwickeln würde wie Farbe beim Trocknen. Das gegnerische Team hatte sich nicht einmal die Mühe gemacht, sich aufzuwärmen. Ihre kleinste Spielerin war über eins achtzig und hatte tellergroße Hände.

Die Tür zur Sporthalle flog auf. Lydia sah, wie Ricks Blick über die Menge flog und schließlich an ihr hängen blieb. Dann schaute er zu den leeren Rängen auf der anderen Seite des Spielfelds hinüber. Sie hielt den Atem an, als er offensichtlich überlegte, und stieß die Luft aus, als er sich auf den Weg zu ihr machte. Langsam stieg er die Tribüne herauf. Menschen, die für ihren Lebensunterhalt hart arbeiten mussten, neigten nicht dazu, Tribünen hinaufzusprinten.

Er ließ sich ächzend neben Lydia nieder.

„Hey", sagte sie.

Rick hob die leere Chipstüte auf, legte den Kopf in den Nacken und ließ sich die Krümel in den Mund rieseln. Die meisten landeten in seinem Hemdkragen.

Lydia lachte, weil es schwer war, jemanden zu hassen, der lachte.

Er sah sie argwöhnisch an. Er kannte ihre Tricks.

Rick Butler war ganz anders als die übrigen Westerley-Väter. Zum einen lebte er von seiner Hände Arbeit. Er war Mechaniker an einer Tankstelle, die den älteren Kunden immer noch den Wagen auftankte. Die Muskeln an seinen

Armen und der Brust rührten daher, dass er Reifen auf Felgen wuchtete. Der Pferdeschwanz, der ihm über den Rücken fiel, rührte daher, dass er nicht auf die zwei Frauen in seinem Leben hörte. Er war entweder ein Redneck oder ein Hippie, je nach Laune. Dass sie ihn in beiden Zuständen liebte, war die große Überraschung in Lydia Delgados Leben gewesen.

Er gab ihr die leere Tüte zurück. In seinem Bart hatten sich ein paar Chipskrümel verfangen. „Netter Schnauzer."

Sie berührte ihre wunde Oberlippe. „Streiten wir noch?"

„Bist du immer noch schlecht gelaunt?"

„Wenn ich auf meinen Instinkt höre, ja", räumte sie ein. „Aber ich hasse es, wenn wir böse aufeinander sind. Es fühlt sich an, als würde mein ganzes Leben auf dem Kopf stehen."

Das Startsignal ertönte. Als das Spiel begann, zuckten sie zusammen und beteten, die Demütigung möge kurz ausfallen. Wie durch ein Wunder angelten sich die Westerley-Mädchen den Ball, und noch erstaunlicher war, dass Dee damit das Feld entlangdribbelte.

„Renn, Delgado!", schrie Rick.

Offenbar nahm Dee die Schatten dreier riesenhafter Mädchen hinter sich wahr. Es gab niemanden, dem sie den Ball zupassen konnte. Sie schleuderte ihn blind in Richtung Korb. Dann sah sie, wie er vom Brett abprallte und in den leeren Rängen auf der anderen Hallenseite landete.

Lydia spürte Ricks kleinen Finger über ihren kleinen Finger streichen.

„Wie ist sie nur so fantastisch geworden?", fragte er.

„Frühstücksflocken", antwortete Lydia trocken. Sie brachte das Wort kaum heraus. Ihr ging jedes Mal das Herz auf, wenn sie sah, wie sehr Rick ihre Tochter liebte. Allein dafür verzieh sie ihm den Pferdeschwanz. „Tut mir leid, dass ich in letzter Zeit so eine Zicke war", sagte sie und ergänzte: „Die letzten zehn Jahre meine ich."

„Ich wette, du warst schon vorher zickig."

„Früher war ich viel amüsanter."

Er zog die Augenbrauen hoch. Sie hatten sich vor dreizehn Jahren auf einem Treffen der Anonymen Alkoholiker kennengelernt. Keiner von beiden war sehr amüsant gewesen.

„Ich war dünner", versuchte sie es noch einmal.

„Klar, und darauf kommt es ja an." Rick nahm den Blick nicht vom Spielfeld. „Was ist los mit dir, Süße? In letzter Zeit brauche ich nur den Mund aufzumachen, schon heulst du los wie ein geprügelter Hund."

„Jetzt bist du doch froh, dass wir nicht zusammenleben, oder?"

„Wollen wir schon wieder darüber streiten?"

Beinahe hätte sie damit angefangen. Der Satz: „Warum sollten wir zusammenziehen, wenn wir sowieso Tür an Tür wohnen?", lag ihr schon auf der Zunge.

Ihre Selbstbeherrschung blieb nicht unbemerkt. „Schön, zu sehen, dass du den Mund halten kannst, wenn du es wirklich willst." Er pfiff, als Dee einen Dreier versuchte. Der Ball ging daneben, aber er zeigte ihr trotzdem den erhobenen Daumen, als sie in seine Richtung schaute.

Lydia war versucht anzumerken, dass Dee einen Dreck auf seinen Beifall gäbe, wenn sie zusammenwohnten, aber sie beschloss, sich den Kommentar für das nächste Mal aufzuheben, wenn sie sich anbrüllten.

Rick seufzte, als die gegnerische Mannschaft den Ball bekam. „Oje, das war's dann wohl."

Das Mädchen mit den tellergroßen Händen sperrte Dee. Es hatte nicht einmal genügend Anstand, die Arme zu heben.

Rick lehnte sich zurück. Seine Füße hatte er auf dem Vordersitz abgelegt, die rissigen braunen Lederstiefel hatten Ölflecke. Seine Jeans war fettverschmiert, und er roch leicht nach Auspuffgasen. Er hatte freundliche Augen. Er liebte ihre Tochter. Er liebte Tiere. Sogar Eichhörnchen. Er hatte sämtliche Bücher von Danielle Steel gelesen, weil er bei der Entziehungskur süchtig danach geworden war. Es störte ihn nicht, dass Lydias Kleidung meist voller Hundehaare war. Und an ihrem Sexleben bedauerte sie nur eines: dass sie dabei keinen Ganzkörperumhang tragen durfte.

„Was muss ich tun?", fragte sie.

„Sag mir, was in deinem verrückten Kopf vor sich geht."

„Ich könnte es dir sagen, aber dann müsste ich dich anschließend töten."

Er dachte darüber nach. „Also gut. Du darfst nur mein Gesicht nicht entstellen."

Lydia sah auf die Anzeigetafel. Zehn zu null. Sie blinzelte. Zwölf zu null. „Es ist nur …" Sie wusste nicht, wie sie es ausdrücken sollte. „Es ist nur so, dass mich die Vergangenheit einholt."

„Das klingt wie ein Countrysong." Er sah ihr in die Augen. „Anna Kilpatrick?"

Lydia kaute auf ihrer Unterlippe. Er hatte keine Frage gestellt, er gab eine Antwort. Er hatte all die Zeitungsausschnitte über Annas Verschwinden gesehen, die sie aufgehoben hatte, und er hatte auch gesehen, wie ihr jedes Mal die Tränen kamen, wenn die Eltern des Mädchens auf dem Fernsehschirm erschienen.

„Ich habe gehört, die Polizei hat einen neuen Hinweis gefunden", sagte er.

„Sie können jetzt nichts mehr weiter tun, als hoffen, dass sie die Leiche finden."

„Sie könnte doch noch am Leben sein."

„Optimismus ist wie ein Glassplitter im Herzen."

„Ist das aus einem anderen Countrysong?"

„Es ist von meinem Vater."

Er lächelte sie an. Sie liebte die Lachfalten um seine Augen. „Baby, ich weiß, ich habe dich gebeten, dir keine Nachrichten anzusehen, aber ich glaube, es gibt etwas, das du wissen solltest."

Rick lächelte nicht mehr. Sie spürte, wie ihr Herzschlag eine Sekunde aussetzte.

„Ist sie tot?“ Lydias Hand fuhr an ihren Hals. „Haben sie Anna gefunden?“

„Nein. Das hätte ich dir sofort erzählt, das weißt du doch.“

Sie wusste es, aber ihr Herz hämmerte trotzdem.

„Ich habe heute Morgen einen Polizeibericht gesehen.“ Es widerstrebte Rick sichtlich, davon zu reden, doch er fuhr fort: „Es ist vor drei Tagen passiert. Ein gewisser Paul Scott, Architekt, verheiratet mit Claire Scott. Sie waren in der Innenstadt unterwegs und wurden ausgeraubt. Paul Scott bekam einen Messerstich in den Bauch und starb, bevor sie ihn ins Krankenhaus bringen konnten. Die Beerdigung ist morgen.“

Die Übermütter brachen erneut in Jubelrufe und Applaus aus. Dee war irgendwie ein weiteres Mal in Ballbesitz gekommen. Lydia sah sie über das Feld spurten. Das Mädchen mit den Tellerhänden schnappte ihr den Ball weg. Doch Dee gab nicht auf. Sie jagte dem Mädchen nach, war furchtlos, in jeder Beziehung. Und warum auch nicht? Niemand hatte sie je niedergeschlagen. Das Leben hatte noch keine Chance gehabt, ihr etwas anzutun. Sie hatte nie jemand Nahestehenden verloren. Sie kannte den Schmerz nicht, wenn einem jemand genommen wurde.

„Willst du nichts dazu sagen?“, fragte Rick.

Lydia hatte viel zu sagen, doch diese Seite von sich würde sie Rick nicht zeigen, diese wütende, brutale Seite, die sie mit Kokain betäubt hatte und dann, als ihr das Kokain zu viel wurde, mit Essen.

„Liddie?“

Sie schüttelte den Kopf. Tränen liefen ihr übers Gesicht. „Ich hoffe nur, er hat gelitten.“

II

Heute ist dein Geburtstag, und es ist der vierte Geburtstag ohne dich. Wie üblich habe ich mir Zeit genommen, unsere Familienfotos durchzusehen und all diese Erinnerungen auf mich einströmen zu lassen. Ich gestatte mir dieses Vergnügen nur ein Mal im Jahr, denn nur wenn ich diese kostbaren Erinnerungen rationiere, schaffe ich es durch die zahllosen, endlosen Tage ohne dich.

Mein Lieblingsfoto stammt von deinem ersten Geburtstag. Deine Mutter und ich waren davon weit begeisterter als du, auch wenn du generell ein glückliches Baby warst. Für dich war dieser Geburtstag einfach ein beliebiger Tag. Nichts daran bemerkenswert, bis auf den Kuchen, den du umgehend mit deinen winzigen Fäusten demoliert hast. Wir waren nur zu zweit auf der Gästeliste. Deine Mutter sagte, es sei albern, ein Ereignis, an das du dich nicht erinnern würdest, in größerem Kreis zu feiern. Ich pflichtete ihr bereitwillig bei, denn ich war egoistisch und nie glücklicher, als wenn ich meine beiden Mädchen für mich allein hatte.

Ich stoppte die Zeit, während die Erinnerungen kamen und gingen. Zwei Stunden. Nicht mehr, nicht weniger. Dann legte ich die Fotos sorgsam in die Schachtel zurück, schloss den Deckel und stellte sie bis zum nächsten Jahr ins Regal.

Meinem gewohnten Ablauf folgend, ging ich als Nächstes zum Büro des Sheriffs. Er hatte schon vor Langem aufgehört, mich auf meine Bitten hin zurückzurufen. Ich konnte die Panik in seinen Augen sehen, wenn er mich hinter der gläsernen Trennscheibe erkannte.

Ich bin sein Herausforderer. Ich bin sein Versagen. Ich bin der armselige Quälgeist, der nicht akzeptieren will, dass seine Tochter weggelaufen ist.

Unser erster Geburtstag ohne dich. Ich ging zum Sheriffbüro und verlangte in ruhigem Ton, alle Akten einsehen zu dürfen, die deinen Fall betrafen. Er weigerte sich. Ich drohte damit, die Presse zu informieren. „Nur zu", sagte er. Ich ging zum Münztelefon in der Eingangshalle und warf einen Vierteldollar ein. Er kam, nahm mir den Hörer aus der Hand und sagte, ich solle ihm in den Bereitschaftsraum folgen.

Wir führten in allen folgenden Jahren das gleiche ritualisierte Theaterstück auf, bis er heuer endlich ohne Kampf nachgab. Ein Deputy begleitete mich in ein Vernehmungszimmer, wo sie Kopien aller Akten ausgelegt hatten, die die Ermittlungen in deinem Fall betrafen. Er bot mir ein Glas Wasser an, aber ich deutete auf meine Imbisstüte und die Thermosflasche und sagte, ich hätte alles.

Es gibt keinen klaren Erzählstrang in einem Polizeibericht. Deine Akte besteht nicht aus Anfang, Mittelteil und Schluss. Es gibt Zusammenfassungen von Zeugenaussagen (mit größtenteils geschwärzten Namen, was nicht sehr weiterhilft), handgeschriebene Notizen von verschiedenen Detectives, in einer Sprache verfasst, die ich erst noch lernen muss, Aussagen, die sich als falsch herausgestellt haben, und andere, die im Verdacht stehen, falsch zu sein, (wiederum geschwärzte) Aussagen, die sich als richtig erwiesen haben (alle Leute lügen bis zu einem gewissen Grad, wenn sie von der Polizei befragt werden), sowie Vernehmungsnotizen mit einer dürftigen Liste von Verdächtigen (ja, natürlich sind auch deren Namen geschwärzt).

Zwei unterschiedliche Karten wurden zusammengeklebt. Die eine zeigt die Innenstadt und die andere den Campus, sodass man deine letzten nachweisbaren Bewegungen in der Stadt nachverfolgen kann.

Es gibt auch Fotografien: dein Zimmer im College mit einigen Lieblingskleidungsstücken, über deren Verbleib man nichts weiß, auf mysteriöse Weise verschwundene Toilettenartikel, liegen gelassene Lehrbücher, halb beendete Seminararbeiten, ein verschwundenes Fahrrad (das allerdings später entdeckt wurde).

Das erste Blatt in deiner Akte ist dasselbe, das ich schon bei meinem ersten Besuch an deinem Geburtstag gesehen habe, dann beim zweiten, beim dritten und auch jetzt beim vierten.

FALL ANHÄNGIG BIS WEITERE SPUREN VORLIEGEN.

So war das Wetter am 4. März 1991:

Die Höchsttemperatur betrug zehn Grad, die Tiefsttemperatur drei Grad. Der Himmel war wolkenlos. Es gab keine Niederschläge. Der Wind kam mit fünfundzwanzig Kilometer je Stunde aus Nordwest. Es gab zwölf Stunden und dreiundzwanzig Minuten Tageslicht.

Zu den Themen in den Nachrichten dieser Woche gehörten:

Der Mordprozess gegen Pamela Smart begann.

Rodney King wurde von Angehörigen der Polizei von Los Angeles geschlagen.

In der Nähe von Colorado Springs stürzte eine Maschine der United Airlines ab.

Präsident Bush erklärte den Irakkrieg für beendet.

Du verschwandest.

Hier sind die Erklärungen des Sheriffs für seine Annahme, dass du uns verlassen hast:

Du warst wütend auf uns, weil wir dir nicht erlaubten, außerhalb des Campus zu wohnen.

Du warst aufgebracht, weil wir dich nicht zu einem Konzert nach Atlanta fahren ließen.

Du hattest mit deiner Schwester über die Herkunft eines Strohhuts gestritten.

Du hattest nicht mehr mit deiner Großmutter geredet, weil sie angedeutet hatte, du seist dicker geworden.

Der Sheriff hat keine Kinder. Er versteht nicht, dass diese hochemotionalen Zustände im Leben einer neunzehnjährigen jungen Frau bloß Nebenschauplätze sind. Diese Streitigkeiten waren derart unbedeutende Stürme im Ökosystem unserer Familie, dass wir zu Beginn der Ermittlung gar nicht daran dachten, auch nur eine davon zu erwähnen.

Was in der Denkweise des Sheriffs hieß, dass wir versuchten, etwas zu verbergen.

Der Fairness halber muss man zugeben, dass du bei der Polizei kein unbeschriebenes Blatt mehr warst. Du warst bereits zweimal festgenommen worden. Das erste Mal wurdest du in einem Sicherheitslabor der Universität erwischt, als du dort gegen die Forschung an genetisch veränderten Organismen protestiert hast. Das zweite Mal hatte man dich beim Kiffen im Abstellraum des Plattenladens erwischt, in dem deine Freundin Sally arbeitete.

Hier sind die sogenannten Hinweise, die der Sheriff zur Untermauerung seiner Ausreißertheorie anführt:

Deine Zahnbürste und deine Haarbürste waren fort (oder du hast sie versehentlich in der Gemeinschaftsdusche liegen lassen).

Aus dem Schrank deiner Mitbewohnerin fehlte eine kleine lederne Reisetasche (oder sie hatte sie vielleicht einer Freundin für die Semesterferien geliehen).

Einige deiner Sachen waren nicht mehr an ihrem gewohnten Ort zu finden (oder wurden ohne deine Erlaubnis ausgeborgt).

Am erdrückendsten war, dass du einen nicht beendeten Liebesbrief auf deinem Schreibtisch zurückgelassen hattest …

Ich möchte dich in Paris küssen. Ich möchte in Rom deine Hand halten. Ich möchte nackt durch den Regen laufen. Dich in einem Zug lieben, der das Land durchquert.

Hier, sagte Huckleberry, sei der Beweis, dass du vorhattest wegzugehen.

Das, sagte deine Schwester, sei der Beweis, dass du gerade dabei warst, eine Rezension zu Madonnas Song „Justify My Love“ zu schreiben.

Es gab da einen jungen Mann, aber jeder Vater eines Mädchens im Teenageralter kann bestätigen, dass es immer einen jungen Mann gibt. Er hatte einen Wuschelkopf, drehte seine Zigaretten selbst und sprach für meinen Geschmack viel zu viel über seine Gefühle. Du warst interessiert an ihm, was vermutlich hieß, dass du noch nicht wirklich mit ihm zusammen warst. Schriftliche Nachrichten wurden ausgetauscht. Nächtliche Telefonate geführt. Selbst gemixte „Kuschelrock"-Musikkassetten überreicht. Ihr wart beide so jung. Es war der Beginn von etwas, das überallhin führen konnte. Oder nirgendwohin.

Um die naheliegende Frage zu beantworten: Der junge Typ war mit seinen Eltern beim Camping gewesen, als du entführt wurdest. Er hatte ein wasserdichtes Alibi. Ein Park Ranger hatte ihn bei seiner Familie gesehen. Der Mann hatte an ihrem Lagerplatz vorbeigeschaut, um sie zu warnen, dass ein Kojote in der Gegend gesichtet worden sei. Er saß eine Weile mit den Leuten am Lagerfeuer und unterhielt sich mit dem Vater über Football.

Der Beitrag des Rangers zu dem Fall endete an diesem Punkt noch nicht, sondern lieferte dem Sheriff eine mögliche Erklärung – die er später als Tatsache präsentierte.

In derselben Woche war dem Ranger eine Gruppe von Landstreichern im Wald begegnet. Sie waren obdachlos und zogen schon seit einer ganzen Weile im Staat umher. Sie waren alle dunkel gekleidet, bereiteten ihre Mahlzeiten an offenen Feuerstellen zu, wanderten mit auf dem Rücken gefalteten Händen und gesenkten Köpfen über die ländlichen Straßen. Sie hatten mit Drogen zu tun, denn solche Gestalten hatten immer mit Drogen zu tun.

Manche behaupteten, sie gehörten zu einer Sekte. Andere sagten, es seien nur Obdachlose. Wieder andere meinten, es handele sich um Ausreißer. Die meisten bezeichneten sie als Ärgernis. Dir, mein liebes Mädchen, sagten manche deiner Freunde nach, du habest sie mit einer gewissen Empathie als Freigeister bezeichnet. Weshalb der Sheriff in Ermangelung anderer Spuren einfach annahm, du hättest dich ihnen angeschlossen.

Du warst ehrenamtlich in der Obdachlosenunterkunft tätig, du hast Alkohol getrunken, obwohl du noch nicht einundzwanzig warst, und du hast gekifft. Deshalb war es nur logisch.

Zu der Zeit, als sich die Ausreißertheorie im Kopf des Sheriffs verfestigte, waren die Landstreicher, die Sektenmitglieder, die Freigeister – wie immer man sie auch nennen mochte – bereits weitergezogen. Sie wurden schließlich in North Carolina aufgespürt, zu bekifft und zu desorientiert, um angeben zu können, wer sich wann bei ihrer Gruppe aufgehalten hatte.

„Sie kommt mir irgendwie sehr bekannt vor", hatte einer von ihnen in seiner Aussage angegeben. „Aber wir alle haben schließlich zwei Augen, eine Nase und einen Mund. Wird einem also nicht jeder Mensch irgendwie bekannt vorkommen?"

Aus folgenden Gründen wissen wir, dass du entführt wurdest:

Du warst wütend auf deine Mutter, aber du bist dennoch am Tag zuvor nach Hause gekommen und hast in der Küche mit ihr geredet, während du deine Wäsche gewaschen hast.

Du warst zwar sauer auf deine Schwester, aber du hast ihr trotzdem deinen gelben Schal geliehen.

Du hast deiner Großmutter gezürnt, aber du hast trotz allem eine Karte hinterlassen, die du ihr in der darauffolgenden Woche zum Geburtstag schicken wolltest.

Und während es nicht vollkommen auszuschließen ist, dass du dich einer Gruppe von Hippies anschließen würdest, hättest du es nie und nimmer getan, ohne es uns zu sagen.

Folgendes wissen wir darüber, was du am Tag deiner Entführung getan hast:

Am Morgen des 4. März, einem Montag, hast du dich mit einigen befreundeten Helfern von der Obdachlosenunterkunft getroffen und bist zur *Hot Corner* gegangen, um Lebensmittel und Decken zu verteilen. Um 9.48 Uhr hatte Carleen Loper am Empfang in Lipscomb Hall Dienst und hat deine Rückkehr in den Schlaftrakt des Colleges vermerkt. Deine Zimmergenossin Nancy Griggs ist um 10.15 Uhr zu ihrem Töpferkurs aufgebrochen. Sie sagte, du seist müde gewesen und hättest dich noch einmal hingelegt. Dein Englisch-Professor hat dich von seinem mittäglichen Workshop in Erinnerung. Er hat dir ein paar redaktionelle Vorschläge zu deiner Arbeit über Spenser gemacht. Er erinnert sich an eine lebhafte Diskussion.

(Er wurde später als Verdächtiger ausgeschlossen, weil er an jenem Abend am anderen Ende des Campus einen Kurs gab.)

Gegen 13.00 Uhr bis du ins Tate Student Center gegangen, wo du ein gegrilltes Käsesandwich und einen Salat gegessen hast. Den Salat hast du dir mit Veronica Voorhees geteilt.

Der nächste Teil ist weniger konkret belegt, aber, basierend auf Befragungen, konnte der Sheriff eine plausible Liste deiner Aktivitäten zusammenstellen. Irgendwann hast du in den Redaktionsräumen der Studentenzeitung *The Red & Black* vorbeigeschaut und deinen Artikel über die mögliche Privatisierung der Verpflegung an der University of Georgia abgeliefert. Du bist ins Student Center zurückgekehrt und hast mit einem Jungen namens Ezekiel Mann Billard gespielt. Du hast mit einem anderen Jungen namens David Conford in der Lounge auf dem Cordsofa gesessen. Er hat dir erzählt, dass Michael Stipe, der Sänger von REM, angeblich am Abend im „Manhattan Café“ sein werde. Freunde, die nicht weit entfernt saßen, behaupten, Conford habe dich gefragt, ob du mit ihm hingehen wollest, aber er beharrt darauf, dass er dich nicht zu einem Rendezvous ausführen wollte.

„Wir waren nur Freunde", heißt es in seiner Aussage. Der Deputy, der ihn vernommen hat, notierte dazu, dass sich der Junge offenbar gewünscht hat, es wäre mehr.

(Zeugen zufolge hielten sich sowohl Mann als auch Conford am Abend im Student Center auf.)

Gegen 16.30 Uhr hast du das Tate verlassen. Du bist zu Fuß nach Hause gegangen und hast dein Fahrrad vor dem Student Center stehen gelassen, wahrscheinlich weil es kälter wurde und du auf der Fahrt den Baxter Hill hinunter nicht frieren wolltest.

(Zwei Wochen später wurde dein Rad angekettet am Fahrradständer vor dem Student Center entdeckt.)

Laut Empfang warst du um 17.00 Uhr zurück in deinem Zimmer in Lipscomb Hall. Deine Zimmergenossin Nancy erinnert sich an deine Erregung, als du ihr erzähltest, Michael Stipe werde am Abend im „Manhattan Club" sein. Ihr habt beschlossen, eine Gruppe zusammenzutrommeln und später am Abend gemeinsam hinzugehen. Ihr wart alle unter einundzwanzig, aber du kanntest John MacCallister, den Türsteher, von der Highschool. Nancy rief mehrere Freunde an. Es wurde vereinbart, sich um 21.30 Uhr zu treffen.

Da dein Psychologieprofessor eine Prüfung vor den Frühlingsferien angesetzt hatte, bist du mit Nancy noch in die Bibliothek gegangen, um zu lernen. Gegen 20.30 Uhr wurdet ihr beide im „Taco Stand", einem Restaurant schräg gegenüber dem Haupteingang zum Campus, gesehen. Ihr habt euer Essen nach Lipscomb Hall mitgenommen und habt das Gebäude durch die Hintertür betreten, die nur angelehnt war, weshalb euer Eintreffen vom Empfangstisch nicht vermerkt wurde.

Oben habt ihr beide dann geduscht und euch für den Abend umgezogen. Du hast Saddle Shoes, schwarze Jeans und ein weißes Herrenhemd getragen, dazu eine mit Gold und Silber bestickte Weste. Du hattest silberne Armreife am

Handgelenk und ein Amulett an einer Kette um den Hals, das deiner Schwester gehörte.

Später konnte sich Nancy nicht erinnern, ob du den Drahtkorb mit deinen Toilettenartikeln aus der Gemeinschaftsdusche wieder mitgebracht hast. (Die Sachen wurden in deinem Zimmer nicht gefunden.) Nancy erwähnt in einer ihrer Aussagen, dass herumliegende Gegenstände in den Duschen normalerweise entweder geklaut oder weggeworfen wurden.

Um 21.30 Uhr habt ihr euch mit euren Freunden vor dem „Manhattan Café" getroffen. John hat euch in den Club gelassen, aber ihr habt erfahren, dass das Gerücht über Michael Stipes Anwesenheit falsch war. Jemand sagte, die Band sei auf einer Asientour. Jemand anderes sagte, sie seien in Kalifornien.

Es herrschte allgemeine Enttäuschung, aber ihr habt beschlossen, da ihr schon einmal dort wart, könntet ihr auch bleiben und etwas trinken. Es war ein Montagabend. Alle außer dir hatten am nächsten Tag Seminare und Vorlesungen, eine Tatsache, die sich später zu deinem Nachteil auswirken sollte, da Nancy annahm, du seist bei uns zu Hause, um den Rest deiner Wäsche zu waschen, während wir annahmen, du seist im College.

Bei der ersten Runde gab es *Pabst Blue Ribbon*, das im „Manhattan Café" für einen Dollar pro Flasche verkauft wurde. Irgendwann später sah man dich mit einem *Moscow Mule* in der Hand, einem Cocktail, der vier Dollar fünfzig kostete und aus Wodka, Ginger Ale und Limettensaft bestand. Nancy Griggs wies darauf hin, dass ein Mann den Drink spendiert haben musste, da alle Mädchen die Angewohnheit hatten, um den teuren Cocktail zu bitten, wenn ein Mann anbot zu bezahlen.

Es lief ein Song, den du mochtest, und du hast zu tanzen angefangen. Jemand sagte, der Song sei von C+C Music Factory gewesen. Andere sagten, er war von Lisa. Wie auch immer, deine Begeisterung war ansteckend. Bald hatte sich der schmale Raum zwischen den Tischen im Club mit Tanzenden gefüllt.

Es schien keinen bestimmten Typen zu geben, den du an diesem Abend bevorzugt hast. Alle deine Freunde erzählten dem Sheriff, du hättest getanzt, weil du einfach gern getanzt hast, nicht weil du Männer anziehen wolltest. (Du warst also keine böse Verführerin, obwohl sich der Sheriff große Mühe gab, das zu einem Teil deiner Geschichte zu machen.)

Um genau 22.38 Uhr hast du zu Nancy gesagt, du hättest Kopfweh und würdest nach Hause gehen. Sie weiß die genaue Zeit, weil sie auf ihre Uhr gesehen hat. Sie bat dich, doch bis elf zu bleiben, dann hättet ihr zusammen gehen können. Du sagtest, du könnest nicht so lange bleiben und sie solle versuchen, möglichst leise zu sein, wenn sie nach Hause kam.

Der Sheriff muss Nancy nach dem Grad deiner Alkoholisierung gefragt haben, denn in ihrer schriftlichen Aussage heißt es, du hättest nicht sehr betrunken gewirkt, aber ständig gegähnt und einen unkonzentrierten Eindruck gemacht.

Der letzte Satz in Nancys unterschriebener Aussage lautet: Nach 22.38 Uhr habe ich sie nie wiedergesehen.

Niemand hat dich danach je wiedergesehen. Zumindest niemand, der dir nichts Böses antun wollte.

Nancys letzter Satz befindet sich auf der letzten Seite deiner Akte. Weiter wissen wir nichts.

Hier ist etwas, das der Sheriff nicht weiß und deine Mutter nicht glauben will: Ich erinnere mich, in dieser Nacht auf die Uhr gesehen zu haben. Es war einige Minuten später, eher gegen elf, höchstwahrscheinlich die Zeit, zu der du entführt wurdest.

Wir saßen bei einem späten Abendessen in „Harry Bisset's Grill“ in der Broad Street, etwa fünf Blocks vom „Manhattan Café“ entfernt. Deine Mutter war nach unten zur Toilette gegangen. Der Kellner bot an, die Rechnung zu bringen. Ich sah auf meine Armbanduhr – deshalb weiß ich, wie spät es war. Deine kleine Schwester war zu Hause geblieben, um mit einer Freundin zu lernen, aber sie brauchte niemanden mehr, der sie ins Bett brachte, also beschloss ich, zum Abschluss noch das Lieblingsdessert deiner Mutter zu bestellen.

Ich weiß noch, dass ich sie beobachtete, als sie die Treppe vom Waschraum heraufkam. Ich konnte nicht aufhören zu lächeln, denn deine Mutter war besonders schön an diesem Abend. Ihr Haar war nach hinten gekämmt. Sie trug ein weißes Baumwollkleid, das sich um ihre Hüften schmiegte. Ihre Haut schimmerte. In ihren Augen war so viel Leben. Als sie mich anlächelte, war mir, als explodiere etwas in meinem Herzen. Ich hätte sie nicht noch mehr lieben können als in diesem Augenblick: meine Frau, meine beste Freundin, die Frau, die mir so liebenswerte, rücksichtsvolle, schöne Kinder geschenkt hatte.

Sie setzte sich mir gegenüber an den Tisch. Ich nahm ihre Hände in meine.

„Warum lächelst du?“, fragte sie.

Ich küsste die Innenseiten ihrer Handgelenke und antwortete, was ich in diesem Augenblick für die absolute Wahrheit hielt: „Weil alles perfekt ist.“

Als dies erkenne ich mich selbst: als einen Narren.

3. KAPITEL

Ich habe soeben meinen Mann beerdigt.

Claire wiederholte die Worte unablässig in ihrem Kopf, so als würde sie eine Geschichte wiedergeben, statt die Erfahrung im wirklichen Leben zu machen.

Claire Scott hatte soeben ihren Mann beerdigt.

Das war längst nicht alles, denn der Gottesdienst hatte lang gedauert, mit vielen ineinander übergehenden Abschnitten, an die Claire sich mit distanziertem Chronistenblick erinnerte.

Der Sarg war metallgrau und der geschlossene Deckel mit weißen Lilien geschmückt. Es roch durchdringend nach nasser Erde, als der Leichnam ins Grab gesenkt wurde. Claires Knie gaben nach. Ihre Großmutter strich ihr über den Rücken, ihre Mutter bot ihr den Arm, doch Claire schüttelte nur den Kopf. Sie dachte an Dinge, die stark waren: Eisen. Stahl. Paul. Erst als sie auf der Rückbank der Limousine Platz nahmen, begriff Claire wirklich, dass sie ihren Mann nie wiedersehen würde.

Sie fuhr nach Hause – in das Zuhause, das sie geteilt hatten. Dort würde sie die Menschen treffen, deren Autos entlang der geschwungenen Auffahrt und bis hinaus auf die Straßen parkten. Sie würden Trauerreden halten und Geschichten erzählen. Paul hatte sich in seinem Testament einen Leichenschmaus gewünscht, aber für Claire hatte das Wort einen Beigeschmack, der es ihr unmöglich machte, es auszusprechen.

Es waren so viele Anrufe, Karten und Blumen eingetroffen, und so viele Spenden waren in Pauls Namen getätigt worden: an *Architecture for Humanity*, an *Habitat for Humanity*. Und sogar an die Amerikanische Krebsgesellschaft, obwohl Paul nicht an Krebs gestorben war.

Gab es eine wohltätige Organisation für Mordopfer? Das war etwas, worum Claire sich hätte kümmern sollen. War es zu spät? Vier Tage waren seit jenem schrecklichen Abend vergangen. Das Begräbnis war vorüber. Menschen, von denen sie seit Jahren nichts gehört oder gesehen hatte, hatten ihre Anteilnahme zum Ausdruck gebracht. Sie versicherten ihr unablässig, immer an sie zu denken. Paul sei ein guter Mensch gewesen, und sie seien stets für sie da.

Claire nickte, wenn man so mit ihr sprach – auf dem Polizeirevier, im Krankenhaus, im Bestattungsinstitut, bei der Andacht, am Grab –, auch wenn sie nicht genau wusste, wo dieses *da sein* stattfinden sollte.

„Wie kommst du zurecht?", fragten sie. „Wie fühlst du dich?"

Körperlos.

Das war das Wort, das Claires Zustand am besten beschrieb. Sie hatte die Definition gestern Abend auf ihrem iPad nachgesehen, um sicherzugehen, dass sie es richtig verstand.

Ohne oder getrennt vom Körper existierend.

Ohne erkennbaren physischen Ursprung.

Paul war ihr physischer Ursprung gewesen. Er hatte ihrem Leben Gewicht verliehen, er hatte sie geerdet, während sie von Natur aus dazu neigte, über den Dingen zu schweben, als würden sie jemand anderem geschehen.

Sie hatte diese starke Körperlosigkeit in den letzten vier Tagen empfunden, eigentlich seit dem Moment, als der Straßenräuber mit dem Schlangentattoo ihnen befohlen hatte, sich umzudrehen. Dann hatten die Polizei und der Leichenbestatter gefragt, ob sie die Leiche noch einmal sehen wolle, und Claire war bei dem Wort erbleicht und hatte geheult wie ein Kind, denn seit man ihr Paul aus den Armen genommen hatte, war sie jede einzelne Sekunde bemüht gewesen, das Bild ihres leblosen, ermordeten Mannes aus ihren Gedanken zu verbannen.

Claire Scott wollte ihren Mann wiedersehen.

Nicht seine Leiche.

Sie blickte aus dem Wagenfenster. Der Wagen kroch im dichten Verkehr Atlantas nur langsam vorwärts. Der Autokonvoi von der Beerdigung hatte sich schon an der vorletzten Ampel aufgelöst, und ihre Limousine war allein vorausgefahren. Es ging hier nicht wie auf dem Land zu, wo Fremde respektvoll zur Seite fuhren, um einen Trauerzug passieren zu lassen. Hier wurden die Polizeibeamten ignoriert, die auf Motorrädern die Vorhut bildeten. Man ignorierte auch die gelben Wimpel mit dem Aufdruck *Beerdigung*, die die Trauergäste an ihren Fahrzeugen befestigten. Man ignorierte alle bis auf Claire, die sich fühlte, als würde die ganze Welt auf die Rückbank ihres Autos starren, um einen Blick auf die trauernde Witwe zu erhaschen.

Das letzte Mal war sie auf dem Weg zum Flughafen in einer Stretchlimousine gefahren, als sie mit Paul zu einer Architekturkonferenz nach München geflogen war. Sie hatten im Hotel „Vier Jahreszeiten" gewohnt. Sechs glückselige Tage lang war Claire im Pool geschwommen, hatte Massagen und Gesichtsbehandlungen gebucht, sich vom Zimmerservice bedienen lassen und zusammen mit reichen Araberinnen, deren Männer sich wegen medizinischer Behandlungen in München aufhielten, den einen oder anderen Einkaufsbummel unternommen. An den Abenden war sie dann mit Paul essen gegangen und über die Maximilianstraße flaniert.

Wenn sie sich anstrengte, erinnerte sie sich daran, wie es gewesen war, seine Hand zu halten, während sie an den dunklen Schaufenstern der geschlossenen Läden entlangspaziert waren.

Sie würde nie mehr seine Hand halten. Sie würde sich nie mehr wieder im Bett herumdrehen und ihren Kopf an seine Brust betten. Sie würde ihn nie mehr in diesen abscheulichen Shorts, die sie so hasste, zum Frühstück herunterkommen sehen. Sie würde nie mehr einen Samstag auf der Couch mit ihm verbringen und lesen, während er Footballspiele schaute. Nie mehr zu einer Essenseinladung, einer Weinprobe oder einem Golfturnier der Firma gehen. Und selbst wenn sie es täte – welchen Sinn hätte es, da Paul nicht dabei war, um mit ihr darüber zu lachen?

Claire schnappte nach Luft. Ihr war, als müsse sie in der geschlossenen Limousine ersticken. Sie ließ das Fenster herunter und sog die kalte Luft in tiefen Zügen ein.

„Wir sind bald da", sagte ihre Mutter. Sie saß gegenüber von Claire und hatte die Hand um die Spirituosenkaraffen in der Seitenkonsole gelegt, denn das Geräusch von klirrendem Glas war wie der sprichwörtliche Fingernagel auf der Schiefertafel.

Ihre Großmutter Ginny knöpfte ihren Mantel bis oben hin zu, sagte jedoch kein Wort wegen der Kälte im Auto.

Claire fuhr das Fenster wieder hoch. Sie schwitzte. Ihre Lunge fühlte sich labil an. Sie konnte nicht über die nächsten Stunden hinausdenken. Mehr als hundert Leute wurden daheim erwartet. Adam Quinn, Pauls Partner in der Firma, hatte den Trauerschmaus mit seiner Gästeliste in eine Firmenveranstaltung von Quinn + Scott verwandelt. Ein Kongressabgeordneter, mehrere Industriekapitäne mit ihren Vorzeigefrauen, eine Handvoll Hedgefonds-Manager, Banker, Gastronomen, Projektentwickler und zahllose Wichtigtuer, denen Claire nie zuvor begegnet war und auf deren Bekanntschaft sie gut verzichten konnte, würden bald durch das Haus streifen.

Ihr Haus.

Sie lebten in Dunwoody, einem Vorort von Atlanta. Ihr Grundstück lag sanft abfallend, an seinem höchsten Punkt hatte ein Häuschen mit einer Reifenschaukel im Garten gestanden, das die Bulldozer gleich am allerersten Tag der Bautätigkeit abgerissen hatten. Paul hatte ihr Haus von Grund auf selbst entworfen. Er wusste, wo jede Schraube und jeder Nagel saß. Er konnte von jedem einzelnen Kabel sagen, wohin es führte und was es steuerte.

Claires Beitrag zur Infrastruktur hatte darin bestanden, Paul ein Etikettiergerät zu schenken, denn er liebte es, Dinge zu beschriften. Auf den Modem stand MODEM, auf dem Router stand ROUTER. An dem Hahn, mit dem man das Wasser abstellte, hing ein großes beschriftetes Schild. An jedem Gerät klebte ein Etikett mit dem Datum seiner Inbetriebnahme. Es gab folienverschweißte Checklisten für alles, vom Winterfestmachen der Wasseranschlüsse im Freien bis hin zur Fehlerbehebung beim audiovisuellen System des Hauses, das einem Kommandopult der NASA glich.

Das Haus zu managen war unbestreitbar ein Teilzeitjob. Jeden Januar übergab Paul Claire eine Liste mit Unternehmen, damit sie die jährlichen Wartungstermine vereinbaren konnte: für den Generator, die geothermische Anlage, die Garagentore, das Dach, das Bewässerungssystem, den Brunnen für das Bewässerungssystem, die Außenbeleuchtung, den Aufzug, die Fitnessausstattung, die Poolausrüstung und die Alarmanlage.

Und das waren nur die Aufgaben, die ihr aus dem Gedächtnis einfielen. Bis Januar waren es nicht einmal mehr zwei Monate. Wen sollte sie anrufen? Claire warf die Liste immer weg, wenn der letzte Handwerker gegangen war. Hatte Paul die Datei irgendwo? Würde sie überhaupt wissen, wo sie suchen musste?

Ihre Hände begannen zu zittern. Ihre Augen füllten sich mit Tränen. Die Menge von Dingen, die sie zu tun hatte und von denen sie nichts wusste, überwältigte sie.

„Claire?“, sagte ihre Mutter.

Claire wischte sich die Tränen ab und versuchte, mit logischem Denken gegen ihre Panik anzugehen. Januar war im nächsten Jahr. Der Trauerempfang war jetzt. Man musste Claire nicht sagen, wie man eine gesellschaftliche Zusammenkunft organisierte. Die Caterer mussten vor einer Stunde eingetroffen sein. Wein und Spirituosen waren am Morgen geliefert worden. Als Claire sich für das

Begräbnis angekleidet hatte, waren die Gärtner bereits mit ihren Laubbläsern draußen im Garten zugange gewesen. Der Pool war gestern Abend noch gereinigt worden, während die Tische und Stühle abgeladen wurden. Es gab zwei Barkeeper und sechs Bedienungen. Schwarzbohnenküchlein mit Shrimps. Zucchinipuffer mit Mais. Mit Koriander gewürzte Hamburger. Rote-Bete-Reiskuchen. Zitronenhühnchen mit Dillgurken. Schweinswürstchen mit Senf im Brotmantel, die Claire immer als Gag servierte, die aber jedes Mal das erste Gericht waren, das den Caterern ausging, da alle Leute die winzigen Hotdogs liebten.

Allein bei der Vorstellung von all dem Essen schoss in ihren leeren Magen die Säure ein. Sie sah ausdruckslos auf die Spirituosenkaraffen in der Limousine. Die Hand ihrer Mutter ruhte immer noch leicht auf den Stöpseln. Der gelbe Saphirring war ein Geschenk ihres zweiten Gatten: ein leutseliger Mann, der, zwei Tage nachdem er sich aus seiner Zahnarztpraxis in den Ruhestand zurückgezogen hatte, in aller Stille an einem Herzinfarkt gestorben war. Helen Reid war zweiundsechzig Jahre alt, aber sie schien eher in Claires Alter zu sein. Helen behauptete, ihre schöne Haut rühre daher, dass sie seit vierzig Jahren Bibliothekarin war und von Berufs wegen nie an die Sonne kam. Dass sie häufig für Schwestern gehalten wurden, war der Fluch von Claires jungen Jahren gewesen.

„Willst du etwas trinken?", fragte Helen.

Claires Mund formte automatisch ein Nein, aber heraus kam ein Ja.

Helen zog eine Karaffe mit Scotch aus der Konsole. „Ginny?"

Claires Großmutter lächelte. „Nein danke, Liebes."

Helen schenkte einen großzügigen Doppelten ein. Claires Hand zitterte, als sie das Glas nahm. Sie hatte am Morgen eine Valium genommen, und als die nicht zu helfen schien, hatte sie noch etwas Tramadol geschluckt, das von einer

Zahnwurzelbehandlung übrig war. Wahrscheinlich sollte sie zu den Tabletten keinen Alkohol trinken, aber Claire hätte viele Dinge in dieser Woche nicht tun sollen.

Sie schüttete den Drink hinunter. In ihrem Kopf blitzte das Bild auf, wie Paul vor vier Tagen in dem Restaurant seinen Scotch gekippt hatte. Sie würgte, als der Schnaps in ihrem Magen landete und die Kehle hinauf brannte.

„Du meine Güte", sagte Ginny und klopfte Claire auf den Rücken. „Alles in Ordnung, Liebes?"

Claire zuckte beim Schlucken zusammen, ein scharfer Schmerz schoss ihr in die Wange. Sie hatte eine Hautabschürfung an der Stelle, wo sie mit dem Gesicht an die Ziegelmauer geschrammt war. Alle nahmen an, es sei erst bei dem Raubüberfall passiert.

„Als du klein warst", sagte Ginny, „habe ich dir immer Scotch mit Zucker gegen den Husten gegeben. Erinnerst du dich?"

„Ja."

Sie lächelte ihre Enkelin mit aufrichtiger Zuneigung an, woran Claire sich nicht so recht gewöhnen konnte. Im letzten Jahr hatte man eine sogenannte „freundliche Demenz" bei der alten Frau diagnostiziert, was bedeutete, das sie all die eingebildeten Kränkungen und neurotischen Obsessionen vergessen hatte, die sie in den ersten acht Jahrzehnten ihres Lebens zu einem ekelhaften Miststück gemacht hatten. Niemand traute der Verwandlung völlig, sie warteten alle irgendwie darauf, dass die alte Ginny, phönixgleich, wiederauferstand und sie von Neuem schikanierte.

„Es war nett, dass dein Tennisteam gekommen ist", sagte Helen zu Claire.

„Ja, das war es." Claire war über das Erscheinen entsetzt gewesen. Das letzte Mal hatte sie die Frauen gesehen, als sie auf den Rücksitz eines Polizeiautos verfrachtet wurde.

„Sie waren tadellos gekleidet", sagte Ginny. „Du hast so nette Freundinnen."

„Danke“, sagte Claire, wenngleich sie nicht wusste, ob sie an Pauls Begräbnis teilgenommen hatten, weil sie immer noch ihre Freundinnen waren oder weil sie sich ein so interessantes gesellschaftliches Ereignis nicht entgehen lassen konnten. Ihr Verhalten auf dem Friedhof hatte keine Rückschlüsse darauf zugelassen, was von beidem der Fall war. Sie hatten Claire auf die Wange geküsst, sie umarmt und ihr gesagt, wie leid es ihnen tue, und dann waren sie geschlossen weitergegangen, während Claire andere Trauergäste begrüßte. Sie konnte sie nicht hören, aber sie wusste, was sie taten: Sie lästerten darüber, wie die Leute gekleidet waren, und tratschten, wer mit wem schlief, wer dahintergekommen war und was die Scheidung kosten würde.

Claire hatte sich förmlich über ihren Köpfen schweben sehen und sie flüstern hören: „Ich habe gehört, dass Paul getrunken hatte. Warum waren sie eigentlich in dieser Gasse? Was dachten sie denn, was in diesem Teil der Stadt los ist?“

Claire war ihr ganzes Leben lang mit dieser Sorte niederträchtiger Frauen befreundet gewesen. Sie wäre hübsch genug für die Rolle der Anführerin gewesen, aber sie hätte niemals die Art furchtloser Loyalität erzwingen können, ohne die sich ein Rudel Wölfinnen nicht beherrschen ließ. Stattdessen war sie das stille Mädchen, das über die Witze der anderen lachte, beim Shopping hinterhertrottete, im Auto den Mittelplatz auf der Rückbank abbekam und sie niemals und unter keinen Umständen wissen ließ, dass sie heimlich ihre Männer vögelte.

„Und welche von ihnen hast du tätlich angegriffen?“, fragte Ginny.

Claire schüttelte den Kopf. „Die war nicht da. Und es war kein tätlicher Angriff, sondern ungebührliches Verhalten, was juristisch einen großen Unterschied macht.“

Ginny lächelte freundlich. „Bestimmt schickt sie noch eine Karte. Alle mochten Paul.“

Claire wechselte einen Blick mit ihrer Mutter.

Ginny hatte Paul gehasst. Und noch mehr hatte sie es gehasst, dass Claire mit Paul zusammen war. Ginny war früh Witwe geworden und hatte Claires Vater mit ihrem mickrigen Sekretärinnengehalt großgezogen. Sie trug ihre lebenslange Mühsal wie ein Ehrenabzeichen. Claires Designerklamotten und ihr Schmuck, die großen Wohnhäuser, teuren Autos und Luxusurlaube waren geradezu ein Affront für die Frau gewesen, die die große Wirtschaftskrise, den Zweiten Weltkrieg, den Verlust eines Mannes und zweier Kinder und zahllose andere Härten überlebt hatte.

Claire erinnerte sich lebhaft daran, wie sie ihre Großmutter einmal in roten Pumps von Louboutin besucht hatte.

„Rote Schuhe sind für Kleinkinder und Huren", hatte Ginny gelästert.

Als Claire es Paul danach erzählte, scherzte er: „Findest du es unheimlich, dass ich mit beidem einverstanden bin?"

Claire stellte ihr leeres Glas im Wagen ab und sah aus dem Fenster. Sie fühlte sich so außerhalb von Raum und Zeit, dass sie im ersten Moment nichts von der Umgebung erkannte, bis ihr plötzlich klar wurde, dass sie fast zu Hause waren.

Zu Hause.

Das Wort schien nicht mehr zu passen. Was war ein Zuhause ohne Paul? Als sie in der Nacht nach dem Überfall vom Polizeirevier heimkam, war ihr das Haus plötzlich zu groß, zu leer für einen einzelnen Menschen erschienen.

Paul hatte mehr gewollt. Er hatte schon bei ihrer zweiten und dritten Verabredung von Kindern gesprochen und bei zahllosen Verabredungen danach. Er hatte Claire von seinen Eltern erzählt, wie wundervoll sie gewesen waren und wie er am Boden zerstört gewesen war, als sie starben. Paul war sechzehn gewesen, als die Scotts in einem Eissturm bei einem Autounfall ums Leben kamen. Er war ein Einzelkind ohne Verwandte, der letzte war ein Onkel gewesen, der starb, als Paul in der Highschool war.

Ihr Mann hatte deutlich zu verstehen gegeben, dass er sich eine große Familie wünschte. Er hatte viele Kinder haben wollen, um sich gegen Verlust zu impfen, und Claire und er hatten es immer wieder versucht, bis sie sich schließlich einverstanden erklärte, einen Fruchtbarkeitsspezialisten aufzusuchen. Der erkannte auf den ersten Blick, dass Claire nicht schwanger werden würde, solange sie eine Spirale trug und die Pille nahm.

Natürlich hatte Claire ihrem Mann diese Information vorenthalten. Sie erzählte Paul, der Arzt habe etwas diagnostiziert, das sich „feindlicher Uterus" nannte. Was ja auch stimmte, denn was kann feindlicher sein als ein in der Gebärmutter steckender Kupferdraht?

„Wir sind fast da", sagte Helen. Sie streckte die Hand aus und tätschelte Claires Knie. „Wir stehen das gemeinsam durch, Schätzchen."

Claire nahm die Hand ihrer Mutter. Sie hatten beide Tränen in den Augen, und sie gingen beide nicht darauf ein.

„Gut, dass es ein Grab gibt, das du besuchen kannst", sagte Ginny und sah freundlich lächelnd aus dem Fenster. Wer wusste schon, wo sie mit ihren Gedanken war? „Ich kann mich noch erinnern, dass ich, als dein Vater starb, an seinem Grab stand und dachte, das ist der Ort, an dem ich meinen Schmerz zurücklassen kann. Das geschah natürlich nicht sofort, aber ich hatte einen Ort, wo ich hingehen konnte, und jedes Mal, wenn ich nach einem Besuch auf dem Friedhof wieder in meinen Wagen stieg, hatte ich das Gefühl, als wäre ein winziger Teil meines Schmerzes verschwunden."

Helen zupfte sich unsichtbare Fussel von ihrem Rock.

Claire versuchte, schöne Erinnerungen an ihren Vater heraufzubeschwören. Sie war im College gewesen, als Helen anrief, um ihr zu sagen, dass er tot war. Am Ende seines Lebens war ihr Vater ein sehr trauriger, völlig gebrochener Mann gewesen. Es hatte niemanden wirklich überrascht, als er Selbstmord beging.

„Wie heißt dieses verschwundene Mädchen gleich wieder?“, fragte Ginny.

„Anna Kilpatrick.“

Beim Einbiegen in die Einfahrt verringerte die Limousine das Tempo. Helen rutschte auf ihrem Sitz hin und her und starrte aus dem Fenster. „Ist das Tor absichtlich offen?“

„Vermutlich haben die Caterer …“ Claire sprach den Satz nicht zu Ende. Drei Polizeiautos parkten hinter dem Lieferwagen der Cateringfirma. „Oh, mein Gott, was ist jetzt schon wieder los?“

Eine Polizistin machte dem Fahrer der Limousine Zeichen, auf dem Stellplatz vor dem Vordereingang zu halten.

Helen sah Claire an. „Hast du etwas angestellt?“

„Wie bitte?“ Claire war fassungslos über die Frage, aber dann dachte sie an das Valium und das Tramadol und den Scotch und an ihren herzlosen Bewährungshelfer, der gesagt hatte, Claires vorlautes Mundwerk werde sie eines Tages noch in Schwierigkeiten bringen, worauf Claire erwidert hatte, diesen Tag habe sie bereits hinter sich, sonst bräuchte sie ja keinen Bewährungshelfer.

Würde er tatsächlich an dem Tag, an dem ihr Mann beerdigt wurde, einen Drogentest machen?

„Claire, stell um Himmels willen irgendetwas mit deinem Gesichtsausdruck an“, zischte Helen und rutschte zur Wagentür. „Du siehst dermaßen schuldbewusst aus.“

„Ich habe nichts getan“, entgegnete Claire in einem weinerlichen Tonfall, der nach neunter Klasse klang.

„Lass mich das machen“, sagte Helen und stieß die Tür auf. „Gibt es ein Problem, Officer?“ Sie sprach mit ihrer Bibliothekarinnenstimme: tief, beherrscht und in hohem Maß ungehalten.

Die Polizistin hob die Hand. „Bitte bleiben Sie zurück.“

„Das hier ist Privatgrund. Ich kenne meine Rechte.“

„Verzeihung.“ Claire trat vor ihre Mutter. Kein Wunder, dass sie ein Autoritätsproblem hatte. „Ich bin Claire Scott.

Das ist mein Haus."

„Kann ich einen Ausweis sehen?"

Helen stampfte mit dem Fuß auf. „Herrgott noch mal! Sind Sie wirklich mit drei Einsatzfahrzeugen gekommen, um meine Tochter an dem Tag festzunehmen, an dem sie ihren Mann beerdigt hat?" Sie deutete auf Claire. „Sieht sie etwa aus wie eine Kriminelle?"

„Ist schon gut, Mutter." Claire erinnerte sie nicht daran, dass sie formal tatsächlich eine Kriminelle war. Im Rahmen ihrer Bewährungsfrist konnte sich die Polizei alle Freiheiten herausnehmen. Sie öffnete ihre Handtasche, um die Brieftasche hervorzuholen. Und dann fiel ihr ein, dass der Verbrecher die Brieftasche hatte.

Claire sah die Tätowierung wieder vor sich, den vergoldeten Giftzahn. Der Mann war ein Weißer gewesen, ein Detail, das Claire überrascht hatte, wie sie dem Detective auf dem Revier berichtete. War es rassistisch, davon auszugehen, dass reiche Weiße nur von schwarzen oder lateinamerikanischen Bandenmitgliedern ausgeraubt wurden? Oder hatte sie beim Spinning im Fitnessstudio zu viel Rapmusik gehört? Es war die gleiche Denkweise, die das Bild einer glänzenden schwarzen Waffe heraufbeschwor, obwohl es doch ein Messer gewesen war, das der Mann in Pauls Bauch gepresst hatte. Ein Messer, das nicht einmal echt aussah, aber ausgereicht hatte, ihren Mann zu töten.

Die Erde begann zu beben. Claire spürte, wie sich die Vibrationen von ihren Füßen über die Beine hinauf ausbreiteten.

„Claire?", sagte Helen.

Vor ein paar Jahren waren sie während eines Erdbebens in Napa gewesen. Claire war aus dem Bett geschleudert worden, Paul landete auf ihr. Sie hatten nach ihren Schuhen und ihren Papieren gegriffen und waren, an geborstenen Wasserleitungen vorbei und über gesplittertes Glas, ins Freie gerannt.

„Mangelhafte Abreißbewehrung", hatte Paul gesagt, als er dann in Boxershorts und Unterhemd auf der bevölkerten Straße stand. „Ein neueres Gebäude hätte Einzellager in den Fundamenten oder Stoßdämpfer, die den Schereffekt puffern."

Ihn über erdbebensicheres Bauen faseln zu hören war das Einzige, was sie beruhigen konnte.

„Claire?"

Claire öffnete blinzelnd die Augen. Sie sah zu ihrer Mutter hoch und wunderte sich, warum deren Gesicht so nah an ihrem war.

„Du bist ohnmächtig geworden."

„Bin ich nicht", widersprach Claire, obwohl alles auf das Gegenteil hinwies. Sie lag auf dem Rücken in ihrer eigenen Einfahrt. Die Polizistin stand über ihr. Claire bemühte sich vergeblich, sich ein Insekt auszudenken, an das die Frau sie erinnerte, aber wenn man ehrlich war, sah sie nur überarbeitet und müde aus.

„Bleiben Sie einfach liegen, Ma'am", sagte die Beamtin. „Ein Rettungswagen wird in wenigen Minuten hier sein."

Claire zwang das Bild der Sanitäter aus ihrem Kopf, die mit ihrer Rolltrage in die Gasse gestürmt waren und die dann Paul nicht einmal eine Minute lang untersucht hatten, ehe sie stumm ihre Köpfe schüttelten.

Hatte tatsächlich jemand gesagt: „Er ist tot", oder hatte Claire die Worte selbst ausgesprochen? Gehört? Gespürt? Als ihr Mann vor ihren Augen zu einer Leiche wurde.

„Kannst du mir aufhelfen?", fragte Claire ihre Mutter.

„Ma'am, bleiben Sie besser liegen", kommandierte die Polizistin.

Helen half ihr, sich aufzusetzen. „Hast du gehört, was die Polizistin gesagt hat?"

„Du bist doch diejenige, die mir geholfen hat, mich aufzusetzen."

„Nicht das. Jemand wollte das Haus ausrauben."

„Das Haus ausrauben?“, wiederholte Claire, weil es keinen Sinn ergab. „Wieso?“

„Ich denke, sie wollten Wertgegenstände stehlen.“ Helens Ton war geduldig, aber Claire merkte ihr an, dass die Nachricht sie beunruhigte. „Die Cateringfirma hat die Einbrecher überrascht.“

Einbrecher. Aus dem Mund ihrer Mutter klang das Wort antiquiert.

„Es hat einen Kampf gegeben“, fuhr Helen fort. „Der Barkeeper wurde schwer verletzt.“

„Tim?“, fragte Claire, weil sie dachte, wenn sie die Einzelheiten wusste, würde sie endlich verstehen, dass es wirklich geschehen war.

Helen schüttelte den Kopf. „Ich kenne seinen Namen nicht.“

Claire sah zum Haus hinauf. Sie fühlte sich wieder körperlos in Pauls Abwesenheit.

Und dann dachte sie an den Schlangenmann und kam schlagartig wieder zu sich.

„War es mehr als ein Einbrecher?“, fragte sie die Polizistin.

„Es waren drei afroamerikanische Männer, mittelgroß, Mitte zwanzig. Sie trugen alle Masken und Handschuhe.“

Helen hatte nie viel Vertrauen in die Polizei gehabt. „Mit dieser Beschreibung kriegen Sie die drei bestimmt im Handumdrehen.“

„Mutter“, mahnte Claire, denn das half jetzt nicht weiter.

„Sie fuhren einen silbernen, viertürigen Wagen neueren Baujahrs.“ Die Polizistin berührte den Schlagstock an ihrem Gürtel, als sehnte sie sich danach, ihn zu benutzen. „Wir haben eine Fahndung nach dem Wagen laufen.“

Claire räusperte sich. „Ich kann nicht so in der Einfahrt sitzen bleiben.“ Helen fasste sie am Arm und half ihr, aufzustehen. Was würde Paul wohl tun, wenn er hier wäre? Er würde das Kommando übernehmen. Aber Claire konnte das nicht. Sie konnte sich kaum aufrecht halten. „Haben die Einbrecher etwas mitgenommen?“

„Wir glauben, nicht“, sagte die Polizistin, „aber wir müssen Sie bitten, mit den Detectives durchs Haus zu gehen und nachzusehen.“ Sie zeigte auf eine Gruppe von Männern, die an der Tür zum Küchenvorraum standen. Sie trugen Trenchcoats wie Inspektor Columbo. Einer von ihnen hatte sogar eine Zigarre zwischen den Zähnen stecken. „Sie werden Ihnen eine Checkliste aushändigen, damit Sie ein Inventarverzeichnis erstellen können. Ihre Versicherung wird einen ausführlichen Bericht von Ihnen haben wollen.“

Claire fühlte sich so überfordert, dass sie fast aufgelacht hätte. Die Frau hätte sie ebenso gut bitten können, das Smithsonian Museum zu katalogisieren. „Ich erwarte Gäste. Ich muss nachsehen, ob die Tische gedeckt sind. Das Catering …“

„Ma'am“, unterbrach die Polizeibeamtin. „Niemand darf ins Haus, bis der Tatort freigegeben ist.“

Claire biss sich auf die Faust, damit sie die Frau nicht anfuhr, sie solle mit ihrem verdammten „Ma'am“ aufhören.

„Ma'am?“, wiederholte die Beamtin.

Claire ließ die Faust sinken. Unten an der Einfahrt hielt ein Wagen. Ein grauer Mercedes mit eingeschalteten Scheinwerfern. Aus dem Fenster hing ein gelber Wimpel mit dem Schriftzug BEERDIGUNG. Ein zweiter Mercedes hielt dahinter. Der Autokonvoi vom Friedhof hatte sie endlich eingeholt. Was sollte sie nur tun? Wieder in Ohnmacht zu fallen erschien ihr als die einfachste Lösung. Und dann? Der Rettungswagen. Das Krankenhaus. Die Beruhigungsmittel. Irgendwann würde man sie nach Hause schicken. Irgendwann würde sie sich genau hier an dieser Stelle wiederfinden, mit den Detectives, dem Inventarverzeichnis, der Versicherung und dem ganzen anderen Quatsch. Das war alles Pauls Schuld. Er müsste hier sein. Er müsste sich um das alles kümmern. Es war seine Aufgabe.

Claire Scott war wütend auf ihren toten Ehemann, weil er nicht da war, um ihre Probleme zu lösen.

„Schätzchen?", fragte Helen.

„Alles in Ordnung." Claire hatte vor langer Zeit erkannt, dass man sich meist sehr gut selbst täuschen konnte, wenn man mit genügend Überzeugungskraft log. Alles, was sie jetzt tun musste, war, eine To-do-Liste zu erstellen. Genau das hätte auch Paul getan. Er hatte immer gesagt, es gebe nichts, was man nicht mit einer Liste lösen könne. Bewältige die einzelnen Punkte und du bewältigst das Problem. „Ich werde die Detectives durchs Haus führen. Wir müssen die Trauerfeier absagen." Sie wandte sich an den Fahrer der Limousine, der diskret in der Nähe gewartet hatte. „Können Sie bitte meine Großmutter ins Heim zurückbringen?" Dann wandte sie sich an die Polizistin. „Bitte sagen Sie dem Rettungswagen ab. Es geht mir gut. Mehr als hundert Leute sind auf dem Weg hierher. Wenn Sie nicht wollen, dass sie ins Haus kommen, dann müssen Sie unten an der Einfahrt jemanden postieren, der sie aufhält."

„Wird gemacht." Die Beamtin schien froh, von ihr wegzukommen. Sie rannte geradezu die Einfahrt hinunter.

Claire fühlte, wie der Sturm sich ein wenig legte. Sie sah ihre Mutter an. „Ich weiß nicht, ob ich das alles schaffe."

„Du bist schon dabei, es zu schaffen." Helen hakte sich bei Claire unter und ging mit ihr zu den Männern in den Trenchcoats hinüber. „Hast du dich am Kopf verletzt, als du ohnmächtig geworden bist?"

„Nein." Claire befühlte ihren Hinterkopf. Die Schwellungen vom Überfall in der Gasse waren noch druckempfindlich. Eine Beule mehr oder weniger machte da nicht viel Unterschied. „Bin ich früher schon einmal ohnmächtig geworden?"

„Nicht, dass ich wüsste. Du solltest es beim nächsten Mal auf einem Rasen versuchen. Ich dachte, du hast dir den Kopf aufgeschlagen."

Claire drückte den Arm ihrer Mutter. „Du musst nicht hierbleiben."

„Ich gehe erst, wenn ich sehe, dass alles in Ordnung ist."

Claire presste die Lippen zusammen. Es hatte eine Zeit gegeben, in der ihre Mutter unfähig gewesen war, für irgendwen da zu sein. „Hör zu, ich weiß, wie du über die Polizei denkst, aber du musst dich beruhigen."

„Huckleberries", murmelte Helen; es war ihr Wort für unfähige Polizisten. „Weißt du, mir ist in den Sinn gekommen, dass ich so ziemlich die Einzige in unserer Familie bin, die noch nie im Zuchthaus war."

„Gefängnis, Mutter. Ins Zuchthaus kommt man erst, wenn man verurteilt wurde."

„Na, Gott sei Dank habe ich bei meinem Buchclub nicht das falsche Wort benutzt."

„Mrs. Scott?" Einer der Männer im Trenchcoat kam, mit der Dienstmarke in der Hand, auf sie zu. Er roch nach Zigarrenrauch, anscheinend war der Trenchcoat noch nicht klischeehaft genug. „Ich bin Captain Mayhew von der Polizei von Dunwoody."

„Captain?", wiederholte Claire. Der Mann, mit dem sie nach Pauls Ermordung gesprochen hatte, war nur Detective gewesen. War ein Einbruch wichtiger als ein Mord, oder waren Morde in Atlanta so normal, dass man sie an Detectives delegierte?

„Ich bedauere Ihren Verlust wirklich sehr." Mayhew steckte seine Marke in die Manteltasche. Sein Schnauzbart war buschig und ungepflegt, und in den Nasenlöchern wuchsen Haare. „Der Herr Abgeordnete hat mich gebeten, die Sache persönlich zu bearbeiten."

Claire wusste, wer der Herr Abgeordnete war. Johnny Jackson war fast von Beginn an Pauls Wohltäter gewesen und hatte ihm öffentliche Aufträge zugeschanzt, die eigentlich an erfahrenere Architekten hätten gehen müssen. Die frühe Investition hatte sich im Lauf der Jahre bezahlt gemacht. Jedes Mal, wenn Quinn + Scott einen neuen Regierungsauftrag bekam, tauchten auf Pauls privater Kreditkartenabrechnung Charterflüge auf, die er nicht angetreten, und Fünfsternehotels, in denen er nicht übernachtet hatte.

Sie holte tief Luft. „Verzeihen Sie, Captain, ich bin ein bisschen durcheinander. Könnten Sie mir bitte von Anfang an erklären, was passiert ist?"

„Ja, ich kann mir vorstellen, mit der Beerdigung und allem ist das hier jetzt das Letzte, womit Sie sich herumschlagen wollen. Wie gesagt, mein herzliches Beileid." Mayhew holte ebenfalls tief Luft, bei ihm klang es sehr viel rauer. „Wir kennen noch nicht sämtliche Einzelheiten, aber im Großen und Ganzen ist alles geklärt. Sie sind nicht die Erste, der so etwas widerfährt. Wir vermuten, es handelt sich um eine Bande junger Männer, die die Todesanzeigen studieren und daher wissen, wann Begräbnisse stattfinden. Dann sehen sie sich auf *Google Earth* das Haus an und entscheiden, ob es sich lohnt, dort einzusteigen."

„Du lieber Himmel", sagte Helen. „Das ist wirklich mehr als schamlos."

Mayhew schien nicht minder empört zu sein. „Wir glauben, dass die Einbrecher erst ein, zwei Minuten im Haus waren, als der Lieferwagen der Cateringfirma eintraf. Sie haben das eingeschlagene Glas in der Seitentür gesehen." Er zeigte auf die Glasscherben, die noch auf der mit Blaustein gepflasterten Treppe lagen. „Der Barkeeper ist ins Haus gegangen, was wahrscheinlich nicht die beste Idee war. Er wurde niedergeschlagen, aber immerhin hat er verhindert, dass die Bande Ihr Haus ausräumen konnte."

Claire sah wieder zum Haus hinauf. Paul hatte die Pläne dafür seit seinem Architekturstudium immer wieder neu variiert. Denn was sich änderte, war die Menge an Geld, die sie ausgeben konnten. Keiner der beiden war wohlhabend aufgewachsen. Claires Vater war Professor für Tiermedizin am College gewesen, Pauls Eltern hatten vor ihrem Tod eine

Farm besessen. Er liebte es, Geld zu haben, weil es ihm ein Gefühl von Sicherheit verlieh. Claire liebte es, weil einem etwas, wofür man bezahlt hatte, niemand mehr wegnehmen konnte.

Hatte sie für Paul nicht genug bezahlt? Hatte sie nicht genug gearbeitet, geliebt, war sie nicht genug gewesen? Hatte sie ihn deshalb verloren?

„Mrs. Scott?"

„Tut mir leid." Claire wusste nicht, warum sie sich ständig entschuldigte. Paul hätte sich mehr für die Sache interessiert. Er wäre aufgebracht gewesen über die Verletzung ihrer Privatsphäre. Ihr Fenster eingeschlagen! Ihre Sachen von Einbrechern durchwühlt! Einer ihrer Angestellten angegriffen! Claire wäre an seiner Seite ebenso empört gewesen wie er, doch ohne Paul konnte sie sich kaum aufraffen, auch nur das Nötigste zu tun.

„Können Sie uns sagen, ob es dem Barkeeper gut geht?", fragte Helen. „Er heißt Tim, oder?"

„Ja, Tim." Mayhew nickte und zuckte gleichzeitig mit den Achseln. „Seine Verletzungen sind größtenteils oberflächlich. Sie haben ihn ins Krankenhaus gebracht, dort wird er genäht."

Dieser Schreck drang nun doch bis zu Claire durch. Tim arbeitete seit Jahren immer wieder als Barkeeper für sie. Er hatte einen autistischen Sohn und eine Exfrau, die er zurückzugewinnen versuchte, und jetzt wurde er im Krankenhaus zusammengeflickt, weil ihm in ihrem Haus etwas Schreckliches geschehen war.

„Aber Claire muss trotzdem mit Ihnen durchs Haus gehen, um nachzusehen, ob die Einbrecher etwas mitgenommen haben?", fragte Helen.

„Früher oder später, ja. Ich weiß, es ist ein sehr ungünstiger Zeitpunkt, aber was wir jetzt sofort von Mrs. Scott brauchen, sind Informationen über die Steuerungseinheit für die Überwachungskameras." Er zeigte auf die schwarze

Kugel oben an der Ecke des Hauses. „Wir sind uns ziemlich sicher, dass sie die Einbrecher beim Kommen und Gehen erfasst hat."

„Ich bringe Sie hin." Claire bewegte sich nicht. Alle starrten sie an und warteten. Es gab noch etwas, was sie tun musste. Noch viele andere Dinge.

Die Liste. Ihr Verstand setzte sich wieder in Gang, als hätte jemand einen Schalter betätigt.

Claire wandte sich an ihre Mutter. „Könntest du die Cateringleute bitten, das Essen dem Obdachlosenasyl zu spenden? Und lass Tim wissen, dass ich mich um die Krankenhausrechnung kümmern werde. Ich bin sicher, unsere Hausversicherungspolice deckt das ab." Wo war der ganze Papierkram nur? Claire wusste nicht einmal, wer ihr Versicherungsagent war.

„Mrs. Scott?" Nun stand ein zweiter Mann neben Captain Mayhew. Er war einige Zentimeter größer und etwas besser gekleidet als der Rest der Gruppe. Sein Trenchcoat war edler, sein Anzug besser geschnitten und sein Gesicht glatt rasiert. Sein ungezwungenes Auftreten hätte Claire beruhigen müssen, aber er hatte etwas an sich, das sie in hohem Maß nervös machte. Dazu trug nicht zuletzt ein übel aussehendes blaues Auge bei.

Der Mann zeigte auf das geschwollene Auge und lachte. „Meine Frau mag es nicht, wenn ich widerspreche."

„Häusliche Gewalt ist ja auch zu komisch", ätzte Helen. Dann registrierte sie Claires missbilligenden Blick. „Ich bin in der Küche, wenn du mich brauchst."

Der Mann mit dem Veilchen versuchte es noch einmal. „Es tut mir leid, Mrs. Scott. Mein Name ist Fred Nolan. Vielleicht könnten wir uns unterhalten, während Sie uns zur Steuerung der Alarmanlage führen?"

Er stand so nah neben ihr, dass Claire das Bedürfnis hatte, einen Schritt rückwärts zu tun. „Hier entlang." Sie ging auf die Garage zu.

„Einen Moment." Nolan legte ihr die Hand auf den Arm und hielt sie zurück. Sein Daumen drückte in die weiche Innenseite ihres Handgelenks. „Die Steuerungseinheit für den Alarm ist in der Garage?"

Claire hatte noch nie im Leben eine so spontane, instinktive Abneigung gegen einen anderen Menschen empfunden. Sie sah auf seine Hand hinunter.

Nolan verstand die Nachricht und ließ sie los.

„Wie gesagt, hier entlang."

Claire unterdrückte ein Schaudern und ging weiter. Mayhew lief nun neben ihr, Nolan folgte ihr dicht auf den Fersen. Zu dicht. Der Mann machte sie nicht nur nervös, er war unheimlich. Er sah eher nach einem Mafioso aus als nach einem Polizisten, aber offenbar war er gut in seinem Job. Claire hatte – zumindest in letzter Zeit – nichts Strafbares getan, aber er hatte es fertiggebracht, dass sie sich trotzdem schuldig fühlte.

„Im Normalfall ist das ganze Überwachungszeug im Inneren des Hauses", sagte Nolan.

„Faszinierend", murmelte Claire. Sie spürte, wie ein Kopfschmerz in den Schläfen einsetzte. Vielleicht war der Einbruch ja ein Geschenk des Himmels. Statt vier Stunden lang ihre hundert Trauergäste unterhalten zu müssen, würde sie eine halbe Stunde mit diesem Arschloch verbringen, ehe sie alle aus dem Haus warf und mit einer Handvoll Valium zu Bett ging.

Aus komplizierten Gründen, die Paul ihr zu erklären versucht hatte, befanden sich alle Hauptgeräte für die Sicherheitsanlage in der Garage, einem zweistöckigen, frei stehenden Gebäude im selben Baustil wie das Haus. Pauls Büro im Obergeschoss verfügte über eine Teeküche, zwei begehbare Schränke und ein komplett ausgestattetes Badezimmer. Sie hatten gescherzt, es sei hübscher als in einem Hotel dort oben, falls sie ihn einmal aus dem Haus werfen sollte.

„Mrs. Scott, darf ich fragen, warum der Alarm nicht aktiviert war?" Die Frage kam von Mayhew. Er hatte ein Notizbuch und einen Kugelschreiber hervorgeholt. Seine Schultern waren gebeugt, als hätte man ihn gebeten, eine Figur aus einem Roman von Raymond Chandler zu imitieren.

„Ich lasse den Alarm immer aus, wenn die Cateringfirma kommt. Das Tor war verschlossen."

Mayhews Schnauzbart zuckte. „Die Caterer haben den Code für das Eingangstor?"

„Und einen Schlüssel zum Haupthaus."

„Hat sonst noch jemand einen Schlüssel?"

Die Frage kam ihr seltsam vor, aber vielleicht war sie auch nur genervt, weil Fred Nolan immer so dicht hinter ihr stand. „Warum sollten die Einbrecher wohl die Glastür einschlagen, wenn sie einen Schlüssel gehabt hätten?"

Mayhew sah von seinem Notizbuch auf. „Es ist eine reine Routinefrage. Wir müssen mit jedem reden, der Zugang zum Haus hatte."

Claire spürte ein Kitzeln tief im Rachen, und das Gefühl der Überforderung kehrte zurück. All diese Sachen hatte Paul gewusst. Sie versuchte es: „Die Reinigungskräfte, unser Mädchen für alles, Pauls Assistent, sein Partner, meine Mutter. Ich kann Namen und Telefonnummern heraussuchen."

„Ihre Mom", sagte Nolan. „Die ist ja ziemlich streitlustig."

Claire gab den Code in die Tastatur ein, und das schwere hölzerne Garagentor glitt lautlos in seiner Schiene nach oben. Claire sah, wie die Männer die Wandtäfelung aus Diamantblech und die dazu passenden Aufbewahrungsschränke interessiert musterten. Der Boden war mit schwarzen und weißen Gummifliesen ausgelegt. Es gab Wandhalterungen für alles – Werkzeuge, Verlängerungskabel, Tennisschläger, Golfschläger, Basketbälle, Sonnenbrillen, Schuhe. Pauls maßgefertigte Werkbank nahm eine ganze Seite des Raums ein. Es gab eine Ladestation, einen Minikühlschrank, einen Flachbildfernseher und eine Klimaanlage für heiße Sommertage.

Und dann waren da natürlich noch Claires BMW, Pauls Porsche und sein Tesla Model S.

„Heilige Scheiße." Nolans Ton war ehrfürchtig. Claire hatte Männer erlebt, die beim Anblick von Pauls Garage geiler wurden, als sie es je bei einer Frau waren.

„Hier durch." Claire gab den vierstelligen Code in eine weitere Tastatur ein und führte sie nach unten in den Keller. Es hatte ihr immer sehr gefallen, dass Paul seine Garage so liebte. Er verbrachte viele Stunden hier, um an seinen Architekturmodellen zu arbeiten. Claire hatte ihn damit aufgezogen, dass er sie nur deshalb zu Hause statt in der Arbeit baute, weil er hier hinterher selbst aufräumen durfte.

„Ein ziemlicher Ordnungsfreak", bemerkte Nolan, wie um sie daran zu erinnern.

„Ich hatte Glück", erwiderte Claire. Pauls milde Zwangsstörung hatte ihr Leben nie beeinträchtigt oder ihn zu merkwürdigen Dingen getrieben, wie etwa Türklinken zwölfmal hintereinander zu berühren. Tatsächlich hatten sich seine Ticks in Handlungen manifestiert, über die jede Ehefrau nur froh sein konnte: den Toilettensitz herunterklappen, seine Kleidung immer zusammenlegen, jeden Abend vor dem Zubettgehen die Küche aufräumen.

Am Fuß der Treppe gab Claire einen weiteren vierstelligen Code in die Tastatur neben der Tür ein. Das Schloss sprang mit einem Klicken auf.

„Ich habe noch nie einen Keller unter einer Garage gesehen", sagte Mayhew.

„Erinnert irgendwie an *Das Schweigen der Lämmer*", bemerkte Nolan.

Claire machte Licht, und der kleine betonierte Raum wurde in allen Einzelheiten sichtbar. Paul hatte ihn zugleich als Tornado-Schutzraum konzipiert. In Metallregalen lagerten Nahrungsmittel und andere Vorräte. Es gab einen kleinen Fernseher, ein Radio, einige Klappliegen und jede Menge Knabberzeug, denn Claire hatte Paul erklärt, im Falle eines Weltuntergangs werde sie jede Menge Schokolade und Kartoffelchips brauchen.

Sie war froh, dass sie noch ihren Mantel trug. Wegen der Computeranlage wurde die Temperatur niedrig gehalten. Alles wurde von diesem Raum aus gesteuert, nicht nur die Überwachungskameras, sondern auch alle audiovisuellen Systeme, die Automatik für Jalousien und Beleuchtung und was sonst noch alles am Haus wie von Zauberhand funktionierte. Es gab ganze Batterien von Hardwaremodulen mit blinkenden Lichtern sowie einen kleinen Schreibtisch mit vier Flachbildschirmen auf schwenkbaren Stativen.

„Arbeitete Ihr Mann heimlich für die NSA?", fragte Nolan.

„Ja." Claire hatte seine Fragen satt, die durch seinen ausdruckslosen Mittelwesten-Akzent noch nerviger wurden. Am besten wäre, sie gäbe ihnen einfach alles, was sie wollten, damit sie wieder gingen.

Sie öffnete eine Schublade und fand die laminierte Checkliste, auf der die Bedienung der Überwachungskameras erklärt war. Paul hatte versucht, die einzelnen Schritte mit ihr durchzugehen, aber Claires Augen waren glasig geworden, und sie hatte befürchtet, eine Gähnattacke zu erleiden.

Sie gab den Zugangscode in die Computertastatur ein.

„Sie müssen sich ja viele Passworte merken." Nolan stand wieder so nah bei ihr, dass sie seine Körperwärme spürte.

Claire rückte von ihm ab und reichte Mayhew die Anleitung. „Ab jetzt müssen Sie selbst weitermachen."

„Sind alle Ihre Häuser so wie dieses?", fragte Nolan.

„Wir haben nur dies eine Haus."

„‚Nur.‘“ Nolan lachte.

Claire hatte endgültig genug. „Mein Mann ist tot, und jetzt ist in mein Haus eingebrochen worden. Finden Sie an dieser Situation irgendetwas komisch?“

„He, nur die Ruhe.“ Nolan hob abwehrend die Hände, als hätte sie versucht, ihm die Augen auszukratzen. „Ich wollte niemanden beleidigen.“

Mayhews Schnauzer zuckte wieder. „Das schafft man am besten, indem man einfach mal die Klappe hält.“

Claire sah Nolan noch einmal böse an, bevor sie sich von ihm abwandte. Sie wusste, wie man einen Mann zum Schweigen brachte. Nolan ging nicht, aber er trat ein paar Schritte zurück, um sie wissen zu lassen, dass die Botschaft angekommen war.

Während Mayhew Pauls Checkliste folgte, beobachtete Claire die Monitore. Sie waren geteilt, auf jedem von ihnen gab es vier verschiedene Ansichten von insgesamt sechzehn Kameras. Alle Eingänge und Fensterrahmen, der Poolbereich und verschiedene Abschnitte der Zufahrt wurden erfasst. Claire sah, dass die Caterer gerade ihr Fahrzeug wendeten. Helens silberner Ford stand auf der anderen Seite der Garage. Sie selbst sprach mit einem der Detectives vor der Küchentür, die Hände in die Hüften gestemmt. Claire war froh, dass es keine Tonübertragung gab.

Mayhew blätterte in seinem Notizbuch. „Okay. Ausgehend von dem Notruf der Cateringfirma haben wir einen ungefähren Zeitrahmen für den Einbruch.“ Er hackte auf der Tastatur herum, und Helen verschwand vom Monitor. Nun kam der Lieferwagen der Caterer vorgefahren und hielt vor dem Haus. Mayhew ließ die Aufnahme zurücklaufen, bis er gefunden hatte, was er suchte. Drei Personen erschienen unten an der Einfahrt. Auf die Entfernung waren sie nicht erkennbar, nur dunkle, verschwommene Silhouetten, die sich dem Haus näherten.

Claire spürte, wie sich ihre Nackenhaare aufstellten. Das

war also passiert. Das war tatsächlich so vor ihrem Haus geschehen.

Sie registrierte die Uhrzeit der Aufzeichnung. Während die Einbrecher die Parkfläche vor dem Haus überquert hatten, hatte sie vor der kleinen, konfessionslosen Kapelle auf dem Friedhof gestanden und sich gefragt, warum sie nicht zusammen mit ihrem Mann in dieser Gasse gestorben war.

„Na also“, sagte Mayhew.

Als sich die verschwommenen Gestalten schließlich in Männer verwandelten, versetzte es Claire einen Stich in der Brust. Es zu sehen machte es real, ließ es zu etwas werden, womit sie sich beschäftigen musste. Es war genauso, wie man ihr gesagt hatte: Drei Afroamerikaner mit Skimasken und Handschuhen trabten die Einfahrt herauf. Sie waren schwarz gekleidet und hielten nach rechts und links Ausschau, es wirkte alles koordiniert. Einer hatte ein Brecheisen in der Hand, ein Zweiter eine Waffe.

„Sieht mir ziemlich professionell aus“, sagte Nolan.

Mayhew stimmte zu. „Die machen das nicht zum ersten Mal.“

Claire studierte die Männer, die so selbstbewusst auf die Tür zu ihrem Küchenvorraum zuliefen. Paul hatte alle Türen und Fenster in Belgien bestellt. Sie waren aus massivem Mahagoniholz gefertigt und mit Vierpunktschlössern versehen, die nun jedoch mühelos umgangen wurden, als das Brecheisen die Glasscheibe zertrümmerte, einer der Einbrecher seinen Arm durch das Fenster streckte und die Verriegelung löste.

Claires Mund wurde trocken, Tränen schossen ihr in die Augen. Das war *ihr* Vorraum. Das war *ihre* Tür, dieselbe Tür, durch die sie täglich unzählige Male ging. Die Tür, durch die Paul jeden Abend ging, wenn er von der Arbeit kam.

Gegangen war.

„Ich bin oben, wenn Sie mich brauchen“, sagte sie.

Claire ging die Treppe hinauf und wischte sich über die Augen. Mit offenem Mund rang sie nach Luft. Sie zwang sich, bewusst ein- und wieder auszuatmen und gegen die Hysterie anzukämpfen, die in ihrer Magengrube hauste.

Pauls Treppe. Pauls Werkbank. Pauls Autos.

Sie lief durch die Garage bis zur Treppe auf der Rückseite und rannte die Stufen so rasch hinauf, wie ihre hohen Absätze es erlaubten. Ihr war nicht bewusst, wohin sie wollte, bis sie sich plötzlich mitten in Pauls Arbeitszimmer wiederfand.

Dort war die Couch, auf der er seine Nickerchen machte. Hier der Sessel, in dem er las oder fernsah. Das Gemälde, das sie ihm zum dritten Hochzeitstag geschenkt hatte. Sein Zeichentisch. Sein Schreibtisch, den er so entworfen und gestaltet hatte, dass keine Kabel zu sehen waren. Die Schreibunterlage sah aus wie unbenutzt. Der Postausgang enthielt ordentlich gestapelte Schriftstücke in Pauls eckiger Handschrift. Dort war sein Computer. Sein Schreibset. Ein gerahmtes Foto von Claire. Paul hatte es vor vielen Jahren mit einer Nikon aufgenommen, die seiner Mutter gehört hatte.

Claire nahm das Foto zur Hand. Sie waren bei einem Footballspiel gewesen. Pauls Sakko lag über ihren Schultern. Sie wusste noch, dass sie gedacht hatte, wie warm es sich anfühlte, wie beruhigend. Die Kamera hatte ihr Lachen eingefangen, den Mund geöffnet und den Kopf in den Nacken gelegt. Ausgelassen, unwiderruflich glücklich.

Sie hatten beide an der Auburn University in Alabama studiert: Paul deshalb, weil sie eine der Topadressen für Architektur im Land war; Claire nur aus dem Grund, weil sie weit genug von zu Hause entfernt war. Dass sie am Ende bei einem Jungen gelandet war, der kaum dreißig Kilometer von ihrem Zuhause aufgewachsen war, bewies nur einmal mehr, dass man – egal, wie weit man lief – am Ende wieder dort anlangte, wo man begonnen hatte.

Paul war im Vergleich zu den anderen Jungs, mit denen sie im College ausging, wie ein erfrischender Luftzug gewesen. Er war so selbstsicher, er wusste so genau, was er wollte und wo er hinwollte. Sein Grundstudium hatte ein umfassendes Stipendium abgedeckt, und die Zeit bis zum Diplom hatte er mit dem Geld finanziert, das ihm nach dem Tod seiner Eltern zugefallen war. Mit einer kleinen Lebensversicherung, dem Erlös aus dem Verkauf der Farm und einem außergerichtlichen Vergleich mit dem Transportunternehmen, dessen Dreißigtonner die Scotts getötet hatte, waren mehr als genug Mittel für Studiengebühren und Lebensunterhalt vorhanden.

Dennoch hatte Paul sein ganzes Studium über gearbeitet. Er war auf einer Farm aufgewachsen, wo man erwartet hatte, dass er mit anpackte. In der neunten Klasse hatte er ein Stipendium für ein Militärinternat im südöstlichen Alabama erlangt. Beide Lebensmittelpunkte hatten dafür gesorgt, dass ihm ein regelmäßiger Tagesablauf in Fleisch und Blut überging. Er war unfähig zum Müßiggang. Bei einem seiner Jobs während des Studiums hatte er in einer Uni-Buchhandlung namens *Tiger Rag* gearbeitet, bei einem anderen als Mathe-Nachhilfelehrer.

Claire hatte als Hauptstudiengang Kunstgeschichte belegt. Sie war nie gut in Mathematik gewesen. Oder zumindest hatte sie nie versucht, gut zu sein, was das Gleiche war. Sie erinnerte sich lebhaft daran, wie sie sich das erste Mal mit Paul hingesetzt hatte, um eine ihrer Aufgaben durchzugehen.

„Alle wissen, dass du schön bist“, hatte er zu ihr gesagt. „Aber niemand weiß, dass du clever bist.“

Clever.

Jeder konnte klug sein. Um clever zu sein, musste man jemand Besonderes sein.

Claire stellte das Foto wieder auf seinen Platz zurück und setzte sich an Pauls Schreibtisch. Sie legte ihre Arme dort auf, wo auch seine Arme immer auflagen. Sie schloss die Augen und versuchte, eine Spur seines Geruchs zu erschnuppern. Sie atmete so tief ein, dass ihre Lungen schmerzten, dann ließ sie die Luft mit einem langen Seufzer entweichen. Sie war fast vierzig Jahre alt. Sie hatte keine Kinder. Ihr Mann war tot. Ihre besten Freunde tranken wahrscheinlich Margaritas in der Bar ein Stück die Straße hinunter und tratschten darüber, wie fix und fertig sie auf der Beerdigung ausgesehen hatte.

Claire schüttelte den Kopf. Sie konnte noch den Rest ihres Lebens darüber nachdenken, wie einsam sie war. Was sie jetzt tun musste, war, den heutigen Tag durchzustehen. Oder zumindest die nächste Stunde.

Sie griff zum Handy und wählte Adam Quinns Handynummer. Paul hatte Adam noch früher gekannt als Claire. Sie waren in ihrem ersten Jahr in Auburn Zimmergenossen gewesen. Sie hatten zusammen ihren Abschluss in Architektur gemacht. Adam war Trauzeuge bei Pauls und Claires Hochzeit gewesen. Wichtiger noch: Adam und Paul neigten dazu, ihr Leben von denselben Leuten managen zu lassen.

Er meldete sich nach dem ersten Läuten. „Claire? Ist alles in Ordnung?"

„Es geht mir gut", sagte sie, aber erst jetzt, da sie etwas Konkretes zu tun hatte, empfand sie es auch so. „Hör zu, es tut mir leid, dass ich dich störe, aber weißt du zufällig, wer unser Versicherungsagent ist?"

„Ach so. Ja ... natürlich." Er klang verwirrt, wahrscheinlich weil es die letzte Frage war, die er am Tag der Beerdigung ihres Mannes von Claire erwartet hatte. „Sie heißt Pia Lorite." Er buchstabierte den Nachnamen. „Ich schicke dir eine SMS mit ihren Kontaktdaten."

„Ich habe kein Handy", fiel Claire ein. „Der Schlangenmann hat es genommen. Ich meine, der Typ, der ..."

„Ich schreibe eine E-Mail."

Claire wollte schon antworten, dass sie auch keinen Zugang zu ihren Mails habe, aber dann fiel ihr das iPad ein. Es war ein älteres Modell. Paul drohte ständig damit, es durch ein Notebook zu ersetzen, und sie erwiderte darauf immer, es tauge doch ganz gut, und jetzt würde sie es wahrscheinlich in dreißig oder vierzig Jahren einpacken, wenn sie ins Altersheim ging.

„Claire?“ Adams Stimme klang gedämpft. Wahrscheinlich ging er in ein anderes Zimmer. Wie viele Telefongespräche zwischen ihnen hatte es gegeben, für die Adam in ein anderes Zimmer gegangen war? Ein halbes Dutzend vielleicht.

So bedeutungslos. So dumm.

„Hör zu“, sagte er, „das alles tut mir wirklich sehr leid.“

„Danke.“ Sie fühlte sich wieder den Tränen nahe und hasste sich dafür, denn Adam war der letzte Mensch, bei dem ihr zum Weinen zumute sein sollte.

„Du weißt, wenn du irgendetwas brauchst …“ Er sprach nicht weiter. Sie hörte ein schabendes Geräusch und nahm an, dass er sich übers Gesicht rieb. Adam war einer jener Männer, deren Gesicht schon kurz nach der Rasur wieder einen Bartschatten trug. Claire hatte behaarte Männer nie sonderlich attraktiv gefunden, aber sie hatte es trotzdem fertiggebracht, mit Adam zu schlafen.

Sie konnte sich nicht einmal damit trösten, dass es vor langer Zeit geschehen war.

„Claire?“

„Ich bin noch da.“

„Es tut mir leid, das jetzt zur Sprache zu bringen, aber Paul müsste in seinem Computer eine Datei mit laufenden Aufträgen haben. Kannst du mir die mailen? Ich bitte dich nur sehr ungern darum, aber wir haben am Montagmorgen eine wirklich wichtige Präsentation, und es würde Stunden dauern, Pauls Arbeit noch mal zu machen.“

„Schon gut, das verstehe ich.“ Sie griff unter Pauls Schreibtisch und zog die Tastatur heraus. „Ich schicke die Unterlagen von seinem E-Mail-Account aus.“

„Du kennst sein Passwort?"

„Ja. Er hat mir vertraut." Sowohl ihr als auch Adam war bewusst, dass er es besser nicht getan hätte.

Was für ein dummer, sinnloser Fehler.

„Du hast die Datei in ein paar Minuten", sagte sie und legte auf.

Dann dachte sie an die Stunden, die sie mit Adam Quinn verbracht hatte. Stunden, die sie mit ihrem Mann hätte verbringen sollen. Sie würde dafür töten, diese Stunden zurückzubekommen.

Doch es gab kein Zurück. Sie musste weiter vorwärtsgehen.

Der Desktop von Pauls iMac war ein leeres blaues Feld mit der Taskleiste am unteren Rand. Neben den Icons, die Pauls Anwenderprogramme anzeigten, gab es drei Ordner: *Arbeit, Privat, Haus.* Sie klickte auf *Haus* und fand rasch die To-do-Liste für Januar. Außerdem sah sie eine Datei, die mit *Versicherung* überschrieben war und nicht nur den Namen ihrer Versicherungsagentin enthielt, sondern auch ein PDF mit Beschreibungen, Fotos und Seriennummern aller Geräte und technischen Installationen im Haus. Claire schickte sämtliche fünfhundertacht Seiten an den Drucker.

Als Nächstes öffnete sie den Ordner *Arbeit*. Das war wesentlich komplizierter und frustrierender. Es gab keine Datei mit dem Namen *Laufende Aufträge*, sondern lediglich eine lange Liste von Dateien mit Nummern statt Namen. Claire nahm an, dass es Projektnummern waren, aber sie konnte es natürlich nicht mit Sicherheit wissen. Sie klickte auf das Datumfeld, um sie chronologisch zu ordnen. Es gab fünfzehn neuere Dateien, an denen Paul in den letzten zwei Wochen gearbeitet hatte. Die letzte war am Abend vor seinem Tod geöffnet worden.

Claire klickte die Datei an. Sie erwartete, ein Schaubild oder eine Arbeitsübersicht zu finden, aber das Einzige, was passierte, war, dass das kleine iMovie-Icon in der Taskleiste zu hüpfen begann.

„Oh", sagte sie, denn im ersten Moment verstand sie nicht, was sie sah. Und dann lächelte sie zum ersten Mal, seit der Schlangenmann ihnen befohlen hatte, sich nicht zu bewegen.

Paul hatte sich auf seinem Computer Pornos angesehen.

Aber nicht irgendwelche Pornos.

Abartige Pornos.

Eine junge Frau in einem Lederbustier war an eine Betonwand gekettet. Sie trug ein mit Nieten besetztes Hundehalsband. Arme und Beine waren weit gespreizt, was das im Schritt offene Lederhöschen arg strapazierte. Sie gab schrille, furchtsame Geräusche von sich, die eher nach Siebzigerjahre-Geilheit als nach Angst klangen.

Claire sah schuldbewusst zur offenen Tür von Pauls Büro. Sie stellte den Ton stumm, ließ den Film aber weiterlaufen.

Die Frau befand sich in einem schmutzigen Zimmer, was die Tatsache, dass es Paul offenbar gefallen hatte, umso schockierender machte. Sie war erkennbar jung, aber nicht alarmierend jung. Das brünette Haar trug sie als schicken Kurzhaarschnitt. Sie hatte viel Wimperntusche aufgetragen, und der leuchtend rote Lippenstift ließ ihren Mund größer wirken, als er war. Ihre Brüste waren klein, aber sie hatte fantastische Beine. Paul hatte Claires Beine immer geliebt, selbst als sie die elektronische Fußfessel trug.

Tatsächlich hatte er *vor allem* die Fußfessel geliebt. Es war das Abartigste, das sie je an ihm wahrgenommen hatte – bis er nachts in der Gasse so unerklärlich grob zu ihr geworden war.

Und das hier natürlich, denn dieser Film war ziemlich krank.

Plötzlich füllte der Kopf eines Mannes den Bildschirm. Er trug eine Ledermaske mit offenen Reißverschlüssen an

Mund und Augen. Er lächelte in die Kamera, und die Art, wie sich seine roten Lippen von den Metallzähnen des Reißverschlusses abhoben, hatte etwas Beunruhigendes, wenngleich Claire bezweifelte, dass Paul auf den Mann geachtet hatte.

Das Bild verschwamm, wurde dann wieder scharf. Das Lächeln verschwand, und der Mann ging auf das Mädchen zu. Claire sah seinen erigierten Penis aus der im Schritt offenen Lederhose ragen. Er hatte eine Machete in der Hand, deren lange Klinge im Schein der Deckenbeleuchtung glänzte. Dann blieb er ein Stück vor dem Mädchen stehen.

Die Machete hob sich in die Luft.

Claire stockte der Atem.

Die Machete sauste in den Hals des Mädchens.

Claire stieß einen leisen Schrei aus.

Der Mann zog die Klinge heraus, Blut spritzte überallhin, auf die Wände, auf den Mann, auf die Kamera.

Claire beugte sich vor, sie konnte nicht wegsehen.

War das echt? War das tatsächlich passiert?

Der Körper der Frau zuckte, Arme und Beine rissen an den Ketten, der Kopf schlug hin und her. Blut ergoss sich über ihre Brust hinab und sammelte sich in einer Lache auf dem Boden.

Der Mann fing an, sie zu ficken.

„Mrs. Scott?"

Claire fuhr so heftig zurück, dass der Stuhl an die Wand krachte.

„Sind Sie da oben?" Fred Nolan kam die Treppe herauf.

Claire drosch blindlings auf die Tastatur ein, um den Film irgendwie anzuhalten.

„Hallo?" Nolans Schritte kamen näher. „Mrs. Scott?"

Sie drückte auf die Steuerungstaste und hackte wild auf Q, um das Programm zu verlassen. Error-Anzeigen sprangen auf. Claire griff zur Computermaus und klickte eine nach der anderen hektisch weg. Das Regenbogenrad begann sich zu drehen. „Verdammt!", zischte sie.

„Mrs. Scott?“ Fred Nolan stand jetzt in der offenen Tür. „Stimmt etwas nicht?“

Claire drehte sich schnell zum Computer um. Gütiger Himmel! Der Bildschirm war wieder leer. Sie zwang sich, mit fester Stimme zu sprechen. „Was gibt es?“

„Ich wollte nur sagen, dass es mir leidtut wegen vorhin.“

Claire nickte, denn sie war sich nicht sicher, ob sie einen Ton herausbrächte.

Nolan ließ den Blick durch den Raum schweifen. „Hübsches Büro.“

Sie bemühte sich, nicht zu blinzeln, denn jedes Mal, wenn sie die Augen schloss, sah sie die Frau vor sich. Den Mann. Das Blut.

„Wie dem auch sei.“ Er steckte die Hände in die Manteltaschen. „Ich wollte Ihnen Bescheid geben, dass ich mit Detective Rayman über den Fall Ihres Mannes gesprochen habe.“

Sie musste sich ein paarmal räuspern, ehe sie ein „Wie bitte?“ herausbrachte.

„Detective Rayman vom Atlanta Police Department? Sie haben in der Nacht, in der Ihr Mann ermordet wurde, mit ihm gesprochen.“

Sie hielt die Luft an, um ihre Atmung zu beruhigen. „Ja, stimmt.“

„Ich wollte Ihnen nur sagen, dass wir alle Möglichkeiten abgeklopft haben, und es scheint keine Verbindung zwischen dem zu geben, was Ihrem Mann zugestoßen ist, und dem, was hier und heute passiert ist.“

Claire nickte. Ihre Kiefer schmerzten, weil sie die Zähne so fest aufeinandergebissen hatte.

Nolan ließ den Blick noch einmal langsam durch das Büro schweifen. „Ihr Mann war ein ordentlicher Mensch.“

Claire antwortete nicht.

„Ein wenig ein Kontrollfreak?“

Sie zuckte mit den Achseln, obwohl Paul nie versucht

hatte, sie unter seine Kontrolle zu bringen. Außer als er in der Gasse ihr Gesicht an diese Ziegelwand schrammte.

Nolan zeigte auf das Digitalschloss an der Tür. „Das Büro ist wirklich massiv gesichert."

Sie gab die Worte wieder, die Paul so oft zu ihr gesagt hatte. „Hat alles keinen Wert, wenn man die Alarmanlage nicht einschaltet."

Nolan schenkte ihr wieder sein zutiefst beunruhigendes Lächeln. Er ragte nicht drohend über ihr auf, aber er hätte es ebenso gut tun können. „Jedenfalls werden wir ein Team hierherschicken müssen."

Claire blieb fast das Herz stehen. Der Computer. Die Dateien. Der Film. „Das ist nicht nötig."

„Man kann nicht gründlich genug sein."

Claire überlegte, wie sie ihm widersprechen konnte. „Haben die Überwachungskameras gezeigt, wie die Männer in die Garage eingebrochen sind?"

„Man kann sich nie ganz sicher sein."

Sie brachte eine kraftlose Kopie der Bibliothekarinnenstimme ihrer Mutter zustande. „Ich würde meinen, sechzehn Kameras machen einen so sicher, wie es nur geht."

Nolan zuckte mit den Achseln. Er lächelte sie wieder an.

„Ganz zu schweigen davon, dass da unten in der Garage immer noch Autos im Wert von einer halben Million Dollar oder so stehen."

Er lächelte unbeeindruckt weiter, und Claire begriff, dass sie zu viel redete. Mit schwitzigen Händen umklammerte sie die Stuhllehne.

„Gibt es hier oben etwas, das wir nicht sehen sollen?"

Claire zwang sich, nicht zum Computer zu schauen. Stattdessen starrte sie auf seine Lippen und versuchte, nicht an die roten, feuchten Lippen hinter dem Reißverschluss der Maske zu denken.

„Was mich interessieren würde, Mrs. Scott – hat Ihr Mann noch etwas zu Ihnen gesagt, bevor er ermordet wurde?"

Sie dachte an die Gasse, an die raue Struktur der Ziegelmauer, an das Brennen, als sie ihre Haut daran aufschürfte. Stand Paul plötzlich auf solche Sachen? Hatte er deshalb diesen Film auf seinem Computer?

„Mrs. Scott." Nolan interpretierte ihr Schweigen als Verlegenheit. „Keine Sorge, Detective Rayman hat mir erzählt, weshalb Sie und Ihr Mann sich in der Gasse aufhielten. Ich urteile nicht. Ich muss nur wissen, was Ihr Mann möglicherweise gesagt hat."

Sie räusperte sich wieder. „Er hat mir versprochen, dass er nicht sterben wird."

„Sonst noch etwas?"

„Ich habe Detective Rayman bereits alles erzählt."

„Ja, aber das ist ein paar Tage her. Manchmal hilft ein wenig zeitlicher Abstand dem Gedächtnis auf die Sprünge." Er drang weiter in sie. „Schlaf ist meistens sehr nützlich. Ich hatte schon mit vielen Opfern von Gewalttaten zu tun. Da gibt es diesen Adrenalinausstoß, der ihnen durch den schwierigsten Teil hilft. Dann müssen sie ihre Geschichte einem alten Kriminaler wie mir erzählen, und anschließend gehen sie nach Hause und sind allein und brechen zusammen, weil das Adrenalin weg ist, und sie sinken in einen tiefen Schlaf, aus dem sie plötzlich schweißgebadet aufwachen, weil ihnen etwas eingefallen ist."

Claire schluckte. Er beschrieb exakt ihre erste Nacht allein, aber ihre einzige Erkenntnis nach dem Aufwachen war gewesen, dass Paul nicht hier war, um sie zu trösten.

Trost.

Wie konnte der Mann, der sich so einen kranken Dreck ansah, derselbe Mann sein, der sie achtzehn Jahre lang getröstet hatte?

„Also", sagte Nolan. „Ist Ihnen etwas eingefallen? Es kann nebensächlich erscheinen. Irgendeine Bemerkung, die er vielleicht gemacht hat, etwas Ungewöhnliches, das er getan hat. Vor oder nach dem Angriff. Alles, was Ihnen einfällt. Vielleicht nicht einmal etwas, das er gesagt, sondern die Art, wie er sich verhalten hat."

Claires Hand fuhr an ihren Oberschenkel. Sie konnte die Kratzer fast fühlen, die ihr Paul zugefügt hatte, als er mit den Fingernägeln an ihrem Bein hochfuhr. So hatte er sie noch nie zuvor gezeichnet. Hatte er es sich gewünscht? Hatte er all die Jahre gegen den Drang angekämpft?

„Sein allgemeines Verhalten", versuchte Nolan, ihr weiter auf die Sprünge zu helfen. „Irgendetwas, das er gesagt hat."

„Er stand unter Schock. Wir beide." Claire legte die gefalteten Hände auf den Schreibtisch, um nervöse Gesten zu vermeiden. „Es nennt sich Master-of-the-Universe-Syndrom. Wenn Menschen meinen, Status und Geld würden sie vor Unglück schützen."

„Glauben Sie, das stimmt?", fragte Nolan. „Wie es aussieht, haben Sie mehr Unglück erlebt als viele andere Leute."

„Tolle Detektivarbeit, Hut ab." Claire zwang sich, konzentriert zu bleiben. „Sind Sie denn überhaupt ein Detective? Sie haben sich vorhin in der Einfahrt nämlich nicht mit Ihrem Rang vorgestellt oder mir Ihren Ausweis gezeigt."

„Sie haben recht."

Er rückte nicht freiwillig mit der Information heraus, deshalb sagte sie: „Ich möchte bitte Ihren Ausweis sehen."

Offenbar war Nolan durch nichts aus der Fassung zu bringen. Er griff in seine Manteltasche und ging auf sie zu. Seine Brieftasche war ein billiges Teil zum Aufklappen. Statt der Dienstmarke eines Detectives gab es darin zwei in Plastikhüllen eingeschweißte Karten. Die obere war komplett in Gold mit den Worten Federal Bureau of Investigation, der blinden Justitia und dem Wappenadler geschmückt. Die untere Karte war in schlichtem Blau bedruckt, sie zeigte ein Farbfoto von Nolan sowie seinen Namen und offenbarte, dass er Special Agent im Außenbüro Atlanta in der West Peachtree Street war.

Das FBI. Was wollte das FBI hier?

Sie dachte an die Datei in Pauls Computer. Hatte das FBI den Download zurückverfolgt? War Fred Nolan hier, weil Paul über etwas gestolpert war, über das er nicht hätte stolpern dürfen? Was Claire gesehen hatte, konnte nicht echt sein. Es war ein gestellter Film über eine kranke Art von Fetischismus.

Eine kranke Art von Fetischismus, an die ihr Mann entweder versehentlich gelangt war oder die er achtzehn Jahre lang vor ihr geheim gehalten hatte.

„Zufrieden?" Nolan streckte ihr noch immer seine Brieftasche entgegen. Er lächelte unablässig. Er benahm sich, als führten sie ein ganz beiläufiges Gespräch.

Claire betrachtete seine Ausweispapiere noch einmal. Nolan hatte auf dem Foto weniger graue Haare. „Untersucht das FBI routinemäßig vereitelte Einbruchsversuche?"

„Ich mache den Job lange genug, um zu wissen, dass es keine Routine gibt." Er klappte die Brieftasche zu. „Die Bande, die Ihr Haus ausrauben wollte, hat Grenzen zwischen Bundesstaaten überschritten. Wir helfen den örtlichen Polizeikräften, die Ermittlungen zu koordinieren."

„Wäre das nicht Aufgabe des Georgia Bureau of Investigation?"

„Sie kennen sich gut aus in der polizeilichen Hierarchie."

Claire musste dem Ganzen ein Ende machen, sonst verriet sie noch alles. „Mir fällt gerade auf, dass Sie nie auf meine Fragen antworten, Agent Nolan, deshalb sollte ich besser aufhören, Ihre zu beantworten."

Nolan lachte. „Ich habe vergessen, dass Sie ja Erfahrung mit der Justiz haben."

„Bitte gehen Sie jetzt."

„Natürlich." Er deutete zur Tür. „Offen lassen oder schließen?"

Als sie nicht antwortete, zog er die Tür hinter sich zu, als er ging.

Claire rannte ins Badezimmer und übergab sich.

4. KAPITEL

Lydia versuchte, sich auf die Straße zu konzentrieren, als sie ihre Tochter zu einem Auswärtsspiel fuhr. Sie hatte vierundzwanzig Stunden lang durchgehalten, ehe Paul Scotts Tod sie mit voller Wucht traf. Der Kater nach dem Zusammenbruch war furchtbar. Den ganzen Tag war sie den Tränen nahe gewesen, und sie fühlte sich ausgelaugt. Ihr Kopf hatte bei jedem Herzschlag schmerzhaft gepocht, und der Kaffee, den sie hinuntergeschüttet hatte, um das Kopfweh abzumildern, hatte sie zappelig gemacht. Sie hasste dieses Gefühl, stehend k.o. zu sein, und noch mehr hasste sie den ersten Gedanken, der ihr heute Morgen beim Aufwachen gekommen war: dass eine Linie Koks sie viel ausgeglichener machen würde.

Sie war nicht siebzehneinhalb Jahre clean geblieben, um das alles für dieses Arschloch aufzugeben. Bevor sie so etwas Blödes tat, sprang sie lieber gleich von einer Brücke.

Trotzdem hasste sie sich allein dafür, dass sie daran gedacht hatte, etwas zu nehmen. Und es hatte sie nicht davon abgehalten, gestern Abend wie ein kleines Kind zu heulen.

Sie hatte mehr als eine Stunde lang in Ricks Armen geweint. Er war so lieb zu ihr gewesen, hatte ihr übers Haar gestrichen und ihr gesagt, sie habe alles Recht der Welt, aus dem Häuschen zu sein. Er hatte sie nicht gedrängt, darüber zu reden, oder vorgeschlagen, sie zu einer Selbsthilfegruppe zu fahren, sondern hatte eine CD von John Coltrane aufgelegt und ein Hähnchen gebraten. Das Hähnchen war gut gewesen. Seine Gesellschaft noch viel besser. Sie hatten sich darüber gestritten, welches das beste Solo von Coltrane war, „Crescent“ oder „Blue in Green“, und mittendrin war Dee aus ihrem Zimmer gekommen und hatte Lydia das größte Geschenk gemacht, das eine Tochter im Teenageralter ihrer Mutter machen kann: Sie hatte ihr recht gegeben.

Die Herzlichkeit war nur von kurzer Dauer gewesen.

Im Augenblick lümmelte Dee auf dem Beifahrersitz des Minivans. Diese Körperhaltung nannte Lydia für sich die automobile Smartphone-Stellung. Dee hatte ihre Sneaker auf das Armaturenbrett gepflanzt und die Ellbogen auf die Armlehnen gestützt, das iPhone hielt sie fünf Zentimeter von ihrer Nase weg. Bei einem Zusammenstoß würde der Sicherheitsgurt sie wahrscheinlich enthaupten.

„OMG!", würde Dee dann twittern, während sie auf den Rettungswagen warteten. „Bei Unfall geköpft!"

Lydia erinnerte sich daran, wie ihre eigene Mutter immer gesagt hatte, sie solle gerade stehen, sich nicht lümmeln, das Buch genügend weit vom Gesicht weghalten, Feuchtigkeitscreme benutzen, einen BH beim Schlafen tragen, immer den Bauch einziehen und nie per Anhalter fahren. Und sie hätte sich am liebsten dafür geohrfeigt, weil sie nicht jeden einzelnen dämlichen Rat befolgt hatte, der je aus dem Mund ihrer Mutter gekommen war.

Doch dafür war es jetzt zu spät.

Regen begann auf die Windschutzscheibe zu spritzen. Lydia stellte die Scheibenwischer an, und Metall schabte auf Glas, als die zerschlissenen Wischerblätter über die Scheibe huschten. Rick hatte erst letzte Woche gesagt, sie solle in der Werkstatt vorbeischauen und sie auswechseln lassen, denn es sehe nach schlechtem Wetter aus, aber Lydia hatte nur gelacht, denn schließlich konnte niemand das Wetter vorhersagen.

Dee stöhnte. „Warum hast du die nicht von Rick auswechseln lassen?"

„Er war zu beschäftigt."

Dee sah sie nur von der Seite an.

Lydia stellte das Radio lauter, was früher, bevor sie mit einem Mechaniker zusammen war, ihre probate Methode gewesen war, merkwürdige Geräusche des Autos zu beheben. Sie ruckelte mit dem Hintern auf dem Sitz, um eine bequeme Sitzposition zu finden. Der Sicherheitsgurt drückte unangenehm gegen ihren Bauch. Die Speckrollen erinnerten sie an eine geplatzte Packung Backteig. Heute Morgen hatte Rick behutsam vorgeschlagen, vielleicht solle sie mal wieder zu einem Meeting gehen. Lydia hatte gemeint, das sei eine gute Idee, aber stattdessen war sie in der Waffelbäckerei gelandet.

Sie fand sich noch nicht bereit, über ihre Gefühle zu reden, weil sie noch keine Zeit gehabt hatte, Paul Scotts Tod zu verarbeiten. Da rief sie sich ins Bewusstsein, dass eines ihrer wenig gewürdigten Talente im Verdrängen bestand. Darin war sie wirklich gut. Eine Kokainsucht zu unterhalten, die dreihundert Dollar am Tag verschlang, erforderte ein hohes Maß an Selbsttäuschung. Und die einseitige Überzeugung, nie etwas für die Folgen ihres Handelns zu können.

Das Credo der Süchtigen: Schuld ist immer jemand anderer.

Eine Zeit lang war Paul Scott für Lydia dieser Jemand gewesen. Ihr Prüfstein. Ihr Mantra. „Hätte Paul nicht …" stand am Beginn jeder Ausrede.

Doch dann war Dee geboren worden, und Lydia hatte ihr Leben in Ordnung gebracht, sie hatte Rick kennengelernt und Paul Scott aus ihren Gedanken verbannt wie alle die anderen furchtbaren Dinge, die in den schlimmen Jahren geschehen waren. Etwa wenn sie sich, wie es öfter passiert war, in einer Arrestzelle wiederfand. Oder als sie mit zwei ekelhaften Typen in einem Motel aufgewacht war und sich eingeredet hatte, Sex gegen Drogen zu tauschen sei nicht dasselbe, wie es für Geld zu machen.

In der Waffelbäckerei hätte sie heute Morgen fast Ricks Anruf auf ihrem Handy ignoriert.

„Ist dir danach zumute, was zu nehmen?", hatte er direkt gefragt.

„Nein", hatte sie geantwortet, denn in der Zwischenzeit hatte sie ihr Verlangen nach Drogen mit einem Berg Waffeln gestillt. „Mir ist danach zumute, Paul Scotts Leiche auszugraben und ihn noch einmal umzubringen."

Als Lydia Paul Scott zum letzten Mal gesehen hatte, war sie aufgrund von Entzugserscheinungen fast durchgedreht. Sie waren in seinem dämlichen Mazda Roadster gefahren, den er jedes Wochenende mit Stofftüchern und einer Zahnbürste reinigte. Draußen war es dunkel gewesen, fast Mitternacht. Ein Song von Hall & Oates lief im Radio, „Private Eyes", und Paul sang mit. Seine Stimme war grässlich, andererseits fühlte sich für Lydia so ziemlich jedes Geräusch an, als würde man ihr einen Eispickel ins Ohr rammen. Er schien ihr Unbehagen zu spüren und lächelte sie an. Und dann legte er ihr die Hand aufs Knie.

„Mom?"

Lydia sah zu ihrer Tochter hinüber und gab vor zu stutzen. „Oh, Verzeihung, bist du Dee? Ich habe dich ohne Handy vor dem Gesicht gar nicht erkannt."

Dee verdrehte die Augen. „Du kommst nicht zu meinem Spiel, weil wir so schlecht sind, oder? Und nicht, weil du noch sauer bist wegen dieser schriftlichen Erlaubnis?"

Lydia fand es schrecklich, dass ihre Tochter so etwas auch nur denken konnte. „Schatz, es geht ausschließlich um eure erbärmliche Leistung. Es tut einfach zu weh, euch zuzusehen."

„Okay, bist du sicher?"

„Eindeutig. Ihr seid grauenhaft schlecht."

„Frage beantwortet", sagte Dee. „Aber da wir gerade so brutal ehrlich zueinander sind – ich habe dir noch etwas zu sagen."

Lydia konnte keine weitere schlechte Nachricht ertragen. Sie starrte auf die Straße und dachte: schwanger, in Biologie durchgefallen, Spielschulden, Crystal-süchtig, Genitalherpes.

„Ich will nicht mehr Ärztin werden", sagte Dee.

Lydia blieb fast das Herz stehen. Ärzte hatten Geld. Einen sicheren Job. Sie hatten Pensionsansprüche und eine Krankenversicherung. „Im Moment musst du noch nichts entscheiden."

„In gewisser Weise schon, wegen des Grundstudiums." Dee ließ ihr Handy in die Tasche gleiten. Die Sache war ernst. „Ich will nicht, dass du ausrastest oder so …"

Lydia begann bereits auszurasten. Schäferin. Farmhelferin, Schauspielerin, Stripteasetänzerin.

„Ich habe mir überlegt, dass ich Tierärztin werden will."

Lydia brach in Tränen aus.

„Deedus Christus", murmelte Dee.

Lydia sah aus dem Seitenfenster. Sie hatte schon den ganzen Tag immer wieder mit Tränen gekämpft, aber diesmal aus anderen Gründen. „Mein Dad war Tierarzt. Ich wollte früher auch Tierärztin werden, aber …" Sie sprach den Satz nicht zu Ende, denn die Andeutung genügte, um ihre Tochter zu ermahnen, dass man mit einer Verurteilung wegen einer schweren Drogenstraftat in keinem Bundesstaat eine ärztliche Zulassung bekam. „Ich bin stolz auf dich, Dee. Du wirst eine großartige Tierärztin sein. Du kannst so gut mit Tieren umgehen."

„Danke." Dee wartete ab, bis sich Lydia die Nase geputzt hatte. „Außerdem will ich meinen richtigen Namen benutzen, wenn ich aufs College gehe."

Damit hatte Lydia gerechnet, aber es machte sie dennoch traurig. Dee fing ein neues Leben an. Sie wollte, dass es von einem neuen Namen begleitet wurde. „Ich lief unter dem Namen ‚Pepper', bis ich die Highschool wechselte", sagte sie.

„Pepper?" Dee lachte. „Wie in Salz und Pfeffer?"

„Schön wär's. Mein Dad sagte, es stammte von meiner Großmutter. Als sie das erste Mal auf mich aufpasste, stöhnte sie hinterher: ‚Dieses Kind hat wirklich Pfeffer im Hintern.' Ich war als Kind ziemlich anstrengend."

„Wow, du hast dich ja echt schwer verändert."

Lydia stieß ihrer Tochter den Ellbogen in die Rippen. „Julia war diejenige, die dann anfing, mich Pepper zu nennen."

„Deine Schwester?" Lydia zog den Kopf ein wie eine Schildkröte. Ihre Stimme klang zögerlich.

„Wir können gern über sie sprechen." Lydia zwang sich zu einem Lächeln, denn über Julia zu sprechen fiel immer schwer. „Gibt es etwas, das du wissen willst?"

Dee wollte natürlich mehr wissen, als Lydia ihr sagen konnte, aber sie fragte: „Glaubst du, dass du sie je finden wirst?"

„Ich weiß es nicht, Schatz. Es ist lange her." Lydia legte das Kinn in die Hand. „Damals gab es noch keine richtigen DNA-Tests, keine Nachrichten rund um die Uhr, kein Internet. Eines der Dinge, die nie gefunden wurden, war ihr Pager."

„Was ist ein Pager?"

„Ein kleines Gerät für elektronische Nachrichten, ähnlich wie SMS, aber man konnte nur eine Telefonnummer hinterlassen."

„Klingt idiotisch."

„Tja." Vielleicht klang es idiotisch für jemanden, der einen winzigen Computer mit Zugang zum Wissen der gesamten Welt in der Hand halten konnte. „Du siehst aus wie sie, weißt du das?"

„Julia war schön." Dee klang skeptisch. „Ich meine, wirklich schön."

„Du bist auch wirklich schön, Schätzchen."

„Egal." Dee holte ihr Handy wieder hervor und beendete damit das Gespräch. Langsam glitt sie in die automobile Smartphone-Position zurück.

Lydia sah zu, wie sich die Scheibenwischer tapfer gegen den Regen abmühten. Sie weinte wieder, aber es war nicht das demütigende Schluchzen, gegen das sie den ganzen Vormittag angekämpft hatte. Erst Paul Scott und jetzt Julia.

Heute war offenbar der Tag, an dem sie von alten Erinnerungen überwältigt wurde. Auch wenn Julia in ihren Gedanken zugegebenermaßen nie weit entfernt war.

Vor vierundzwanzig Jahren war Julia Carroll neunzehn gewesen und hatte ihr erstes Jahr an der University of Georgia verbracht. Sie studierte Journalismus, denn 1991 war so etwas wie eine Karriere als Journalist noch denkbar. Julia war mit einer Gruppe von Freunden ausgegangen. Niemand erinnerte sich, dass ein bestimmter Mann ihr mehr Aufmerksamkeit geschenkt hätte als die anderen, aber es musste einen gegeben haben, denn nach diesem Abend war Julia Carroll nie mehr gesehen worden.

Nie wieder. Man hatte nicht einmal ihre Leiche gefunden.

Aus diesem Grund hatte Lydia eine Tochter großgezogen, die einen platten Reifen in drei Minuten wechseln konnte. Und die wusste, dass man sich von einem Entführer nie und unter keinen Umständen an einen zweiten Ort bringen lassen durfte, denn Lydia hatte aus nächster Nähe erlebt, was jungen Mädchen zustoßen konnte, die in dem Glauben aufwuchsen, ihnen könne nichts Schlimmeres widerfahren, als keine Einladung zum Abschlussball der Highschool zu bekommen.

„Mom, du hättest hier abbiegen müssen."

Lydia trat auf die Bremse. Sie sah in den Rückspiegel und setzte zurück. Ein Auto kurvte laut hupend um sie herum.

Dees Daumen flogen über die Tastatur des Handys. „Du bringst dich noch beim Autofahren um, und ich bin dann eine Waise."

An solchen Überspitzungen konnte Lydia nur sich selbst die Schuld geben.

Sie fuhr um die Schule herum und hielt auf einem Parkplatz auf der Rückseite. Im Gegensatz zu dem Ruhmestempel, den der Hallensportkomplex von Westerley darstellte, erinnerte die Turnhalle hinter der Booker T.

Washington High School in der Innenstadt von Atlanta, ein roter Ziegelbau aus den 1920ern, eher an ein Fabrikgebäude.

Lydia checkte den Parkplatz mit den Augen, denn das tat sie immer, bevor sie die Türen entriegelte.

„Ich kann mit Bella zurückfahren." Dee holte ihre Sporttasche vom Rücksitz. „Dann bis heute Abend."

„Ich werde mit reingehen."

Dee wirkte entsetzt über diese Aussicht. „Mom, du hast gesagt …"

„Ich muss auf die Toilette."

Dee stieg aus. „Ständig pinkelst du."

„Vielen Dank auch." Nach zweiunddreißigstündigen Wehen und mit den drohenden Wechseljahren vor sich war Lydia froh, dass ihr Beckenboden noch halbwegs seinen Dienst tat.

Lydia blieb erst einmal im Wagen und spähte zur Beifahrertür hinaus, um sich zu vergewissern, dass Dee in das Gebäude ging. Plötzlich hörte sie, wie hinter ihr die Fahrertür geöffnet wurde, und fuhr mit erhobenen Fäusten herum.

„Lydia!" Penelope Ward hob abwehrend die Hände. „Ich bin's doch nur!"

Lydia überlegte, ob es schon zu spät war, um ihr noch eine reinzuhauen.

„Himmel, ich wollte Sie nicht erschrecken."

„Schon gut", log Lydia. Das Herz war ihr direkt auf die Blase gerutscht. „Ich habe Dee nur rasch abgesetzt. Leider habe ich es eilig, ich muss zu einer Beerdigung."

„Oh nein! Wer denn?"

So weit hatte Lydia nicht vorausgedacht. „Eine Freundin. Eine ehemalige Lehrerin, Miss Clavel." Sie redete wirklich zu viel. „Das ist alles."

„Okay, nur ganz kurz …" Penelope blockierte immer noch die Tür. „Wissen Sie noch, was wir bezüglich des Internationalen Festes besprochen haben?"

Lydia legte den Rückwärtsgang ein. „Schicken Sie mir einfach eine Mail, was für Rezepte Sie haben wollen, und ich …"

„Super! Sie haben sie bis drei Uhr nachmittags." Penelope war gut darin, ihre eigenen Deadlines zu setzen. „Aber sagen Sie, haben Sie noch Kontakt zu der Band?"

Lydia bewegte ihren Fuß zum Gaspedal.

„Es fiel mir ein, als Sie sagten, dass Sie in Athens aufgewachsen sind. Ich war auf der University of Georgia."

Lydia hätte es an den pastellfarbenen Pullis und dem Blowjob-kompatiblen Schmollmund erkennen müssen.

„Ich habe Sie x-mal auftreten sehen. ‚Liddie and the Spoons', nicht wahr? Himmel, das waren noch Zeiten. Was ist aus den Mädels geworden? Wahrscheinlich alle verheiratet und mit einer Unmenge von Kindern gesegnet, habe ich recht?"

„Ja." *Oder vielmehr: im Gefängnis, viermal geschieden und mit einer Rabattkarte vom Gesundheitsamt, damit die zehnte Abtreibung kostenlos ist.* „Wir sind nichts weiter als ein Haufen älterer Damen."

Penelope blockierte immer noch die Tür. „Aber Sie fragen sie doch, oder? Dee wäre bestimmt hin und weg, ihre Mom auf der Bühne zu sehen."

„Oh, sie wäre begeistert. Ich gebe per E-Mail Bescheid, okay?" Lydia musste schnellstens weg hier, ob mit oder ohne Fahrertür. Sie nahm den Fuß von der Bremse. Penelope trabte neben ihr her. „Ich muss los." Lydia machte ihr ein Zeichen, aus dem Weg zu gehen. „Ich muss die Tür schließen." Sie tippte aufs Gas.

Endlich trat Penelope einen Schritt zurück, um nicht überfahren zu werden. „Ich freue mich auf die E-Mail!"

Lydia gab so kräftig Gas, dass der Minivan einen Satz machte. Himmel, das hatte ihr heute gerade noch gefehlt, dass ihre beschissene Vergangenheit ans Licht gezerrt und ihr wie ein Haufen Kuhmist vor die Füße gekippt wurde. Sie würde Penelope Ward liebend gern mit der Band zusammenbringen. Die Mädels würden sie bei lebendigem Leib auffressen. Im wahrsten Sinne des Wortes. Als die Spoons sich zuletzt im selben Raum aufhielten, mussten zwei von ihnen mit ernsthaften Bisswunden ins Krankenhaus gebracht werden.

War Lydia bei dieser Gelegenheit zum ersten Mal verhaftet worden? Es war jedenfalls das erste Mal gewesen, dass ihr Vater sie gegen Kaution aus dem Knast geholt hatte. Sam Carroll war stinksauer gewesen, und zugleich hatte es ihm das Herz gebrochen. Natürlich waren an diesem Punkt seines Lebens nur noch wenige Stücke seines Herzens groß genug gewesen, um noch brechen zu können. Julia war zu diesem Zeitpunkt seit fünf Jahren verschwunden. Ihr Vater hatte fünf Jahre schlafloser Nächte hinter sich gehabt. Fünf Jahre aufgeschobener Trauer. Fünf Jahre, um all die grausamen Vorstellungen in seinem Kopf anzuhäufen, was seiner ältesten Tochter zugestoßen sein konnte.

„Ach, Daddy", seufzte Lydia. Sie wünschte, er hätte lange genug gelebt, um zu sehen, wie Lydia ihr Leben auf die Reihe brachte. Sie wünschte von Herzen, er hätte Dee kennengelernt. Er hätte ihren trockenen Humor geliebt. Und vielleicht hätte sein armes gebrochenes Herz noch ein paar Jahre länger geschlagen, wenn er Dee gekannt und seine Enkelin in den Armen gehalten hätte.

Lydia hielt an einer roten Ampel. Rechter Hand war ein „McDonald's". Lydia musste immer noch auf die Toilette, aber sie wusste: Wenn sie hineinging, würde sie alles bestellen, was auf der Speisekarte stand. Sie starrte auf die Ampel, bis sie umschaltete, und gab Gas.

Nach weiteren fünfzehn Minuten bog sie in die Magnolia Hill Memorial Gardens ein. Sie hatte Penelope Ward gesagt, sie fahre zu einer Beerdigung, aber sie fühlte sich eher, als ginge sie zu einer Geburtstagsparty. Zu ihrer Geburtstagparty. Die Lydia, die sich keine Sorgen mehr wegen Paul Scott machen musste, war offiziell vier Tage alt.

Sie hätte ein paar Kerzen mitbringen sollen.

Als Lydia aus dem Van stieg, wurde der Regen stärker. Sie öffnete die Heckklappe und fand einen Schirm, doch der Saum ihres Kleides saugte sich mit Regenwasser voll. Konzentriert ließ sie den Blick über den Friedhof schweifen, der parkähnlich angelegt und hügelig war und in dem es viele Magnolien gab, wie es der Name versprach. Sie zog ein Blatt Papier aus der Handtasche. Lydia liebte das Internet. Sie konnte sich die Häuser der Übermütter auf *Google Streetview* ansehen, konnte nachschauen, wie viel sie für ihre idiotischen Designerklamotten bezahlt hatten, und – was heute viel wichtiger war – sie konnte eine Karte ausdrucken, die sie zu Paul Scotts Grab führte.

Der Weg dorthin war länger, als sie erwartet hatte, und natürlich wurde der Regen immer schlimmer, je weiter sie sich von ihrem Van entfernte. Nachdem sie zehn Minuten lang einer Karte gefolgt war, die sich als sehr ungenau erwies, wurde Lydia klar, dass sie sich verlaufen hatte. Sie holte ihr Handy hervor und googelte die Informationen noch einmal. Dann versuchte sie, ihren Standort auf der Karte zu bestimmen. Der blinkende blaue Punkt wies sie an, nach Norden zu laufen. Lydia wandte sich Richtung Norden, und nach wenigen Schritten hieß es, sie müsse in südliche Richtung gehen.

„Verdammtes Scheißding", murmelte Lydia, aber dann sprang ihr ein Grabstein in der übernächsten Reihe ins Auge.

SCOTT.

Paul war ein Stück außerhalb von Athens aufgewachsen, aber die Familie seines Vaters stammte aus Atlanta. Seine Eltern waren neben mehreren Generationen von Scotts begraben worden. Er hatte Lydia einmal erzählt, im Bürgerkrieg hätten sogar auf beiden Seiten Scotts gekämpft.

Er war also auf ehrliche Weise an seine Falschheit gelangt.

Auf Pauls Grab war eine winzige Gedenktafel, die mehr

wie eines dieser Schilder aussah, mit denen man Gemüsegärten beschriftete. Zuckererbsen. Kohl. Sadistisches Arschloch.

Lydia ging davon aus, dass sein Grabstein schon bestellt war. Etwas Großes und Auffallendes, aus teuerstem Marmor und phallisch geformt, denn nur weil man tot war, hörte man nicht auf, ein Idiot zu sein.

Als Lydia am Vorabend mit Rick vor dem Fernseher saß, hatte sie sich in Gedanken vor Pauls Grab stehen sehen. Nicht im Regen allerdings, in ihrer Fantasie strahlte die Sonne vom Himmel, ebenso wenig hatte sie berücksichtigt, dass die frisch ausgehobene rote Lehmerde Georgias von Kunstrasen bedeckt sein würde. Das falsche Gras war das Gleiche wie das, was man auf Minigolfanlagen und den Balkonen billiger Motels fand. Paul hätte es gehasst, weshalb sie unwillkürlich lächeln musste.

„Okay", sagte Lydia, denn sie war nicht hierhergekommen, um zu lächeln. Sie holte tief Luft und atmete langsam wieder aus. Sie presste die Hand auf die Brust, um ihr Herz zu beruhigen. Und dann fing sie an zu reden.

„Du hast dich geirrt", sagte sie zu Paul, denn er war ein pedantisches Arschloch gewesen, das glaubte, in allem recht zu haben. „Du hast prophezeit, ich würde inzwischen tot im Rinnstein liegen. Du hast gesagt, ich sei wertlos. Du hast behauptet, niemand würde mir glauben, weil ich so unwichtig sei."

Lydia sah zum düsteren Himmel hinauf. Regentropfen klopften unablässig auf den Schirm.

„Und ich habe dir viele Jahre lang geglaubt, weil ich dachte, ich hätte mich falsch verhalten."

Dachte, wiederholte sie lautlos, denn sie wusste, niemand konnte sie so schwer bestrafen wie sie sich selbst.

„Ich habe nicht gelogen. Ich habe es nicht erfunden. Aber du hast mich glauben lassen, du hättest es nur auf meine Bitte hin getan. Weil ich dir die falschen Signale gesandt habe. Dass du mich nur missbraucht hast, weil du sicher warst, ich will es." Lydia wischte sich die Tränen aus den Augen. In ihrem ganzen Leben hatte sie nie etwas weniger gewollt als Pauls Annäherungsversuche. „Und dann ist mir endlich klar geworden, dass das, was du getan hast, nicht meine Schuld war. Dass du einfach ein kalter, psychopathischer Scheißkerl warst und den perfekten Weg gefunden hast, mich meiner Familie zu entfremden." Sie wischte sich mit dem Handrücken über die Nase. „Und weißt du was? Leck mich, Paul. Du und dein beschissener Roadster und dein gottverdammtes Architekturdiplom und das Blutgeld vom Unfall deiner Eltern, ihr könnt mir alle gestohlen bleiben. Schau, wer in einer Gasse abgestochen wurde wie ein Schwein. Und schau, wer hier steht und wer jetzt auf deinem verdammten Grab tanzt!"

Lydia war atemlos, als sie sich das alles endlich von der Seele geredet hatte. Ihr Herz hämmerte in der Brust. Sie fühlte sich leer, aber nicht von ihrem Ausbruch. Das durfte nicht alles gewesen sein. So viele Jahre lang hatte sie davon geträumt, Paul zu stellen, auf ihn einzuschlagen, ihn mit den Füßen zu treten oder ihm ein rostiges Messer in den Leib zu rammen. Worte waren nicht genug. Sein Grab anzuschreien konnte nicht alles sein. Sie blickte über den Friedhof, und die Idee traf sie wie ein Blitz. Der Regen fiel nun so heftig, dass die Luft von einem weißen Schleier durchwirkt war. Der Boden war von Nässe gesättigt.

Lydia ließ ihren Regenschirm fallen.

Sicher konnte der Boden noch mehr Nässe vertragen.

Ihre Blase war immer noch voll. Nichts würde ihr mehr Freude bereiten, als auf Pauls Grab zu pissen. Sie riss den grünen Kunstrasen weg. Sie raffte ihr Kleid und beugte sich vor, um das Höschen herunterzuziehen.

Und dann hielt sie inne, denn sie war nicht allein.

Lydia bemerkte als Erstes die Schuhe. Schwarze Louboutins, rund fünftausend Dollar teuer. Strumpfhose – wer zum Teufel trug so etwas eigentlich noch? – und ein schwarzes Kleid, wahrscheinlich von Armani oder Gaultier, mindestens noch einmal sechstausend Dollar. Keine Ringe an den eleganten Fingern der Frau, kein geschmackvolles diamantbesetztes Armband am zarten Handgelenk. Ihre Schultern waren gestrafft, und sie hielt sich kerzengerade, was Lydia verriet, dass Helens Ermahnungen wenigstens bei einer ihrer Töchter Früchte getragen hatten.

„Tja." Claire verschränkte die Arme in der Taille. „Das ist jetzt peinlich."

„Ohne Frage." Lydia hatte ihre kleine Schwester seit achtzehn Jahren nicht mehr gesehen, aber selbst in ihren wildesten Träumen hätte sie sich Claire nicht wie eine der Übermütter vorgestellt.

„Hier." Claire öffnete ihr Zweitausend-Dollar-Täschchen von Prada und zog eine Packung Papiertaschentücher heraus, die sie in Lydias Richtung warf.

Es gab keinen Weg, die Sache mit Würde hinter sich zu bringen. Lydia hatte ihr Höschen schon bis zu den Knien hinuntergezogen. „Würde es dir etwas ausmachen, dich umzudrehen?"

„Natürlich. Wo bleiben nur meine Manieren." Claire wandte sich ab. Das schwarze Kleid war wie für ihre makellose Figur entworfen, die Schulterblätter standen hervor, und die Arme waren dünn wie wohlgeformte Stöckchen. Wahrscheinlich joggte sie jeden Morgen mit ihrem Trainer, spielte am Nachmittag Tennis und badete dann in Rosenwasser, bevor ihr Mann am Abend nach Hause kam.

Nicht, dass Paul Scott jemals wieder nach Hause kommen würde.

Lydia zog sich den Slip wieder hoch und richtete sich auf. Sie schnäuzte sich in ein Taschentuch, warf es in Pauls Grab und schob dann den Kunstrasen mit dem Fuß wieder darüber. Ganz wie eine Katze auf ihrem Katzenklo.

„Hat Spaß gemacht." Lydia griff nach ihrem Schirm und machte Anstalten zu gehen. „Aber ein Mal reicht."

Claire fuhr herum. „Wage es nicht, dich davonzuschleichen!"

„Schleichen?" Das Wort wirkte wie ein Streichholz auf Zunder. „Du denkst, ich schleiche vor dir weg?"

„Ich habe dich buchstäblich davon abgehalten, in das Grab meines Mannes zu pissen."

Lydia hatte genug davon, in Kursivschrift zu reden. „Sei lieber froh, dass ich nicht hineingeschissen habe."

„Gott, du bist so krass!"

„Und du bist ein verdammtes Miststück." Lydia machte auf dem Absatz kehrt und ging in Richtung Van.

„Lauf nicht weg!"

Lydia nahm die Abkürzung zwischen den Gräbern hindurch, weil sie wusste, dass Claires Absätze im nassen Gras einsinken würden.

„Komm zurück!" Claire hielt bei dem Tempo mit, sie hatte die Schuhe ausgezogen. „Lydia, bleib stehen, verdammt noch mal!"

„Was ist?" Lydia wirbelte so schnell herum, dass der Regenschirm Claires Kopf streifte. „Was willst du von mir, Claire? Du hast dich entschieden – du und auch Mom. Du kannst nicht erwarten, dass ich dir jetzt vergebe, nur weil er tot ist. Es ändert nicht das Geringste."

„Mir vergeben?" Claire war so aufgebracht, dass sich ihre Stimme überschlug. „Du glaubst, *ich* bin diejenige, die Vergebung braucht?"

„Ich habe dir erzählt, dass dein Mann versucht hat, mich zu vergewaltigen, und deine einzige Reaktion bestand darin, mich aus dem Haus zu werfen und mir mit der Polizei zu drohen."

„Mom hat dir auch nicht geglaubt."

„Mom hat dir auch nicht geglaubt", äffte Lydia sie nach.

„Mom dachte ja auch, dass du in der achten Klasse noch Jungfrau warst."

„Du weißt rein gar nichts über mich."

„Ich weiß, dass du einem Kerl, den du seit zwei Sekunden gevögelt hast, mehr geglaubt hast als deiner Schwester."

„War das bevor oder nachdem du das ganze Bargeld aus meiner Geldbörse gestohlen hast? Oder unter meiner Matratze? Oder aus meiner Schmuckschatulle? Oder mich angelogen hast, du hättest dir mein Auto ‚ausgeliehen'? War es bevor oder nachdem du abgestritten hast, Daddys Stethoskop versetzt zu haben, und dann Mom einen Anruf vom Pfandhaus bekam, weil sie seinen Namen erkannten?" Claire wischte sich den Regen aus den Augen. „Ich weiß, es war, bevor du meine Kreditkarte gestohlen und dreizehntausend Dollar Schulden darauf angehäuft hast. Wie war es in Amsterdam, Lydia? Hast du die vielen Coffeeshops genossen?"

„Doch, ja." Lydia hatte immer noch das kleine Grachtenhaus-Souvenir, das sie von der Stewardess in der ersten Klasse als Geschenk erhalten hatte. „Und wie sehr hast du es genossen, dich von der einzigen Schwester abzuwenden, die du noch hattest?"

Claires Mund schloss sich zu einem schmalen Strich. Ihre Augen funkelten hitzig.

„Himmel, du siehst genau wie Mom aus, wenn du das tust."

„Halt den Mund!"

„Das ist wirklich eine reife Leistung. Vollkommen idiotisch. Wir tragen genau den gleichen Streit aus wie vor achtzehn Jahren, nur dass wir es diesmal im Regen tun."

Claire blickte zu Boden. Zum ersten Mal wirkte sie unsicher. „Du hast mich ständig und in jeder Beziehung belogen."

„Glaubst du, ich würde bei *so etwas* lügen?"

„Du warst total zugedröhnt, als er dich nach Hause gefahren hat."

„Hat Paul das erzählt? Er hat mich nämlich aus dem Gefängnis abgeholt. Dort ist man normalerweise nicht zugedröhnt. Das ist sogar quasi ausgeschlossen."

„Ich war auch im Gefängnis, Lydia. Wer dort high sein will, findet auch einen Weg, high zu werden."

Lydia lachte verächtlich. Ihre kreuzbrave kleine Schwester war ebenso wenig jemals im Gefängnis gewesen wie Lydia auf dem Mond.

„Er fand dich nicht einmal attraktiv", sagte Claire.

Lydia studierte das Gesicht ihrer Schwester. Das Argument war nicht neu, aber sie brachte es mit weniger Überzeugung vor. „Du zweifelst an ihm."

„Nein, tu ich nicht." Claire strich sich das nasse Haar aus dem Gesicht. „Du hörst nur, was du hören willst. Wie üblich."

Claire log. Lydia spürte es im Innersten. Sie stand hier klatschnass im Regen und log. „Hat Paul dir wehgetan? Geht es darum? Du konntest es nicht sagen, als er noch gelebt hat, aber jetzt …"

„Er hat mir nie wehgetan. Er war ein guter Ehemann. Ein guter Mensch. Er hat sich um mich gekümmert. Er hat mir Sicherheit gegeben. Er hat mich geliebt."

Lydia antwortete nicht. Stattdessen ließ sie das Schweigen anwachsen. Sie glaubte ihrer Schwester noch immer nicht. Claire war jetzt genauso leicht zu durchschauen, wie sie es als Kind gewesen war. Etwas machte ihr schwer zu schaffen, und es hatte natürlich mit Paul zu tun. Ihre Augenbrauen verzogen sich zu einer komischen Zickzacklinie, genau wie bei Helen, wenn sie aufgebracht war.

Sie hatten sich seit fast zwei Jahrzehnten nicht gesprochen, aber Lydia wusste noch, dass Claire immer dann besonders stur auf ihrem Standpunkt beharrte, wenn man sie in die Enge trieb. Also versuchte sie es mit einem Ablenkungsmanöver. „Verfolgst du diesen Fall mit Anna Kilpatrick?"

Claire schnaubte höhnisch, als wäre die Antwort offensichtlich. „Natürlich. Mom ebenfalls."

„Mom?" Lydia war aufrichtig überrascht. „Das hat sie gesagt?"

„Nein, aber ich weiß, dass sie es tut." Claire holte tief Luft und sah zum Himmel hinauf. Der Regen hatte endlich aufgehört. „Sie ist nicht herzlos, Lydia. Sie hatte nur ihre eigene Art, damit fertigzuwerden." Sie ließ die andere Hälfte des Satzes unausgesprochen. *So wie Dad seine Art hatte, damit fertigzuwerden.*

Lydia beschäftigte sich damit, ihren Schirm zu schließen. Er war weiß, verschiedene Hunderassen sprangen im Kreis auf ihm herum. Ihr Vater hatte einen ähnlichen Schirm gehabt, als er noch in der Lage gewesen war, Tiermedizinstudenten an der University of Georgia zu unterrichten.

„Ich bin jetzt in Moms Alter", sagte Claire.

Lydia sah ihre Schwester stirnrunzelnd an.

„Achtunddreißig. So alt war Mom, als Julia verschwand. Und Julia wäre jetzt …"

„Dreiundvierzig." Lydia dachte jedes Jahr an Julias Geburtstag. Und an Helens. Und Claires. Und an den Tag, an dem Julia verschwunden war.

Claire atmete tief durch, und Lydia widerstand dem Drang, das Gleiche zu tun. Paul hatte ihr damals vor vielen Jahren nicht nur Claire genommen, er hatte auch die Verbindung zerstört, die entsteht, wenn man jemandem in die Augen sieht und weiß, der andere versteht genau, was man fühlt.

„Hast du Kinder?", fragte Claire.

„Nein", log Lydia. „Du?"

„Paul wollte welche, aber ich hatte schreckliche Angst vor …"

Sie musste dem Schrecken keinen Namen geben. Wäre Familienplanung etwas gewesen, das Lydia in ihren Zwanzigern auf die Reihe gebracht hätte, dann hätte sie Dee nie im Leben bekommen. Mit anzusehen, wie der Verlust eines Kindes ihre Eltern entzweit – und nicht nur entzweit, sondern zerstört – hatte, war warnendes Beispiel genug.

„Grandma Ginny hat Demenz“, sagte Claire. „Sie hat vergessen, wie man gemein ist.“

„Weißt du noch, was sie bei Dads Beerdigung zu mir gesagt hat?“

Claire schüttelte den Kopf.

„‚Du bist wieder fett. Das bedeutet dann wohl, dass du keine Drogen nimmst.‘“

Claire nahm Lydias Figur in Augenschein und ließ die naheliegende Frage unausgesprochen.

„Siebzehneinhalb Jahre clean.“

„Gut für dich.“ Claires Stimme versagte. Sie weinte. Lydia kam plötzlich zu Bewusstsein, dass ihre Schwester trotz des Designer-Outfits fürchterlich aussah. Offenbar hatte sie in dem Kleid geschlafen. Sie hatte eine Abschürfung auf der Wange und eine schwarz verfärbte Schwellung unter dem Ohr. Ihre Nase war leuchtend rot. Sie war durchnässt vom Regen und zitterte vor Kälte.

„Claire …“

„Ich muss los.“ Claire machte sich auf den Weg zu ihrem Wagen. „Pass auf dich auf, Pepper.“

Sie ging, bevor Lydia ein Grund einfiel, sie aufzuhalten.

III

Der Sheriff hat mich heute verhaftet. Er sagte, ich würde seine Ermittlungen stören. Meine Verteidigung – dass man nicht stören könne, was nicht existierte – ließ ihn kalt.

Vor Jahren habe ich mich einmal im Rahmen einer Spendenaktion für das hiesige Tierheim zum Schein auf dem Jahrmarkt verhaften lassen. Während du und deine kleine Schwester Skeeball gespielt habt (Pepper hatte Hausarrest, weil sie frech zu einem Lehrer gewesen war), wurden wir Bösewichter in einem Bereich des Jahrmarkts, der mit Seilen abgetrennt war, festgehalten, wo wir darauf warteten, dass unsere besseren Hälften uns auslösten.

Wie damals bei der gespielten Verhaftung hat mich deine Mutter auch dieses Mal gegen Kaution herausgeholt.

„Sam", sagte sie, „so kannst du nicht weitermachen."

Wenn sie nervös ist, dreht deine Mutter ihren neuen Ehering am Finger, und jedes Mal, wenn ich das sehe, denke ich unwillkürlich, sie versucht, ihn abzunehmen.

Habe ich dir schon einmal erzählt, wie sehr ich deine Mutter liebe? Sie ist die bemerkenswerteste Frau, die ich je kannte. Deine Großmutter hielt sie für eine Goldgräberin, aber als wir uns kennenlernten, hatte ich kaum Geld in der Tasche. Alles, was sie sagte und tat, entzückte mich. Ich habe die Bücher geliebt, die sie las. Ich habe die Art geliebt, wie ihr Verstand arbeitete. Ich habe es geliebt, dass sie mich anblickte und etwas sah, auf das ich selbst noch kaum einen Blick erhascht hatte.

Ich hätte aufgegeben ohne sie – nicht dich, niemals dich, aber mich selbst. Ich schätze, jetzt kann ich dir das sagen, aber ich war kein sehr guter Student. Ich war nicht schlau genug, um mich durchzumogeln. Ich war nicht konzentriert genug im Unterricht. Ich schaffte kaum eine Prüfung. Ich gab Arbeiten nicht ab. Die Fortführung meines Studiums war permanent gefährdet. Nicht dass deine Großmutter es je mitbekommen hätte, aber damals dachte ich daran, das zu tun, was man später dir unterstellte: alle meine Habseligkeiten zu verkaufen, den Daumen in den Wind zu halten und nach Kalifornien zu trampen, um mich den anderen Hippies und Aussteigern anzuschließen.

Doch als ich deine Mutter traf, änderte sich alles. Sie weckte Wünsche in mir, die ich mir nie hätte träumen lassen: eine geregelte Arbeit, ein zuverlässiges Auto, ein Haus, eine Familie. Du bist schon vor langer Zeit dahintergekommen, dass du deine Wanderlust von mir hast. Ich will dir sagen, was geschieht, wenn du den Menschen triffst, für den du bestimmt bist, mit dem du den Rest deines Lebens verbringen wirst: Die Ruhelosigkeit schmilzt wie Butter in der Sonne.

Ich glaube, am meisten bricht mir das Herz, dass du diese Erfahrung nie selbst machen wirst.

Du sollst wissen, dass deine Mutter dich nicht vergessen hat. Es vergeht kein Morgen, an dem sie nicht beim Aufwachen an dich denkt. Sie begeht deine Geburtstage auf ihre eigene Art. An jedem 4. März, dem Jahrestag deines Verschwindens, legt sie den Weg zurück, den du möglicherweise gegangen bist, nachdem du das „Manhattan Café" an jenem Abend verlassen hast. Sie lässt ein Nachtlicht in deinem früheren Zimmer brennen. Sie weigert sich, das Haus zu verkaufen, denn auch wenn sie es abstreitet, bewahrt sie sich einen winzigen Rest Hoffnung, du könntest eines Tages doch noch den Gehsteig entlangspaziert kommen und wieder nach Hause finden.

„Ich möchte mich wieder normal fühlen", sagte sie einmal zu mir. „Vielleicht geschieht es ja, wenn ich lange genug so tue, als wäre ich es."

Deine Mutter ist eine der stärksten und klügsten Frauen, die mir je begegnet sind, aber der Verlust ihrer Tochter ist wie eine Axt in sie gefahren. Die lebenssprühende, spöttische, geistreiche, eigensinnige Frau, die ich geheiratet habe, ist zersplittert und verstummt. Sie würde dir sagen, dass sie sich der Trauer um dich zu lange hingegeben hat, dass sie sich von Mitleid und Selbsthass in jenes schwarze Loch hat ziehen lassen, in dem ich noch immer herumkrieche. Wenn es so war, dann war ihr Aufenthalt dort nur vorübergehend. Irgendwie ist es ihr gelungen, einen Teil ihres früheren Ichs aus der Erde zu ziehen. Sie sagt, die andere, elende Hälfte, die abgespaltene, ausrangierte Hälfte würde ihr immer noch in respektvollem Abstand folgen, bereit, die Herrschaft wieder an sich zu reißen, sobald sie Schwäche zeige.

Nur durch pure Willenskraft bringt sie es fertig, nie Schwäche zu zeigen.

Als deine Mutter mir mitteilte, sie werde einen anderen Mann heiraten, sagte sie: „Ich kann nicht die beiden Töchter, die ich noch habe, für die eine opfern, die ich nie mehr wiedersehen werde."

Sie hat nicht gesagt, dass sie diesen Mann liebt. Sie hat nicht gesagt, er berühre ihr Herz oder sie brauche ihn. Sie sagte, dass sie das nötig habe, was er ihr bot: Stabilität, Gesellschaft, ein Glas Wein am Abend, ohne das Gefühl, in Kummer zu ertrinken.

Ich hege keinen Groll gegen diesen Mann, weil er meinen Platz eingenommen hat. Ich hasse ihn nicht, weil ich nicht will, dass ihn deine Schwestern hassen. Es ist bemerkenswert einfach für einen geschiedenen Elternteil, eine Wiederheirat zu einem reibungslosen Übergang für die Kinder zu machen. Man hält einfach den Mund und lässt sie wissen, dass alles gut werden wird.

Und ich glaube, das wird es tatsächlich, zumindest für den verbliebenen Teil meiner Familie.

Deine Mutter war immer gut darin, den Charakter von Menschen einzuschätzen. Dieser Mann, den sie gewählt hat, ist freundlich zu deinen Schwestern. Er geht zu Peppers wilden Konzerten, die einen schockieren, und er ist achtsam gegenüber Claire. Sie besuchen deine Schwestern einmal im

Monat in Auburn (ich weiß, Schatz, aber sie konnten nicht auf die Uni in Atlanta gehen, weil sie das zu sehr an dich erinnert hätte). Ich kann deiner Mutter nicht vorwerfen, dass sie weitergegangen ist, während ich in der Vergangenheit verharrte. Ich habe sie zur Witwe gemacht. Ich könnte sie ebenso gut bitten, bei mir zu bleiben, wie ich sie bitten könnte, sich mit mir ins Grab zu legen.

Ich nehme an, der Sheriff hat sie angerufen, damit sie mich gegen Kaution herausholt, weil ich – mir selbst überlassen – in der Zelle ausgeharrt hätte, bis er gezwungen gewesen wäre, mich entweder anzuklagen oder gehen zu lassen. Es war als ein Statement von mir gedacht, genauso fasste es deine Mutter auch auf, und das Statement lautete, dass ich ein eigensinniges Arschloch bin.

Niemand weiß besser als du, dass dieser Wortwechsel bedeutet, sie liebt mich noch.

Aber sie hat auch deutlich gemacht, dass es ihr endgültig reicht. Sie will nichts mehr hören von meinen sinnlosen Unternehmungen und verrückten Suchaktionen, von meinen Treffen mit Fremden in dunklen Winkeln und meinen Befragungen junger Frauen, die dich damals kannten, aber inzwischen verheiratet sind, gute Anstellungen haben und versuchen, ihre eigenen Familien zu gründen.

Soll ich sie dafür kritisieren? Soll ich ihr Vorwürfe machen, weil sie mit meinem Kampf gegen Windmühlen nichts mehr zu tun haben will?

Verhaftet wurde ich aus folgendem Grund:

Es gibt einen Mann, der im „Taco Stand“ arbeitet. Er ist jetzt der Manager, aber an dem Tag, an dem du verschwunden bist, hat er Tische abgeräumt. Die Leute des Sheriffs haben sein Alibi überprüft und bestätigt gefunden, aber eine deiner Freundinnen, Kerry Lascala, hat mir erzählt, sie hätte diesen Mann auf einer Party davon reden hören, dass er dich am Abend des 4. März 1991 auf der Straße gesehen habe.

Jeder Vater hätte diesen Mann ins Visier genommen. Jeder Vater wäre ihm gefolgt, um ihn spüren zu lassen, wie es ist, jemanden hinter sich zu wissen, der stärker und wütender ist und zu dessen Plänen es gehört, dich irgendwohin zu bringen, wo ihr ungestört seid.

Was sich nach Belästigung anhört, sich aber wie die Untersuchung eines Verbrechens anfühlt.

Deine Mutter hat darauf hingewiesen, dass der Taco-Typ sich einen Anwalt nehmen könnte. Und wenn die Huckleberries das nächste Mal kämen, dann mit einem Haftbefehl.

Die Huckleberries.

Das Wort stammt von deiner Mutter. Sie gab Sheriff Carl Huckabee diesen Spitznamen in der dritten Woche der Ermittlungen, und bis zum dritten Monat hatte sie ihn auf jeden übertragen, der eine Uniform anhatte. Du erinnerst dich vielleicht an den Sheriff, an jenem Tag im Karneval. Er ist ein unbeholfener Typ mit einem steifen Schnauzbart, den er zu einer geraden Linie stutzt, und mit Koteletten, die er so oft striegelt, dass man die Furchen sieht, die der Kamm hinterlässt.

Huckleberry glaubt Folgendes: Der Taco-Typ war an dem Abend, an dem du verschwunden bist, bei seiner Großmutter im Pflegeheim.

Es gab keinen Anmeldebogen am Empfang. Kein Dienstbuch. Keine Kameras. Keine anderen Zeugen als seine Großmutter und eine Pflegerin, die gegen elf Uhr abends nach der alten Dame sah.

Du wurdest zuletzt um 22.38 Uhr gesehen.

Die Pflegerin behauptet, als du verschleppt wurdest, habe der Taco-Typ in dem Sessel am Bett seiner Großmutter geschlafen.

Und doch sagt Kerry Lascala, sie habe ihn etwas anderes erzählen hören.

Deine Mutter bezeichnet diese Art Denken als „sich verrückt machen“, und vielleicht hat sie recht. Ich erzähle deinen Schwestern inzwischen nichts mehr von meinen

Spuren. Der Taco-Typ, der Müllmann, der verhaftet wurde, weil er sich vor einer Grundschülerin entblößt hat, der voyeuristische Gärtner, der Nachtmanager im „Seven-Eleven", der seine Nichte belästigt hat, es sind alles Fremde für sie. Ich habe meine Sammlung von Hinweisen ins Schlafzimmer verlegt, damit sie nichts davon sehen, wenn sie zu Besuch kommen.

Nicht dass sie mich oft besuchen würden, was ich ihnen aber nicht verüble. Sie sind jetzt junge Frauen. Sie richten sich ihr Leben ein. Claire ist etwa im selben Alter, in dem du warst, als wir dich verloren. Pepper ist älter, wenn auch nicht klüger. Ich sehe sie sehr viele Fehler machen (die Drogen, die gleichgültigen und unbrauchbaren Männer, der Zorn, der so heiß brennt, dass sie eine ganze Stadt damit anzünden könnte), aber ich glaube nicht, dass ich die Autorität besitze, ihr Einhalt zu gebieten.

Deine Mutter sagt, alles, was wir tun können, ist, für Pepper da zu sein, wenn sie stürzt. Vielleicht hat sie recht. Und vielleicht macht sie sich begründete Sorgen wegen dieses neuen Mannes in Claires Leben. Er will zu viel. Er schmeichelt zu viel. Ist es an uns, es ihr zu sagen? Oder wird sie von allein draufkommen? (Oder er? Sie sieht gern anderen Männern hinterher wie deine Großmutter Ginny.)

Es ist merkwürdig, dass deine Mutter und ich immer nur dann heil sind, wenn wir über das Leben deiner Schwestern sprechen. Wir sind beide zu versehrt, um über uns selbst zu sprechen. Die offenen Wunden an unseren Herzen fangen an zu eitern, wenn wir zu lange beisammen sind. Ich weiß, deine Mutter sieht mich an und sieht dabei die Spielhäuser, die ich gebaut, und die Hausaufgaben, bei denen ich geholfen habe, und die unzähligen Male, wo ich dich hochgehoben und wie eine Puppe herumgewirbelt habe.

So wie ich die wachsende Rundung ihres Bauches sehe, wenn ich sie anschaue, ihren sanften Gesichtsausdruck, wenn sie dich in den Schlaf wiegte, die Angst in ihrem Blick, als dein Fieber stieg und dir die Mandeln entfernt werden mussten, und ihre gequälte Miene, wenn sie begriff, dass du die besseren Argumente hattest.

Ich weiß, deine Mutter gehört jetzt einem anderen Mann. Sie hat ein stabiles Umfeld für meine Kinder geschaffen, es ist ihr gelungen weiterzugehen, aber wenn ich sie küsse, wehrt sie sich nie. Und wenn ich sie in die Arme nehme, erwidert sie die Umarmung. Und wenn wir uns lieben, ist es mein Name, den sie flüstert.

In diesem Moment sind wir dann endlich in der Lage, uns an all die guten Dinge zu erinnern, die wir zusammen hatten, statt nur an das, was wir verloren.

5. KAPITEL

Claire war seit ihrer Begegnung mit Lydia am Grab immer noch triefend nass. Sie saß zitternd in der Garage, einen zerbrochenen Tennisschläger in der Hand. Die Waffe ihrer Wahl. Es war der vierte Schläger, den sie in ebenso vielen Minuten zertrümmert hatte. Es gab kein Schränkchen, kein Werkzeug und kein Auto in der Garage, das nicht Bekanntschaft mit dem Rahmen eines Grafitschlägers gemacht hätte. *Bosworth Tennis Tour 96*, handgefertigt für Claires Schlag, vierhundert Dollar das Stück.

Sie ließ ihre Hand kreisen, die bereits anschwoll, und das Handgelenk würde ebenfalls Eis brauchen. Ihre Kehle war wund vom Schreien. Sie sah auf ihr Spiegelbild im herabhängenden Seitenspiegel von Pauls Porsche. Das nasse Haar klebte ihr am Schädel. Sie trug dasselbe Kleid, das sie schon gestern Nachmittag zur Beerdigung getragen hatte. Ihre wasserfeste Wimperntusche hatte endgültig den Geist aufgegeben. Den Lippenstift hatte sie längst abgenagt. Ihre Haut war fahl.

Sie konnte sich nicht erinnern, wann sie zuletzt so ausgerastet war. Selbst an dem Tag, an dem sie im Gefängnis gelandet war, hatte Claire nicht derart die Kontrolle über sich verloren.

Sie schloss die Augen und atmete die Stille des großen Raumes ein. Der Motor des BMW kühlte ab, sie konnte ihn klicken hören. Ihr Herz machte sechs Schläge für jedes Klicken. Sie legte die Hand auf die Brust und fragte sich, ob es möglich war, dass ein Herz explodierte.

Als Claire am Abend zuvor ins Bett gegangen war, hatte sie mit Albträumen gerechnet, aber dann hatte sie sich nicht an eine Betonwand gekettet gesehen, während der Maskenmann auf sie zukam, sondern ihr Unterbewusstsein hatte etwas viel Schlimmeres getan: Es hatte ihr ein „Best of" ihrer zärtlichsten Momente mit Paul vorgespielt.

Etwa als sie sich auf St. Martin den Knöchel verstaucht hatte und er sie auf der Suche nach einem Arzt über die ganze Insel kutschierte. Oder als er sie in der Absicht hochgehoben hatte, sie hinauf ins Schlafzimmer zu tragen, aber sie sich wegen seines kaputten Rückens schließlich mitten auf dem Treppenabsatz liebten. Als sie nach der Knieoperation aufwachte und einen gekritzelten Smiley auf dem Verband um ihr Bein vorfand. Konnte der Mann, der nach fast zwanzig Jahren Ehe immer noch Post-its mit einem Herzchen um ihrer beider Initialen an Claires Kaffeetasse hinterließ, wirklich derselbe Mann sein, der dieses Video heruntergeladen hatte?

Claire sah auf den zerbrochenen Tennisschläger. So viel Geld, und die traurige Wahrheit war, dass sie eigentlich einen Sechzig-Dollar-Schläger von Wilson bevorzugte.

Als sie und Paul noch Studenten waren, fertigten sie immer Tabellen an, wenn sie sich in einer Sache nicht einigen konnten. Paul zog mit einem Lineal einen Strich in die Mitte eines Blatt Papiers; auf einer Seite listeten sie die Gründe auf, warum sie etwas tun, kaufen, ausprobieren sollten, und auf die andere Seite schrieben sie, warum sie es nicht tun sollten.

Claire hievte sich hoch und schleuderte das Racket auf die Kühlerhaube des Porsches. Paul hatte einen Notizblock und einen Stift auf seiner Werkbank liegen. Sie zog eine Linie auf einer leeren Seite. Paul wäre bei dieser Linie der Schweiß ausgebrochen: Sie wich zum unteren Rand hin nach links ab.

Claire klopfte mit dem Stift an die Werkbank und sah auf die beiden leeren Spalten. Es ging nicht um Pro und Kontra. Die Liste war für Fragen und Antworten.

Die erste Frage war: Hatte Paul den Film wirklich bewusst heruntergeladen? Claire musste davon ausgehen. Versehentlich Dateien mit Viren und Spyware herunterzuladen war eher etwas für Claire. Paul war zu vorsichtig, um etwas aus Versehen herunterzuladen. Und sollte er den Film gegen jede Wahrscheinlichkeit doch irrtümlich heruntergeladen haben, hätte er ihn gelöscht, statt ihn in seinem Arbeitsordner zu speichern. Und er hätte Claire davon erzählt, denn so war ihre Beziehung gewesen.

Oder zumindest hatte sie das geglaubt.

Sie schrieb „Versehen?" in eine Spalte und „Nein" in die andere.

Claire begann wieder, mit dem Kugelschreiber zu klopfen. Konnte es sein, dass Paul den Film wegen des sadistischen Inhalts heruntergeladen und erst am Ende erkannt hatte, dass mehr daran war?

Sie schüttelte den Kopf. Paul war so verklemmt, dass er das Unterhemd in die Boxershorts stopfte, bevor er abends zu Bett ging. Wenn jemand ihr letzte Woche gesagt hätte, dass ihr Mann auf SM stehe, hätte sie erst einmal herzhaft gelacht – und dann hätte sie Paul eher als den unterwürfigen Teil vermutet. Nicht, dass er beim Sex passiv gewesen wäre. Claire war eher diejenige, die einfach nur dalag. Aber sexuelle Fantasien waren Projektionen von Gegensätzen. Paul hatte immer das Heft in der Hand gehalten, deshalb würde seine Fantasie dahin gehen, die Macht an eine andere Person abzutreten. Claire stellte sich durchaus gelegentlich vor, von einem Fremden gefesselt und durchgefickt zu werden, aber bei Tageslicht besehen, waren solche Dinge beängstigend.

Und abgesehen davon: Als sie Paul vor ein paar Jahren einige Passagen aus *Fifty Shades of Grey* vorgelesen hatte, hatten sie beide gekichert wie Teenager.

„Die größte Fantasie in dem Buch ist", hatte Paul gesagt, „dass er sich am Ende ihr zuliebe ändert."

Claire hatte sich nie als eine Expertin für männliches Verhalten gesehen, aber da war etwas dran, und es traf nicht nur auf Männer zu. Die grundlegende Persönlichkeit, der Wesenskern eines Menschen, änderte sich nicht. Werte bleiben tendenziell dieselben, persönliches Auftreten, Weltsicht und politische Überzeugungen ebenfalls. Man brauchte nur zu einem Klassentreffen zu gehen, um die Theorie bestätigt zu finden.

Davon ausgehend, ergab es also keinen Sinn, dass der Mann, der geweint hatte, als ihre Katze eingeschläfert werden musste, der sich weigerte, Horrorfilme anzusehen, der gewitzelt hatte, Claire sei auf sich allein gestellt, falls je ein Axtmörder in ihr Haus einbrach, derselbe Mann sein sollte, der sexuelles Vergnügen daraus zog, sich grauenhafte, unaussprechliche Handlungen anzusehen.

Claire sah auf den Notizblock hinunter. Sie schrieb: „Noch mehr Dateien?" Denn das war der düstere Gedanke, der in ihrem Hinterkopf lauerte. Der Dateiname war eine Folge von Ziffern gewesen, und alle Dateien, die sie in dem Ordner *Arbeit* gesehen hatte, waren ähnlich nummeriert. Hatte Paul noch mehr von diesen widerlichen Filmen heruntergeladen? Verbrachte er damit seine Zeit, wenn er Claire weismachte, er müsse spätabends noch in seinem Büro arbeiten?

Sie war kein naives Dummchen in diesen Dingen. Sie wusste, dass Männer Pornos guckten. Claire war einem Softporno im Pay-TV selbst nicht abgeneigt. Die Sache war nur die, dass ihr Sexleben ziemlich zahm war. Sie hatten verschiedene Stellungen oder Variationen versucht, aber nach achtzehn Jahren Ehe wussten sie, was funktionierte, und blieben bei den bewährten Standards. Was wahrscheinlich der Grund war, warum Claire bei der Weihnachtsfeier der Firma im letzten Jahr auf Adam Quinns Angebot eingegangen war.

Claire liebte ihren Mann, aber manchmal sehnte sie sich nach Abwechslung.

War es Paul genauso ergangen? Sie hatte nie die Möglichkeit bedacht, dass sie ihm nicht genügen könnte. Er war immer so hingerissen von ihr gewesen. Er war derjenige, der im Auto ihre Hand ergriff. Er war derjenige, der bei einer Essenseinladung ganz nahe bei ihr saß, der im Kino den Arm um sie legte und ihr mit Blicken folgte, wenn sie bei einer Party den Raum durchquerte. Selbst im Bett war er erst zufrieden, wenn auch sie es war. Er bat Claire nur selten darum, es ihm mit dem Mund zu machen, und er verhielt sich dabei nie wie ein Arschloch. Früher, als sie noch Freundinnen gehabt hatte, hatten die sie wegen Pauls Hingabe neidvoll geneckt.

War das alles nur Show gewesen? Hatte sich Paul während all der scheinbar glücklichen Jahre ihrer Ehe nach mehr gesehnt? Und hatte er es im abstoßenden Inhalt dieses Filmes gefunden?

Claire schrieb eine weitere Frage auf die Liste. „Ist er echt?"

Die Produktion mutete amateurhaft an, aber das konnte Absicht sein. Computer waren zu erstaunlichen Dingen in der Lage. Wenn man es so aussehen lassen konnte, als würde Michael Jackson auf der Bühne tanzen, dann konnte man es auch so aussehen lassen, als würde eine Frau ermordet.

Der Kugelschreiber klapperte wieder. Claire sah ihn zwischen ihren Fingern hüpfen. Die Arbeitsplatte der Werkbank war aus Bambus. Das verdammte Ding hatte sich als unzerstörbar erwiesen. Sie war fast versucht gewesen, es Lydia nachzumachen und daraufzupinkeln.

Lydia.

Himmel, was für ein überraschender Schlag ins Gesicht, ihre Schwester nach all den Jahren zu sehen. Sie würde ihrer Mutter nichts von der Begegnung erzählen, hauptsächlich deshalb, weil ihre Mutter sich wegen Pauls Ermordung und wegen des Einbruchs schon genügend Sorgen machte. Außerdem war Claire die Ironie nicht entgangen, die darin lag, dass es Lydia, kein halbes Jahr nachdem ihre Familie die Verbindung zu ihr abgebrochen hatte, endlich gelungen war, clean zu werden. Wegen seiner Suche nach Julia und der Kosten für Kautionszahlungen, Anwälte und Entziehungskuren für Lydia war Sam Carroll nahezu bankrott gewesen, als er sich schließlich das Leben nahm.

Allein für diese Sünde hätte Claire den Kontakt mit ihrer Schwester beenden sollen, aber dann hatte sie auch noch Paul beschuldigt, er habe versucht, sie zu vergewaltigen, und das hatte das Fass zum Überlaufen gebracht.

„Hat Paul dir wehgetan?“, hatte Lydia gefragt, als sie keine drei Meter von Pauls Grab entfernt stand. „Geht es darum?“

Claire wusste, was mit „es“ gemeint war: Zweifel. Sie zweifelte an ihrem Mann wegen des Films, den sie auf seinem Computer gefunden hatte. Sie hatte im Geist den Sprung von Gewalt ansehen zu selbst gewalttätig werden nachzuvollziehen versucht, was idiotisch war, denn Millionen junger Männer spielten gewalttätige Computerspiele, aber nur eine Handvoll von ihnen zog dann los und brachte Leute um.

Andererseits hatte Paul ihr einmal erklärt, dass so etwas wie Zufall nicht existiere. „Das Gesetz der wahrhaft großen Zahlen sorgt dafür, dass absolut jede Abscheulichkeit passieren kann, wenn die Stichprobenanzahl hoch genug ist.“

Claire sah auf die drei Punkte in ihrer Liste.

Versehen?

Noch mehr Dateien?

Ist er echt?

Im Augenblick ließ sich nur eine dieser drei grässlichen Fragen beantworten.

Claire ging die Treppe hinauf, bevor sie es sich anders überlegen konnte. Sie gab den Code ein, der die Tür zu Pauls Arbeitszimmer öffnete. Agent Nolan hatte eine Bemerkung darüber fallen lassen, wie viele Codes man für das Haus brauchte, aber Paul hatte es Claire leicht gemacht, indem sämtliche Türcodes Variationen ihrer beider Geburtstage waren.

Das Büro sah genauso aus wie am Tag zuvor. Claire setzte sich an den Schreibtisch. Sie zögerte, als sie die Hand zur Tastatur ausstreckte. Dies war der Moment, in dem sie sich für die rote oder die blaue Pille entscheiden musste, wie in dem Film *Matrix*. Wollte sie wirklich wissen, ob es noch mehr Dateien gab? Paul war tot. Welchen Sinn hatte es also?

Sie tippte die Tastatur an. Sie musste es wissen, das war der Sinn.

Claires Hand war überraschend ruhig, als sie die Maus zur Taskleiste bewegte und den Ordner *Arbeit* anklickte.

Das Regenbogenrad drehte sich, aber statt einer Liste von Dateien erschien ein weißes Kästchen.

MIT GLADIATOR VERBINDEN?

Darunter konnte man zwischen JA und NEIN wählen. Claire wunderte sich, warum sie am Tag zuvor nicht aufgefordert worden war, sich einzuloggen. Sie erinnerte sich vage daran, dass sie bei einer Reihe von Mitteilungen auf SCHLIESSEN geklickt hatte, als Agent Nolan die Treppe heraufgeschlichen kam. Offenbar war eines der Kästchen, das sie geschlossen hatte, die Verbindung zu diesem Gladiator gewesen, was immer das sein mochte.

Sie stützte die Ellbogen auf den Schreibtisch und starrte auf die Worte. War das ein Zeichen, dass sie aufhören sollte? Paul hatte ihr vollkommen vertraut – zu vollkommen, wenn man nach ihren Affären ging, denn natürlich war Adam Quinn nicht der Erste gewesen. Auch nicht der Letzte, jetzt wo sie schon mal so brutal ehrlich war: Es gab einen Grund, warum Tim, der Barkeeper, von seiner Frau getrennt war.

Sie versuchte, die Schuldgefühle des Vortags heraufzubeschwören, aber die gewalttätigen Bilder, die sie auf dem Computer ihres Mannes gefunden hatte, hatten ihre Reue abgeschliffen.

„Gladiator", sagte sie. Sie wusste nicht, warum ihr das Wort so bekannt vorkam.

Sie klickte auf JA.

Der Schirm veränderte sich. Eine neue Nachricht erschien. PASSWORT?

„Scheiße." Das wurde ja immer schwieriger. Sie tippte mit dem Finger auf die Maus und starrte dabei auf die Aufforderung.

Alle Systempassworte waren Kombinationen aus einer Eselsbrücke und einem Datum. Sie tippte DBAPC111176, was für „Du Blickst Auf Pauls Computer" stand, gefolgt von seinem Geburtsdatum.

Ein schwarzes Dreieck mit einem Ausrufezeichen in der Mitte verriet ihr, dass dieses Passwort falsch war.

Claire probierte weitere Kombinationen, mit ihrem eigenen Geburtstag, ihrem Hochzeitstag, dem Tag, an dem sie sich zum ersten Mal an der Uni begegnet waren, dem Tag, an dem sie zum ersten Mal zusammen ausgingen, was zugleich der Tag war, an dem sie zum ersten Mal miteinander geschlafen hatten, denn Claire gab nie das Blümchen-rühr-mich-nicht-an, wenn sie sich einmal entschieden hatte.

Nichts funktionierte.

Sie blickte sich in Pauls Arbeitszimmer um und fragte sich, ob sie etwas übersah.

„Du Blickst Auf Den Sessel, In Dem Paul Liest", versuchte sie. „Du Blickst Auf Die Couch, Auf Der Paul Schläft." Nichts. „Du Blickst Auf Den Computer, Vor Dem Paul Wichst."

Claire ließ sich auf dem Sessel zurücksinken. Genau gegenüber von Pauls Schreibtisch hing das Gemälde, das sie ihm zum dritten Hochzeitstag geschenkt hatte. Claire hatte es selbst gemalt, nach einem Foto des Hauses, in dem er aufgewachsen war. Pauls Mutter hatte das Bild vom Garten aus aufgenommen. Der Picknicktisch war für einen Geburtstag dekoriert. Claire konnte nicht gut Gesichter malen, deshalb stellte ein winziger Klecks den kleinen Paul dar, der an dem Tisch saß.

Er hatte ihr erzählt, dass der Bauer, der das Land der Scotts kaufte, das Haus und alle Wirtschaftsgebäude abgerissen habe. Claire konnte es dem Mann nicht verdenken. Das Haus sah wie selbst gebastelt aus, die Holzverkleidung verlief senkrecht statt horizontal. Die Scheune ragte drohend auf wie das Schreckenshaus in *Amityville Horror*. Sie warf einen so gewaltigen Schatten über den Picknicktisch und das alte Brunnenhaus, dass Claire bei den Farben hatte raten müssen. Paul hatte ihr versichert, sie habe sie genau richtig hinbekommen, obwohl sie überzeugt war, das kleine Gebilde über dem Brunnen hätte grün sein müssen statt schwarz.

Claire tippte einige weitere Passwortvorschläge in den Computer, die sie sich laut vorsagte, damit sie die Buchstaben in der richtigen Reihenfolge schrieb. „Du Blickst Auf Claires Gemälde." – „Du Blickst Auf Das Haus, In Dem Paul Aufwuchs." – „Du Blickst Auf Ein Altes Brunnenhaus, Das Grün Sein Müsste."

Claire knallte die Tastatur auf ihrer Unterlage auf den Schreibtisch zurück. Sie war überraschend wütend. Und bei der Erkenntnis, wie wütend sie war, fiel ihr ein, wo sie das Wort Gladiator gesehen hatte.

„Dumme Kuh", murmelte sie. An Pauls Werkbank prangte seitlich ein riesiges Metalllogo, auf dem GLADIATOR stand, der Name der Firma, die das Stück maßgefertigt hatte. „Du Blickst Auf Pauls Werkbank."

Claire fügte Pauls Geburtstag an und drückte die Entertaste.

Die Verbindung zur Festplatte wurde hergestellt. Die Dateien des Ordners *Arbeit* erschienen.

Claires Hand blieb ruhig auf der Maus liegen.

Helen hatte ihr vor langer Zeit einmal gesagt, dass es nicht immer gut sei, die Wahrheit zu kennen. Sie hatte von Julia geredet, denn zu dieser Zeit war ihre Mutter nicht fähig gewesen, über irgendetwas anderes zu sprechen. Sie blieb wochenlang im Bett, manchmal monatelang, und betrauerte das ungeklärte Verschwinden ihres ältesten Kindes. Lydia hatte die Mutterrolle für eine Weile übernommen, und als Lydia sich abgemeldet hatte, war Grandma Ginny eingesprungen und hatte sie alle terrorisiert, bis sie parierten.

Würde Helen wissen wollen, wo Julia jetzt war? Wenn Claire ihrer Mutter ein Kuvert mit der Geschichte darin gäbe, was genau Julia zugestoßen war, würde sie es denn öffnen?

Claire würde es todsicher tun.

Sie klickte die zweite Datei im Arbeitsordner an, die Paul, dem Datum nach, am selben Abend angesehen hatte wie die erste. Wieder die Frau aus dem ersten Film, wieder in gleicher Weise an dieselbe Wand gekettet. Claire betrachtete den Raum genauer. Es war definitiv ein älterer Keller, ganz anders als Pauls makelloser Traumkeller mit seinen glatten Wänden. Die Wand hinter der Frau sah kalt und feucht aus. Auf dem Betonboden lag eine fleckige Matratze. Der Müll stammte von Fast-Food-Restaurants. Alte Kabel und verzinkte Rohre hingen an den Deckenbalken.

Claire stellte den Ton wieder an, aber leise. Die Frau wimmerte. Ein Mann kam ins Bild. Claire erkannte ihn als denselben Mann wie im ersten Film. Dieselbe Maske. Dasselbe enge Lederhöschen. Hier hatte er noch keine Erektion. Statt einer Machete hielt er einen elektrischen Viehtreiber in der Hand. Claire wartete, bis er im Begriff war, ihn zu benutzen, dann hielt sie den Film an.

Der Mann war eingefroren, sein Arm ausgestreckt. Die Frau wand sich von ihm weg. Sie wusste, was kam.

Claire schloss die Datei mit dem Film. Sie ging zum Ordner zurück und öffnete die dritte Datei von oben. Dieselbe Frau, dieselbe Szenerie. Derselbe Mann. Claire studierte seinen nackten Rücken. Sie gestand sich nicht ein, wieso, bis sie sich überzeugt hatte, dass es keine auffällige Anordnung von Muttermalen unter dem linken Schulterblatt gab, was bedeutete, dass der Mann nicht Paul sein konnte.

Die Erleichterung war so gewaltig, dass sie die Augen schließen und erst einmal kräftig durchatmen musste.

Claire öffnete die Augen und klickte auch diesen Film weg. Die Dateien waren durchnummeriert, deshalb nahm sie an, es gäbe zehn weitere Videos von der Frau in verschiedenen Folterszenen vor dem tödlichen Hieb mit der Machete. Der Datumsanzeige zufolge hatte Paul sie alle in der Nacht vor seinem Tod angesehen. Sie dauerten jeweils rund fünf Minuten, was bedeutete, dass er fast eine Stunde damit verbracht hatte, sich diese abscheulichen Bilder anzusehen.

„Niemals", flüsterte Claire. Sie konnte von Glück reden, wenn Paul länger als zehn Minuten durchhielt. Sah er sich diese Filme aus einem anderen Grund als sexueller Lust an?

Sie scrollte durch die nächste Dateifolge. Diese Serie enthielt nur fünf Filme. Paul hatte den ersten vor fünf Tagen angesehen, den nächsten vor neun und so weiter bis zu der Nacht, bevor er starb. Sie klickte die jüngste Datei an. Ein weiteres Mädchen, dieses sogar noch jünger. Ihr langes dunkles Haar bedeckte das Gesicht. Claire beugte sich vor. Das Mädchen zerrte an den Fesseln. Sie warf den Kopf zur Seite, und das Haar fiel aus dem Gesicht. Ihre Augen waren riesig vor Angst.

Claire hielt den Film an. Sie wollte den Mann nicht noch einmal sehen.

Es gab noch eine Frage, die sie auf die Liste setzen sollte: Ist das legal?

Das hing natürlich ganz davon ab, ob die Szenen echt waren oder nicht. Wenn die Polizei jemanden verhaften könnte, weil er sich vorgetäuschte Blutbäder ansah, müsste sie in sämtlichen Kinos Amerikas verdeckte Ermittlungen durchführen.

Aber was, wenn Pauls Filme tatsächlich echt waren?

FBI-Agenten tauchten nicht einfach ohne Grund bei einem Einbruchsdelikt auf. Als Julia verschwand, hatten Sam und Helen Himmel und Hölle in Bewegung gesetzt, damit das FBI aktiv wurde, aber man erklärte ihnen, nach dem Gesetz müssten die Behörden eines Bundesstaats Amtshilfe durch das FBI beantragen, ehe dieses sich mit dem Fall befassen konnte. Und da der Sheriff glaubte, Julia sei aus Aufsässigkeit weggelaufen, war dieser Antrag nie erfolgt.

Claire öffnete den Webbrowser und holte sich die Homepage des FBI auf den Schirm. Sie ging zu den häufig gestellten Fragen und scrollte sie durch, bis sie gefunden hatte, wonach sie suchte.

Computerkriminalität: Im Bereich nationale Sicherheit untersucht das FBI kriminelle Angelegenheiten, die mit dem computerisierten Banken- und Finanzsystem des Landes zu tun haben. Beispiele für kriminelle Taten wären Betrug mithilfe eines Computers oder die Nutzung des Internets, um obszöne Inhalte zu übermitteln.

Claire bezweifelte nicht, dass diese Filme obszön waren. Vielleicht hatte sie, was Special Agent Fred Nolan anging, recht gehabt. Das FBI hatte die heruntergeladenen Dateien bis zu Pauls Computer verfolgt. Claire hatte neulich einen TV-Beitrag auf *60 Minutes* gesehen, in dem ein Whistleblower aus der Regierung gesagt hatte, wer seinen Computer mit dem Internet verbinde, könne ihn ebenso gut gleich direkt bei der NSA einstöpseln. Wahrscheinlich wussten sie, dass Paul die Filme angesehen hatte.

Und das hieß, sie wussten auch, dass Claire sie im Augenblick ansah.

„Großer Gott!“ Der Mac war mit dem Internet verbunden. Sie griff nach den Kabeln, die auf der Rückseite des Computers eingesteckt waren, und zerrte so heftig daran, dass sie den Monitor verdrehte. Dünne Kabel rissen aus den Plastiksteckern und trennten die Internetverbindung. Claire wurde fast ohnmächtig vor Erleichterung. Ihr Herz schlug so heftig, dass sie es bis in den Hals spürte.

Ihr Bewährungshelfer hatte sehr deutlich gemacht, dass er sie selbst für das kleinste Vergehen ins Gefängnis stecken würde. War es illegal, diese Bilder zu betrachten? Hatte Claire gegen das Gesetz verstoßen, ohne dass es ihr bewusst war?

Oder war das eben eine idiotische Überreaktion gewesen?

Sie drehte den Monitor wieder um. Alle Webseiten meldeten, dass sie nicht mit dem Internet verbunden waren. Die Bilder waren noch auf dem Schirm eingefroren. Eine neue Fehlermeldung war erschienen.

WARNUNG: DVD „GLADIATOR" NICHT ORDNUNGSGEMÄSS AUSGEWORFEN. DATEIVERLUST MÖGLICH.

Claire betrachtete all die Kabel, die sie herausgerissen hatte. Sie war in Computerdingen nicht völlig ahnungslos und wusste daher, dass Filmdateien umfangreich waren und viel Speicherplatz benötigten. Sie wusste ebenfalls, dass das Blitzsymbol auf der Rückseite des Rechners für ein Thunderbolt-Modul stand, das Daten zweimal so schnell übertrug wie USB.

Außerdem kannte sie ihren Mann.

Claire kniete sich auf den Boden. Paul hatte seinen Schreibtisch so konstruiert, dass alle Kabel verborgen waren. Alles, was Strom benötigte, vom Rechner bis zur Schreibtischlampe, war mit einer Battery Backup Unit verbunden. Sie wusste, dass der große schwarze Kasten die Battery Backup war, weil Paul ihn natürlich beschriftet hatte: BATTERY BACKUP.

Sie zog die Schubladen heraus und sah in ihnen und hinter ihnen nach. Im Schreibtisch schien sich keine externe Festplatte zu befinden. Das Stromkabel für die Battery Backup Unit war im vorderen rechten Schreibtischfuß verborgen und führte zu einer in den Boden eingelassenen Steckdose.

Nichts davon war mit GLADIATOR beschriftet.

Claire drückte gegen den Schreibtisch. Das Ding rollte

nicht ganz zurück, sondern nur nach einer Seite, wie ein aufgeregter Hund, der mit dem Hinterteil wackelt. Ein weiteres Kabel war durch einen anderen Tischfuß gefädelt. Es war weiß und dünn wie das Thunderbolt-Kabel, das sie aus der Rückseite des Computers gerissen hatte. Ein Ende lag noch auf dem Schreibtisch. Das andere Ende verschwand in einem Loch, das direkt in den Parkettboden gebohrt war.

Sie ging nach unten in die Garage. Pauls Gladiator-Werkbank nahm eine ganze Wand ein. Links und rechts standen kleinere Rollschränke mit Schubladen, dazwischen war eine Lücke von gut drei Metern. Claire zog alle Schränke von der Wand weg – keine losen Kabel hingen aus den Rückseiten der Schubladen. Sie sah unter der Werkbank nach. Claire war tausendmal in die Garage gefahren, aber sie hatte nie bemerkt, dass die Diamantblechverkleidung hinter der Bank nicht dieselbe war wie an der Wand. Sie drückte gegen das Metall, und die Platte bog sich durch.

Claire stand auf. Dank ihres Tennisschlägers lagen Pauls 3-D-Drucker und sein CAD-Laser in Trümmern auf der Bambusholzfläche verstreut. Sie fegte alles mit dem Arm auf den Boden. Sie schaltete das Licht aus, beugte sich über die Werkbank und spähte in die Ritze zwischen Bank und Wand. Sie fing am linken Ende an. Als sie genau in der Mitte angekommen war, sah sie ein grünes Licht hinter der Werkbank blinken.

Sie schaltete die Garagenbeleuchtung wieder ein. In einem der Rollschränke fand sie eine Taschenlampe. Die Werkbank war zu schwer, als dass man sie hätte bewegen können, und ohnehin war sie am Boden festgeschraubt. Sie beugte sich wieder über die Bank und sah, dass das blinkende grüne Licht zu einer großen externen Festplatte gehörte.

Nichts von alldem war Zufall. Claire fiel keine plausible Entschuldigung ein. Das alles war vor acht Jahren, als das Haus errichtet wurde, so geplant und installiert worden.

Paul hatte sich diese Filme nicht nur angesehen, er hatte sie gesammelt. Und er hatte große Anstrengungen unternommen, um sicherzustellen, dass niemand sie fand.

Ihre Augen füllten sich mit Tränen. Waren die Filme tatsächlich echt? Konnte es sein, dass sie hier Beweise für die Folterung und Ermordung von vielleicht Dutzenden von Frauen hatte?

Gestern hatte Fred Nolan sie nach Pauls Verhalten vor seinem Tod gefragt. Zum ersten Mal seit dem Vorfall gestattete sich Claire, über ihre eigene Reaktion nachzudenken. Sie war schockiert gewesen, als Paul sie in diese Gasse gezogen hatte. Erregt, als er deutlich machte, was er vorhatte. Elektrisiert, als er so gewaltsam zur Sache ging, weil es geil war und vollkommen unerwartet kam.

Und dann?

Claire wusste, dass sie große Angst gehabt hatte, als sie begriff, dass sie ausgeraubt wurden. Hatte sie sich vorher schon gefürchtet? Als Paul sie umdrehte und gegen die Wand presste, hatte sie da ein wenig Angst gehabt? Oder revidierte sie ihre Erinnerung, weil die Art, wie er ihr mit seinen Knien die Beine gespreizt und ihre Handgelenke an die Wand gedrückt hatte, seltsam an die Stellung der weiblichen Opfer in den Filmen erinnerte?

Diese armen Mädchen. Wenn die Filme echt waren, schuldete Claire es ihren Familien, alles zu tun, damit sie erfuhren, was ihnen zugestoßen war. Oder noch zustoßen könnte, denn es bestand die geringe Chance, dass das junge Mädchen in der zweiten Filmserie noch am Leben war.

Claire handelte schnell, denn sie wusste: Wenn sie jetzt innehielt, um darüber nachzudenken, würde sie die falsche Entscheidung treffen.

Paul kaufte für die Computer immer alles doppelt. Im Keller der Garage gab es eine Reservefestplatte mit zwanzig Terabyte Speicherplatz. Claire hievte den schweren Kasten vom Regal und schleppte ihn ins Arbeitszimmer hinauf.

Anschließend folgte sie den Anweisungen am Computer zur Installation der Festplatte, dann steckte sie das Gladiator-Kabel ein. Sie markierte sämtliche Dateien und zog sie auf die neue Festplatte.

WOLLEN SIE GLADIATOR AUF LACIE 5BIG KOPIEREN?

Claire klickte auf JA.

Das Regenbogenrad drehte sich, während der Computer die Zeit berechnete, die der Transfer der Dateien benötigen würde. Vierundfünfzig Minuten. Sie setzte sich an Pauls Schreibtisch und sah zu, wie der Balken millimeterweise über den Bildschirm kroch.

Wieder betrachtete Claire das Gemälde an der Wand und stellte sich Paul als Kind vor. Sie hatte Fotos gesehen – ein gewinnendes Grinsen mit Zahnlücken und abstehende Ohren an einem großen Kopf, als er sechs oder sieben gewesen war, und wie sich in der Pubertät dann alles allmählich zurechtwuchs. Er war kein flotter oder auffälliger Typ, aber er sah gut aus, nachdem sie ihn überredet hatte, Kontaktlinsen zu tragen und sich schicke Anzüge zu kaufen. Und er war witzig. Er war charmant. Und er war so verdammt klug, dass sie einfach annahm, er wüsste auf alles eine Antwort.

Wenn er jetzt nur hier wäre, um ihre Fragen zu beantworten.

Vor Claires Augen verschwamm alles. Sie weinte wieder und hörte nicht auf zu weinen, bis die Mitteilung am Bildschirm erschien, dass alle Dateien erfolgreich kopiert waren.

Ein umgestürzter Schrank versperrte ihrem BMW den Weg, also nahm sie Pauls Tesla, denn es wurde bereits dunkel, und die Scheinwerfer des Porsche hatte sie zertrümmert. Claire stellte sich nicht die Frage, was sie hier tat, bis sie auf dem Parkplatz des Polizeireviers von Dunwoody hielt. Die Festplatte war im Sitz neben ihr festgeschnallt. Der weiße Aluminiumkasten wog mindestens zehn Kilo. Der Beifahrerairbag hatte sich abgeschaltet, weil die Sensoren annahmen, ein Kleinkind befinde sich auf dem Sitz.

Claire blickte zum Gebäude der Polizei hinauf, das einem Laden für Bürobedarf aus den 1950ern ähnelte. Wahrscheinlich wäre Fred Nolan derjenige, dem sie ihren Fund übergeben sollte, aber Nolan hatte sich am Vortag ihr gegenüber wie ein Arschloch benommen, und Mayhew hatte ihm recht deutlich zu verstehen gegeben, dass er verdammt noch mal den Mund halten solle, daher würde sie die Festplatte Captain Mayhew geben.

Traute sie ihm zu, dass er die Sache ernst nähme? Anders als bei Fred Nolan hatte Claire in Bezug auf Mayhew keine eindeutige Empfindung gehabt, außer dass er für sie wie ein Bilderbuchpolizist aussah. Sein Schnauzbart hatte sie irritiert, denn Sheriff Carl Huckabee, der Original-Huckleberry, hatte einen kraftlos aussehenden Schnauzer zur Schau getragen, den er ebenfalls zu einer geraden Linie stutzte, statt ihn der natürlichen Kontur der Oberlippe folgen zu lassen. Claire war dreizehn gewesen, als sie den Mann zum ersten Mal traf. Sie erinnerte sich noch genau, wie sie zu dem merkwürdigen Besen unter seiner Nase aufgeschaut und sich gefragt hatte, ob der echt war.

Was in ihrer aktuellen Lage nicht die geringste Rolle spielte, denn Gesichtsbehaarung war kein allgemeingültiger Indikator für Inkompetenz.

Sie blickte auf die Festplatte auf dem Sitz neben ihr.

Rote oder blaue Pille?

Mayhew war hier nicht das Problem. Sie selbst war es. Es ging um Pauls Ruf. So etwas wie Anonymität existierte nicht mehr. Diese Geschichte würde sich verbreiten. Man würde erfahren, worauf ihr Mann stand. Vielleicht wussten es manche Leute ja bereits.

Und vielleicht waren die Filme echt, was bedeutete, dass das zweite Mädchen möglicherweise noch am Leben war.

Claire zwang sich zum Aussteigen. Die Festplatte schien noch schwerer als zuvor. Es wurde rasch dunkel, und in der Ferne grollte Donner. Als Claire den Parkplatz überquerte, ging die Beleuchtung an. Ihr Beerdigungskleid war zwar getrocknet, aber es war steif und scheuerte. Ihr Kiefer schmerzte, weil sie die ganze Zeit die Zähne zusammenbiss. Als sie das letzte Mal auf dem Polizeirevier von Dunwoody gewesen war, hatte sie ein Tenniskleid getragen und war durch die Hintertür ins Gebäude geführt worden.

Diesmal fand sie sich in einem extrem engen Eingangsbereich wieder, eine große, kugelsichere Glasscheibe trennte die Besucher von den Büros. Am Empfang saß ein stämmiger Mann in Uniform, der nicht aufblickte, als Claire eintrat.

Sie legte die Festplatte auf einem leeren Stuhl ab und stellte sich vor das Fenster am Empfang.

Der untersetzte Beamte sah widerwillig von seinem Computer auf. „Wen möchten Sie sprechen?“

„Captain Mayhew.“

Der Name rief umgehend ein Stirnrunzeln hervor. „Er ist beschäftigt, Ma'am.“

Damit hatte Claire nicht gerechnet. „Ich muss das hier für ihn dalassen.“ Sie zeigte auf die Festplatte und fragte sich, ob das Ding womöglich wie eine Bombe aussah. Es fühlte sich, weiß Gott, danach an. „Vielleicht kann ich noch eine Nachricht dazu hinterlassen, um zu erklären …“

„Ich kümmere mich darum, Lee.“ Captain Mayhew tauchte hinter der Glasscheibe auf und winkte Claire zu einem Eingang an der Seite. Sie hörte einen Summer, dann öffnete sich die Tür, und statt Mayhew allein standen plötzlich der Captain und Adam Quinn vor ihr.

„Claire.“ Adam klang angespannt. „Ich habe diese E-Mail nicht bekommen.“

„Verzeihung?“ Claire hatte keine Ahnung, wovon er sprach. „Welche E-Mail?“

„Die Datei mit den aktuellen Aufträgen von Pauls Laptop.“

Pauls Laptop. Weiß der Himmel, was er noch alles auf dem MacBook hatte. „Ich …“

„Schick sie mir einfach.“ Adam ging an ihr vorbei und zur Tür hinaus.

Sie sah ihm nach, als er sich entfernte, und verstand nicht, warum er so wütend zu sein schien.

„Der Mann hält sich nicht gern in einem Polizeirevier auf“, sagte Mayhew.

Claire unterdrückte die erste Antwort, die ihr einfiel: Wer tut das schon.

„Wir sprechen mit allen, die einen Schlüssel für Ihr Haus haben“, erklärte Mayhew.

Claire hatte vergessen, dass Adam auf der Liste stand. Er und seine Frau Stella wohnten fünf Straßen weiter. Wenn Claire und Paul verreisten, kümmerte er sich um das Haus.

„Was kann ich für Sie tun, Mrs. Scott?“, fragte er Claire.

„Ich habe hier etwas, das Sie sich ansehen müssen.“ Sie bückte sich, um die Festplatte hochzuheben.

„Ich mache das schon.“ Offenbar hatte er nicht damit gerechnet, dass sie so schwer war, denn er hätte sie beinahe fallen lassen. „Himmel! Was ist das für ein Ding?“

„Es ist eine externe Festplatte.“ Claire merkte, wie sie nervös wurde. „Sie gehörte meinem Mann. Ich meine, mein Mann …“

„Lassen Sie uns in mein Büro gehen.“

Als Claire ihm durch einen langen Gang mit geschlossenen Türen zu beiden Seiten folgte, versuchte sie sich zusammenzunehmen. Sie erkannte den offenen Bereich wieder, in dem Verhaftete registriert wurden. Dahinter war ein weiterer langer Flur, dann kam ein offenes Büro. Darin gab es keine Trennwände, nur fünf Schreibtische mit fünf Männern, die vor ihren Monitoren saßen. Zwei mobile Kunststofftafeln standen an der Stirnseite des Raumes, und beide waren übersät mit Fotos und Notizen, die sie aus der Ferne nicht entziffern konnte.

Mayhew blieb vor seiner Bürotür stehen. „Nach Ihnen."

Claire setzte sich. Mayhew stellte die Festplatte auf seinem Schreibtisch ab und nahm ebenfalls Platz.

Sie betrachtete ihn. Genauer gesagt, betrachtete sie seinen Schnauzbart, um ihm nicht in die Augen sehen zu müssen. Das alles war real, sie tat es wirklich.

„Möchten Sie etwas trinken", fragte der Captain. „Wasser? Cola?"

„Nein, danke." Claire durfte die Sache nicht länger hinauszögern. „Auf dieser Festplatte sind Pornofilme von Frauen, die gefoltert und ermordet werden."

Zunächst sagte Mayhew nichts. Er lehnte sich langsam zurück und verschränkte die Hände vor dem Bauch. „Okay."

„Ich habe sie auf dem Computer meines Mannes gefunden. Oder genauer gesagt: verbunden mit dem Computer meines Mannes. Eine externe Festplatte, die ich …" Claire hielt inne. Er musste nicht wissen, welche Anstrengungen Paul unternommen hatte, um die Filme zu verstecken. Er musste nur wissen, dass es sie gab. „Es sind Filme darauf, die sich mein Mann angesehen hat. In den Filmen werden zwei Frauen gefoltert und getötet."

Die Worte hingen zwischen ihnen. Claire konnte hören, wie schrecklich sie klangen.

„Es tut mir leid", sagte sie. „Ich habe sie eben erst gefunden. Ich bin noch ganz …" Sie wusste nicht, was sie noch war. Erschüttert? Traurig? Wütend? Entsetzt? Allein?

„Einen Moment bitte." Mayhew griff zum Telefon und drückte auf eine Taste. „Harvey, ich brauche dich hier."

Ehe Claire etwas sagen konnte, betrat ein zweiter Mann den Raum. Er war eine kleinere und breitere Ausgabe von Mayhew, aber mit der gleichen Art Schnurrbart.

„Detective Harvey Falke“, stellte Mayhew sie vor. „Das ist Mrs. Claire Scott.“

Harvey nickte Claire zu.

„Schließ das doch bitte für mich an, ja?“, sagte Mayhew.

Harvey sah auf der Rückseite der Festplatte nach, dann auf der Rückseite von Mayhews Rechner. Er öffnete eine Schreibtischschublade, in der ein Gewirr von Kabeln lag, und fischte dasjenige heraus, das er brauchte.

„Sie wollen bestimmt nichts?“, erkundigte sich Mayhew noch einmal bei Claire. „Wasser? Kaffee?“

Claire schüttelte den Kopf. Sie hatte Angst, dass er sie nicht ernst nahm. Und zugleich hatte sie Angst, dass er es tat. Jetzt waren sie im Kaninchenbau, es gab kein Zurück mehr.

Harvey hatte die Geräte ruck, zuck verbunden. Er beugte sich über Mayhew und fing an, in die Tastatur zu tippen.

In der Zwischenzeit sah sich Claire im Büro um. Es gab die obligatorischen Fotos an der Wand, auf denen Mayhew offiziellen Vertretern der Stadt die Hand schüttelte. Eine Golftrophäe der Polizeiliga. Startnummern von diversen Marathons. Sie sah auf das Schild auf seinem Schreibtisch. Sein Vorname war Jacob. Captain Jacob Mayhew.

„So, das hätten wir“, sagte Harvey.

„Danke.“ Als Harvey den Raum verließ, zog Mayhew die Tastatur wieder zu sich heran. Er klickte eine der Dateien mit der Maus an. „Dann wollen wir mal sehen, was wir hier haben.“

Claire wusste bereits, was sie hier hatten. Während er nacheinander ein paar Dateien anklickte und sich die Videos ansah, schaute sie zur Seite. Der Lautsprecher an seinem Computer war aus. Alles, was sie hörte, war Mayhews gleichmäßiger Atem. Vermutlich gelangte man nicht in den Rang eines Captains, wenn man sich wunderte, wozu Menschen fähig waren.

Mehrere Minuten vergingen. Schließlich nahm Mayhew

die Hand von der Maus und lehnte sich in seinem Schreibtischstuhl zurück. Er zupfte an seinem Schnauzbart. „Nun, ich wünschte, ich könnte sagen, ich hätte solches Zeug noch nie gesehen. Aber wenn ich ehrlich bin, kenne ich Schlimmeres."

„Ich kann nicht glauben …" Claire war unfähig zu artikulieren, *was* sie nicht glauben konnte.

„Hören Sie, Ma'am. Ich weiß, es ist schockierend. Als ich so etwas zum ersten Mal gesehen habe, konnte ich wochenlang nicht schlafen, obwohl ich wusste, dass es gestellt war."

Claires Herz machte einen Satz. „Es ist gestellt?"

„Ja, klar." Er lachte kurz auf, brach aber sofort ab. „Das nennt sich Snuff-Porno. Es ist nicht echt."

„Sind Sie sicher?"

Er drehte den Monitor zu ihr herum. Eine Filmsequenz war auf dem Schirm als Standbild eingefroren. Er zeigte darauf. „Sehen Sie den Schatten hier? Das ist die Verbindung zum Squib. Wissen Sie, was ein Squib ist?"

Claire schüttelte den Kopf.

„Es handelt sich um Zubehör für Filmdreharbeiten, ein kleines Plastikpäckchen mit Kunstblut. Man versteckt es unter der Kleidung oder befestigt es unsichtbar auf dem Rücken. Der Bösewicht kommt daher und erschießt vermeintlich jemanden beziehungsweise tötet, wie in diesem Fall, jemanden mit der Machete, und eine Person außerhalb des Bildes drückt auf einen Knopf. Das Päckchen platzt, und das ganze Blut schießt heraus." Er fuhr mit dem Zeigefinger einen Schatten am Bildschirm nach, der seitlich am Körper der Frau verlief. „Diese dunkle Linie hier ist das Kabel, das mit dem Squib verbunden ist. Heutzutage gibt es sie schon mit Funkverbindung, es dürfte sich also um eine Billigproduktion handeln, aber …"

„Ich verstehe nicht."

„Es ist ein Fake. Und nicht einmal besonders gut gemacht."

„Aber das Mädchen …“

„Ja, ich weiß, was Sie meinen. Es sieht aus wie Anna Kilpatrick.“

Das hatte Claire gar nicht gemeint, aber jetzt, da er es erwähnte, war die Ähnlichkeit geradezu unheimlich.

„Schauen Sie“, sagte Mayhew. „Ich weiß über Ihre Vergangenheit Bescheid. Ihre Schwester.“

Ein warmes Gefühl durchströmte Claire.

„Wenn eine Schwester von mir auf diese Weise verschwunden wäre, hätte ich wahrscheinlich auch ganz schnell einen solchen Zusammenhang hergestellt.“

„Das war nicht das, was ich …“ Claire unterbrach sich. Sie musste sachlich wirken. „Das hat nichts mit meiner Schwester zu tun.“

„Sie sehen dieses Mädchen in dem Film, und Sie denken: Braunes Haar, braune Augen, jung, hübsch – es ist Anna Kilpatrick.“

Claires Blick ging zu dem Standbild auf dem Schirm. Wie hatte sie das zuvor nicht bemerken können? Jedes Mal, wenn er den Namen des Mädchens aussprach, wurde die Ähnlichkeit offensichtlicher.

„Mrs. Scott, ich will ehrlich zu Ihnen sein, weil ich mit Ihnen fühle.“ Er legte die Hand flach auf den Schreibtisch. „Ich fühle wirklich mit Ihnen.“

Claire nickte, damit er fortfuhr.

„Das muss jetzt unter uns bleiben, okay? Sie dürfen es niemandem sagen.“

Sie nickte wieder.

„Die kleine Kilpatrick …“ Er schüttelte langsam den Kopf. „Man hat Blut in ihrem Wagen gefunden. Sehr viel Blut. Sie wissen, was ich meine? Die Menge Blut, die der Körper braucht, um am Leben zu bleiben.“

„Sie ist tot?“ Ein Gewicht senkte sich bleischwer auf Claires Brust. Irgendwie, irgendwo hatte sie gehofft, das Mädchen würde noch leben.

„Mrs. Scott, mir tut Ihr Verlust wirklich sehr leid. Und es tut mir auch leid, dass Sie von dieser Seite Ihres Mannes erfahren mussten. Männer sind Schweine, stimmt's? Lassen Sie sich das von einem Schwein gesagt sein, das weiß, wovon es spricht." Er versuchte ein Lächeln. „Männer können sich irgendwelche Hardcore-Scheiße ansehen, entschuldigen Sie bitte meine Ausdrucksweise, aber das bedeutet nicht, dass sie darauf stehen oder es gar nachmachen wollen. Das Internet ist voll von diesem Zeug. Solange keine Kinder im Spiel sind, ist es legal. Und es ist widerlich. Aber dafür ist das Internet gewissermaßen da, nicht wahr?"

„Aber ..." Claire rang um Worte. Je mehr sie darüber nachdachte, desto mehr sah das Mädchen wie Anna Kilpatrick aus. „Finden Sie nicht, dass es ein merkwürdiger Zufall ist?"

„So etwas wie Zufall existiert nicht", sagte Mayhew. „Es gibt etwas, das nennt sich das Gesetz der wahrhaft großen Zahlen. Wenn die Anzahl der Stichproben hoch genug ist, wird jede Scheußlichkeit mit Sicherheit passieren."

Claire riss die Augen auf, ihr Mund stand halb offen – der Schreck war ihr ins Gesicht geschrieben.

„Stimmt etwas nicht?"

Claire bemühte sich, wieder halbwegs normal dreinzuschauen. Er hatte Paul praktisch wörtlich zitiert, was die Frage aufwarf, ob er Paul etwa kannte.

„Mrs. Scott?"

„Tut mir leid." Claire zwang sich zu einem ruhigen Tonfall. „Es ist nur ... So wie Sie das eben sagten, habe ich es noch nie gesehen. Aber es klingt einleuchtend." Sie musste sich räuspern, ehe sie fortfahren konnte. „Wo haben Sie das her – das mit dem Gesetz der wahrhaft großen Zahlen?"

Er lächelte wieder. „Keine Ahnung. Wahrscheinlich aus einem Glückskeks."

Claire versuchte, ruhig zu bleiben. Jede Faser ihres Körpers signalisierte ihr, dass etwas nicht stimmte. Log Mayhew? Oder lief hier eine gefährlichere Geschichte ab, vor der er sie schützen wollte?

„Können Sie mir sagen, warum Agent Nolan gestern bei mir zu Hause war?"

Mayhew blies Luft aus den Backen. „Darf ich wieder ehrlich sein? Ich habe keine Ahnung. Diese FBI-Typen schwirren wie Fliegen um unsere Fälle. Sobald es so aussieht, als hätten wir etwas Brauchbares, schnappen sie es sich, damit es als ihr Verdienst angerechnet wird."

„Sie können Ihnen einfach einen Fall wegnehmen? Sie müssen nicht ausdrücklich hinzugezogen werden?"

„Ach wo. Die kommen einfach anmarschiert und übernehmen das Kommando." Er zog den Stecker der Festplatte. „Danke, dass Sie mir das Material gebracht haben. Natürlich lasse ich die Festplatte von meinen Leuten noch genauer untersuchen, aber wie gesagt: Ich habe solche Sachen schon früher gesehen."

Claire begriff, dass das Gespräch beendet war. Sie stand auf. „Danke."

Mayhew stand ebenfalls auf. „Es wird am besten für Sie sein, Sie vergessen das Ganze, okay? Ihr Mann war ein anständiger Kerl. Sie haben eine solide Ehe geführt. Fast zwanzig Jahre lang, und Sie haben sich immer noch geliebt. Das ist etwas, woran man sich festhalten kann."

Claire sagte nichts. Ihr war übel.

Mayhew legte die Hand auf die Festplatte. „Sieht aus, als hätten Sie die direkt von seinem Computer genommen."

„Verzeihung?"

„Die Festplatte. Sie war direkt mit seinem Computer verbunden, oder?"

Claire zögerte keine Sekunde. „Ja."

„Gut." Mayhew legte ihr die Hand auf den Rücken und geleitete sie aus seinem Büro. „Wir wollen schließlich nicht, dass noch irgendwelche Kopien davon herumflattern. Zum Beispiel auf einem Back-up-Laufwerk? Oder einem anderen Computer?"

„Ich habe nachgesehen. Es war nur auf der Festplatte."

„Was ist mit seinem Laptop? Sagte Quinn nicht etwas von Pauls Laptop?"

„Den habe ich schon überprüft." Sie hatte keine Ahnung, wo das verdammte Ding überhaupt war. „Da ist sonst nichts."

„Also gut." Mayhews Hand lag um ihre Taille, als er sie zum letzten Flur führte. „Sagen Sie mir Bescheid, wenn noch etwas auftaucht. Rufen Sie mich einfach an, und ich komme sofort vorbei und befreie Sie davon."

Claire nickte. „Danke für Ihre Hilfe."

„Gern geschehen." Er brachte sie zu dem kleinen Eingangsbereich und öffnete die Glastür für sie.

Claire hielt sich am Geländer fest, als sie die Treppe hinunterging. Die Laternen schimmerten durch die Regenschleier, als sie über den Parkplatz zu ihrem Wagen lief. Die ganze Zeit fühlte sie Mayhews Blick auf sich gerichtet. Erst als sie den Tesla erreicht hatte, drehte sie sich um.

Der Eingang war leer. Mayhew war fort.

Benahm sie sich paranoid? Claire war sich über nichts mehr sicher. Sie öffnete die Wagentür und wollte eben einsteigen, als sie den Zettel unter dem Scheibenwischer bemerkte.

Sie erkannte Adam Quinns Handschrift.

Ich brauche diese Dateien unbedingt. Zwing mich nicht, sie mir auf die harte Tour zu holen. AQ

6. KAPITEL

Lydia lag auf der Couch, den Kopf in Ricks Schoß gebettet. Auf dem Boden vor ihr waren die zwei Hunde, die Katze schlief zusammengerollt an ihrer Seite, und entweder der Hamster lief einen Marathon in seinem Rad, oder der Sittich in Dees Zimmer wetzte seinen Schnabel an den Stäben des Käfigs. Die Fische in ihrem Zweihundert-Liter-Aquarium waren wohltuend still.

Rick fuhr geistesabwesend mit den Fingern durch ihr Haar. Sie sahen sich die Zehn-Uhr-Nachrichten an, denn sie waren beide zu k. o., um bis elf wach zu bleiben. Die Polizei hatte das Phantombild eines Mannes veröffentlicht, der in der Nähe von Anna Kilpatricks liegen gebliebenem Wagen gesehen worden war. Die Zeichnung war fast schon lachhaft vage. Der Kerl war entweder hochgewachsen oder mittelgroß. Seine Augen waren blau oder grün. Sein Haar war schwarz oder braun. Es gab keine Tätowierungen oder sonstige besondere Kennzeichen. Wahrscheinlich würde ihn nicht einmal seine eigene Mutter erkennen.

Der Bericht ging zu einem aufgezeichneten Interview mit dem Kongressabgeordneten Johnny Jackson über. Die Familie Kilpatrick stammte aus seinem Wahlkreis, deshalb musste er natürlich jeden Tropfen politischen Nutzen aus ihrer persönlichen Tragödie quetschen. Er faselte eine Weile über Recht und Ordnung, aber als ein Reporter versuchte, ihm eine Vermutung über den Aufenthalt des Mädchens zu entlocken, wurde er untypisch schweigsam. Jeder, der einmal einen Krimi gelesen hatte, wusste, dass die Chancen, das vermisste Mädchen lebend zu finden, mit jeder Stunde schwanden.

Lydia machte die Augen zu, damit sie keine Bilder der Familie Kilpatrick sah. Ihre verhärmten Mienen waren ihr schmerzlich vertraut geworden. Man erkannte, wie sie langsam akzeptierten, dass ihr kleines Mädchen nicht mehr nach

Hause kommen würde. Bald schon wäre ein Jahr vergangen, dann noch eines, dann würde die Familie in aller Stille den zehnten Jahrestag des Verschwindens begehen und immer so weiter. Kinder würden zur Welt kommen. Enkel. Ehegelübde würden abgegeben und gebrochen werden. Und hinter jedem einzelnen Ereignis würde der Schatten dieses verschwundenen neunzehnjährigen Mädchens stehen.

Ab und zu entdeckte ein Google Alert in Lydias Computer eine Meldung, in der Julias Name auftauchte. Meist wenn in der Gegend von Athens eine Leiche gefunden worden war und ein Reporter im Archiv gestöbert hatte, um ungelöste frühere Fälle auszugraben, die möglicherweise relevant waren. Natürlich wurde die Leiche nie als Julia Carroll identifiziert. Oder als Abigail Ellis. Oder Samantha Findlay oder irgendeine der anderen Dutzenden von Frauen, die seither verschwunden waren. Es gab eine niederschmetternd hohe Trefferzahl, wenn man „Vermisstes Mädchen + University of Georgia“ eingab. Fügte man noch „Vergewaltigung“ hinzu, stieg die Anzahl der Treffer in die Hunderttausende.

Hatte Claire auch solche Suchvorgänge gestartet? Hatte sie das gleiche flaue Gefühl im Magen, wenn der Hinweis auftauchte, dass man eine Leiche gefunden hatte?

Lydia hatte nie im Internet nach Informationen über ihre kleine Schwester gesucht. Falls Claire eine Facebook-Seite oder ein Instagram-Konto hatte, wollte sie es nicht sehen. Alles, was mit Claire zu tun hatte, hatte auch mit Paul zu tun. Die Verbindung war zu schmerzhaft. Das war nichts, was sie sich freiwillig auf den Computerschirm holte. Und wenn sie ehrlich war, bedrückte sie der Schmerz über den Verlust von Claire fast mehr als der Schmerz über den Verlust von Julia. Was immer ihrer älteren Schwester zugestoßen war, war eine Tragödie. Ihrem Bruch mit Claire lag eine Entscheidung zugrunde.

Claires Entscheidung.

Und Helens. Das letzte Mal, als Lydia mit ihrer Mutter gesprochen hatte, hatte Helen gesagt: „Zwing mich nicht, zwischen dir und deiner Schwester zu wählen."

Worauf Lydia erwidert hatte: „Ich denke, das hast du bereits getan."

Auch wenn Lydia seither nicht mehr mit ihrer Mutter gesprochen hatte, hatte sie sie doch immer im Auge behalten. Den Grundbuchunterlagen zufolge wohnte Helen noch in ihrem alten Haus am Boulevard, unmittelbar westlich des Universitätscampus. Der *Banner-Herald* in Athens hatte einen netten Artikel gebracht, als Helen nach vierzig Dienstjahren als Bibliothekarin in den Ruhestand gegangen war. Die Kollegen hatten gescherzt, ihre Grammatik werde nie mehr so sein wie bisher. Im Nachruf auf Helens zweiten Mann hieß es, sie habe drei Töchter, was Lydia nett fand, bis ihr zu Bewusstsein kam, dass wahrscheinlich jemand anderer den Artikel geschrieben hatte. Dee hatte keine Erwähnung gefunden, weil sie nicht wussten, dass sie existierte. Lydia würde diese Fehlinformation wahrscheinlich nie korrigieren. Sie ertrug die Demütigung nicht, ihrer Tochter Menschen vorzustellen, die ihre Mutter so gering achteten.

Lydia fragte sich oft, ob ihre Familie im Netz nach ihr suchte. Sie bezweifelte, dass Helen Google benutzte. Sie war bei ihrer Bibliotheksarbeit immer strikt der Dezimalklassifikation gefolgt. Lydia hatte so viele verschiedene Seiten Helens gekannt. Die junge Mutter, die sich amüsieren wollte und Tanzwettbewerbe und Übernachtungsaktionen organisierte. Die gefürchtete intellektuelle Bibliothekarin, die den Schulausschuss der Lächerlichkeit preisgegeben hatte, als der versuchte, *Go Ask Alice* aus der Bibliothek zu verbannen. Die am Boden zerstörte, wie paralysierte Frau, die sich am helllichten Tag in den Schlaf trank, nachdem ihre älteste Tochter verschwunden war.

Und dann war da die Helen, die gewarnt hatte: „Zwing

mich nicht zu wählen“, obwohl sie ihre Wahl ganz eindeutig längst getroffen hatte.

Konnte Lydia es ihnen verübeln, dass sie ihr in Bezug auf Paul nicht glaubten? Was Claire auf dem Friedhof gesagt hatte, stimmte größtenteils. Lydia hatte sie bestohlen. Sie hatte gelogen, sie hatte betrogen. Sie hatte jedermanns Gefühle ausgebeutet. Sie hatte auf die Angst ihrer Eltern gesetzt, noch ein Kind zu verlieren, und sie mehr oder weniger um Geld für Drogen erpresst. Die Sache war nur die: Lydia war ein Junkie gewesen. Alle ihre Verbrechen hatten lediglich dem Zweck gedient, high zu werden. Und das ließ eine naheliegende Frage offen, die sich Helen und Claire anscheinend nie gestellt hatten: Was, um alles in der Welt, sollte Lydia davon haben, im Hinblick auf Paul zu lügen?

Sie hatten sie die Geschichte nicht einmal erzählen lassen. Sie hatte jedem Einzelnen von ihnen von der Fahrt mit Paul in seinem Mazda Roadster zu berichten versucht, von dem Song im Radio, wie Paul ihr Knie berührt hatte und was dann geschah, und sie hatten alle die gleiche Antwort gegeben: Wir wollen es nicht hören.

„Zeit zum Aufwachen.“ Als ein Werbespot kam, stellte Rick den Fernseher auf stumm. Er setzte seine Lesebrille auf und fragte: „Zu welcher Pflanzenfamilie gehört die Erdnuss?“

Lydia drehte sich vorsichtig auf den Rücken, damit die Katze nicht gestört wurde. „Hülsenfrüchte.“

„Richtig.“ Er mischte die Trivial-Pursuit-Karten. Sie paukten für den Eltern/Lehrer-Quizabend in Westerley. Lydia hatte kaum zwei Jahre College absolviert, Rick drei. Doch sie fanden ein perverses Vergnügen darin, die Ärzte und Anwälte unter den Auserwählten Westerleys zu schlagen.

„Wer liegt auf einem argentinischen Friedhof unter dem Namen Maria Maggi begraben?“, fragte Rick.

„Eva Perón. Komm schon, etwas Schwereres.“

Rick blätterte den Kartenstapel durch. „Welcher Berg auf der Erde ragt am höchsten auf?"

Lydia legte die Hand auf die Augen, um sich zu konzentrieren. „Wenn du so fragst, kann es nicht der Mount Everest sein." Sie machte Denkgeräusche, bei denen die Hunde unruhig wurden. Sie konnte die Uhr in der Küche ticken hören.

„Denk an Ukulele", sagte Rick schließlich.

Sie lugte durch ihre Finger. „Hawaii?"

„Mauna Kea."

„Hättest du es gewusst?"

„Ich sage Ja, weil du mir nichts anderes beweisen kannst." Sie streckte den Arm aus und tat, als gäbe sie ihm eine Ohrfeige.

Er schnappte nach ihrer Hand. „Erzähl mir, wie deine Schwester ist."

Lydia hatte ihm bereits erzählt, dass sie Claire am Nachmittag auf dem Friedhof überrascht hatte, allerdings hatte sie den peinlichen Teil, wie sie sich über Pauls Grab gehockt hatte, weggelassen. „Sie ist genau so, wie ich sie mir vorgestellt habe."

„Du kannst nicht einfach sagen, sie ist wie die Westerley-Mütter, und das war's dann."

„Warum nicht?" Es kam schärfer heraus als beabsichtigt. Die Katze spürte die Spannung und verzog sich auf die Couchlehne. „Sie ist immer noch schlank und schön. Offensichtlich trainiert sie die ganze Zeit im Fitnessstudio. Ihre Klamotten kosten mehr als mein erstes Auto. Und ich wette, sie hat ihr Nagelstudio im Telefon auf Kurzwahl gespeichert."

Rick sah zu ihr hinunter. „Und das ist alles, was es über sie zu sagen gibt? Eine Mitgliedschaft im Fitnessstudio und Designerklamotten?"

„Natürlich nicht …", antwortete Lydia gereizt, denn Claire war immer noch ihre Schwester. „Sie ist kompliziert.

Die Leute schauen sie an und sehen, wie schön sie ist, aber keiner begreift, dass sie auch noch klug ist und witzig und …“ Ihre Stimme verlor sich.

War Claire immer noch klug und witzig? Nachdem Julia verschwunden war und Helen sich abgemeldet hatte, waren Lydia die Mutterpflichten zugefallen. Sie war diejenige gewesen, die dafür gesorgt hatte, dass Claire rechtzeitig in die Schule kam, Geld fürs Mittagessen dabeihatte und saubere Sachen trug. Sie war diejenige gewesen, der sich Claire immer anvertraut hatte. Sie waren beste Freundinnen gewesen, bis Paul sie brutal getrennt hatte.

„Sie ist still“, sagte Lydia zu Rick. „Sie hasst Auseinandersetzungen. Sie würde um die halbe Welt laufen, um einem Streit aus dem Weg zu gehen.“

„Dann wurde sie also adoptiert?“

Lydia gab ihm einen Klaps auf den Arm. „Glaub mir, sie war sehr hinterlistig. Es sieht vielleicht so aus, als gäbe sie dir recht, aber dann zieht sie los und macht genau das, was sie will.“ Lydia wartete auf eine weitere Bemerkung, aber Rick hielt sich zurück. „Vor dem Bruch glaubte ich immer, ich sei der einzige Mensch auf der Welt, der sie wirklich verstand.“

„Und jetzt?“

Lydia versuchte, sich an Claires exakte Worte auf dem Friedhof zu erinnern. „Sie hat gesagt, ich wisse nicht das Geringste über sie. Und sie hat recht. Ich kenne Claire nicht mit Paul.“

„Du meinst, sie hat sich so sehr verändert?“

„Wer weiß?“, sagte Lydia. „Sie war dreizehn, als Julia verschwand. Jeder in unserer Familie ist auf seine Weise damit umgegangen. Du weißt, was ich getan habe und was aus meinen Eltern wurde. Claires Reaktion bestand darin, sich unsichtbar zu machen. Sie war einfach immer mit allem einverstanden – zumindest nach außen hin. Sie machte nie Probleme. Sie hatte solide Noten in der Schule. Sie war Co-

Captain der Cheerleader. Sie ist mit den ganzen beliebten Mädchen mitgelaufen."

„Das hört sich für mich nicht nach unsichtbar an."

„Dann drücke ich es falsch aus." Lydia überlegte, wie sie es besser erklären konnte. „Sie hielt sich immer zurück. Sie war Co-Captain, nicht Captain. Sie hätte mit dem Quarterback gehen können, aber sie ging stattdessen mit seinem Bruder. Sie hätte Klassenbeste sein können, aber sie verbummelte absichtlich eine Hausaufgabe oder verhaute eine Arbeit, damit sie näher zur Mitte rutschte. Sie hätte das mit dem Mauna Kea gewusst, aber sie hätte Everest gesagt, weil es zu viel Aufmerksamkeit auf einen zieht, wenn man gewinnt."

„Warum tut sie das?"

„Ich weiß es nicht", sagte Lydia, nicht weil sie es tatsächlich nicht wusste, sondern weil sie keinen vernünftigen Weg fand, es zu erklären. Niemand verstand, warum jemand nach dem zweiten Platz strebte. Es war unamerikanisch. „Ich denke, sie wollte einfach ihre Ruhe haben. Teenager zu sein ist verdammt schwer. Julia und ich hatten großartige Eltern, als wir aufwuchsen. Alles, was Claire hatte, war Aufruhr."

„Was fand sie dann an Paul?", fragte Rick. „Er war nicht direkt eine Randfigur. Sein Nachruf weist ihn als einen ziemlich erfolgreichen Burschen aus."

Lydia hatte das Foto in Pauls Nachruf gesehen. „Als sie ihn kennenlernte, war er völlig anders. Er war ein abstoßender Studienanfänger mit dicker Brille. Er trug schwarze Socken zu Sandalen. Er lachte durch die Nase. Er war richtig, richtig klug, vielleicht sogar ein Genie, aber er stand vielleicht bei fünf Punkten, und Claire stand immer solide bei zehn."

Lydia erinnerte sich an ihre erste Begegnung mit Paul Scott. Sie hatte nur gedacht, dass Claire sehr viel bessere Kerle kriegen konnte. Aber Tatsache war, dass Claire nie das Bessere haben wollte.

„Sie hat immer mit den gut aussehenden, umschwärmten Jungs geflirtet, aber nach Hause gegangen ist sie mit den Langweilern, die vor Dankbarkeit fast sabberten. Ich glaube, bei ihnen hat sie sich sicher gefühlt."

„Was ist falsch daran, sich sicher zu fühlen?"

„Dass Pauls Methode, ihr Sicherheit zu bieten, darin bestand, alle anderen Leute beiseitezudrängen. Er war ihr Heiland. Er vermittelte ihr das Gefühl, er sei alles, was sie brauchte. Sie hörte auf, sich mit ihren Freundinnen zu treffen. Sie rief mich nicht mehr so oft an. Sie besuchte Mom und Dad nicht mehr. Er hat sie isoliert."

„Hört sich nach klassischem Missbrauch an."

„Soviel ich weiß, hat er sie nie geschlagen oder auch nur die Stimme gegen sie gehoben. Er hat sie nur behütet."

„Wie einen Vogel in einem goldenen Käfig?"

„Gewissermaßen", sagte Lydia, denn es war mehr als das. „Er war besessen von ihr. Wenn sie im Studium in einem Seminar saß, beobachtete er sie durch das Fenster. Er hinterließ Nachrichten an ihrem Auto. Sie kam nach Hause, und vor ihrer Tür lag eine Rose."

„Ist das nicht romantisch?"

„Nicht, wenn du es jeden Tag tust."

Darauf wusste Rick nichts zu sagen.

„Wenn sie zusammen in der Öffentlichkeit waren, berührte er sie ständig – strich ihr übers Haar, hielt ihre Hand, küsste sie auf die Wange. Es war nicht süß. Es war unheimlich."

„Na ja …" Rick bediente sich eines diplomatischen Tonfalls. „Vielleicht gefiel ihr die Aufmerksamkeit. Ich meine, sie hat ihn geheiratet und blieb fast zwanzig Jahre lang mit ihm zusammen."

„Es ist eher so, dass sie aufgab und sich dem falschen Typen anschloss. Jemandem, der nie Leidenschaft in ihr entfachen würde, wegen dem sie keine schlaflosen Nächte verbrachte und bei dem sie nie Angst hatte, dass er sich herumtrieb. Er war ungefährlich, weil sie sich ihm nie ganz hingeben würde."

„Ich weiß nicht, Baby. Zwanzig Jahre sind eine lange Zeit, um jemanden zu ertragen, den man nicht mag."

Lydia dachte daran, wie tief erschüttert Claire auf dem Friedhof ausgesehen hatte. Sie schien fraglos zu trauern. Andererseits war Claire immer sehr gut darin gewesen, sich genau so zu verhalten, wie man es von ihr erwartete – nicht aus Falschheit, sondern als Selbstschutz.

„Früher, als ich noch schlank und schön war, trieben sich immer Typen wie Paul in meiner Nähe herum. Ich hatte meinen Spaß mit ihnen. Ich neckte sie, ich benutzte sie, und sie ließen sich benutzen, denn in meiner Nähe zu sein bedeutete, dass sie keine Loser waren."

„Das ist aber hart, Baby."

„Es ist die Wahrheit. Tut mir leid, dass ich es so unverblümt sage, aber Mädchen mögen keine Kerle, die Fußabstreifer sind. Besonders hübsche Mädchen nicht, weil es nichts Neues für sie ist. Sie werden ständig von Typen angemacht. Sie können keine Straße entlanggehen, keinen Kaffee bestellen und an keiner Bushaltestelle stehen, ohne dass irgendein Idiot eine Bemerkung macht, wie attraktiv sie sind. Und die Frauen lächeln, weil das einfacher ist, als ihnen zu sagen: Fick dich selber. Und auch weniger gefährlich, denn wenn ein Mann eine Frau zurückweist, geht sie nach Hause und weint ein paar Tage lang. Wenn eine Frau einen Mann zurückweist, kann es passieren, dass er sie vergewaltigt und tötet."

„Ich hoffe, du gibst Dee nicht solche ausgezeichneten Ratschläge, was den Umgang mit Jungs angeht."

„Sie wird früh genug von allein draufkommen." Lydia erinnerte sich noch gut daran, wie es sich angefühlt hatte, damals, als sie in der Band sang. Männer prügelten sich um das Privileg, ihr zu Diensten sein zu dürfen. Sie musste nie eine Tür selbst aufmachen. Sie musste nie einen Drink selbst bezahlen. Oder ein Tütchen Koks. Sie sagte, dass sie etwas haben wollte, und es tauchte vor ihr auf, ehe sie noch den Satz zu Ende gesprochen hatte.

„Die Welt steht still für dich, wenn du hübsch bist", fuhr sie fort. „Deshalb geben Frauen Unsummen für irgendwelchen Kosmetikscheiß für ihr Gesicht aus. Ihr ganzes Leben lang stehen sie im Mittelpunkt. Die Leute wollen in ihrer Nähe sein, nur weil sie attraktiv sind. Ihre Witze sind lustiger, ihr Leben ist besser. Und dann haben sie mit einem Mal Tränensäcke unter den Augen oder nehmen ein paar Kilo zu, und niemand interessiert sich mehr für sie. Sie hören praktisch auf zu existieren."

„Du benutzt einen verdammt breiten Pinsel, um ein Bild von sehr vielen Leuten zu malen."

„Hast du in der Highschool nie beobachtet, wie ein Typ in einen Spind gesperrt wurde? Oder wie ihm in der Cafeteria das Tablett aus der Hand geschlagen wurde?"

Rick sagte nichts, wahrscheinlich weil er derjenige gewesen wäre, der den armen Jungen terrorisierte.

„Stell dir vor, dieser Typ geht mit der Schulballkönigin. So war das, als Paul anfing, mit Claire zu gehen. Man sah sehr gut, was er dabei gewann, doch was sprang für sie heraus?"

Rick starrte in den stummen Fernseher und dachte darüber nach. „Ich verstehe, worauf du hinauswillst, aber man kann Leute nicht nur auf ihr Aussehen reduzieren."

„Aber du lernst jemanden nur kennen, weil dir gefällt, was du siehst."

Rick lächelte zu ihr hinunter. „Mir gefällt, was ich sehe."

Lydia fragte sich, wie viele Kinne sie wohl hatte, wenn sie so auf dem Rücken lag, und ob ihr grauer Haaransatz im Lichtschein des Fernsehers sichtbar war. „Was, um alles in der Welt, siehst du da schon?"

„Die Frau, mit der ich den Rest meines Lebens verbringen will." Rick legte die Hand auf ihren Bauch. „Dieser Bauch, über den du dich ständig beschwerst – in dem hat

Dee die ersten neun Monate ihres Lebens verbracht.“ Er drückte die Handfläche auf ihre Brust. „Und dieses Herz ist das gütigste, freundlichste Herz, das ich kenne.“ Er ließ seine Finger an ihren Hals gleiten. „Und hier entsteht deine wunderschöne Stimme.“ Er berührte ihre Lippen leicht. „Diese Lippen sind die weichsten, die ich je geküsst habe.“ Und die Augenlider. „Diese Augen durchschauen jeden Quatsch, den ich erzähle.“ Zuletzt strich er ihr übers Haar. „Und dieser Kopf ist voller überraschender Gedanken, die mich klüger machen und zum Lachen bringen.“

Lydia lenkte seine Hand zurück zu ihren Brüsten. „Und was ist mit denen?“

„Stunden der Wonne.“

„Küss mich, bevor ich etwas Dummes sage.“

Er beugte sich vor und küsste sie auf den Mund. Sie schlang die Hand um seinen Nacken. Dee übernachtete bei Bella. Morgen war Sonntag. Sie konnten ausschlafen. Vielleicht eine zweite Runde wagen.

Im Zimmer nebenan piepte ihr Handy.

Rick wusste, dass er sie gar nicht zu bitten brauchte, es zu ignorieren, wenn Dee unterwegs war.

„Mach schon mal ohne mich weiter“, sagte sie. „Ich steige dann wieder ein.“

Lydia navigierte zwischen den Hunden und einem Berg Wäsche hindurch zur Küche. Ihre Handtasche lag in einem Sessel, und sie wühlte eine Weile darin herum, ehe sie ihr Handy auf der Küchentheke entdeckte. Sie hatte eine neue SMS.

„Ist mit Dee alles in Ordnung?“ Rick stand in der Küchentür.

„Wahrscheinlich hat sie wieder ihr Mathebuch vergessen.“ Lydia wischte mit dem Daumen über den Schirm. Die SMS kam von einer unterdrückten Nummer. In der Nachricht war eine ihr unbekannte Adresse in Dunwoody aufgeführt.

„Was ist los?“, fragte Rick.

Lydia blickte auf die Adresse und fragte sich, ob ihr die Adresse versehentlich geschickt worden war. Sie betrieb ein kleines Geschäft und kannte nicht den Luxus, einfach Feierabend machen zu können. Der Anrufbeantworter bei der Arbeit gab ihre Handynummer preis. Und die Nummer des Geschäftstelefons stand auf ihrem Van neben dem Foto eines großen gelben Labradors, der sie an den Hund erinnerte, den ihr Vater gerettet hatte, nachdem Julia verschwunden war.

„Liddie?“, sagte Rick. „Von wem ist das?“

„Von Claire“, antwortete Lydia, denn sie spürte es mit jeder Faser. „Meine Schwester braucht mich.“

7. KAPITEL

Claire saß in ihrem eigenen Arbeitszimmer, denn sie ertrug es nicht mehr, sich in Pauls aufzuhalten. Ihr Schreibtisch war ein antiquarischer Chippendale-Sekretär, den sie eierschalenweiß hatte streichen lassen. Die Wände waren hellgrau, der Teppich auf dem Boden hatte ein gelbes Rosenmuster. Der zu weich gepolsterte Sessel und die Ottomane waren mit gedämpft fliederfarbenem Samt überzogen. Ein schlichter Kronleuchter hing von der Decke, aber Claire hatte das durchsichtige Kristall durch Amethyste ersetzt, die die Wände mit einem purpurnen Prisma sprenkelten, wenn die Sonne richtig stand.

Paul war nie hier hereingekommen. Er stand immer nur in der Tür, weil er fürchtete, sein Schwanz könnte abfallen, wenn er etwas Pastellfarbenes berührte.

Sie sah auf die Notiz, die Adam Quinn am Wagen hinterlassen hatte.

Ich brauche diese Dateien unbedingt. Zwing mich nicht, sie mir auf die harte Tour zu holen. AQ

Claire hatte so lange auf die Worte gestarrt, bis sie sie selbst dann noch sah, wenn sie die Augen schloss.

Die harte Tour …

Das war fraglos eine Drohung, was sie überraschte, denn Adam hatte keinen Grund, ihr zu drohen. Was genau war die harte Tour? Wollte er ein paar Schläger vorbeischicken, die sie verprügeln sollten? War eine Art sexueller Andeutung beabsichtigt? Der Sex mit Adam war immer ein wenig grob gewesen, aber das lag in der Natur ihrer schmutzigen Affäre. Es hatte keine romantischen Hotelzimmer gegeben, nur eine schnelle Nummer im Stehen bei einer Weihnachtsfeier, ein zweites Mal bei einem Golfturnier und einmal auf der Toilette in den Geschäftsräumen von Quinn + Scott. Wenn sie ehrlich war, waren ihre heimlichen Telefonate und SMS erregender gewesen als die eigentlichen Ficks.

Dennoch fragte sich Claire unwillkürlich, welche Dateien Adam meinte – Arbeitsdateien oder Pornodateien? Denn Adam und Paul hatten alles geteilt, vom Zimmer im College bis zur Versicherungsagentin. Und vermutlich gehörte Claire ebenfalls auf die Liste geteilter Dinge, aber wer zum Teufel konnte wissen, ob Paul es herausgefunden hatte?

Andererseits, was genau hatte Claire herausgefunden?

Sie hatte sich die Filme wieder angesehen – diesmal alle. Claire hatte Pauls Laptop in der Garage aufgebaut, damit sie nicht in seinem Arbeitszimmer sitzen musste. Als sie mit der ersten Serie von Filmen halb durch war, stellte sie bei sich bereits eine gewisse Unempfindlichkeit gegen die gezeigten Gewaltakte fest. Gewöhnungseffekt, hätte Paul erklärt, aber scheiß auf Paul und seine blöden Erklärungen.

Mit ihrer neu gewonnenen Distanz konnte Claire erkennen, dass jede Filmserie die gleiche geradlinige Geschichte erzählte. Am Anfang waren die angeketteten Mädchen alle vollständig bekleidet. Die nächsten Folgen zeigten, wie der Maskenmann langsam ihre Kleidung zerschnitt, sodass Lederbustiers und Höschen mit offenem Schritt zum Vorschein kamen, die man sie offenbar zu tragen gezwungen hatte. Die Gesichter der Frauen waren bis zum Ende verhüllt. Sie trugen eine schwarze Kapuze aus leichtem Tuch, durch die man sie verzweifelt einatmen sah, damit sie genug Luft bekamen. Mit fortschreitender Dauer der Geschichte nahm die Gewalt zu. Es gab Schläge, dann Auspeitschen, der Mann fügte ihnen Schnitte zu, dann brannte er sie mit einem Eisen, dann kam der elektrische Viehtreiber zum Einsatz.

Zum Ende hin waren die Mädchen nicht mehr maskiert. Das Gesicht der ersten Frau war in zwei Filmfolgen sichtbar, ehe sie abgeschlachtet wurde. Das Mädchen, das wie Anna Kilpatrick aussah, trug die Kapuze bis auf den allerletzten Film von Pauls geheimer Festplatte.

Claire hatte das Gesicht des Mädchens genau studiert. Es war unmöglich festzustellen, ob sie tatsächlich Anna Kilpatrick vor sich sah. Claire hatte sogar ein Foto von der Facebook-Seite der Familie Kilpatrick herangezogen. Sie hatte sie nebeneinander auf dem Schirm platziert und war trotzdem immer noch unsicher gewesen.

Dann hatte sie auf Play geklickt und sich den letzten Film bis zum Schluss angesehen. Anfangs mit Ton, doch sie hielt die Schreie nicht aus. Der Mann trat ein und trug wieder diese unheimliche Ledermaske. Er hatte die Machete in der Hand, aber er benutzte sie nicht, um das Mädchen zu töten. Er vergewaltigte es damit.

Claire hatte sich fast wieder übergeben müssen. Sie musste die Einfahrt auf und ab laufen, um frische Luft in die Lungen zu bekommen.

War es echt?

Captain Mayhew hatte behauptet, ein Kabel für die Kunstblutblase laufe seitlich am Körper des Mädchens entlang. Claire hatte ein Vergrößerungsglas in einer von Pauls Schubladen gefunden. Alles, was sie seitlich am Körper des Mädchens erkennen konnte, waren Hautfetzen, die wie zerbrochenes Glas aussahen. Mit Sicherheit gab es kein Kabel auf dem Boden, und wenn jemand außerhalb des Kamerabereichs stand, um den Kunstblutbehälter zum Platzen zu bringen, musste das Kabel ja wohl irgendwohin führen.

Als Nächstes hatte Claire im Internet diese Squibs recherchiert, und soweit sie feststellen konnte, wurden sie ausnahmslos per Funk gesteuert. Sie hatte sogar eine Suche nach Snuff-Pornos gestartet, sich aber nicht getraut, einen der Links anzuklicken. Die Beschreibungen waren zu abschreckend: Live-Enthauptungen, Kannibalismus, Nekrophilie, etwas, das sich „Todesvergewaltigung“ nannte. Sie hatte es bei Wikipedia versucht, aber lediglich erfahren, dass die meisten gefilmten Morde hektisch und amateurhaft abliefen, wenig sorgfältig gestaltet und einem vorgegebenen Ablauf folgend.

Stützte das also Mayhews Einschätzung, dass die Filme gestellt waren? Oder bedeutete es, dass Paul die besten Snuff-Pornos gefunden hatte, so wie er die besten Golfclubs fand oder das beste Leder für seinen handgefertigten Schreibtischsessel?

Claire war völlig am Ende. Sie hatte die Garage verlassen, war ins Haus gegangen und hatte zwei Valium genommen. Dann hatte sie den Kopf unter den Wasserhahn in der Küche gehalten, bis ihre Haut vom kalten Wasser taub war.

Hätte sie nur auch ihr Gehirn betäuben können. Trotz der Tabletten gingen ihr pausenlos Verschwörungstheorien durch den Kopf. Waren diese schrecklichen Filme die Dateien, die Adam haben wollte? Steckte er mit dem schnauzbärtigen Captain Mayhew unter einer Decke? War Adam deshalb bei der Polizei gewesen? Hatte sich Mayhew zum Ende ihres Gesprächs deshalb so seltsam benommen und sich ausdrücklich versichern lassen, dass es keine weiteren Kopien der Filme gäbe, obwohl er Claire zuvor erklärt hatte, sie seien nicht echt und sie solle sich keine Sorgen deswegen machen?

Was, wenn sie wirklich gestellt waren – und das Mädchen war nicht Anna Kilpatrick, sondern eine Schauspielerin, und Adam war auf dem Polizeirevier gewesen, weil er einen Schlüssel zum Haus besaß, und Mayhew wusste vom Gesetz der wahrhaft großen Zahlen, weil er auf dem Discovery Channel einen Beitrag darüber gesehen hatte, und Claire war eine paranoide Hausfrau, die nichts Besseres zu tun hatte, als das Ansehen des Mannes zu besudeln, der sich in jedem wachen Moment bemüht hatte, sie glücklich zu machen?

Claire starrte auf die Apothekenflasche auf ihrem Schreibtisch. Percocet. Der Deckel war abgeschraubt, weil sie bereits eine genommen hatte. Auf dem Etikett stand Pauls Name. Der Einnahmehinweis lautete: BEI SCHMERZ NACH BEDARF EINNEHMEN. Claire hatte weiß Gott Schmerzen. Sie stieß die Flasche mit dem Zeigefinger um. Gelbe Pillen ergossen sich auf den Schreibtisch. Sie legte sich eine davon auf die Zunge und spülte sie mit Wein hinunter.

Die Neigung zum Selbstmord war erblich bedingt. Das hatte sie in einem Seminar über Hemingway von einem uralten Professor gelernt, der selbst schon mit einem Bein im Grab zu stehen schien. Hemingway hatte eine Schrotflinte benutzt. Sein Vater hatte das Gleiche getan. Es gab eine Schwester und einen Bruder, eine Enkelin und vielleicht noch andere, an die Claire sich nicht erinnerte, die alle von eigener Hand gestorben waren.

Claire blickte auf die Pillen, die über den Schreibtisch verstreut waren. Sie schob sie umher wie Zuckerstückchen.

Ihr Vater hatte sein Leben mit einer Nembutal-Spritze beendet, ein Barbiturat, mit dem man Tiere einschläferte. Tod durch Atemstillstand. Zuvor hatte er eine Handvoll Schlaftabletten geschluckt und mit Wodka hinuntergespült. Zwei Wochen vor dem sechsten Jahrestag von Julias Verschwinden. Im Monat davor hatte er einen leichten Schlaganfall erlitten. Seine Abschiedsnotiz hatte er mit zittriger Hand auf die herausgerissene Seite eines Blocks geschrieben.

An alle meine wunderschönen Mädchen – Ich liebe Euch von ganzem Herzen. Daddy

Sie erinnerte sich an ein Wochenende vor langer Zeit, das sie in der trostlosen Junggesellenwohnung ihres Vaters verbracht hatte. Tagsüber hatte Sam die Dinge getan, die alle frisch geschiedenen Väter mit ihren Kindern tun: ihr Sachen zum Anziehen gekauft, die er sich nicht leisten konnte, sie in einen Film mitgenommen, den ihre Mutter ihr verboten hatte, und sie so viel Junkfood essen lassen, dass sie halb im Koma war, als sie schließlich wieder bei ihm zu Hause ankamen, wo er eigens für sie ein scheußlich rosa gestrichenes Zimmer mit rosa Bettwäsche eingerichtet hatte.

Claire war vierzehn, vielleicht fünfzehn gewesen. Ihr Zimmer zu Hause war in einem zarten Hellblau gestrichen, es gab eine farbenfrohe Steppdecke auf dem Bett und absolut keine Stofftiere außer einem, das immer in dem Schaukelstuhl saß, der ihrem Großvater mütterlicherseits gehört hatte.

Gegen Mitternacht hatten die Hamburger und die Eiscreme einen unmenschlichen Kampf in ihrem Magen begonnen. Sie war ins Badezimmer gestürzt, wo ihr Vater in der Badewanne saß. Doch er nahm kein Bad. Er trug seinen Pyjama, hatte das Gesicht in einem Kissen vergraben und weinte so hemmungslos, dass er es kaum bemerkte, als sie das Licht anknipste.

„Schätzchen, es tut mir leid.“ Seine Stimme war so leise gewesen, dass sie sich hinunterbeugen musste, um ihn zu verstehen. Merkwürdigerweise hatte sich Claire, als sie sich neben die Wanne kauerte, vorgestellt, dass es so vielleicht sein würde, wenn sie eines Tages ihre eigenen Kinder badete.

„Was ist, Daddy?“, hatte sie gefragt.

Er hatte den Kopf geschüttelt. Er sah sie nicht an. Es war Julias Geburtstag. Er hatte den Morgen im Büro des Sheriffs verbracht und war ihre Ermittlungsakte durchgegangen, hatte die Fotos von ihrem alten Zimmer im College betrachtet, von ihrem Schlafzimmer zu Hause, von ihrem Fahrrad, das noch Wochen nach ihrem Verschwinden vor dem Student Center angekettet gewesen war. „Es gibt einfach Dinge, die dir nicht mehr aus dem Kopf gehen."

Bei jedem Streit zwischen ihren Eltern ging es in der Hauptsache darum, dass Helen Sam in der ein oder anderen Weise nahelegte, einfach weiterzumachen. War es angesichts der Wahl zwischen einer scheinbar kalten Mutter und der zerbrochenen Hülle eines Vaters ein Wunder, dass Claires vom Gericht bestellte Therapeutin ihr später vorwarf, sie würde mit ihren Gefühlen stets hinterm Berg halten?

Ihr Vater floss über vor Emotionen. Man konnte nicht in seiner Nähe sein, ohne etwas von dem Kummer zu absorbieren, den er buchstäblich auszudünsten schien. Keiner, der ihn ansah, sah einen heilen Menschen. Seine Augen waren ständig verweint. Seine Lippen zitterten wegen all der düsteren Gedanken. Er erlebte solche nächtlichen Schrecken, dass man ihn schließlich aus seiner Wohnanlage vertrieb.

Zum Ende hin lag Claire, wenn sie bei ihm übernachtete – oder besser: wenn ihre Mutter sie zwang, bei ihm zu übernachten –, im Bett, presste die Hand an die dünne Wand zwischen ihren Schlafzimmern und spürte die Vibrationen von den Schreien ihres Vaters. Irgendwann wachte er selbst davon auf. Dann hörte sie ihn im Zimmer hin und her laufen. Claire fragte ihn durch die Wand hindurch, ob alles in Ordnung sei, und er sagte immer: „Ja, alles in Ordnung." Sie wussten beide, dass es eine Lüge war, so wie sie auch beide wussten, dass Claire nicht hinübergehen würde, um nach ihm zu sehen.

Nicht dass Claire herzlos gewesen wäre. Sie hatte Dutzende Male nach ihm gesehen. Sie war voller Angst und Beklommenheit in sein Zimmer gerannt, wo er sich, in seine zerwühlten Laken gewickelt, auf dem Bett wälzte. Es war ihm jedes Mal peinlich. Und sie war sich jedes Mal der Tatsache bewusst, wie nutzlos sie für ihn war, dass eigentlich Helen bei ihm sein sollte, aber dass Helen genau deshalb gegangen war.

„Irgendwie mag ich deine Mom weniger, wenn ich das höre", hatte Paul gesagt, als Claire ihm schließlich erzählte, wie das Leben nach Julias Verschwinden gewesen war.

Paul.

Er war immer Claires vehementester Verteidiger gewesen. Er hatte immer auf ihrer Seite gestanden. Selbst an dem Tag, als er sie gegen Kaution aus dem Gefängnis holte, als sie sich alles, was geschehen war, eindeutig selbst eingebrockt hatte, sagte Paul nur: „Mach dir nichts draus. Wir nehmen uns einen Anwalt."

Vor achtzehn Jahren hatte Lydia zu ihr gesagt, das Problem mit Paul Scott sei, dass er Claire nicht als normalen, unvollkommenen Menschen betrachte. Er war blind für ihre Fehler. Er vertuschte ihre Fehltritte. Er würde sie nie herausfordern, ängstigen oder wütend machen oder sonst eine leidenschaftliche Emotion in ihr entfachen, für die es sich überhaupt nur lohnte, sich auf Männer und ihren Quatsch einzulassen.

„Warum sagst du das alles, als wäre es etwas Schlechtes?", hatte Claire gefragt, denn sie war verzweifelt einsam, und sie hatte es satt, das Mädchen zu sein, dessen Schwester verschwunden war, oder das Mädchen, dessen Schwester drogenabhängig war, oder das Mädchen, dessen Vater sich umgebracht hatte, oder das Mädchen, das hübscher war als ihm guttat.

Sie wollte etwas Neues sein, etwas, wofür sie sich selbst entschieden hatte. Sie wollte Mrs. Paul Scott sein. Sie wünschte sich einen Beschützer. Sie wollte umsorgt sein. Sie wollte clever sein. Auf keinen Fall brauchte sie jemanden, der ihr das Gefühl gab, es könnte ihr jeden Moment der Boden unter den Füßen weggezogen werden. Davon hatte sie in ihren jungen Jahren mehr als genug gehabt, danke vielmals.

Abgesehen davon, war es ja nicht so, als hätte Lydia eine bessere Alternative gefunden. Ihr Nährboden war Unsicherheit. In ihrem Leben war es immer darum gegangen, beliebt zu sein. Sie hatte angefangen, Tabletten zu schlucken, weil die coolen Kids darauf standen. Sie hatte Koks geschnupft, weil ein Freund ihr erzählte, dass alle Mädchen, die gut drauf waren, schnupften. Wiederholt hatte Claire beobachtet, wie ihre Schwester alle netten, normalen Jungs ignorierte, um sich dem unzuverlässigsten, attraktivsten Arschloch im Raum an den Hals zu werfen. Je weniger einer von ihr wissen wollte, desto mehr wollte sie ihn haben.

Weshalb es Claire nicht überraschte, dass Lydia bereits einen Monat nach dem Bruch mit der Familie einen Mann namens Lloyd Delgado heiratete. Er sah auf eine etwas verwahrloste Weise sehr gut aus. Er war außerdem eine Koksnase mit einer Reihe kleinerer Vorstrafen. Vier Monate nach der Heirat starb Lloyd an einer Überdosis, und Lydia wurde vom Gericht ein Vormund für ihr ungeborenes Kind zugewiesen.

Acht Monate später kam Julia Cady Delgado zur Welt. Fast ein Jahr lang lebten sie in einer Obdachlosenunterkunft, die eine Tagesbetreuung für Kinder bot. Dann bekam Lydia einen Job in einer Tierarztpraxis, wo sie zunächst Käfige reinigte. Sie wurde zur Pflegeassistentin befördert und konnte sich ein Hotelzimmer leisten, das sie wochenweise mietete. Sie konnte Dee eine private Vorschule bieten, weil Lydia das Mittagessen ausfallen ließ und manchmal auch noch das Abendessen.

Nach zwei Jahren als Pflegeassistentin wurde Lydia zur Chefpflegerin befördert. Erst ein ganzes Jahr später war sie endlich in der Lage, sich ein zuverlässiges Auto zu kaufen und eine Zweizimmerwohnung zu mieten. Wiederum drei Jahre später eröffnete sie ihr eigenes Tierpflegestudio. Am Anfang machte sie Hausbesuche in einem heruntergekommenen Dodge Van mit roten Klebestreifen statt Hecklichtern. Dann kaufte sie einen besseren Van und verwandelte ihn in einen mobilen Hundesalon. Vor acht Jahren eröffnete sie schließlich ihren eigenen Laden. Sie hatte zwei Angestellte und nannte ein bescheidenes Ranchhaus mit einer kleinen Hypothek darauf ihr Eigen. Sie war mit ihrem direkten Nachbarn liiert, einem Mann namens Rick Butler, der wie eine jüngere und weniger sexy Version von Sam Shepard aussah. Sie hatte mehrere Hunde und eine Katze. Ihre Tochter besuchte die Westerley Academy mit einem Stipendium, das ein anonymer Wohltäter eingerichtet hatte.

Wobei er jetzt eigentlich nicht mehr anonym war, denn den Unterlagen zufolge, die Claire in seinem Arbeitszimmer gefunden hatte, hatte Paul über eine Scheinorganisation die dreißigtausend Dollar im Jahr berappt, damit Julia „Dee" Delgado die Westerley Academy besuchen konnte.

Claire hatte Dees Bewerbungsaufsatz für das Stipendium in einer Datei zusammen mit dreißig anderen eingereichten Arbeiten von Schülern aus dem ganzen Großraum Atlanta gefunden. Offenbar war die Auswahl manipuliert, aber Dees Arbeit war im Vergleich zu den anderen bemerkenswert überzeugend. Sie beschäftigte sich damit, wie schwer der Staat Georgia verurteilten Drogenstraftätern das Leben machte. Man verweigerte ihnen Lebensmittelzuschüsse und Wohngeld. Sie durften nicht wählen. Sie sahen sich Diskriminierungen bei der Arbeitssuche ausgesetzt. Man verwehrte ihnen die Möglichkeit, Stipendien zu erhalten. Wenn man bedachte, dass sie ihre Zeit abgesessen, ihre Strafen bezahlt und ihre Bewährungszeit bestanden hatten – und dass sie Steuern zahlten wie alle anderen auch –, hatten sie dann nicht das Recht, vollständig als Bürger anerkannt zu werden?

Das Argument war zwingend, selbst ohne den Vorteil der Fotos, die Claire vor sich auf dem Tisch liegen hatte.

Und dank der Privatdetektive, die Paul engagiert hatte, um Lydia auf der Spur zu bleiben, konnte Claire aus einer großen Menge von Fotos wählen.

Eine erschöpft wirkende Lydia, die Dee in einem Arm trug und eine Tüte Lebensmittel im anderen. Eine unverkennbar übermüdete Lydia, die an der Bushaltestelle vor der Tierarztpraxis stand. Lydia, die mit einem Rudel Hunde eine von Bäumen gesäumte Straße entlangging und für den kurzen Moment einen entspannten Gesichtsausdruck hatte. Die in einen verbeulten Dodge Van mit roten Klebestreifen auf den Hecklichtern stieg. Am Steuer eines Ford Vans, mit der Ausrüstung für ihr mobiles Unternehmen an Bord. Lydia, die stolz vor dem neuen Laden stand. Das Foto war eindeutig am Eröffnungstag aufgenommen worden. Lydia schnitt mit einer riesigen Schere ein gelbes Band durch, während ihre Tochter und ihr Hippie-Freund stolz zusahen.

Dee Delgado. Claire ordnete die Bilder. Lydias Tochter sah Julia so ähnlich, dass es Claire den Atem raubte.

Paul musste das Gleiche gedacht haben, als er die Fotos sah. Er hatte Julia nie kennengelernt, aber Claire hatte drei Alben voller Familienfotos. Sie fragte sich, ob es sich wohl lohnte, sie nebeneinanderzulegen und zu vergleichen. Und dann dachte sie, dass sie die Alben seit Jahren nicht geöffnet hatte, und sie hatte Angst, wenn sie es jetzt täte, könnte sie Anzeichen dafür vorfinden, dass Paul sie sich ebenfalls angesehen hatte.

Es war ausgeschlossen, dass er es nicht getan hatte. Paul war eindeutig von Lydia besessen gewesen. Seit siebzehn

Jahren hatte er jedes Jahr im September einen Privatdetektiv angeheuert, der sie überwachte. Er hatte jedes Mal eine andere Detektei beauftragt, aber sie hatten alle die gleichen detaillierten Berichte geliefert, in denen Lydias Leben haarklein aufgezeichnet war. Kreditauskünfte. Steuerbescheide. Gerichtsbeschlüsse. Bewährungsberichte. Prozessabschriften. Die juristische Seite war allerdings vor fünfzehn Jahren versiegt. Es gab sogar eine eigene Mitteilung, in der Namen und Art der Tiere aufgeführt waren, die sie besaß.

Claire hatte absolut keine Ahnung davon gehabt, was er da tat. Sie nahm an, dass Lydia ebenso ahnungslos gewesen war, denn sie wäre lieber gestorben, als nur einen roten Heller von Paul anzunehmen.

Das Komische dabei war, dass Paul im Verlauf der Jahre immer wieder einmal vorgeschlagen hatte, Claire solle doch versuchen, mit Lydia Kontakt aufzunehmen. Er hatte getönt, wie sehr er wünschte, er hätte noch Angehörige, mit denen er sprechen könnte. Dass Helen ja auch nicht jünger wurde und es Claire vielleicht guttun könnte, alte Wunden zu heilen. Einmal hatte er angeboten, nach ihr zu suchen, aber Claire hatte Nein gesagt, um Paul zu zeigen: Sie würde ihrer Schwester niemals verzeihen, dass sie Lügen über ihn erzählt hatte.

„Ich werde nie einen anderen Menschen zwischen uns treten lassen", hatte sie ihm versichert, und ihre Stimme hatte gezittert vor rechtschaffener Empörung, die sie im Namen ihres zu Unrecht beschuldigten Mannes empfand.

Hatte Paul seine Frau im Hinblick auf Lydia in der gleichen Weise manipuliert, wie er sie auch mit den Computerpassworten und den Bankkonten manipuliert hatte? Claire hatte zu allem problemlos Zugang, weshalb sie sich auch nie veranlasst sah, nach etwas zu suchen. Es war sehr, sehr gerissen von Paul gewesen, all seine Übergriffe zu verbergen, indem er sie einfach in größter Offenheit beging.

Die einzige Frage war jetzt, wie viele solcher Übergriffe

sie finden würde. Claire blickte auf die beiden schweren Karteikästen, die sie aus seinem Büro heruntergeschafft hatte. Sie waren aus milchig weißem Plastik, beide waren beschriftet. PRIVAT 1 und PRIVAT 2.

Claire konnte sich nicht dazu aufraffen, den zweiten Kasten zu öffnen. Der erste hatte genug Schrecken für einen Tag enthalten. Die Aktenmappen darin waren farbcodiert und sorgfältig mit Frauennamen beschriftet. Claire hatte aus naheliegenden Gründen die von Lydia ins Visier genommen, aber sie hatte den Deckel über den Dutzenden anderer Akten mit den Dutzenden anderer Frauennamen geschlossen, denn sie hatte genug von Pauls privatem Scheißdreck gesehen. Sie konnte sich nicht überwinden, nach mehr zu suchen.

Stattdessen hatte sie das aufklappbare Handy neben der Pillenflasche geöffnet. Sie hatte ein Prepaid-Handy ohne Vertrag gekauft, ein sogenanntes *Burner Phone*, das sich nicht zurückverfolgen ließ, zumindest wenn man den einschlägigen Krimiserien im Fernsehen glauben wollte.

Lydias Handynummer war in Pauls Berichten. Claire hatte ihr eine SMS geschickt, ohne Nachricht, nur die Adresse in Dunwoody. Sie hatte es dem Zufall überlassen wollen. Würde Lydia die Adresse als Schwindel abtun? Oder würde sie die SMS ignorieren, weil sie begriff, dass sie von Claire kam?

Es wäre Claire recht geschehen, wenn Lydia sie ignoriert hätte. Ihre Schwester hatte ihr erzählt, ein Mann habe sie zu vergewaltigen versucht, und Claire hatte dem Mann geglaubt.

Und dennoch hatte Lydia umgehend eine SMS zurückgeschrieben: *Bin unterwegs.*

Seit dem Raubüberfall hatte Claire das Sicherheitstor offen gelassen. Irgendwie hatte sie insgeheim gehofft, die Einbrecher würden zurückkommen und sie töten. Oder vielleicht nicht töten, denn das wäre zu grausam für Helen.

Vielleicht würden sie sie ins Koma prügeln, aus dem sie erst in einem Jahr wieder erwachte, wenn alle Dominosteine gefallen waren.

Dies war der erste Dominostein: Man konnte leicht sagen, ein Mensch, der sich Vergewaltigungspornos ansah, müsse nicht unbedingt im wirklichen Leben an Vergewaltigung interessiert sein. Aber was, wenn derselbe Mensch in seiner Vergangenheit einmal beschuldigt wurde, genau dies versucht zu haben?

Zweiter Dominostein: Was, wenn diese lang zurückliegende Beschuldigung zutraf?

Dritter Dominostein: Statistisch gesehen, begingen Vergewaltiger stets mehr als eine Tat. Wenn sie ungestraft davonkamen, vergewaltigten sie weiter. Und selbst wenn sie erwischt wurden, war die Rückfallquote so hoch, dass man genauso gut eine Drehtür in die Gefängnisse einbauen könnte.

Woher Claire diese Statistik kannte? Weil sie vor Jahren ehrenamtlich bei einem Notruf für vergewaltigte Frauen gearbeitet hatte, was einer fast schon partytauglichen Ironie nun wirklich nicht entbehrte.

Was sie zum vierten Dominostein brachte: Was befand sich tatsächlich in den Pandora-Kisten, die mit PRIVAT 1 und PRIVAT 2 beschriftet waren? Es war unschwer zu erraten, dass die anderen Akten mit den Frauennamen genauso aussahen wie die Akte mit Lydias Name: Überwachungsprotokolle, Fotos, detaillierte Auflistungen des Kommens und Gehens von Frauen, die Paul ins Visier genommen hatte.

Sechster Dominostein: Wenn Paul tatsächlich versucht hatte, Lydia zu vergewaltigen, was hatte er dann mit den anderen Frauen gemacht?

Gott sei Dank hatte sie nie Kinder mit ihm gehabt. Bei dem Gedanken wurde ihr schwindlig, schon drehte sich der ganze Raum um sie. Der Wein und die Tabletten harmonierten nicht gerade gut miteinander. Das vertraute überwältigende Übelkeitsgefühl war zurück.

Sie schloss die Augen und machte eine Liste im Kopf, denn etwas aufzuschreiben erschien ihr zu gefährlich.

Jacob Mayhew: Log er, was die Echtheit der Filme anging? War er der Typ Mann, der, seinem Image als hartgesottener Detective folgend, eine Frau belügen würde, nur um ihre empfindlichen Gefühle zu schützen?

Adam Quinn: Welche Dateien wollte er wirklich? War er so gut darin wie Paul, seine wahre Natur zu verbergen – selbst als er mit ihr geschlafen hatte?

Fred Nolan: Warum war dieses gruselige Arschloch am Tag der Beerdigung tatsächlich bei ihr zu Hause gewesen? Wegen der Filme, oder hatte er noch schlimmere Dinge für Claire auf Lager?

Paul Scott: Vergewaltiger? Sadist? Ehemann? Freund? Geliebter? Lügner? Claire war mehr als die Hälfte ihres Lebens mit ihm verheiratet gewesen, aber sie hatte keine Ahnung, wer er wirklich war.

Sie öffnete die Augen, sah auf die verstreuten Tabletten und überlegte, noch eine zu nehmen. Claire verstand die Anziehungskraft von Drogen nicht. Sie hatte gedacht, Ziel sei es, einen gefühllos zu machen, aber wenn überhaupt fühlte sie alles viel zu intensiv. Sie konnte ihren Kopf nicht abschalten. Sie war zittrig. Ihre Zunge war zu dick für ihren Mund. Vielleicht machte sie es falsch. Vielleicht erzeugten die beiden Valium, die sie vor einer Stunde genommen hatte, eine Gegenwirkung. Vielleicht brauchte sie mehr von den Schmerztabletten. Sie holte ihr iPad aus der Schreibtischschublade. Sicher fand sie auf YouTube ein Video mit nützlichen Hinweisen, das ein hilfreicher Tablettensüchtiger ins Netz gestellt hatte.

Das Handy vibrierte. Claire las Lydias Nachricht: *Ich bin da.*

Sie legte die Handflächen auf die Schreibtischplatte und

stemmte sich hoch. Oder zumindest versuchte sie es. Die Muskeln in ihren Armen reagierten nicht. Claire zwang ihre Beine zum Aufstehen und stürzte beinahe, als der ganze Raum eine Vierteldrehung nach links machte.

Es läutete an der Tür. Claire stopfte alle Berichte und Fotos von Lydia in ihre Schreibtischschublade, trank einen Schluck Wein und beschloss dann, das Glas mitzunehmen.

Das Gehen brachte seine ganz eigenen Herausforderungen mit sich. Die weit offenen Räume des Wohnbereichs legten ihr kaum Hindernisse in den Weg, aber im Flur kam sie sich vor wie in einem Flipperautomaten, weil sie von einer Wand zur anderen abprallte. Schließlich musste sie ihre hochhackigen Schuhe ausziehen, die sie nur angelassen hatte, weil sie und Paul im Haus sonst immer die Schuhe ausgezogen hatten. Alle Teppiche waren weiß. Der Boden war aus gebleichter Eiche. Die Wände waren weiß. Selbst einige der Gemälde waren in gedämpftem Weiß gehalten. Sie lebte nicht in einem Haus. Sie lebte in einem Sanatorium.

Die Griffe an der Haustür schienen zurückzuweichen. Durch das Milchglas konnte Claire den Umriss von Lydias Körper sehen. Als sie den Türgriff packte, verschüttete sie den Wein. Sie merkte, wie ihre Lippen sich zu einem Lächeln verzogen, obwohl hier nichts besonders komisch war.

Lydia klopfte an das Glas.

„Bin schon da.“ Claire zog endlich die Tür auf.

„Meine Güte.“ Lydia beugte sich vor, um Claires Augen aus der Nähe zu betrachten. „Deine Pupillen sind so groß wie Zehn-Cent-Stücke.“

„Ich glaube nicht, dass das geht“, sagte Claire, denn eine Zehn-Cent-Münze war doch sicher größer als ihr gesamter Augapfel. Oder ging es eher in Richtung Vierteldollar?

Lydia trat unaufgefordert ein. Sie ließ die Handtasche neben der Tür fallen und schüttelte die Schuhe von den Füßen. Dann sah sie sich in der Eingangshalle um. „Was ist das hier?“

„Ich weiß es nicht", sagte Claire, denn es fühlte sich nicht mehr wie ein Zuhause an. „Hattest du eine Affäre mit Paul?"

Lydia blieb vor Überraschung der Mund offen stehen.

„Sag es mir einfach", fuhr Claire fort, denn sie wusste aus Pauls Berichten, dass Lydia ein Kind hatte und dass Paul für dessen Ausbildung bezahlte. Eine Affäre, die ein uneheliches Kind zur Folge hatte, wäre so viel begreifbarer als all die anderen schrecklichen Erklärungen dafür, warum Paul sich im Geheimen in das Leben ihrer Schwester drängte.

Lydia stand immer noch der Mund offen.

„Hattest du?"

„Auf gar keinen Fall." Lydia sah besorgt aus. „Was hast du genommen?"

„Nembutal und Ambien, mit einem Wodka zum Runterspülen."

„Das ist nicht komisch." Lydia riss ihr das Weinglas aus der Hand. Sie sah sich um, wo sie es in der kahlen Eingangshalle abstellen konnte, und entschied sich für den Boden. „Warum hast du mich das eben gefragt?"

Claire behielt die Antwort für sich.

„Hat er dich betrogen?"

Unter diesem Aspekt hatte Claire die Sache noch gar nicht betrachtet. War es betrügen, wenn er jemanden vergewaltigte? Denn in diese Richtung fielen alle Dominosteine eindeutig. Wenn Paul tatsächlich versucht hatte, Lydia zu vergewaltigen, dann hatte er es wahrscheinlich auch bei jemand anderem versucht und Erfolg gehabt, und wenn er einmal ungestraft davongekommen war, dann hatte er es wahrscheinlich wieder getan.

Und einen Privatdetektiv angeheuert, der den Frauen für den Rest ihres Lebens folgte, sodass er sie von seiner Höhle über der Garage aus weiter unter Kontrolle hatte.

Aber war das betrügen? Claire wusste von ihren Schulungen für den Krisennotruf, dass es bei Vergewaltigung um

Macht ging. Paul liebte es zweifellos, alles unter Kontrolle zu haben. War die Vergewaltigung von Frauen also das gewalttätige Äquivalent dazu, alle Dosen in der Speisekammer mit dem Etikett nach außen zu drehen? Oder die Geschirrspülmaschine mit mechanischer Präzision einzuräumen?

„Claire?" Lydia schnippte sehr laut mit den Fingern. „Schau mich an."

Claire konzentrierte sich, so gut sie konnte, auf ihre Schwester. Sie hatte immer gefunden, dass Lydia die Hübscheste von ihnen allen war. Ihr Gesicht war voller, aber sie war mit mehr Würde gealtert, als Claire gedacht hatte. Sie hatte Lachfalten um die Augen. Sie hatte eine wunderbare, perfekte Tochter. Sie hatte einen Freund, der ein Exjunkie war und anspruchsvolle Radiobeiträge hörte, während er in seiner Einfahrt an einem alten Truck herumschraubte.

Warum musste Paul das wissen? Warum musste er überhaupt irgendetwas über Lydia wissen? Nannte man es Stalking, wenn man jemanden bezahlte, damit er es für einen tat? Und war es nicht eine andere Form von Vergewaltigung, jemanden ohne dessen Zustimmung zu beobachten?

„Was hast du genommen?", fragte Lydia noch einmal. Ihre Stimme wurde weicher. Sie strich über Claires Arm. „Sag mir, was du genommen hast, Sweetpea."

„Valium." Plötzlich war Claire nach Weinen zumute. Sie konnte sich nicht erinnern, wann jemand sie das letzte Mal Sweetpea genannt hatte. „Und ein paar Schmerztabletten."

„Wie viele?"

Claire schüttelte den Kopf, denn es spielte keine Rolle. Das alles spielte keine Rolle. „Wir hatten eine Katze namens Mr. Sandwich."

Lydia war verständlicherweise perplex. „Okay."

„Wir nannten ihn Hammy, wegen des Schinkens in einem Sandwich. Er lag immer zwischen uns beiden. Auf der Couch. Im Bett. Er schnurrte nur, wenn wir ihn beide streichelten."

Lydia legte den Kopf schief, als versuchte sie, eine Verrückte zu verstehen.

„Katzen durchschauen Menschen." Claire war überzeugt, dass Lydia das verstand. Sie waren mit vielen Tieren aufgewachsen. Keiner von ihnen konnte einen Parkplatz überqueren, ohne ein streunendes Tier anzulocken. „Wenn Paul ein schlechter Mensch gewesen wäre, hätte Hammy es gemerkt." Claire wusste, dass es eine lahme Verteidigung war, aber sie konnte nicht aufhören. „Sagt man nicht, dass schlechte Menschen Tiere hassen?"

Lydia schüttelte verwirrt den Kopf. „Ich weiß nicht, was du von mir hören willst, Claire. Hitler hat Hunde geliebt."

„*Reductio ad Hitlerum.*" Claire konnte nicht aufhören, Paul zu zitieren. „Das ist, wenn man jemanden mit Hitler vergleicht, um einen Streit für sich zu entscheiden."

„Streiten wir?"

„Erzähl mir, was zwischen dir und Paul vorgefallen ist."

Lydia seufzte wieder schwer. „Warum?"

„Weil ich es noch nie gehört habe."

„Du hast es mich nicht erzählen lassen. Du hast dich geweigert, mir zuzuhören."

„Jetzt höre ich zu."

Lydia ließ den Blick durch die Eingangshalle wandern, um anzudeuten, dass Claire sie noch nicht mal richtig zur Tür hereingebeten hatte. Sie verstand nicht, dass Claire einfach den Gedanken nicht ertrug, das kalte, seelenlose Haus mit den Augen ihrer Schwester zu sehen.

„Bitte", flehte Claire. „Bitte, Pepper. Erzähl es mir."

Lydia hob abwehrend die Hände, sie hielt die ganze Übung hier für reine Zeitverschwendung. Dennoch begann sie widerwillig zu erzählen: „Wir fuhren in seinem Auto. Dem Mazda Roadster. Er legte die Hand auf mein Knie. Ich schlug sie weg."

Claire kam zu Bewusstsein, dass sie den Atem anhielt. „Das war alles?"

„Du glaubst ernsthaft, das war alles?“ Lydia klang zornig, und sie hatte jedes Recht dazu. „Er fuhr weiter, und ich dachte: ‚Okay, am besten einfach ignorieren, dass der Loser-Freund meiner Schwester die Hand auf mein Knie gelegt hat.‘ Aber dann bog er in eine Straße ein, die ich nicht kannte, und wir waren plötzlich im Wald.“ Lydias Stimme war leise geworden. Anstatt Claire anzusehen, blickte sie an ihr vorbei. „Er hielt an. Er machte den Motor aus. Ich fragte, was los sei, und er schlug mir mit der Faust ins Gesicht.“

Claire bemerkte, wie sie selbst die Fäuste ballte. Paul hatte in seinem ganzen Leben niemanden geschlagen. Selbst in der Gasse, als er bei dem Überfall gegen den Mann kämpfte, hatte Paul keinen Faustschlag landen können.

„Ich war benommen“, fuhr Lydia fort. „Er wollte auf mich steigen, ich wehrte mich. Dann schlug er mich wieder, aber ich wandte den Kopf ab.“ Sie drehte den Kopf leicht, wie ein Schauspieler, der versucht, sein Publikum zu überzeugen. „Ich tastete nach der Tür. Ich weiß nicht mehr, wie ich es schaffte, sie aufzubekommen. Ich fiel aus dem Wagen, er auf mich drauf. Dann riss ich mein Knie nach oben.“ Sie hielt inne, und Claire erinnerte sich an einen Selbstverteidigungskurs, den sie gemacht hatte. Die Ausbilderin hatte ihnen eingeschärft, nicht darauf zu bauen, dass man einen Mann außer Gefecht setzen konnte, indem man ihm das Knie in den Unterleib rammte, da es ziemlich wahrscheinlich war, dass man sein Ziel verfehlte und ihn nur noch wütender machte.

„Ich rannte los, er hinterher“, fuhr Lydia fort. „Ich kam vielleicht zehn Meter weit, dann stellte er mir von hinten ein Bein, und ich fiel der Länge nach aufs Gesicht. Da war er schon auf mir.“ Sie blickte zu Boden. Claire fragte sich unwillkürlich, ob sie es tat, um verletzlicher zu wirken. „Ich bekam keine Luft. Er drückte sich so heftig an mich, dass ich glaubte, meine Rippen würden brechen.“ Sie legte die Hand an die Rippen. „Und er wiederholte ständig: ‚Sag mir, dass du es willst.‘“

Claire blieb das Herz stehen.

„Ich kriege immer noch Albträume davon, wie er es sagte – es war ein Flüstern, sollte wohl sexy klingen, dabei war es nur verdammt unheimlich." Lydia schauderte. „Manchmal schlafe ich auf dem Bauch ein, und ich höre seine Stimme im Ohr und …"

Claire schnappte nach Luft. Sie konnte beinahe wieder spüren, wie Paul sie gegen die Wand presste. Er hatte „Sag mir, dass du es willst" in Claires Ohr geflüstert. Damals fand sie es albern. Paul hatte nie zuvor so mit ihr gesprochen, aber er hatte keine Ruhe gegeben, ehe Claire es genau so sagte.

„Was hast du dann getan?", fragte sie Lydia.

Lydia zuckte mit den Achseln. „Ich hatte keine Wahl, darum sagte ich einfach, was er hören wollte. Er riss mir die Hose herunter. Ich habe immer noch Narben am Bein, wo Paul mir mit seinen Fingernägeln die Haut abgezogen hat."

Claire legte die Hand an ihr eigenes Bein, wo die Haut von Pauls Fingernägeln aufgekratzt war. „Und dann?"

„Er öffnete seine Gürtelschnalle. Und da hörte ich ein Pfeifen. Ich meine, so richtig lautes Pfeifen. Es kam von ein paar Typen, die im Wald spazieren gingen, und sie dachten, wir würden eine Nummer schieben. Ich schrie aus Leibeskräften um Hilfe. Paul sprang auf und rannte zum Wagen zurück. Einer der Männer jagte ihm nach, der andere half mir auf. Sie wollten die Polizei rufen, aber ich bat sie, es nicht zu tun."

„Wieso?"

„Ich war gerade zum x-ten Mal gegen Kaution aus dem Knast freigekommen. Paul stand kurz vor seinem Diplom als Architekt und hatte zwei Jobs. Wem hätten sie wohl geglaubt?"

Sie wusste ja, wem Claire geglaubt hatte. „Die beiden Typen …"

„Waren Schwule, auf der Suche nach einem ruhigen

Plätzchen in einem Wald im tiefsten Alabama. Die Polizei hätte es in dem Moment gewusst, in dem sie den Mund aufmachten." Sie schüttelte den Kopf über die Aussichtslosigkeit der ganzen Sache. „Und ich habe mir in diesem Moment eigentlich keine Sorgen um mich gemacht. Mich hat nur beschäftigt, wie ich ihn von dir fernhalte."

Claire legte die Hand an die Stirn. Sie fühlte sich fiebrig an. Immer noch standen sie in der Eingangshalle. Sie sollte Lydia endlich hereinbitten, mit ihr ins Arbeitszimmer gehen und sich hinsetzen. „Willst du einen Drink?"

„Ich sagte doch, ich bin trocken."

Claire wusste es. Pauls Privatdetektive hatten an Lydias AA-Sitzungen teilgenommen und jedes Wort von ihr notiert. „Ich brauche einen Drink." Claire hob ihr Weinglas vom Boden auf und trank den Rest darin in einem Zug aus. Sie schloss die Augen und wartete. Keine Erleichterung.

„Hast du ein Problem mit Medikamenten und Alkohol?"

Mit einiger Mühe stellte Claire das Glas wieder auf dem Boden ab. „Ja. Das Problem ist, dass ich beides nicht besonders mag."

Lydia öffnete den Mund, um etwas zu erwidern, da fiel von draußen Licht in die Eingangshalle. Ein Wagen war in die Einfahrt gebogen. „Wer kommt denn jetzt noch?"

Claire drehte sich zu dem Videobildschirm neben der Tür. Sie sahen, wie ein schwarzer Crown Victoria vor dem Haus parkte.

„Polizei. Wieso sind die Huckleberries hier?" Lydia klang panisch. „Claire?"

Claire kämpfte mit ihrem eigenen Erschrecken. Zudem war sie besorgt, welcher von den Huckleberries es war. Mayhew, der sich überzeugen wollte, dass sie keine Kopien von den Filmen gemacht hatte? Nolan mit seinen unangemessenen Bemerkungen, seinem gruseligen Aussehen und seinen nervigen Fragen, die nicht erkennen ließen, was er überhaupt wollte? Oder war es ihr Bewährungshelfer? Er hatte Claire gewarnt, er könne jederzeit und ohne Vorwarnung auftauchen und sie auf unerlaubte Substanzen testen.

„Ich bin auf Bewährung“, erklärte sie Lydia. „Ich darf keine Drogen im Blut haben.“ Claires Gedanken kreisten um das Valium, da fiel ihr plötzlich ein Detail aus Pauls Akten ein. Als Lydia noch süchtig gewesen war, hatte sie sich einmal eines Drogenvergehens schuldig bekannt, nur um einer Gefängnisstrafe zu entgehen. Claire drängte sie in den Flur. „Beweg dich, Pepper! Ich darf nicht mit verurteilten Drogentätern verkehren. Sie könnten mich wieder ins Gefängnis schicken.“

Lydia bewegte sich nicht. Sie stand da wie angewurzelt, ihr Mund zuckte, als lägen ihr zu viele Fragen auf der Zunge. Dann sagte sie: „Dimm die Lichter runter.“

Claire fiel auf die Schnelle auch nichts Besseres ein. Sie drückte die Taste für das Umgebungslicht auf dem Schaltfeld, und die Beleuchtung im Erdgeschoss wurde gedämpft, was die Größe ihrer Pupillen hoffentlich kaschierte. Claire und Lydia starrten beide auf den Videoschirm, ihre Gesichter nur Zentimeter voneinander entfernt, und hielten den Atem an. Ein Mann stieg aus dem Wagen. Er war groß und kräftig gebaut. Das braune Haar war sorgfältig gescheitelt.

„Scheiße“, stöhnte Claire, denn sie war im Augenblick nicht in der Verfassung, sich mit Fred Nolan herumzuschlagen. „Es ist das FBI.“

„Was?“ Lydia kreischte beinahe vor Angst.

„Fred Nolan.“ Allein beim Klang seines Namens bekam Claire eine Gänsehaut. „Special Agent aus dem FBI-Büro Atlanta und ein echtes Arschloch.“

„Was hat das zu bedeuten?“ Lydia stand der Schreck ins Gesicht geschrieben. „Hast du etwa ein Verbrechen nach Bundesrecht begangen?“

„Ich weiß es nicht. Vielleicht.“ Sie hatte nicht die Zeit, es näher zu erläutern. Claire schaltete auf die Kamera über der

Haustür, und das Bild zeigte jetzt Nolans Kopf von oben, als er die Stufen zur Tür heraufkam.

„Hör zu.“ Lydia sprach mit leiser Stimme. „Nach dem Gesetz musst du keine seiner Fragen beantworten. Du musst nicht mit ihm gehen, es sei denn, er verhaftet dich, und wenn er dich verhaftet, sagst du verdammt noch mal kein einziges Wort. Hast du verstanden, Claire? Keine blöden Witze oder spaßigen Bemerkungen von dir. Halt einfach deinen verdammten Mund.“

„Okay.“ Claire spürte, wie sie klarer im Kopf wurde, wahrscheinlich von dem Adrenalin, das durch ihren Körper strömte.

Sie blickten beide zur Haustür und warteten.

Nolans Schatten ragte hoch hinter dem Milchglas auf. Er streckte die Hand aus und drückte auf den Klingelknopf.

Bei dem Geräusch zuckten sie beide zusammen.

Lydia bedeutete Claire, sich still zu verhalten. Sie ließ Nolan warten, was wahrscheinlich eine gute Idee war. Zumindest konnte Claire in dieser Zeit ihre Atmung beruhigen.

Nolan läutete noch einmal.

Lydia stampfte mit den Füßen und machte ein paar betont laute Gehgeräusche. Dann öffnete sie die Tür einen Spaltbreit und streckte den Kopf hinaus. Claire konnte sie auf dem Videoschirm sehen. Sie musste zu Nolan hochschauen, weil er so groß war.

„Guten Abend, Ma'am.“ Nolan tippte sich an eine imaginäre Hutkrempe. „Ich bin hier, um mit der Dame des Hauses zu sprechen.“

Lydias Stimme klang immer noch schrill und ängstlich. „Sie schläft.“

„Sie steht nicht zufällig hinter Ihnen?“ Nolan drückte mit der Hand gegen die Tür, bis Lydia sie öffnen musste, wenn sie nicht umfallen wollte. Er lächelte Claire an. Sein blaues Auge verfärbte sich inzwischen gelblich. „Das Komische an Milchglas ist, dass man trotzdem noch alles sieht."

„Was wollen Sie?", fragte Lydia.

„Das ist eine heikle Frage." Nolan behielt die Hand an der Tür, damit Lydia sie nicht schließen konnte. Er blickte zum Nachthimmel hinauf. Es gab kein Vordach an der Tür, da Paul behauptet hatte, es ruiniere die Kontur des Hauses.

„Sieht so aus, als zieht der Regen bald ab", sagte Nolan.

Claire und Lydia reagierten nicht.

„Ich persönlich mag Regen." Nolan kam ins Haus und sah sich in der Eingangshalle um. „Bei Regen kann man sich wunderbar entspannen und ein Buch lesen. Oder einen Film anschauen. Mögen Sie Filme?"

Claire bemühte sich zu schlucken. Warum redete er von Filmen? Hatte er mit Mayhew gesprochen? Wurden die Computer überwacht? Claire hatte sich über WLAN in Pauls Laptop eingeloggt. Hatte Nolan alle ihre Aktivitäten überwacht?

„Mrs. Scott?"

Claire brachte einen flachen Atemzug zustande. Sie beherrschte sich, um Nolan nicht rundheraus zu fragen, ob er hier sei, um sie zu verhaften.

„Ist das Ihr Fahrzeug da draußen?"

Lydia erstarrte. Nolan sprach jetzt mit ihr.

Er streckte die Hand aus, und er stand so dicht vor Lydia, dass er nur den Unterarm heben musste. „Wir wurden einander noch nicht vorgestellt. Special Agent Fred Nolan, FBI."

Lydia verweigerte den Handschlag.

„Ich könnte Ihren Bewährungshelfer hierherbitten." Jetzt hatte er sich wieder Claire zugewandt. „Mal abgesehen davon, dass es mit fünf Jahren Gefängnis bestraft werden kann, einen FBI-Agenten vorsätzlich zu belügen oder in die Irre zu führen, dürfen Sie Fragen Ihres Bewährungshelfers theoretisch nicht ignorieren. Das ist Teil

Ihrer Bewährungsauflagen. In Ihrem Fall gibt es nicht das Recht zu schweigen." Er beugte sich vor und sah Claire prüfend in die Augen. „Und nicht das Recht, sich zuzudröhnen."

Lydia meldete sich zu Wort. „Ich heiße Mindy Parker. Den Truck da draußen hat mir mein Mechaniker geliehen. Ich bin eine Freundin von Claire."

Nolan musterte Lydia sorgfältig, denn Lydia sah nicht aus wie eine von Claires Freundinnen. Ihre Jeans waren eher aus Stretch als aus Jeansstoff. Das schwarze T-Shirt hatte einen Bleichefleck am Saum, und die graue Strickjacke war an den Ärmeln ausgefranst, so als hätte ein Tier daran genagt. Sie sah nicht einmal aus wie die Haushälterin einer Freundin von Claire.

„Mindy Parker." Nolan zog demonstrativ ein spiralgebundenes Notizbuch und einen Kugelschreiber hervor und schrieb Lydias erfundenen Namen auf. „Vertrauen ist gut, Kontrolle ist besser. Hat das nicht Reagan immer gesagt?"

„Wieso sind Sie hier?", fragte Lydia. „Es ist beinahe Mitternacht. Claires Mann ist kürzlich gestorben. Sie will in Ruhe gelassen werden."

„Sie trägt noch ihre Begräbnissachen." Nolan ließ den Blick an Claire hinunter- und wieder hinaufwandern. „Allerdings sehen Sie großartig in ihnen aus."

Claire lächelte reflexhaft, denn das tat sie immer, wenn sie ein Kompliment erhielt.

„Was mich interessieren würde, Mrs. Scott", sagte Nolan. „Hat sich der Geschäftspartner Ihres Mannes gemeldet?"

Claires Mund wurde staubtrocken.

„Mrs. Scott? Hat Mr. Quinn Kontakt zu Ihnen aufgenommen?"

Claire zwang sich zu einer Antwort. „Er war auf der Beerdigung."

„Ja, das habe ich gesehen. Nett von ihm, wenn man bedenkt ..." Er sprach mit hoher Stimme weiter, um Claire nachzuahmen. „‚Wenn man was bedenkt, Agent Nolan?‘ Nein, bitte nennen Sie mich Fred. Sind Sie einverstanden, wenn ich Sie Claire nenne? ‚Aber gern, Fred.‘“

Claire Miene versteinerte.

„Ich nehme doch an, Sie wussten, dass Ihr Mann Geld der Firma unterschlagen hat?“, fragte Nolan.

Claire stand vor Überraschung der Mund offen. Sie musste Nolans Worte in Gedanken wiederholen, um ihre Bedeutung zu begreifen. Und selbst dann konnte sie nicht glauben, was der Mann sagte. Paul war geradezu nervtötend korrekt, wenn es um Geld ging. Sie hatte einmal eine halbstündige Rundfahrt über sich ergehen lassen müssen, weil er bemerkt hatte, dass ihm ein Kassierer in einem Country Store zu viel herausgegeben hatte.

„Sie lügen“, sagte sie.

„Ach ja?“

Claire hätte ihm am liebsten in sein blasiertes Gesicht geschlagen. Das musste eine Art Trick sein. Nolan arbeitete mit Adam und Mayhew zusammen, oder er arbeitete auf eigene Faust, und alles hatte irgendwie mit diesen scheußlichen Filmen zu tun. „Was für ein Spiel Sie auch spielen, es funktioniert nicht.“

„Fragen Sie Adam Quinn, wenn Sie mir nicht glauben.“ Nolan wartete, als würde Claire sofort zum Telefon rennen. „Er war derjenige, der das FBI verständigt hat. Ein Buchhalter des Unternehmens hat eine Drei-Millionen-Dollar-Überweisung an eine Scheinfirma namens Little Ham Holdings entdeckt.“

Claire biss die Zähne zusammen, um nicht aufzuschreien. Little Ham war ein weiterer Spitzname für Mr. Sandwich, den Kater, gewesen.

„Das ist eine Menge Geld, was?“, sagte Nolan, an Lydia gewandt. „Drei Millionen. Damit könnten sich Leute wie Sie und ich zur Ruhe setzen.“

Claires Knie gaben nach, ihre Beine zitterten. Sie musste

Nolan aus dem Haus bekommen, bevor sie einen Nervenzusammenbruch erlitt. „Ich möchte gern, dass Sie gehen."

„Ich möchte gern, dass meine Frau aufhört, meinen Nachbarn zu vögeln." Nolan lachte, als wären alle über die Bedeutung dieses Witzes eingeweiht. „Wissen Sie, Claire, das Komische dabei ist, dass drei Millionen für jemanden wie Ihren Mann ein Klacks sind. Paul ist auf dem Papier achtundzwanzig Millionen wert", erklärte er Lydia. „Oder war es wert. Auf wie viel beläuft sich die Versicherungssumme für ihn?" Die Frage war wieder an Claire gerichtet, aber sie antwortete nicht, weil sie keine Ahnung hatte. „Noch einmal zwanzig Millionen", sagte Nolan. „Was bedeutet, dass Sie jetzt fast fünfzig Millionen wert sind, Witwe Scott." Er hielt inne, um die Information wirken zu lassen, aber Claire verstand längst gar nichts mehr.

„Es war nett von Adam Quinn, die Sache außergerichtlich zu klären, anstatt mir zu erlauben, Ihren Mann in ein Bundesgefängnis zu stecken", fuhr Nolan fort. Er warf Claire einen lüsternen Blick zu. „Ich schätze, er hat es Ihrem Mann auf seine Weise heimgezahlt."

Die unverhüllte Beleidigung riss Claire aus ihrer Benommenheit. „Was gibt Ihnen das …"

„Halt den Mund, Claire." Lydia stand direkt vor ihr. „Sie müssen gehen", sagte sie zu Nolan.

Nolan lächelte sein Krokodilslächeln. „Muss ich?"

„Sind Sie hier, um sie zu verhaften?"

„Sollte ich?"

„Erstens: Halten Sie verdammt noch mal Abstand von mir."

Nolan trat demonstrativ einen Schritt zurück. „Ich bin schon sehr gespannt auf Nummer zwei."

„Folgendes, Arschloch: Wenn Sie Claire vernehmen wollen, dann rufen Sie ihren Anwalt an und vereinbaren einen Termin."

Nolan grinste wie ein Wasserspeier. „Wissen Sie was,

Mindy Parker? Wenn ich Sie jetzt so ansehe, finde ich, Sie sehen Claire sehr ähnlich. Sie beiden Hübschen könnten beinahe Schwestern sein."

Lydia blieb unbeeindruckt. „Raus jetzt, verdammt."

Nolan hob die Hände in gespielter Kapitulation, aber noch ließ er nicht locker. „Es ist schon komisch. Wie kommt es, dass ein Kerl mit so viel Kohle seinem eigenen Unternehmen drei Millionen stiehlt?"

Claire fühlte einen scharfen Schmerz in der Brust, und sie bekam keine Luft. Der Boden bewegte sich wieder, sodass sie sich an der Wand hinter sich abstützen musste. Genau so hatte sie sich gestern gefühlt, bevor sie ohnmächtig wurde.

„So, dann lasse ich Sie beide mal weiter Ihren Abend genießen", sagte Nolan. Er trat vor die Tür und sah wieder zum Himmel hinauf. „Wirklich eine schöne Nacht."

Lydia schlug die Tür zu und schob den Riegel vor. Sie legte beide Hände auf den Mund. Ihre Augen waren riesig vor lauter Angst. Beide Schwestern beobachteten auf dem Monitor, wie Fred Nolan langsam die steinerne Treppe hinunterging und zu seinem Wagen schlenderte.

Claire wandte den Blick ab. Sie wollte nicht mehr hinsehen, aber es war nicht zu vermeiden, dass sie ihn immer noch hörte. Das leise Klicken, als er die Autotür öffnete, den lauten Schlag, als er sie schloss. Das Brummen des Motors. Das mechanische Ächzen der Servolenkung, als er wendete und die Einfahrt hinunterfuhr.

Lydia ließ die Hände sinken. Sie atmete ebenso schwer wie Claire. „Was ist da los, Claire?" Schockiert starrte sie ihre Schwester an. „Was, verdammte Scheiße?"

„Ich weiß es nicht."

„Du weißt es nicht?", schrie Lydia, und ihre Stimme hallte durch das Treppenhaus mit seinen glänzenden Betonböden und dem Metall und Glas. „Wie, zum Teufel, kannst du das nicht wissen, Claire?" Sie begann, hektisch in der

Eingangshalle auf und ab zu laufen. „Ich fasse es einfach nicht. Das ist alles absolut unglaublich."

Claire konnte es ebenfalls nicht glauben. Die Filme. Mayhew. Nolan. Pauls Sammlung von Ordnern – diejenigen, die sie kannte, und die anderen, die anzusehen sie sich nicht überwinden konnte. Adam Quinn, und was immer mit ihm los war. Und jetzt teilte man ihr auch noch mit, dass Paul ein Dieb war. Drei Millionen Dollar? Nolans Schätzung von Pauls Nettovermögen lag noch um einige Millionen Dollar daneben. Er hatte nur angeführt, was auf der Bank lag. Aber Paul hatte nicht an den Aktienmarkt geglaubt. Das Haus war bezahlt, die Autos ebenfalls. Paul hatte keinen Grund, etwas zu stehlen.

Sie lachte über sich selbst, denn das war alles, was sie tun konnte. „Warum kann ich glauben, dass Paul ein Vergewaltiger ist, aber nicht, dass er ein Dieb ist?"

Die Frage veranlasste Lydia, abrupt stehen zu bleiben. „Du glaubst mir also."

„Ich hätte dir vor Jahren glauben sollen." Claire stieß sich von der Wand ab. Sie empfand Gewissensbisse, weil sie Lydia in diesen Schlamassel involviert hatte. Sie hatte kein Recht, ihre Schwester in Gefahr zu bringen, besonders nicht nach all dem, was geschehen war. „Es tut mir leid, dass ich dich da hineingezogen habe. Du solltest gehen."

Ohne etwas zu entgegnen, sah Lydia auf den Boden, wo ihre Handtasche lag. Sie war aus braunem Leder und so groß wie ein Futtersack für Pferde. Claire fragte sich, ob es in Pauls Sammlung auch ein Foto davon gab, wie Lydia sie gekauft hatte. Einige der Bilder waren erkennbar mit einem Teleobjektiv aufgenommen, andere wiederum waren Nahaufnahmen, auf denen man sogar den Text auf den Coupons lesen konnte, die Lydia immer im Supermarkt einlöste.

Lydia durfte nie erfahren, dass Paul sie überwacht hatte. Wenigstens das konnte Claire für ihre Schwester tun. Lydia hatte eine siebzehnjährige Tochter, deren Schulgeld Paul anonym bezahlte. Sie hatte einen Freund. Sie zahlte ein Haus ab. Sie hatte ein Geschäft mit zwei Angestellten, für die sie verantwortlich war. Feststellen zu müssen, dass Paul bei jedem Schritt ihres Weges dabei gewesen war, würde sie vernichten.

„Du musst jetzt wirklich gehen, Pepper", drängte Claire. „Ich hätte dich nie bitten dürfen herzukommen."

Lydia hob ihre Handtasche auf und hängte sie sich über die Schulter. Sie legte die Hand auf den Türknauf, öffnete die Tür aber noch nicht. „Wann hast du das letzte Mal geduscht?"

Claire schüttelte den Kopf. Sie hatte seit dem Morgen von Pauls Begräbnis nicht mehr gebadet.

„Wie sieht es mit Essen aus? Isst du was?"

Claire schüttelte erneut den Kopf. „Ich ..." Sie wusste nicht, wie sie es erklären sollte. Sie und Paul hatten vor einigen Monaten zusammen einen Kochkurs gemacht, und Paul hatte sich gar nicht so dumm angestellt, aber wenn sie jetzt ihren Mann mit einem Messer in der Küche vor sich sah, musste sie sofort an die Machete in den Filmen denken.

„Claire?" Lydia hatte ihr offenbar noch eine Frage gestellt. Ihre Handtasche lag wieder auf dem Boden, und ihre Schuhe lagen noch dort, wo sie sie abgestreift hatte. „Geh duschen. Ich mache dir etwas zu essen."

„Du solltest gehen", sagte Claire. „Du darfst dich nicht hineinziehen lassen in dieses ... Ich weiß nicht einmal, was es ist, Liddie, aber es ist schlimm. Es ist schlimmer, als du dir vorstellen kannst."

„Das habe ich schon gemerkt."

Claire sprach die einzige Wahrheit aus, derer sie sich gewiss war. „Ich habe deine Vergebung nicht verdient."

„Ich vergebe dir nicht, aber du bist trotzdem meine Schwester."

8. KAPITEL

Lydia hatte Rick eine SMS geschrieben, dass sie in einer Stunde nach Hause fahre. Sie würde dafür sorgen, dass Claire gebadet und gefüttert war, und dann würde sie neben ihrer Schwester stehen, wenn diese Helen anrief, damit sie kam und sich um sie kümmerte. Lydia war vor vierundzwanzig Jahren für ihre Mutter eingesprungen, und sie würde es nicht noch einmal tun.

Vor allem nicht, wenn das FBI im Spiel war.

Allein beim Gedanken an Fred Nolan flatterten ihre Nerven. Der Mann wusste offenbar Dinge über Paul, die Claire nicht wusste. Oder vielleicht wusste Claire sie und konnte nur sehr gut schauspielern. Wenn dem so war, log Claire dann auch, wenn sie sagte, sie würde Lydia endlich glauben, dass Paul sie attackiert hatte? Oder wenn nicht, was hatte sie dann dazu bewogen, ihre Meinung zu ändern? Was war ihre Motivation?

Es war unmöglich zu ergründen. Die Verschlossenheit, die ihrer Schwester schon als Kind zu eigen gewesen war, hatte die erwachsene Claire noch perfektioniert. Sie konnte mitten auf dem Gleis vor einem herannahenden Zug stehen und steif und fest behaupten, alles werde gut.

Je mehr Lydia mit der erwachsenen Claire zu tun hatte, desto mehr wurde ihr klar, dass diese nicht zu einer der Übermütter geworden war. Sie war wie ihre Mutter Helen geworden.

Lydia sah sich ratlos in der Küche um. Sie hatte gedacht, Claire etwas zu essen zu machen würde der unproblematische Teil sein, aber wie der Rest des Hauses war auch die Küche zu durchgestylt, um praktisch zu sein. Alle Geräte waren hinter glänzend weiß beschichteten Türen verborgen, die so billig aussahen, dass sie ein Vermögen gekostet haben mussten. Selbst das Kochfeld verschmolz mit der polierten Arbeitsfläche aus Quarz. Die ganze Küche war halb Showroom, halb Raumschiff. Sie konnte sich nicht vorstellen, dass jemand freiwillig hier leben wollte.

Viel schien Claire sich hier ohnehin nicht aufzuhalten. Der Kühlschrank war voller Weinflaschen. An Lebensmitteln gab es nur einen halben Karton Eier, deren Mindesthaltbarkeit in zwei Tagen ablief. In einem der Küchenschränke fand Lydia einen halbwegs frischen Laib Brot. Es gab auch eine Kaffeemaschine, die Lydia nur deshalb als solche erkannte, weil ein Etikett darauf klebte, auf dem KAFFEEMASCHINE stand, gefolgt von einem Datum, vermutlich dem der Inbetriebnahme.

Die folienverschweißte Bedienungsanleitung neben der Maschine war eindeutig Pauls Werk. Lydia wusste, dass sich ihre Schwester niemals zu einer so stupiden Beschäftigung aufraffen würde. Sie drückte verschiedene Knöpfe, bis die Maschine surrend zu arbeiten begann, schob dann eine Espressotasse unter den Auslauf und sah zu, wie sie sich füllte.

„Ah, du bist schlau aus dem Ding geworden", meinte Claire. Sie trug eine hellblaue Bluse und ausgewaschene Jeans. Ihr Haar war zum Trocknen nach hinten gekämmt. Zum ersten Mal hatte Lydia eine Frau vor sich, die tatsächlich wie ihre Schwester aussah.

Lydia reichte Claire die Kaffeetasse. „Trink das. Es hilft, dass du wieder nüchtern wirst."

Claire setzte sich an die Küchentheke. Sie blies auf die dampfende Flüssigkeit, um sie abzukühlen. Die Hocker waren aus Chrom und weißem Leder mit niedrigen Rückenlehnen und passten zur Couch und den Sesseln im Wohnzimmer, das zur Küche hin offen war. Raumhohe Fensterscheiben gaben den Blick auf den Garten frei, wo ein Pool, der aussah, als wäre er aus einem riesigen weißen Marmorblock geschnitten worden, als Kernstück einer minimalistischen Gartenarchitektur diente.

Nichts an diesem Haus wirkte einladend. Pauls gestaltende Hand war hinter jeder ästhetischen Wahl erkennbar.

Der Betonboden der Eingangshalle war zu einem dunklen Spiegel poliert, der direkt aus „Schneewittchen" zu stammen schien. Der Wendeltreppenaufgang sah aus wie das Arschloch eines Roboters. Beim Anblick der endlosen weißen Wände hatte Lydia das Gefühl, in einer Zwangsjacke zu stecken. Je schneller sie hier rauskam, desto besser.

Lydia fand eine Bratpfanne in dem Schubfach unter dem Kochfeld. Sie goss Öl in die Pfanne und warf zwei Scheiben Brot hinein.

„Machst du mir Eibrot?", fragte Claire.

Lydia musste ein Lächeln unterdrücken, weil Claire sich anhörte, als wäre sie wieder dreizehn. Eibrot war Lydias Methode, die Eier nicht verquirlen zu müssen. Sie warf einfach alles in eine Pfanne und briet es, bis die Eier gestockt waren.

„Ich bin auf Bewährung, weil ich jemanden tätlich angegriffen habe", sagte Claire.

Fast hätte Lydia den Karton mit den Eiern fallen lassen.

Claire drehte die Espressotasse in den Händen. „Allison Hendrickson, meine Tennisdoppel-Partnerin. Wir hatten uns gerade für ein Spiel aufgewärmt. Sie sprach davon, dass sie sich fühle wie eine Holocaust-Überlebende nach der Befreiung, weil das letzte ihrer Kinder jetzt bald aufs College ginge und sie endlich wieder frei wäre."

Lydia schlug zwei Eier in die Pfanne. Sie hasste diese Kuh jetzt schon.

„Dann erzählte mir Allison von dieser Freundin von ihr, deren Tochter ein Jahr zuvor aufs College gegangen war." Claire stellte die Tasse ab. „Intelligentes Mädchen, hatte immer gute Noten. Und dann kommt sie also aufs College und fängt an zu spinnen – vögelt in der Gegend herum, schwänzt Seminare, trinkt zu viel, das ganze dumme Zeug, das Jugendliche anscheinend so machen."

Lydia rührte die Eier mit einem Schaber um das Brot herum. Sie war mehr als vertraut mit diesem dummen Zeug.

„Eines Abends ging das Mädchen zur Party einer Studentenverbindung. Jemand schüttete ihr K.-o.-Tropfen in den Drink, und am nächsten Morgen wacht sie nackt im Keller des Verbindungshauses auf. Sie ist am ganzen Körper zerschunden, aber sie schafft es, in ihr Wohngebäude zurückzufinden, wo ihre Zimmergenossin ihr dann ein Video zeigt, das auf YouTube gepostet wurde."

Lydia erstarrte. All ihre Albträume, weil Dee bald ausziehen und aufs College gehen würde, enthielten eine Variation dieses Themas.

„Die Typen im Verbindungshaus hatten alles gefilmt. Es war mehr oder weniger eine Gruppenvergewaltigung. Allison schilderte es in allen Einzelheiten, da offenbar der ganze Campus den Film gesehen hatte. Und dann sagte sie zu mir: ‚Ist das nicht unglaublich?', und ich sage Ja, aber natürlich kann ich es glauben, denn Menschen sind schrecklich. Und Allison sagt: ‚Dieses dämliche Gör. Sich mit einem Haufen Verbindungsstudenten so zu besaufen. Sie ist selber schuld, weil sie auf diese Party gegangen ist'."

Claire schaute so angewidert drein, wie Lydia zumute war. Als Julia damals verschwand, hatten die Leute ständig gefragt, warum sie in der Kneipe gewesen war, warum sie so spät noch unterwegs war und wie viel genau sie getrunken hatte, denn anscheinend war es Julias eigene Schuld gewesen, dass sie entführt und höchstwahrscheinlich vergewaltigt und ermordet wurde.

„Was hast du dann gesagt?", fragte Lydia.

„Erst einmal habe ich gar nichts gesagt. Ich war zu wütend. Aber ich habe nicht gewusst, dass ich wütend war, verstehst du?"

Lydia schüttelte den Kopf, denn sie wusste immer genau, wann sie wütend war.

„Ich wiederholte in Gedanken ständig Allisons Worte, und meine Wut schwoll immer weiter an. Ich spürte sie als Druck in meiner Brust, wie bei einem Teekessel, kurz bevor das Wasser kocht.“ Claire rang die Hände. „Dann kam der Ball über das Netz. Er war eindeutig auf Allisons Seite, aber ich wollte ihn mir holen. Ich weiß noch, wie ich den Arm vor dem Körper durchzog – ich schlage immer noch eine tödliche Rückhand – und wie der Schläger durch die Luft pfiff, und im letzten Moment machte ich einen winzigen Satz nach vorn und schmetterte den Rahmen des Schlägers an ihr Knie.“

„Heilige Scheiße.“

„Sie fiel voll aufs Gesicht. Brach sich die Nase und schlug sich zwei Zähne aus. Überall war Blut. Ich dachte, sie verblutet. Ich hatte ihr das Knie ausgerenkt, was anscheinend sehr schmerzhaft ist. Schließlich brauchte sie zwei Operationen, bis es wieder an Ort und Stelle war.“ Claire machte ein reumütiges Gesicht, aber sie klang nicht danach. „Ich hätte natürlich sagen können, dass es ein Versehen war. Ich weiß sogar noch, wie ich auf dem Platz stand und mir alle diese Entschuldigungen durch den Kopf gingen. Allison krümmte sich auf dem Boden und brüllte wie am Spieß, und ich öffnete den Mund, um zu sagen: Was für ein schrecklicher Unfall, ich sei ein Idiot und hätte nicht aufgepasst, und alles sei meine Schuld, bla, bla, bla, aber stattdessen sagte ich: ‚Selber schuld, wenn du Tennis spielst.‘“

Lydia spürte den Widerhall der schockierenden Tat durch die Küche dröhnen.

„Wie mich die anderen Frauen angesehen haben …“ Claire schüttelte den Kopf, als könnte sie es immer noch nicht glauben. „Nie zuvor hatten mich Leute so angesehen. Es war eine Welle von Abscheu, ich spürte sie bis ins Mark. Und ich habe es nie jemandem erzählt, nicht einmal Paul, aber es war ein unverschämt gutes Gefühl, böse zu sein.“ Zumindest in diesem Punkt schien sich Claire sehr sicher. „Du kennst mich, Liddie. Ich lasse mich nie so gehen. Normalerweise reiße ich mich einfach zusammen, denn welchen Sinn hat es, sich aufzuführen, aber irgendetwas hat mich damals einfach …" Sie hob resignierend die Hände. „Ich war absolut euphorisch bis zu dem Moment, als ich verhaftet wurde."

Lydia hatte das Eibrot ganz vergessen. Sie zog die Pfanne vom Kochfeld. „Kaum zu glauben, dass du mit Bewährung davongekommen bist."

„Wir haben uns rausgekauft." Claire zuckte mit den Achseln, wie es sehr reiche Menschen tun. „Es hat ein paar Monate Zeit und ein Schweinegeld gekostet, bis unser Anwalt die Hendricksons schließlich so weit hatte, dass sie einer abgeschwächten Anklage und einer Bewährungsstrafe zustimmten. Ich musste sechs Monate lang eine Fußfessel tragen. Ich habe noch ein halbes Dutzend Termine mit einer vom Gericht bestellten Therapeutin, und ich bin noch ein Jahr auf Bewährung."

Lydia wusste nicht, was sie sagen sollte. Claire war nie sehr rauflustig gewesen. Lydia war diejenige, die immer Ärger bekommen hatte, weil sie andere Kinder piesackte oder Claire festhielt und ihr Spuckefäden ins Auge tropfen ließ.

„Ironischerweise wurde die Fußfessel am selben Tag abgenommen, an dem Paul getötet wurde", fuhr Claire fort. Sie nahm sich einen Teller und das Eibrot. „Oder ist das eher Zufall, nicht Ironie? Mutter würde es wissen."

Lydia hatte den einzigen Zufall entdeckt, auf den es ankam. „Wann bist du verhaftet worden?"

Claires verkniffenes Lächeln machte deutlich, dass ihr der Zusammenhang nicht entgangen war. „In der ersten Märzwoche."

Julia war am 4. März 1991 verschwunden.

„So. Deshalb bin ich also auf Bewährung." Claire nahm das Brot in beide Hände und biss ab. Sie hatte die Geschichte von ihrer Verhaftung erzählt, als berichtete sie von einer lustigen Begebenheit, die sich im Supermarkt zugetragen hatte, aber Lydia sah, dass sie Tränen in den Augen hatte. Sie sah erschöpft aus. Mehr noch, sie sah verängstigt aus. Claire hatte etwas sehr Verletzliches an sich. Sie hätten ebenso gut drei Jahrzehnte früher am Küchentisch in ihrem Elternhaus sitzen können.

„Weißt du noch, wie Julia immer getanzt hat?", fragte Claire.

Lydia war überrascht, wie klar und deutlich die Erinnerungen wieder da waren. Julia hatte das Tanzen geliebt. Sie brauchte nur ein paar Takte Musik zu hören, schon verlor sie sich vollkommen darin. „Nur schade, dass sie so einen beschissenen Musikgeschmack hatte."

„So schlimm war er auch wieder nicht."

„Ach ja? Und Menudo?"

Claire lachte verblüfft, als ob sie ganz vergessen hätte, wie verknallt ihre Schwester in diese Boygroup gewesen war. „Sie war einfach so fröhlich. Sie hat so viele Dinge geliebt."

„Fröhlich", wiederholte Lydia und genoss die Leichtigkeit des Wortes.

Als Julia verschwunden war, hatten zunächst alle davon gesprochen, wie tragisch es sei, dass so einem guten Mädchen etwas so Schlimmes passiert sei. Dann hatte der Sheriff seine Theorie in Umlauf gebracht, Julia sei einfach weggelaufen – habe sich einer Hippiekommune angeschlossen oder sei mit einem Kerl durchgebrannt –, und der Tonfall hatte sich von teilnahmsvoll zu vorwurfsvoll gewandelt. Julia Carroll war nicht länger das selbstlose Mädchen, das ehrenamtlich im Tierheim und in der Armenküche arbeitete. Sie war nun die schräge politische Aktivistin, die bei einer Protestaktion verhaftet wurde. Die streberhafte Reporterin, die es sich mit dem Herausgeber der Collegezeitung verdorben hatte. Die radikale Feministin, die forderte, dass die Universität mehr Frauen einstellen sollte. Die Trinkerin. Die Kifferin. Die Schlampe.

Es reichte nicht, dass Julia ihrer Familie genommen wurde. Es musste auch alles genommen werden, was gut an ihr war.

„Auf die Frage, wo ich in der Nacht ihres Verschwindens war, habe ich gelogen", sagte Lydia. „Ich lag bewusstlos in der Alley."

Claire schaute überrascht. The Alley war eine heruntergekommene Passage, die das „Roadhouse" und die „Georgia Bar" verband, zwei windige Kneipen in Athens, die vorwiegend von Nichtstudenten unter einundzwanzig besucht wurden. Lydia hatte dem Sheriff erzählt, sie habe an dem Abend, als Julia verschwand, mit der Band in Leigh Deans Garage geprobt, während sie in Wahrheit nur einen Steinwurf von ihrer Schwester entfernt gewesen war.

Statt auf die räumliche Nähe hinzuweisen, sagte Claire: „Ich habe gesagt, ich hätte mit Bonnie Flynn gelernt, aber in Wirklichkeit haben wir herumgemacht."

Lydia verschluckte sich fast vor Lachen. Sie hatte vergessen, dass Claire eine Meisterin darin war, schockierende Aussagen ganz beiläufig von sich zu geben. „Und?"

„Ihr Bruder war mir lieber." Claire klaubte ein Stück Ei mit zwei Fingern auf, aber sie aß es nicht. „Ich habe dich heute Nachmittag auf der Straße gesehen. Ich saß vor dem McDonald's im Auto. Du musstest gerade an der Ampel halten."

Lydia spürte, wie sich ihr die Nackenhaare aufstellten. Sie erinnerte sich genau, dass sie auf dem Weg zum Friedhof an einer roten Ampel neben dem McDonald's gehalten hatte, aber sie hatte nicht geahnt, dass jemand sie beobachtete. „Ich habe dich nicht gesehen."

„Ich weiß. Ich bin dir etwa zwanzig Minuten lang gefolgt. Keine Ahnung, was ich mir dabei gedacht habe. Es hat mich nicht überrascht, als du schließlich am Friedhof gelandet bist. Es passte irgendwie – der Kreis schließt sich. Paul hat uns auseinandergebracht, warum sollte er uns nicht wieder zusammenbringen?" Sie schob den Teller von sich. „Nicht dass ich glauben würde, du könntest mir jemals vergeben. Und das solltest du auch nicht, denn ich hatte nicht vor, dir zu vergeben."

Lydia wusste nicht, ob Vergebung etwas war, das sie auf Lager hatte. „Was hat dich dazu gebracht, mir nach all den Jahren doch noch zu glauben?"

Claire antwortete nicht. Sie starrte auf den halb geleerten Teller. „Ich habe ihn geliebt. Ich weiß, das willst du nicht glauben, aber ich habe ihn wirklich und wahrhaftig geliebt, von ganzem Herzen, mit allem Taumel und allem Verlangen."

Lydia sagte nichts.

„Ich bin so wütend auf mich, weil sich alles direkt vor meiner Nase abgespielt hat, und ich kam nie auf die Idee, Fragen zu stellen."

Lydia merkte deutlich, dass sich die Unterhaltung zu einem neuen Thema hin verlagert hatte. Sie stellte eine Frage, die ihr schon die ganze Zeit durch den Kopf ging. „Wenn sich Paul und sein Geschäftspartner außergerichtlich geeinigt haben, wieso belästigt dich dann das FBI noch? Es gibt keinen Fall. Die Sache ist gegessen."

Claires Kiefer mahlten.

„Bekomme ich eine Antwort?"

„Das ist der Teil, wo es gefährlich wird." Claire hielt inne. „Oder vielleicht auch nicht. Ich weiß es nicht. Aber es ist fast Mitternacht, du willst bestimmt nach Hause fahren. Ich hatte sowieso kein Recht, dich zu mir zu bitten."

„Warum hast du es dann getan?"

„Weil ich egoistisch bin, und weil in meinem Leben außer dir niemand mehr übrig ist, der je etwas besser machen konnte."

Lydia wusste, dass Paul der andere Mensch gewesen war, und mit ihm in Verbindung gebracht zu werden gefiel ihr gar nicht. „Was hat er dir angetan, Claire?"

Claire sah auf die Küchentheke hinunter. Sie trug kein Make-up, aber sie tupfte sich so vorsichtig unter den Augen, als trüge sie Wimperntusche. „Er hat sich diese Filme angesehen. Nicht einfach nur Pornos, sondern echte Gewaltpornos."

Das Einzige, was Lydia überraschte, war, dass Claire das so belastete. „Ich will ihn nicht verteidigen, aber Männer schauen sich allen möglichen schrägen Scheißdreck an."

„Das war nicht schräg, Liddie, es war gewalttätig. Und drastisch. Eine Frau wird ermordet, und ein Mann in einer Ledermaske vergewaltigt sie, während sie stirbt."

Lydia schlug die Hand vor den Mund. Sie war sprachlos.

„Es sind zwanzig kurze Filme, mit zwei verschiedenen Frauen. Sie werden beide gefoltert, mit Stromschlägen und mit einem Brandeisen, wie Vieh. Die anderen Sachen, die ihnen angetan werden, kann ich nicht einmal beschreiben. Das erste Mädchen wird ermordet." Sie knetete ihre Hände. „Das zweite Mädchen sieht aus wie Anna Kilpatrick."

Lydias Herz vibrierte wie eine Harfensaite. „Du musst es der Polizei sagen."

„Ich habe mehr als das getan. Ich habe sogar alle Filme zur Polizei gebracht, wo man mir sagte, sie seien nur gestellt. Aber …" Sie hob den Blick zu Lydia, ihr Gesicht war ein Bild der Verwüstung. „Ich glaube es nicht, Liddie. Ich glaube, die erste Frau wurde tatsächlich ermordet. Und das Mädchen … Ich bin mir nicht sicher. Ich weiß es einfach nicht mehr."

„Lass mich die Filme sehen."

„Nein." Claire schüttelte heftig den Kopf. „Du darfst sie nicht ansehen. Sie sind grauenhaft. Du wirst sie nie wieder vergessen können."

Die Worte erinnerten Lydia an ihren Vater. Zum Ende seines Lebens hatte er oft, auf Julia bezogen, gesagt, dass es Dinge gab, die man einfach nicht mehr aus dem Kopf brachte. Dennoch, sie musste Bescheid wissen. „Ich will das Mädchen sehen, das wie Anna Kilpatrick aussieht."

Claire wollte wieder ablehnen, aber offenbar drängte es

sie danach, eine zweite Meinung hören. „Du darfst den Film nicht laufen lassen, sondern nur das Standbild von ihrem Gesicht ansehen."

Natürlich würde Lydia den verdammten Film laufen lassen, wenn sie es so wollte. „Wo ist er?"

Claire stand widerstrebend auf. Sie führte Lydia zum Nebeneingang und öffnete die Tür. Anstelle von Fensterglas war da ein Holzbrett.

„Am Tag der Beerdigung hat es einen Einbruch gegeben", erklärte Claire. „Es wurde nichts gestohlen. Die Cateringfirma hat sie gestört."

„Haben Sie nach den Filmen gesucht?"

Claire wandte sich überrascht um. „Auf die Idee bin ich gar nicht gekommen. Die Polizei sagt, es gibt da eine Bande, die Todesanzeigen in den Zeitungen durchforstet, um die Häuser während der Beerdigung auszurauben."

Lydia erinnerte sich vage, etwas Ähnliches in den Nachrichten gehört zu haben, aber trotzdem war es ein merkwürdiger Zufall.

Sie gingen über den geräumigen Vorplatz zur Garage, die zweimal so groß war wie Lydias Haus. Eines der Rolltore stand bereits offen. Das Erste, was Lydia sah, war ein auf der Seite liegender Schrank. Dann ein Satz zerbrochener Golfschläger. Handwerkszeug. Farbdosen. Tennisschläger. Die Garage war komplett verwüstet.

„Da bin ich selbst ausgerastet", sagte Claire, ohne es näher zu erläutern. „Die Einbrecher waren nicht in der Garage."

„Das warst du?"

„Ich weiß", sagte Claire, als würde sie über eine andere Person tratschen.

Lydia passte auf, wohin sie trat, denn sie hatte ihre Schuhe im Haus gelassen und lief auf Strümpfen. Als sie über den umgekippten Schrank stieg, stützte sie sich an dem BMW X5 ab. Ein wunderschöner anthrazitfarbener Porsche sah aus, als hätte ihn jemand mit einem Hammer traktiert. Der silberne Tesla hatte Pockennarben auf der Kühlerhaube. Lydia war sich ziemlich sicher, dass sie mit jedem einzelnen dieser Autos, selbst in demoliertem Zustand, ihr Haus abbezahlen könnte.

Claire kam sofort zur Sache. „Ein Thunderbolt-Kabel führte nach oben. Paul hat ein Loch in den Boden gebohrt, damit er es direkt in den Computer einstecken konnte."

Lydia sah zur Decke hinauf. Die Deckenverkleidung war aufgebrochen worden.

„Ich konnte nicht mehr da oben bleiben", erklärte Claire. „Pauls Mac war im Kofferraum des Tesla. Ich habe ihn mir geholt und hier aufgestellt und dann das Kabel aus der Wand gezogen, damit ich es einstecken konnte." Sie klang fast atemlos. Genau so war es gewesen, als sie noch klein war und Lydia etwas erzählen wollte, was in der Schule passiert war. „Ich habe den Laptop durchsucht, um nachzusehen, ob es weitere Filme gibt. Ich habe nichts gefunden, aber wer weiß? Paul kannte sich mit Computern sehr gut aus. Andererseits hat er sich eigentlich nie die Mühe gemacht, etwas zu verstecken, weil er wusste, dass ich nicht spionieren würde. Ich habe ihm doch vertraut."

Lydias Blick folgte dem Durcheinander zu einem silbernen MacBook, das auf der Werkbank stand. Claire hatte die Rigipsplatten mit einem Hammer herausgeschlagen, was Lydia nicht verborgen bleiben konnte, da der Hammer noch in der Wand hing. Ein dünnes weißes Kabel kam aus der Wand, das Claire in den Laptop eingesteckt hatte.

„Schau, hier." Lydia zeigte hinter die Werkbank. „Da unten ist das Licht von der externen Festplatte."

Lydia musste sich auf die Zehenspitzen stellen und sich über die Werkbank beugen, um zu sehen, was sie meinte. Da war das blinkende Licht. Die Festplatte war in die Wand eingelassen. Die Nische war professionell ausgebaut.

„Ich hatte keine Ahnung davon. Das alles hier …" Claire machte eine ausladende Armbewegung. „Die ganze Garage wurde dafür konstruiert, seine Geheimnisse zu verbergen." Sie hielt inne und musterte Lydia. „Bist du dir sicher, dass du es sehen willst?"

Plötzlich empfand Lydia echte Angst wegen der Filme. Was Claire vorhin im Haus beschrieben hatte, klang zwar schrecklich, aber irgendwie hatte Lydia sich eingeredet, es könne nicht so schlimm sein. Rick und Dee schauten gern Horrorfilme, und Lydia hatte angenommen, schlimmer konnten die Videos auch nicht sein. Nun, da sie mit dem Ausmaß von Pauls Täuschungsmanövern konfrontiert war, begriff sie, dass Claire wahrscheinlich recht hatte und die Filme sehr viel schlimmer waren als alles, was Lydia sich vorstellen konnte.

Trotzdem antwortete sie: „Ja."

Claire klappte den Laptop auf und drehte den Bildschirm von Lydia fort. Sie bewegte den Finger über das Touchpad, bis sie gefunden hatte, wonach sie suchte, dann klickte sie. „Das ist der beste Blick auf ihr Gesicht."

Lydia zögerte, aber dann sah sie das Mädchen auf dem Bildschirm. Es war an eine Wand gekettet. Ihr Körper war aufgerissen, besser ließ sich nicht beschreiben, was ihr angetan worden war. Die Haut war zerfetzt. Brandwunden klafften auseinander. Auf ihren Bauch war mit einem Brandeisen ein großes X eingebrannt worden, leicht seitlich, direkt unter den Rippen.

Lydia hatte den Geschmack von Angst im Mund. Sie konnte das verbrannte Fleisch fast riechen.

„Es ist zu viel." Claire versuchte, den Laptop wieder zu schließen.

Lydia hielt sie auf. Ihr ganzer Körper reagierte auf die abartigen Taten, die auf dem Bildschirm zu sehen waren. Ihr war übel. Sie schwitzte. Selbst ihre Augen schmerzten. Das war nicht wie in den Horrorfilmen, die sie gesehen hatte.

Die Folterspuren waren nicht dazu gedacht, dem Zuschauer Angst zu machen. Sie sollten ihn erregen.

„Liddie?"

„Bei mir ist alles in Ordnung." Ihre Stimme klang gedämpft, weil sie irgendwann die Hand vor den Mund gelegt hatte. Lydia wurde bewusst, dass sie, überwältigt von der Brutalität, gar nicht auf das Gesicht des Mädchens gesehen hatte. Auf den ersten Blick sah es Anna Kilpatrick unglaublich ähnlich. Lydia trat näher. Sie beugte sich vor, ihre Nase berührte fast den Schirm. Neben dem Laptop lag ein Vergrößerungsglas, und sie nahm es zur Hand, um das Gesicht noch genauer zu betrachten.

„Ich kann es auch nicht sagen", stellte sie schließlich fest. „Ich meine, klar, sie sieht aus wie Anna, aber viele Mädchen in diesem Alter sehen sich ähnlich." Lydia erzählte Claire nicht, dass alle Freundinnen von Dee irgendwie gleich aussahen. Sie legte die Lupe beiseite. „Was sagt die Polizei?"

„Der Captain sagte, es sei nicht Anna. Wobei ich die Frage überhaupt nicht gestellt habe, denn mir ist die Ähnlichkeit vorher gar nicht aufgefallen. Aber jetzt, da ich es im Kopf habe, kriege ich es nicht mehr heraus."

„Was soll das heißen – du hast die Frage nicht gestellt?"

„Mir ist gar nicht in den Sinn gekommen, dass sie wie Anna Kilpatrick aussieht, aber es war das Erste, was Captain Mayhew sagte, als ich ihm den Film gezeigt habe: Es ist nicht Anna Kilpatrick."

„Der Beamte, der den Fall Kilpatrick leitet, heißt Jacob Mayhew. Er hat einen Huckleberry-Schnauzer. Ich habe ihn vorhin in den Nachrichten gesehen."

„Das ist er. Captain Jacob Mayhew."

„Die Nachrichten sind voll mit dem Fall Kilpatrick. Warum sollte der für die Fahndung nach ihr zuständige Beamte alles liegen und stehen lassen, um einen Einbruch zu untersuchen?"

Claire biss sich auf die Unterlippe. „Vielleicht dachte er,

ich zeige ihm den Film, weil ich weiß, dass er den Fall Kilpatrick bearbeitet." Sie sah Lydia in die Augen. „Er hat mir zu verstehen gegeben, dass sie tot ist."

Das hatte Lydia schon vermutet, aber es bestätigt zu hören machte die Sache nicht leichter. Selbst bei Julia, die schon so lange vermisst wurde, dass sie unmöglich noch am Leben sein konnte, hielt Lydia noch einen winzigen Funken Hoffnung am Glimmen. „Haben sie ihre Leiche gefunden?"

„Sie haben Blut in ihrem Wagen gefunden. Mayhew sagt, es war so viel, dass sie es nicht überlebt haben kann."

„Aber in den Nachrichten wurde davon nichts erwähnt." Lydia wusste, sie klammerte sich an Strohhalme. „Ihre Familie fleht immer noch darum, dass der Täter sie doch nach Hause zurückkehren lassen soll."

„Wie viele Jahre lang haben Mom und Dad das Gleiche getan?"

Sie waren beide still und hingen ihren Gedanken nach. Lydia erinnerte sich noch, wie Sheriff Huckabee ihren Eltern erklärt hatte, falls Julia nicht von sich aus weggegangen war, sei sie aller Wahrscheinlichkeit nach tot. Helen hatte ihm mitten ins Gesicht geschlagen. Sam hatte damit gedroht, das Sheriffbüro bis in alle Ewigkeit zu verklagen, wenn man auch nur daran dächte, die Ermittlungen einzustellen.

Lydia fühlte einen Kloß im Hals. Claire erzählte ihr immer noch nicht alles. Sie versuchte, entweder Lydia zu schützen oder sich selbst. „Ich möchte, dass du ganz von vorn beginnst und mir alles schilderst, was passiert ist."

„Bist du dir sicher?"

Lydia wartete.

Claire lehnte sich an die Werkbank. „Es fing an, als wir von der Beerdigung zurückkamen."

Claire gab ihr einen ausführlichen Überblick, angefangen damit, wie sie die Filme auf Pauls Computer fand, über Nolans aufdringliche Fragen bis zu ihrer Entscheidung, alles der Polizei zu übergeben. Lydia bat sie um eine Wiederholung, als sie beschrieb, wie auffällig sich Mayhew dafür interessiert hatte, ob Claire Kopien von den Filmen gemacht hatte. Und als sie zu der bedrohlichen Nachricht kam, die Adam Quinn an ihrem Wagen hinterlassen hatte, konnte sie nicht länger stumm bleiben.

„Von welchen Dateien redet er denn?", fragte sie.

„Ich weiß es nicht. Arbeitsdateien? Pauls geheime Dateien? Welche, die mit dem gestohlenen Geld zu tun haben?" Sie schüttelte den Kopf. „Das ist etwas, was ich immer noch nicht verstehe. Nolan hat recht, wir haben mehr als genug Geld. Warum etwas stehlen, das man nicht braucht?"

Lydia verkniff sich ihre Erwiderung: Warum jemanden zu vergewaltigen versuchen, wenn man eine wunderschöne, willige Freundin zu Hause hat?

Stattdessen fragte sie: „Hast du Pauls Laptop nach einem Ordner *Laufende Aufträge* durchsucht?"

Claires ausdrucksloses Gesicht war Antwort genug. „Ich hatte solche Angst, noch mehr Filme zu finden." Sie beugte sich über das MacBook und begann, die Festplatte zu durchsuchen. Der Ordner *Laufende Aufträge* tauchte sofort auf. Zusammen überflogen sie die Dateinamen.

„Diese Dateiendung hier verweist auf eine Architektursoftware", sagte Claire. „Man sieht am Datum, dass Paul an dem Tag, an dem er ermordet wurde, noch an den Dateien gearbeitet hat."

„Was ist eine Dateiendung?"

„Das sind die Buchstaben, die hinter dem Punkt in einem Dateinamen kommen. Sie verraten dir, um welches Dateiformat es sich handelt, ‚jpeg' steht zum Beispiel für Fotos oder ‚pdf' für gedruckte Dokumente." Sie klickte die Dateien an. Es waren Zeichnungen von einer Treppe, von Fenstern, Aufrisse. „Konzeptzeichnungen", sagte sie. „Diese Dateien sind alle für die Arbeit."

Lydia überlegte. „Mach Kopien davon für Adam Quinn. Wenn er dich dann in Ruhe lässt, weißt du, dass er mit dem anderen Zeug nichts zu tun hat."

Claire schien verblüfft über die simple Lösung. Sie öffnete die Tür des Tesla und griff nach einem Schlüsselbund, der auf dem Armaturenbrett lag. „Ich habe Paul diese Schlüsselkette gekauft, als die Mannschaft von Auburn bei der Football-Collegemeisterschaft spielte. Sie enthält einen USB-Stick."

Lydia fragte sich, ob ihre Schwester wusste, wie unbeschwert ihre Stimme klang, wenn sie von ihrem Leben mit Paul sprach. Es war fast, als bestünde Claire aus zwei verschiedenen Personen – der Frau, die ihren Mann geliebt und an ihn geglaubt hatte, und der Frau, die wusste, dass er ein Ungeheuer war.

„Ich will nicht, dass du Adam allein triffst", sagte Lydia. „Schick ihm eine SMS, dass du den Stick in seinen Briefkasten wirfst."

„Gute Idee." Claire mühte sich, den metallenen Schlüsselring mit dem Daumennagel aufzubiegen. „Ich habe ein nicht registriertes Handy im Haus."

Lydia fragte nicht, wozu sie ein nicht registriertes Handy hatte. Stattdessen ging sie zum Laptop und schloss alle Architekturdateien. Wieder sah sie sich das Standbild aus dem angehaltenen Film auf dem Bildschirm an. Die Augen des Mädchens waren vor Angst weit aufgerissen. Ihre Lippen waren geöffnet, als ob sie im Begriff war zu schreien. Ein Teil von Lydia versuchte, den Film laufen zu lassen, um zu sehen, wie schlimm es noch werden würde.

Sie schloss die Datei.

Die Gladiator-Festplatte wurde angezeigt. Sie studierte die Dateinamen, die nur aus Ziffern bestanden, genau wie Claire gesagt hatte. „Die müssen einem Muster folgen."

„Ich bin nicht dahintergekommen, welchem. Verdammt." Claire hatte sich den Fingernagel an dem Metallring eingerissen.

„Gibt es hier drin nicht jede Menge Werkzeug?“

Claire suchte herum, bis sie einen Schraubenzieher gefunden hatte. Sie setzte sich im Schneidersitz auf den Boden und spreizte den Schlüsselring damit auseinander.

Inzwischen studierte Lydia weiter die Dateinamen. Es musste einen Code geben, der die Nummern erklärte. Sie kam auf keine Lösung, stattdessen fiel ihr etwas anderes ein. „Agent Nolan hat vorhin ausdrücklich etwas von ‚Filme ansehen‘ gesagt. Wenn er Pauls Filme meinte, woher weiß er dann von ihnen?“

Claire blickte auf. „Vielleicht steht er ebenfalls auf so etwas.“

„Er könnte glatt der Typ dafür sein“, sagte Lydia, obwohl sie nur raten konnte. „Warum war er wegen des Einbruchs hier?“

„Das ist die große Frage. Niemand wollte ihn hier haben. Mayhew kann ihn offenbar nicht ausstehen. Wonach hat Nolan also gesucht?“

„Wenn Mayhew mit im Spiel ist …“

„Warum dann Druck auf mich ausüben?“ Claire klang aufgebracht. „Ich weiß nichts! Warum Paul die Filme angesehen hat. Wer sie sonst noch angeschaut hat. Was Mayhew weiß. Was Nolan weiß. Oder nicht weiß. Ich habe das Gefühl, mich im Kreis zu drehen.“

Lydia ging es genauso, und sie beschäftigte sich erst seit ein paar Stunden mit der Sache.

„Nolan versucht, mich anzumachen, stimmt's?“, fragte Claire. „Wie er mich heute Abend angesehen hat, wie er mich mustert. Hast du es auch bemerkt?“

„Ja.“

„Er ist gruselig, oder?“

Er war mehr als gruselig, aber Lydia antwortete nur: „Ja, ich denke schon.“

„Ha!“ Claire sprang auf und hielt triumphierend den abgelösten Schlüsselanhänger hoch. Auf dem Plastikmedaillon war das orange-blaue Logo der Auburn University aufgedruckt. Claire zog es auseinander, steckte den USB-Stick in den Laptop und klickte das Laufwerk an. Lydia sah, dass er bis auf die Architektursoftware leer war.

Sie atmete erleichtert auf. „Gott sei Dank."

„Das kannst du laut sagen." Claire kopierte den Ordner *Laufende Aufträge* auf den USB-Stick. „Ich hoffe, dass es die Dateien sind, von denen Adam gesprochen hat. Falls nicht, dann weiß ich nicht, was ich noch tun soll."

Lydia bemerkte eine auffallende Ähnlichkeit in der Art und Weise, wie Claire über Paul und wie sie über Adam Quinn sprach. Und dann fiel ihr eine Andeutung ein, die Nolan gemacht hatte, als sie alle an der Eingangstür standen. „Du hast mit Adam Quinn geschlafen."

Claire zuckte gespielt unschuldig die Achseln. „Meine Therapeutin würde sagen, ich habe versucht, ein Loch zu stopfen."

„So nennst du deine Vagina?"

Claire kicherte leise.

„Unglaublich", murmelte Lydia, obwohl niemand besser wusste als sie, dass es absolut glaubhaft war.

Als Rick Lydia aufgefordert hatte, ihm von Claire zu erzählen, hatte sie den Teil ausgelassen, der Claires sexuelle Aktivitäten betraf. Nicht dass sie damit besonders freizügig gewesen wäre. Sie war bemerkenswert geschickt darin, alle sozialen Gruppen in ihrem Leben voneinander getrennt zu halten. Ihre nicht studierenden Freunde trafen nie ihre Collegefreunde. Ihre Cheerleader-Freundinnen kamen nie mit ihren Freunden aus dem Leichtathletikverein zusammen, und kaum jemand wusste, dass sie im Tennisteam war. Keiner von ihnen wäre je auf die Idee gekommen, dass sie sich kreuz und quer durch alle Betten schlief. Am wenigsten die jeweiligen Männer, mit denen sie zusammen war.

„Fertig." Claire warf den USB-Stick aus. „Damit wäre wenigstens eine Sache erledigt."

Lydia interessierte sich schon nicht mehr für das Problem mit Adam Quinn. Das Rätsel um Pauls Dateicode hatte ihr keine Ruhe gelassen, und sie war endlich dahintergekommen, wie er vorgegangen war. „Die Filmnamen – das sind verschlüsselte Datumsangaben." Sie drehte sich zu Claire um. „Wenn eine Datei zum Beispiel 1-2-3-4-5 heißt, wäre der Code 1-5-2-4-3. Du nimmst die erste Ziffer, dann die letzte, dann die zweite Ziffer, dann die vorletzte, und so arbeitest du dich in die Mitte vor, bis alle Ziffern untergebracht sind."

Claire nickte bereits. „Der 1. November 2015 ist also 01.11.2015, und der Code wäre dann 05111012."

„Genau."

Sie zeigte auf den Schirm. „Die letzte Datei auf der Liste ist der erste Film mit dem Mädchen, das wie Anna Kilpatrick aussieht."

Lydia rechnete das Datum um. „Er wurde einen Tag nach ihrem Verschwinden gedreht."

Claire stützte sich schwer auf die Werkbank. „So geht das seit zwei Tagen. Immer wenn ich mir erfolgreich eingeredet habe, die Filme seien nicht echt, taucht irgendetwas auf, das mich wieder denken lässt: Vielleicht sind sie es ja doch."

Lydia spielte den *Advocatus Diaboli*. „Ich verteidige Paul keineswegs, aber selbst wenn die Filme echt sind – na und? Im Internet kann man sich alles mögliche kranke Zeug anschauen: Leute, die erschossen, enthauptet, vergewaltigt werden, was auch immer. Es ist widerlich, sich so etwas reinzuziehen, und falls Paul gewusst haben sollte, dass es Anna Kilpatrick ist, hätte er es der Polizei melden müssen, aber es ist nicht illegal, einfach den Mund zu halten und es sich anzusehen."

Die brutale Wahrheit hinter Lydias Worten schien Claire schwer zu schaffen zu machen. Sie zog das Kinn ein, wie es Dee auch immer machte, wenn sie über etwas nicht reden wollte.

„Claire?"

Sie schüttelte den Kopf. „Wenn es nicht illegal ist, warum kommt Nolan dann ständig hierher? Und warum hat sich Mayhew so seltsam benommen, als er unbedingt wissen wollte, ob ich Kopien davon habe?"

„Vielleicht ist Nolan einfach ein Arschloch und erträgt es nicht, dass Paul ungestraft das Gesetz gebrochen hat." Über Captain Mayhews Rolle musste Lydia etwas angestrengter nachdenken. „Mayhew versucht, dich möglicherweise zu beschützen. Das tun Männer gern bei dir, war schon immer so. Aber nehmen wir mal an, die Filme sind echt. Na und?" Als sie diese beiden Worte nun ein zweites Mal aussprach, wurde Lydia bewusst, wie schrecklich sie sich anhörte, denn diese Frauen waren Menschen und hatten Angehörige. Dennoch ließ sie sich nicht beirren. „Im schlimmsten Fall wollte Mayhew verhindern, dass du deinen Mann für moralisch bankrott hältst."

„Paul *war* moralisch bankrott." Claire sagte es mit kalter Überzeugung. „Ich habe noch mehr gefunden: Aktenordner."

Lydia fühlte, wie sich panische Angst in ihr breitmachte.

„Paul hat sie oben in seinem Arbeitszimmer aufbewahrt. Zwei große Kisten mit Akten und weiß Gott was noch. Ich habe einen der Namen erkannt, mit denen sie beschriftet sind." Claires Blick ging zur Seite, genau wie sie es, als sie noch klein war, getan hatte, wenn sie etwas verbergen wollte.

„Welchen Namen hast du erkannt?"

Claire sah auf ihre Hände hinunter. Sie zupfte an der Nagelhaut am Daumen. „Der Name der Frau war mir bekannt. Ich habe sie in den Nachrichten gesehen. Einen Beitrag über sie, also nicht über sie selbst. Sie hat sich gemeldet, denn normalerweise würde in der Zeitung, ich meine, im …"

„Claire, sag es einfach."

Claire blickte noch immer nicht auf. „Paul hat Informationen über viele Frauen gesammelt, und ich weiß, dass zumindest eine dieser Frauen vergewaltigt wurde."

„Woher weißt du es?"

Endlich sah Claire ihr in die Augen. „Ich habe ihren Namen in den Nachrichten gesehen. Ich kenne sie nicht. Paul hat nie von ihr gesprochen. Sie ist einfach eine Frau, die vergewaltigt wurde, und Paul hat eine Akte über sie. Und er hat außerdem noch eine Menge Akten über andere Frauen."

Lydia spürte eine große Kälte in ihrem Inneren. „Was für Informationen hat er gesammelt?"

„Wo sie arbeiten. Mit wem sie zusammen sind. Wohin sie gehen. Er hat Privatdetektive engagiert, die ihnen unbemerkt folgten. Es gibt Bilder, Berichte und Hintergrundchecks." Offenbar fröstelte Claire ebenfalls. Sie schob die Hände tief in die Hosentaschen. „Soviel ich gesehen habe, ließ er sie einmal im Jahr überprüfen, jedes Jahr zur selben Zeit, und ich sage mir, dass er einen Grund haben musste, das zu tun. Was, wenn der Grund der ist, dass er sie alle vergewaltigt hat?"

Lydia fragte mit bebender Stimme: „Gibt es eine Akte über mich?"

„Nein."

Lydia studierte ihre Schwester aufmerksam. Claire hatte Geheimnisse immer verbissen bewahrt. Log sie? Durfte Lydia ihr in einer so wichtigen Sache trauen?

„Sie sind in meinem Arbeitszimmer." Claire zögerte. „Ich will damit nicht sagen, dass du sie dir ansehen sollst. Ich meine …" Sie zuckte mit den Achseln. „Ich weiß nicht, was ich meine. Es tut mir leid. Es tut mir leid, dass ich dich in das alles hineingezogen habe. Du kannst immer noch gehen. Wahrscheinlich solltest du sogar gehen."

Lydia blickte die Einfahrt hinunter. Ricks Truck stand im Wendekreis vor dem Haus. Er ließ Lydia ihren Van nicht benutzen, bis er die Scheibenwischerblätter ausgewechselt hatte, eine Liebenswürdigkeit, für die er damit belohnt wurde, dass ein Special Agent des FBI sein Kennzeichen notiert hatte.

Ricks Wege hatten sich in seiner Zeit als Heroinjunkie mit verschiedenen Vollzugsbehörden gekreuzt, denn er hatte es fertiggebracht, fast so viel zu verkaufen, wie er verbrauchte. Nolan würde sich ein paar Stunden Zeit nehmen müssen, um Ricks Vorstrafenregister zu lesen. Und was dann? Würde er zur Tankstelle gehen und Rick belästigen, bis sein Boss ihn entlassen musste? Zu Hause vorbeikommen und ihn vernehmen, vielleicht seine Nachbarn befragen und herausfinden, dass Lydia nebenan wohnte?

Und dann würde Dee in die ganze Sache hineingezogen, und die anderen Mütter würden es erfahren, man würde Lydias Angestellte schikanieren und vielleicht sogar ihre Kunden, die dann lahme Ausreden vorbrachten, dass sie eine Frau, gegen die das FBI ermittelte, keine Rasur im Intimbereich ihres Pudels vornehmen lassen konnten, weil es zu kompliziert sei …

„Pepper?“ Claire hatte die Arme vor der Taille verschränkt. „Du solltest gehen. Diesmal meine ich es ernst. Ich darf dich nicht in diese Sache hineinziehen.“

„Ich stecke bereits bis zum Hals drin.“

„Pepper.“

Lydia bahnte sich vorsichtig ihren Weg zurück zum Garagentor, von wo sie jedoch nicht die Einfahrt hinunterging, sondern auf das Haus zuhielt. Sie hatte ebenfalls mehr als genug mit Polizisten zu tun gehabt. Es waren Haie, die auf Blut aus waren, und so wie die Dinge standen, hatte Claire zwei Kisten voller Köder in ihrem Arbeitszimmer, mit denen sie sich Special Agent Fred Nolan vielleicht vom Hals halten konnten.

9. KAPITEL

Claire sank in den zu weich gepolsterten Sessel in ihrem Arbeitszimmer und sah zu, wie ihre Schwester Pauls Sammlung von Akten durchging. Die Aussicht, weitere schauerliche Details zu entdecken, schien Lydia zu beleben, aber Claire fühlte sich, als ersticke sie unter dem Gewicht immer neuer Enthüllungen. Sie konnte nicht glauben, dass es erst zwei Tage her war, seit sie zugesehen hatte, wie Pauls Sarg in die Erde gesenkt wurde. Sie hätten sie ebenso gut gleich mit ihm begraben können. Ihre Haut fühlte sich ausgetrocknet an. Eine durchdringende Kälte steckte ihr in den Knochen. Selbst das Blinzeln war eine Herausforderung, denn die Versuchung, die Augen einfach geschlossen zu halten, war beinahe unwiderstehlich.

Sie sah auf das nicht registrierte Handy. Um 0.31 Uhr hatte Adam auf ihre SMS wegen der Dateien mit einem knappen „Okay“ geantwortet.

Sie ließ das Handy auf den Beistelltisch fallen. Sie hatte genug von all diesen unbeantworteten Fragen, und es machte sie wütend, dass sie, anstatt um ihren Mann zu trauern, an ihrer geistigen Gesundheit zweifelte, weil sie ihn geliebt hatte.

Lydia hatte sichtlich keine derartigen Bedenken. Sie saß auf dem Boden und ging den Inhalt der Plastikkisten durch, und ihre Miene war nicht anders als an den Halloween-Abenden, die sie als Kinder zusammen verbracht hatten. Sie hatte die farbigen Ordner sortiert und vor sich auf dem Boden gestapelt. Die Farben entsprachen Jahren, was bedeutete, dass Paul in den letzten sechs Jahren für die Überwachung von achtzehn Frauen bezahlt hatte.

Oder für Schlimmeres.

Claire erzählte Lydia nicht, dass dies wahrscheinlich nur die Spitze des Eisbergs war. Während sie draußen in der Garage waren, war ihr der Lagerraum im Untergeschoss des Wohnhauses eingefallen. Claire hatte ihn ganz vergessen, weil sie ihn nur ein Mal, beim Einzug, gesehen hatte. Für Lydia würde es vermutlich unglaublich klingen, aber der Keller hatte riesige Ausmaße. Es gab ein Heimkino, ein komplett eingerichtetes Fitnessstudio, einen Wellnessbereich mit Umkleide, Sauna und Dampfbad, einen Massageraum, einen Weinkeller, einen Billardraum mit einem Pooltisch und einer Tischtennisplatte, eine Gästesuite mit eigenem Bad, eine Catering-Küche direkt neben dem Aufzugschacht, eine voll bestückte Bar und eine Lounge, in der zwanzig Leute bequem Platz fanden.

War es da verwunderlich, dass Claire einen Abstellraum von der Größe einer Arrestzelle vergessen hatte?

Paul war zu pedantisch gewesen, als dass man ihn einen Messie hätte nennen können, aber er hatte gern Dinge aufbewahrt. Claire hatte seine Sammelleidenschaft immer der Tatsache zugeschrieben, dass er alles verloren hatte, als seine Eltern starben, aber nun sah sie eine weit düsterere Motivation dahinter. Er hatte unten in dem kleinen Lager Regale für die vielen Aktenbehälter aus Kunststoff eingebaut, die er seit seiner Zeit an der Auburn University gefüllt hatte. Beim Einzug in das Haus hatte er Claire die Gegenstände gezeigt, die er aus ihren frühen Jahren aufbewahrte – die erste Geburtstagskarte, die sie ihm geschenkt hatte, eine handschriftliche Notiz, auf der sie ihm zum ersten Mal die Worte „Ich liebe dich" hinterlassen hatte.

Damals hatte Claire seine Sammlung wahnsinnig süß gefunden, aber jetzt konnte sie an nichts anderes denken, als dass da unten Dutzende von Kisten waren und dass drei Frauen pro Jahr in den letzten achtzehn Jahren vierundfünfzig Aktenmappen voller unaussprechlicher Taten bedeuteten.

Es gab jedoch eine Akte, die Lydia nie zu Gesicht bekommen würde. Ihre Schwester war vom Inhalt der Ordner schon aufgewühlt genug. Wenn sie herausfand, dass Paul das auch bei ihr gemacht hatte, würde es kein Halten mehr geben.

„Alles in Ordnung?“ Lydia hatte von dem Bericht aufgesehen, in dem sie gerade las. „Willst du dich hinlegen?“

„Es geht schon“, sagte Claire, aber ihre Augenlider waren schwer. Sie war körperlich so erschöpft, dass ihre Hände zitterten. Irgendwo hatte sie gelesen oder gehört, dass Verbrecher immer schlafen konnten, nachdem sie ihre Taten gestanden hatten. Ihre Verbrechen zu verbergen kostete so viel Energie, dass sie in tiefen Schlummer fielen, sobald die Wahrheit endlich aufgedeckt war.

Hatte sie vor Lydia ein Geständnis abgelegt? Oder nur eine Last geteilt?

Claire schloss die Augen. Ihr Atem wurde tiefer. Sie war wach – sie konnte immer noch hören, wie Lydia unermüdlich Seiten umblätterte –, aber sie schlief zugleich auch, und in diesem Schlaf sank sie in einen Traum. Es gab keine Handlung, nur Bruchstücke eines typischen Tages. Sie saß an ihrem Schreibtisch und bezahlte Rechnungen. Sie übte Klavier. Sie brütete in der Küche über einem Einkaufszettel. Sie telefonierte herum, um Geld für die Spielzeugspendenaktion zu Weihnachten einzusammeln. Sie studierte die Schuhe in ihrem Schrank, um ein Outfit zusammenzustellen, das sie zum Mittagessen tragen konnte.

Bei alldem spürte sie Pauls Gegenwart im Haus. Sie waren beide sehr unabhängige Menschen. Sie hatten immer ihre jeweils eigenen Interessen gehabt und ganz unterschiedliche Dinge unternommen, aber Claire war immer beruhigt gewesen, wenn Paul in der Nähe war. Glühbirnen wurden ausgewechselt, Fehler in der Alarmanlage behoben. Die Fernbedienung wurde programmiert und der Müll entsorgt. Kleidung wurde zur Reinigung gebracht, und Akkus wurden aufgeladen. Und niemals wurden große und kleine Löffel in der Besteckschublade durcheinandergebracht.

Er war so ein gestandener und tüchtiger Mann. Es gefiel ihr, dass er größer war als sie. Es gefiel ihr, dass sie beim Tanzen zu ihm aufschauen musste. Sie mochte das Gefühl, wenn er sie in die Arme schloss. Er war so viel stärker als Claire. Manchmal hob er sie hoch, und sie spürte, wie ihre Füße den Boden verließen. Seine Brust fühlte sich so hart an, wenn er sie an sich drückte. Oft neckte er sie wegen irgendeiner Albernheit, und sie lachte, weil sie wusste, dass er sie gern lachen hörte, und dann flüsterte er: „Sag mir, dass du es willst."

Claire schreckte mit einem Ruck aus dem Schlaf. Sie riss die Arme hoch, als wollte sie einen Schlag abwehren. Ihre Kehle fühlte sich kratzig an. Ihr Herz klopfte spürbar gegen die Rippen.

Morgensonne strömte in ihr Arbeitszimmer. Lydia war fort. Die Kunststoffkisten waren leer, die Akten verschwunden.

Claire war mit einem Satz am Schreibtisch. Sie riss die Schublade auf – Lydias Akte war noch da. Am liebsten hätte sie geweint vor Erleichterung.

Sie fasste an ihre Wange, sie weinte tatsächlich. Ihre Tränendrüsen waren permanent auf Stand-by und lauerten nur darauf überzufließen. Statt diesem Bedürfnis nachzugeben, schloss Claire die Schublade wieder und wischte sich resolut die Augen. Dann stand sie auf und strich sich auf dem Weg in die Küche die Bluse glatt.

Sie hörte Lydias Stimme, noch bevor sie ihre Schwester sah. Offenbar telefonierte sie gerade.

„Weil ich will, dass du heute Abend bei Rick bleibst." Lydia machte eine Pause. „Weil ich es sage." Erneute Pause. „Schätzchen, ich weiß, du bist erwachsen, aber Erwachsene sind wie Vampire. Die älteren sind viel mächtiger."

Claire lächelte. Sie hatte gewusst, dass Lydia eine gute Mutter sein würde. Sie klang genau wie Helen, bevor Julia verschwand.

„Gut. Ich liebe dich auch."

Claire blieb ausreichend lange im Flur, nachdem Lydia das Gespräch beendet hatte. Sie wollte nicht, dass ihre Schwester sich Sorgen machte, weil Claire mitgehört hatte. Wenn Claire auch weiterhin verheimlichen wollte, dass sie über jede Kleinigkeit in Lydias Leben Bescheid wusste, dann konnte sie es ebenso gut geschickt anstellen. Als sie in die Küche schlenderte, strich sie sich übers Haar. „Hallo."

Lydia saß an der Frühstückstheke. Sie trug eine Lesebrille, was Claire lustig gefunden hätte, wenn sie nicht in wenigen Jahren vermutlich selbst eine brauchen würde. Pauls Akten lagen über die ganze Kücheninsel verstreut, und Lydia hatte Claires iPad vor sich liegen. Sie nahm die Lesebrille ab. „Hast du gut geschlafen?"

„Es tut mir leid." Claire wusste nicht, wofür sie sich entschuldigte, die Auswahl war so groß. „Ich hätte dir mit dem ganzen Zeug helfen sollen."

„Nein. Was du tun solltest, war, ein bisschen zu schlafen." Lydia machte Anstalten, sich zurücksinken zu lassen, aber sie fing sich gerade noch, bevor sie über die niedrige Rückenlehne fiel. „Das sind die dämlichsten Stühle, in denen ich je gesessen habe."

„Sie sehen gut aus", erwiderte Claire, denn das war alles, was für Paul je gezählt hatte. Sie ging zum Videoschirm an der Küchenwand. Die Zeitangabe blinkte, es war 6.03 Uhr. Sie holte die Kamera im Briefkasten auf den Schirm: Adam war noch nicht da gewesen. Claire wusste nicht, was sie davon halten sollte, denn ihr war immer noch nicht klar, hinter welchen Dateien Adam eigentlich her war.

„Der USB-Stick ist noch im Briefkasten", sagte sie zu Lydia.

„Du hast eine Kamera in deinem Briefkasten?"

„Hat das nicht jeder?"

Lydia schaute säuerlich. „Wie hieß die Frau, die du in den Nachrichten gesehen hast?"

Claire schüttelte den Kopf, sie verstand nicht.

„Du hast in der Garage erzählt, du hättest den Namen einer Frau auf einer der Akten erkannt, weil du sie in den Nachrichten gesehen hast. Ich habe sie alle auf deinem iPad gegoogelt. Nur bei zweien gab es einen Nachrichtenbeitrag."

Claire schüttelte eine Erklärung aus dem Ärmel. „Sie war aus Atlanta."

„Leslie Lewis?" Lydia schob eine offene Aktenmappe über die Theke, damit Claire das Foto der Frau sehen konnte. Sie war blond und hübsch und trug eine dicke schwarze Brille. „Ich habe einen Artikel über sie im Archiv vom *Atlanta Journal* gefunden. Sie wohnte während des Fantasy- und Sci-Fi-Kongresses in einem Hotel, und als es klopfte, dachte sie, es sei der Zimmerservice. Aber als sie die Tür öffnete, verschaffte sich ein Kerl Zutritt und vergewaltigte sie."

Claire wandte den Blick vom Foto der Frau ab. Das Büro von Quinn + Scott lag nicht weit entfernt von den Hotels in der Innenstadt, wo der Kongress „DragonCon" stattfand. Paul hatte ihr vergangenes Jahr Fotos von betrunkenen Darth Vaders und Green Lanterns gemailt, die die Straßen bevölkerten.

Lydia schob ihr eine weitere Akte zu. Noch eine hübsche, junge Blondine. „Pam Clayton. Es gab einen Artikel im *Patch*. Sie war beim Joggen in der Nähe des Stone Mountain Parks. Der Angreifer zerrte sie in den Wald. Es war nach sieben Uhr abends, aber es war August und noch hell draußen."

Pauls Tennisteam trug gelegentlich Matches in dem Park aus.

„Schau dir das Datum auf den Akten an. Er hat die Privatdetektive angeheuert, damit sie den Frauen am Jahrestag ihrer Vergewaltigung folgen."

Claire glaubte es unbesehen. Sie wollte keine weiteren

Einzelheiten mehr lesen. „Hat der Angreifer etwas zu einer der Frauen gesagt?"

„Wenn ja, steht es nicht in den Artikeln. Wir brauchen die Polizeiberichte."

Claire fragte sich, warum Paul die Privatdetektive nicht beauftragt hatte, die Berichte beizubringen. Lydias Akte enthielt die Unterlagen über ihre Verhaftungen und den ganzen begleitenden Papierkram. Aber vielleicht hielt Paul es für keine gute Idee, sich zu genau in die Karten schauen zu lassen, indem er die verschiedenen Detektive auf die Polizeiberichte ansetzte. Oder er brauchte die Berichte nicht, weil er genau wusste, was den Frauen widerfahren war.

Oder er bekam die Berichte von Captain Jacob Mayhew.

„Claire?"

Sie schüttelte den Kopf, aber jetzt, da sie den Gedanken im Kopf hatte, wurde sie ihn nicht mehr los. Warum hatte sie Mayhews Miene nicht genauer studiert, als er die Filme ansah? Andererseits, was hätte es ihr genutzt? Hatte sie nicht schon genug von Pauls Verlogenheit aufgedeckt, um zu wissen, dass ihrem Urteilsvermögen nicht zu trauen war?

„Claire?" Lydia wartete, bis Claire bei der Sache war. „Ist dir etwas an den Frauen aufgefallen?"

Claire schüttelte wieder den Kopf.

„Sie sehen alle aus wie du."

Claire verzichtete auf den Hinweis, dass sie damit wohl auch aussahen wie Lydia. „Und was jetzt? Wir halten das Leben dieser Frauen in den Händen. Wir wissen nicht, ob wir Mayhew trauen können. Und selbst wenn – er hat die Filme nicht ernst genommen. Warum sollte er wegen der Akten ermitteln?"

Lydia zuckte die Schultern. „Wir könnten Nolan anrufen."

Claire traute ihren Ohren nicht. „Du meinst, besser diese Frauen als wir?"

„So würde ich es nicht ausdrücken, aber da du …"

„Sie wurden bereits vergewaltigt. Und du willst ihnen jetzt auch noch dieses Arschloch auf den Hals hetzen?“

Lydia nickte. „Vielleicht finden sie ein wenig Frieden, wenn sie wissen, dass der Mann, der ihnen das angetan hat, nicht mehr am Leben ist.“

„Das ist eine blödsinnige Ausrede.“ Claire blieb unnachgiebig. „Wir wissen aus erster Hand, wie Nolan ist. Er glaubt ihnen wahrscheinlich nicht einmal. Oder schlimmer noch, er flirtet mit ihnen, wie er mit mir flirtet. Es hat schon seinen Grund, warum die meisten Frauen nicht zur Polizei gehen, wenn sie vergewaltigt wurden.“

„Was willst du tun? Ihnen allen einen Scheck ausschreiben?“

Claire ging ins Wohnzimmer, bevor sie noch etwas sagte, was sie dann bereuen würde. Ein paar Schecks auszuschreiben hörte sich nach gar keiner so üblen Idee an. Paul hatte diese Frauen überfallen. Das Mindeste, was sie tun konnte, war, für eine Therapie zu bezahlen oder was immer sie sonst brauchten.

„Wenn Paul mich tatsächlich vergewaltigt hätte“, sagte Lydia, „und ich würde erfahren, dass er mich achtzehn Jahre lang jedes Jahr im September beschatten und fotografieren ließ, dann würde ich eine Waffe nehmen und ihn töten wollen.“

Claire sah zu dem Gemälde von Rothko über dem Kamin. „Und was würdest du tun, wenn du herausfindest, dass er bereits tot ist und du nichts mehr ändern kannst?“

„Ich würde es trotzdem wissen wollen.“

Claire war nicht im Mindesten in Versuchung, die Wahrheit zu enthüllen. Lydia hatte zwar immer damit geprahlt, wie tough sie war, aber es hatte schon seinen Grund, warum sie sich bereits im Alter von sechzehn Jahren mit Drogen betäubte.

„Ich kann es nicht“, sagte Claire. „Ich werde es nicht tun.“

„Ich weiß, du willst es nicht hören, aber es macht mich froh zu wissen, dass er tot ist. Und zu wissen, wie er starb, auch wenn es für dich beschissen gewesen sein muss."

„Beschissen", wiederholte Claire und dachte, dass das Wort hart an der Grenze zur Beleidigung war. Beschissen war, wenn man zu spät ins Kino kam oder wenn einem ein guter Parkplatz weggeschnappt wurde. Mit anzusehen, wie dein Mann ein Messer in den Bauch bekommt und vor deinen Augen verblutet, war, verdammt noch mal, unerträglich qualvoll. „Nein. Ich werde es nicht tun."

„Gut." Lydia begann, die Ordner zusammenzupacken. Sie war sichtlich aufgebracht, aber Claire würde nicht nachgeben. Sie wusste, wie es war, im Mittelpunkt von Fred Nolans Interesse zu stehen. Dem durfte sie Pauls Opfer nicht aussetzen. Sie hatte schon genug Schuld auf sich geladen.

Sie ging weiter ins Wohnzimmer. Das Sonnenlicht blendete, und Claire schloss kurz die Augen und ließ sich von den Strahlen das Gesicht wärmen. Doch dann wandte sie sich wieder ab, weil es ihr falsch erschien, sich angesichts des Elends, das sie aufgedeckt hatte, an etwas so Schlichtem zu freuen.

Ihr Blick fiel auf den Bereich hinter einer Couch, wo Lydia Papiere auf dem Boden ausgebreitet hatte. Doch es waren keine weiteren Berichte von Privatdetektiven – Claire erkannte sie überrascht als die Sammlung ihres Vaters.

Sam Caroll hatte eine ganze Wand in seiner Wohnung den Spuren und Hinweisen zu Julia gewidmet. Es gab Fotos und Karteikarten, Zettel mit Telefonnummern und Namen. Insgesamt bedeckte die ganze Sammlung eineinhalb mal drei Meter Wandfläche. Wegen der vielen Löcher, die er in die Holzverkleidung getackert hatte, hatte er seine Kaution für die Wohnung eingebüßt.

„Du hast Dads Unterlagen aufgehoben?", fragte Claire.

„Nein, sie waren im zweiten Aktenbehälter."

Natürlich waren sie das.

Claire kniete nieder. Die Wand war viele Jahre lang das bestimmende Element im Leben ihres Vaters gewesen. Seine Verzweiflung entströmte immer noch jedem Papierschnipsel. Das veterinärmedizinische Studium hatte ihn zu einem gewissenhaften Protokollanten erzogen. Er hatte alles aufgezeichnet, was er gehört, gelesen oder mit angesehen hatte, hatte Polizeiberichte und Aussagen miteinander verknüpft, bis der Fall so in seinen Verstand eingebrannt war wie das Verdauungssystem eines Hundes oder die Anzeichen von Leukämie bei Katzen.

Sie hob ein Blatt mit der Schrift ihres Vaters aus einem Notizbuch auf. In den letzten beiden Wochen seines Lebens hatte Sam Carroll nach einem leichten Schlaganfall unter Lähmungserscheinungen gelitten. Seine Abschiedsnotiz war kaum lesbar gewesen. Claire hatte vergessen, wie seine ursprüngliche Handschrift ausgesehen hatte.

„Wie nennt man diese Art zu schreiben gleich wieder?", fragte sie Lydia.

„Die Palmer-Methode." Lydia stand hinter Claire. „Er war eigentlich Linkshänder, aber sie zwangen ihn, mit der rechten Hand zu schreiben."

„Das haben sie bei mir auch gemacht."

„Ja, du musstest in der Schule immer einen Fäustling tragen, damit du deine linke Hand nicht benutzt hast. Mom war stinksauer, als sie es herausfand."

Claire setzte sich auf den Boden. Sie konnte nicht aufhören, diese einzigen Gegenstände hier zu berühren, die von ihrem Vater geblieben waren. Sam hatte dieses Bild eines Mannes in der Hand gehabt, der mit einem anderen Mann gesprochen hatte, dessen Schwester vielleicht etwas über Julia wusste. Er hatte dieses Streichholzbriefchen aus dem „Manhattan Café" berührt, wo Julia zuletzt gesehen wurde. Er hatte Notizen auf dieser Speisekarte des „Grit" gemacht, ihres bevorzugten vegetarischen Lokals. Er hatte auf dieses Foto geblickt, auf dem Julia an ihrem Fahrrad lehnte.

Claire betrachtete das Bild ebenfalls. Ein grauer Pepitahut lag im Lenkradkorb. Julias langes blondes Haar floss in einer weichen Welle über ihre Schultern. Sie trug eine schwarze Herrenanzugjacke, ein weißes Hemd und massenhaft silberne und schwarze Armreife am Handgelenk, dazu weiße Spitzenhandschuhe, denn es waren die späten 1980er, und alle Mädchen wollten damals wie Madonna oder Cyndi Lauper aussehen.

„Ich würde mir gern einreden, dass Paul das alles aufgehoben hat, weil er dachte, ich würde es eines Tages vielleicht sehen wollen", sagte Claire.

Lydia ließ sich neben Claire auf dem Boden nieder. Sie zeigte auf das Foto von Julia. „Das ist mein Amulett, das sie da trägt. Vorn ist ein kursiv geschriebenes L eingraviert."

Sie wussten beide, dass Julia das goldene Amulett auch noch getragen hatte, als sie verschwand. „Sie hat ständig deine Sachen geklaut."

Lydia gab ihr einen Klaps auf die Schulter. „Du hast sie immer geklaut."

Plötzlich kam Claire ein Gedanke. „Hatte Paul auch eine Akte über mich?"

„Nein."

Sie betrachtete ihre Schwester forschend und fragte sich, ob Lydia sie aus demselben Grund belog, aus dem Claire ihr nicht die Wahrheit sagte.

„Was ist mit Sams Tagebüchern?", fragte Lydia. Nachdem Helen ihn verlassen hatte, hatte Sam angefangen, ein Tagebuch zu führen, denn es gab niemanden mehr, dem er sich anvertrauen konnte. „Sie waren nicht in Pauls Kisten."

„Vielleicht hat Mom sie?" Claire zuckte die Achseln. Zum Zeitpunkt seines Todes hatte sie sich ihrem Vater so wenig verbunden gefühlt, dass sie um nichts von seinen Habseligkeiten gebeten hatte. Erst später dachte sie dann an

Dinge wie seine Brille, seine Bücher und seine Sammlung von Krawatten mit Tiermotiven, erst später wünschte sie, sie hätte mehr Zeit mit ihm verbracht.

„Ich habe seine Tagebücher immer gelesen", gestand sie Lydia. „Wahrscheinlich weil er versucht hat, sie vor mir zu verstecken. In dieser Beziehung hat sich Paul Bonuspunkte verdient." Sie lehnte sich an die Wand. „Die letzten Einträge, die ich gelesen habe, schrieb er etwa ein halbes Jahr vor seinem Tod. Sie waren wie Briefe an Julia verfasst und enthielten Dinge, an die er sich aus ihrer Kindheit und Jugend erinnerte. Wie wir uns alle verändert hatten ohne sie. Man merkte es ihm nicht an, aber er wusste ziemlich gut Bescheid über unser Leben und was wir so trieben."

„Du meine Güte, das will ich nicht hoffen."

„Er und Mom haben sich immer noch getroffen. Selbst nachdem sie wieder geheiratet hatte."

Lydia nickte. „Ich weiß."

Claire sah ein weiteres Foto von Julia, das sie vergessen hatte. Sie stöhnte auf, als sie sich hinkniete, um es aufzuheben. Sie hatte sich vor fünf Jahren den Meniskus gerissen, und er fühlte sich immer noch an, als warte er nur auf eine Gelegenheit, wieder einzureißen. „Sind deine Knie auch so schlecht wie meine?"

„Auf jeden Fall nicht so schlecht wie das von Allison Hendrickson."

„Gut gekontert." Claire betrachtete das Foto. Julia sonnte sich in einem blauen Bikini auf dem Rasen vor dem Haus, ihre rosa Haut glänzte vor Babyöl. Wahrscheinlich hatte Lydia das Foto gemacht. Die beiden ließen Claire nie mit ihnen sonnenbaden. Oder ausgehen. Oder in ihrer Nähe atmen. „Sieh dir nur an, wie rot ihre Haut ist. Sie hätte später sämtliche Arten von Hautkrebs bekommen."

„Ich habe mir letztes Jahr einen Fleck wegmachen lassen." Lydia deutete auf ihre Nase.

Claire war gerade dankbar, dass sie nie mitmachen durfte. „Ich wette, sie hätte einen Haufen Kinder bekommen."

„Künftige junge Republikaner."

Claire lachte. Julia hatte Bauchschmerzen vorgetäuscht, damit sie von der Schule zu Hause bleiben und im Fernsehen die Anhörungen in der Iran-Contra-Affäre verfolgen konnte. „Sie hätte ihre Kinder zu Hause erzogen, um die Gehirnwäsche durch den staatlichen Erziehungsapparat zu verhindern."

„Und sie gezwungen, so viel Soja zu essen, dass sich ihre Hoden nie entwickelt hätten."

Claire schob einige der Notizen ihres Vaters hin und her. „Oh nein, sie hätte doch gar keine Jungs bekommen. Das hätte bedeutet, sich dem Patriarchat zu unterwerfen."

„Glaubst du, sie hätte sie impfen lassen?"

Claire lachte bellend, denn schon 1991 hatte Julia die Wahrheitsliebe der von der Regierung gestützten Pharmaindustrie angezweifelt. „Was ist das?" Sie hob einen zusammengeklammerten Stapel Papiere des Obersten Bezirksgerichts von Oconee County auf.

Lydia studierte die Dokumente mit zusammengekniffenen Augen. „Es ist eine Besitzurkunde für ein Anwesen in Watkinsville."

Paul war in Watkinsville aufgewachsen, das unmittelbar außerhalb von Athens lag.

Claire blätterte zur zweiten Seite, wo sie den Namen und die Adresse des rechtmäßigen Eigentümers fand.

„Buckminster Fuller", sagte Lydia, denn natürlich hatte sie das Dokument schon gesehen. „Wieso kommt mir der Name bekannt vor?"

„Er war Pauls Lieblingsarchitekt." Sie gab Lydia die Seiten, denn sie konnte sie nicht mehr ansehen. „Paul ist auf einer Farm in Watkinsville aufgewachsen. Er hat mir erzählt, dass alles verkauft wurde, als seine Eltern starben."

Lydia stand auf, holte ihre Lesebrille und Claires iPad von der Kücheninsel und ließ sich wieder neben ihrer Schwester nieder.

Claire spürte, wie sich schon wieder die Übelkeit aufbaute, die sich jedes Mal einstellte, wenn sie eine weitere Lüge von Paul aufdeckte.

Lydia setzte ihre Brille auf und begann zu tippen. Claire starrte auf den Rücken der weißen Ledercouch. Am liebsten hätte sie das Leder mit den Fingernägeln zerfetzt. Sie hätte gern den Holzrahmen zerlegt, sich Streichhölzer geholt und das ganze verdammte Haus abgefackelt.

Nicht dass es gebrannt hätte. Paul hatte das umfassendste Brandschutzsystem eingebaut, das der Bauinspektor des County je bei einem Wohnhaus gesehen hatte.

„Die Onlinedokumentation reicht nur zehn Jahre zurück, aber Buckminster Fullers Grundsteuer wird bis heute bezahlt."

Claire dachte an das Bild in Pauls Arbeitszimmer. Das Haus, in dem er aufgewachsen war. Sie hatte Stunden gebraucht, um die Perspektive und die Schatten richtig hinzubekommen. Er hatte geweint, als sie es ihm zum Hochzeitstag schenkte.

„Paul sagte, der Käufer der Farm habe das Wohnhaus abgerissen, damit er das Land bestellen konnte."

„Seid ihr mal hingefahren, um es euch anzusehen?"

„Nein." Claire hatte mehrmals darum gebeten, aber am Ende respektierte sie sein Bedürfnis nach Privatsphäre. „Paul sagte, es sei zu schmerzhaft."

Lydia widmete sich wieder dem iPad, und diesmal zwang sich Claire, ihr zuzusehen. Lydia holte Google Earth auf den Schirm und tippte die Adresse in Watkinsville ein. Auf dem Schirm erschienen gepflügte Felder. Lydia zoomte näher. Ein kleines Haus stand auf dem Grundstück. Claire erkannte es mühelos als Pauls Elternhaus. Die weiße Holzverkleidung verlief senkrecht statt quer. Die Scheune war abgerissen worden, aber in der Einfahrt parkte ein Wagen, und in dem großen Garten, der das Haus von den Feldern trennte, stand eine Kinderschaukel.

„Es gibt kein Street View“, sagte Lydia. „Die Straße hat nicht einmal einen Namen. Glaubst du, er vermietet es?“

Claire stützte den Kopf in die Hände. Sie wusste gar nichts mehr.

„Da ist eine Telefonnummer.“ Lydia stand wieder auf. Sie griff nach ihrem Handy auf der Küchentheke, aber Claire hielt sie zurück.

„Nimm das nicht registrierte. Es liegt neben dem Sessel in meinem Arbeitszimmer.“

Lydia verschwand im Flur, und Claire sah in den Garten hinaus. Die Fenster waren beschlagen. Vom Pool stieg Dunst auf. Sie würde die Poolheizung niedriger stellen müssen, denn im Winter benutzten sie das Schwimmbad ohnehin selten. Vielleicht sollte sie ihn auch abdecken lassen. Oder gleich mit Beton auffüllen. Die Marmorumrandung war ekelhaft sauber zu halten. Im Sommer wurde sie so heiß, dass man Schlappen tragen musste, um sich keine Verbrennungen zu holen. Paul hatte den Pool so konstruiert, dass er schön war, aber nicht benutzbar.

Konnte es eine bessere Metapher für das Leben von Paul und ihr geben?

Sie nahm das iPad zur Hand. Das Satellitenbild des Heims von Buckminster Fuller war in den Sommermonaten aufgenommen worden. Auf dem Feld hinter dem Haus wuchsen Passionsfrüchte in üppiger Menge. Leuchtend grüne Bitumenziegel bedeckten das Dach. Der Garten war gepflegt. Die Schaukel auf der Rückseite des Grundstücks wirkte robust und überdimensioniert, zwei Dinge, die Paul bei Wohnbauten immer anstrebte.

Zumindest wusste Claire jetzt, dass Paul bezüglich des Unfalls, bei dem seine Eltern ums Leben gekommen waren, nicht gelogen hatte. Er sprach zwar nicht gern darüber, aber

Claire hatte alle Einzelheiten von ihrer Mutter erfahren. Trotz der dreißigtausend Studenten, die die University of Georgia besuchten, war Athens eine Kleinstadt, und die Hauptbibliothek war, wie jede Stadtbibliothek in Amerika, der Mittelpunkt der Gemeinde. Was Helen nicht in der Zeitung gelesen hatte, das wusste sie aus den Klatschgeschichten, die man sich in der Stadt erzählte.

Die Scotts waren auf dem Heimweg von einer kirchlichen Veranstaltung gewesen, als ein Sattelschlepper auf eine Eisplatte geriet und quer über den Atlanta Highway schlitterte. Pauls Vater war enthauptet worden, laut Augenzeugen hatte seine Mutter noch einige Momente gelebt. Sie hatten die Schreie der Frau gehört, als die Flammen ihr Auto einschlossen.

Paul hatte schreckliche Angst vor Feuer. Es war, soviel Claire wusste, das Einzige, wovor er sich wirklich fürchtete. In den Anweisungen für seine Bestattung hatte er ausdrücklich verfügt, dass er nicht eingeäschert werden durfte.

„Was ist?“, fragte Lydia. Sie hatte das nicht registrierte Telefon in der Hand.

„Ich habe nur gerade an Pauls Bestattungsanweisungen gedacht.“ Sie waren zwar nicht eingeschweißt gewesen, ähnelten ansonsten aber all den anderen Instruktionen, die Paul Claire zuliebe angelegt hatte. Sie hatte sie in einem Ordner mit der Aufschrift IM NOTFALL in ihrem Schreibtisch gefunden.

Er wollte in seinem Familiengrab beigesetzt werden. Er wünschte sich einen Grabstein, der in Größe und Gestaltung dem seiner Eltern ähnelte. Er wollte kein Make-up oder Haargel, er wollte nicht einbalsamiert werden, und er wollte nicht, dass sein Leichnam ausgestellt wurde wie eine Schaufensterpuppe, denn er missbilligte all die Kunstgriffe rund um den Tod. Er wollte, dass Claire einen hübschen Anzug und gute Schuhe für ihn aussuchte, doch welche Rolle spielte es, ob er Schuhe trug, gute oder andere, und woher sollte sie wissen, ob man sie ihm überhaupt angezogen hatte?

Pauls letzter Wunsch auf der Liste war der herzzerreißendste: Er wollte mit seinem Ehering und seinem Collegering von Auburn begraben werden. Claire war untröstlich gewesen, denn sie hätte seine Anweisungen so verzweifelt gern befolgt, doch beide Ringe hatte der Angreifer in der Gasse mitgenommen.

„Claire?" Lydia streckte ihr das Handy entgegen. Sie hatte die für Buckminster Fuller aufgeführte Nummer bereits eingetippt.

Claire schüttelte den Kopf. „Mach du es."

Lydia schaltete auf Lautsprecher. Der Klingelton erfüllte den Raum und hallte von den nackten Wänden wider. Claire hielt den Atem an. Sie wusste nicht, was sie erwartete, bis der Anruf angenommen wurde.

Man hörte ein Klicken wie von einem alten Anrufbeantworter. Die Aufzeichnung klang wie eine zerkratzte Platte, aber die Stimme war unverkennbar die von Paul.

„Sie sind mit dem Anschluss der Familie Fuller verbunden. Wenn Sie Buck …"

Claire legte die Hand an die Kehle, denn sie wusste, was als Nächstes käme. Ihre Mailbox hier im Haus war nach dem gleichen Muster besprochen.

Eine piepsige Frauenstimme sagte „… oder Lexie!", dann beendete Paul die Ansage: „… sprechen wollen, hinterlassen Sie bitte eine Nachricht nach dem …"

Ein lang gezogener Piepton schrillte aus dem Lautsprecher des Handys.

Lydia unterbrach die Verbindung.

„Lexie." Claire spuckte das Wort förmlich aus. Sie klang jünger als Claire. Und glücklicher. Und dümmer, was ein Trost hätte sein müssen, aber Claire war zu sehr von Eifersucht befallen, um sich etwas daraus zu machen.

Sie stand auf und lief im Raum auf und ab.

„Claire …“

„Lass mich mal eben.“

„Du kannst nicht wirklich …“

„Halt den Mund.“ Claire machte auf dem Absatz kehrt und durchquerte den Raum wieder in die andere Richtung. Es war einfach nicht zu glauben! Doch dann tadelte sie sich selbst dafür, dass sie es nicht glauben wollte, denn welche Rolle spielte es an diesem schrecklichen Punkt in ihrem Leben eigentlich noch?

Lydia zog das iPad auf ihren Schoß und begann wieder zu tippen.

Claire lief weiter von einer Seite des Raumes zur anderen. Sie wusste sehr wohl, dass ihr Zorn fehlgeleitet war, aber sie hatte bei mehr als einer Gelegenheit bewiesen, dass sie ihn nicht unter Kontrolle hatte.

„Ich finde keine Lexie Fuller, Alex Fuller, Alexandra Fuller … Ich versuche es noch in Madison, Oglethorpe …“

„Nein.“ Claire presste die Handflächen gegen die Wand. Sie wünschte, sie könnte das Haus zum Einsturz bringen. „Was ist, wenn wir sie finden? Was tun wir dann?“

„Wir sagen ihr, dass ihr Mann tot ist.“

„Wieso willst du meine Probleme ständig anderen Leuten aufladen?“

„Das ist jetzt unfair.“

Claire wusste, dass Lydia recht hatte, aber es war ihr egal. „Ich klopfe also an die Tür von dieser Lexie und stelle mich vor, und wenn sie mich nicht zum Teufel jagt – was ich an ihrer Stelle tun würde –, sage ich: ‚Ach ja, übrigens war Paul nicht nur Polygamist, er war außerdem ein Dieb, wahrscheinlich ein Vergewaltiger und ganz sicher ein Stalker, und er hat sich an Filmen aufgegeilt, in denen Frauen gefoltert und ermordet werden.‘“ Sie stieß sich von der Wand ab und lief wieder auf und ab. „Glaub mir, sie will es nicht wissen.“

„Würdest du es nicht wissen wollen?“

„Auf keinen Fall.“ Claire war überrascht von ihrer Entschlossenheit. Sie ließ ihre Gedanken zu dem Moment zurückwandern, als sie das erste Mal vor Pauls Computer saß. Die rote oder die blaue Pille.

Wenn sie die Zeit zurückdrehen könnte, würde sie sich dann für ein Leben in Unwissenheit entscheiden? Adam hätte ihr vielleicht früher oder später von dem gestohlenen Geld erzählt, aber die Filme und die Akten wären wahrscheinlich unentdeckt geblieben. Hätte Claire den Lagerraum im Keller durchgesehen? Paul war derjenige, der emotional an albernen Liebesbriefchen und den abgerissenen Kinokarten für den ersten Film hing, den sie gemeinsam angesehen hatten. Sie hatte bereits entschieden, dass sie ohne Paul nicht weiter in Pauls Traumhaus leben wollte. Claire wäre wahrscheinlich in ein kleineres Haus gezogen, vielleicht in eine Eigentumswohnung im Zentrum. Sie konnte sich ohne Weiteres vorstellen, dass ihr alternatives Ich einen Aktenvernichtungsservice beauftragt hätte, statt alles einzulagern oder bei einem Umzug mitzunehmen.

„War Paul viel auf Geschäftsreisen?“, fragte Lydia.

Sie schüttelte den Kopf. „Nie länger als ein paar Tage am Stück, und meistens nahm er mich mit.“ Claire konnte ebenso gut aussprechen, was sie beide gedacht hatten, als sie die Schaukel im Garten gesehen hatten. „Wenn er ein Kind hatte, war er ein wirklich beschissener Vater.“

„Watkinsville liegt keine fünfzehn Minuten von einem Campus voller Studentinnen entfernt“, sagte Lydia. Sie wartete, bis Claire sich umgedreht hatte. „Was, wenn es noch mehr Akten gibt? Noch mehr Frauen?“

Claires Gedanken wanderten zu einem noch düstereren Ort. „Gibt es in diesem Haus einen Keller?“

Lydia saß einige Sekunden reglos da. Schließlich begann sie wieder, auf dem iPad zu tippen. Claire kniete neben ihr nieder. Lydia holte sich den Grundbucheintrag für das Anwesen in Watkinsville auf den Schirm und las laut vor: „Einfamilienhaus. Holzverkleidung. Erbaut 1952. Umwälzpumpe. Kommunaler Wasseranschluss. Kein Dachboden. Kein Keller." Sie sah Claire an.

Claire blickte aus dem Fenster. Das Sonnenlicht bleichte den ohnehin bleichen Raum. „Der Maskierte – das ist nicht Paul. Ich kenne seinen Körper."

„Ist es Adam?"

Die Frage traf Claire wie ein Fausthieb an die Brust. Adam hatte etwa die gleiche Größe wie der Mann mit der Maske. Außerdem hatte er die gleiche helle Hautfarbe. Was den Rest anging, war sie sich nicht sicher. Claire war nicht in Adam Quinn verliebt gewesen. Sie hatte nicht stundenlang neben ihm gelegen, seine Haut berührt und geküsst, sich seinen Körper eingeprägt. „Wir haben dreimal gefickt. Wir haben uns dabei nie ganz ausgezogen, und es war immer im Stehen."

„Wie romantisch." Lydia legte das iPad beiseite. „Du bist dir sicher, dass das auf dem Anrufbeantworter Pauls Stimme ist?"

Claire nickte, denn Pauls weicher, gedehnter Südstaatenakzent war unverwechselbar. „Was sollen wir tun?" Sie korrigierte sich: „Was soll *ich* tun?"

Lydia antwortete nicht. Sie starrte nur in den Garten hinaus, so wie Claire es zuvor getan hatte.

Claire trat neben sie und beobachtete geistesabwesend, wie ein einsames Eichhörnchen über die Poolumrandung hoppelte und Salzwasser aus dem Becken trank. Wie es weitergehen sollte, war eine heikle Frage, denn alles lief darauf hinaus, ob Claire noch mehr wissen wollte oder nicht. Hier ging es nicht mehr nur um die blaue oder rote Pille. Es ging eher um das sprichwörtliche Häuten der Zwiebel.

Als das Telefon läutete, fuhren sie beide zusammen.

Claire sah zu dem nicht registrierten Handy, aber der Schirm war dunkel.

„Mein Handy ist es auch nicht", sagte Lydia.

Es läutete wieder. Claire kroch zu dem schnurlosen Festnetzgerät auf dem Tisch neben der Couch. Es läutete noch einmal, und Claire spürte die vertraute Übelkeit schon, bevor sie Fred Nolans Stimme hörte.

„Claire", sagte er, „ich bin froh, dass ich Sie erwische."

Seine Stimme war laut und klar wie eine Kirchenglocke. Claire hielt das Telefon vom Ohr weg, sodass Lydia mithören konnte.

„Ich glaube, ich nehme Ihr Angebot für ein Gespräch mit Ihnen und Ihrem Anwalt an."

Claires eigener Herzschlag hallte ihr in den Ohren. „Wann?"

„Wie wäre es mit heute?"

„Es ist Sonntag." Bis zu diesem Moment war ihr gar nicht bewusst gewesen, welcher Wochentag es war. Seit Pauls Ermordung war fast eine ganze Woche vergangen.

„Ich bin überzeugt davon, dass Sie genug Geld haben, um den Wochenendtarif des Colonels zu bezahlen", sagte Nolan.

Der Colonel. So hatten sie Wynn Wallace genannt, den Strafverteidiger, der Claire geholfen hatte, die Anklage wegen des tätlichen Angriffs auf dem Tennisplatz abzuschmettern. Paul hatte ihn Colonel getauft, weil er das gleiche arrogante Arschloch war wie die Figur, die Jack Nicholson in *Eine Frage der Ehre* verkörpert.

„Claire?"

Woher kannte Nolan ihren privaten Spitznamen für den Mann? Hatte Paul den Colonel auch wegen des veruntreuten Geldes engagiert?

„Hallo?"

Sie sah Lydia an, die den Kopf so heftig schüttelte, dass ein Schleudertrauma zu befürchten war.

„Wo?", fragte Claire.

Nolan nannte ihr die Adresse.

„Ich bin in zwei Stunden da." Claire beendete das Gespräch. Als sie das Gerät wieder auf den Tisch legte, sah sie, dass ihre Handfläche einen Schweißfleck hinterlassen hatte.

„Gibst du ihm die Akten?“, fragte Lydia.

„Nein. Ich fahre nicht in die Stadt.“ Claire stand auf. „Ich fahre nach Athens.“

„Was?“ Lydia stand ebenfalls auf und folgte Claire in den Vorraum. „Du hast doch gerade zu Nolan gesagt …“

„Scheiß auf Nolan.“ Claire hob ihre Handtasche auf und schlüpfte in ihre Tennisschuhe. Sie wusste nicht, warum, aber sie musste Lexie Fuller sehen. Sie hatte nicht vor, mit ihr zu reden oder eine Bombe in ihr Leben platzen zu lassen, aber sie musste die andere Frau mit eigenen Augen sehen.

„Hör zu, Lydia“, sagte sie, „ich weiß es wirklich zu schätzen …“

„Halt den Mund, ich komme mit.“ Lydia verschwand aus der Küche und ging zurück in Claires Arbeitszimmer.

Claire sah auf dem Videoschirm neben der Tür nach dem Briefkasten. Der USB-Stick lag immer noch drin. Es war 9.13 Uhr an einem Sonntagmorgen. War es gut oder schlecht, dass Adam Quinn so lange schlief? Oder würde jemand anderer ihn abholen? War Jacob Mayhew schon auf dem Weg? Und würde Fred Nolan Claires Fernbleiben von dem Termin in zwei Stunden als vorsätzliche Irreführung eines FBI-Agenten ansehen? Würde sie sich heute Abend in ihr eigenes Bett legen, oder würde sie die nächsten Jahre im Gefängnis verbringen?

Lydia kam mit ihrer Handtasche wieder. Sie hatte ihr eigenes Smartphone in einer Hand und das nicht registrierte in der anderen. „Ich fahre.“

Claire widersprach nicht, denn Lydia war älter und durfte immer fahren. Sie verließ das Haus durch den Küchenausgang und schloss nicht hinter sich ab. So wie die Dinge lagen, durften die Einbrecher von ihr aus gern wiederkommen. Sie hätte ihnen sogar noch Gebäck bereitgestellt, wenn sie die Zeit gehabt hätte.

Claire trennte den Tesla von der Ladestation. Der Schlüsselbund lag auf der Bank, wo sie ihn hingeworfen hatte. Sie steckte ihn in ihre Handtasche und stieg in den Wagen. Lydia setzte sich hinters Lenkrad. Sie stellte den Sitz ein, richtete die Spiegel und blickte dann stirnrunzelnd auf den Siebzehn-Zoll-Bildschirm in der Mitte des Armaturenbretts.

„Der fährt elektrisch, richtig?“ Lydia klang verärgert. Wenn sie sich mit neuen Dingen befassen musste, war sie immer genervt. „Athens ist eine Stunde entfernt.“

„Tatsächlich? Ist mir die zigtausend Mal, die ich genau mit diesem Auto zu Mom und wieder zurückgefahren bin, gar nicht aufgefallen.“ Zumindest hatte sie es getan, bevor die Fußfessel ihre Bewegungsfreiheit einschränkte. „Können wir einfach losfahren?“

„Wo steckt man den Zündschlüssel rein?“

„Tipp auf die Bremse, dann springt er an.“

Lydia tippte auf die Bremse. „Läuft der Motor jetzt? Ich höre ihn gar nicht.“

„Bist du dreihundert Jahre alt oder was?“, fragte Claire. „Es ist immer noch ein Auto, Herrgott noch mal. Selbst Grandma Ginny würde mit ihm klarkommen.“

„Das war jetzt aber echt gemein.“ Lydia legte den Rückwärtsgang ein, und der Monitor schaltete auf die Rückfahrkamera. Lydia schnaubte angewidert, während sie den Wagen langsam wendete.

Das Tor am Ende der Auffahrt stand noch offen. Claire hatte das Gefühl, als wären zehn Jahre vergangen, seit sie mit ihrer Mutter und Großmutter nach der Beerdigung in der Stretchlimousine gesessen hatte. Sie versuchte, sich zu erinnern, wie sie sich da gefühlt hatte. Welcher Luxus war doch die Reinheit ihres Kummers gewesen.

Es gab eine andere Frau in Watkinsville, die möglicherweise den gleichen reinen Schmerz empfand. Paul war seit fast einer Woche tot. Sicherlich hatte sie in Krankenhäusern und bei der Polizei angerufen und weiß der Himmel, wo noch. Und vermutlich hatte ihr jemand, der nur ein wenig recherchierte, gesagt, dass Buckminster Fuller, der Schöpfer der geodätischen Kuppel, schon 1983 gestorben war.

Claire fragte sich, mit welcher Geschichte Paul der Frau erklärt hatte, dass er so selten daheim war. Geschäftsreisender? Geheimagent? Arbeiter auf einer Ölplattform? Pilot?

Paul hatte während des College seinen Pilotenschein gemacht. Er war für Kleinflugzeuge zugelassen, was bedeutete, dass er jedes Mal, wenn sie ein Flugzeug charterten, vorn im Cockpit war und mit den Piloten über Rückenwinde und Höhenmesser fachsimpelte. Claire taten die armen Kerle, die nichts weiter wollten, als das Flugzeug am Himmel zu halten, immer leid.

Sollte Lexie Fuller ihr leidtun? Und hatte sie das Recht, die andere Frau wegen Paul im Unklaren zu lassen? Andererseits wusste niemand besser als Claire, welche Hölle über sie hereinbrechen würde, wenn sie die Wahrheit kannte. Durfte sie das einem anderen Menschen antun?

Aber vielleicht wusste Lexie ja bereits über Claire Bescheid. Vielleicht war das kleine, junge Luder absolut einverstanden damit, sich den Ehemann mit einer anderen Frau zu teilen und das uneheliche Kind – oder die Kinder – dieses Mannes großzuziehen.

Claire schloss die Augen. Was für schreckliche Dinge dachte sie über diese andere Frau. Sie machte ein Ungeheuer aus Lexie, während es wahrscheinlich doch eher so war, dass Paul sie beide getäuscht hatte. Selbst wenn Lexie wissentlich an der Polygamie beteiligt war, wusste sie mit Sicherheit nichts von den schrecklichen Dingen, die Paul sonst trieb.

„Dyadische Vervollständigung“, würde Paul ihr erklären. „Das menschliche Gehirn neigt zu der Annahme, dass, wenn es ein Opfer gibt, es auch einen Bösewicht geben muss.“

Sah Claire sich jetzt so, einfach nur als ein weiteres Opfer von Paul?

„Claire?“ Lydia hatte ihren Würgegriff um das Lenkrad ein wenig gelockert. „Ich glaube, wir brauchen noch mehr Informationen.“

Schon bei dem Gedanken krümmte sich Claire. „Wie meinst du das?“

„Die ins Netz gestellten Unterlagen des County reichen doch nur zehn Jahre zurück. Hat Paul das Haus schon immer besessen?“

„Welche Rolle spielt das denn?“

„Ich frage mich nur, ob es noch weitere Mrs. Fullers gibt.“

Claire starrte geradeaus auf die Straße. Das Problem mit Lydia war, dass sie sofort das Schlimmste von Paul dachte. „Du meinst, er hat sie im Garten vergraben?“

„Das habe ich nicht gesagt.“

„Das musstest du auch nicht.“ Claire stützte den Kopf in die Hände. Sie wollte Lydia nicht dabeihaben, aber sie konnte sich nicht vorstellen, es ohne sie zu tun. Sie hatte vergessen, wie nervig es war, eine Schwester zu haben.

Lydia blinkte, um sich auf der Interstate einzufädeln. Als Friedensangebot sagte sie: „Dad hat es immer gehasst, am Sonntag Auto zu fahren.“

Gegen ihren Willen musste Claire lächeln. Als ihr Vater ihr das Fahren beigebracht hatte, hatte er sie gewarnt, der Sonntag sei der gefährlichste Tag auf der Straße. Er sagte, die Leute seien müde und mürrisch, weil sie stundenlang in kratzigen Sachen in der Kirche gesessen hätten, und würden fahren wie die Geistesgestörten, wenn man sie endlich ins Freie entließ.

„Was hast du eigentlich gestern vor dem „McDonald's“ gemacht?“, fragte Lydia.

Claire sagte die Wahrheit. „Ich habe überlegt, ob es unhöflich wäre, mich auf der Toilette zu übergeben, ohne vorher etwas bestellt zu haben.“

„Ich denke, sie sind es gewohnt." Lydia beschleunigte auf die Überholspur. Dafür, dass sie sich vorhin so über den Wagen beschwert hatte, schien sie die Fahrt jetzt ziemlich zu genießen. „Was, glaubst du, wird Nolan tun, wenn du nicht in seinem Büro erscheinst?"

„Das kommt wohl drauf an. Wenn sein Vorgehen legal ist, wird er einen Fahndungsaufruf für mich rausgeben. Wenn nicht, wird er mich wieder anrufen oder gleich beim Haus vorbeischauen."

„Du hast die Garagentür offen gelassen. Er muss nichts weiter tun, als hineingehen und sich Pauls Laptop ansehen."

„Lass ihn." Claire sah nicht ein, welchen Sinn es haben sollte, die Filme verstecken zu wollen. Schließlich war sie diejenige gewesen, die mit ihnen zur Polizei gegangen war. „Für diesen Fall gilt das Gleiche. Wenn Nolan in offizieller Funktion kommt, wird er einen Durchsuchungsbeschluss haben. Wenn nicht, kann er die Festplatte nehmen und sie sich in den Arsch stecken."

„Vielleicht ist er ausgerechnet dann dort, wenn Adam den USB-Stick abholt."

„Na wunderbar. Dann können sie sich die Filme ansehen und sich gemeinsam einen runterholen."

Lydia lachte nicht. „Darf ich dich etwas fragen?"

Claire musterte ihre Schwester nachdenklich. Sie war sonst nicht der Typ, der um Erlaubnis fragte. „Ja?"

„Was tust du eigentlich den ganzen Tag? Hast du einen Job oder so was?"

Wahrscheinlich ging Lydia davon aus, dass Claire den ganzen Tag herumsaß, Pralinen aß und Pauls Geld ausgab. Das tat sie zugegebenermaßen gelegentlich, aber Claire fand, dass sie es zu anderen Zeiten wieder wettmachte. „Ich mache viele ehrenamtliche Jobs. Im Tierheim, bei der Lebensmittel-Tafel, bei der USO." Es hätte ebenso gut eine Liste der Dinge sein können, die ihrem Vater wichtig gewesen waren. „Eine Weile habe ich beim Innocence Project für die Aufklärung von Justizirrtümern mitgeholfen, aber dann kam ein Fall, bei dem Ben Carvers Name fiel.“ Ben Carver war einer von zwei Serienmördern gewesen, die ihren Vater bei seinen Nachforschungen wegen Julia ewig hingehalten hatten. „Ich habe Französisch- und Deutschkurse für Reisen belegt. Ich spiele immer noch Klavier. Ich mähe den Rasen, wenn es nicht zu heiß ist. Früher war ich drei, vier Stunden am Tag auf dem Tennisplatz, aber aus irgendeinem Grund will niemand mehr mit mir spielen.“ Sie sah Lydia an. „Und wie sieht es bei dir aus?“

„Ich arbeite. Ich fahre nach Hause. Ich gehe schlafen. Ich stehe auf und arbeite wieder.“

Claire nickte, als wüsste sie es nicht besser. „Bist du mit jemandem zusammen?“

„Nicht wirklich.“ Lydia überholte einen langsamen Mercedes. „Weiß Mom, dass du mit mir gesprochen hast?“ Sie tat, als wäre ihr die Frage spontan eingefallen, aber ihre belegte Stimme verriet sie.

„Ich habe es ihr nicht gesagt“, gestand Claire. „Aber nur, weil ich wütend war und ich wusste, dass sie es meiner Stimme anhören und die Wahrheit aus mir herauskitzeln würde.“

„Und was ist die Wahrheit?“

„Dass du nicht gelogen hast, woraus folgt, dass Paul gelogen hat, und das bedeutet, dass meine achtzehnjährige Ehe ein absoluter Scheiß war und mein Mann ein Psychopath.“

Lydia zog das Kinn an die Brust, hielt ausnahmsweise jedoch den Mund.

Claire kam ein Gedanke. „Ich habe mich noch gar nicht bei dir entschuldigt für das, was ich getan habe.“

„Nein, hast du nicht.“

„Es tut mir leid“, versuchte sie es, aber gemessen an dem, was sie angerichtet hatte, wirkten die paar Worte so dürftig. „Ich hätte dir glauben sollen.“ Claire wusste, dass das nicht ganz stimmte. Sie konnte sich kein Szenario vorstellen, bei dem sie Lydia an diesem Punkt in ihrer beider Leben noch vertraut hätte. „Selbst wenn ich dir nicht glaubte, hätte ich dich niemals gehen lassen dürfen."

Lydia hatte den Kopf abgewandt. Sie schniefte.

Claire sah auf die Hand ihrer Schwester hinunter. Sie war unsicher, ob sie sie berühren sollte oder nicht. „Es tut mir leid, Pepper. Ich habe dich im Stich gelassen. Und ich habe Mom dazu gebracht, dass sie dich im Stich lässt."

„Du konntest Mom nicht dazu bringen, wenn sie es nicht gewollt hätte."

„Da bin ich mir nicht so sicher." Zum ersten Mal machte sich Claire die vollen Auswirkungen ihres Handelns bewusst. Sie hatte Lydia nicht nur aus ihrem eigenen Leben verbannt, sie hatte sie gleichermaßen von der übrigen verbliebenen Familie abgeschnitten. „Mom hatte schreckliche Angst, noch ein Kind zu verlieren. Ich wusste das und machte es mir zunutze, weil ich so wütend auf dich war. Ich zwang sie zu einer Entscheidung zwischen dir und mir. Ich habe mich getäuscht. Was ich dir angetan habe, tut mir so abgrundtief leid. Unserer ganzen Familie."

„Na ja …" Lydia wischte sich die Tränen aus den Augen. „Ich war zu dieser Zeit ziemlich im Arsch. Alles, was du gesagt hast, stimmt. Ich habe euch alle bestohlen. Ich habe die ganze Zeit gelogen."

„Aber niemals in einer Sache wie dieser, und das hätte ich sehen müssen." Claire lachte über die krasse Untertreibung. „Natürlich hätte ich eine Menge Dinge sehen müssen."

Lydia schluckte, während sie weiter gegen die Tränen ankämpfte.

Claire wusste nicht, was sie sonst noch sagen sollte. Dass sie stolz auf ihre Schwester war, weil sie clean geworden war und sich aus bitterer Armut hochgearbeitet hatte? Dass ihre Tochter wunderschön, gescheit und eindeutig ein fantastisches Mädchen war? Dass ihr Freund sie offensichtlich anbetete? Alles, was sie über Lydias Leben wusste, stammte von Pauls Privatdetektiven.

Und das hieß, obwohl Claire die dunkle, verrottete Seele ihrer Ehe bloßgelegt hatte, vertraute ihr Lydia immer noch nicht die Wahrheit über ihr eigenes Leben an.

„So." Offenbar war Lydia bereit für einen Themawechsel. Sie fuchtelte mit der Hand in Richtung Touchscreen. „Hat dieses Ding ein Radio?"

„Es kann jede Musik spielen, die du willst." Claire berührte das Medien-Icon. „Sag einfach laut und deutlich, was du hören willst, und es sucht den Song im Internet und spielt ihn ab."

„Ausgeschlossen."

„Willkommen in der schönen neuen Welt." Claire teilte den Bildschirm. Sie kam sich vor wie der beflissene Jüngling in der Tesla-Vertretung, als sie die verschiedenen Schirme durchgingen. „Du kannst deine E-Mails lesen, du kannst sehen, wie viel Batterieleistung du noch hast, du kannst ins Internet gehen …"

Claire brach abrupt ab. Als sie das Internet-Icon berührt hatte, war die letzte Seite hochgeladen worden, die Paul sich angesehen hatte. *Feedly.com* war ein News-Aggregator, der ähnlich funktionierte wie ein Google Alert, aber mit Nachrichtenbeiträgen.

Paul hatte nur einen Namen in die Suchmaschine eingegeben.

„Was ist los?", fragte Lydia.

„Halt mal an."

„Wieso?"

„Halt an."

Lydia seufzte schwer, aber sie tat dennoch wie von Claire verlangt. Die Rumpelstreifen dröhnten im Wageninneren, während sie am Rand des Highways zum Stillstand kamen.

„Was ist denn los?", wiederholte Lydia.

„Paul hat eine Suchfunktion für Nachrichten über Anna

Kilpatrick eingerichtet. Die letzte kam vor zwei Minuten."

Lydia griff nach ihrer Handtasche und zog ihre Brille hervor. „Worauf wartest du?"

Claire tippte mit der Fingerkuppe auf die neueste Benachrichtigung, einen Link zu Channel 2, einem Lokalsender aus Atlanta.

Im oberen Teil der Homepage war ein schwarzes Feld für Videostreamings. Das rote Banner verkündete: „LIVE! Eilmeldung zum Fall Anna Kilpatrick." Ein sich drehender Kreis zeigte an, dass das Video zwischengespeichert wurde. Claire stellte den Ton an. Dann starrten sie gebannt auf den Kreis und warteten.

Als ein brauner UPS-Truck vorbeidüste, wurde der Tesla durchgeschüttelt.

„Das dauert ja ewig", sagte Lydia.

Schließlich erschien das Video, aber es war nicht viel zu sehen. Captain Mayhew stand hinter einem Rednerpult. Der Abgeordnete Johnny Jackson, der sich nie eine Gelegenheit zu einem Auftritt in den Medien entgehen ließ, stand hinter ihm, leicht nach rechts versetzt, sodass er noch gut im Bild war. Beide blickten zu einer geschlossenen Tür an der Seite des Raumes. Man sah Kamerablitze zucken und hörte ungeduldige Berichterstatter mit den Füßen scharren.

Eine Stimme aus dem Off erklärte: „Wie wir erfahren haben, sind die Eltern vor fünf Minuten im Gebäude eingetroffen." Der Reporter rekapitulierte das Verschwinden von Anna Kilpatrick bis zurück zu dem Zeitpunkt, als die Polizei den Wagen des Mädchens auf dem Parkplatz der Lenox Mall entdeckt hatte.

Claire erinnerte sich noch gut an die Pressekonferenzen mit ihrer Familie. Damals gab es im Grunde nur drei Nachrichtensender, deshalb wurden die Konferenzen in der kleinen Eingangshalle vor der Dienststelle des Sheriffs abgehalten. Claire und Lydia bekamen die Anweisung, am Boden zerstört auszusehen, aber auch nicht zu sehr. Helen hatte sich Sorgen gemacht, Julias Entführer würde ihre anderen beiden Töchter sehen und sie ebenfalls rauben wollen. Der Sheriff hatte sie aufgefordert, ihre Ansprache direkt an Julia zu richten, denn er war hartnäckig überzeugt davon, dass sie irgendwo in einem heruntergekommenen Hotel saß und über ihre Eltern lachte, die sich in den Abendnachrichten zum Narren machten.

„Da kommen sie", sagte Lydia.

Auf dem Schirm sah man die Seitentür aufgehen. Anna Kilpatricks Eltern gingen zum Podium und stellten sich links von Mayhew auf. Er nickte ihnen zu, als wollte er sagen: „Wir stehen das durch." Sie nickten nicht zurück. Beide sahen aus wie Insassen des Todestrakts, die auf ihre Hinrichtung warteten.

„Sie haben die Leiche gefunden", sagte Lydia.

Claire bedeutete ihr, zu schweigen, aber Sekunden später bestätigte Mayhew ihre Vermutung.

„Etwa gegen vier Uhr heute Morgen", sagte er, „wurden die sterblichen Überreste einer jungen Frau auf einem Joggingpfad an der Belt Line gefunden."

Die Belt Line verlief durch Midtown Atlanta. Claire hatte Freunde, die sie scherzhaft als Rape Line bezeichneten, wegen der hohen Zahl sexueller Übergriffe, die sich auf diesem Weg ereigneten.

Mayhew fuhr fort. „Das kriminaltechnische Labor konnte die sterblichen Reste anhand von Fotos und Fingerabdrücken identifizieren. Die Familie Kilpatrick hat den Befund vor einer Stunde bestätigt."

„Sie haben sie die Leiche sehen lassen?", rief Claire.

„Würdest du sie nicht sehen wollen?"

Claire war sich nicht mehr so sicher.

„Zum gegenwärtigen Zeitpunkt gibt es keine weiteren Spuren", fuhr Mayhew fort. „Wer den Mann auf dieser Zeichnung erkennt, möge sich bitte unter der Nummer der Hotline melden." Er hielt die Zeichnung des Mannes, der in der Nähe von Annas Wagen gesehen worden war, in die Kamera. „Die Familie Kilpatrick möchte sich bei allen bedanken, die bei der Suche …"

Claire stellte den Ton leise, denn sie wusste, was als Nächstes kam. Die Reporter würden Fragen stellen, Mayhew würde keine Antworten geben. Sie sah Mayhew in Richtung von Bob Kilpatrick, Annas Vater, gestikulieren. Der Mann hatte den gleichen verweinten und verzweifelten Gesichtsausdruck, den sie unzählige Male bei ihrem Vater gesehen hatte.

Lydia hatte es ebenfalls bemerkt. „Er erinnert mich an Dad."

Claire zwang sich, den Blick von Eleanor Kilpatrick abzuwenden. Die Frau klammerte sich an ihren Mann, als würden sie beide schiffbrüchig auf dem Meer treiben. Und sie waren tatsächlich Schiffbrüchige – selbst wenn sie es zurück an Land schafften, würden sie nie mehr wirklich festen Boden unter den Füßen haben.

Lydia hielt Claires Hand. Der Trost, den die Berührung ihrer Schwester bot, durchströmte sie wie warmes Wasser. Sie saßen im Wagen und sahen Lkws vorbeirauschen. Würde Claire Julias Leiche sehen wollen? Nach all den Jahren würde es anders sein. Es wären nur mehr Knochen übrig, aber die Knochen würden sehr viel bedeuten, denn sie hätten etwas zu begraben, hätten einen Ort, an dem sie ihre Trauer zurücklassen konnten.

„Was ist denn jetzt los?" Lydia deutete zum Touchscreen. Eleanor Kilpatrick hatte Mayhew zur Seite gestoßen und das Mikrofon gepackt.

Claire machte den Ton an.

Eleanor Kilpatricks wütende Stimme drang schrill und kreischend aus den Lautsprechern: „… ein Brandzeichen wie ein gottverdammtes Stück Vieh!"

Die Zuspielung wurde unterbrochen, und der Moderator von Channel 2 erschien auf dem Schirm. „Wir möchten uns bei unseren Zuschauern für die soeben gehörte Ausdrucksweise entschuldigen."

„Such eine nicht zensierte Zuspielung!", kommandierte Lydia. „Mach schon!"

„Bin ja schon dabei." Claire hatte bereits die Suchseite auf den Schirm geholt. Es gab ein Dutzend weiterer Websites, die die Pressekonferenz übertrugen. Claire wählte die zwielichtigste aus. Das Regenbogenrad in der Mitte des Schirmes begann, sich wieder zu drehen.

„Versuch es bei einer anderen!", rief Lydia.

„Nur Geduld." Claire verschränkte die Hände, damit sie nicht an den Bildschirm fasste. Sie wollte schon aufgeben, als die Seite endlich geladen wurde.

Mayhew war eingefroren, mit dem Mikrofon direkt vor sich. Jackson blickte wie ein braver Soldat stur geradeaus. Claire tippte auf Play, und Mayhew sagte gerade: „... die sterblichen Überreste einer jungen Frau ..."

„Das ist der Anfang." Offenbar hatte Lydia gut aufgepasst. Sie wischte über den Schirm, bis das Video bei Eleanor Kilpatricks Ausbruch angelangt war.

„Blödsinn!", schrie die Frau.

Johnny Jackson stahl sich geschickt aus dem Bild und überließ Jacob Mayhew die Schadensbegrenzung.

„Mrs. Kilpatrick." Mayhew deckte das Mikrofon mit der Hand ab.

„Nein!" Eleanor Kilpatrick versuchte, seine Hand wegzustoßen. Sie war eine kleine Frau. Sie richtete nichts gegen ihn aus, deshalb drehte sie sich zu den Reportern um und schrie: „Meine Tochter wurde aufgeschlitzt!"

Sie antworteten mit einem Blitzlichtgewitter.

„Mrs. Kilpatrick", wiederholte Mayhew.

Sie entriss ihm das Mikrofon. „Ihre Brüste wurden verstümmelt. Sie trug ein Brandzeichen wie ein gottverdammtes Stück Vieh!"

Mayhew versuchte, ihr das Mikro wegzunehmen, doch

sie wich rasch zurück. Der Captain versuchte es noch einmal, aber Bob Kilpatrick überraschte ihn mit einem Schlag in die Magengrube.

„Sie war unser Baby!“, schrie Eleanor. „Sie war doch noch ein Kind!“

Zwei uniformierte Polizisten überwältigten Bob Kilpatrick. Seine Frau schrie immer weiter, selbst dann noch, als er aus dem Raum geschleift wurde. „Was für ein Ungeheuer tut unserem kleinen Mädchen so etwas an? Was für ein Ungeheuer?“

Mayhew wischte sich mit dem Handrücken über den Mund. Er war sichtlich wütend. Vor allen Reportern packte er Eleanor Kilpatrick um die Taille und trug sie vom Podium. Als das Kabel nicht weiter reichte, fiel das Mikrofon zu Boden. Mayhew warf die Frau praktisch zur Tür hinaus, die anschließend mit einem lauten Knall ins Schloss fiel. Die Kamera verharrte noch einige Sekunden bei dieser Einstellung, dann wurde der Bildschirm schwarz.

Claire und Lydia starrten auf den Touchscreen.

„Hast du gesehen, was sie getan hat?“, fragte Lydia.

„Ja.“ Claire lud die Seite noch einmal hoch, und sie sahen sich die Pressekonferenz von vorn an. Erst Mayhew, dann Eleanor. Sobald das Video zu Ende war, lud sie die Seite erneut, und sie verfolgten die Konferenz ein drittes Mal.

Die Stimme des Reporters aus dem Off. Mayhew vor dem Rednerpult. Die Kilpatricks beim Betreten des Raumes.

Weder Claire noch Lydia konnten sich losreißen. Sie waren beide wie hypnotisiert von Eleanor Kilpatricks Ausbruch, wie sie mit den Fingern ein X auf ihren Bauch malte, als sie sagte, man habe ihre Tochter mit einem solchen Brandzeichen verstümmelt.

Claire hielt das Video an. Eleanor Kilpatrick fror auf dem Schirm ein. Ihr Mund stand weit offen. Sie hatte die rechte Hand auf die linke Seite ihres Bauches gedrückt, leicht aus der Mitte versetzt, direkt unter dem Rippenbogen.

„Ihre Brüste waren verstümmelt", sagte Lydia.

„Ich weiß."

„Auf ihrem Bauch war ein Brandzeichen in Form eines X."

„Ich weiß."

Genau wie bei dem zweiten Mädchen in Pauls Filmen. Bei dem, das wie Anna Kilpatrick aussah.

IV

Erinnerst du dich an diesen Artikel, den du für die Schülerzeitung geschrieben hast, als Timothy McCorquodale hingerichtet wurde? Er wurde in den 1970ern zum Tode verurteilt, weil er ein weißes Mädchen ermordet hatte, das er mit einem Schwarzen in einer Bar in Midtown Atlanta sprechen sah. Du hattest große Mühe zu verstehen, warum es so viel Hass hervorrief, wenn ein weißes Mädchen mit einem Schwarzen sprach. Es erfüllte mich mit Stolz und Hoffnung, dass du diese dumme Form von Rassismus nicht verstanden hast. Als deine Mutter und ich aufwuchsen, lag die Rassentrennung in den letzten Zügen. Wir sind für die Gleichberechtigung von Schwarz und Weiß auf die Straße gegangen, aber das war keine besondere Leistung, wenn alle deine Freunde und Mitschüler neben dir gingen.

Ich weiß noch, wie ich mit deiner Mutter über diesen Artikel sprach, in dem du die Meinung vertratst, dass McCorquodale zwar Bestrafung verdient, die Gesellschaft jedoch nicht das Recht habe, ihn zu töten. Wir waren so stolz auf dich, weil du an die Dinge glaubtest, an die wir auch glaubten. Auch wir waren empört, dass ein Mann auf dem elektrischen Stuhl hingerichtet wurde, weil er ein siebzehnjähriges Mädchen entführt, vergewaltigt, gefoltert und schließlich getötet hatte.

Als ich heute Morgen zum Georgia Diagnostic and Classification Prison fuhr, habe ich an deinen Artikel gedacht. Du erinnerst dich vielleicht von der Recherche für deinen Artikel, dass dort die zum Tode verurteilten Gefangenen Georgias untergebracht sind. Ich weiß nicht, warum mir dein Artikel in den Sinn kam, als ich durch das Gefängnistor fuhr, und während ich immer noch stolz auf dich bin, habe ich meine Ansicht über die Todesstrafe verständlicherweise geändert. Der einzige Einwand, den ich jetzt noch habe, ist, dass meiner Ansicht nach die Eltern die Möglichkeit haben sollten, den Schalter zu betätigen.

Ein paar Jahre nach deinem Verschwinden wurde ein Postangestellter namens Ben Carver zum Tode verurteilt, weil er sechs junge Männer ermordet hatte. (Er ist homosexuell, was laut Huckleberry bedeutet, dass er an der Ermordung junger Frauen nicht interessiert ist.) Gerüchten zufolge hat Carver einige der Opfer zum Teil verspeist, aber es gab nie einen Prozess, deshalb wurden die drastischeren Details nicht öffentlich. Ich habe Carvers Namen vor zehn Monaten in der Akte des Sheriffs gefunden, am fünften Jahrestag deines Verschwindens. Der Brief war auf Briefpapier der Justizvollzugsbehörde Georgias geschrieben und vom Direktor persönlich unterzeichnet. Der Mann teilte dem Sheriff mit, Ben Carver, ein Insasse des Todestrakts, habe gegenüber einem Gefängniswärter erwähnt, dass er möglichweise Informationen hinsichtlich deines Verschwindens besitze.

Huckleberry machte eine Notiz, er sei dem Hinweis nachgegangen, aber Carver hat mir persönlich erzählt, dass ihn der Sheriff nie aufsuchte. Natürlich habe ich Ben Carver besucht. Tatsächlich war ich in den letzten zehn Monaten insgesamt achtundvierzig Mal in dem Gefängnis. Ich hätte ihn noch häufiger besucht, aber Insassen des Todestrakts dürfen nur ein Mal in der Woche Besuch bekommen.

Es tut mir leid, Schatz, dass ich dir bisher nichts von diesen Besuchen erzählt habe, aber bitte lies weiter, dann wirst du vielleicht verstehen, warum.

Am Besuchstag sitzen Carver und ich uns gegenüber wie Fische in einem Aquarium, getrennt von Maschendraht. In dem Maschendraht sind winzige Löcher. Der Besucherraum ist laut. Es gibt rund achtzig Männer im Todestrakt, und für viele von ihnen ist ihre Mutter der einzige Kontakt zur Außenwelt. Du kannst dir vorstellen, dass viele Emotionen im Spiel sind. Ben Carvers Mutter ist zu betagt, um ihn noch zu besuchen, deshalb sieht er nur mich. Ich muss mich weit nach vorn beugen und meinen Mund nah an das Metall führen, auch wenn ich den Dreck Tausender anderer Münder sehen kann, die vor meinem durch das Gitter sprachen.

Ich denke an AIDS. Hepatitis B. Herpes. Grippe. Pfeiffersches Drüsenfieber.

Und dennoch lege ich meinen Mund an das Gitter.

Carver ist ein charmanter Mann, der leise und gedehnt spricht. Er ist höflich und zuvorkommend, und ich frage mich, ob er von Natur aus so ist oder ob er die Romane über Hannibal Lecter gelesen hat.

Wie auch immer, er bringt stets große Sorge um mein Wohlergehen zum Ausdruck. „Sie sehen heute müde aus", sagt er etwa, oder: „Essen Sie auch genug?" Oder: „Ich würde ja gern ein Wörtchen mit Ihrem Friseur sprechen."

Ich weiß, er flirtet mit mir, weil er einsam ist, und ich reagiere entsprechend, weil ich wissen will, was er weiß.

Und so reden wir über alles Mögliche, nur nicht über dich.

Er hat ein fast perfektes Gedächtnis für Filmdialoge. *Casablanca. Vom Winde verweht. Asphalt-Cowboy. Monty Python.* Dann sind da die Bücher, die er gelesen hat – viele Klassiker, dann Anne Rivers Siddon für den Atlanta-Bezug, Barbara Cartland in der Rubrik Liebesromane, Neil Gaiman in puncto Fantasy.

Ich erzähle deiner Mutter nichts von diesen Gesprächen, und das nicht nur, weil sie *Die Brücken am Fluss* für sentimentalen Schund hält. Sie weigert sich weiterhin hartnäckig, etwas von meinen außerplanmäßigen Aktivitäten zu hören, wie ich es nenne. Sie nennt es meine vergebliche Suche. Ohne dieses Thema bleibt uns nur noch sehr wenig, worüber wir sprechen können. Man kann alte Erinnerungen an furchtbare Campingausflüge, Zahnfee-Abenteuer und hitzige Elternsprechtage nur eine gewisse Zeit lang aufwärmen. Deine Schwestern haben ihr eigenes Leben begonnen. Sie haben ihre eigenen Freundeskreise und sind dabei, sich eigene Familien aufzubauen. Deine

Mutter hat mich als (minderwertigen) Ersatz, und ich habe …?

Darf ich dir gestehen, dass ich einsam bin? Dass ich jeden Morgen in einem karg eingerichteten Schlafzimmer erwache, an eine gelbe Zimmerdecke starre und mich frage, ob es sich lohnt aufzustehen? Dass ich den Gedanken nicht ertrage, meine Zahnbürste allein im Becher stehen zu sehen, ohne die deiner Mutter daneben? Dass ich zwei Teller, zwei Löffel, zwei Gabeln und zwei Messer habe, nicht weil ich so viele brauche, sondern weil ich sie nur paarweise kaufen konnte? Dass ich meine Arbeit verloren habe? Dass ich schließlich auch deine Mutter verloren habe? Dass ich aufgehört habe, deine Schwestern zu bitten, mich zu besuchen, weil sich jede Unterhaltung anfühlt, als versuchte ich, sie ins tiefe Meer zu ziehen?

Vielleicht verstehst du also, wieso Gespräche über Filme und Literatur mit einem verurteilten Serienmörder zu einem so bedeutenden Teil meines Lebens geworden sind. Sie sind ein Grund, zu baden. Ein Grund, Schuhe anzuziehen. Sie sind ein Grund das Haus zu verlassen, mit dem Auto zu fahren, mich an einem anderen Ort als in meiner Zweizimmerwohnung aufzuhalten, die sich ebenso sehr wie eine Gefängniszelle anfühlt wie die Ben Carvers im Georgia Diagnostic and Classification Prison.

Ich weiß, dass Ben mich hinhält, so wie ich weiß, dass ich mich hinhalten lasse. Verblüfft registriere ich, dass ich neuerdings nur dann nicht an dich denke, wenn ich mit einem mutmaßlichen Kannibalen über James Joyce debattiere. Ist es nicht der Sinn meiner Besuche herauszufinden, was Carver weiß? Den Gerüchten nachzuspüren, die er gehört hat, damit ich endlich erfahren kann, was dir zugestoßen ist?

Aber ich habe dieses bohrende Gefühl, dass er nichts über dich weiß.

Und das beunruhigende Gefühl, dass es mir egal ist.

Was ich also tue, ist Folgendes: Ich sage mir, dass ich ihn

studiere. Ist das die Sorte Mann, die dich verschleppt hat? War dein Entführer am Anfang so freundlich zu dir, wie es Carver zu mir ist? Hat er dich entführt, weil er dich für sich allein haben wollte? Oder hat er dich geraubt, weil er dir wehtun wollte?

Dann frage ich mich, was wohl geschehen würde, wenn dieses schmutzige Metallgitter nicht wäre. Was würde ein Mann wie Ben Carver mit mir machen, wenn es keine Wachen und keine Schranke zwischen uns gäbe? Würde er mir Edmund Spensers *Feenkönigin* erläutern, oder würde er mich aufschlitzen und eine Kostprobe von meiner Bauchspeicheldrüse nehmen?

Mir ist heute bewusst geworden, dass ich die Antwort nie erfahren werde – nicht weil das Szenario unrealistisch ist, sondern weil mir weitere Besuche bei Ben Carver untersagt wurden. Ich habe sofort Huckleberrys Hand dahinter vermutet, aber der Direktor stellte den Sachverhalt schnell klar. Was mir nur angemessen erscheint, denn er war es auch, der mich durch seinen Bericht überhaupt zu Ben Carver führte.

Folgendermaßen hat es sich abgespielt: Ich wurde nicht wie sonst in den Besucherwarteraum geschoben, sondern ein rundlicher Wärter, der ständig an seinen Zähnen saugte, führte mich einen langen Korridor entlang. Seine Sauggeräusche hallten von den Bodenfliesen wider. Die Gänge sind lang und breit in Gefängnissen, wahrscheinlich, damit man ungehindert laufen, sich aber nicht verstecken kann. An jeder Ecke gibt es große Spiegel mit extremer Weitwinkeloptik. Videokameras folgen jeder Bewegung.

Wäre nur die Innenstadt von Atlanta so gut gesichert; vielleicht wärst du dann wieder zu uns nach Hause gekommen.

Das Büro des Direktors war mit billiger Holzverkleidung und grünen Behördenmöbeln ausgestattet. „Denk an ‚Cool Hand Luke‘ Jackson im Film *Der Unbeugsame* mit Paul Newman“, hätte Ben gesagt. Alle Oberflächen im Raum bestanden aus Metall oder Holzimitat. Der Direktor war dick, trug einen militärisch kurzen Haarschnitt und hatte einen Hals, unter dessen Speckrollen der Hemdkragen beinahe verschwand. Als wäre das nicht Klischee genug, war auch sein weißes Hemd kurzärmlig, und er trug eine rot-schwarze Clipkrawatte dazu. Während er mich über den Tisch hinweg betrachtete, rauchte er eine Zigarre. Ich saß ihm mit einem abgegriffenen Exemplar von Dr. Seuss' Buch *You're Only Old Once!* gegenüber, einem Geschenk von Ben, das er mir via Direktor übermittelte. Die letzte Kommunikation zwischen Carver, dem Kannibalen, und mir. Er hatte mein Besuchsrecht widerrufen, ich hatte von nun an keinen Zutritt mehr zum Gefängnis.

„Dr. Carroll", sagte der Direktor, und seine Stimme klang wie Foghorn Leghorn, „Ben Carver ist ein Psychopath. Er ist unfähig zu Mitgefühl oder Bedauern. Wenn Sie menschliche Züge in ihm sehen, dann nur, weil er die entsprechende Rolle spielt."

Ich blätterte in dem Buch. Meine Hände schwitzten, und die Seiten klebten an meinen Fingern. Es ist immer heiß im Gefängnis, egal zu welcher Jahreszeit. Es stinkt nach Schweiß und Kanalisation und der Verzweiflung der Männer, die wie bewegliches Gut in Zellen gestapelt werden.

„Offensichtlich hat Carver aus Ihnen herausgeholt, was er wollte. Er ist fertig mit Ihnen. Nehmen Sie es nicht persönlich. Schätzen Sie sich glücklich, dass Sie mit heiler Haut davongekommen sind."

Mit heiler Haut.

Ich wälzte den Ausdruck in meinem Kopf. Ich sagte ihn laut vor mich hin, als man mich durch den langen Flur zurückführte. Ich wiederholte ihn in meinem Wagen, als ich eingestiegen war und das Buch immer noch mit beiden Händen umklammert hielt.

You're Only Old Once! ist ein Bilderbuch für Erwachsene. Vor mehreren Jahren haben du und deine Schwestern mir genau dieses Buch einmal zum Geburtstag geschenkt, weil junge Leute es immer lustig finden, wenn ältere Leute noch älter werden. Ich erinnere mich nicht, Ben davon erzählt zu haben, aber es ist durchaus möglich, dass ich es zu Beginn meiner Besuche erwähnt habe, weil ich dachte, ich könnte ihm auf diese Weise einen Hinweis auf dich entlocken.

Das Gespräch könnte etwa so verlaufen sein:

Ben: Sagen Sie, Sam, was lesen Sie gerade?

Ich: Ich habe ein Buch gefunden, das Julia und ihre Schwestern mir einmal zum Geburtstag geschenkt haben. *You're Only Old Once!* von Dr. Seuss.

Ben: Wissen Sie, mein Lieblingsgeburtstagsgeschenk war, als ich sechzehn wurde und von meiner Mutter meine eigenen Schlüssel für ihren Wagen bekam. Was war Ihr erstes Auto, Sam? Ich wette, es war eine alte Schrottkarre, aber bestimmt haben Sie die Mädels reihenweise damit angelockt.

So war er. Er wechselte immer mittels einer Schmeichelei das Thema. Meist war er noch geschickter. Es ist schwer zu beschreiben, wie jemand einen manipuliert hat, denn im Allgemeinen nimmt man es nicht wahr, während es passiert. Man schreibt nicht direkt mit, will ich damit sagen.

Ich bin mir sicher, dass Ben bei meinen Besuchen wesentlich mehr Informationen über mich gesammelt hat als andersherum. Ich muss zugeben, dass er auf einem Niveau arbeitete, von dem ich nicht einmal wusste, dass es existiert. Und er war natürlich ein Psychopath, keine Frage, aber er war ein interessanter Psychopath, und ich hatte ein Mal in der Woche etwas zu tun, jede Woche, zehn Monate lang, in denen meine Alternative darin bestand, mir die Pulsadern aufzuschneiden und zuzusehen, wie das Blut in den Abfluss der Badewanne rauscht.

Ich hätte das Skalpell erwähnen sollen, als ich die Gegenstände in meiner Besteckschublade aufzählte. Es liegt seit nun mehr fast einem Jahr da drin, hochglänzendes Metall mit einer chirurgisch geschärften Klinge. Ich habe gesehen, wie mühelos es Fleisch aufschneidet, und davon geträumt, wie leicht es meines durchtrennen würde.

Ich glaube, was passiert ist, war Folgendes: Ben wusste, dass er mir geholfen hatte, aus dem Tal dieser Depression zu klettern, und dass es nun Zeit war, mich gehen zu lassen. Nicht weil er unseren Kontakt beenden wollte, sondern weil er bei einer Fortsetzung meiner Besuche versucht sein würde zu zerstören, was er so mühsam aufgebaut hatte.

Während der Direktor also recht damit hatte, dass mein seltsamer Freund ein Psychopath ist, irrte er sich, was Ben Carvers Mangel an Mitgefühl anging. Den Beweis dafür halte ich hier in meinen Händen.

Ich weiß nicht, wie es ihm als Bewohner des Todestrakts gelang, an ein Exemplar von *You're Only Old Once!* zu kommen, aber ich weiß, dass Ben sehr findig war. Er hatte viele Fans draußen. Die Wärter begegneten ihm mit dem Respekt, der alten Hasen zuteilwurde. Selbst im Gefängnis konnte Ben fast alles bekommen, was er wollte. Und er wollte nur etwas, wenn es einen guten Grund dafür gab. Der Grund war diesmal, mir eine Nachricht zu senden.

Hier die Widmung, die Ben mir ins Buch schrieb:

„Erst brauchst du die Bilder, dann kommen die Worte." – Robert James Waller.

Bilder.

Auf dieses Wort war ich wenigstens sechsmal bei meiner alljährlichen Lesestunde im Büro des Sheriffs gestoßen. Es stand in Verbindung mit einem Dokument, und dieses stand in Verbindung mit einer Tat, und diese Tat war von einem Mann begangen worden, und dieser Mann, wie mir jetzt klar wurde, war mit dir verbunden.

Verstehst du, Schatz?

Ben Carver wusste also doch etwas über dich.

10. KAPITEL

Lydia stand vor The Arch im Zentrum von Athens. Sie starrte auf ihr Handy und lud die Suchseite neu, um die Links zu aktualisieren. Es gab keine Neuigkeiten im Fall Anna Kilpatrick. Das hielt die Nachrichtensender jedoch nicht davon ab, die Geschichte wiederzukäuen. Sie pressten jedes Quäntchen Emotion aus der Pressekonferenz. Eleanors Gefühlsausbruch hatte die Berichterstattung schlagartig auf ein sehr viel höheres Kommunikationslevel befördert. MSNBC, Fox, CBS, ABC und NBC, alle hatten ihre sonntäglichen politischen Wochenrückblicke sausen lassen. CNN hatte einen Psychiater ins Studio geladen, um den psychischen Zustand von Eleanor und Bob Kilpatrick mit ihm zu diskutieren. Die Tatsache, dass der Doktor den Eltern des toten Mädchens nie begegnet war und niemals auch nur mit dem Fall eines entführten Kindes zu tun hatte, tat seiner Qualifikation als Experte keinen Abbruch.

Lydia war qualifizierter dafür, die seelische Verfassung der beiden einzuschätzen. Die sechzehnjährige Tochter dieser Leute war tot. Sie war gefoltert und mit einem Brandeisen gequält worden, und dann hatte man sie auf der Belt Line abgelegt, einem Witz von einem Freizeitparcours, der eher als Jagdrevier für Verbrecher diente. Im Moment überlegten die Kilpatricks wahrscheinlich, wie sie es am besten anstellten, dorthin zu gelangen, wo ihr einziges Kind jetzt war.

Bestimmt hatten sie die ganze Zeit über vermutet, dass Anna tot war, aber zu glauben, es könnte wahr sein, und tatsächlich die Bestätigung zu bekommen, waren zwei Paar Schuh'. Sie hatten ihre Leiche gesehen. Sie hatten das Maß ihrer Schändung mit eigenen Augen betrachtet. War es besser, genau zu wissen, was geschehen war, oder alle Schrecken der Fantasie zu überlassen?

Wie die Familie Carroll hatten sie die Wahl zwischen zwei Übeln.

Lydia wischte sich den Schweiß von der Stirn. Die Temperatur war zwar über Nacht gefallen, aber ihr war heiß, wahrscheinlich vom Schock oder vom Stress oder beidem. Sie stieg die Treppe zu dem eisernen Torbogen hinauf, der seit dem Bürgerkrieg am Eingang zum North Campus stand. Ihr Vater hatte ihnen Geschichten erzählt, wie sie ihn nach Footballspielen mit Klopapier umwickelt hatten. Julia war während eines Protests gegen den ersten Golfkrieg hier verhaftet worden. Am letzten Abend ihres Lebens war sie mit ihren Freunden auf dem Weg zum „Manhattan Café“ am Arch vorbeigekommen.

Und nach dem letzten Drink hatten ihre Freunde sie nie mehr gesehen.

Lydia wünschte, ihre Tochter wäre hier. Sie wollte sie in den Armen halten und auf den Kopf küssen, was Dee nur geschehen ließ, wenn sie krank oder traurig war. Als Baby hatte Dee es geliebt, im Arm gehalten zu werden. Lydia hatte ständig der Rücken geschmerzt, weil sie die Kleine beim Kochen in der Küche mit sich herumtrug oder sie auf ihrer Hüfte absetzte, während sie sich um die Wäsche kümmerte. Als Rick in ihr Leben trat, platzierte Dee sich beim Fernsehen quer über die beiden wie eine Decke, die Füße in Ricks Schoß und den Kopf in Lydias. Rick und Lydia sahen einander dann an und lächelten, weil sie ein so vollkommenes kleines Mädchen in ihrer Mitte hatten. Und Lydia empfand große Erleichterung, denn sie wusste nur dann mit Bestimmtheit, dass es ihrer Tochter gut ging, wenn sie ihr so nah war, dass sie ihre Atemzüge zählen konnte.

Sie legte den Kopf in die Hände und schloss die Augen. Sie gab den Bildern von Eleanor Kilpatrick nach, die sich in ihr Gedächtnis gebrannt hatten. Die Heftigkeit, mit der die Mutter geschrien hatte. Ihr gequälter Gesichtsausdruck. Das X, das sie auf die linke Seite ihres Bauches gezeichnet hatte.

Natürlich war Eleanor Rechtshänderin. Sie musste quer über ihren Bauch greifen, um das X zu zeichnen. Sie hatte diese Stelle nicht zufällig gewählt.

Lydia blickte über die Broad Street. Claire saß vor dem Starbucks, wo sie sie zurückgelassen hatte. Sie saß kerzengerade und starrte mit stumpfem Blick ins Leere. Eine nervenzermürbende Ruhe umgab sie. Sie war immer schwer durchschaubar gewesen, aber im Augenblick war sie absolut undurchdringlich.

Lydia stand auf. Die dreißig Meter zwischen ihnen würden nicht dazu beitragen, Claires Gedanken wie durch Zauberei zu lesen. Sie überquerte die Broad Street wieder und wartete kurz am Mittelstreifen, obwohl gar kein Verkehr war. Georgia hatte am Abend zuvor gegen Kentucky gewonnen. Die Stadt schlief den Sieg aus. Die Gehsteige waren klebrig von verschüttetem Bier, die Straßen von Müll übersät.

Claire blickte nicht auf, als Lydia sich zu ihr an den Tisch setzte, aber sie fragte: „Hat er sich verändert?"

„Er sieht aus wie ein Einkaufszentrum", sagte Lydia, denn der Campus hatte sich von einer gemütlichen Südstaaten-Universität zu einem weitverzweigten Firmenungetüm verwandelt. „Es hat fast etwas von einer Vorortsiedlung."

„Das Einzige, was sich wirklich verändert hat, ist die Länge der Kakihosen."

„War das „Taco Stand" nicht früher hier?"

„Das ist ein paar Häuser weiter." Claire zeigte mit einem Kopfnicken die Richtung an.

Lydia reckte den Hals. Sie sah weitere Tische und Stühle kreuz und quer auf dem Gehsteig stehen. Niemand saß im Freien, denn es war zu kalt. Eine Frau stand mit einem Besen und einer Kehrichtschaufel da, aber anstatt den Abfall vom Vorabend aufzufegen, checkte sie ihr Handy.

„Er hat nie irgendetwas Abgefahrenes von mir verlangt", sagte Claire.

Lydia wandte sich wieder ihrer Schwester zu.

„Ich weiß noch, als ich den Film auf seinem Computer zum ersten Mal gesehen habe – nur den Anfang mit dem angeketteten Mädchen –, da hatte ich so ein merkwürdiges Gefühl, fast als wäre ich betrogen worden, denn ich habe mich gefragt, warum er nicht damit zu mir gekommen ist." Sie sah einem Jogger nach, der langsam die Straße überquerte. „Ich dachte: Wenn er auf Ketten, Leder, Augenbinden und das ganze Zeug steht, und auch wenn ich mir nicht gerade viel daraus mache – warum hat er mich nicht wenigstens gebeten, es mal zu versuchen?" Sie sah Lydia an, als erwartete sie eine Antwort.

Lydia konnte nur mit den Achseln zucken.

„Ich hätte wahrscheinlich Ja gesagt." Claire schüttelte den Kopf, wie um sich selbst zu widersprechen. „Ich meine, wenn er es wirklich gewollt hätte, dann hätte ich es versucht, nicht wahr? Denn das tut man eben. Und Paul wusste es. Er wusste, dass ich es versucht hätte."

Lydia zuckte wieder mit den Achseln, aber sie hatte keine Ahnung.

„Er bat mich nie, mich als Zimmermädchen oder Schulmädchen zu verkleiden oder was man sonst so über Rollenspiele hört. Er verlangte nicht einmal nach Analverkehr, und damit kommt jeder Mann früher oder später an."

Lydia sah sich um und hoffte, dass niemand sie hörte.

„Sie war jünger als ich", fuhr Claire fort. „Die erste Frau, meine ich – als ich sie sah, dachte ich einen Sekundenbruchteil lang, dass sie so viel jünger ist als ich, und das tat weh, denn ich bin nicht mehr jung. Das war die eine Sache, die ich ihm nicht bieten konnte."

Lydia lehnte sich im Stuhl zurück. Sie konnte nichts weiter tun, als Claire einfach reden zu lassen.

„Ich war nicht verliebt in ihn, als ich ihn geheiratet habe. Ich meine, ich habe ihn geliebt, aber ich war nicht …" Sie machte eine vage Handbewegung. „Wir waren noch nicht einmal ein Jahr verheiratet, und Weihnachten stand vor der Tür. Paul hat an seinem Abschluss gearbeitet, und ich habe für eine Anwaltskanzlei Telefondienst gemacht und dachte nur: ‚Das war's, ich bin raus hier.' Verheiratet zu sein fühlte sich so sinnlos an. So langweilig. Mom und Dad waren vor Julias Verschwinden so voller Leben gewesen. Sie waren so leidenschaftliche, interessante Menschen. Erinnerst du dich daran? Wie sie vor der Sache mit Julia waren?"

Lydia lächelte, denn Claire hatte mit dieser einen Frage die Tür zur Erinnerung aufgestoßen. Selbst nach zweiundzwanzig Jahren Ehe hatten sich Sam und Helen Carroll noch benommen wie Teenager, die die Finger nicht voneinander lassen konnten.

„Sie waren beim Tanzen und auf Partys, und sie gingen zum Essen aus und hatten jeder ihre eigenen Interessen, und sie liebten es, ununterbrochen miteinander zu reden. Weißt du noch, wie wir sie nie unterbrechen durften? Und dabei wollten wir sie gar nicht unterbrechen, denn sie waren so faszinierend." Claire lächelte ebenfalls. „Sie lasen ständig. Sie wussten so vieles. Die Leute wetteiferten darum, etwas mit ihnen unternehmen zu dürfen. Wenn sie ein Fest veranstalteten, tauchten wildfremde Leute auf, weil sie gehört hatten, dass es bei den Carrolls so lustig zuging."

Lydia fühlte die Erinnerungen heranfluten – wie Helen Käse auf Selleriestangen sprühte und Sam sich am Grill die Augenbrauen versengte. Ratespiele. Hitzige politische Debatten. Lebhafte Diskussionen über Bücher, Kunst und Filme.

„Sie küssten sich auch ständig", fuhr Claire fort. „Ich meine richtige Küsse. Und wir sagten: Igitt, wie eklig, aber war es nicht schön, Pepper? War es nicht so, dass man sie sah und dachte: Das ist Liebe?"

Lydia nickte. Sie war wie berauscht von den längst vergessenen Erinnerungen.

„In diesem ersten Jahr mit Paul hatten wir genau das alles

nicht. Jedenfalls glaubte ich, dass wir es nicht hatten." Claire schluckte so schwer, dass sich ihre ganze Kehle bewegte. „Ich fuhr also an diesem Abend auf meinem Fahrrad von der Arbeit heim und dachte, ich würde einfach ehrlich sein und ihm sagen, dass es vorbei war. Das Pflaster mit einem Ruck abreißen. Nicht die ganzen Weihnachtsfeiern, Silvester und das alles noch abwarten. Es einfach aussprechen." Sie hielt inne. Tränen liefen ihr übers Gesicht. „Aber als ich nach Hause kam, lag Paul im Bett. Ich dachte, er macht ein Nickerchen, aber er war schweißnass. Ich hörte sein Keuchen, und seine Augenlider flatterten, wenn er blinzelte. Ich zwang ihn aufzustehen, und brachte ihn ins Krankenhaus. Er war seit Wochen erkältet gewesen, aber es hatte sich zu einer verschleppten Lungenentzündung entwickelt. Er wäre fast gestorben." Sie wischte sich die Tränen fort. „Aber die Sache ist die: Ich hatte schreckliche Angst. Ich konnte mir ein Leben ohne ihn gar nicht vorstellen. Noch Stunden zuvor war ich bereit gewesen, ihn zu verlassen, aber dann wurde mir klar, dass ich es nicht konnte." Sie schüttelte so heftig den Kopf, als hätte jemand sie dazu aufgefordert. „Er war fast drei Wochen lang im Krankenhaus, und ich wich nicht von seiner Seite. Ich las ihm vor. Ich schlief bei ihm im Bett. Ich badete ihn. Ich hatte immer gewusst, dass Paul mich brauchte, aber bis zu diesem Moment, in dem ich ihn fast verlor, war mir nicht bewusst gewesen, wie sehr ich ihn ebenfalls brauchte."

Claire unterbrach sich für einen flachen Atemzug. „Das ist dann der Moment, in dem man sich in jemanden verliebt. Die Geilheit und das Rammeln wie die Kaninchen und sein Leben den Bach runtergehen lassen, damit man mit einem Mann zusammen sein kann – das ist Leidenschaft. An der Grenze zur Besessenheit. Und sie verzehrt sich immer selbst. Du kennst das, Liddie. High sein hält nie, nie an. Aber als ich mich in diesem Krankenhaus um ihn gekümmert habe, fing ich an zu begreifen, dass das, was ich mit

Paul hatte oder zu haben glaubte, mehr als Verliebtheit war. Es war Liebe. Es war so greifbar, dass ich es fast berühren konnte. Ich konnte hineinbeißen."

Lydia hätte es niemals genauso ausgedrückt, aber sie wusste wegen Rick, wovon ihre Schwester sprach. So viel von ihr selbst war in ihm vereint: Geliebter, Gefährte, bester Freund, Sparringspartner. Die ganze Zeit war sie darauf fokussiert gewesen, wie es wäre, Dee zu verlieren, aber Rick zu verlieren würde sie in vielerlei anderer Hinsicht vernichten.

„Paul wusste, was für ein Gefühl es für mich war, Julia zu verlieren", fuhr Claire fort. „Ich habe ihm alles erzählt. Ich habe nicht das kleinste Detail zurückgehalten. Ich kann mich nicht erinnern, dass ich jemals zu einem anderen Mann so ehrlich gewesen bin. Ich habe alles vor ihm ausgebreitet – wie es war, als Mom sich in ein Gespenst verwandelte und Dad in einen Don Quichotte. Wie sehr ich dich brauchte, um durch den Tag zu kommen." Sie vergewisserte sich, dass Lydia sie ansah. „Du hast mich gerettet, Pepper. Du warst das Einzige, woran ich mich festhalten konnte, als mir der Boden unter den Füßen weggezogen wurde."

Lydia hatte einen Kloß im Hals. Sie hatten sich gegenseitig gerettet.

„Wahrscheinlich ist das der Grund, warum Paul uns auseinanderbringen musste, glaubst du nicht auch? Er wusste, wie wichtig du für mich warst. Sogar wichtiger als Mom, denn ich habe mich darauf verlassen, dass du da warst, was auch passieren mochte."

Lydia schüttelte den Kopf. Es war unmöglich zu sagen, was Paul sich gedacht hatte.

„Er wusste durch mich, was Anna Kilpatricks Familie durchmachte, und er hat sich trotzdem diese schrecklichen Filme angesehen. Vielleicht gerade deshalb, denn ich glaube, er ist darauf abgefahren, dass Anna nicht die Einzige war, die Schmerzen litt. Es gab diese Wellen von Schmerz, die sich durch die Familie fortpflanzten, durch die Gemeinde und selbst bis zu uns: zu dir, mir, Mom, Grandma Ginny. Er fragte mich ständig nach Anna Kilpatrick oder erzählte von dem Fall und taxierte meine Reaktion. Er brachte ihn sogar an dem Abend, an dem er starb, zur Sprache." Sie lachte trocken. „Ich dachte, er würde fragen, weil er um mich besorgt war, aber jetzt verstehe ich, dass das alles zu seinem Spiel gehörte. Es ist dieselbe Perversion, wie diese Frauen zu vergewaltigen und sie dann so viele Jahre lang beschatten zu lassen."

Lydia widersprach nicht, aber sie fragte dennoch: „Wieso glaubst du das?"

„Weil es um Macht geht. Er hat mich jahrelang beherrscht, indem er mich glauben ließ, ich hätte alles, was ich brauchte. Er hat dich beherrscht, indem er dich von der Familie isolierte. Er hat Mom beherrscht, indem er ihr weismachte, er sei der perfekte Schwiegersohn. Und diese Frauen in den Akten hat er beherrscht, indem er immer genau wusste, wo sie sich aufhielten. Himmel, er hat sogar Grandma Ginny beherrscht, weil sie ohne sein Geld in einem staatlichen Pflegeheim gelandet wäre. Trotz des ganzen Bockmists von wegen noble, verarmte Witwe genießt sie es nämlich, ein privates Appartement mit wöchentlichem Zimmerservice zu haben. Auf die eine oder andere Weise waren wir alle in seiner Gewalt."

Lydia verschränkte die Hände auf dem Tisch. Warum hatte Claire nichts von alldem gesehen, als Paul noch lebte? War er wirklich so geschickt darin gewesen, seine dunkle Natur zu verbergen?

„Der Himmel allein weiß, was diese Lexie Fuller durchmacht. Vielleicht hat er mich nie um abgefahrene Sexspiele gebeten, weil er sie mit ihr gemacht hat." Sie lachte wieder. „Ein Teil von mir hofft sogar, dass er es getan hat, denn das würde bedeuten, dass ich nicht komplett verrückt war, weil er so gottverdammt normal war. Ich weiß, du hast ihn durchschaut, aber du warst der einzige Mensch in seinem ganzen Leben, der ahnte, dass etwas mit ihm nicht stimmte. Selbst Dad hat sich täuschen lassen. Ich habe dir ja erzählt, dass ich seine Tagebücher gelesen habe. Das Schlimmste, was er je über Paul schrieb, war, dass er mich zu sehr liebt."

Lydia bezweifelte, dass ihr Vater Paul viel Beachtung geschenkt hatte. Als Sam Carroll sich das Leben nahm, fing Claire gerade erst eine ernsthafte Beziehung mit Paul an. Lydia hatte immer angenommen, diese Tragödie habe ihre Beziehung intensiviert.

„Paul hat sich bewusst entschieden, dir diese böse Seite von sich zu zeigen", sagte Claire. „Er hat sich den Arsch aufgerissen, um sie vor allen anderen zu verbergen, aber dir hat er sie offenbart, weil er wusste, dass es uns auseinanderbringen würde."

„Du hast dich von ihm benutzen lassen." Bis sie die Worte aussprach, war Lydia nicht klar gewesen, wie wütend sie immer noch war. Wieso durfte Claire einfach dort weitermachen, wo sie aufgehört hatten? Sie vertraute sich Lydia an, als hätten die letzten achtzehn Jahre nicht stattgefunden, als wäre sie nicht der Grund gewesen, warum Lydia allein in die Kälte hinausgestoßen worden war. „Du hast dich für einen Typen und gegen mich entschieden."

Claire hielt Lydias Blick stand. „Du hast recht, das habe ich. Und ich weiß nicht, ob wir je darüber hinwegkommen, denn es ist wahrhaftig unverzeihlich."

Lydia wandte als Erste den Blick ab. Sie musste sich in Erinnerung rufen, wer der wahre Schurke war. Paul hatte sein Leben der Manipulation von Menschen verschrieben. Als sie sich im College kennenlernten, war Claire ein naiver und labiler Teenager gewesen. Helen war immer noch in einem katastrophalen Zustand. Sam war dem Selbstmord nahe. Lydia kam immer mal wieder ins Gefängnis. War es ein Wunder, dass Claire so eine leichte Beute für Paul geworden war?

Und doch sah sich Lydia immer noch außerstande, ihr zu verzeihen.

„Glaubst du, ich sollte Captain Mayhew anrufen?", fragte Claire.

„Wozu?" Lydias Stimme klang alarmiert. Der abrupte Themenwechsel traf sie wie ein kalter Windstoß. „Er hat dich wegen der Filme belogen. Er sagte, sie seien nicht echt."

„Vielleicht hat er gelogen, weil er nicht wollte, dass ich es an die Presse weitergebe."

„Nein. Dann hätte er eine einstweilige Verfügung erwirkt. Oder dich verhaftet, weil du eine laufende Ermittlung gefährdest. Oder dir einfach gesagt, du sollst den Mund halten."

„Ich werde damit nicht zu Agent Nolan gehen", sagte Claire. „Wer bleibt noch übrig? Huckleberry?" Sie deutete in die Richtung, wo das Sheriffbüro lag. „Er hat bei Julia erstklassige Arbeit geleistet. Bestimmt hätte er die Sache sofort im Griff."

Lydia hatte den Eindruck, dass sie sich zu sehr von ihren Fantasien fortreißen ließen. „Was wissen wir denn tatsächlich, Claire? Dass Paul sich die Filme angesehen hat. Das ist alles."

„Die Filme sind echt."

„Wir glauben, dass sie echt sind." Lydia versuchte wieder, den *Advocatus Diaboli* zu spielen. „Wir glauben, dass das Mädchen wie Anna Kilpatrick aussah. Wir glauben aufgrund dessen, was die Mutter bei einer Pressekonferenz sagte, dass sie auf die gleiche Weise verstümmelt wurde. Aber sind wir uns hundertprozentig sicher? Oder reden wir es uns nur ein?"

„Bestätigungsfehler." Claire runzelte verärgert die Stirn über ihre eigene Wortwahl. „Was spricht dagegen, Mayhew anzurufen?"

„Dass er dich wegen der Filme belogen hat. Dass er eigentlich am größten Fall arbeitet, den es zurzeit in der Stadt gibt, aber alles stehen und liegen lässt, um einen versuchten Einbruch zu untersuchen. Dass er ein Cop ist und dir das Leben zur Hölle machen kann, wenn du ihn gegen dich aufbringst."

„Was ist mein Leben denn jetzt anderes?" Claire streckte die Hand aus. „Gib mir das Prepaid-Handy."

Lydia musterte ihre Schwester aufmerksam. Plötzlich war etwas anders an ihr. Sie klang nicht mehr wie jemand, der unvermutet in eine Geschichte hineingestolpert ist, die ihn nichts angeht, sondern fing an, das Kommando zu führen.

„Was wirst du ihm sagen?", fragte Lydia.

„Dass er ehrlich zu mir sein muss. Dass er mir noch einmal erklären muss, warum der Film nicht echt ist, wenn doch Anna Kilpatrick der Aussage ihrer Mutter nach auf die gleiche Weise misshandelt wurde wie das Mädchen in dem Film."

„Das ist eine fantastische Idee, Schätzchen." Lydias Stimme triefte vor Sarkasmus. „Du glaubst, ein hochrangiger Polizeibeamter vertuscht möglicherweise einen Mord oder hat irgendwie damit zu tun, hat ihn vielleicht gefilmt oder hat Bilder davon in Umlauf gebracht oder alles zusammen, und du rufst ihn einfach an und sagst: Hey, Mann, was ist da los?"

„Ich würde mich anders ausdrücken, aber im Wesentlichen läuft es darauf hinaus."

„Claire, bitte."

Claire streckte die Hand nach dem Telefon aus.

Lydia wusste, dass ihre Schwester nicht mehr umzustimmen war. Sie wühlte in ihrer Handtasche nach dem Telefon. Dabei streifte ihr Handrücken das Fläschchen mit Schmerztabletten, das sie von Claires Schreibtisch genommen hatte. Lydia hatte sich eingeredet, die Tabletten nur vor Claire zu verstecken, aber sie wurde den Verdacht nicht los, dass sie sie für sich selbst behielt.

„Hast du es eingesteckt?“

„Ja, ich habe es eingesteckt.“ Lydia zog das Handy heraus und gab es Claire.

Claire fischte Jacob Mayhews Visitenkarte aus ihrer Brieftasche, wählte die Nummer und hielt das Handy ans Ohr.

Lydia war angespannt. Sie zählte die Klingeltöne, die sie nicht hörte. Ihre Handflächen waren feucht, und das Blut rauschte in ihren Ohren. Sie war seit vielen Jahren in keinem Gefängnis mehr gewesen, aber sie hatte immer noch große Angst vor der Polizei.

Claire schüttelte den Kopf. „Anrufbeantworter.“

Als Claire den Anruf beendete, atmete Lydia erleichtert aus.

„Wahrscheinlich hätte er mich sowieso nur angelogen.“ Claire legte das Handy auf den Tisch. „Von dir abgesehen, weiß ich nicht, wem ich noch trauen soll.“

Lydia schaute zu Boden. Sie wollte nicht hier sein. Sie sollte nicht hier sein. Sie sollte zu Dee nach Hause fahren. Wenn sie jetzt aufbrachen, konnte sie rechtzeitig zurück sein, um ihrer Familie ein spätes Frühstück zu machen.

„Im März 91 war er auf der Schule.“

Lydia hob den Blick zu ihrer Schwester.

„Als Julia verschwand, hat Paul in der Lyman Ward Military Academy gewohnt.“

Lydia war nicht bewusst gewesen, dass diese Frage in ihrem Kopf lauerte, bis Claire sie beantwortet hatte. „Bist du dir sicher?“

„Die Schule liegt gleich außerhalb von Auburn. Er ist einmal mit mir hingefahren, um sie mir zu zeigen. Ich wusste nicht, was das sollte. Er hat jede Minute gehasst, die er dort verbringen musste. Aber dann kamen wir dahin, und mir wurde klar, dass er mich vorzeigen wollte, was okay für mich war, denn ich lasse mich ganz gern vorzeigen. Aber es war ein Internat und sehr klein, sehr religiös und unglaublich streng.“

Lydia hatte die Strecke zwischen Auburn und Athens viele Male mit dem Wagen zurückgelegt. „Julia verschwand gegen elf Uhr an einem Montagabend. Es sind nur drei Stunden von hier nach Auburn."

„Paul war fünfzehn. Er hatte keinen Führerschein, von einem Auto ganz zu schweigen, und sie schauten zwei- bis dreimal in der Nacht nach den Jungen. Die meisten waren dort, weil ihre Eltern nicht mit ihnen fertigwurden."

„War Paul ebenfalls deshalb dort?"

„Er hat mir erzählt, dass er ein Stipendium gewonnen hat." Claire zuckte mit den Achseln. „Es klingt irgendwie einleuchtend. Sein Vater hatte eine Dienstzeit in Vietnam absolviert, bei der Navy. Paul hatte vor, in seine Fußstapfen zu treten, zumindest wollte er sich das College vom Militär finanzieren lassen, bis er ein Buch über Architektur las und es sich anders überlegte."

Lydia glaubte das nicht. „Paul war unglaublich intelligent, vielleicht sogar auf dem Niveau eines Genies. Wenn er wirklich zur Navy wollte, wäre er auf eine entsprechende Militärakademie gegangen oder gleich nach West Point, nicht auf ein ultrastrenges, konservatives christliches Internat irgendwo im hintersten Winkel von Alabama."

Claire schloss kurz die Augen und nickte dann zustimmend.

„Bist du sicher, dass er sich nicht weggeschlichen hat?"

„So sicher ich sein kann", räumte Claire ein. „Er wurde in der ganzen Zeit dort nicht auffällig. Sein Bild stand immer noch in der Trophäenvitrine vor dem Büro des Direktors, also ist es ausgeschlossen, dass er jemals schwänzte oder gemaßregelt wurde, weil er das Schulgelände unerlaubt verließ, und die Frühlingsferien begannen erst eine Woche später."

„Woher weißt du das?"

„Weil er zum Kennedy Space Center gefahren ist, um das Shuttle abheben zu sehen. Aber es gab ein technisches Problem, und es ist dann doch nicht gestartet. Ich habe ein Foto von Paul gesehen: Da steht er vor einem großen Banner mit einem Datum darauf, und in der Ferne sieht man die leere Abschussrampe, und ich weiß noch, dass es in der zweiten Märzwoche war, wegen …"

„Wegen Julia." Lydia sah wieder zu der Frau mit dem Besen. Sie schleifte Stühle über den Gehsteig und stellte die Tische zusammen.

„Dieser widerliche Idiot, der Dad verhaften ließ, führt den Laden immer noch", sagte Claire.

Lydia erinnerte sich, wie die Mutter mit ihrer Bibliothekarinnenstimme über die Verhaftung sprach: ein aufgebrachtes Flüstern, das eine offene Flamme gefrieren lassen konnte.

„Es ist verrückt, aber ich vermisse Daddy mehr, wenn ich mit dir zusammen bin", sagte Claire. „Wahrscheinlich weil du der einzige Mensch bist, mit dem ich wirklich reden kann und der ihn auch kannte."

Die Tür des „Starbucks" ging auf, und eine Gruppe Jugendlicher stolperte auf den Gehsteig. Alle hatten einen dampfenden Becher Kaffee in der Hand. Sichtlich verkatert fummelten sie nach ihren Zigarettenpackungen.

Lydia stand auf. „Komm, lass uns hier verschwinden."

Der Tesla war vor dem „Taco Stand" geparkt, und Lydia warf einen Blick durch das Fenster des Restaurants. Der Laden war beträchtlich modernisiert worden. Die Stühle waren neu gepolstert, die Tische sahen sauber aus, und es gab jetzt Serviettenspender statt der Rollen mit billigen Papiertüchern.

„Wir fahren doch noch zu dem Haus, ja?", fragte Claire.

„Ich denke schon." Lydia wusste nicht, was sie sonst tun konnten, als einfach weiterzumachen.

Sie setzte sich wieder ans Lenkrad des Tesla und tippte die Bremse an, um den Motor zu starten. Rick würde es gefallen, wenn sie ihm von dem Wagen erzählte. Der Touchscreen. Wie das Lenkrad vibrierte, wenn man die Begrenzungslinie überfuhr. Sie würde versuchen, ihn mit diesen Informationen abzulenken, denn wenn Lydia ihm erzählte, was sie und Claire getrieben hatten, würde er mit Recht einen Tobsuchtsanfall bekommen.

„Fahr zurück auf den Atlanta Highway." Claire gab die Adresse der Fullers in den Touchscreen ein. „Ich weiß noch, wie ich bei einer von Moms und Dads Weihnachtspartys mit Julia zu *Love Shack* getanzt habe. Erinnerst du dich? Es war drei Monate, bevor sie verschwand."

Lydia nickte, aber sie war in Gedanken immer noch bei Rick. Unglücklicherweise hatten sie keine dieser Beziehungen, in denen man Dinge leicht voreinander verheimlichen konnte. Sie legten alles offen, egal mit welchen Folgen. Wahrscheinlich würde er nicht mehr mit ihr reden. Womöglich wäre ihr verrückter Ausflug sogar der Tropfen, der für ihn das Fass zum Überlaufen brachte.

„Das ist der Weg, den Julia damals gegangen ist." Claire deutete durch den schmiedeeisernen Bogen hinauf zur Hill Community, wo Julia in ihrem ersten Studienjahr gewohnt hatte. „Die Zimmer haben jetzt alle eine Klimaanlage, und Mom sagt, es gibt sogar kostenloses Kabelfernsehen und WLAN, ein Fitnessstudio und eine Kaffeebar."

Lydia räusperte sich. Inzwischen überlegte sie nicht mehr, ob Rick sauer auf sie war, sondern ob sie selbst sauer auf Rick war, weil er ihr vorschreiben wollte, was sie zu tun hatte. Was idiotisch war, denn alle diese Unterhaltungen hatten doch nur in ihrem Kopf stattgefunden.

„Das „Manhattan" ist immer noch dort drüben", meinte Claire. „Aber es sieht jetzt vollkommen anders aus."

„Läuft Mom an den Jahrestagen immer noch diesen Weg ab?"

„Ich glaube, ja. Wir reden nicht viel darüber."

Lydia kaute auf der Unterlippe. Sie hätte gern gefragt, ob Helen und Claire je über sie sprachen, aber sie fürchtete sich vor der Antwort.

„Ich frage mich, was mit ihr nicht stimmt", sagte Claire.
„Mit Mom?"
„Mit Lexie Fuller." Claire drehte sich in ihrem Sitz zur Seite, um Lydia anzusehen. „Paul hat mich offenbar wegen Julia ausgewählt. Nach ihrem Verschwinden war ich so verletzlich. Meine Tragödie hat ihn angezogen. Versteht du, was ich meine?"
Bis jetzt hatte es Lydia nicht so gesehen.
„Als wir uns kennenlernten, hat Paul so getan, als wüsste er nichts von Julia, aber natürlich wusste er es. Seine Eltern lebten eine Viertelstunde von dort entfernt, wo sie verschwand. Die Farm trug sich nicht. Sein Vater hat dann als Saisonarbeiter auf dem Campusgelände gearbeitet, seine Mutter war Buchhalterin im Geschäftsviertel. Überall hingen Vermisstenplakate mit Julias Gesicht. Die Zeitungen waren voll mit der Geschichte. Auf jeden Fall hätte man in Auburn Bescheid gewusst. Es gab dort viele Studenten aus Athens. Du warst dabei, du hast es selbst erlebt. Wir haben es keiner Menschenseele erzählt, aber alle wussten es."
„Warum hast du ihm dann geglaubt, als er sagte, er wisse nichts davon?"
„Ich habe ihm ja nicht wirklich geglaubt. Ich dachte, er wollte nur höflich sein, weil so viel darüber geklatscht wurde." Sie legte den Kopf an die Sitzlehne. „Das ist das einzige Beispiel, das mir einfällt, wo ich ihm etwas nicht geglaubt habe."
Lydia bremste herunter, als das Navi sie auf eine demnächst auftauchende Abzweigung aufmerksam machte. Seltsamerweise bereitete es ihr keine Freude, dass Claire nun endlich die Probleme sah, die Lydia schon vor achtzehn Jahren gesehen hatte. Vielleicht hatte Claire recht. Lydia hatte Pauls dunkle Seite nur gesehen, weil er sie ihr gezeigt hatte. Wäre dieser Übergriff damals im Wagen nicht geschehen, hätte sie ihn möglicherweise all die Jahre als

einen nervigen Schwager akzeptiert, der ihre Schwester aus irgendeinem Grund glücklich machte.

Und er hatte Claire eindeutig glücklich gemacht. Zumindest solange er lebte. Da sie jetzt wussten, wie der Schweinehund vorging, hatte das Werben um Claire wahrscheinlich zu einem Spiel gehört, das bereits angefangen hatte, bevor sie sich kennenlernten. Lydia traute ihm durchaus zu, dass er irgendwo noch eine dicke Akte über Claire Carroll hatte. War er in Auburn gewesen, weil er wusste, dass Claire Lydia dorthin an die Universität folgen würde? Hatte er nur im Mathelabor gearbeitet, weil er herausgefunden hatte, dass sie in Trigonometrie durchgefallen war?

Lydia erinnerte sich noch, wie Claire ihr atemlos von dem neuen Typen erzählte, den sie gerade im Labor kennengelernt hatte. Paul hatte den perfekten Zugang zu Claires Psyche gefunden – er hatte nicht ihr gutes Aussehen gelobt, was sie seit ihrer Kindheit praktisch ständig hörte. Er hatte ihren Verstand gelobt. Und er hatte es so getan, als sei er der einzige Mann auf dem Planeten, der erkannte, dass sie mehr zu bieten hatte als ihr hübsches Gesicht.

Lydia fuhr an den Straßenrand und stellte den Motor ab. Sie drehte sich zu Claire herum und verriet ihr etwas, das sie schon längst hätte sagen sollen. „Ich habe eine siebzehnjährige Tochter."

Claire schaute überrascht, aber offenbar war sie es aus einem anderen Grund, als Lydia erwartet hatte. „Warum erzählst du mir das jetzt?"

„Du wusstest es schon!" Lydia hätte sich ohrfeigen können, weil sie so blöd gewesen war, und außerdem hätte sie am liebsten gekotzt, weil die Vorstellung, dass Paul einen Fremden dafür bezahlt hatte, dass der ihr folgte, zutiefst verstörend war. „Warum hast du mir nicht gesagt, dass Paul auch eine Akte über mich hatte?"

Claire wandte den Blick ab. „Ich wollte dich schützen. Ich

dachte, wenn du wüsstest, was Paul getan hat, würdest du …"

„Dich im Stich lassen, so wie du mich im Stich gelassen hast?"

Claire holte tief Luft und atmete langsam wieder aus. „Du hast recht. Jedes Mal, wenn ich sage, du solltest dich besser aus der Sache heraushalten, finde ich einen Weg, dich erneut hineinzuziehen, weil ich will, dass meine große Schwester alles wieder heil macht." Sie sah Lydia an. „Es tut mir leid. Ich weiß, es klingt abgedroschen, aber es ist wirklich wahr."

Lydia wollte keine Entschuldigungen mehr hören. „Was weißt du noch über mich?"

„Alles. Zumindest alles, was wir auch über Pauls andere Opfer wissen."

Opfer. Wenn sie diesen Nerv noch heftiger traf, würde Lydia eine Wurzelbehandlung brauchen.

„Wusstest du Bescheid?", fragte Lydia.

„Nein. Ich hatte von alldem absolut keine Ahnung."

„Wie lange hat er mich beschatten lassen?"

„Fast von dem Moment an, in dem wir aufhörten, miteinander zu sprechen."

Lydia sah ihr Leben vor ihrem inneren Auge vorüberziehen. Nicht die schönen Dinge, die beschämenden. Die vielen Gelegenheiten, bei denen sie mit gestohlenen Lebensmitteln unter der Kleidung aus einem Laden spaziert war, weil sie kein Geld hatte, etwas zu kaufen. Als sie die Preisschilder im Outlet-Store austauschte, weil sie wollte, dass Dee so eine hübsche Jacke trug, wie alle Mädchen sie anhatten, die etwas galten. All die Lügen, die sie erzählt hatte: dass der Scheck in der Post oder das Geld für die Miete im Büro sei, dass das Darlehen bald zurückgezahlt werde …

Wie viel hatte Paul gesehen? Bilder von Lydia mit Rick? Dee auf dem Basketballfeld? Hatte er über Lydia gelacht, als sie sich aus der Armut herauskämpfte, während er in seiner leblosen, klimatisierten Villa hockte?

„Ich weiß, du willst es nicht hören“, sagte Claire, „aber es tut mir zutiefst leid. Ich wollte es dir nicht sagen, aber als du mir jetzt von deiner Tochter erzählt hast, wäre es mir einfach falsch vorgekommen, so zu tun, als wüsste ich es nicht.“

Lydia schüttelte den Kopf. Es war nicht Claires Schuld, aber sie wollte ihr trotzdem die Schuld geben.

„Sie ist wundervoll“, sagte Claire. „Ich wünschte, Daddy wäre noch am Leben, um sie kennenzulernen.“

Plötzlich wurde Lydia von einer neuen Art der Angst gepackt. Es hatte bei ihr immer nur die Panik gegeben, ihre Tochter zu verlieren, aber es war ihr nie in den Sinn gekommen, wie es wohl für Dee wäre, ihre Mutter zu verlieren.

„Ich kann das nicht tun“, erkannte sie.

„Ich weiß.“

Sie glaubte nicht, dass Claire es wirklich verstand. „Es geht nicht nur um mich. Ich muss an meine Familie denken.“

„Du hast völlig recht. Und diesmal meine ich es wirklich so: Du solltest nach Hause fahren.“ Claire löste den Sicherheitsgurt. „Nimm den Wagen. Ich kann Mom anrufen, damit sie mich nach Atlanta zurückbringt.“ Sie streckte die Hand nach dem Türgriff aus.

„Was hast du vor?“

„Das hier ist die Straße, an der Paul aufgewachsen ist. Das Fuller-Haus muss irgendwo hier sein.“

Lydia gab sich keine Mühe, ihre Irritation zu verbergen. „Du willst einfach die Straße entlanglaufen und hoffen, dass du es findest?“

„Ich scheine wirklich ein Händchen dafür zu haben, in der Scheiße zu landen.“ Claire öffnete die Tür. „Danke, Liddie. Das meine ich ernst.“

„Stopp.“ Lydia war überzeugt, dass Claire wieder etwas vor ihr verbarg. „Was verheimlichst du mir?“

Claire drehte sich nicht um. „Ich will nur Lexie Fuller persönlich sehen. Mit eigenen Augen. Das ist alles."

Lydias Augen wurden schmal. Ihre Schwester hatte die sorglose Ausstrahlung eines Menschen, der beschlossen hat, eine Dummheit zu begehen. „Warum?"

Claire schüttelte den Kopf. „Es spielt keine Rolle, Pepper. Fahr nach Hause zu deiner Familie."

Diesmal packte Lydia sie am Arm. „Sag mir, was du vorhast."

Claire wandte den Kopf und sah sie an. „Ich bin wirklich stolz auf dich, weißt du das? Was du aus deinem Leben gemacht hast, wie du eine so kluge und talentierte Tochter großgezogen hast."

Lydia ließ die Schmeichelei an sich abtropfen. „Du glaubst, dass Lexie Fuller ein weiteres Opfer von ihm ist, nicht wahr?"

Claire zuckte mit den Achseln. „Wir sind alle seine Opfer."

„Das ist etwas anderes." Lydia verstärkte ihren Griff um Claires Arm. Sie fühlte Panik auflodern. „Du glaubst, sie ist im Haus eingesperrt oder an eine Wand gekettet, und du willst da reingehen wie eine Actionheldin und sie befreien."

„Natürlich nicht." Claire blickte immer noch stur auf die Straße. „Vielleicht weiß sie etwas, das uns zu dem Maskierten führt."

Eine Gänsehaut überlief Lydia. Sie hatte diesen Teil des Filmes nicht gesehen, aber Claires Beschreibung war schockierend gewesen. „Willst du diesem Kerl tatsächlich begegnen? Er hat eine Frau mit einer Machete ermordet. Und sie dann vergewaltigt. Großer Gott, Claire!"

„Vielleicht kennen wir ihn ja schon." Claire zuckte mit den Achseln, als spräche sie von unwahrscheinlichen Hypothesen. „Oder vielleicht weiß Lexie Fuller, wer er ist."

„Oder vielleicht ist der Maskenmann gerade mit seiner nächsten Anna Kilpatrick in diesem Haus. Hast du diese

Möglichkeit bedacht?“ Lydia war so frustriert, dass sie am liebsten den Kopf aufs Lenkrad geschlagen hätte. „Wir sind keine Superheldinnen, Claire. Das ist zu gefährlich. Ich denke nicht nur an meine Tochter. Ich denke an dich und mich und was passieren könnte, wenn wir Pauls Geheimnisse ausgraben.“

Claire lehnte sich wieder im Sitz zurück und starrte auf die lange, gerade Straße vor ihnen. „Ich muss es wissen.“

„Wozu?“, fragte Lydia. „Er ist tot, und du weißt inzwischen genug über ihn, um seine Ermordung als göttliche Strafe zu sehen. Mit dem, was wir seither tun, fordern wir nur alle möglichen Probleme heraus.“

„Irgendwo da draußen existiert noch ein Video, das zeigt, wie Anna Kilpatrick ermordet wird.“

Lydia wusste nicht, was sie sagen sollte. Erneut war ihr Claire zehn Schritte voraus.

„Das ist der Sinn hinter der Filmserie“, fuhr Claire fort. „Die Steigerung. Die Handlungen eskalieren, die Filme zeigen es Schritt für Schritt. Und der Höhepunkt ist logischerweise Mord. Es muss also einen letzten Film geben, der zeigt, wie Anna ermordet wird.“

Lydia wusste, dass sie recht hatte. Wer immer das Mädchen entführt hatte, würde sich seiner nicht entledigen, ohne vorher seinen Spaß gehabt zu haben. „Okay, nehmen wir einmal an, wir finden diesen Film wie durch ein Wunder. Was würde er uns anderes zeigen, als dass jemand, bei dem es sich um Anna Kilpatrick handeln könnte, ermordet wird?“

„Ihr Gesicht“, sagte Claire. „Der letzte Film mit der anderen Frau zeigte ihr Gesicht. Die Kamera hat es sogar herangezoomt.“

„Herangezoomt?“ Lydias Mund wurde trocken wie Sandpapier. „Du meinst nicht Autofokus?“

„Nein, die Kamera zoomte heran, sodass man sie nur noch von der Hüfte aufwärts sah.“

„Dann muss eine zweite Person die Kamera bedienen."

„Ich weiß", sagte Claire, und Lydia sah ihrer Schwester an, dass sie sich schon eine ganze Weile mit diesem Gedanken beschäftigte.

„Lexie Fuller?", riet Lydia, denn sie wusste: Paul als aktiven Teilnehmer ins Spiel zu bringen würde Claire endgültig zerbrechen. „Ist es das, wovon du ausgehst? Dass Lexie Fuller hinter der Kamera war?"

„Ich weiß es nicht, aber die Filme folgen dem gleichen Drehbuch, deshalb können wir wohl davon ausgehen, dass beim letzten Film mit Anna Kilpatrick auf ihr Gesicht gezoomt wird."

Lydia wählte ihre Worte sorgfältig. „Du glaubst wirklich, dass diese Lexie, die vielleicht hinter der Kamera steht und einen Mord heranzoomt, dir gesteht, dass sie eine Komplizin ist, und dir den Film aushändigt?"

„Ich denke, wenn ich sie sehe und ihr in die Augen schaue, werde ich wissen, ob sie an der Sache beteiligt ist oder nicht."

„Weil du den Charakter von Menschen so unfassbar gut beurteilen kannst?"

Claire ging mit einem Achselzucken über die ironische Bemerkung hinweg. „Der Maskenmann ist irgendwo da draußen. Er hält wahrscheinlich nach seinem nächsten Opfer Ausschau. Wenn Lexie Fuller weiß, wer er ist, kann sie uns vielleicht helfen, ihn aufzuhalten."

„Nur damit ich recht verstehe", sagte Lydia. „Du willst Lexie Fuller dazu bringen, dass sie dir einen Film aushändigt, auf dem deiner Meinung nach die Ermordung von Anna Kilpatrick gezeigt wird. Lassen wir mal beiseite, dass Lexie sich damit selbst belasten würde – wem willst du den Film anschließend geben? Mayhew? Nolan?"

„Ich könnte ihn auf YouTube einstellen, wenn mir jemand zeigt, wie man das macht."

„Sie hätten das Video nach zwei Sekunden wieder entfernt, das FBI würde dich wegen Verbreitung gewaltpornografischen Materials verhaften, und Nolan würde beim Prozess gegen dich aussagen." Lydia fiel etwas noch viel Schrecklicheres ein. „Und denkst du denn, der Maskierte wird das alles einfach so geschehen lassen?"

Claire starrte weiter auf die Straße. Ihre Brust hob und senkte sich mit jedem Atemzug. Sie hatte den gleichen hoch konzentrierten Gesichtsausdruck, den Lydia vorhin im Café an ihr gesehen hatte.

„Was, wenn vor vierundzwanzig Jahren zwei Frauen Informationen darüber gehabt hätten, was mit Julia geschehen ist – wer sie entführt hat, was genau ihr angetan wurde –, und die beiden hätten den Mund gehalten, weil sie zu viel Angst hatten, in die Sache verwickelt zu werden?"

Lydia bemühte sich um eine ehrliche Antwort. „Dann würde ich hoffentlich verstehen, dass sie an ihre eigene Sicherheit denken mussten."

„Weil du so verständnisvoll bist?" Claire schüttelte den Kopf, wahrscheinlich weil sie Lydia von klein auf kannte und es besser wusste. „Sieh dir an, was es aus Dad gemacht hat, nichts über Julias Schicksal zu wissen. Willst du Bob Kilpatricks Selbstmord auf dem Gewissen haben? Willst du dich mit Eleanor Kilpatricks Elend belasten?" Ihr Ton war schneidend geworden. „Ich habe nichts zu verlieren, Liddie. Wortwörtlich: nichts. Ich habe keine Kinder. Ich habe keine echten Freunde. Meine Katze ist tot. Ich besitze ein Haus, in das ich nicht zurückkehren möchte. Eine Stiftung kümmert sich um Grandma Ginny. Mom wird überleben, weil sie immer überlebt. Paul war mein Mann. Ich kann mich nicht einfach abwenden. Ich muss es wissen. Das Einzige, was mir in diesem Leben zu tun bleibt, ist, die Wahrheit herauszufinden."

„Sei nicht so verdammt dramatisch, Claire. Du hast immer noch mich."

Die Worte schwebten wie Ballons zwischen ihnen.

Meinte Lydia es wirklich so? War sie tatsächlich für Claire da, oder ging es bei diesem absurden Ausflug nur darum zu beweisen, dass Lydia in Bezug auf Paul die ganze Zeit recht gehabt hatte?

Wenn dem so war, dann hatte sie es längst deutlich gemacht.

Lydia schloss für einen Moment die Augen und versuchte, ihre Gedanken zu ordnen. „Wir fahren bei dem Haus vorbei."

„Wer ist jetzt hier dramatisch?" Claire klang nicht minder gereizt als Lydia. „Ich will nicht, dass du mitkommst. Du bist nicht eingeladen."

„Oh Mann." Lydia blickte in den Rückspiegel, ehe sie wieder zurück auf die Straße fuhr. „Aber wir gehen nicht rein."

Claire schnallte sich nicht an. Der Warnton setzte ein.

„Willst du aus dem fahrenden Auto springen?"

„Vielleicht." Claire zeigte nach vorn. „Das da muss es sein."

Das Fuller-Haus stand dreißig Meter hinter einem silbern glänzenden Hydranten. Lydia tippte auf die Bremse und ließ den Wagen gemächlich an dem weiß verkleideten Haus vorbeirollen. Das Dach war neu, aber das Gras im Vorgarten war winterbraun. Unkraut spross aus Rissen in der Einfahrt. Über alle Türen und Fenster waren verwitterte Sperrholzplatten genagelt. Selbst der Briefkasten war entfernt worden. Der Vierkantpfosten, an dem er befestigt gewesen war, ragte wie ein abgebrochener Zahn aus der Einmündung der Zufahrt.

Damit hatte Lydia am allerwenigsten gerechnet.

Claire hörte sich an, als wäre sie ebenso verwirrt. „Es steht ja leer!"

„Und, wie es aussieht, schon seit einer ganzen Weile." Die Sperrholzplatten fingen schon an, abzublättern. Von der Holzverkleidung sprang die Farbe ab. Die Randsteine waren zugewachsen.

„Dreh um“, sagte Claire.

Auf der Straße war kaum Verkehr. Seit Lydia vor zehn Minuten angehalten hatte, hatten sie kein anderes Auto gesehen. Sie wendete und fuhr zurück.

„Bieg in die Einfahrt ein“, sagte Claire.

„Das ist ein Privatgrundstück. Ich will nicht erschossen werden.“

„Paul ist tot, also ist das theoretisch mein Anwesen.“

Dessen war sich Lydia zwar nicht ganz so sicher, aber sie fuhr trotzdem in die Einfahrt. Das Haus der Fullers hatte etwas Düsteres an sich. Je näher sie kamen, desto stärker wurde das Gefühl. Jede Faser in Lydias Körper riet ihr umzukehren. „Das fühlt sich nicht richtig an.“

„Wie soll es sich denn anfühlen?“

Lydia antwortete nicht. Sie blickte auf das große Vorhängeschloss an dem metallenen Garagentor. Das Haus stand isoliert, meilenweit gab es kein anderes Gebäude. Zu beiden Seiten des Hauses lag Wald mit hohen Bäumen. Der Garten hinter dem Haus war etwa fünfzig Meter tief, und dahinter war Ackerland, das auf die Aussaat für das neue Jahr wartete.

„Ich habe eine Waffe“, sagte Lydia. Als ehemalige Straftäterin hätte sie für den Besitz einer Waffe ins Gefängnis wandern können, aber Lydia hatte mit ihrer Tochter schon in sehr zweifelhaften Gegenden allein gewohnt und deshalb vor Jahren einen Kollegen bei der Arbeit gebeten, ihr eine Pistole zu besorgen. „Als wir in das Haus gezogen sind, habe ich sie unter der Treppe der hinteren Veranda vergraben. Sie müsste noch funktionieren, sie steckt in einem verschließbaren Plastikbeutel.“

„Wir haben keine Zeit zurückzufahren.“ Claire trommelte mit den Fingern auf ihr Bein, während sie nachdachte. „An der Lumpkin Street ist ein Drugstore, der Waffen verkauft. Wir könnten uns dort eine besorgen und in dreißig Minuten wieder hier sein.“

„Sie werden einen Hintergrundcheck durchführen."

„Glaubst du, irgendwer kümmert sich um persönliche Daten? Massenmörder kaufen Maschinenpistolen und genug Munition, um zwanzig Schulen niederzumähen, und niemand zuckt mit der Wimper."

„Trotzdem …"

„Mist, ich vergesse immer, dass ich auf Bewährung bin. Bestimmt ist mein Name im System. Wo ist die Waffenlobby, wenn man sie braucht?"

Lydia sah auf ihre Uhr. „Du solltest Nolan vor über einer Stunde treffen. Wahrscheinlich hat er dich schon zur Fahndung ausgeschrieben."

„Ich muss das jetzt hinter mich bringen, bevor mich der Mut verlässt." Claire öffnete entschlossen die Tür und stieg aus.

Lydia ließ ein paar Flüche los und beobachtete kopfschüttelnd, wie Claire die Stufen zur Eingangsveranda hinaufstieg und versuchte, durch die Ritzen im Sperrholz vor den Fenstern zu spähen. Dann kam sie die Treppe wieder herunter, doch statt zum Wagen zurückzukehren, ging sie ums Haus herum.

„Verdammt." Lydia holte ihr Handy aus der Handtasche. Sie sollte irgendwem eine SMS schicken, dass sie hier waren. Und dann? Rick würde in Panik geraten. Dee durfte sie nicht mit hineinziehen. Sie konnte es auf die Nachrichtenseite der Westerley-Schülereltern setzen, aber Penelope Ward würde wahrscheinlich einen Privathubschrauber chartern und für die Geschichte nach Athens herfliegen.

Und dann würde Lydia erklären müssen, warum sie wie ein Feigling im Wagen saß, während ihre kleine Schwester versuchte, in das geheime Haus ihres toten Mannes einzubrechen.

Sie stieg aus und trabte um das Haus herum. Das Unkraut, das Lydia bis zur Hüfte reichte, hatte den Garten erobert. Die robust aussehende Schaukel war von Moos bedeckt. Der Boden knisterte unter ihren Füßen. Die Unwetter waren noch nicht von Atlanta hier heruntergezogen, und die Vegetation war trocken wie Zunder.

Claire stand auf der kleinen hinteren Veranda. Sie hatte einen Fuß an die Hauswand gesetzt und die Finger unter die Sperrholzplatte gezwängt, die über die Hintertür genagelt war. „Es gibt keinen richtigen Keller, nur einen Kriechraum."

Das sah Lydia nun selbst. Claire hatte das Brett vor dem abgeschlossenen Raum unter dem Haus eingetreten. Zwischen Erdboden und Bodenbalken war nur gut ein halber Meter Platz. „Was tust du da?"

„Ich ruiniere meine Maniküre. Im Kofferraum ist ein Klauenhammer."

Lydia blieb keine andere Wahl, als zum Wagen zurückzugehen. Sie öffnete den Kofferraum und blickte auf etwas, das wie MacGyvers Geheimversteck aussah. Ein Erste-Hilfe-Kasten. Notrationen Essen und Wasser. Zwei Rettungsdecken. Eine Sicherheitsweste. Ein Eiskratzer. Ein kleiner Werkzeugkasten. Leuchtraketen. Ein Sandsack. Ein leerer Benzinkanister, obwohl es ein Elektroauto war. Zwei reflektierende Warndreiecke. Ein großer Klauenhammer, mit dem man wahrscheinlich jemanden köpfen konnte.

Das Ding glich eher einem Brecheisen, mit einem riesigen Hammerkopf und einer scharfen Klaue am Ende. Es lag schwer in der Hand, war aus massivem Stahl, etwa sechzig Zentimeter lang und wog gut und gern zehn Pfund.

Lydia hielt sich nicht mit Überlegungen auf, warum Paul mit so einem Ding im Kofferraum durch die Gegend fuhr, und als sie um das Haus herumlief, bemühte sie sich nach Kräften, nicht an den makabren Witz von Claire zu denken, dass sie vielleicht noch weitere Mrs. Fullers in dem überwucherten Garten finden würden.

Claire versuchte immer noch mit Gewalt, das Brett vom Fenster zu reißen. Sie hatte es geschafft, die Finger unter das

Sperrholz zu quetschen, und sich dabei die Haut aufgerissen. Lydia sah die Blutspuren auf dem verwitterten Holz.

„Geh zur Seite." Lydia wartete, bis Claire aus dem Weg war, dann rammte sie das flache Ende des Klauenhammers in den Spalt. Das morsche Holz löste sich ab wie eine Bananenschale. Claire packte zu und riss das Brett von der Tür.

Es war eine Küchentür wie jede andere. Oben Glas, unten eine dünne Holztafel. Sie probierte den Türgriff aus. Abgeschlossen.

„Zurück." Claire holte mit dem Werkzeug aus und schlug das Glas heraus. Sie fuhr mit der Metallklaue um den Rahmen herum, um sicherzugehen, dass keine Scherben mehr herausragten, dann steckte sie die Hand durch und öffnete das Schloss.

Lydia wusste, dass es ein bisschen spät war, aber sie fragte dennoch zur Sicherheit: „Willst du das wirklich tun?"

Claire stieß die Tür mit dem Fuß auf. Sie marschierte in die Küche und schaltete das Licht ein. Die Neonröhren sprangen flackernd an.

Das Haus fühlte sich leer an, aber Lydia rief dennoch: „Hallo?" Sie wartete einige Sekunden und wiederholte: „Hallo? Ist da jemand?"

Auch ohne Antwort hatten beide das Gefühl, das Haus wäre bereit, seine Geheimnisse preiszugeben.

Claire warf das Werkzeug auf den Küchentisch. „Wenn das mal nicht verrückt ist."

Lydia wusste, was sie meinte. Die Küche sah aus wie eine brandneue Traumküche der späten 1980er. Die weiß gefliesten Arbeitsflächen waren noch in guter Verfassung, auch wenn die Fugen mit der Zeit vergilbt waren. Die zweifarbigen Schränke waren aus Walnussfurnier und hatten weiß gestrichene Türen und Schubladen. Der weiße Kühlschrank lief noch. Der dazu passende Gasherd sah nagelneu aus. Der Linoleumboden zeigte ein nachgemachtes Ziegelmuster in Rot und Braun. Nirgendwo war Schmutz in den Ecken zu sehen, keine Krümel und kaum Staub auf den Oberflächen. Die Küche wirkte sehr sauber. Obwohl das Haus mit Brettern verkleidet war, gab es keinen Modergeruch. Wenn überhaupt, dann roch es leicht nach Allzweckreiniger.

„Man hat das Gefühl, Billy Cosbys *Familienbande* kommt gleich hereinspaziert“, bemerkte Lydia.

Claire stieß das Spülmittel und den Schwamm in die Spüle wie eine gelangweilte Katze. Sie öffnete Schränke. Sie zog Schubladen so weit heraus, dass sie auf den Boden kippten. Besteck klirrte. Grillutensilien und Zangen klapperten. Ihre Finger bluteten immer noch. Auf allen Oberflächen, die sie berührte, blieben rote Schmierspuren zurück.

„Soll ich den Erste-Hilfe-Kasten aus dem Wagen holen?“, fragte Lydia.

„Ich will nichts, was Paul gehört hat.“

Claire ging in den nächsten Raum, offenbar das Wohnzimmer. Die Sperrholzplatten über den Fenstern ließen kein Licht herein. Sie machte Tischlampen an, während sie im Raum herumlief. Lydia sah eine große Couch und ein Zweisitzersofa, einen Lehnstuhl und einen Fernseher, der noch die alte Form hatte und eher wie ein Möbelstück wirkte. Ein Videorekorder stand auf einem Regalbrett über dem Fernseher. Die Zeitanzeige blinkte nicht, wie es in Lydias Erinnerung bei sämtlichen Videorekordern der Fall gewesen war. Videokassetten stapelten sich neben dem Gerät. Lydia überflog die Titel. Alle Filme waren aus den Achtzigern: *Batman. Die Braut des Prinzen. Blade Runner. Zurück in die Zukunft.*

In dem dicken Teppich unter ihren Füßen sah man an den Spuren, dass jemand erst kürzlich gestaubsaugt hatte. Lydia fuhr über die feine Staubschicht auf dem Couchtisch. Wenn sie schätzen müsste, würde sie sagen, hier war vor etwa einer Woche zuletzt sauber gemacht worden, also etwa zu der Zeit von Pauls Tod. „War er viel in Athens?“

„Offensichtlich." Claire holte die Videokassetten heraus und überprüfte, ob die Bänder mit den Verpackungen übereinstimmten. „Er kam oft spät von der Arbeit. Er hätte leicht an einem Tag hierher- und wieder zurückfahren können, ohne dass ich es je gemerkt hätte."

„Kannst du das Navi in seinem Wagen überprüfen?"

„Schau." Claire hatte den Anrufbeantworter auf dem Beistelltisch neben der Couch gefunden. Er war uralt, die Sorte, für die man zwei Kassetten brauchte, eine für die Ansage und eine für eingehende Nachrichten. Die LED-Anzeige blinkte und zeigte vier Nachrichten an. Neben dem Gerät lag eine Kassette, die mit MARIA beschriftet war. Claire ließ den Rekorder aufspringen. Die Ansagekassette war mit LEXIE beschriftet.

„Zwei verschiedene Kassetten", sagte Lydia. „Denkst du, es ist ein Code? Man ruft an, und die eine Ansage bedeutet ‚alles in Ordnung', die andere bedeutet ‚Gefahr'?"

Statt zu raten, drückte Claire die Taste, mit der man die empfangenen Nachrichten abspielte. Die Maschine klickte und lief surrend los. Die erste Nachricht enthielt statisches Rauschen, gefolgt von schwerem Atmen. Nach einem kurzen Piepton kam die zweite Nachricht, das Gleiche wie zuvor, ebenso bei der dritten. Bei der vierten Nachricht hörte Lydia nur ein Stöhnen, und sie erinnerte sich, dass Claire gestöhnt hatte, als die Ansage zu Ende gewesen war.

Offenbar hatte Claire das Geräusch ebenfalls erkannt. Sie drückte die Stopptaste. Dann sah sie sich im Raum um. „Er hat alles unverändert gelassen", sagte sie, und Lydia wusste, dass sie Paul meinte. „Seine Eltern starben zweiundneunzig, irgendwann im Januar. Ich wette, hier ist alles genau so geblieben, wie sie es zurückgelassen haben."

„Aber warum hat Paul gelogen und nicht gesagt, dass er das Haus behalten hat?"

Claire antwortete nicht, wahrscheinlich weil es keine Antwort gab. „Es gibt keine Lexie Fuller, oder?"

Lydia schüttelte den Kopf. Vielleicht hatte es einmal eine Frau gegeben, die behauptete, Lexie Fuller zu sein, aber angesichts von Pauls Treiben ließ sich unmöglich sagen, was aus ihr geworden war.

Claire sah sich wieder um. „Das fühlt sich nicht gut an."

„Das ganze Haus fühlt sich nicht gut an."

Zwei Flure gingen vom Wohnzimmer ab, der eine nach links, wo wahrscheinlich die Schlafzimmer lagen, der andere nach rechts zur Garage. Die Tür am Ende des Flures war geschlossen. Es gab kein Vorhängeschloss, nur eine Wabentür mit einem polierten Messingknauf, für den man einen Schlüssel brauchte.

Claire wandte sich nach links. Während sie mit einer Entschlossenheit durch das Haus stampfte, die Lydia noch nie an ihrer Schwester gesehen hatte, machte sie alle Lichter an. Das war die Claire, die einer Frau aus ihrem Tennisclub die Kniescheibe zertrümmert und jeden einzelnen Gegenstand in ihrer Garage zerstört hatte. Sie zog Schubladen heraus, trat Kisten um und durchwühlte Kleiderschränke. Flaschen wurden geköpft. Lampen zerbrochen. Sie riss sogar eine Matratze aus dem Rahmen und drehte sie um. Alles, was sie fand, deutete darauf hin, dass hier Menschen wohnten, aber nur wenn diese Leute nicht gealtert waren, seit der erste Bush im Weißen Haus gewohnt hatte.

Pauls Kinderzimmer war eine Mischung aus Modelleisenbahnen und Heavy-Metal-Postern. Er hatte in einem Bett mit einer dunkelroten Steppdecke geschlafen, die ordentlich über das Fußende des Bettes gefaltet war. Alle Schubladen der Kommode waren von Hand beschriftet. UNTERWÄSCHE & SOCKEN, T-SHIRTS & SHORTS, SPORTSACHEN. Wie im Wohnzimmer gab es auch hier sehr wenig Staub. Der Teppich wies wieder Spuren auf, die ein Staubsauger vor Kurzem hinterlassen hatte. Selbst die Blätter des Deckenventilators waren sauber gewischt.

Die gleiche Sauberkeit war auch in dem winzigen Gästezimmer zu finden, in dem eine Nähmaschine vor dem mit Brettern vernagelten Fenster stand, das auf den Garten hinausging. Auf einem kleinen Klapptisch lag ein Schnittmuster, daneben Stoffbahnen, die darauf warteten, zugeschnitten zu werden.

Auf dem Doppelbett im Elternschlafzimmer schimmerte eine blaue Satinsteppdecke. Die Aura von Pauls Eltern erfüllte den Raum. Das Häkeldeckchen auf der Lehne eines Schaukelstuhls. Die abgetragenen Stiefel mit den Stahlkappen, die neben Pumps mit flachen Absätzen in dem winzigen Schrank standen. Es gab zwei Nachttische. Auf einem lag eine Jagdzeitschrift, die Schublade des anderen enthielt ein Plastiketui für ein Diaphragma. Die Gemälde an den Wänden waren von der Art, wie man sie auf einem Flohmarkt oder einem Kirchenbasar für Not leidende Künstler zu kaufen bekam: ländliche Szenen mit vielen Bäumen und einem zu blauen Himmel, der auf ein unwirkliches Tableau mit grasenden Schafen und einem zufriedenen Schäferhund blickt. Wieder gab es Staubsaugerspuren in dem blauen Hochflorteppich.

Lydia sprach laut aus, was Claire schon zuvor durch den Kopf gegangen war. „Es ist wie ein Schrein, in dem er seine Kindheit verwahrt."

Claire ging ins Bad, das so klein und sauber war wie die übrigen Zimmer. Der geblümte Duschvorhang war zurückgezogen. Ein grüner Seifenriegel lag in der Seifenschale. Head-&-Shoulders-Shampoo stand auf einem Hängeregal unter dem Duschkopf. Ein benutztes Handtuch hing zum Trocknen auf dem Handtuchhalter. Die beiden Zottelvorleger auf dem Boden waren ordentlich parallel und mit gleich viel Abstand nach allen Seiten ausgerichtet.

Claire öffnete den Badezimmerschrank, fegte den Inhalt heraus und warf alles auf den Boden. Deo. Zahnpasta. Sie hielt ein Fläschchen mit einem verschreibungspflichtigen Medikament hoch.

„Amitriptylin“, las Claire vor. „Es wurde Pauls Vater verschrieben.“

„Das ist ein älteres Antidepressivum.“ Lydia war mit den gängigen Medikamenten des späten zwanzigsten Jahrhunderts bestens vertraut. „Aus der Zeit vor Prozac.“

„Du wirst überrascht sein zu hören, dass Paul nie etwas von einer Depression erwähnt hat.“ Claire warf das Fläschchen über ihre Schulter. „Bist du bereit für die Garage?“

Lydia kam zu Bewusstsein, dass sie es beide hinausgezögert hatten. „Wir könnten immer noch gehen“, gab sie zaghaft zu bedenken.

„Natürlich könnten wir das.“ Claire strich an Lydia vorbei und marschierte zurück ins Wohnzimmer und von dort in die Küche. Als sie wiederkam, hielt sie das Brechwerkzeug in den Händen. Sie ging den schmalen Flur zur Garage entlang. Er war vielleicht fünf Meter lang, aber Lydia kam es vor, als liefe alles in Zeitlupe ab. Das Werkzeug schwang über Claires Kopf, verharrte für einen Moment in der Luft und sauste dann auf den Messingknopf herab. Die Tür zur Garage sprang auf.

Claire streckte die Hand aus und tastete nach dem Lichtschalter. Neonlicht ging flackernd an.

Der Klauenhammer fiel aus Claires Hand.

Lydia stand wie erstarrt da. Sie war drei Meter von der Tür entfernt, aber sie konnte die Wand gegenüber der Tür deutlich sehen – die Ringe, die an der Betonmauer befestigt waren, das Ende einer schmutzigen Matratze, Fast-Food-Tüten auf dem Boden, Scheinwerfer, wie Fotografen sie benutzen, eine Kamera auf einem Stativ. Die Decke war so gestaltet worden, dass der Raum wie ein Keller wirkte. Drähte hingen herab, Rohre führten ins Nichts. Ketten baumelten auf den Betonboden. Und es gab Blut.

Viel Blut.

Claire wich in den Flur zurück und zog dabei die Tür hinter sich zu. Sie blieb mit dem Rücken zur Tür stehen und versperrte Lydia den Zugang zur Garage.

Eine Leiche, dachte Lydia. Ein weiteres Opfer. Noch ein totes Mädchen.

Claire sprach mit leiser, beherrschter Stimme. „Ich möchte, dass du mir dein Handy gibst. Ich werde alles in dem Raum mit der Handykamera dokumentieren, während du zur Straße hinuntergehst und mit dem Prepaid-Handy das FBI verständigst. Nicht Nolan. Ruf die Nummer in Washington an."

„Was hast du gesehen?"

Claire schüttelte den Kopf. Alle Farbe war aus ihrem Gesicht gewichen.

„Claire?"

Sie schüttelte wieder den Kopf.

„Ist eine Leiche da drin?"

„Nein."

„Was dann?"

Sie schüttelte weiter den Kopf.

„Ich meine es ernst, verdammt. Sag mir, was da drin ist."

Claire umklammerte immer noch den Griff an der Tür. „Videokassetten. VHS."

Lydia schmeckte Galle im Mund. VHS. Keine DVDs. Keine digitalen Dateien. Alte Videobänder. „Wie viele?"

„Eine Menge."

„Wie viele sind eine Menge?"

„Zu viele."

Lydia fand die Kraft, sich in Bewegung zu setzen. „Ich will sie sehen."

Claire blockierte die Tür. „Das ist ein Tatort. Da drin ist Anna Kilpatrick gestorben. Wir dürfen nicht hineingehen."

Lydia spürte Claires Hand auf ihrem Arm. Sie erinnerte sich nicht, dass sie auf die Tür zugegangen war, auf das, was ihre Schwester vor ihr verbergen wollte, aber jetzt stand sie so nah, dass sie den metallischen Gestank von geronnenem Blut wahrnahm.

Sie stellte die einzige Frage, auf die es ankam. „Wie weit reichen die Videobänder zurück?“

Claire schüttelte wieder den Kopf.

Lydia versuchte, Claire zur Seite zu schieben, aber Claire rührte sich nicht vom Fleck. „Geh mir aus dem Weg.“

„Ich kann dich nicht …“

Lydia packte sie am Arm. Ihr Zugriff war heftiger, als sie beabsichtigt hatte, aber dann flog ihr zweiter Arm nach oben, und plötzlich befand sie sich in einem ausgewachsenen Ringkampf mit ihrer Schwester. Sie schoben einander hin und her und den Flur entlang, genau wie sie früher wegen eines Kleides, eines Buches oder eines Jungen gerauft hatten.

Damals hatten sich die drei Jahre Altersunterschied zwischen ihnen immer zu Lydias Vorteil ausgewirkt, jetzt halfen ihr dreißig Pfund mehr Gewicht, die Oberhand zu behalten. Sie stieß Claire so heftig, dass diese rückwärtstaumelte und fiel. Sie prallte mit dem Steißbein auf den Boden und keuchte, da ihr die Luft wegblieb.

Lydia stieg über ihre Schwester hinweg, und Claire machte einen letzten Versuch, ihr Bein zu packen, aber es war zu spät.

Lydia stieß die Garagentür auf.

Das Holzregal bedeckte einen Wandabschnitt. Acht Reihen Bretter vom Boden bis zur Decke, knapp drei Meter breit, mit dreißig Zentimeter Abstand zwischen den Fachböden. VHS-Kassetten stapelten sich darin, die farbigen Pappkartonhüllen unterteilten sie in Abschnitte. Eine vertraute Ziffernfolge stand, von Hand geschrieben, auf den Etiketten. Lydia kannte den Code bereits.

Die Daten reichten bis in die 1980er zurück.

Sie betrat den Raum. Ein Zittern durchlief ihren Körper, als stünde sie zu nah am Rand einer Klippe. Ihre Zehen kribbelten. Sie schwitzte wieder. Jeder Knochen in ihrem Leib vibrierte. Ihre Sinne nahmen alles überdeutlich wahr.

Claires Weinen hinter ihr. Den Geruch des Bleichmittels, der ihr in die Nase stieg. Den Geschmack der Angst auf ihrer Zunge. Ihr Blick verengte sich auf die sechs Videokassetten, die einen prominenten Platz in der Mitte des Regals erhalten hatten.

Ein grünes Gummiband hielt die grünen Hüllen der Kassetten zusammen. Die Handschrift war eckig und klar. Die Ziffernfolge war leicht zu entschlüsseln, jetzt, da Lydia den Code kannte.

01490931.

4. März 1991.

11. KAPITEL

Claire machte den Mund auf, um Lydia zu sagen, sie solle nichts berühren, aber die Worte kamen ihr nicht über die Lippen, weil es keinen Sinn mehr hatte. Von dem Moment an, als sie die Wand mit den Videokassetten sah, hatte sie gewusst, es gab kein Zurück mehr, so wie sie gewusst hatte, dass all das unausweichlich gewesen war. Paul war nicht ohne Grund von Claire besessen gewesen. Er war nicht ohne Grund der perfekte Ehemann gewesen. Er hatte das Leben von ihnen allen nicht ohne Grund manipuliert.

Und die ganze Zeit hatte Claire sich geweigert, zu sehen, was sich direkt vor ihren Augen befunden hatte.

Vielleicht war es deshalb kein Schock für sie. Oder vielleicht war sie inzwischen nicht mehr fähig, mit einem Schock zu reagieren, denn immer wenn sie dachte, sie hätte nun das Schlimmste von Paul gesehen, tauchte eine entsetzliche neue Tat von ihm auf und mit ihr die Erkenntnis ihrer eigenen bewussten Blindheit.

Was Lydia empfand, konnte sie unmöglich sagen. Ihre

Schwester stand vollkommen reglos mitten in der kalten Garage. Ihre Hand war nach den sechs Videokassetten ausgestreckt, aber sie hatte innegehalten, kurz bevor sie sie berühren konnte.

„4. März 1991", sagte Lydia.

„Ich weiß." Claires Blick hatte das Etikett in der Sekunde erfasst, als sie die Tür geöffnet hatte.

„Wir müssen es uns ansehen."

Erneut widersprach Claire nicht. Es gab so viele Gründe, dieses Haus zu verlassen. Es gab so viele Gründe zu bleiben.

Rote oder blaue Pille.

Jetzt war es keine theoretische Überlegung mehr. Wollten sie wissen, was Julia zugestoßen war, oder nicht?

Für Lydia stand die Antwort offenbar fest. Sie löste sich langsam aus ihrer Erstarrung und nahm den Stapel grüner Kassetten aus dem Regal. Dann drehte sie sich um und wartete darauf, dass Claire ihr Platz machte.

Claire folgte ihrer Schwester zurück ins Wohnzimmer. Sie lehnte sich an die Wand und sah zu, wie Lydia eine Kassette in den altmodischen Videorekorder einlegte. Sie hatte das letzte Band in der Serie ausgewählt, denn das war das einzige, auf das es ankam.

Es gab keine Fernbedienung. Lydia drückte einen Knopf, um den Fernseher einzuschalten. Die Röhre sprang an. Das Bild wechselte von Schwarz zu Schneegeriesel. Sie drehte am Lautstärkeregler, um das statische Rauschen abzustellen. Es gab zwei Auswahlmöglichkeiten an dem Gerät, UKW und UHF. Lydia probierte Kanal drei. Sie wartete. Sie probierte Kanal vier.

Der Bildschirm wechselte von Schneegeriesel wieder zu Schwarz.

Lydia legte den Daumen auf die große orangefarbene PLAY-Taste. Sie sah Claire an.

Rote oder blaue Pille? Willst du es wirklich wissen?

Und dann die Stimme ihres Vaters. Es gibt Dinge, die gehen einem nie wieder aus dem Kopf.

Vielleicht war es Sams Warnung, die ihr am meisten Angst machte, denn Claire hatte die anderen Filme gesehen. Sie wusste, es gab ein Drehbuch für die Misshandlungen, die die Mädchen erduldeten, und sie wusste, was sie auf dem letzten Band sehen würde, dem Band, das Lydia im Begriff war abzuspielen.

Julia Carroll, neunzehn Jahre alt, nackt an die Wand gekettet. Der Körper übersät mit Prellungen und Verbrennungen. Male von Stromschlägen. Verbranntes Fleisch. Aufgerissene Haut. Der Mund zu einem Schreckensschrei geöffnet, als der Maskierte mit der Machete hereinkommt.

„Claire?"

Lydia bat um Erlaubnis. Konnten sie das tun? Sollten sie es tun?

Hatten sie wirklich eine Wahl?

Claire nickte, und Lydia drückte auf PLAY.

Auf dem schwarzen Schirm war eine weiße Zickzacklinie zu sehen. Die Bilder liefen zu schnell, um Einzelheiten erkennen zu können. Lydia stellte den Bildlauf an einem Regler nach.

Das Bild füllte den Schirm.

Lydia gab ein Geräusch von sich, das irgendwo zwischen Stöhnen und Aufschrei lag.

Julia war mit gespreizten Armen und Beinen an die Wand gekettet. Sie war nackt bis auf die silbernen und schwarzen Armreife, die sie immer an den Handgelenken trug. Ihr Kopf war gesenkt, ihr Körper schlaff. Das Einzige, was sie aufrecht hielt, waren die Ketten.

Claire schloss die Augen. Sie konnte Julia aus dem Monolautsprecher des Fernsehers leise wimmern hören. Der Ort, an dem Julia festgehalten wurde, war ein anderer, es war nicht der vorgetäuschte Keller, sondern das Innere einer Scheune. Die Latten waren dunkelbraun, offenbar die

Rückwand eines Pferdeverschlags. Auf dem Boden war Heu, Tierkot lag zu ihren nackten Füßen.

Claire erinnerte sich von dem Bild, das sie zum Hochzeitstag gemalt hatte, an die nach *Amityville Horror* aussehende Scheune. Sie fragte sich, ob Paul sie aus Abscheu niedergerissen hatte oder ob er es in seiner typischen, auf Effizienz ausgerichteten Denkweise praktischer gefunden hatte, alles unter einem Dach zu haben.

Im Fernsehgerät begann ihre Schwester, lauter zu wimmern.

Claire öffnete die Augen. Der Maskenmann war ins Bild getreten. Claire hatte Bilder von Paul aus dem Jahr 1991 gesehen. Er war hochgewachsen und schlaksig, mit zu kurzem Haar und einer schmerzhaft aufrechten Haltung, die ihm die Ausbilder auf der Militärakademie eingebläut hatten.

Der Maskierte war ebenfalls hochgewachsen, aber nicht schlaksig. Er war älter, wahrscheinlich Ende vierzig. Seine Schultern zeigten eine ausgeprägte Rundung. Sein Bauch war weicher. Und er trug eine Tätowierung auf dem Bizeps, einen Anker mit Worten, die Claire nicht lesen konnte, die aber offenbar bedeuteten, dass er in der US Navy gewesen war.

Pauls Vater war in der Navy gewesen.

Langsam und mit Bedacht tat der Maskenmann einen Schritt auf Julia zu, dann noch einen.

„Ich gehe nach draußen", sagte Claire.

Lydia nickte, ohne sich umzusehen.

„Ich kann nicht hier drin bleiben, aber ich lass dich nicht allein."

„Okay." Lydia war wie hypnotisiert. „Geh nur."

Claire stieß sich von der Wand ab und taumelte in die Küche. Sie stieg über Besteck und zerbrochenes Geschirr auf dem Boden und ging immer weiter, bis sie endlich im Freien war. Die Luft war beißend kalt, und ihre Lungen schmerzten beim Atmen.

Claire setzte sich auf die rückwärtige Treppe und schlang die Arme um den Körper. Sie zitterte vor Kälte, ihre Zähne taten weh, und ihre Ohrläppchen brannten. Den schlimmsten Teil des Videos hatte sie gar nicht gesehen, aber sie hatte genug gesehen. Und sie wusste jetzt, dass ihr Vater recht gehabt hatte. All die glücklichen Erinnerungen an Julia – wie sie jeden Samstag zusammen vor dem Fernseher zu einer Musikshow getanzt hatten, wie sie im Auto sangen, wenn sie zur Bibliothek fuhren, um Helen abzuholen, wie sie hinter Sam und Lydia her hüpften, wenn sie alle zusammen zur Tierklinik gingen, um einen neugeborenen Wurf Hundewelpen anzusehen – das war alles fort.

Wenn sie jetzt an Julia dachte, würde sie immer nur das Bild vor Augen haben, wie ihre Schwester mit gespreizten Gliedern an diese roh gezimmerte Wand eines Viehstalls gekettet war.

Im Haus stieß Lydia einen erstickten Schrei aus.

Es war ein durchdringender Laut, der wie eine Glasscherbe in Claires Herz schnitt. Sie ließ den Kopf in die Hände sinken. Ihr war heiß, doch ihr Körper hörte nicht auf zu zittern.

Lydia begann zu wehklagen.

Claire hörte das gequälte Schluchzen aus ihrem eigenen Mund, und sie presste ihre Hände auf die Ohren. Sie ertrug Lydias Klagen nicht. Zwischen ihnen beiden lagen zwei Zimmer, aber Claire sah alles vor sich, was Lydia gesehen hatte. Die Machete, die herabfuhr, das strömende Blut, die Zuckungen, die Vergewaltigung.

Claire sollte wieder ins Haus gehen. Sie sollte für Lydia da sein, mit ihr zusammen Zeuge dieser letzten Sekunden in Julias Leben werden. Sie sollte etwas anderes tun, als nutzlos auf der Veranda zu sitzen, aber sie konnte sich zu keiner Bewegung aufraffen.

Sie konnte nur auf das weite, leere Feld hinausblicken und schreien – um ihre ermordete Schwester, ihre verstoßene Schwester, ihre zerrissene Mutter, ihren zerbrochenen Vater, ihre geschrumpfte Familie.

Claire war überwältigt vor Trauer, aber sie schrie. Sie fiel auf die Knie. In ihrer Kehle riss etwas, und ihr Mund füllte sich mit Blut. Sie schlug mit den Fäusten auf die trockene rote Erde und verfluchte Paul für alles, was er ihr genommen hatte: Lydias Baby, ihre kleine Nichte, im Arm halten zu dürfen, vielleicht selbst eines zu haben, ihre Eltern zusammen alt werden zu sehen, ihr Leben mit der einzigen Schwester zu teilen, die sie noch hatte. Sie wütete gegen die Verlogenheit ihrer Ehe – die achtzehn Jahre, die sie damit vergeudet hatte, einen kranken, perversen Psychopathen zu lieben, der ihr fälschlich weismachte, sie hätte alles, was sie brauchte, während sie in Wahrheit gar nichts hatte.

Lydia schlang die Arme um sie. Sie weinte so heftig, dass sie kaum ein Wort herausbrachte. „S-sie hatte so-solche A-angst."

„Ich weiß." Claire klammerte sich an ihre Schwester. Warum hatte sie Paul je geglaubt? Wie hatte sie Lydia je gehen lassen können? „Es ist okay", log sie. „Alles wird gut."

„S-sie hatte solche Angst."

Claire schloss die Augen und betete, die Bilder würden verschwinden.

„S-sie war ganz allein."

Claire wiegte Lydia wie ein Baby in ihren Armen. Sie zitterten beide so heftig, dass sie sich kaum aneinander festhalten konnten. Die Verheerungen von allem, was sie durchgemacht hatten, platzten auf wie Brandblasen.

„S-sie wusste, was auf sie zukommen würde, und s-sie konnte sich nicht bewegen, und da war niemand, um …" Sie brach den Satz ab und stieß einen erstickten Schrei aus. „Oh Gott! Oh Gott!"

„Es tut mir so leid", flüsterte Claire. Ihre Stimme war heiser, und sie konnte kaum sprechen. Lydia zitterte unkontrolliert. Ihre Haut war eiskalt, jeder Atemzug rasselte in ihrer Brust. Ihr Herz schlug so heftig, dass Claire es in ihrem eigenen Körper spürte.

„Oh, mein Gott", schrie Lydia.

Das war alles nur Claires Schuld. Sie hätte Lydia nie anrufen dürfen. Sie hatte kein Recht gehabt, sie in diese Sache hineinzuziehen. Sie war egoistisch und grausam und hatte es verdient, für den Rest ihres Lebens allein zu bleiben. „Es tut mir so wahnsinnig leid."

„Warum?", fragte Lydia. „Warum hat er sie ausgesucht?"

Claire schüttelte den Kopf. Es gab keine Erklärung. Sie würden nie erfahren, was Julia in jener Nacht damals zum Opfer hatte werden lassen.

„Sie war so gut. Sie war so verdammt gut."

Der Refrain war schmerzhaft vertraut. Sam und Helen hatten dieselbe Frage immer wieder gestellt: Warum unsere Tochter? Warum unsere Familie?

„Warum musste sie es sein?"

„Ich weiß es nicht." Claire hatte sich die Frage ebenfalls gestellt. Warum Julia? Warum nicht Claire, die sich mit Jungs herumtrieb, in Matheprüfungen bei ihren Freundinnen spickte und mit dem Sportlehrer flirtete, damit sie die Sprints nicht zu machen brauchte?

Lydia erschauerte, ihr ganzer Körper wurde vom Schmerz geschüttelt. „Es hätte mich erwischen sollen."

„Nein."

„Ich war so eine Null."

„Nein!"

„Es hätte nicht so wehgetan."

„Nein, Liddie. Sieh mich an." Claire legte die Hände an Lydias Wangen. Sie hatte ihren Vater wegen genau solcher Gedanken verloren. Sie würde ihre Schwester nicht auch noch verlieren. „Schau mich an, Lydia. Sag so etwas nicht. Sag das nie wieder. Hast du mich verstanden?"

Lydia antwortete nicht, sie sah Claire nicht einmal an.

„Du bist wichtig." Claire versuchte, sich ihre Panik nicht

anmerken zu lassen. „Ich will nicht, dass du das jemals wieder sagst, okay? Du bist wichtig. Du bist für Rick, für Dee und für Mom wichtig. Und du bist für mich wichtig." Claire wartete auf eine Antwort. „Okay?"

Lydias Kopf wurde immer noch von Claires Händen umklammert, aber sie brachte ein kurzes Nicken zustande.

„Ich liebe dich", sagte Claire. Es waren die Worte, die sie nicht einmal ihrem Mann gesagt hatte, als er in ihren Armen starb. „Du bist meine Schwester, und du bist vollkommen, und ich liebe dich."

Lydia hielt Claires Hände fest.

„Ich liebe dich", sagte Claire. „Hast du verstanden?"

Lydia nickte wieder. „Ich liebe dich auch."

„Nichts wird jemals wieder zwischen uns treten. In Ordnung?"

Wieder nickte Lydia. Langsam kehrte ein wenig Farbe in ihr Gesicht zurück. Ihr Atem wurde ruhiger.

Claire nahm Lydias Hände in ihre eigenen. Sie hielten die Blicke auf die Erde gerichtet, denn das Haus anzusehen und seine grauenvolle Geschichte zu kennen war mehr, als sie ertrugen.

„Erzähl mir, wie es war, als Dee zur Welt kam", bat Claire.

Lydia schüttelte den Kopf. Sie war zu aufgewühlt.

„Erzähl es mir", bettelte Claire. Die Welt um sie herum brach zusammen, aber sie musste erfahren, was Paul ihr noch alles genommen hatte. „Bitte lass mich wissen, was ich versäumt habe."

Lydia schien es ebenfalls zu brauchen: ein wenig Licht in diesem dunklen Verlies, das sie sich geschaffen hatten. „Sie war winzig." Ihre Lippen bebten in der Andeutung eines Lächelns. „Wie eine Puppe."

Claire lächelte, denn sie wollte, dass Lydia weiterlächelte. Sie musste jetzt an etwas Gutes denken, an etwas, das die Bilder von Julia aus ihrem Kopf vertrieb.

„War sie ein unkompliziertes Baby?“

Lydia wischte sich mit dem Ärmel über die Nase.

„Hat sie die ganze Zeit geschlafen?“

„Lieber Himmel, nein.“

Claire wartete und hoffte inständig, dass Lydia von irgendetwas anderem sprechen würde als von dem, was auf den Videobändern war. „Sie war schwierig?“

Lydia zuckte mit den Achseln und schüttelte gleichzeitig den Kopf. Sie dachte immer noch an Julia, war immer noch in diesem tiefen, dunklen Loch gefangen.

„Wie war sie denn dann?“ Claire drückte Lydias Hände. Sie bemühte sich um einen leichteren Tonfall. „Komm, Pepper, erzähl mir, wie meine Nichte war. Süß und anbetungswürdig wie ich?“

Lydia lachte, aber sie schüttelte immer noch den Kopf. „Sie hat die ganze Zeit geschrien.“

Claire ließ nicht locker. „Warum hat sie geschrien?“

„Ich weiß es nicht.“ Sie seufzte schwer. „Ihr war zu heiß, ihr war zu kalt. Sie hatte Hunger. Sie hatte die Windel voll.“ Sie wischte sich wieder über die Nase. Ihr Ärmel war bereits nass von Tränen. „Ich dachte immer, ich hätte dich großgezogen, aber den anstrengenden Teil hat Mom erledigt.“

Claire wusste, es war kindisch, aber ihr gefiel die Vorstellung, wie Helen den anstrengenden Teil erledigte. „Erzähl mir, wieso.“

„Dich herumzutragen und mit dir zu spielen, das war einfach. Die Windeln zu wechseln und nachts mit dir herumzuwandern und all das – es ist anstrengend, wenn man es allein tun muss.“

Claire strich Lydia das Haar zurück. Sie hätte da sein müssen. Sie hätte Einkäufe für ihre Schwester erledigen müssen, die Wäsche für sie aufräumen und für sie einspringen, solange sie gebraucht wurde.

„Sie hat die ersten zwei Jahre geschrien.“ Lydia wischte die Tränen unter den Augen fort. „Und dann lernte sie sprechen und hat nicht mehr aufgehört zu reden.“ Bei der Erinnerung lachte sie auf. „Sie hat die ganze Zeit vor sich hin gesungen. Nicht nur, wenn ich da war. Ich habe sie regelmäßig erwischt, wie sie ganz für sich allein sang, und es war ein merkwürdiges Gefühl. Als wenn man zufällig auf eine schnurrende Katze trifft, und man ist betrübt, weil man immer dachte, sie schnurrt nur ihren Besitzern zuliebe.“

Claire lachte, damit Lydia weitersprach.

„Und dann wurde sie älter und ...“ Lydia schüttelte den Kopf. „Ein Teenager im Haus – das ist, als würde man mit einer wirklich beschissenen Zimmergenossin zusammenwohnen. Sie essen dir alles weg, ziehen deine Sachen an, klauen dir Geld aus dem Geldbeutel und leihen sich dein Auto aus, ohne um Erlaubnis zu fragen.“ Sie legte die Hand aufs Herz. „Aber sie kochen dich mit Methoden weich, die man sich nicht vorstellen kann. Man rechnet nicht damit. Sie schmirgeln einfach alle deine harten Kanten. Sie verwandeln dich in diese bessere Version von dir selbst, von deren Existenz du nicht einmal wusstest.“

Claire nickte, denn sie erkannte den Wandel, den Dee Delgado bewirkt hatte, an Lydias zärtlichem Gesichtsausdruck.

Lydia nahm Claires Hand und hielt sie fest. „Was machen wir jetzt?“

Claire war auf die Frage vorbereitet. „Wir müssen die Polizei rufen.“

„Huckleberry?“

„Ihn, die Staatspolizei, die FBI-Zentrale für Georgia.“ Jetzt, da Claire es aussprach, wurde ein Plan erkennbar. „Wir rufen sie einfach alle an. Wir erzählen dem Heimatschutz, wir hätten gesehen, wie jemand eine Bombe baut. Wir sagen dem FBI, ein entführtes Mädchen sei im Haus. Wir erzählen dem Secret Service, dass Lexie Fuller den Präsidenten ermorden will.“

„Du meinst, wenn wir sie alle gleichzeitig hierherlocken, kann keiner etwas vertuschen.“

„Wir sollten außerdem die Nachrichtensender verständigen.“

„Das ist gut.“ Lydia nickte. „Ich kann etwas darüber auf das virtuelle Schwarze Brett des Elternbeirats an Dees Schule stellen. Dort gibt es diese Frau – Penelope Ward. Sie ist meine Allison Hendrickson, nur ohne zertrümmertes Knie. Ihr Mann kandidiert kommendes Jahr für den Kongress. Sie sind wirklich gut vernetzt, und sie ist wie ein Hund mit einem Knochen – wenn sie sich in etwas verbissen hat, lässt sie nicht mehr los.“

Claire stutzte. Sie kannte den Namen Penelope Ward. Branch Ward kandidierte gegen den Abgeordneten Johnny Jackson um dessen Sitz im Kongress. Jackson war der Abgeordnete, der Paul auf die Erfolgsspur verholfen hatte. Er war außerdem der Grund, den Jacob Mayhew auf Claires Frage genannt hatte, warum er nach dem Einbruch beim Haus aufgetaucht war.

„Der Abgeordnete bat mich, die Sache zu übernehmen“, hatte Mayhew erklärt, und Claires Vermutungen waren in Richtung Kick-back-Zahlungen und Betrug gegangen. Sie nahm an, Jackson wollte sich absichern. Gab es einen anderen Grund? Wenn Mayhew in die Sache verwickelt war, war Johnny Jackson dann ebenfalls verwickelt?

„Was ist?“, fragte Lydia.

Claire behielt ihre Überlegungen für sich. Sollten die verschiedenen staatlichen Behörden doch herausfinden, was los war. Sie blickte stattdessen wieder zum Haus hinauf. „Ich will nicht, dass Julias Bänder dabei auftauchen.“

Lydia nickte wieder. „Was sagen wir Mom?“

„Wir müssen ihr sagen, dass Julia tot ist.“

„Und wenn sie fragt, woher wir es wissen?“

„Sie wird nicht fragen.“ Claire war sich dessen absolut sicher. Helen hatte vor langer Zeit die bewusste Entscheidung getroffen, nicht nach der Wahrheit zu suchen. Gegen Ende seines Lebens durfte Sam in ihrer Gegenwart nicht einmal mehr Julias Namen aussprechen.

„Glaubst du, das auf dem Video war Pauls Vater?"

„Wahrscheinlich." Claire stand auf. Sie wollte nicht herumsitzen und sich über all das den Kopf zerbrechen. Sie wollte die Leute herbeiholen, die tatsächlich etwas unternehmen konnten. „Ich hole die Bänder mit Julia."

„Ich helfe dir."

„Nein." Claire wollte nicht, dass Lydia noch einmal irgendetwas von dem Video sehen musste. „Fang schon mal an zu telefonieren. Benutz den Festnetzapparat, dann können sie die Nummer zurückverfolgen." Claire wartete, bis Lydia den Hörer des an der Wand befestigten Apparats abhob. „Wir können die Kassetten von Julia in den Kofferraum des Tesla packen. Niemand wird auf die Idee kommen, ihn zu durchsuchen."

Lydia wählte neun-eins-eins. „Beeil dich", sagte sie zu Claire. „Das wird nicht lange dauern."

Claire ging ins Wohnzimmer. Zum Glück war der Schirm des Fernsehers schwarz. Die Videobänder waren auf dem Gerät gestapelt.

„Glaubst du, wir sollten in die Stadt zurückfahren und warten?", rief sie ihrer Schwester zu.

„Nein!"

Vermutlich hatte Lydia recht. Als sie die Sache das letzte Mal der Polizei überlassen hatte, hatte Mayhew sie behandelt wie ein Kind. Sie drückte die Auswurftaste des Rekorders und legte ihre Finger auf die Kassette. Sie versuchte, sich ein Bild von Julia in Erinnerung zu rufen, das nicht aus dem Film stammte.

Es war zu früh. Alles, was sie sah, war ihre Schwester in Ketten.

Claire würde die Videos vernichten. Sobald sie sicher war, nicht gestört zu werden, würde sie die Bänder aus den Kassetten reißen und in einem metallenen Müllbehälter verbrennen.

Sie ließ die Kassette aus dem Gerät gleiten. Die Handschrift auf dem Etikett war der von Paul ähnlich, aber sie war nicht exakt gleich. Hatte Paul die Bänder nach dem Tod seines Vaters gefunden? Hatte das sein Interesse geweckt? Julia war fast ein Jahr vor dem Autounfall seiner Eltern verschwunden. Fünf Jahre später hatte Paul in Auburn um Claire geworben. Keine zwei Monate nachdem ihr Vater sich umgebracht hatte, waren sie verheiratet gewesen. Claire konnte sich nicht länger an die Annahme von Zufällen klammern. Was die Frage aufwarf, ob Paul das alles von dem Moment an geplant hatte, in dem er Julia in der Videosammlung seines Vaters erkannte. War es das gewesen, was ihn veranlasst hatte, sich an Claire heranzumachen?

Mangels einer schriftlichen Erklärung würde sie die Wahrheit nie erfahren. Julias Tod hatte sie die letzten vierundzwanzig Jahre verfolgt. Jetzt würde das Rätsel, was bei ihrem Mann so schrecklich schiefgelaufen war, sie die restlichen Jahrzehnte verfolgen.

Sie schob die Kassette in die Pappkartonhülle und wickelte das Gummiband um den Kassettenstapel.

Sie roch Pauls Aftershave.

Der Geruch war schwach. Sie führte die Kassetten an ihre Nase. Sie schloss die Augen und atmete tief ein.

„Claire“, sagte Paul.

Sie wirbelte herum.

Paul stand in der Mitte des Raumes. Er trug ein rotes Sweatshirt der University of Georgia und schwarze Jeans. Sein Kopf war kahl rasiert. Sein Bart war nachgewachsen. Er hatte eine dicke Kunststoffbrille auf, die Art Brille, wie er sie im College getragen hatte.

„Ich bin's“, sagte er.

Claire ließ die Kassetten fallen. War das real? Geschah das tatsächlich?

„Es tut mir leid“, sagte Paul.

Dann holte er aus und schlug ihr die Faust ins Gesicht.

V

Kleines, ich muss zugeben, dass ich meine Recherchewand in letzter Zeit vernachlässige. Das „sinnlose Sammelsurium", wie deine Mutter es nannte, als sie sich ein einziges Mal dazu herabließ, mein Werk in Augenschein zu nehmen.

In diesen letzten zehn Monaten, in denen ich Ben Carver im Gefängnis besuchte, bin ich viele Male zu Bett gegangen, ohne auch nur einen Blick auf mein Sammelsurium zu werfen. Die Sammlung ist so alltäglich geworden, dass sie sich in eine Art Kunstwerk an der Wand verwandelt hat, eher eine Erinnerung daran, dass du verschwunden bist, als eine Karte, um dich wiederzufinden.

Erst als ich Bens Widmung in dem Buch von Dr. Seuss las, fiel mir wieder eine Notiz aus Huckleberrys Akte ein. Sie war von Anfang an da, oder zumindest seit ich mein alljährliches Leseritual an deinem Jahrestag begann. Wie kommt es, dass wir immer die Dinge vernachlässigen, auf die es am meisten ankommt? Das ist eine allumfassende Frage, denn in den Tagen, Wochen, Monaten und Jahren seit deinem Verschwinden begriff ich, dass ich dich nicht genügend geschätzt habe. Ich habe dir nicht oft genug gesagt, dass ich dich liebe. Ich habe dich nicht oft genug im Arm gehalten. Ich habe dir nicht gut genug zugehört.

Du würdest wahrscheinlich erwidern (wie es deine Mutter getan hat), dass ich dieses Versäumnis ja bei deinen Schwestern korrigieren könne, aber es liegt in der menschlichen Natur, dass wir uns nach den Dingen sehnen, die wir nicht haben können.

Habe ich dir von Claires neuem jungen Mann erzählt, Paul? Er sehnt sich gewiss nach Claire, obwohl sie bereits deutlich gemacht hat, dass er sie haben kann. Es ist eine ungleiche Paarung. Claire ist eine lebenssprühende, wunderschöne junge Frau. Paul sprüht weder vor Leben, noch ist er sonderlich attraktiv.

Nachdem wir ihn kennenlernten, haben deine Mutter und ich uns ein wenig auf Kosten des Jungen amüsiert. Sie nannte ihn Bartleby, nach dem wohlbekannten Schreiber: „Auf blasse Art gefällig, bedauernswert respektabel, unheilbar einsam." Ich verglich ihn eher mit einem Terrier. Arrogant. Schnell gelangweilt. Schlauer, als ihm guttut. Mit einem Hang zu hässlichen Pullovern. Ich äußerte die Ansicht, er gehöre zu der Sorte von Männern, die großen Schaden anrichten können, wenn man ihnen nicht die nötige Aufmerksamkeit schenkt.

Ist dieser letzte Satz Geschichtsklitterung? Ich erinnere mich nämlich deutlich daran, dass ich die Bartleby-Einschätzung deiner Mutter teilte, als wir Paul zum ersten Mal trafen: nervig, harmlos, würde bald den Laufpass erhalten.

Erst jetzt sehe ich die Begegnung in einem düstereren Licht.

Claire brachte ihn während des Spieles zwischen Georgia und Auburn mit nach Hause. Früher haben mir die Männer, die Claire uns vorstellte, immer ein wenig leidgetan. Man sah in ihren begierigen Augen, dass sie glaubten, das wäre schon etwas – die Eltern des Mädchens kennenlernen, eine Führung durch die Stadt, in der es aufgewachsen ist, Liebe, Ehe, Kinderglück und so fort sind in greifbarer Nähe … Bedauernswerterweise ist für diese jungen Männer eher das Gegenteil der Fall. Bei Claire kündigt ein Ausflug nach Athens meist das Ende einer Beziehung an. Für deine kleine Schwester ist diese Stadt verseucht. Die Straßen sind verseucht. Das Haus ist verseucht. Vielleicht sind auch wir – deine Mutter und ich – verseucht.

Pepper hatte uns wegen Claires neuem Beau vorgewarnt. Die Freunde ihrer Schwester finden selten ihre Zustimmung (genau wie andersherum ihre nicht die Zustimmung Claires finden; du wärst sicherlich ihre Schiedsrichterin geworden), aber in diesem Fall klang Peppers Beschreibung von Paul nicht nur alarmierend, sondern traf auch haargenau zu. Ich habe selten so beinahe körperlich auf einen Menschen reagiert. Er erinnerte mich an die schlimmste Sorte Studenten, die ich früher hatte – der Typ, der überzeugt ist, bereits alles zu wissen, was sich zu wissen lohnt (was unvermeidlich jedes Mal dazu führt, dass ein Tier unnötig leidet).

Wenn ich ehrlich sein will, hat mich an Paul Scott am meisten die Art und Weise gestört, wie er meine Tochter vor meinen Augen berührte. Ich bin kein altmodischer Mensch. Öffentliche Zurschaustellung von Zärtlichkeit bringt mich eher zum Lächeln als zum Erröten.

Und dennoch.

Etwas an der Art, wie dieser Mann mein jüngstes Kind berührte, ging mir gegen den Strich. Als sie die Einfahrt heraufkamen, hakte er sich bei ihr ein. Seine Hand blieb auf ihrem Rücken, als sie die Treppe hochstiegen. Er ergriff ihre Hand, als sie zur Tür hereinkamen.

Wenn ich den letzten Absatz noch einmal lese, klingt alles so harmlos, die typischen Gesten eines Mannes, der mit einer Frau schläft, aber ich muss dir sagen, Schätzchen, es lag etwas zutiefst Beunruhigendes in der Art, wie er sie berührte. Seine Hand verließ buchstäblich nie ihren Körper. Kein einziges Mal in der ganzen Zeit, in der ich sie vor mir hatte. Selbst als sie sich auf die Couch setzten, hielt Paul ihre Hand, bis sie Platz genommen hatte, dann warf er den Arm um ihre Schultern und spreizte die Beine, als würde der Umfang seiner Hoden seine Kniescheiben in gegensätzlich gepolte Magneten verwandeln.

Deine Mutter und ich wechselten einige Blicke.

Er ist ein Mann, der unbekümmert seine Meinung kundtut und der überzeugt ist, jedes Wort aus seinem Mund sei nicht nur richtig, sondern faszinierend. Er hat Geld, was man an dem Wagen sieht, den er fährt, und an der Kleidung, die er trägt, aber sein Auftreten hat nichts von Geldadel an sich. Seine Arroganz kommt von seinem Verstand, nicht von seiner Brieftasche. Und man muss sagen, dass er eindeutig ein hochbegabter junger Mann ist. Seine Fähigkeit, bei jedem Thema zumindest informiert zu klingen, deutet auf eine unersättliche Wissbegier hin. Er versteht sich auf Einzelheiten, wenn auch nicht auf Nuancen.

Deine Mutter fragte ihn nach seiner Familie, denn wir sind hier im Süden, und nur durch Fragen nach der Familie können wir die Spreu vom Weizen trennen.

Paul fing mit den grundlegenden Dingen an: die Dienstzeit seines Vaters bei der Navy, die Sekretärinnenschule seiner Mutter. Sie wurden Farmer, Salz der Erde, und besserten ihr Einkommen mit Buchführung und Saisonarbeit bei den Landschaftsgärtnern des Uni-Campus auf. (Wie du weißt, ist letzterer Teilzeitjob nichts Ungewöhnliches. Irgendwann arbeiten alle Leute hier in irgendeiner Weise für die Universität.) Es gab keine weiteren Verwandten außer einem Onkel mütterlicherseits, der sich selten blicken ließ und während Pauls erstem Studienjahr in Auburn verstarb.

Sein isoliertes Aufwachsen sei der Grund dafür, warum er sich eine große Familie wünsche, sagte Paul – ein Umstand, der deine Mutter und mich hätte freuen müssen, aber ich sah, dass sie ebenso zusammenzuckte wie ich, weil sein Tonfall eine Andeutung davon lieferte, wie er dieses Ziel in Angriff nehmen würde. (Glaub mir, Kleines, nicht ohne Grund haben Generationen von Vätern jahrhundertelang brutale Kriege ausgefochten, um die Idee der unbefleckten Empfängnis zu verteidigen.)

Nachdem er diese grundlegenden Dinge berichtet hatte, kam Paul zu dem Teil seiner Geschichte, bei dem deine kleine Schwester feuchte Augen bekam. Da wusste ich, er hatte sie. Es klingt hart, wenn man sagt, dass Claire nie um irgendwen weint, aber wenn du nur wüsstest, mein liebes Mädchen, was nach deinem Verschwinden aus uns wurde, dann würdest du verstehen, dass sie deshalb nicht weinte, weil keine Tränen mehr übrig waren.

Außer für Paul.

Während ich dasaß und mir die Geschichte vom Autounfall seiner Eltern anhörte, regten sich alte Erinnerungen in mir. Die Scotts starben fast ein ganzes Jahr nach deinem Verschwinden. Ich erinnere mich, von der Karambolage in der Zeitung gelesen zu haben, denn zu dieser Zeit las ich jede einzelne Seite für den Fall, dass es irgendwo eine Verbindung zu dir gab. Deine Mutter erinnert sich, von einem Kunden in der Bibliothek gehört zu haben, dass Pauls Vater enthauptet wurde. Feuer war im Spiel gewesen. Unsere Fantasien schossen ins Kraut.

Pauls Version der Ereignisse ist weitaus rosiger gefärbt (er ist sicherlich derjenige, der die Geschichte zuerst erzählt hat), aber ich kann einem Mann nicht den Besitzanspruch auf seine Vergangenheit zum Vorwurf machen, und es ist nicht zu leugnen, dass die Tragödie ihren Zauber ausübt. So viele Jahre lang wollten sich alle Leute um deine kleine Schwester kümmern. Ich glaube, bei Paul sieht sie endlich eine Gelegenheit, sich ihrerseits um jemand anderen zu kümmern.

Läse deine Mutter diesen Brief, würde sie sagen, ich solle endlich zur Sache kommen. Und das sollte ich wohl tatsächlich, denn die Sache ist die:

Diese Widmung hat Ben Carver mir in das Buch von Dr. Seuss geschrieben:

„Erst brauchst du die Bilder, dann kommen die Worte.“ – Robert James Waller.

Bilder.

Ben hatte Bilder von seinen Verbrechen aufgenommen und verbreitet. Es gehörte zu seiner Legende, hatte ihn so berüchtigt gemacht. Angeblich waren Hunderte von Fotos und Filmen auf dem Schwarzmarkt in Umlauf, die ihn mit verschiedenen Opfern zeigten. Aber Ben war bereits im Gefängnis. Er gab mir keine Hinweise auf seine eigenen Verbrechen. Er gab mir einen Hinweis auf seine Konkurrenz.

Bilder.

Ich hatte das Wort viele Male zuvor in der Akte des Sheriffs gelesen.

Wie bei allen Verdächtigen im Fall deines Verschwindens hatte Huckleberry den Namen eines bestimmten Mannes geschwärzt, aber folgende Details habe ich aus den Aufzeichnungen eines ermittelnden Deputys in deiner Akte abgeschrieben:

XXXXXX XXXXX, Voyeur. Saisonal als Gärtner von der Universität Atlanta angestellt, verhaftet 4.1.89, 12.4.89, 22.6.90, 16.8.91 – alle Vorwürfe jeweils fallen gelassen. Nimmt ältere weibliche Teenager (17–20 Jahre) ins Visier, blond, attraktiv. Vorgehensweise: Steht vor Fenstern im Erdgeschoss und macht Bilder von Frauen, während sie sich ausziehen. Verstorben 3.1.1992 (Autounfall, Frau ebenfalls verstorben, 16-jähriger Sohn auf Internat in Alabama).

Bilder.

Der Voyeur lebte noch, als du verschwunden bist. Er suchte sich junge Frauen etwa in deinem Alter, etwa mit deiner Haarfarbe und von etwa deiner Schönheit heraus. Hat er vor deinem Fenster im Erdgeschoss gestanden und Fotos von dir gemacht? Hat er zugesehen, wie du dein Haar gebürstet, mit deinen Schwestern gesprochen und dich zum Schlafengehen ausgezogen hast? Hatte er dich auf dem Campus gesehen, als er für die Gärtnerei gearbeitet hat? War er dir in jener Nacht zum „Manhattan Café“ gefolgt? War er dir wieder gefolgt, als du es verlassen hast?

War er zu dem Schluss gekommen, dass ihm seine Bilder nicht genügten?

Du wirst dich vielleicht fragen, wie Ben Carver an ein Exemplar deiner Akte gekommen ist. Wie ich vorhin schon sagte, ist Ben eine Art Berühmtheit, selbst im Gefängnis. Er bekommt Post aus der ganzen Welt. Dem Direktor zufolge handelt Ben mit Informationen. Auf diese Weise verschafft er sich zusätzliche Mahlzeiten und Schutz innerhalb der gefährlichen Wände des Todestrakts. Er findet heraus, was die Leute wissen wollen, und verteilt es nach Belieben.

Bilder.

Wie konnte Ben wissen, dass ausgerechnet dieses Wort meinem Gedächtnis auf die Sprünge helfen würde? Dass es mich zu meiner Wand eilen und hastig in meinen Notizbüchern blättern ließ, um die Worte zu finden, die ich fast sechs Jahre zuvor aus deiner Akte abgeschrieben hatte?

Kannte mich Ben nach zehn Monaten, nach sehr vielen Besuchen, so gut?

Die Frage wird unbeantwortet bleiben. Ben ist der Typus Psychopath, der behauptet, er überlasse es dem Wind, seinen Segeln die Richtung zu weisen, aber ich habe gelegentlich bemerkt, wie er die Hand ins Wasser tauchte, um wie mit einem Ruder den Kurs zu ändern.

Und mit diesem Wort „Bilder“ hat er den Kurs meines Lebens geändert.

Der Name des Voyeurs war Gerald Scott.

Sein Sohn ist der neue Freund deiner Schwester.

12. KAPITEL

Claire öffnete die Augen. Die Stuckdecke über ihr war bräunlich verfärbt. Der hochflorige Teppich unter ihrem Rücken fühlte sich feucht an. Sie lag auf dem Boden, mit einem Kissen unter dem Kopf. Jemand hatte ihr die Tennisschuhe ausgezogen.

Sie setzte sich auf.

Paul.

Er lebte! Ihr Mann lebte!

Für eine Sekunde durchströmte Claire ein absolutes Hochgefühl, bevor sie krachend wieder auf der Erde landete. Fragen schossen ihr durch den Kopf: Warum hatte er seinen Tod vorgetäuscht? Warum hatte er sie in die Irre geführt? Wer hatte ihm geholfen? Was machte er im Fuller-Haus? Warum hatte er sie niedergeschlagen?

Und wo war ihre Schwester?

„Lydia?" Claire brachte das Wort kaum heraus. Ihre Kehle brannte. Sie zog sich in die Höhe, kämpfte gegen die Übelkeit an und taumelte an den Fernseher. Von ihrer Wange gingen kleine Schmerzexplosionen aus. „Liddie?", versuchte sie es noch einmal. Ihre Stimme war immer noch heiser, aber in ihrer Panik schrie sie, so laut sie konnte. „Liddie?"

Sie erhielt keine Antwort.

Claire rannte den Flur zur Garage zurück. Sie stieß die Tür auf. Die Videobänder. Die Ketten. Das Blut. Es war alles noch da. Aber keine Lydia. Sie schmiss die Tür hinter sich zu und rannte in den Flur zurück. Sie sah in den Schlafzimmern, im Bad, in der Küche nach, und mit jedem leeren Raum schraubte sich ihre Panik höher. Lydia war fort. Sie war verschwunden. Jemand hatte sie verschleppt.

Paul hatte sie verschleppt, so wie sein Vater Julia verschleppt hatte.

Claire lief auf die Veranda hinaus. Sie suchte das Feld

hinter dem Haus mit den Augen ab. Sie rannte um das Haus herum zur Vorderseite, ihr Herz schlug wie ein Presslufthammer. Sie wollte schreien, weinen, toben. Wie hatte das wieder geschehen können? Warum hatte sie Lydia aus den Augen gelassen?

Der Tesla stand noch in der Einfahrt. Die Türen entsperrten sich, als Claire sich näherte. Das elektronische System hatte den Schlüssel erkannt, der irgendwie in ihrer Hosentasche gelandet war. Sowohl ihre als auch Lydias Handtasche lagen ausgeleert auf dem Beifahrersitz des Wagens. Das Prepaid-Handy war verschwunden. Ein orangefarbenes Verlängerungskabel schlängelte sich von der vorderen Veranda zur Einfahrt und war mit dem Ladekabel für den Tesla verbunden.

Im Haus begann das Telefon zu läuten.

Claire rannte zur Rückseite. Sie blieb an der Küchentür stehen, wollte hineingehen und den Anruf annehmen, aber sie war wie gelähmt vor Angst. Sie starrte auf das läutende Telefon. Es war weiß. Die Schnur hing bis knapp über den Boden herunter. Das Küchentelefon früher zu Hause hatte eine Schnur gehabt, die bis in die Speisekammer reichte, denn das war jahrelang der einzige Ort im Haus gewesen, an dem sie alle halbwegs ungestört sprechen konnten.

Lydia war verschwunden. Paul hatte sie entführt. Es geschah in diesem Moment. Sie konnte es nicht aufhalten. Sie konnte sich nicht in ihrem Zimmer verstecken, die Kopfhörer aufsetzen und so tun, als drehte sich die Welt draußen fröhlich weiter.

Claire zwang sich, in die Küche hinein und zum Telefon zu gehen. Sie legte die Hand auf den Hörer, nahm ihn jedoch nicht ab. Sie spürte das kalte Plastik. Das Gerät war ein robustes altes „Princess"-Telefon, wie man es früher gegen eine monatliche Gebühr von Southern Bell mietete. Sie fühlte das Vibrieren der Metallglocke an ihrer Handfläche.

Der Anrufbeantworter war ausgeschaltet worden. Unter

ihrem Kopf hatte ein Kissen gelegen, und sie hatte keine Schuhe mehr angehabt. Der Tesla wurde aufgeladen.

Sie wusste, wessen Stimme sie hören würde, noch bevor sie den Hörer abnahm.

„Geht es dir gut?“, fragte Paul.

„Wo ist meine Schwester?“

„Sie ist in Sicherheit.“ Paul zögerte. „Bist du okay?“

„Nein, ich bin nicht okay, du beschissenes Stück …“ Claires Stimme erstickte an den Worten. Sie bekam einen Hustenanfall, und als sie die Hand vor den Mund hielt, erschien eine feine Blutspur darauf. Claire starrte auf die roten Sprenkel an ihrer blassen Haut.

„Ist das Blut?“, fragte Paul.

Claire fuhr herum. War er im Haus? Stand er draußen?

„Sieh nach oben“, sagte er.

Sie tat, was er sagte.

„Ein bisschen weiter links.“

Auf dem Kühlschrank entdeckte Claire etwas, das nach einem Lufterfrischer aussah. Ein Stängel mit grünen Eukalyptusblättern auf einer grau-beigen Vase. Eines der Blätter war vorsichtig herausgeritzt worden, und die kleine Öffnung beherbergte eine Kameralinse.

„Es gibt noch mehr davon“, sagte er. „Überall im Haus.“

„Nur in diesem Haus oder auch in dem in Dunwoody?“

Paul antwortete nicht, was Antwort genug war. Er hatte sie beobachtet. Deshalb gab es keine Akte mit Claires Namen auf dem Rücken. Paul heuerte keine Detektive an, um sie einen Monat im Jahr beschatten zu lassen. Er beschattete sie jeden einzelnen Tag ihres Lebens.

„Wo ist Lydia?“, fragte sie.

„Ich rufe dich von einem Comsat-Telefon mit einem Zerhacker an. Weißt du, was das ist?“

„Woher, zum Teufel, soll ich wissen, was das ist?“

„Comsat ist eine Abkürzung für eine Reihe von Kommunikationssatelliten“, erklärte er. Seine Stimme war zum

Verrücktwerden pedantisch. „Das Telefon übermittelt Anrufe über Satelliten in der Erdumlaufbahn statt über Sendetürme auf der Erde. Der Zerhacker tarnt die Nummer und den Aufenthaltsort, was bedeutet, dass dieses Telefon nicht zurückverfolgt werden kann, nicht einmal von der NSA."

Claire lauschte nicht seiner Stimme. Sie lauschte nach Umgebungsgeräuschen. Sie brauchte die NSA nicht, um zu wissen, dass sich Paul in einem fahrenden Auto befand. Sie hörte Straßengeräusche und den Fahrtwind, der immer zu hören war, wie teuer das Auto auch sein mochte.

„Ist sie am Leben?", fragte Claire.

Er antwortete nicht.

Es versetzte ihr einen Stich ins Herz, und sie bekam kaum noch Luft. „Ist Lydia am Leben?"

„Ja."

Claire blickte in die Kameralinse. „Hol sie ans Telefon. Sofort."

„Im Moment ist sie nicht zu sprechen."

„Wenn du ihr etwas antust …" Claire schnürte es die Kehle zu. Sie hatte die Filme gesehen. Sie wusste, was geschehen konnte. „Bitte tu ihr nichts."

„Ich werde ihr nichts tun, Claire. Du weißt, dass ich das nie tun würde."

Jetzt endlich kamen die Tränen, und für einen winzigen Moment gestattete sie sich, ihm zu glauben. „Lass mich auf der Stelle mit meiner Schwester sprechen, oder ich rufe, verdammt noch mal, sämtliche Strafverfolgungsbehörden an, die es gibt."

Paul seufzte. Sie kannte dieses Seufzen. Er gab es immer dann von sich, wenn er Claire ihren Willen ließ. Sie hörte, wie der Wagen stehen blieb. Dann ein Rascheln.

„Was tust du?"

„Ich tue, was du verlangst." Die Wagentür ging auf und wieder zu. Sie hörte andere Fahrzeuge vorbeirasen. Er musste auf dem Atlanta Highway sein. Wie lange war Claire bewusstlos gewesen? Wie weit war er inzwischen mit Lydia gekommen?

„Dein Vater hat meine Schwester getötet“, sagte sie.

Man hörte ein Quietschen, als eine Tür oder ein Kofferraum geöffnet wurde.

„Das auf dem Video ist er, oder?“ Claire wartete. „Sag es mir, Paul. Er ist es, oder?“

„Ja“, sagte Paul. „Schau auf dem Handy nach.“

„Was?“

„Auf Lydias Handy. Es ist im Wohnzimmer. Ich habe es ans Ladegerät angeschlossen, weil der Akku fast leer war.“

„Großer Gott.“ Nur Paul konnte es einfallen, eine Person zu entführen und zuvor ihr verdammtes Handy aufzuladen.

Claire legte den Hörer auf dem Tisch ab. Sie ging ins Wohnzimmer, aber statt Ausschau nach dem Handy zu halten, suchte sie die Wände des Raumes ab. Ein weiterer Lufterfrischer stand auf einem furnierten Bücherregal aus Kirschholz neben der Tür. Wie hatte sie das vorhin übersehen können? Wie hatte sie das alles übersehen können?

Lydias Handy gab ein Piepsen von sich. Paul hatte es ans Ladegerät angeschlossen und auf den Tisch neben der Couch gelegt. Das Display zeigte eine Nachricht von einer unbekannten Nummer an. Sie wischte über die Nummer, und ein Foto von Lydia öffnete sich.

Claire schrie auf. Lydias Stirn blutete. Ein Auge war zugeschwollen. Sie lag auf der Seite im Kofferraum eines Wagens. Ihre Hände waren mit Kabelbinder vor dem Körper gefesselt. Sie sah verängstigt, wütend und sehr allein aus.

Claire starrte zur Kamera auf dem Regal hinauf und sandte ihren ganzen Hass durchs Netz direkt in Pauls schwarzes Herz. „Dafür werde ich dich töten. Ich weiß nicht, wie, aber ich werde …“ Claire wusste nicht, was sie tun würde. Sie sah wieder auf das Bild von Lydia auf dem Handy. Es war alles Claires Schuld. X-mal hatte sie Lydia aufgefordert zu gehen, aber sie hatte es nicht ein Mal ernst gemeint. Sie hatte gewollt, dass ihre Schwester auf sie aufpasste, und am Ende hatte sie Lydia direkt in Pauls Arme getrieben.

Sie hörte einen Wagen in die Einfahrt biegen. Claires Herz tat einen Sprung. Lydia. Paul hatte sie zurückgebracht. Sie öffnete die Haustür. Sperrholz war davorgenagelt. Um den Rand fiel ein wenig Licht ein. Claire reckte den Hals, bis sie durch eine Ritze in die Einfahrt schielen konnte.

Statt Paul sah sie den braunen Streifenwagen eines Sheriffs. Ihr Blickfeld war stark eingeengt, und die getönte Windschutzscheibe war in der Nachmittagssonne dunkel. Sie konnte nicht sagen, wer in dem Wagen saß. Der Fahrer blieb eine Ewigkeit hinter dem Lenkrad sitzen. Während sie wartete, hörte Claire ihren eigenen keuchenden Atem.

Schließlich ging die Autotür auf. Ein Bein kam zum Vorschein und wurde auf den Asphalt gesetzt. Sie sah einen verzierten ledernen Cowboystiefel und eine braune Hose mit gelben Streifen an der Seite. Als sich der Mann aus dem Wagen zog, packten zwei Hände den Türrahmen. Er blieb einen Moment mit dem Rücken zu Claire stehen und suchte die leere Straße ab. Dann drehte er sich um.

Sheriff Carl Huckabee setzte seinen Stetson auf, als er die Einfahrt heraufkam. Er blieb stehen, um einen Blick in den Tesla zu werfen. Er registrierte das Ladekabel in der Seite des Wagens, und sein Blick folgte dem Verlängerungskabel zur Vorderveranda des Hauses.

Obwohl er sie unmöglich sehen konnte, wich Claire von der Tür zurück. Huckabee war nun älter und gebeugter, aber er trug immer noch denselben schnurgeraden Schnauzer und die zu langen Koteletten, die schon in den 1990ern altmodisch gewirkt hatten.

Er musste mit Paul zusammenarbeiten. Es ergab einen perversen Sinn, dass der Mann, an den sich ihre Eltern um Hilfe gewandt hatten, derselbe Mann war, der sie all die Jahre nur hingehalten hatte.

Claire lief in die Küche zurück. Ehe sie zum Telefon griff, hob sie ein scharfes Schälmesser vom Boden auf. Sie presste den Hörer ans Ohr und hielt das Messer so in die Höhe, dass Paul es sehen konnte. „Ich schlitze ihm die Kehle auf, wenn du mir meine Schwester nicht augenblicklich zurückgibst."

„Wovon redest du?", fragte Paul. „Wessen Kehle?"

„Du weißt genau, von wem …" Claire unterbrach sich. Vielleicht wusste er es ja doch nicht. Der Sinn von Kameras außen am Haus war, dass jeder sie sah. Paul interessierte sich nur für das, was im Haus vor sich ging.

„Claire?"

„Huckabee. Er ist eben vorgefahren."

„Verdammt", murmelte Paul. „Wimmle ihn sofort ab, sonst siehst du Lydia nie wieder."

Claire wusste nicht, was sie tun sollte. „Versprich mir, dass du ihr nichts tust."

„Ich verspreche es. Leg nicht …"

Claire legte auf. Sie drehte sich um und sah zur offenen Küchentür. Das Schälmesser verschwand in ihrer Gesäßtasche, obwohl sie sich fragte, was, um alles in der Welt, sie damit eigentlich anstellen wollte. Ihr Kopf war von Fragen blockiert, die sie nicht vertreiben konnte. Warum hatte Paul seine Ermordung vorgetäuscht? Warum hatte er Lydia entführt? Was wollte er mit ihr?

„Hallo?" Huckabees schwere Schritte stapften die Verandatreppe herauf. „Ist da jemand?"

„Hallo." Claire hörte, wie kratzig ihre Stimme klang. Noch immer blutete sie irgendwo im Hals. Sie musste ständig an Lydia denken. Um ihretwillen musste sie Ruhe bewahren.

„Miss Carroll." Der Gesichtsausdruck des Sheriffs wechselte von Verblüffung zu Misstrauen. „Was tun Sie denn hier?"

„Ich heiße Mrs. Scott", korrigierte sie, auch wenn sie den

Klang des Namens mittlerweile hasste. „Dieses Haus hat meinem Mann gehört. Er ist vor Kurzem verstorben, deshalb …“

„Wollten Sie es plündern?“ Er blickte auf das Chaos, das Claire in der Küche angerichtet hatte. Besteck, Töpfe und Pfannen, Tupperdosen und was sich sonst noch in einer Schublade oder einem Schrank befunden hatte, lag verstreut auf dem Boden.

Er hob den Fuß, unter dem zerbrochenes Glas von der rückwärtigen Tür knirschte. „Wollen Sie mir verraten, was hier wirklich los ist?“

Claire begann, ihren Ehering um den Finger zu drehen. Sie versuchte, ein wenig Autorität in ihre Stimme zu legen. „Warum sind Sie hier?“

„Ich habe einen Notruf erhalten, aber der Anrufer hat aufgelegt.“ Er hakte die Daumen in den Gürtel. „Waren Sie das?“

„Ich habe die Nummer aus Versehen gewählt, eigentlich wollte ich die Auskunft anrufen.“ Claire unterdrückte ein Husten. „Tut mir leid, dass ich Ihre Zeit in Anspruch genommen habe.“

„Wie heißt Ihr Mann gleich wieder?“

„Paul Scott.“ Claire fiel ein, dass in der Besitzurkunde ein anderer Name stand. „Das Haus wird von einer Treuhandgesellschaft bei seiner Anwaltskanzlei gehalten. Buckminster und Fuller.“

Der Sheriff nickte, aber er schien nicht zufrieden. „Sieht aus, als wäre es schon eine Weile zugenagelt.“

„Kannten Sie meinen Mann?“

„Ich kannte seine Eltern. Brave Leute.“

Claire konnte nicht aufhören, an ihrem Ring zu drehen. Und dann sah sie auf ihre Hand hinunter, denn den Ring hatte doch der Schlangenmann mitgenommen. Wie war er wieder an ihren Finger gekommen?

„Mrs. Scott?“

Sie ballte die Hände zu Fäusten. Am liebsten hätte sie sich den Ring heruntergerissen und ihn in den Müll gestopft. Wie hatte Paul den Ring zurückbekommen? Warum hatte er ihn an ihren Finger gesteckt? Warum hatte sie keine Schuhe an? Und der Schlüsselanhänger in ihrer Tasche? Warum lag ein verdammtes Kissen unter ihrem Kopf, als sie aufwachte, nachdem ihr Mann sie brutal niedergeschlagen hatte?

Und wohin, in Gottes Namen, brachte er ihre Schwester?

„Was ist das?“ Huckabee fasste an seine eigene Wange. „Sieht aus, als würden Sie ein Veilchen bekommen.“

Claire führte die Hand zur Wange, aber dann fuhr sie sich schnell mit den Fingern durchs Haar. Panik drohte sie zu überwältigen. Die Anstrengung zu verarbeiten, was geschehen war, und zu überlegen, wie es weitergehen sollte, löste einen bohrenden Schmerz in ihrem Schädel aus.

„Möchten Sie sich lieber setzen?“, fragte Huckabee.

„Was ich möchte, sind Antworten.“ Claire wusste, dass sie sich verrückt anhörte. „Mein Schwiegervater, Gerald Scott. Sind Sie sicher, dass er tot ist?“

Er sah sie neugierig an. „Hab es mit eigenen Augen gesehen. Gleich nachdem es passiert war.“

Claire hatte Paul auch mit eigenen Augen sterben sehen. Sie hatte ihn in den Armen gehalten. Sie hatte beobachtet, wie das Leben aus ihm wich.

Und jetzt hatte sie gesehen, wie er ihr ins Gesicht schlug.

Huckabee lehnte am Türpfosten. „Geht hier etwas vor sich, wovon ich wissen muss?“

Das Telefon begann zu läuten. Claire rührte sich nicht.

Huckabee trat von einem Bein aufs andere. Er sah das Telefon an, dann wieder Claire.

Paul würde nicht auflegen. Das Läuten hielt an, bis das Geräusch wie ein Meißel war, der ihr Trommelfell bearbeitete.

Claire hob den Hörer kurz an und knallte ihn zurück auf die Gabel.

Huckabee hob eine seiner buschigen Augenbrauen. Der Mann, der vierundzwanzig Jahre lang hartnäckig behauptet hatte, ihre wunderschöne neunzehnjährige Schwester habe sich schlicht von der Familie abgewandt und einer Hippiekommune angeschlossen, war plötzlich misstrauisch.

Das Telefon begann erneut zu läuten.

Claire stellte sich vor, dass Paul irgendwo am Straßenrand in einem Wagen saß, das alles hier beobachtete und fuchsteufelswild war, weil Claire nicht genau das tat, was er ihr befohlen hatte.

Inzwischen sollte er sie besser kennen.

Claire streifte den Ehering vom Finger und stellte ihn vor die Kamera auf den Kühlschrank. Sie drehte sich zum Sheriff um. „Ich weiß, was mit Julia passiert ist."

Huckabee war jemand, der immer schwer atmete, offenbar ein langjähriger Raucher. Deshalb war es nicht leicht zu sagen, ob er seufzte oder normal ausatmete. „Hat Ihre Mutter es Ihnen gesagt?"

Claire lehnte sich an den Kühlschrank, damit sie nicht zu Boden sank. Seine Äußerung war ein Schock, aber sie tat alles, um sich den inneren Aufruhr nicht anmerken zu lassen. Hatte Helen all die Jahre von den Bändern gewusst? Hatte sie es vor Claire geheim gehalten? Hatte sie die Wahrheit auch vor Sam verborgen?

Sie versuchte, Huckabee noch einmal zu täuschen. „Ja. Sie hat es mir gesagt."

„Nun, das überrascht mich, Claire, denn Ihre Mutter sagte, sie würde es euch Mädchen niemals verraten, und ich kann nur schwer glauben, dass eine Frau wie sie ihr Wort nicht hält."

Claire schüttelte den Kopf, denn dieser Mann wusste, dass es Videos davon gab, wie ihre Schwester brutal ermordet wurde, und er maßregelte sie hier, als wäre sie zwölf und hätte ihn durch ihr Verhalten enttäuscht. „Wie konnten Sie es mir vorenthalten? Und Lydia?"

„Ich habe es Ihrer Mutter versprochen. Ich weiß, Sie halten nicht viel von mir, aber mein Ehrenwort ist mir heilig."

„Sie faseln hier von Ihrem Scheißehrenwort, während mich vierundzwanzig Jahre lang diese Geschichte verfolgte?"

„Es ist unnötig, sich einer solchen Ausdrucksweise zu bedienen."

„Lecken Sie mich." Claire konnte den schwarzen Hass beinahe aus ihrem Mund sprühen sehen. „Sie sagten immer, sie lebe noch, sie sei nur weggelaufen, und eines Tages würden wir sie zurückbekommen. Sie wussten die ganze Zeit, dass sie nie zurückkommen würde, aber Sie haben uns Hoffnung gemacht." Sie sah ihm an, dass er es immer noch nicht verstand. „Wissen Sie, was die Hoffnung Menschen antut? Wissen Sie, wie es ist, eine Frau auf der Straße zu sehen und ihr nachzurennen, weil Sie glauben, es könnte Ihre Schwester sein? Oder im Einkaufszentrum zwei Schwestern zusammen beim Shoppen zu sehen und zu wissen, dass man das selber nie mehr haben wird? Oder ohne sie auf die Beerdigung Ihres Vaters zu gehen? Oder zu heiraten, ohne …"

Diesen Weg durfte Claire nicht beschreiten, denn sie hatte Paul geheiratet, und Lydia war nur deshalb nicht an ihrer Seite gewesen, weil Claires Mann versucht hatte, sie zu vergewaltigen.

„Sagen Sie mir, wie Sie es in Wirklichkeit erfahren haben", sagte Huckabee. „War es das Internet?"

Sie nickte, denn das erschien ihr am glaubwürdigsten.

Er blickte zu Boden. „Ich habe immer befürchtet, dass die Filme dort auftauchen würden."

Claire wusste, dass sie den Sheriff loswerden sollte, aber sie musste die Frage stellen. „Wie haben Sie es herausgefunden?"

„Das war in der Wohnung Ihres Vaters. Als man ihn fand,

steckte eine der Kassetten in seinem Videorekorder. Ich vermute, dass es das war, was ihn dazu brachte …"

Er musste den Satz nicht zu Ende führen. Sie wussten beide, was ihr Vater getan hatte. Jetzt, da klar war: Sam Carroll hatte die Videos gekannt, hatte sie angesehen, als er sich die Spritze setzte, verstand Claire endlich, warum. Sie konnte sich sehr gut vorstellen, dass ihr Vater seinem Leben ein Ende machen wollte, als er sah, wie Julia umgebracht wurde. Die Tat beinhaltete eine verführerische Art von Symmetrie.

War das der Grund, warum Helen die Wahrheit verschwiegen hatte? Befürchtete sie, Claire könnte Kopien der Bänder finden und am Ende den gleichen Weg gehen wie ihr Vater? Und Lydia, die arme, fragile Lydia. Damals hatte es niemand erkannt, aber bei ihrer Sucht war es nie um den Rausch gegangen, es war um Flucht gegangen. Sie hatte aktiv nach Wegen zur Selbstvernichtung gesucht.

„Was haben Sie mit den Bändern gemacht?", wollte Claire vom Sheriff wissen.

„Sie einem Kumpel von mir gegeben, der beim FBI war. Wir haben uns immer gefragt, ob es Kopien gab. Jetzt wissen wir es."

Claire sah auf ihre Hände hinab. Auch ohne den Ring rieb sie noch an ihrem Finger.

„Sie müssen nicht versuchen, mich auszutricksen, Kindchen", sagte Huckabee. „Sie war Ihre Schwester. Ich sage Ihnen schon die Wahrheit."

Noch nie in ihrem Leben hatte Claire so sehr den Wunsch verspürt, jemandem körperlich wehzutun. Er benahm sich, als wäre er die ganze Zeit dazu bereit gewesen, obwohl Claire im Laufe der Jahre unzählige Male mit dem Sheriff Kontakt aufgenommen und gefragt hatte, ob es etwas Neues gebe. „Dann erzählen Sie."

Er strich sich über den Schnauzbart, als bräuchte er Zeit, um zu überlegen, wie er es am besten anstellte, ihr das

Herz zu brechen. Schließlich begann er zu erzählen. „Der Bursche in dem Film gehörte zu einer Art Ring, der eine Menge von diesen Videos verbreitet hat. Mein Freund war, wie gesagt, beim FBI, deshalb bin ich an einige Insiderinformationen gekommen. Er sagte, der Kerl sei ihnen bereits bekannt gewesen. Sein Name war Daryl Lassiter. Sie haben ihn vierundneunzig in Kalifornien geschnappt, als er versuchte, ein Mädchen zu entführen. Es war im selben Alter und hatte dieselbe Haarfarbe und Figur wie Ihre Schwester."

Claire war verwirrt. Hatte sie sich geirrt, was Pauls Vater anging? Lief da draußen ein zweiter Mörder herum? War Pauls Vater als Sammler an die Bänder gekommen?

„Lassiter ist inzwischen tot, falls das hilft", ergänzte Huckabee.

Nein, da war die Scheune, die auf dem Hof gestanden hatte, und der Folterraum in der Garage, keine fünf Meter von ihnen entfernt.

„Die Jury hat ihn zum Tod verurteilt, er saß im Todestrakt ein." Der Sheriff hakte die Daumen wieder in den Gürtel. „Im Gefängnis gab es eine Art Handgemenge. Lassiter wurde rund ein Dutzend Mal in den Hals gestochen. Er starb etwa zur selben Zeit wie Ihr Vater."

Claire hatte eine neue Frage. „Woher hatte Daddy die Bänder?"

Huckabee zuckte mit den Achseln. „Keine Ahnung."

„Haben Sie das nicht untersucht?"

„Doch, natürlich." Huckabee klang gekränkt, als würde er seinen Job perfekt beherrschen. „Aber Ihr Daddy war pausenlos mit Nachforschungen beschäftigt, die normalerweise zu nichts führten. Es ließ sich nicht feststellen, welche seiner Recherchen schließlich doch etwas erbrachte, und es war nicht gerade so, als hätte er seine Informationen mit mir geteilt."

„Sie haben ihn auch nicht gerade dazu ermutigt."

Huckabee zuckte wieder mit den Achseln; was vorbei war, war vorbei. Doch dann sagte er: „Es tut mir leid, dass ich Ihren Vater so alleinließ und dass er sich getötet hat."

Andererseits hatte Helen Sam ebenfalls alleingelassen. Und dann hatte sie Lydia und Claire jahrelang in allem belogen, worauf es ankam. Gab es irgendwen in Claires Leben, der ihr die Wahrheit sagte? Selbst Lydia hatte wegen ihrer Tochter gelogen.

„Warum sollte sich Daddy umbringen, bevor er herausgefunden hatte, wer Julia getötet hat?"

„Er hat das Band im Gerät bis zum Ende laufen lassen. Er wusste, dass wir es finden würden. Ich glaube sogar, er hat es genau aus diesem Grund zurückgelassen, und er hatte recht. Ich habe es umgehend dem FBI übergeben, und in weniger als einer Woche hatten sie die Verbindung zu dem Mann hergestellt, der Ihre Schwester getötet hat."

Claire erinnerte den Sheriff nicht daran, dass die Carrolls ihn jahrelang angebettelt hatten, das FBI einzuschalten. „Und Sie haben es nie öffentlich gemacht, damit die Menschen erfahren konnten, was meiner Schwester zugestoßen ist?"

„Ihre Mom bat mich, es nicht zu tun. Sie hatte wohl Angst, dass ihr Mädchen nach den Bändern suchen könntet." Er warf einen Blick an Claire vorbei ins Wohnzimmer. „Ich glaube, sie hielt es generell für besser, nicht Bescheid zu wissen, als die Wahrheit zu kennen."

Claire fragte sich, ob ihre Mutter wohl recht hatte. Dann überlegte sie, wie anders ihr Leben verlaufen wäre, wenn sie gewusst hätte, dass Julia tatsächlich tot war. Wie viele Male hatte sich Claire heimlich in ihr Zimmer eingeschlossen und geweint, weil in der Gegend von Athens eine nicht identifizierte Leiche gefunden wurde? Wie viele Fälle verschwundener Mädchen hatten sie nachts wach gehalten? Wie viele Stunden hatte sie mit Internetrecherchen über Sekten und Hippiekommunen verbracht, um möglicherweise auf einen

Hinweis zu ihrer verschwundenen Schwester zu stoßen?

„So, das ist alles, was ich weiß“, sagte Huckabee und trat nervös von einem Bein aufs andere. „Ich hoffe, es lässt Sie Frieden finden.“

„Wie bei meinem Vater?“ Sie widerstand dem Drang, dem Sheriff ins Gesicht zu brüllen. Ihr Vater könnte noch am Leben sein, wenn die Polizei ihre verdammte Arbeit richtig gemacht hätte.

„Wie dem auch sei …“ Huckabee sah sich wieder in der Küche um. „Ich habe Ihnen erzählt, was Sie wissen wollten. Wollen Sie mir jetzt nicht sagen, wieso Sie mitten in diesem Saustall hier stehen und ein Messer in der Hosentasche haben?“

„Nein, will ich nicht.“ Claire war noch nicht fertig mit ihren Fragen an ihn. Es gab noch etwas, das sie von ihm wissen musste, obwohl ihr Bauch ihr sagte, dass sie die Antwort bereits kannte. Paul hatte einen Mentor, einen Mann, der ganz allein sichergestellt hatte, dass die Firma Quinn + Scott ungeahnte Höhen erklomm, einen Mann, der sich mit Pauls Kreditkarte Flugzeuge charterte und in den teuersten Hotelzimmern übernachtete. Claire hatte das stundenlange gemeinsame Golfspielen, die privaten Telefonate und die Nachmittage im Club immer dem Umstand zugeschrieben, dass Paul eben tat, was nötig war, um den Abgeordneten zufriedenzustellen, aber jetzt verstand sie, dass die Verbindung tiefer ging.

„Wer war Ihr Freund beim FBI?“, fragte sie.

„Wieso ist das so wichtig?“

„Es war Johnny Jackson, nicht wahr?“ Claire kannte die Vita des Mannes. Sie hatte genügend weitschweifige Vorstellungen bei zahllosen öden Wohltätigkeitsdinnern durchgestanden. Der Abgeordnete Johnny Jackson war FBI-Agent gewesen, bevor er in die Politik ging. Er hatte dem Architekturbüro Quinn + Scott öffentliche Aufträge im Wert von Millionen, manchmal Milliarden Dollar verschafft. Er hatte Captain Jacob Mayhew zu dem Haus in Dunwoody geschickt, damit er den Einbruch am Tag von Pauls Beerdigung untersuchte. Wahrscheinlich hatte er auch Agent Fred Nolan geschickt, damit der an den Stäben von Claires Käfig rüttelte.

Jackson war ein sehr verbreiteter Name. So verbreitet, dass Claire nie die Verbindung zwischen dem Nachnamen auf dem Grabstein ihrer Schwiegermutter und Pauls großzügigem Wohltäter hergestellt hätte.

Bis jetzt.

„Er ist ein Onkel mütterlicherseits meines Mannes."

Huckabee nickte. „Er hat in Atlanta bei einer Art Special Task Force gearbeitet."

„Hat er Paul je aus Schwierigkeiten herausgeholfen?"

Huckabee nickte wieder, aber er erklärte sich nicht näher. Wahrscheinlich wollte der Mann nicht schlecht von Toten reden. Sollte Claire ihm sagen, dass Paul noch lebte? Dass er ihre Schwester entführt hatte?

Wieder begann das Telefon zu läuten.

Claire rührte sich nicht, aber sie sagte: „Ich sollte das Gespräch lieber annehmen."

„Sind Sie sicher, dass Sie mir sonst nichts zu sagen haben?"

„Absolut."

Huckabee griff in seine Hemdtasche und zog eine Visitenkarte hervor. „Die Handynummer steht auf der Rückseite." Er legte die Karte auf den Tisch und tippte einmal mit dem Zeigefinger darauf, bevor er ging.

Das Telefon läutete weiter. Claire zählte die Sekunden, während sie wartete, bis der Sheriff die Wagentür öffnete und wieder schloss, den Motor startete und das Fahrzeug auf die Straße hinausrollen ließ.

Sie nahm den Hörer ab.

„Was, zum Teufel, sollte das denn?", sagte Paul.

„Gib mir meine Schwester zurück."

„Erzähl mir, was du mit Huckleberry geredet hast."

Sie hasste es, dass er das Wort kannte. Es gehörte ihrer Familie, und dieser Sadist, mit dem sie hier sprach, war kein Teil mehr von ihr.

„Claire?"

„Mein Vater hat die Filme von Julia gesehen, bevor er sich umbrachte."

Paul sagte nichts.

„Hattest du etwas damit zu tun, Paul? Hast du meinem Vater die Bänder gezeigt?"

„Warum sollte ich?"

„Weil du schon daran gearbeitet hast, Lydia aus dem Weg zu schaffen. Und die letzte Person in meinem Leben, die wirklich zählte, die mir helfen würde, egal, was geschah, war mein Vater." Claire war so außer sich, dass sie kaum noch Luft bekam. „Du hast ihn getötet, Paul. Du hättest ihm die Nadel auch gleich selbst in den Arm stoßen können."

„Bist du wahnsinnig?" Pauls Stimme wurde schrill vor Empörung. „Großer Gott, Claire, ich bin doch, verdammt noch mal, kein Monster. Ich habe deinen Vater geliebt. Das weißt du. Ich war einer der Sargträger bei seinem Begräbnis." Für einen Moment hörte er auf zu reden, als hätte ihre Anschuldigung ihn sprachlos gemacht. Als er schließlich fortfuhr, war seine Stimme wieder leise und ruhig. „Hör zu. Ich habe Dinge getan, auf die ich nicht stolz bin, aber ich würde so etwas niemals jemandem antun, den ich liebe. Du weißt, wie labil Sam zum Ende hin war. Keiner kann sagen, was ihn schließlich die Grenze hat überschreiten lassen."

Claire setzte sich an den Küchentisch und drehte den Stuhl so, dass Paul nicht sehen konnte, wie ihr Tränen der Wut übers Gesicht liefen.

„Du benimmst dich, als hättest du mit alldem nichts zu tun, als wärst du nur ein unschuldiger Zuschauer gewesen."

„Das war ich auch."

„Du wusstest, was mit meiner Schwester passiert war. Du

hast mich fast zwei Jahrzehnte damit ringen sehen, und du hättest mir jederzeit sagen können, was mit Julia geschehen war, aber du hast es nicht getan. Du hast einfach zugesehen, wie ich leide."

„Ich habe jede Sekunde davon gehasst. Ich wollte dich nie leiden sehen."

„Ich leide *jetzt*!" Claire schlug mit der Faust auf den Tisch. Ihre Kehle zog sich schmerzhaft zusammen. Die Qual war zu viel, sie konnte nicht mehr. Sie wollte sich nur auf den Boden legen, zu einer Kugel zusammenrollen und sich um den Verstand weinen. Vor einer Stunde hatte sie gedacht, sie hätte alles verloren, aber jetzt verstand sie, dass es immer noch etwas gab und dass Paul da sein würde, um es ihr zu nehmen, solange er lebte.

„Wie hätte ich dir sagen können, was mit Julia geschehen ist, ohne die ganze Geschichte zu erzählen?", fragte Paul.

„Willst du wirklich behaupten, du konntest mich einfach nicht anlügen?"

Er antwortete nicht.

„Warum hast du deinen Tod vorgetäuscht?"

„Ich hatte keine andere Wahl." Er hielt kurz inne. „Ich kann nicht näher darauf eingehen, aber ich habe getan, was ich tun musste, damit du in Sicherheit bist."

„Im Moment fühle ich mich nicht sehr sicher, Paul." Claire kämpfte gegen die Wut und die Angst an, die in ihr tobten. „Du hast mich bewusstlos geschlagen. Du hast meine Schwester entführt."

„Ich wollte dir nicht wehtun. Ich habe versucht, so vorsichtig zu sein, wie es ging."

Claire fühlte immer noch einen pochenden Schmerz in der Wange. Sie konnte sich nicht vorstellen, wie weh es tun musste, wenn Paul sich nicht zurückhielt. „Was willst du?"

„Ich brauche den Rest der Schlüsselkette für den Tesla."

Claires Magen zog sich zusammen. Sie erinnerte sich, wie Paul ihr die Schlüssel nach Verlassen des Restaurants gegeben hatte, bevor er sie in die Gasse zog. „Warum hast du sie mir überhaupt gegeben?"

„Weil ich wusste, dass sie bei dir gut aufgehoben ist."

Adam hatte den Schlüsselanhänger inzwischen sicher aus dem Briefkasten geholt. Claire und Lydia hatten die Arbeitsdateien in der Garage darauf kopiert. Aber was war sonst noch auf dem Stick? „Claire?", sagte Paul wieder. „Was hast du damit gemacht?"

Sie überlegte, was ihn aus der Bahn werfen könnte. „Ich habe ihn dem Polizeibeamten gegeben."

„Mayhew?" Seine Stimme klang angespannt. „Du musst ihn zurückholen. Er darf ihn nicht haben."

„Nicht Mayhew." Claire zögerte. Sollte sie Fred Nolans Namen nennen? Würde Paul erleichtert sein, wenn sie es tat?

„Claire? Ich muss wissen, wem du ihn gegeben hast!"

„Ich hatte ihn in der Hand." Claire kämpfte gegen die Angst, die ihr Denkvermögen zu trüben drohte. Sie musste sich eine glaubhafte Lüge einfallen lassen. Etwas, das ihr einen Vorteil gegenüber Paul und Zeit zum Nachdenken verschaffte. „In der Gasse, meine ich. Ich hatte ihn in der Hand, und der Mann, der dich getötet hat – der vorgab, dich zu töten –, hat ihn mir aus der Hand geschlagen."

Paul ließ einen Schwall von Flüchen los.

Seine Wut spornte Claire an. „Ein Polizist hat ihn in einen dieser durchsichtigen Plastikbeutel gesteckt." Sie versuchte, die Löcher in ihrer Geschichte zu stopfen. „Ich habe den Reserveschlüssel im Haus benutzt, um den Tesla heimzufahren. Aber ich weiß, dass der Schlüssel bei den Beweismitteln ist, weil sie mir eine Liste für die Versicherung geschickt haben. Ich musste sie an Pia Lorite weiterleiten, unsere Versicherungsagentin."

Claire hielt den Atem an und betete, dass die Geschichte einen Sinn ergab. Was befand sich auf dem USB-Stick im Schlüsselanhänger? Damals in der Garage hatte sie sich vergewissert, dass er keine Filme enthielt. Der einzige Ordner darauf enthielt Software. Oder zumindest hatte es Paul so aussehen lassen. Im Umgang mit Computern war er immer ungewöhnlich geschickt gewesen.

„Kannst du ihn zurückholen?", fragte Paul. Seine Worte klangen gepresst. Sie konnte ihn förmlich die Fäuste ballen sehen, woran sie immer erkannte, wenn sie ins Schwarze getroffen hatte. In all den Jahren ihrer Ehe hatte sie nie befürchtet, dass er diese Fäuste gegen sie erheben könnte.

Und jetzt war sie mit der sehr realen Gefahr konfrontiert, dass er mit diesen Fäusten Lydia etwas antun würde.

„Versprich mir, dass du Lydia nichts tust. Bitte."

„Ich brauche diesen Schlüsselanhänger." Die unterschwellige Drohung in seiner Stimme wurde mit einer tödlichen Ruhe ausgesprochen. „Du musst ihn mir besorgen."

„Okay, aber …" Claire begann zu stammeln. „Der Detective, dieser Rayman. Kennst du ihn denn nicht? Irgendwer muss dir geholfen haben, die Sache in der Gasse durchzuziehen. Da waren Sanitäter, Polizisten, Detectives …"

„Ich weiß, wer alles dort war."

Und sie wusste, dass er es wusste, denn Paul war in der Gasse direkt neben ihr gewesen. Wie lange hatte er sich tot gestellt? Fünf Minuten mindestens, dann hatten die Sanitäter die Decke über ihn geworfen, und das war das Letzte gewesen, was Claire von ihrem Mann gesehen hatte.

„Eric Rayman ist der leitende Beamte in dem Fall", sagte sie. „Kannst du ihn nicht anrufen?"

Paul antwortete nicht, aber sie konnte seine Wut spüren, als stünde er direkt vor ihr.

Sie versuchte es noch einmal. „Wer hat dir geholfen? Kannst du nicht …?"

„Ich möchte, dass du mir sehr genau zuhörst. Hörst du mir zu?"

„Ja."

„Überall im Haus sind Kameras. Manche kannst du sehen, andere wirst du nie finden. Ich höre Lydias Handy ab, und auch das Festnetztelefon, auf dem du gerade sprichst, habe ich angezapft. Ich werde dich in den nächsten zwei Stunden alle zwanzig Minuten unter dieser Nummer anrufen. So komme ich weit genug, damit ich außer Gefahr bin, und es zwingt dich dortzubleiben, bis ich mir überlegt habe, was du als Nächstes zu tun hast."

„Warum, Paul?" Sie meinte nicht nur das, was im Augenblick geschah, sie meinte alles, was vorher gewesen war. „Dein Vater hat meine Schwester ermordet. Ich habe das Band gesehen. Ich weiß, was er …" Ihre Stimme brach, genauso wie ihr Herz. „Ich …" Claire kämpfte gegen ihren Schmerz an. „Ich verstehe es nicht."

„Es tut mir so leid." Pauls Stimme war voller Gefühl. „Wir können das durchstehen. Wir werden es durchstehen."

Sie schloss die Augen. Er versuchte, sie zu besänftigen. Und das Schreckliche war, dass sie besänftigt werden wollte. Claire erinnerte sich noch, wie es gewesen war, als sie im Wohnzimmer zu sich kam und begriff, dass Paul lebte. Ihr Mann. Ihr Kämpfer. Er würde das alles aus dem Weg räumen.

„Ich habe nie eine von ihnen getötet." Er klang so verletzlich. „Das schwöre ich dir."

Claire presste die Hand auf den Mund, damit sie nichts sagen konnte. Sie wollte ihm glauben. Sie war so verzweifelt darauf angewiesen, ihm glauben zu können.

„Ich wusste bis zu dem Autounfall nicht einmal, was Dad getrieben hatte. Ich ging in die Scheune und fand all dieses … Zeug."

Claire biss sich jetzt auf die Faust, um nicht loszuschreien. Er ließ alles so logisch klingen.

„Ich war doch fast noch ein Kind und ganz auf mich allein gestellt. Das Schulgeld war fällig. Ich musste an später denken, ans College. Es war gutes Geld, Claire. Alles, was ich tun musste, war, Kopien anfertigen und sie verschicken."

Claire bekam keine Luft. Sie hatte dieses Geld verbraucht. Sie hatte Schmuck, Kleidung und Schuhe getragen, die mit dem Blut und dem Leiden dieser armen Mädchen bezahlt wurden.

„Ich schwöre es dir. Es war nur ein Mittel zum Zweck."

Sie hielt es nicht länger aus. Sie war so nahe daran zu zerbrechen, dass sie es fast knacken hören konnte.

„Claire?"

„Die Filme auf deinem Computer waren nicht alt", sagte sie.

„Ich weiß." Er schwieg wieder, und sie überlegte, ob er sich gerade eine Lüge ausdachte oder bereits eine parat hatte und nur um des Effekts willen schwieg. „Ich war ein Verteiler. Ich habe nie mitgemacht."

Claire kämpfte mit dem Drang, ihm zu glauben, wollte sich an diesen letzten Rest Menschlichkeit ihres Mannes klammern. „Wer ist der Maskierte?"

„Einfach irgendein Typ."

Irgendein Typ.

„Du brauchst dir nicht den Kopf über ihn zu zerbrechen." Paul klang, als würde er von einem Kollegenarschloch bei der Arbeit sprechen. „Du bist nicht in Gefahr, Claire. Du warst nie in Gefahr."

Sie ignorierte seine Tröstungen, denn die einzige Alternative wäre gewesen, ihm zu glauben. „Was ist auf dem USB-Stick?"

Er verstummte wieder.

„Du vergisst wohl, wer dir den Auburn-Schlüsselanhänger geschenkt hat, Paul. Ich weiß, dass er einen USB-Stick enthält, und ich weiß, dass du ihn zurückwillst, weil du etwas darauf abgespeichert hast."

Er blieb stumm.

„Warum?" Sie konnte nicht aufhören, die Frage zu stellen. „Warum?"

„Ich habe versucht, dich zu beschützen."

„Ist das eine Art blöder Witz?"

„Die Ausführung des Planes musste vorverlegt werden. Es waren noch andere Dinge im Spiel. Ich habe getan, was ich konnte, um dich aus der Sache herauszuhalten, Claire. Aber was mit dem Kerl in der Gasse passiert ist, das Gefühl dahinter war real, Claire. Du weißt, ich würde mein Leben opfern, um dich zu beschützen. Warum, glaubst du, bin ich noch hier? Du bedeutest mir alles."

Claire schüttelte den Kopf. Ihr war schwindlig von all seinen Ausreden.

„Die Leute, die auf dieses Zeug stehen, sind keine netten Menschen", sagte er. „Sie sind mächtig. Sie haben viel Geld und viel Einfluss."

„Politischen Einfluss."

Er gab einen überraschten Laut von sich. „Du warst immer schon so verdammt clever."

Claire wollte nicht mehr clever sein. Sie wollte das Sagen haben. „Es ist jetzt an dir, mir zuzuhören. Hörst du zu?"

„Ja."

„Wenn du Lydia etwas antust, werde ich dich jagen und gnadenlos zur Strecke bringen. Hast du mich verstanden?"

„Gott, wie ich das liebe, wenn du so bist."

Das Telefon klickte. Er hatte aufgelegt.

13. KAPITEL

Lydia starrte in die Dunkelheit des Kofferraums und lauschte dem Summen der Reifen auf der Straße. Im Gedächtnis war sie bereits alle Verhaltensregeln durchgegangen, die man befolgen sollte, falls man je in einen Kofferraum gesperrt wurde. Offenbar war Paul sie ebenfalls durchgegangen. Vor die Rücklichter waren von innen Stahlplatten geschraubt, sodass Lydia sie nicht durchstoßen und die Hand hinausstrecken konnte, um andere Verkehrsteilnehmer auf sich aufmerksam zu machen. Der Hebel, mit dem man den Kofferraum im Notfall öffnen konnte, war unbrauchbar gemacht. Zwischen Kofferraum und Rückbank befand sich eine weitere massive Stahlplatte, sodass sie sich keinen Weg ins Wageninnere erkämpfen konnte. Sie war sich ziemlich sicher, dass der Kofferraum auch schallisoliert war, denn Paul hatte ihn wohl kaum ihrer Bequemlichkeit zuliebe ausgepolstert.

Was bedeutete, dass er diesen Wagen gezielt für den Transport einer Gefangenen ausgerüstet hatte.

Lydia konnte Paul vorn im Wagen telefonieren hören. Sie verstand nur einige wenige Worte, und die halfen ihr nicht weiter. Ja, nein, okay. Pauls Ton war schroff, weshalb Lydia annahm, dass er nicht mit Claire sprach. Seine Stimme war anders, wenn er mit ihrer Schwester redete. Es machte Lydia krank, wenn sie daran dachte, wie verschieden sie waren, denn Claire hatte recht gehabt: Paul hatte eine bewusste Entscheidung getroffen, als er Lydia seine dunkle Seite zeigte.

Sie hatte es in aller Deutlichkeit erlebt, als er den Kofferraum geöffnet hatte, um das Foto von ihr zu machen. Die dunkle Seite war an- und ausgegangen wie eine Glühbirne. In einem Moment hatte er zu Claire gesagt, sie solle auf Lydias Handy nachsehen, und im nächsten war sein Gesicht so furchterregend gewesen, dass Lydia Angst hatte, die Kontrolle über ihre Blase zu verlieren.

Er hatte die Hand in den Kofferraum gestreckt und ihr Gesicht so hart gepackt, dass sie glaubte, er würde ihr die Knochen brechen. „Gib mir einen Grund, mit dir zu machen, was mein Dad mit Julia gemacht hat."

Als er den Kofferraum wieder schloss, hatte Lydia so heftig gezittert, dass ihre Zähne klapperten.

Sie drehte sich auf den Rücken, um Druck von ihrer Schulter zu nehmen. Ihre Arme und Beine waren mit Kabelbinder gefesselt, aber wenn sie vorsichtig war, konnte sie sich noch bewegen. Das Blut von der Platzwunde auf der Stirn war getrocknet. Aus ihrem geschwollenen Auge liefen Tränen. Das Trommeln in ihrem Kopf war einem gelegentlichen dumpfen Pochen gewichen.

Paul hatte sie im Fuller-Haus mit etwas geschlagen, das schwer und massiv gewesen war. Lydia wusste nicht, was er benutzt hatte, aber es war wie ein Vorschlaghammer in ihren Schädel gekracht. Sie hatte ihn nicht einmal kommen hören. In einem Moment stand sie noch in der Küche und wollte gerade der Notrufzentrale ihren Namen mitteilen, und im nächsten zerplatzten Sterne vor ihren Augen. Lydia war sich wie eine Zeichentrickfigur vorgekommen. Sie war vor- und zurückgetaumelt. Sie hatte versucht, sich am Küchentisch abzustützen. Und dann hatte Paul noch einmal zugeschlagen und noch einmal, bis sie bewusstlos auf dem Boden lag.

Lydia hatte noch „Nein!" schreien können, bevor sie ohnmächtig wurde. Offensichtlich hatte es nicht gereicht, um Claire zu warnen. Oder vielleicht hatte sie die Warnung gehört, aber nicht gewusst, was sie tun sollte. Lydia konnte sich nicht vorstellen, dass ihre kleine Schwester die Geistesgegenwart besaß, sich gegen Paul zu wehren. Andererseits konnte sie sich auch nicht vorstellen, dass ihre kleine Schwester die Kniescheibe ihrer Tennispartnerin zertrümmerte.

Sie nahm an, dass Claire sich die gleichen Fragen stellte, die auch ihr durch den Kopf gingen: Warum hatte Paul seinen Tod vorgetäuscht? Warum hatte er Lydia entführt? Was wollte er von ihnen?

Bei dieser letzten Frage hielt sie sich lieber nicht zu lange auf, denn Paul Scott war eindeutig besessen von den Carroll-Schwestern. Sein Vater hatte eine von ihnen entführt und brutal ermordet. Er selbst hatte eine zweite geheiratet. Und jetzt lag Lydia im Kofferraum seines Wagens, in einem

Kofferraum, den er offensichtlich lange vorher eigens präpariert hatte.

Hatte er wirklich vor, mit Lydia das Gleiche zu tun, was Julia erdulden musste? Wollte er sie foltern und vergewaltigen, während sie starb?

Julia. Ihre lebensfrohe große Schwester. Ihre beste Freundin. Die schrie, als die Machete in ihren Hals und ihre Schulter fuhr. Die sich wand und zuckte, während Pauls Vater sie zerfleischte.

Galle brannte bis in Lydias Mund hinauf. Sie drehte den Kopf und spuckte aus, doch es kam noch mehr Galle nach. Der Geruch in dem engen Raum war scheußlich. Sie kroch weiter zur Hinterseite des Kofferraums, um ihm zu entgehen. Ihr Magen war hohl, und sie bekam das Bild von Julia nicht aus dem Kopf.

Lydia hörte ein Wimmern aus ihrem Mund dringen. Mit der Übelkeit konnte sie umgehen, aber der Kummer würde sie umbringen, bevor Paul die Gelegenheit dazu hatte. Julia. Ihre unschuldige, gepeinigte Schwester. Insgesamt gab es sechs Filme von ihr, was bedeutete, dass Pauls Vater sich Zeit mit ihr gelassen hatte. Sie war ganz allein gewesen in dieser Scheune, hatte ihn erwartet, seine Rückkehr gefürchtet, bis in die letzten Sekunden ihres Lebens.

Julia hatte tatsächlich in die Kamera geblickt, als sie starb. Sie hatte direkt in die Linse gesehen, direkt in Lydias Herz, und mit den Lippen das Wort „Hilfe“ geformt.

Lydia schloss die Augen und ließ die Gefühle unzensiert kommen. Sie hätte heute Morgen am Telefon netter zu Dee sein sollen. Sie hätte Rick anrufen sollen, um ihm zu sagen, dass sie ihn liebte, statt ihm eine SMS zu schicken, dass sie alles später erklären würde. Und Claire. Sie hätte Claire sagen sollen, dass sie ihr vergab, denn Paul war kein Mensch. Er war eine Art entsetzliche Anomalie, die zu unaussprechlichen Taten fähig war.

Lydia unterdrückte ein erneutes Wimmern. Sie durfte

sich nicht gehen lassen. Sie musste stark sein für das, was als Nächstes kam, denn Paul hatte einen Plan. Er hatte immer einen Plan.

Lydia hatte ebenfalls einen Plan. Sie beugte und streckte pausenlos ihre Finger und bewegte ihre Füße, um sicherzustellen, dass das Blut in ihrem Körper ausreichend zirkulierte und ihr Kopf klar blieb, denn früher oder später würde Paul den Kofferraum wieder öffnen müssen. Lydia war schwerer als er. Daher würde Paul die Kabelbinder durchschneiden müssen, damit sie herausklettern konnte. Das wäre ihre einzige Chance, etwas gegen ihn zu unternehmen.

Sie ging im Kopf ihre Schritte durch. Zuerst würde sie sich benommen stellen. Das würde ihr Zeit verschaffen, um sich an das Sonnenlicht zu gewöhnen. Dann würde sie sich langsam bewegen und so tun, als hätte sie Schmerzen, wofür sie sich nicht mal sehr anstrengen musste. Sie würde so tun, als bräuchte sie Hilfe, und Paul würde sie in seiner Ungeduld stoßen, schieben oder treten, und dann würde Lydia ihr ganzes Gewicht in einen Schlag gegen seinen Hals legen.

Sie würde nicht die Faust benutzen, denn sie könnte mit den Knöcheln abrutschen. Sie würde die Hand spreizen und den Bogen zwischen Daumen und Zeigefinger gegen seinen Adamsapfel rammen.

Die Vorstellung, wie sie seine Luftröhre brechen hörte, war das Einzige, was sie aufrecht hielt.

Lydia holte mehrere Male tief Luft. Sie bewegte Hände und Füße. Sie zog die Knie an und streckte die Beine. Sie ließ die Schultern kreisen. Einen Plan zu haben half, damit die Panik sich legte, bis sie nur mehr ein quälender Splitter in ihrem Hinterkopf war.

Das Fahrzeug änderte die Geschwindigkeit, es wurde langsamer. Paul nahm eine Ausfahrt. Um die Stahlplatten herum schien erst rotes Licht auf, dann blinkte es gelb.

Lydia drehte sich auf den Rücken. Sie war den Plan jetzt so oft in Gedanken durchgegangen, dass sie förmlich spüren konnte, wie Pauls Kehle unter ihrer Hand zerschmettert wurde. Sie konnte nicht sagen, wie viel Zeit vergangen war, seit er sie in den Kofferraum gepackt hatte. Sie hatte versucht, die Minuten seit dem Foto zu zählen, aber bald nicht mehr gewusst, wo sie war. Panik bewirkte so etwas. Sie wusste: Das Wichtigste war, ihren Verstand immer weiter mit anderen Dingen als Worst-Case-Szenarien zu beschäftigen.

Sie suchte angestrengt nach Erinnerungen, die nicht Paul Scott betrafen. Oder Dee und Rick, denn in dieser dunklen Todesfalle an ihre Tochter oder ihren Freund zu denken würde sie auf einen Weg führen, von dem es kein Zurück mehr gab.

Doch es war gar nicht so leicht, eine Erinnerung zu finden, die nichts mit Paul zu tun hatte, denn selbst in Abwesenheit hatte er lange Zeit einen großen Raum in ihrem Leben eingenommen. Lydia war einundzwanzig gewesen, als Claire ihn im Mathelabor kennenlernte. Zwei Monate später hatte er es fertiggebracht, Lydia aus ihrer Familie zu stoßen. Sie hatte immer Paul die Schuld an den schwärzesten Zeiten ihrer Sucht gegeben, aber schon lange bevor sie ihm begegnete, war sie so tief in ihrer Selbstzerstörung gefangen gewesen, dass ihre einzigen Erinnerungen negativer Art waren.

Oktober 1991.

Nirvana spielten im „40 Watt Club" im Zentrum von Athens. Lydia schlich sich aus dem Haus. Sie kletterte aus ihrem Schlafzimmerfenster, aber es wäre auch niemandem aufgefallen, wenn sie schnurstracks zur Haustür hinausspaziert wäre. Sie konnte bei ihrer Freundin Leigh mitfahren, und sie ließ all das Elend und die Verzweiflung zurück, vor denen es im Haus der Carrolls kein Entrinnen gab.

Zu dieser Zeit war Julia schon mehr als sechs Monate

verschwunden. Zu Hause war es nur schwer auszuhalten. Wenn ihre Eltern sich nicht anschrien, waren sie so bedrückt, dass man sich in ihrer Gegenwart vorkam, als würde man sich in ihre private Tragödie einmischen. Claire hatte sich so weit in sich selbst zurückgezogen, dass man zehn Minuten mit ihr im Raum sein konnte, ehe man sie bemerkte.

Und Lydia verlor sich in Tabletten, Koks und Sex mit erwachsenen Männern, die eigentlich nicht mit Mädchen im Teenageralter hätten abhängen sollen.

Lydia hatte Julia angehimmelt. Ihre Schwester war cool und hip und geradeheraus, und sie deckte Lydia, wenn sie länger wegbleiben wollte, als sie eigentlich durfte, aber jetzt war sie tot. Lydia wusste es, so wie sie wusste, dass die Sonne am nächsten Tag aufgehen würde. Sie hatte Julias Tod akzeptiert, bevor es irgendwer sonst in der Familie getan hatte. Sie wusste, dass ihre große Schwester nie mehr wiederkommen würde, und sie benutzte es als Vorwand, um mehr zu trinken, mehr zu schnupfen, mehr zu vögeln, mehr zu essen. Mehr, mehr, mehr. Sie konnte nicht aufhören, wollte nicht aufhören. Deshalb war Lydia am Tag nach dem Nirvana-Konzert völlig ahnungslos, als die Leute darüber stritten, ob es ein fantastischer oder total beschissener Auftritt gewesen war.

Die Band war sinnlos betrunken gewesen. Alle spielten falsch. Cobain hatte einen kleinen Tumult angezettelt, als er die Filmleinwand herunterriss, die über der Bühne hing. Das Publikum drehte durch, es stürmte die Bühne. Am Ende schmiss die Band ihre Instrumente auf das demolierte Drum-Set und verließ die Bühne.

Lydia konnte sich an nichts davon erinnern. Zu der Zeit, als das Konzert stattfand, war sie so high gewesen, dass sie nicht einmal wusste, ob sie es überhaupt in den Club geschafft hatte. Am nächsten Morgen war sie in der Alley aufgewacht, die einige Blocks vom „40 Watt“ entfernt lag.

Wofür sie keine Erklärung hatte, bis sie aufstand und die klebrige Nässe zwischen ihren Beinen spürte.

Sie hatte blaue Flecken an den Oberschenkeln. Ihre Scheide war wund. In ihrem Nacken war ein Schnitt. Sie hatte Hautfetzen unter den Fingernägeln, fremde Haut. Ihre Lippen waren geschwollen, ihr Kiefer schmerzte. Alles schmerzte. Bis sie einen Typen fand, der gerade irgendeine Ausrüstung in einen Transporter packte. Er gab ihr etwas zu schnupfen, und sie holte ihm dafür einen runter, und dann kroch sie gerade rechtzeitig nach Hause, um sich von ihren Eltern anschreien zu lassen – nicht weil sie die ganze Nacht weg gewesen war, sondern weil sie nicht früh genug zu Hause gewesen war, um Claire zur Schule zu begleiten.

Claire war vierzehn. Sie konnte allein zur Schule gehen. Das Schulgebäude lag so nah, dass man im Haus der Carrolls die Glocke zum Ende jeder Stunde läuten hörte. Doch damals schien sich der ganze Zorn ihrer Eltern auf Lydias Unfähigkeit zu richten, sich um ihre letzte verbliebene Schwester zu kümmern. Sie war ein schlechtes Vorbild für Claire. Sie verbrachte nicht genügend Zeit mit Claire. Sie sollte versuchen, mehr mit Claire zu unternehmen.

Was Schuldgefühle in Lydia auslöste. Und wenn sie sich gerade nicht schuldig fühlte, war sie böse auf Claire.

Vielleicht war das der Grund, weshalb Claire die Kunst der Unsichtbarkeit perfektioniert hatte. Es war eine Form von Selbsterhaltung. Was man nicht sah, auf das konnte man nicht wütend sein. Sie war sehr still, aber sie registrierte alles. Ihre Augen folgten der Welt, als sei die ein Buch, das in einer ihr unverständlichen Sprache geschrieben war. Es war nichts Furchtsames an ihr, aber man hatte immer das Gefühl, als wäre sie mit einem Fuß schon zur Tür hinaus. Wenn die Situation zu anstrengend, zu intensiv wurde, würde sie einfach verschwinden.

Und genau das hatte sie dann vor achtzehn Jahren auch

getan, als Lydia ihr von Paul erzählte. Anstatt sich der Wahrheit zu stellen, hatte Claire den einfachen Weg gewählt und war aus Lydias Leben verschwunden. Sie hatte ihre Telefonnummer geändert. Sie hatte sich geweigert, Lydias Briefe zu beantworten. Sie war sogar umgezogen, um Lydia aus ihrem Leben auszuradieren.

Vielleicht hatte ihr Lydia deshalb nicht vergeben können.

Denn eigentlich hatte sich in den letzten achtzehn Jahren nichts verändert. Trotz Claires starken Worten, ihren scheinbar aufrichtigen Entschuldigungen und unverblümten Geständnissen war sie auch heute noch ständig mit einem Fuß in der Tür. Der einzige Grund, warum Claire am Vorabend die Hand nach Lydia ausgestreckt hatte, war, dass sie angefangen hatte, Pauls Lügengeflecht zu entwirren, und nicht allein damit fertigwurde. Heute Morgen hatte sie es selbst gesagt – sie brauchte eine große Schwester, die alles wieder heil machte.

Was würde Claire jetzt tun? Jetzt, da Lydia weg war, gab es niemanden mehr, den sie anrufen konnte. Auf Helen war kein Verlass. Huckabee war nutzlos. Adam Quinn steckte wahrscheinlich mit Paul unter einer Decke. Claire konnte sich nicht an die Polizei wenden, da sie nicht wissen konnte, wer in die Sache verstrickt war. Claire war auf sich allein gestellt, und mit wem hatte sie es da zu tun? Mit einer ausgehaltenen Frau, die unfähig war, für sich selbst zu sorgen.

Der Wagen wurde wieder langsamer. Lydia nahm wahr, dass der Untergrund von Asphalt zu Kies wechselte. Sie spreizte die Hände vor den Körper, um nicht im Kofferraum umhergeworfen zu werden. Ein großes Schlagloch ließ sie gegen das Karosserieblech knallen. Die Wunde auf ihrer Stirn ging wieder auf, und Lydia blinzelte das Blut fort.

Sie mühte sich mit den unguten Gedanken in ihrem Kopf ab, doch dann hörte sie auf damit, denn welchen Sinn sollte das haben? Hier ging es nicht mehr um einen nicht verheilten Riss zwischen ihr und Claire. Hier ging es um Leben und Tod.

Lydias Leben.

Lydias möglichen Tod.

Als der Wagen stehen blieb, quietschten die Bremsen. Der Motor blieb im Leerlauf.

Sie wappnete sich für den Moment, in dem der Kofferraum aufging. Niemand wusste, wo sie war. Niemand würde sie bis jetzt auch nur vermissen. Wenn sie das alles Claire überließ, würde sie mit Sicherheit nicht lebend aus der Sache herauskommen.

So war es ihr ganzes Leben lang gewesen – schon vor Paul, selbst vor Julia.

Claire traf eine Entscheidung, und Lydia war diejenige, die dafür bezahlte.

14. KAPITEL

Als Paul auflegte, hörte Claire es klicken. Sie hängte den Hörer an den Haken, dann ging sie nach draußen und setzte sich auf die Veranda. Neben ihr lagen ein Notizbuch und ein Stift, aber sie hatte es aufgegeben, Fragen aufzulisten, seit Paul ihr klargemacht hatte, dass er keine davon beantworten würde. Wenn er anrief, wartete er, bis er ihre Stimme hörte. Dann legte er auf, und die Stoppuhr wurde erneut auf zwanzig Minuten gestellt, bis er wieder anrief.

Bisher hatte er dreimal angerufen, was bedeutete, dass sie eine Stunde damit vergeudet hatte, sich wie gelähmt zu fühlen. Lydia war in ernster Gefahr. Ihr Wohlergehen hing von Claire ab. Paul hatte bislang immer aus dem fahrenden Auto angerufen, also musste sie annehmen, dass sich Lydia noch im Kofferraum befand. Ob das bedeutete, dass es ihr gut ging, war fraglich, denn früher oder später würde Paul sein Ziel erreichen.

Claire hatte keine Ahnung, was sie tun sollte. Was sie beherrschte, war schnelles Reagieren, ohne lange nachzudenken, aber strategische Entscheidungen waren nie ihr Ding gewesen. Paul war derjenige, der immer alle Aspekte berücksichtigte, und vor Paul hatte sie sich auf Lydia gestützt, und vor Lydia war ihr Vater gottgleich vom Himmel herabgestoßen und hatte alles für sie in Ordnung gebracht.

Niemand würde diese Sache für sie klären. Ihr fiel niemand mehr ein, an den sie sich wenden konnte. Was sie traurig machte, denn eigentlich sollte sie sich auf ihre Mutter verlassen können, aber Helen hatte schon vor langer Zeit deutlich gemacht, dass nicht mit ihr zu rechnen war. Sie hatte fast neunzehn Jahre lang die Wahrheit über Julia für sich behalten. Sie hätte Claires Elend ein Ende machen können, aber sie hatte sich dagegen entschieden, wahrscheinlich, weil sie sich nicht mit dem emotionalen Fallout herumschlagen wollte.

Claire sah auf die Erde zwischen ihren Füßen hinunter. Sie ließ ihren Gedanken freien Lauf, in der Hoffnung, irgendwie über eine Lösung zu stolpern.

Der vereitelte Einbruch während des Begräbnisses. Claire war überzeugt, dass Paul die Männer angeheuert hatte, damit sie in das Haus in Dunwoody einbrachen. Sie mussten nach dem Schlüsselanhänger gesucht haben. Vielleicht hatte der Abgeordnete Johnny Jackson aus dem gleichen Grund Captain Mayhew geschickt. Oder Agent Nolan. Oder beide, was erklären würde, warum sie sich gegenüber dem jeweils anderen wie zwei nicht kastrierte Kater benommen hatten.

Arbeitete Johnny Jackson für Paul oder gegen ihn?

Die Antwort fand sich höchstwahrscheinlich auf dem USB-Stick im Schlüsselanhänger. Das verdammte Ding war während der Beerdigung in Claires Handtasche gewesen.

Sie hatte die Tasche, die sie am Abend des Mordes bei sich gehabt hatte, gegen eine schwarze, riemenlose Clutch getauscht und Pauls Schlüssel hineingeworfen, weil das unkomplizierter war, als nach unten zu gehen und sie an den beschrifteten Haken in seinem Schrank im Vorraum zu hängen.

Nun wusste sie also, was die Einbrecher gesucht hatten, aber sie hatte keine Ahnung, inwiefern das Lydia helfen könnte.

„Denk nach", schalt sich Claire. „Du musst nachdenken!"

Sie hatte noch eine Stunde Zeit, bis Paul ihr seinen Plan verraten würde, wie er wieder an den USB-Stick zu kommen gedachte. Ihr erster Impuls war gewesen, Adam Quinn anzurufen und ihm zu sagen, sie brauche den Schlüsselanhänger wieder, aber wenn Paul tatsächlich alle Anrufe überwachte, würde sie damit verraten, dass der Stick nicht in einem Beweismittelbeutel bei der Polizei lag.

Und wenn er wusste, dass Claire ihn nicht hatte, gab es keinen Grund, Lydia am Leben zu lassen.

Claire musste Paul in dem Glauben lassen, dass die Polizei den Stick hatte. Damit erkaufte sie sich Zeit, aber sie wusste nicht, wie viel Zeit. Sie konnte so tun, als versuche sie, Rayman zu erreichen, oder sogar, als würde sie zur Polizeistation gehen, aber irgendwann kam mit Sicherheit der Punkt, an dem Paul wissen wollte, warum nichts voranging.

Und es bestand die sehr reale Möglichkeit, dass ihr fortgesetztes Versagen größeres Leid für Lydia bedeutete. Claire wusste aus den Videos sehr wohl, dass ein Mann einer Frau Dinge antun konnte, die sie nicht umbrachten, aber sie wünschen ließen, sie wäre tot.

Sagte Paul die Wahrheit über seine eigene Rolle bei den Filmen? Sie wäre töricht, wenn sie ihn beim Wort nähme. Ein gewisser Trost lag in dem Wissen, dass Paul nicht der

Mann unter der Maske war. Das Fehlen der markanten Muttermale unter Pauls linkem Schulterblatt bewies es. Aber irgendwer hatte mit dieser Kamera die Mädchen in eine Nahaufnahme gezoomt. Eine zweite Person war im Raum gewesen und hatte alle Erniedrigungen mit angesehen und aufgezeichnet.

Diese Person musste Paul sein. Es war sein Haus. Er war offensichtlich dort gewesen. Niemand sonst würde sich die Mühe machen, alles so sauber und ordentlich zu halten.

Was bedeutete, dass Paul die Identität des Maskierten kannte. Ihr Mann war Freund oder Partner eines bösartigen Psychopathen, der Mädchen aus ihren Familien verschleppte und unaussprechliche Scheußlichkeiten an ihnen beging.

Bei dem Gedanken schüttelte es Claire unwillkürlich am ganzen Körper.

War es das, was Paul auf dem USB-Stick gespeichert hatte? Beweise für die Identität des Maskierten? Claire brach der kalte Schweiß aus. Paul hatte gesagt, sie sei in Sicherheit, aber wenn er den Mörder bloßzustellen drohte, brachte das sie alle in Gefahr.

Und es bedeutete, dass Claire ihren Mann bei einer weiteren Lüge ertappt hatte.

Rick.

Claire konnte Rick Butler zu Hilfe rufen. Er war Lydias Freund. Sie waren seit dreizehn Jahren zusammen. Er war Mechaniker. Er schien die Art von Mann zu sein, die sich in einer üblen Lage zu helfen wusste. Pauls Akten zufolge war er auch schon im Gefängnis gewesen.

Nein. Wenn Claire etwas von ihrer Schwester wusste, dann dies: Lydia würde nicht wollen, dass Rick in die Sache hineingezogen wurde. Denn Rick ins Spiel zu bringen würde bedeuten, auch ihre Tochter ins Spiel zu bringen, und dann hätte Paul statt einem Opfer, mit dem er sie erpressen konnte, plötzlich drei.

Und Claire musste unwillkürlich daran denken, dass Dee Delgado den Mädchen in Pauls Filmen ähnelte.

Sie stand auf. Sie konnte nicht mehr länger sitzen. Sie konnte nicht ins Haus zurückgehen, denn alles war verwanzt. Oder vielleicht war es auch nicht verwanzt, und nur Claire war immer noch so leichtgläubig wie eh und je. Sie stützte die Hände in die Hüften und sah zum Himmel hinauf. Die Frage, was Paul tun würde, hatte sie überhaupt erst hierhergeführt. Vielleicht sollte sie sich jetzt fragen, was Lydia tun würde.

Lydia würde mehr Informationen haben wollen.

Als Claire die Tür zur Garage geöffnet hatte, war ihr Blick sofort auf die Reihen mit den VHS-Kassetten gefallen, aber sie wusste, dass dieser Raum noch andere Dinge enthielt, die ihr vielleicht Hinweise darauf lieferten, was Paul wirklich trieb. Es gab Metallregale mit unterschiedlichster Computerausrüstung. Es gab einen Arbeitsplatz in der Ecke mit einem großen Monitor. Der dazugehörige Rechner war wahrscheinlich mit dem Internet verbunden.

Sie ging zurück ins Haus. Sie behielt die versteckten Kameras im Blick – erst die in der Küche, dann die im Wohnzimmer, dann diejenige, die auf ein Brett am Ende des Flures montiert war, der zur Garage führte.

Frauen waren in dieser Garage brutal ermordet worden. Ungezählte Frauen waren geschändet worden, während eine Kamera jedes Detail ihrer Qualen aufzeichnete.

Claire stieß die Tür auf. Der Geruch nach Blut war überwältigend, aber der Anblick des Raumes war es nicht. Sie war bereits dagegen abgestumpft. Vielleicht erklärte das auch die unbekümmerte Art, wie Paul von den Filmen gesprochen hatte, als würde er von Gegenständen reden statt von Menschenleben. Wie viele Frauen waren im Laufe der Jahre in diesem Raum ermordet worden, bis sich Paul an den Tod gewöhnt hatte?

Wie lange hatte es gedauert, bis der Nervenkitzel des Tötens in sein Gehirn einprogrammiert war?

Claire betrat die Garage. Sie rieb sich die Arme gegen die Kälte. Heftiges Unbehagen ergriff sie. Ihr Körper reagierte intuitiv auf das Böse, das in diesem Raum geschehen war. So viele Frauen hatten hier ihr Leben verloren. Aber es war nicht nur das. Je weiter sie in die Garage eindrang, desto weiter entfernte sie sich von der Tür. Jemand konnte zu ihr hereinkommen. Jemand konnte die Tür schließen.

Claire wirbelte zur leeren Eingangstür herum. In ihrem Kopf tauchte das schreckliche Bild des Maskenmanns auf, der mit seinem feuchten Lächeln den Computerbildschirm ausfüllte.

Und dann sah sie die Maske selbst.

Sie hing an einem Haken neben der Tür. Die Reißverschlüsse für Augen und Mund waren geöffnet. Die Lederunterwäsche hing an einem anderen Haken daneben, und auf einem Regal darunter standen eine große Flasche Johnson's Babypuder und eine kleine Tube Gleitmittel. Claire zwang sich, den Blick abzuwenden, denn die räumliche Anordnung war zu beunruhigend.

Kunststofflamellen nahmen den Rest der Wand neben der Tür ein. Sie erkannte die Folterwerkzeuge wieder, die hier an Metallhaken hingen: der elektrische Viehtreiber, das Brandeisen mit dem großen X am Ende, die Machete. Alle hingen präzise im gleichen Abstand voneinander entfernt. Die Klinge der Machete war so blank geputzt, dass sie das Licht widerspiegelte. Das Kabel für das Ladegerät des Viehtreibers war ordentlich um den Sockel gewickelt. Dies könnte ebenso gut Pauls Garage zu Hause sein.

Vor dem metallenen Garagentor war eine wohlbekannte Gladiator-Werkbank aufgebaut. Dicke Schaumstoffplatten klebten an der Rückseite der Tür. Der ganze Raum hatte trotz der kühlen Luft etwas Schwüles an sich. Sie nahm an,

Paul hatte alles mit Sprühschaum isoliert, denn so etwas tat Paul eben.

Claire schaute hinter einen lose herabhängenden schwarzen Vorhang, den man zuziehen konnte, um den Raum von der Straße abzuschirmen, wenn Paul das Garagentor öffnete. Laub war unter dem Tor hindurch in den Raum geweht worden. Es sah ihrem Mann nicht ähnlich, so etwas durchgehen zu lassen.

Andererseits gehörte es vielleicht zu der Kulisse, die er aufgebaut hatte. Der Müll, den Claire in den ersten Filmen entdeckt hatte, war gar kein echter Müll. Paul hatte Fast-Food-Tüten und Pappbecher zusammengeknüllt, aber es gab keine Fettflecken oder angeschimmelten Reste von Milchshakes. Selbst der Blutfleck auf der Matratze sah unecht aus, was damit übereinstimmte, dass die Frauen in allen Filmen, die Claire gesehen hatte, immer an die Wand gekettet gewesen waren.

Die Wand.

Hier war sie, ganze drei Meter vor ihr. Dunkles, burgunderschwarzes Blut war in den Beton eingesickert. An den Ketten waren Schraubbolzen, um Handgelenke und Fußknöchel zu umschließen, und sie waren so weit voneinander entfernt angebracht, dass eine Hand nicht die andere befreien konnte. Claire hielt sich gerade noch zurück, bevor sie an den Ketten zog. Nur weil etwas vorgetäuscht aussah, musste dem noch lange nicht so sein. Das Blut auf dem Boden war echt. Diesen Geruch konnte man nicht imitieren, und wenn es nur echt aussehen sollte, würde man kein richtiges Blut dafür verwenden.

Claire hob den Fuß. Ihre Schuhspitze war klebrig, weil sie versehentlich in das Blut getreten war. Sie wartete darauf, vom Ekel geschüttelt zu werden, aber sie war wie betäubt. Sie spürte nichts mehr.

Als sie zum Computer ging, verursachte ihr Laufschuh ein schmatzendes Geräusch wie bei einem Klettverschluss.

Bird Speaker, kleine Lautsprecher auf zarten Füßen, standen links und rechts des Monitors. Sie waren weiß lackiert, was mit der silbernen Blende um den Monitor harmonierte, so wie der weiße Verstärker mit dem ganzen System harmonierte.

Claire drehte den Sessel seitwärts, sodass sie aus den Augenwinkeln noch die Tür sah. Sollte sie wieder angegriffen werden, würde sie es diesmal wenigstens kommen sehen. Sie tippte die Tastatur an, aber nichts geschah. Der große Bildschirm war von Apple, aber er sah ganz anders aus als die iMacs, die sie gewöhnt war. Sie fuhr mit der Hand an der Rückseite entlang, um den Einschaltknopf zu finden. Sie nahm an, der Zylinder neben dem Monitor war der Mac Pro. Sie drückte auf alle möglichen Knöpfe, bis endlich der Apple-Startton aus den Lautsprechern dröhnte. Sofort reduzierte Claire die Lautstärke.

Kabel ragten aus der Rückseite des Computers, weitere Thunderbolt-Kabel, die zu mehreren miteinander verbundenen Zwanzig-Terabyte-Speicherlaufwerken auf einem Metallregal führten. Sie zählte zwölf Laufwerke. Wie viele Filme passten auf zwölf Laufwerke mit hoher Kapazität?

Claire wollte lieber nicht darüber nachdenken. Ebenso wenig wollte sie aufstehen und die übrige Ausrüstung in den Regalen untersuchen. Ein alter Apple-Macintosh-Computer. Stapel mit 5,25-Zoll-Disketten. Ein Gerät zum Kopieren von VHS-Kassetten. Zahlreiche externe CD-Laufwerke zum Brennen von Filmkopien. Es war typisch für Paul, dass er die frühen Werke des Familienunternehmens archivierte.

Inzwischen lief sicher alles über das Internet. Claire hatte einen Beitrag im unabhängigen TV-Sender PBS gesehen, der den enormen illegalen Markt im Darknet beleuchtete. Die meisten Leute benutzten das geheime Internet, um gestohlene Filme und Bücher zu tauschen, aber andere verkauften dort Drogen oder handelten mit Kinderpornografie.

Claire dachte an Pauls Kreditkartenabrechnungen mit den mysteriösen Belastungen, über die sie nie sprachen. Wie viele Privatflüge hatte Paul gechartert, ohne geflogen zu sein? Wie viele Hotelzimmer hatte er gebucht, in denen er nie wohnte? Sie hatte angenommen, dass er mit den Ausgaben den Abgeordneten Jackson schmierte, aber vielleicht war es gar nicht so. Ihr Mann war in allem, was er tat, sehr penibel. Er würde keinen Verdacht erregen wollen, indem er zu viele Mädchen in seinen eigenen Hinterhof entführte. Vielleicht benutzte Paul die Flüge und Zimmer, um heimlich Frauen innerhalb des Landes zu verschieben.

Und vielleicht war der Abgeordnete genauso massiv an dem Geschäft beteiligt wie Paul.

Als Pauls Vater starb, war er ein Teenager gewesen. Er lebte in einem Militärinternat im Nachbarstaat Alabama. Es musste einen Erwachsenen gegeben haben, der Gerald Scotts Geschäft während Pauls Schulzeit weiterführte. Möglicherweise war Jacksons Rolle als Mentor zweigleisig angelegt gewesen: Einerseits half er Paul, sich als legaler Geschäftsmann zu etablieren, andererseits stellte er sicher, dass die Filme weiter produziert wurden.

Und vertrieben, denn beim Handel mit diesen Filmen musste es um eine ganze Menge Geld gehen.

Claire hatte Johnny Jackson und Paul bei zahllosen Gelegenheiten zusammen gesehen und wäre nie darauf gekommen, dass sie verwandt waren. Verheimlichten sie ihre Verwandtschaftsbeziehung wegen der Filme? Oder wegen der Regierungsaufträge? Oder hatte es einen noch weitaus beunruhigenderen Grund, den Claire erst noch entdecken musste?

Denn es gab bei Paul immer etwas, das noch weitaus beunruhigender war. Jedes Mal, wenn sie dachte, sie hätte den Tiefpunkt erreicht, fand er eine Möglichkeit, eine Falltür zu öffnen und sie noch weiter abwärtsrutschen zu lassen.

Claire stellte sich die naheliegende Frage nach der Identität des Maskenmanns. Johnny Jackson war in den Siebzigern. Er war vital und sportlich, aber der Maskierte in den neueren Filmen war eindeutig jünger, eher in Pauls Alter. Er hatte den gleichen weichen Bauch, die gleiche Andeutung von Muskeln, die zu unregelmäßig im Fitnessstudio trainiert wurden.

Adam Quinns Körper war durchtrainiert gewesen. Claire hatte ihn nicht unbekleidet gesehen, aber sie hatte die Kraft in den breiten Schultern gefühlt und die harten Bauchmuskeln.

Was etwas zu bedeuten hatte, aber sie wusste noch nicht, was genau.

Endlich ging der Computermonitor an, und der Desktop erschien. Wie auch bei Pauls anderen Computern waren alle Ordner in der Taskleiste am unteren Rand des Schirmes gespeichert. Sie fuhr mit der Maus über die Icons.

ROH.

BEARBEITET.

AUSGELIEFERT.

Claire ließ die Ordner in Ruhe. Sie öffnete Firefox, ging ins Internet und tippte „Daryl Lassiter + Mord + Kalifornien“ ein. Das war der Mann, von dem Huckleberry ihr erzählt hatte, der mutmaßliche Entführer und Mörder von Julia Carroll.

Zumindest hatte der FBI-Agent und spätere Abgeordnete Johnny Jackson es dem Sheriff so berichtet.

Sie bekam Tausende von Treffern für Daryl Lassiter. Claire klickte gleich den ersten an. Die *San Fernando Valley Sun* hatte während seiner Verlegung in den Todestrakt einen Artikel über den Mord an Lassiter gebracht. Es gab unscharfe Fotos der drei Frauen, für deren Tötung er verurteilt worden war, aber keines von Lassiter selbst. Claire überflog einen längeren Abschnitt über die Geschichte der Todesstrafe in Kalifornien und stieß dann auf den Kern der Geschichte.

Lassiter hatte eine Frau auf offener Straße entführt. Ein Zeuge rief die neun-eins-eins. Die Frau wurde gerettet, aber die Polizei fand eine „mobile Mordkammer" im Laderaum von Lassiters Transporter, einschließlich Ketten, einem elektrischen Viehtreiber, einer Machete und verschiedenen anderen Folterwerkzeugen. Außerdem hatten sie Videokassetten gefunden, auf denen „ein maskierter Lassiter Frauen folterte und hinrichtete". Die drei abgebildeten Frauen waren später anhand von Vermisstenmeldungen identifiziert worden.

„Joanne Rebecca Greenfield, 17. Victoria Kathryn Massey, 19. Denise Elizabeth Adams, 16."

Claire las jeden Namen und die Altersangabe laut, denn es waren Menschen, und sie zählten.

Alle identifizierten Mädchen stammten aus der Gegend des San Fernando Valley. Claire klickte sich durch einige weitere Links, bis sie ein Foto von Lassiter fand. Zu der Zeit, als sich Sam Carroll umbrachte, hatte Carl Huckabee noch kein Internet zur Verfügung gehabt. Und selbst wenn, hätte er wahrscheinlich nicht nach einer Bestätigung für das recherchiert, was sein Freund, der FBI-Agent, ihm erzählt hatte – dass der Mann auf dem Band, der Julia Carroll ermordet hatte, derselbe war, der in Kalifornien gefasst worden war.

Und deshalb hatte Huckleberry nicht wissen können, dass Daryl Lassiter zwar groß und schlank, aber außerdem Afroamerikaner war, einen üppigen Afrolook auf dem Kopf und eine Tätowierung des Todesengels auf der muskulösen Brust trug.

Claire fühlte, wie ihr endgültig der Mut sank. Irgendwie hatte sie wider alle Vernunft gehofft, dass Pauls Vater nicht der Mann auf dem Band gewesen war, sondern dass Julia von diesem Fremden ermordet wurde.

Warum konnte sie ihn nicht abschreiben? Warum konnte sie den Paul, den sie gekannt hatte, nicht mit dem Paul in Einklang bringen, als den sie ihn jetzt kannte? Welche Zeichen hatte sie übersehen? Er war so freundlich zu Menschen. Er war so fair in allen Dingen. Er liebte seine Eltern. Er sprach nie davon, eine schlimme Kindheit gehabt zu haben, missbraucht worden zu sein oder etwas von den anderen furchtbaren Dingen, die, wie man immer hörte, Männer in Teufel verwandeln konnten.

Claire las die Uhrzeit auf dem Computerbildschirm ab. Sie hatte noch acht Minuten, bis Paul wieder anrief. Sie fragte sich, ob er wusste, was sie tat. Er konnte die Kameras im Fuller-Haus nicht ständig überwachen. Sicher fuhr er knapp unterhalb der Geschwindigkeitsbegrenzung, behielt beide Hände auf dem Lenkrad und benahm sich so unauffällig wie möglich, damit ihn keine Highway-Patrouille stoppte und fragte, was er im Kofferraum hatte.

Lydia würde Lärm machen. Claire zweifelte nicht daran, dass ihre Schwester Radau schlagen würde, sobald sie die Chance dazu hätte.

Claire musste nur eine Möglichkeit finden, ihr diese Chance zu verschaffen.

Sie stützte die Ellbogen auf die Arbeitsplatte und starrte auf die Ordner in der Taskleiste. Sie verharrte mit der Maus über dem, der mit BEARBEITET beschriftet war. Es gab keine Aufforderung, ein Passwort einzugeben, wahrscheinlich weil jemand, der sich in diesem Raum befand, schon genug gesehen hatte, um zu erraten, was in dem Computer gespeichert war.

Der Ordner ging auf. Es gab Hunderte von Dateien.

Die Namenserweiterungen lauteten alle FCPX.

Claire hatte keine Ahnung, was das bedeutete, aber sie wusste intuitiv, dass FCPX nichts mit Pauls Architektursoftware zu tun hatte. Sie klickte die oberste Datei an, die heute zuletzt geöffnet worden war. Um vier Uhr morgens. Paul hatte an diesem Computer gesessen, als man Anna Kilpatricks Leiche an der Belt Line entdeckt hatte.

Die Worte FINAL CUT PRO füllten den Schirm. Die Software war auf Buckminster Fuller registriert.

Pauls jüngstes Projekt erschien auf dem Monitor. Es gab drei Felder im Mittelteil des Schirmes. Eines zeigte eine Liste mit Dateien. Ein zweites zeigte Thumbnails verschiedener Standbilder aus dem Film. Das Hauptfeld beinhaltete nur ein einziges Bild:

Anna Kilpatrick, an die Wand gekettet.

Unter dem Hauptbild wurde eine breite Auswahl an Bearbeitungsmöglichkeiten angeboten, und unter diesen waren lange Streifen Film. Claire nahm an, dass es sich um Auszüge aus dem letzten Anna-Kilpatrick-Film handelte. Sie erkannte die Buttons zum Korrigieren roter Augen und um Linien weicher zu machen, aber die anderen waren ihr ein Rätsel. Claire klickte einige der Schaltflächen an. Filter. Musik. Text. Farbkorrektur. Stabilisierung. Hall. Tonhöhe. Es gab sogar Sounddateien, die man als Geräuschhintergrund einbauen konnte: Regen. Autolärm. Waldgeräusche. Tropfendes Wasser.

Wie auch sonst in seinem Leben hatte Paul die absolute Kontrolle über alles.

Anders als beim Betrachten der Filme zu Hause konnte Claire hier die Lupe anklicken und an das Bild heranzoomen. Sie studierte das Gesicht des Mädchens. Für sie bestand nicht der geringste Zweifel, dass sie tatsächlich Anna Kilpatrick vor sich sah.

Und es war auch zweifelsfrei klar, dass man niemanden brauchte, der hinter der Kamera stand, um in das Bild zu zoomen.

Die Schaltflächen für schnellen Vorlauf, Zurückspulen und Start sahen genauso aus wie die entsprechenden Tasten auf einem Kassettenrekorder. Claire startete den Film. Die Lautsprecher waren auf leise gestellt. Sie konnte Anna weinen hören. Wie zuvor füllte plötzlich das Gesicht des Maskenmanns den Schirm aus. Er lächelte, seine feuchten Lippen waren unter den Metallzähnen des Reißverschlusses zu sehen.

Claire begriff, dass dies die bearbeitete Fassung war, die Fassung, die Paul an seine Kunden verschickt hatte. Sie schloss die Datei. Sie ging zurück zu den Ordnern in der Taskleiste und öffnete den, der mit ROH beschriftet war. Die jüngste Datei trug das Datum des Vortags. Paul hatte den Film gegen Mitternacht importiert. Um diese Zeit hatten Claire und Lydia in dem Haus in Dunwoody Pauls farbcodierte Aktenmappen mit den Berichten der Privatdetektive durchgesehen.

Was für berauschende Stunden, als sie ihren Mann lediglich für einen Vergewaltiger gehalten hatte.

Sie klickte die Datei an. Dieselben drei Felder mit den Bearbeitungsoptionen darunter erschienen auf dem Schirm.

Claire drückte PLAY.

Die Aufnahme begann wie zuvor. Eine Weitwinkelaufnahme der an die Wand geketteten Anna Kilpatrick. Ihre Augen waren geschlossen, ihr Kopf gesenkt. Der Maskierte kam ins Bild. Er hatte die gleiche Statur wie der Mann, den Claire in allen anderen Filmen gesehen hatte, doch seine Haut war heller, seine Lippen nicht so rot.

Auch der Ton war anders, er war noch nicht gemischt. Alle Hintergrundgeräusche waren noch da. Claire hörte das Surren eines Heizlüfters. Die Schritte des Mannes. Seinen Atem. Er räusperte sich. Anna schreckte hoch. Sie öffnete die Augen. Sie zerrte an den Ketten. Der Mann beachtete sie nicht. Er legte seine Werkzeuge ordentlich auf einem fahrbaren Tischchen aus – den Viehtreiber, die Machete, das Brandeisen. Ein Heizelement war um das X geschlungen, um das Eisen zu erhitzen. Das kurze Stromkabel steckte in einem Verlängerungskabel, das es wiederum mit der Steckdose verband.

Der Mann spritzte sich einen Klecks Gleitmittel in die Handfläche und begann zu masturbieren. Er räusperte sich wieder. Seine Bewegungen hatten etwas gespenstisch Geschäftsmäßiges, als würde er sich auf einen weiteren Tag im Büro vorbereiten.

Nichts von alldem würde im fertigen Video auftauchen. Das hier war die Vorproduktion mit dem banalen Drumherum, das Paul später herausschneiden würde.

Der Maskierte drehte sich zur Kamera um. Claire unterdrückte das Bedürfnis, zur Seite auszuweichen. Er brachte sein Gesicht nah an das Objektiv, was anscheinend eine Art Markenzeichen war, wie der brüllende Löwe bei Metro-Goldwyn-Mayer. Der Mann lächelte für das Publikum, seine Zähne blitzten unter dem Reißverschluss. Dann ging er zu Anna.

Anna schrie.

Er wartete darauf, dass sie aufhörte. Das Geräusch erstarb in ihrer Kehle wie eine Sirene.

Er zwängte eine Wunde an ihrem Bauch mit den Fingern auf. Sie schrie wieder. Der Mann wartete erneut, aber er blieb nicht unbewegt. Sein Schwanz war härter geworden, seine Haut war gerötet vor Erregung.

„Bitte", flehte Anna. „Bitte hören Sie auf."

Der Mann beugte sich vor, sein Mund war direkt an Annas Ohr. Er flüsterte etwas, und das Mädchen zuckte zusammen.

Claire setzte sich auf. Sie spielte den Film mit der Maus zurück. Sie stellte die Lautstärke höher. Sie drückte auf PLAY.

Anna Kilpatrick bettelte. „… Sie auf."

Der Mann beugte sich vor, nah an Annas Ohr. Claire fuhr die Lautstärke noch höher und beugte sich ebenfalls vor. Ihr Ohr war so nah am Lautsprecher des Computers wie der Mund des Mannes an Annas Ohr.

Der Maskierte flüsterte mit weichem, gedehntem Südstaatenakzent. „Sag mir, dass du es willst."

Claire erstarrte. Ausdruckslos sah sie auf die Metallregale mit den alten Geräten. Alles verschwamm vor ihren Augen, und plötzlich schoss ein scharfer Schmerz in ihre Brust.

Der Mann wiederholte: „Sag mir, dass du es …"

Claire hielt den Film an. Sie spulte nicht zurück. Stattdessen klickte sie die Lupe an, um manuell auf den Rücken des Maskierten zu zoomen.

Dies hier war die Rohfassung, das unbearbeitete Bildmaterial. Paul hatte das Licht noch nicht gefiltert und den Ton nicht korrigiert, und er hatte noch keine Identifizierungsmerkmale wegretuschiert, wie etwa die drei auffällig angeordneten Muttermale unter dem linken Schulterblatt des maskierten Mörders.

Das Telefon in der Küche begann zu läuten.

Claire rührte sich nicht.

Das Telefon läutete wieder.

Und wieder.

Sie stand auf. Sie verließ die Garage und zog die Tür hinter sich zu. Dann ging sie in die Küche und nahm den Hörer ab.

„Du hast mich angelogen", sagte Paul. „Ich habe einen meiner Leute das Beweismittelverzeichnis vom Tatort überprüfen lassen. Der Schlüsselanhänger stand nicht darauf."

Claire hörte nur die Worte „einen meiner Leute". Wie viele Leute hatte er? Waren Mayhew und Nolan nur die Spitze des Eisbergs?

„Wo ist er, Claire?"

„Ich habe ihn. Versteckt."

„Wo?"

Claire drehte den falschen Lufterfrischer auf dem Kühlschrank herum, sodass Paul sie nicht sehen konnte.

„Claire?"

„Ich verlasse jetzt das Haus. Du wirst mir alle zwanzig Minuten ein Foto von Lydia schicken, und wenn ich sehe, dass du ihr auch nur ein Haar gekrümmt hast, werde ich den gesamten Inhalt des USB-Sticks auf YouTube hochladen."

„Du weißt ja nicht einmal, wie man das macht", spottete Paul.

„Meinst du, ich bin zu doof, um in einen Copyshop zu

spazieren und es irgendeinen pickligen Computerfreak für mich machen zu lassen?"

Er antwortete nicht. Sie hörte keine Straßengeräusche mehr. Er hatte den Wagen angehalten. Er lief auf und ab. Sie hörte seine Schuhsohlen auf Kies knirschen. War Lydia noch im Kofferraum? Sie musste es sein, denn Paul hatte Lydia entführt, um ein Druckmittel zu haben, und sie zu töten würde ihm jeden Vorteil nehmen.

Plötzlich kam Claire ein Gedanke. Warum hatte Paul Lydia überhaupt verschleppt? Wenn er wirklich das Haus in Dunwoody beobachtet hatte, dann wusste er, dass Lydia erst vor weniger als einem Tag auf dem Schauplatz des Geschehens aufgetaucht war. Und so oder so war Claire diejenige, die wusste, wo der USB-Stick war. Claire war diejenige, die ihm den Stick besorgen konnte.

Warum also hatte er nicht gleich Claire entführt?

Zweifellos hätte sie Paul schon bei der kleinsten Andeutung von körperlicher Gewalt verraten, dass Adam den Stick hatte. Aber Paul hatte nicht Claire entführt. Er hatte die falsche Entscheidung getroffen. Paul traf nie eine falsche Entscheidung.

„Hör zu." Er bemühte sich wieder, vernünftig zu klingen. „Ich brauche die Informationen auf diesem Stick. Es ist wichtig. Für uns beide. Nicht nur für mich."

„Schick mir das erste Bild von Lydia, und wir sprechen darüber."

„Ich könnte sie in tausend Stücke schneiden, bevor sie stirbt."

Diese Stimme. Es war derselbe Tonfall, den Claire in der Gasse von ihm gehört hatte, dieselbe finstere, gedehnte Sprechweise wie auf dem unbearbeiteten Film, bevor Paul seine Stimme zu der eines Fremden korrigiert hatte. Claire schmeckte die Angst in ihrem Mund, aber sie wusste, sie durfte sie diesem Mann keinesfalls zeigen.

„Du willst, dass ich mit dir weggehe", sagte sie.

Jetzt war Paul derjenige, der verstummte.

Wenngleich ohne Absicht, hatte sie seinen wunden Punkt gefunden. Jetzt verstand sie auch die Gründe für seine Fehlentscheidung. Wie immer hatte sie die Antwort schon die ganze Zeit vor Augen gehabt. Er sagte ständig, dass er sie liebte. Er hatte Claire geschlagen, aber nicht mit aller Kraft. Er hatte die Männer beauftragt, während der Beerdigung in das Haus einzubrechen, damit Claire nicht da sein würde. Er hatte die falsche Entscheidung getroffen und Lydia mitgenommen, weil die richtige Entscheidung bedeutet hätte, Claire wehtun zu müssen.

Er mochte dazu fähig sein, seiner Frau ins Gesicht zu schlagen, aber er konnte sie nicht foltern.

„Schwör mir, dass du bei keinem der Filme mitgemacht hast", sagte sie.

„Niemals." Seine Hoffnung war so greifbar wie ein Stück Faden zwischen ihnen. „Ich habe ihnen nie etwas getan. Ich schwöre es bei meinem Leben."

Er klang so überzeugend, so glaubhaft, dass Claire ihm vielleicht tatsächlich geglaubt hätte. Aber sie hatte den unbearbeiteten Film gesehen, die Rohfassung, in der Paul noch nicht die Stimmen verändert und körperliche Merkmale retuschiert hatte, damit die wahre Identität des Mörders unerkannt blieb.

Claire wusste, wie ihr Mann aussah, wenn er sich die Werkzeuge für ein Projekt fein säuberlich zurechtlegte. Sie kannte die drei winzigen Male unter dem linken Schulterblatt, die sie sogar fühlen konnte, wenn sie leicht darüberfuhr.

Und deshalb wusste sie zweifelsfrei, dass der Maskierte Paul war.

„Schick die Fotos", sagte sie zu ihm. „Ich lasse dich wissen, was wir tun, wenn ich so weit bin."

„Claire …"

Sie knallte den Hörer auf die Gabel.

VI

Es tut mir leid, dass meine Handschrift so schwer zu entziffern ist, Schätzchen. Ich hatte einen leichten Schlaganfall. Es geht mir jetzt wieder gut, also mach dir bitte keine Sorgen. Es passierte kurz nach Beendigung meines letzten Briefes. Ich legte mich, großartige Pläne schmiedend, schlafen und wachte am nächsten Tag auf, um festzustellen, dass ich nicht aus dem Bett kam. Ich gebe nur dir gegenüber zu, dass ich Angst hatte (obwohl es mir jetzt wirklich gut geht). Ich erlebte eine vorübergehende Blindheit auf dem rechten Auge. Arm und Bein ließen sich nicht bewegen. Schließlich gelang es mir unter großen Mühen aufzustehen. Als ich deine Mutter anrief, um ihr alles Gute zum Geburtstag zu wünschen, sprach ich so unverständlich, dass sie sofort den Notarzt rief.

Der Arzt, der deiner Mutter versicherte, er sei wirklich schon so alt, dass er sich rasieren müsse, erklärte, ich hätte eine TIA, was deine Mutter natürlich noch mehr erboste (sie hat Abkürzungen immer gehasst). Sie brachte ihn dazu, sich verständlich auszudrücken, und so erfuhren wir, dass TIA, auch Mini-Schlaganfall genannt, für Transitorische Ischämische Attacke steht.

Oder auch Attacken, im Plural, denn wie deine Mutter dem armen Mann entlockte, ließen sich die Schwäche und die Schwindelgefühle, unter denen ich in der letzten Woche litt, zum Teil damit erklären.

Unter uns gesagt, litt ich wohl schon den ganzen letzten Monat darunter, denn wenn ich nun an meine letzten Besuche bei Ben Carver zurückdenke, fallen mir einige sonderbare Wortwechsel ein, die darauf hindeuten, dass ich auch für ihn gelegentlich schwer verständlich gewesen sein muss.

Vielleicht haben wir damit also die Antwort auf die Frage, wieso Ben Carver meinen Besuchen ein Ende setzte und diese Widmung in Dr. Seuss' Buch schrieb. Seine Mutter hatte vor Jahren einen schweren Schlaganfall gehabt. Er muss die Warnzeichen erkannt haben.

Man findet Güte oft an Orten, wo man sie nicht vermutet.

Darf ich dir sagen, dass ich so glücklich bin wie schon seit einer ganzen Weile nicht mehr? Dass deine Schwestern an mein Bett geeilt sind, dass meine Familie mich umgeben, eingehüllt hat und dass ich endlich wieder an das Leben erinnert wurde, das wir alle zusammen führten, bevor wir dich verloren haben? Zum ersten Mal seit fast sechs Jahren waren wir alle in einem Raum versammelt und litten nicht unter deinem Fehlen.

Nicht dass wir dich vergessen hätten, Schätzchen. Wir werden dich niemals vergessen.

Natürlich hat deine Mutter die TIA als Vorwand benutzt, um mich wegen meines fortgesetzten Kampfes gegen Windmühlen (ihre Worte) zu schelten. Doch auch wenn Stress ein Faktor bei einem Schlaganfall sein kann und auch wenn ich immer einen zu hohen Blutdruck hatte, glaube ich, die Schuld liegt ganz allein bei mir, weil ich zu wenig schlafe und nicht genug Bewegung habe. Ich lasse meine morgendlichen Spaziergänge seit Längerem ausfallen. Ich liege nachts zu lange wach, weil ich mein Gehirn nicht abschalten kann. Wie ich euch Mädchen immer gesagt habe, sind Schlaf und Bewegung die beiden wichtigsten Zutaten für ein gesundes Leben. Schande über mich, weil ich meinen eigenen guten Rat nicht befolge.

Ich denke, man könnte es einen Silberstreif am Horizont nennen, dass eure Mutter seit meiner Entlassung aus dem Krankenhaus täglich in meiner Wohnung vorbeischaut. Sie bringt mir Essen und hilft mir beim Baden (ich brauche eigentlich keine Hilfe, aber wie käme ich dazu, einer schönen Frau zu verbieten, dass sie mich wäscht?) Jeden Tag sagt sie all die Dinge, die sie mir seit sechs Jahren sagt: Du bist ein Narr. Du wirst dich noch umbringen. Du musst damit aufhören. Du bist die Liebe meines Lebens, und ich kann nicht zusehen, wie du deinen Selbstmord immer weiter in die Länge ziehst.

Als würde ich je den Entschluss fassen, euch von eigener Hand zu verlassen.

Ich weiß instinktiv, dass deine Mutter nicht hören will, was ich über Pauls Vater herausgefunden habe. Sie würde diese Theorie als eine meiner hirnrissigen und sinnlosen Jagden abtun, wie die Verfolgung des Mannes, der das „Taco Stand“ betreibt, oder als ich Nancy Griggs so hart zusetzte, dass ihr Vater mit einer Unterlassungsklage drohte. (Sie hat ihr Studium *summa cum laude* abgeschlossen, Schätzchen. Sie hat einen guten Job, einen aufmerksamen Ehemann und einen zu Blähungen neigenden Cockerspaniel. Habe ich dir das schon mitgeteilt?)

Also behalte ich meine Überlegungen für mich und lasse deine Mutter für mich kochen und mich baden, und sie lässt sich von mir umarmen, und wir lieben uns, und ich denke an unser gemeinsames Leben, nachdem ich endlich einen Beweis haben werde, den selbst Huckleberry wird anerkennen müssen.

Ich werde deine Mutter zurückgewinnen. Ich werde der Vater sein, den Pepper braucht. Ich werde Claire davon überzeugen, dass sie mehr wert ist, mehr verdient hat als die Männer, für die sie sich bisher entschieden hat. Ich werde den Frauen in meinem Leben wieder ein Beispiel geben – ihnen zeigen, was ein guter Ehemann und Vater sein kann, und meine Mädchen dazu bringen, dass sie Männer mit solchen Eigenschaften aussuchen anstelle des wertlosen Treibguts, das ständig an ihre einsamen Ufer gespült wird.

Was ich haben werde, wenn das alles vorbei ist, ist dies: Ich werde mein Leben zurückhaben. Meine guten Erinnerungen an dich. Ich werde einen Job haben. Ich werde für meine Familie sorgen. Ich werde mich um Tiere kümmern. Ich werde Gerechtigkeit haben. Ich werde wissen, wo du bist. Ich werde dich endlich finden und in den Armen halten und sanft zu deiner letzten Ruhe betten.

Denn ich weiß, wie es sich anfühlt, endlich einen echten Faden zu haben, an dem man ziehen kann, und ich weiß im tiefsten Inneren, wenn ich daran ziehe, wird sich die ganze Geschichte deines Lebens, nachdem du uns geraubt wurdest, entwirren.

Der Faden, von dem ich rede, ist folgender: Gerald Scott war ein Voyeur, der Mädchen wie dich beobachtet hat. Er hat Bilder von ihnen gemacht. Er muss diese Bilder irgendwo aufbewahrt haben. Wenn sie noch da sind und wenn ich mir Zugang zu ihnen verschaffen kann und wenn ich eines von dir darunter finde, dann könnte das eine solide Spur sein, die uns zu verstehen hilft, was wirklich in dieser Nacht im März passiert ist, die noch gar nicht so lange her zu sein scheint.

Ich kann nicht sagen, ob Paul von den voyeuristischen Neigungen seines Vaters weiß, aber zumindest kann ich die Information benutzen, um ihn von deiner kleinen Schwester wegzulocken.

Ich fühle es sehr deutlich, Schätzchen: Paul ist nicht gut für Claire. In seinem Inneren fault etwas, und eines Tages – wenn nicht bald, dann in fünf Jahren, in zehn, vielleicht sogar erst in zwanzig – wird sich diese Fäulnis nach außen fressen und auf alles ergießen, was er anfasst.

Auch wenn du weißt, dass ich dich liebe, ist mein Leben von nun an der Aufgabe gewidmet zu verhindern, dass dieser schreckliche, faulende Teufel die Möglichkeit bekommt, sein Unheil auf deine beiden Schwestern auszudehnen.

Erinnerst du dich an Brent Lockwood? Er war dein erster „richtiger“ Freund. Du warst fünfzehn. Die Jungs, in die du vor Brent verknallt warst, waren die harmlosen, asexuellen Typen, die jederzeit als Mitglieder einer der Boygroups durchgegangen wären, die du dir damals immer angehört hast. Ich habe dich mit dem Kombi zu Verabredungen gefahren und die Jungen hinten sitzen lassen. Ich habe sie im Rückspiegel böse angestarrt. Ich habe einsilbig etwas vor mich hin gebrummt, wenn sie mich Dr. Carroll nannten oder Interesse an der Tierheilkunst zum Ausdruck brachten.

Brent war anders. Er war sechzehn, halb Junge, halb Mann. Er hatte einen Adamsapfel. Er trug ausgeblichene Jeans, und sein Haar war nach Daniel-Boone-Art vorn kurz und hinten lang. Er kam zum Haus und bat um Erlaubnis, mit dir auszugehen, denn er hatte einen Wagen, und er wollte dich allein in diesem Wagen ausführen, und ich ließ das nie einen Jungen tun, bevor ich ihm in die Augen geblickt und sichergestellt hatte, dass er eine Scheißangst vor mir hatte.

Ich weiß, es ist schwer vorstellbar für dich, Schätzchen, aber ich war auch einmal ein sechzehnjähriger Junge. Der einzige Grund, warum ich ein Auto haben wollte, war der, dass ich Mädchen allein damit herumkutschieren konnte. Was ein absolut verständliches, sogar lobenswertes Ziel für alle Jungs meines Alters war, nur dass es sich vollkommen anders anfühlte, als ich ein Mann und Vater war, und das Mädchen warst du.

Ich sagte zu ihm, er solle erst mal zum Friseur gehen und sich eine Arbeit suchen – und dann solle er wiederkommen und mich noch einmal fragen.

Eine Woche später stand er wieder vor der Tür. Seine Vokuhila-Frisur war gestutzt. Er hatte gerade begonnen, bei McDonald's zu jobben.

Deine Mutter gackerte wie eine Hexe und meinte, ich müsste mich nächstes Mal eben deutlicher ausdrücken.

Du hast vor diesem ersten Date mit Brent Stunden in deinem Zimmer verbracht. Als die Tür endlich wieder aufging, roch ich Parfüm und Haarspray und all diese seltsamen weiblichen Düfte, mit denen ich bei meiner eigenen Tochter nie gerechnet hätte. Und du warst schön. So wunderschön. Ich betrachtete prüfend dein Gesicht und hielt nach Dingen Ausschau, mit denen ich nicht einverstanden war – zu viel Wimperntusche, zu kräftiger Lidschatten –, aber da war nur ein leichter Farbstrich, der das helle Blau deiner Augen betonte. Ich weiß nicht mehr, was du anhattest oder wie du frisiert warst (das ist die Domäne deiner Mutter), aber ich erinnere mich an dieses atemlose Gefühl in der Brust, als würden meine Lungenbläschen langsam zerfallen, mich langsam allen Sauerstoffs berauben, mich meines kleinen Wildfangs berauben, der auf Bäume kletterte und bei meinen morgendlichen Spaziergängen hinter mir herrannte.

Inzwischen weiß ich, wie sich ein richtiger Schlaganfall anfühlt, selbst wenn es nur ein Mini-Schlaganfall war, aber als ich sah, wie Brent Lockwood in seinem Wagen mit dir wegfuhr, war ich überzeugt, einen ausgewachsenen Herzinfarkt zu erleben. Ich war so besorgt wegen dieses einen Jungen, dieses ersten Jungen, dass ich nicht begriff, dass es andere geben würde. Und dass ich mich bei einigen von ihnen nach Brent Lockwood sehnen würde, mit seinem Impala aus dritter Hand und dem Pommes-Geruch, den er hinterließ.

Warum denke ich jetzt an diesen Jungen? Weil er der erste war? Weil ich dachte, er würde der letzte sein?

Ich denke wegen Claire an ihn.

Paul hat mich heute Abend angerufen. Er war besorgt wegen meiner Gesundheit. Er machte die richtige Art Small Talk, er sagte die richtigen Dinge. Er klang in jeder Beziehung richtig, doch ich weiß, dass alles an ihm falsch ist.

Er hält mich für altmodisch, und ich lasse ihn in dem Glauben, denn es dient meinem Zweck. Deine Mutter ist die problematische Hälfte, der mürrische alte Hippie, der ihn auf Trab hält. Ich bin der väterliche Typ, der lächelt und zwinkert und so tut, als wäre er all das, als was er sich ausgibt.

Ich erzählte ihm die Geschichte von Brent Lockwood, dem Jungen, der um Erlaubnis bat, meine älteste, jetzt spurlos verschwundene Tochter auszuführen.

Wie erwartet, entschuldigte sich Paul sofort, weil er nicht gefragt hatte, ob er Claire ausführen dürfe. Wenn er etwas beherrscht, dann angemessenes Benehmen nachzuahmen. Wären wir uns persönlich gegenübergestanden, statt am Telefon zu sprechen, er wäre mit Sicherheit auf ein Knie gefallen, als er mich um Erlaubnis fragte. So aber war es seine Stimme, die Respekt und Gefühl transportierte.

Transportierte.

Wie deine Mutter gesagt hat, könnte Paul ein Förderband in einer Donut-Fabrik sein, weil er so gut darin ist, klebrige, emotionsgeladene Dinge zu transportieren.

Ich lachte am Telefon, denn Pauls Bitte, deine Schwester ausführen zu dürfen, kam arg spät, und er lachte ebenfalls, weil es das war, was man von ihm erwartete. Nachdem eine angemessene Zeitspanne verstrichen war, deutete er eine künftige Bitte an, eine, die seine Beziehung zu Claire auf eine dauerhaftere Basis stellen würde, und ich begriff, dass dieser Fremde bereits an Heirat dachte, obwohl er erst seit wenigen Wochen mit meiner Tochter zusammen war.

Heirat. So nannte er es, aber Männer wie Paul heiraten Frauen nicht. Sie nehmen sie in Besitz. Sie beherrschen sie. Sie sind unersättliche Vielfraße, die eine Frau vollständig verschlingen und sich dann mit den Knochen die Zähne säubern.

Es tut mir leid, Schätzchen. Seit deiner Entführung bin ich sehr viel misstrauischer geworden, als ich es früher war. Ich sehe hinter jeder Ecke Verschwörungen lauern. Ich weiß, dass das Dunkel überall ist. Ich traue niemandem außer deiner Mutter.

Also räusperte ich mich einige Male, zwang ein wenig Schmerz in meine Stimme und erklärte Paul, solange ich nicht wüsste, was meinem ältesten Kind widerfahren sei, könnte ich keinem Mann guten Gewissens die Erlaubnis geben, eine meiner Töchter zu heiraten, oder auch nur an ihrer Hochzeit teilnehmen.

Wie Pepper – und wie du, nebenbei bemerkt – ist auch Claire so impulsiv wie eigensinnig. Sie ist außerdem mein kleines Mädchen, und sie würde sich niemals gegen meine Wünsche stellen. Eines weiß ich über deine beiden Schwestern: Sie würden mir eher Arme und Beine brechen als das Herz.

Ich bin mir dessen so sicher, wie ich Claires Lachen kenne und den Ausdruck auf ihrem Gesicht, wenn sie im Begriff ist zu lächeln, zu weinen oder die Arme um mich zu schlingen und mir zu sagen, dass sie mich liebt.

Und Paul weiß es ebenfalls.

Nachdem ich ihm von meinem Dilemma erzählt hatte, gab es eine lange Pause an seinem Ende der Leitung. Er ist gerissen, aber er ist noch jung. Eines Tages wird er ein meisterhafter Manipulator sein, aber übermorgen, wenn ich ihn allein treffe, werde ich derjenige sein, der die Fragen stellt, und ich werde Paul Scott nicht gehen lassen, bis er sie alle beantwortet hat.

15. KAPITEL

Claires Hände umklammerten das Lenkrad. Panik schnürte ihr fast die Kehle zu. Sie schwitzte, obwohl ein kalter Luftzug durch das leicht geöffnete Sonnendach kam. Sie sah zu Lydias Handy auf dem Beifahrersitz hinunter. Das Display war wieder schwarz. Bisher hatte Paul drei Bilder von Lydia geschickt. Alle zeigten sie aus einem anderen Winkel, und alle brachten Claire eine gewisse Erleichterung, weil Lydias Gesicht ohne weitere Verletzungen war. Paul traute Claire nicht, aber sie traute ihren eigenen Augen. Er tat ihrer Schwester nichts.

Wenigstens bis jetzt nicht.

Sie zwang sich, in Gedanken nicht zu jenem dunklen Ort zu gehen, der sie so magisch anzog. Auf den Fotos war nämlich kein Zeitstempel zu sehen. Sie hielt zäh an dem Glauben fest, dass Paul alle zwanzig Minuten stehen blieb und ein Foto machte, denn die Alternative war anzunehmen, dass er alle Fotos auf einmal gemacht hatte und Lydia bereits tot war.

Sie musste sich einen Ausweg aus dieser Situation einfallen lassen. Paul würde seine Strategie bereits fertig ausgearbeitet haben. Er war immer allen anderen fünf Schritte voraus. Vielleicht war er schon auf eine Lösung gekommen. Vielleicht setzte er diese Lösung bereits um.

Sicher hatte er ein weiteres Haus. Ihr Mann kaufte alles doppelt. In zwei Stunden Fahrzeit kam er von Athens bis in die Carolinas, an die Küste oder bis nahe an eine der Grenzstädte in Alabama. Sicher hatte er ein zweites Haus unter einem anderen Namen, mit einer weiteren Mordkammer und weiteren Regalen für seine kranke Filmsammlung.

Schweiß lief an Claires Rücken hinab. Sie öffnete das Sonnendach noch etwas weiter. Es war kurz nach vier Uhr nachmittags. Eben tauchte die Sonne hinter den Horizont. Sie durfte nicht an Paul denken oder was er möglicherweise mit ihrer Schwester tat. Er hatte immer zu ihr gesagt, dass Gewinner nur mit sich selbst konkurrierten. Claire blieb noch eine Stunde, um sich zu überlegen, wie sie den USB-Stick von Adam zurückbekam, wie sie ihn an Paul übergab und wie, um alles in der Welt, sie dabei ihre Schwester retten wollte.

Bis jetzt hatte sie nichts als Angst und das Übelkeit erregende Gefühl, die Stunde würde vergehen und sie würde immer noch so ratlos sein wie beim Verlassen des Fuller-Hauses. Die immer gleichen Probleme plagten sie in einer Endlosschleife und beanspruchten jeden bewussten Gedanken. Ihre Mutter: permanent nicht ansprechbar. Huckleberry: nutzlos. Jacob Mayhew: arbeitete wahrscheinlich für den Abgeordneten. Fred Nolan: dito, oder vielleicht verfolgte er seine eigenen Pläne. Der Abgeordnete Johnny Jackson: Pauls geheimer Onkel. Mächtig und gut vernetzt und falsch genug, um bei der Pressekonferenz neben der Familie Kilpatrick zu stehen, als hätte er keine Ahnung, was ihrem teuren Kind zugestoßen war. Adam Quinn: konnte Freund oder Feind sein.

Der Maskenmann: Paul.

Paul.

Sie konnte es nicht glauben. Nein, das stimmte nicht. Claire hatte ihren Mann mit eigenen Augen vor diesem Mädchen gesehen. Das Problem war, dass sie es nicht fühlen konnte.

Sie zwang alle verstörenden Dinge, die sie über Paul wusste, in den Vordergrund ihres Denkens. Sie wusste: Da war noch mehr. Da musste noch mehr sein. Wie bei Pauls farbcodierter Sammlung von Akten vergewaltigter Frauen musste es zahllose weitere Filme mit den Mädchen geben, die er entführt und festgehalten hatte, den Mädchen, die er zu seinem eigenen Vergnügen und zum Vergnügen ungezählter anderer verachtenswerter, widerlicher Betrachter gefoltert hatte.

War Adam Quinn einer seiner Kunden? War er ein aktiver Teilnehmer? Wie Lydia gesagt hatte, war Claires Urteilsvermögen in puncto Charakter nicht berauschend. Sie war mit Adam zusammen gewesen, weil sie sich langweilte, nicht weil sie ihn kennenlernen wollte. Der beste Freund ihres Mannes war eine Konstante in ihrem Leben. Im Rückblick begriff Claire, dass Paul ihn auf Distanz gehalten hatte. Adam war da gewesen, aber er hatte nicht zum engsten Kreis gehört.

Der engste Kreis hatte immer nur aus Paul und Claire bestanden.

Und genau aus diesem Grund hatte Claire bis zu jener Weihnachtsfeier nie viel über Adam nachgedacht. Er war sehr betrunken gewesen. Er hatte sie angemacht, und sie hatte herausfinden wollen, wie weit er gehen würde. Er war gut gewesen oder vielleicht auch nur anders als Paul, und das war alles, worauf sie aus gewesen war. Er konnte auf eine unbeholfene Art charmant sein. Er liebte Golf und sammelte alte Eisenbahnwaggons, und sein Aftershave hatte einen holzigen, nicht unangenehmen Geruch.

Weiter erstreckte sich ihre Kenntnis über ihn nicht.

Adam hatte gesagt, er habe eine wichtige Präsentation am Montagmorgen, was bedeutete, dass er morgen in aller Frühe im Büro sein würde. Die Präsentation fand sicher im Innenstadtbüro von Quinn + Scott statt, wo sie einen nach ihren Wünschen ausgestatteten Vorführraum mit Kinobestuhlung hatten und wo junge Frauen in eng anliegenden Kleidern Drinks und kleine Snacks servierten.

Adam würde den Stick bestimmt bei sich haben. Die Dateien waren zu groß, um als E-Mails verschickt zu werden. Wenn er sie für die Arbeit brauchte, würde er den Stick mit ins Büro nehmen müssen, um sie für die Präsentation auf einen Computer zu laden. Wenn er den Schlüsselanhänger brauchte, weil dieser belastendes Material enthielt, wäre er ein Narr, ihn aus der Hand zu geben.

Claire blieb in Gedanken bei der letzten Möglichkeit. Paul konnte einen zweiten Kreis haben, dem auch Adam angehörte. Sie waren seit mehr als zwei Jahrzehnten beste Freunde, sie waren es schon eine Weile, bevor Claire auf der Bildfläche erschien. Wenn Paul die Filme seines Vaters nach dem Unfalltod seiner Eltern gefunden hatte, wäre er doch sicher zu Adam gegangen, um mit ihm darüber zu sprechen. Hatten sie dann einen Plan ausgeheckt, das Geschäft weiterzuführen? Hatten sie sich die Filme zusammen angesehen und festgestellt, dass die gewalttätigen Bilder sie nicht abstießen, sondern anzogen?

In diesem Fall hätte Adam Paul bereits mitgeteilt, dass er den USB-Stick hatte. Claire wusste nicht, was sein Schweigen bedeutete. Ein Zerwürfnis? Ein Übernahmeversuch?

„Denk nach", schalt sich Claire. „Du musst nachdenken!"

Sie konnte nicht denken. Sie funktionierte kaum noch.

Claire nahm Lydias Telefon zur Hand. Es war nicht durch ein Passwort gesichert, oder vielleicht hatte Paul es schon deaktiviert. Sie klickte die Taste, und das jüngste Foto erschien im Display. Lydia im Kofferraum, zu Tode verängstigt. Ihre Lippen waren ganz bleich. Was hatte das zu bedeuten? Bekam sie genügend Luft? Ließ Paul sie ersticken?

Lass mich nicht im Stich, Sweetpea. Bitte lass mich nicht wieder im Stich.

Claire legte das Telefon beiseite. Sie würde Lydia nicht im Stich lassen. Diesmal nicht. Nie wieder.

Vielleicht zäumte Claire das Pferd von hinten auf. Wenn ihr schon keine eigene Strategie einfiel, sollte sie vielleicht besser versuchen zu erraten, was Paul vorhatte. Claire konnte Pauls Verhalten gut vorhersagen, zumindest wenn es um Weihnachtsgeschenke und Überraschungsreisen ging.

Sein vorrangiges Ziel war es, den USB-Stick zurückzubekommen. Zu warten würde ihn nichts kosten. Er hielt Lydia irgendwo fest. Sie war sein Druckmittel gegen Claire. Er würde sie erst töten, wenn er den USB-Stick absolut sicher in den Händen hielt.

Dieser Gedanke brachte Claire zwar einige Erleichterung, aber sie wusste sehr wohl, dass es noch andere Dinge gab, die Paul mit Lydia anstellen konnte.

Darüber wollte sie nicht nachdenken.

Paul hatte immer noch Gefühle für Claire – zumindest soweit er überhaupt fähig war, etwas zu fühlen. Er hatte ihr das Kissen unter den Kopf gelegt. Er hatte ihr den Ehering wieder angesteckt. Er hatte ihr die Schuhe ausgezogen. Er hatte den Tesla aufgeladen. All diese Dinge hatten Zeit erfordert, was bedeutete, dass Paul ihnen Wichtigkeit beimaß. Statt Lydia schnell fortzuschaffen, hatte er riskiert, entdeckt zu werden, weil er sich um Claire kümmerte.

Was bedeutete, dass sie einen kleinen Vorteil hatte.

Claire stöhnte. Sie konnte Lydias Stimme förmlich in ihrem Kopf hören: „Na und, verdammt?"

Das Navi wies sie an, ein Stück weiter vorn rechts abzubiegen. Claire verweilte nicht lange bei dem guten Gefühl, jemanden zu haben, der ihr sagte, was sie tun sollte, auch wenn es nur ein Bordcomputer war. Daheim in Athens war sie von schlechten Auswahlmöglichkeiten erschlagen worden: Sie konnte nicht zu ihrer Mutter gehen, die sich nur Sorgen machen und bettlägerig werden würde. Sie konnte nicht zur Polizei gehen, weil sie nicht wusste, wer mit Paul unter einer Decke steckte. Sie konnte nicht zu dem Haus in Dunwoody gehen, weil Nolan wahrscheinlich nach ihr suchte. Sie konnte nur zu Lydia fahren.

Sie war auf halbem Weg dorthin, als ihr klar wurde, dass es bei Lydia etwas gab, das ihr möglicherweise helfen konnte.

Claire bremste den Tesla ab und nahm die Umgebung in Augenschein. Sie war gedankenlos den Kommandos des

Navis gefolgt und bemerkte erst jetzt, dass sie sich im Labyrinth eines älteren Wohnviertels befand. Den Häusern fehlte die Uniformität einer jüngeren Siedlung. Es gab einfachste Einfamilienhäuser aus Holz, Gebäude im holländischen Kolonialstil und das gemauerte Ranchhaus, in dem Lydia wohnte.

Claire brauchte kein GPS, um zu wissen, dass sie bei ihrer Schwester angekommen war. Sie erkannte das Haus von den Fotos in Pauls Aktenmappe. Die gelben Ziffern auf dem Briefkasten waren offenbar von Kinderhand gemalt worden und inzwischen verblasst. Claire stellte sich vor, wie Lydia im Garten stand und zusah, wie ihre kleine Tochter die Hausnummer sorgfältig aufmalte.

Lydias Van stand in der Einfahrt. Pauls Detektiven zufolge wohnte Rick seit fast zehn Jahren im Haus nebenan. Claire erkannte die Gartenzwerge neben seiner Haustür. Ricks Truck stand vor dem Haus in Dunwoody, aber er hatte einen zweiten Wagen, einen alten Camaro, der vor der Garage geparkt war.

Während sie an den beiden Häusern vorbeifuhr, verschaffte sie sich einen Eindruck von ihnen. In Lydias Haus war es dunkel, aber bei Rick brannten ein paar Lichter. Es war später Sonntagnachmittag. Claire stellte sich vor, dass ein Mann wie Rick Butler Football schaute oder in einem abgegriffenen Exemplar von *Per Anhalter durch die Galaxis* las. Dee war vermutlich bei einer Freundin. Wenn man den Frauen in Claires Tennisteam glauben durfte, waren Teenager nicht fähig, das Licht auszuschalten, wenn sie einen Raum verließen.

Claire bog in die nächste Straße ein, eine kurze Sackgasse mit einem heruntergekommenen Häuschen am Ende. Sie parkte und stieg aus. Lydias Handy steckte sie in die Hosentasche, denn in neun Minuten war ein neues Foto fällig. Wie üblich war Paul pünktlich. Oder er hatte das Handy so programmiert, dass es die Bilder rechtzeitig verschickte.

Sie öffnete den Kofferraum des Wagens und warf ihre Handtasche hinein, denn dies hier war eine Gegend für solche Maßnahmen. Sie fand einen Klappspaten in dem Notfallrucksack, den Paul für alle ihre Autos, einschließlich Helens, bestellt hatte. Er sprang mit einem metallischen Laut auf. Claire wartete, ob ein Verandalicht anging oder ein Anwohner nach draußen rief, aber nichts geschah.

Sie sah sich um. Lydias Haus war vier Türen weiter, Ricks fünf. Außer bei Lydia gab es keine Zäune auf der Rückseite der Gärten. Eine lange Baumreihe trennte die Gärten von denen der Häuser dahinter. Es war halb fünf Uhr nachmittags, und die Sonne ging schon unter. Claire durchquerte problemlos die Baumreihe, niemand sah aus der Hintertür, oder vielleicht war sie auch gar nicht zu entdecken, selbst wenn jemand es tat. Der Himmel war bedeckt, wahrscheinlich würde es wieder regnen. Claire konnte die Feuchtigkeit in der Luft schmecken.

Sie packte den Maschendrahtzaun in der Absicht, sich darüberzuschwingen, aber der Metallpfosten knickte unter ihren Händen ein, und der Zaun bog sich mit ihm. Claire warf sich mit ihrem ganzen Gewicht darauf, bis der Zaun so niedrig lag, dass sie darübersteigen konnte. Sie sah sich um. Lydias Garten war riesig. Für den Zaun musste sie ein Vermögen bezahlt haben, damit die Hunde nicht hinauskonnten.

Sobald ihre Schwester wieder zu Hause bei ihrer Familie war, würde Claire den Zaun reparieren lassen.

Die Rückseite von Lydias Haus war besser in Schuss als die der anderen Häuser. Die Regenrinnen waren gesäubert. Die Zierleisten waren frisch weiß gestrichen. Claire stellte sich vor, dass Rick sich um diese Dinge kümmerte, denn sein Haus nebenan wirkte ähnlich gepflegt.

Claire gefiel der Gedanke, dass ihre Schwester hier lebte. Trotz der Umstände konnte sie das Glück fühlen, das zwischen den Häusern floss. Sie nahm die Signatur einer Familie wahr, in der man dankbar war, einander und einen Platz in der Welt zu haben. Lydia hatte mehr geschaffen als ein Zuhause. Sie hatte Frieden geschaffen.

Einen Frieden, den Claire so gut wie zerstört hatte.

In einem Raum, der die Küche sein musste, brannte Licht. Claire ging auf die geräumige hintere Veranda zu. Es gab einen Tisch, Stühle und einen Edelstahlgrill, der mit einem schwarzen Leintuch abgedeckt war.

Als Claire die Scheinwerfer und die Sensoren der Bewegungsmelder sah, die wie kleine Hoden herabhingen, erstarrte sie. Sie schaute zum Himmel, es wurde mit jeder Minute dunkler. Zögerlich machte sie einen Schritt vorwärts, dann noch einen. Bei jedem Schritt rechnete sie damit, dass die Scheinwerfer angingen, doch sie taten es selbst dann nicht, als sie die Treppe hinaufstieg.

Sie schaute durch ein großes Fenster über der Spüle in die Küche. Papiere bedeckten den Tisch. Eine Tasche mit alten Tennisschuhen stand auf einem Stuhl. Notizen waren mit bunten Magneten an den Kühlschrank geheftet. Geschirr türmte sich in der Spüle. Paul würde sagen, es grenze an einen Messie-Haushalt, aber Claire nahm die Wärme eines bewohnten Raumes wahr.

Die fensterlose Hintertür hatte zwei Riegelschlösser, im unteren Teil war eine große Öffnung für eine Hundeklappe herausgeschnitten. Leise hob Claire einen schweren Adirondack-Stuhl auf und blockierte damit die Tür. Pauls Detektivbericht gab an, dass Lydia zwei Labradore hatte, aber diese Information war schon ein paar Monate alt. Claire glaubte zwar nicht, dass sich Lydia eine ausgeprägte Wachhundrasse wie Schäferhund oder Rottweiler hielt, aber jedes Hundebellen konnte Rick auf den Plan rufen, und er würde wissen wollen, was, zum Teufel, eine fremde Frau mit einem Klappspaten in der Hand auf der Veranda seiner Freundin trieb.

Claire wog den Spaten in der Hand. Er war aus Aluminium, aber robust. Sie spähte nach Lebenszeichen zu Ricks Haus hinüber, ehe sie die Treppe wieder hinunterstieg. Die Erde war feucht, als sie unter die Veranda kroch. Sie musste Kopf und Schultern einziehen, um nicht an die Tragbalken zu schrammen. Claire schauderte, als sie ein Spinnennetz zerriss. Sie hasste Spinnen. Sie schüttelte sich noch einmal, doch dann tadelte sie sich für diese Zimperlichkeit, wo doch das Leben ihrer Schwester auf dem Spiel stand.

Der Bereich unter der Veranda lag, wie nicht anders zu erwarten, im Dunkeln. Im Tesla lag eine Taschenlampe, aber Claire wollte jetzt nicht zurückgehen. Sie musste weiter vorwärts. Wenn sie an Schwung verlor, würde sie der Angst und dem Schmerz unterliegen, die buchstäblich überall lauerten.

Sie krabbelte unter die Treppe, so tief sie konnte. Schmale Lichtschlitze fielen durch die Bretter. Sie tastete mit der freien Hand über den Boden, bis sie eine Vertiefung fand. Das musste die Stelle sein. Claire stieß den Spaten in dem begrenzten Raum schräg in den Boden und hob ein Löffelchen voll Erde aus.

Sie arbeitete langsam und leise, bis sie den Spaten schließlich etwas tiefer in den Boden stoßen konnte und spürte, wie Metall auf Metall traf. Claire ließ das Werkzeug fallen und benutzte ihre Hände. Sie bemühte sich, nicht an Spinnen und Schlangen zu denken oder was sich sonst noch in der Erde verbergen mochte. Ihre Finger ertasteten die Plastikhülle. Claire gönnte sich ein kurzes Hochgefühl, weil sie tatsächlich eine Aufgabe abgeschlossen hatte. Sie riss den Plastikbeutel heraus. Dreck flog ihr um die Ohren. Sie hustete, dann nieste sie, dann hustete sie wieder.

Die Waffe lag in ihren Händen.

Lydia hatte ihr zwar vorhin im Auto erzählt, dass sie die Waffe unter der Verandatreppe vergraben hatte, aber erst jetzt wurde Claire bewusst, dass sie nicht wirklich daran geglaubt hatte, sie zu finden. Der Gedanke, dass ihre

Schwester eine Waffe besaß, war erschreckend. Was tat sie mit so einem furchtbaren Ding?

Was würde Claire damit tun?

Claire prüfte das Gewicht des Revolvers. Durch den verschließbaren Beutel spürte sie das kalte Metall.

Sie hasste Waffen. Paul wusste das, was bedeutete, er würde nicht damit rechnen, dass Claire eine aus der Handtasche zog und ihm ins Gesicht schoss.

Das war der Plan.

Sie fühlte eine Art Einrasten in ihrem Kopf, als würde ein Diarahmen in einen Projektor gleiten.

Claire kam zu Bewusstsein, dass der Plan die ganze Zeit da gewesen war und sie zu Lydias Haus getrieben hatte. Die ganze Zeit, während sie sich vom Entsetzen über die Untaten ihres Mannes lähmen ließ, war er in ihrem Hinterkopf gewesen.

„Proaktive Interferenz", würde Paul erklären. „Das ist, wenn zuvor erworbene Informationen unsere Fähigkeit behindern, neue Informationen zu verarbeiten."

Die neue Information konnte nicht klarer sein: Paul war ein kaltblütiger Mörder. Claire war eine Idiotin, wenn sie glaubte, er würde Lydia gehen lassen. Sie wusste zu viel. Sie war entbehrlich. Über Lydia schwebte praktisch eine Stoppuhr und zählte die Minuten herunter, die ihr noch blieben.

Das also war Claires nächster Schritt: Sie würde den USB-Stick von Adam Quinn holen – entweder indem sie ihn darum bat oder indem sie ihn mit der Waffe bedrohte, die sie jetzt in ihren Händen hielt. Claire hatte gesehen, was ein Tennisschläger an einem Knie anrichten konnte. Sie durfte gar nicht an den Schaden denken, den eine Revolverpatrone verursachen würde.

Lydia hatte recht damit, stets möglichst viele Informationen zu sammeln. Claire musste herausfinden, warum der Inhalt des USB-Sticks so wichtig für Paul war. Der Besitz dieser Information würde die Machtverhältnisse massiv zu Claires Gunsten verschieben.

Sie holte die Waffe vorsichtig aus der Hülle. Der öligmetallische Geruch war ihr vertraut. Vor zwei Jahren hatte sie Paul zu seinem Geburtstag auf einen Schießstand eingeladen. Paul hatte sich gefreut, aber nur weil Claire auf eine Idee gekommen war, die vollkommen außerhalb ihrer eigenen Wohlfühlzone lag. Sie hatte nicht länger als zehn Minuten auf der Anlage durchgehalten. Den Tod in Händen zu halten bedeutete einen emotionalen Druck, der sie auf den Parkplatz hinausfliehen ließ, wo Paul sie schließlich in Tränen aufgelöst fand. Er hatte sie beruhigt und gelacht, denn es war albern, und Claire wusste, dass es albern war, aber sie war absolut versteinert gewesen vor Angst.

Die Waffen waren laut. Alles roch fremd und gefährlich. Allein die geladene Glock in den Händen zu halten ließ sie schon zittern. Claire fehlte es an allem, was man für die Benutzung einer Waffe brauchte. Sie hatte nicht die Kraft in der Hand, um den Verschluss verlässlich zurückzuziehen. Der Rückstoß versetzte sie in Panik. Sie hatte Angst, sie könnte die Waffe fallen lassen und versehentlich sich selbst oder jemand anderen verletzen. Oder beides. Sie befürchtete, die ausgeworfene Patronenhülse könnte ihr die Haut verbrennen. Jedes Mal, wenn sie abdrückte, stieg ihre Panik noch ein Stück, bis sie so stark zitterte, dass sie die Waffe nicht mehr halten konnte.

Doch das war erst später gekommen. Bevor sie die Schießanlage betraten, hatte Paul den Betreuer um eine gründliche Erläuterung aller Waffen gebeten. Claire war von seiner Bitte überrascht gewesen, weil sie einfach annahm, dass ihr Mann alles über alles wusste. Der Instruktor hatte sie zu einer Vitrine geführt, in der die Waffen lagen, die man stundenweise mieten konnte: Pistolen und andere Handfeuerwaffen, ein paar Gewehre und – was sie am meisten beunruhigte – eine Maschinenpistole.

Sie hatten sich für die Glock entschieden, weil die Marke äußerst bekannt war. Es war eine Neun-Millimeter-Pistole. Man musste den Verschluss zurückziehen, um die Patrone in die Kammer zu laden. Bei einem Revolver steckte man die Patronen einfach in den Zylinder, ließ ihn einrasten, spannte den Hahn und drückte ab.

Das entscheidende Wort war hier natürlich: Patronen.

Claire untersuchte Lydias Revolver. Ihre Schwester würde nicht so dumm sein, eine geladene Waffe unter ihrer Veranda zu verstecken. Dennoch sah Claire im Zylinder nach. Die fünf Kammern waren leer. Sie überlegte rasch, wie viel Bargeld sie noch eingesteckt hatte. Sie konnte in ein Sportgeschäft oder in einen Walmart gehen, Munition kaufen und bar bezahlen, denn eine Kreditkartenzahlung würde irgendwo auftauchen.

Die Scheinwerfer gingen an.

Claire stieß sich den Kopf an der Treppe. Ihr Schädel dröhnte wie eine Glocke.

Rick Butler beugte sich zu ihr herunter und sah sie an. „Kann ich Ihnen helfen?“

Claire steckte die Waffe wieder in den Beutel. Sie versuchte, unter der Veranda hervorzukriechen, aber dazu brauchte sie beide Hände. Sie schleuderte den Plastikbeutel in den Garten hinaus. Rick wich zurück, als hätte sie ihm Säure vor die Füße gekippt.

„Es tut mir leid“, entschuldigte sie sich, denn das war ihre Antwort auf alles. „Ich bin Claire Scott, Lydias …“

„Schwester.“ Rick sah auf die Waffe hinunter. „Ich dachte, sie hat sich von dem Ding getrennt.“

„Tja.“ Claire klatschte kräftig in die Hände, um die Erde abzuschütteln. Sie bemühte sich um gute Manieren, denn Helen hatte ihr beigebracht, immer höflich zu sein. Zumindest am Anfang.

„Nett, Sie endlich kennenzulernen.“

„Sicher“, sagte er. „Eine Erklärung wäre auch nett.“

Claire nickte, denn es wäre natürlich nett gewesen, aber sie konnte ihm keine liefern. Stattdessen begnügte sie sich mit einem weiteren „Tut mir leid" und hob die Waffe auf. Sie schloss den Beutel fest um den Lauf.

„Moment mal", sagte Rick, der ihr offenbar ansah, dass sie im Begriff war zu gehen. „Wo ist Lydia?"

Wie üblich war Pauls Timing perfekt. Claire spürte Lydias Handy in ihrer Gesäßtasche vibrieren. Er hatte das neueste Foto geschickt. Sollte sie es Rick zeigen? Sollte sie ihn wissen lassen, was gerade mit der Frau passierte, der er die letzten dreizehn Jahre seines Lebens gewidmet hatte?

„Ich muss leider gehen", sagte Claire.

Rick kniff die Augen zusammen. Entweder war er extrem scharfsichtig, oder Claire war einfach zu leicht zu durchschauen.

„Sie gehen nirgendwohin, bevor Sie mir gesagt haben, was los ist."

„Ich habe eine Waffe in der Hand."

„Benutzen Sie sie."

Sie starrten einander an. Irgendwo begann ein Hund zu bellen. Fast eine ganze Minute verging, ehe Claire murmelte: „Es tut mir leid."

„Das sagen Sie in einem fort, aber Sie scheinen es nicht so zu meinen."

Er hatte ja keine Ahnung, wie aufrichtig Claire das alles leidtat. „Ich muss wirklich gehen."

„Mit einer ungeladenen Waffe, die in der Erde vergraben war?" Rick schüttelte den Kopf. Er sah nicht mehr wütend aus. Eher so, als hätte er Angst. „Geht es Lydia gut?"

„Ja."

„Hatte sie …" Er rieb sich das Kinn. „Hatte sie einen Ausrutscher?"

„Ausrutscher?" In Claires Kopf entstand ein Bild, wie Lydia ausrutschte und hinfiel, aber dann verstand sie, was Rick Butler in Wirklichkeit meinte. „Ja", sagte sie, denn

Lydia würde diese schreckliche Lüge der Wahrheit vorziehen. „Sie hatte einen Ausrutscher. Sie hat Wein getrunken, und dann hat sie Tabletten genommen, und sie konnte nicht mehr aufhören."

„Warum?"

Claire hatte bis zu ihrem Zerwürfnis sechs Jahre lang mit Lydias Sucht gelebt. „Braucht es einen Grund?"

Rick sah am Boden zerstört aus. Er war selbst süchtig gewesen. Er wusste, dass Süchtige immer einen Grund fanden.

„Es tut mir leid." Claire war, als lastete ein Amboss auf ihrer Brust. Was sie hier tat, war schrecklich, unentschuldbar. Sie konnte Zorn, Enttäuschung und Furcht aus jeder Falte in Ricks Gesicht lesen. „Es tut mir so leid."

„Es ist nicht Ihre Schuld." Seine Stimme ging leicht in die Höhe, wie es bei Männern manchmal passiert, wenn sie versuchen, Emotionen zu unterdrücken. „Wozu ..." Er räusperte sich. „Wozu brauchen Sie eine Waffe?"

Claire blickte im Garten umher, als könnte sich dort irgendwo eine einfache Erklärung finden.

„Sie glauben, sie könnte versuchen, sich etwas anzutun, wenn sie zurückkommt?"

Die Beunruhigung in seiner Stimme war herzzerreißend. Er schluckte immer noch schwer, und in seinen Augen standen Tränen. Er schien so ein sanfter, freundlicher Mann zu sein. Er war genau der Mensch, den sie sich für ihre Schwester erhofft hatte.

Und jetzt brach ihm Claire das Herz.

„Wo ist sie?", fragte Rick. „Ich möchte sie sehen. Mit ihr sprechen."

„Ich bringe sie in eine Entzugsklinik. Ich bezahle alles. Die Klinik ist in New Mexico." Claire presste die Lippen aufeinander. Warum hatte sie New Mexico gesagt?

„Ist sie in Ihrem Wagen?", fragte Rick.

„Ein Krankenwagen bringt sie zum Flughafen. Ich treffe

sie dort. Allein“, fügte Claire hinzu. „Sie bat mich, Ihnen zu sagen, Sie sollen auf Dee aufpassen. Sie will nicht, dass Sie beide sie in diesem Zustand sehen. Sie wissen, wie stolz sie ist.“

Er nickte bedächtig. „Ich kann nicht glauben, dass sie nach so langer Zeit rückfällig wird.“

„Es tut mir leid.“ Claire wusste nicht mehr, was sie sagen sollte. Ihr Verstand war so von Pauls Lügen beansprucht, dass sie unfähig war, sich selbst welche auszudenken. „Es tut mir leid“, wiederholte sie in einem fort, „es tut mir so leid.“

Claire entfernte sich in Richtung Garten. Sie zählte ihre Schritte, um sich von ihren Schuldgefühlen abzulenken. Fünf Schritte. Zehn. Bei zwanzig hielt Rick sie auf. „Warten Sie einen Moment.“

Claire zog die Schultern ein. Sie hatte ihre Schuldgefühle nie gut zu verbergen gelernt, denn Paul hatte ihr immer bereitwillig vergeben.

„Sie können die Waffe nicht mitnehmen.“

Claire drehte sich um. Rasch überbrückte Rick die Entfernung zwischen ihnen. Ihr erster Gedanke war, dass sie ihm nicht wegrennen konnte. Ihr zweiter war, dass ihr keine neue Lüge mehr einfiel.

Sie gab das Problem an ihn zurück. „Warum nicht?“

„Sie dürfen sie nicht mit an Bord des Flugzeugs nehmen. Und Sie können sie nicht einfach am Flughafen im Auto verstauen.“ Er streckte die Hand aus. „Ich nehme sie.“

Claire zwang sich, ihm in die Augen zu schauen. Er roch nach Autoabgasen. Sie konnte harte Muskeln unter den Ärmeln seines Flanellhemds erkennen. Selbst mit dem Pferdeschwanz war er ein sehr männlicher Mann. Er war im Gefängnis gewesen. Er sah aus, als könnte er auf sich aufpassen. Claire hätte sich gern von ihm helfen lassen. Alle Probleme in ihrem Leben waren immer von anderen behoben worden.

Und wohin hatte es sie gebracht?

„Was läuft hier wirklich?" Ricks Haltung hatte sich verändert. Er sah sie jetzt anders an. Er hatte die Arme vor der Brust verschränkt, und sein Misstrauen war offenkundig. „Lydia hat mich gewarnt, Sie seien eine sehr gute Lügnerin."

„Na ja …" Claire stieß einen langen Seufzer aus. „Normalerweise bin ich das."

„Ist sie wohlauf?"

„Ich weiß es nicht." Claire verstärkte den Griff um die Waffe. Sie musste weg von hier. Wenn sie zu lange vor diesem Mann stand, würde sie ihn um Hilfe bitten. Sie würde ihn die Sache in die Hand nehmen lassen. Sie würde ihn das Leben kosten. „Bringen Sie Dee von hier weg. Noch heute Abend. Und sagen Sie mir nicht, wohin Sie fahren."

„Was?" Der Schock stand ihm ins Gesicht geschrieben.

„Bringen Sie das Mädchen einfach irgendwohin, wo es sicher ist."

„Sie müssen die Polizei rufen." Seine Stimme war wieder höher geworden, diesmal vor Angst. „Wenn es etwas …"

„Die Polizei ist involviert. Das FBI. Ich weiß nicht, wer noch."

Er öffnete den Mund, dann schloss er ihn, dann öffnete er ihn wieder.

„Es tut mir leid."

„Sie können sich Ihre Entschuldigungen sonst wohin stecken. In was für eine Geschichte haben Sie Lydia, verdammt noch mal, hineingeritten?"

Claire wusste, dass sie ihm etwas erzählen musste, was der Wahrheit möglichst nahekam. „In etwas wirklich Übles. Lydia ist in Gefahr."

„Sie machen mir Angst."

„Sie sollten auch Angst haben." Claire packte Ricks Arm. „Rufen Sie nicht die Polizei. Sie wird uns nicht helfen. Nehmen Sie Dee, und bringen Sie sie weg von hier."

„Dee?" Er schrie jetzt fast. „Was, zum Teufel, hat Dee mit der Sache zu tun?"

„Sie müssen Sie verstecken."

„Das sagten Sie schon. Jetzt sagen Sie mir, warum."

„Wenn Sie Lydia helfen wollen, dann sorgen Sie für Dees Sicherheit. Das ist alles, was sie interessiert."

Er legte seine Hand über Claires, sodass sie nicht gehen konnte. „Ich weiß, was zwischen euch beiden war. Ihr habt zwanzig Jahre lang nicht miteinander gesprochen, und jetzt sind Sie plötzlich um ihre Tochter besorgt?"

„Lydia ist meine Schwester. Selbst als ich sie gehasst habe, habe ich sie noch geliebt." Claire sah auf seine Hand hinab. „Ich muss gehen, bitte."

Rick ließ sie nicht los. „Und wenn ich Sie einfach festhalte und die Polizei rufe?"

„Wenn Sie die Polizei rufen, wird Lydia sterben, und der Mensch, der sie in seiner Gewalt hat, wird sich Dee holen."

Er löste seinen Griff, aber mehr aus Schock als aus Fügsamkeit. „Was kann ich tun? Sagen Sie mir einfach, was …"

„Sie können dafür sorgen, dass Dee sicher ist. Ich weiß, Sie lieben Lydia und wollen helfen, aber ihre Tochter ist ihr Leben. Sie ist alles, was für Lydia zählt."

Claire entzog sich seinem Zugriff, was Rick nur widerstrebend zuließ. Offenbar war er hin- und hergerissen, ob er sie gehen lassen oder die Wahrheit aus ihr herausschütteln sollte, aber er liebte Lydias Tochter wie sein eigenes Kind. Claire wusste aus Pauls Berichten, dass Rick sie praktisch aufgezogen hatte. Er war ihr Vater, und kein Vater ließ zu, dass seinem Kind etwas geschah.

Sie beschleunigte, als sie durch den Garten lief, und sprang dann mit einem Satz über den heruntergedrückten Zaun. Sie betete, dass Rick auf sie hörte und Dee irgendwohin brachte, wo sie in Sicherheit war. Aber wo war sie sicher? Paul standen zahlreiche Ressourcen zur Verfügung – und dem Abgeordneten Johnny Jackson noch viel mehr.

Sollte sie umkehren? Rick liebte Lydia. Er war ihre Familie, wahrscheinlich mehr als Claire. Er würde ihr helfen.

Und Paul würde ihn wahrscheinlich töten.

Während Claire zum Wagen lief, zog sie Lydias Handy aus der Gesäßtasche. Das neueste Foto zeigte Lydia auf der Seite liegend. Das Bild war dunkler, was hoffentlich bedeutete, dass Paul es vor Kurzem gemacht hatte und nicht vor eineinhalb Stunden.

Als Claire sich ans Steuer des Tesla setzte, ging die Straßenbeleuchtung an. Sie legte die Waffe in ihre Handtasche. Sie brauchte Rick Butler nicht. Die Waffe war der Plan. Damit würde sie Informationen aus Adam herausholen. Sie würde Paul damit töten. Claire war sich so sicher gewesen, als sie den Revolver unter der Verandatreppe hervorgeholt hatte. Sie durfte nicht schwankend werden, jetzt, da es weitere, einfachere Optionen gab. Sie musste das durchziehen. Sie musste Paul allein stellen. Wenn sie etwas über ihren Mann wusste, dann das: Es würde ihn wütend machen, wenn sie jemand anderen ins Spiel brachte.

In diesem Kreis durfte es sonst niemanden geben.

Sie startete den Wagen, wendete und fuhr zurück auf die Hauptstraße. Sie kam an Lydias Haus vorbei. Die Lichter in den vorderen Zimmern waren jetzt an. Sie betete zu Gott, dass Rick Dees Sachen packte, dass er tat, worum sie ihn angefleht hatte, und Lydias Tochter irgendwo in Sicherheit brachte.

Wieder stellte sie sich die Frage, was überhaupt sicher war. Fred Nolan konnte Ricks Kreditkarten und sein Handy überwachen lassen. Wahrscheinlich konnte er ihn mithilfe von Überwachungskameras, Drohnen und was das FBI sonst noch einsetzen mochte aufspüren.

Claire schüttelte den Kopf. Sie durfte nicht ständig vom Thema abschweifen. Sie musste die Sache Schritt für Schritt angehen. Sie hatte jetzt Lydias Waffe. Der zweite Schritt war, sich den USB-Stick von Adam zu besorgen. Sie würde bei einem Münztelefon halten und ihn anrufen. Sonntagabend. Er würde mit Stella zu Hause sein. Gab es überhaupt noch Münztelefone? Claire konnte es nicht riskieren, Adam von Lydias Handy aus anzurufen. Sie hatte zu viele Folgen von *Homeland* gesehen, um nicht Bescheid zu wissen. Möglicherweise würden Agent Nolan, Captain Mayhew oder beide Adams Telefon überwachen.

In ihrem Rückspiegel blitzten blaue Lichter auf. Claire verlangsamte instinktiv, um der Polizei den Weg frei zu machen, aber das Polizeiauto verlangsamte ebenfalls, und als sie blinkte, um es vorbeizulassen, blinkte es ebenfalls.

„Verdammt", zischte Claire, denn sie war zu schnell gefahren. Die Höchstgeschwindigkeit lag hier bei sechzig Meilen, und sie hatte sicher achtzig auf dem Tachometer gehabt.

Und sie hatte eine Waffe in der Handtasche.

Claire war auf Bewährung. Sie hatte eine Waffe. Wahrscheinlich hatte sie auch noch Spuren von Medikamenten im Blut. Sie hatte jede einzelne Zeile ihrer Bewährungsauflagen verletzt, einschließlich der Aufforderung eines FBI-Agenten, zu einem Gespräch zu erscheinen.

Der Polizist hinter ihr ließ seine Sirene aufheulen.

Claire fuhr an den Straßenrand. Was sollte sie tun? Was, zum Teufel, sollte sie tun?

Der Polizist hielt nicht hinter ihr. Stattdessen fuhr er an ihr vorbei und stellte seinen Wagen so ab, dass der Tesla blockiert war.

Claire legte die Hand auf den Ganghebel. Sie konnte den Rückwärtsgang einlegen. Sie konnte den Wagen wenden und Gas geben, und wahrscheinlich würde sie zehn Meilen weit kommen, bevor sämtliche Polizeifahrzeuge in der näheren Umgebung sie über den Expressway jagten.

Der Polizist stieg aus dem Streifenwagen. Er setzte seine Mütze auf und rückte seinen Gürtel zurecht.

Claire griff nach Lydias Handy. Paul. Er würde wissen, was zu tun war. Nur dass sie seine Nummer nicht hatte. Jedes Mal, wenn er ein Bild schickte, war sie unterdrückt.

„Verdammt“, wiederholte Claire.

Vielleicht wusste Paul bereits, was geschah. Er hatte deutlich zum Ausdruck gebracht, dass er Freunde bei der Polizei hatte. Nicht ausgeschlossen, dass er einen Anruf machte, um Claire anhalten, mit Handschellen fesseln und in ein Polizeiauto verfrachten zu lassen, das sie zu seinem Versteck brachte.

Der Polizist war noch nicht zu ihr gekommen. Er stand neben seinem Wagen und sprach in sein Handy. Sie befanden sich am Rand von Lydias Wohnsiedlung. In allen Häusern ringsum war es dunkel. Ehe der Polizist auf den Tesla zuging, warf er einen Blick über die Schulter auf die leere Straße.

Claires Finger übernahmen wie ferngesteuert das Kommando und tippten eine Nummer in Lydias Handy, als der Polizist an das Fenster klopfte.

Helen meldete sich mit der üblichen atemlosen Panik, die sie jedes Mal erfasste, wenn sie eine Nummer nicht erkannte. War es Julia? War es Lydia? Gab es weitere schlechte Neuigkeiten?

„Mom.“ Claire unterdrückte ein Schluchzen. „Bitte, Mom, ich brauche dich dringend.“

16. KAPITEL

Lydia hatte keine Chance gegen Paul gehabt. Sie hatte gewartet und gewartet, dass er sie aus dem Kofferraum holte, aber er hatte nur immer wieder angehalten, um ein Foto von ihr zu machen, dann war er weitergefahren, dann hatte er wieder gehalten und war erneut weitergefahren. Er tat es insgesamt fünfmal, bis sie die Kontrolle über ihre Sinne verlor.

Das erste Anzeichen war eine leichte Benommenheit –

nichts Alarmierendes und auf eine verrückte Art sogar angenehm. Sie hatte mehrmals gegähnt. Sie hatte die Augen geschlossen. Sie hatte gespürt, wie die Spannung aus ihren Muskeln wich. Und dann hatte sich ein dümmliches Grinsen über ihrem Gesicht ausgebreitet.

Der Kofferraum war nicht nur aus Gründen des Schallschutzes ausgekleidet.

Sie hörte ein leises Zischen, als Paul etwas in den Kofferraum einströmen ließ, das nur Distickstoffmonoxid sein konnte. Lachgas. Lydia hatte es einmal beim Zahnarzt bekommen, als man ihr die Weisheitszähne zog, und sie war so unglaublich high gewesen, dass es sie monatelang verfolgte.

Das Gas war nicht dazu gedacht, einen komplett k. o. gehen zu lassen, doch Lydias Erinnerung war von diesem Moment an bruchstückhaft. Pauls Grinsen, als er den Kofferraum öffnete. Die schwarze Kapuze, die er ihr über den Kopf zog und um ihren Hals zuband. Wie er den Kabelbinder um ihre Fußknöchel durchtrennte. Sie aus dem Kofferraum hievte und auf den Boden stellte. Wie er sie vor sich herstieß. Lydia war durch einen Wald gestolpert. Sie hatte Vögel gehört, kalte frische Luft gerochen, ihre Füße waren auf dürrem Laub ausgeglitten. Es kam ihr vor, als wären sie Stunden gegangen, bis Paul sie anhalten ließ. Er drehte sie an den Schultern und stieß sie weiter. Sie stieg eine endlose Zahl von Stufen hinauf. Der Klang ihrer Schritte hallte wie Schüsse in ihrem Kopf.

Sie hallten immer noch, als er sie in einen Sessel drückte. Sie war unglaublich high, aber trotzdem ging er kein Risiko ein. Erst band er einen Knöchel, dann den andern mit Kabelbinder an die Stuhlbeine. Dann schloss er eine Kette um ihre Körpermitte, und erst danach schnitt er die Fessel um ihre Handgelenke auf.

Lydia wollte sich bewegen, und sie hätte es vielleicht sogar versucht, doch trotz der stundenlangen Planung schaffte sie es nicht, die Arme zu heben und die Hand nach seinem Hals auszustrecken.

Stattdessen schnitten ihr die Plastikbinder ins Fleisch, als er ihre Handgelenke an die Stuhllehnen fesselte.

Sie fühlte Vinyl unter ihren Fingern. Sie spürte kaltes Metall an der Haut ihrer Beine. Sie merkte, wie ihre Sinne langsam in ihr Bewusstsein zurückkehrten. Der Stuhl war aus Metall und robust, und wenn sie versuchte, ihn vor- und zurückzuschieben, bewegte er sich keinen Millimeter, offenbar weil die Beine am Boden festgeschraubt waren. Sie legte den Kopf zurück und fühlte eine kalte, massive Wand. Bei jedem ihrer panischen Atemzüge wurde die Kapuze angesaugt und blähte sich anschließend wieder nach außen.

Wie der Kofferraum war auch der Stuhl für einen Gefangenen präpariert.

Lydia starrte in die Schwärze der Kapuze. Sie war aus schwerer Baumwolle, wie ein strapazierfähiges T-Shirt. Am Saum gab es ein Zug- oder Gummiband. Der Stoff schmiegte sich nahtlos um ihren Hals.

In Filmen konnten Leute, denen man eine Kapuze aufsetzte, immer irgendwie hinausspähen. Sie entdeckten einen schmalen Streifen Licht unter der Kapuze, oder das Material war zu dünn, sodass sie eine Werbetafel sahen, die untergehende Sonne oder etwas anderes, das ihnen Orientierung bot.

Durch Lydias Kapuze fiel kein Licht. Die Baumwolle war dick und undurchdringlich. Ohne Frage hatte Paul sie selbst getestet, ehe er sie bei anderen verwendete.

Es hatte definitiv andere gegeben. Lydia roch einen Hauch Parfüm. Sie selbst benutzte nie welches. Sie hatte keine Ahnung, was für ein Duft es war, aber es hatte die penetrant süßliche Note von etwas, das nur junge Mädchen tragen.

Wie viel Zeit war vergangen, seit Paul sie aus dem Kofferraum geholt hatte? Lydias kurze Affäre mit dem Lachgas ihres Zahnarztes hatte nur rund eine halbe Stunde gedauert, aber es hatte sich angefühlt wie Tage. Und dabei hatte sie die ganze Zeit die Inhalationsmaske auf dem Gesicht gehabt. Sie erinnerte sich deutlich, wie der Dentist die Zufuhr ständig reguliert hatte, um zu verhindern, dass sie ganz zu sich kam. Was bedeutete, dass die Wirkung des Gases nicht lange anhielt und dass sie nicht stundenlang im Wald herumgelaufen war. Wahrscheinlich waren es höchstens ein paar Minuten gewesen, denn der Rausch hatte schon zu dem Zeitpunkt nachgelassen, als Paul sie an dem Stuhl festgebunden hatte.

Lydia zog an den Kabelbindern. Sie zerrte so kräftig sie konnte, aber das Einzige, was riss, war ihre Haut an den Handgelenken und Fußknöcheln.

Sie lauschte nach Geräuschen im Raum. In der Ferne zwitscherte ein Vogel. Draußen ging ein Wind, gelegentlich konnte sie ihn in den Bäumen rauschen hören. Sie horchte angestrengt, ob sie noch andere Dinge wahrnahm: Flugzeuge, die über sie hinwegflogen, oder vorbeifahrende Autos.

Nichts.

Hatte Paul irgendwo eine Hütte, von der Claire nichts wusste? Er hatte so viel vor ihr geheim gehalten. Er schien über unbeschränkte finanzielle Mittel zu verfügen. Er konnte sich überall auf der Welt Häuser kaufen, ohne dass Claire es mitbekam.

Ihre Schwester war so verdammt ahnungslos. Wahrscheinlich war sie noch beim Fuller-Haus und flatterte wie ein panischer Jungvogel, der seine Mutter verloren hatte, im Kreis herum.

Wieder wurde Lydia übel. Sie hatte sich bereits mit ihrer Gallenflüssigkeit eingesaut. Ihre Blase drückte. Sie hatte einen Zustand der Taubheit erreicht, der jenseits von Angst lag. Sie wehrte sich dagegen, das Unvermeidliche zu akzeptieren, nämlich dass Claire alles vermasseln würde, dass sie das Falsche tun und Paul sie beide töten würde.

Sie hätte so gern daran geglaubt, dass es diesmal anders sein würde, aber Claire reagierte immer nur. Sie war unüberlegt. Sie war nicht fähig, Paul gedanklich voraus zu sein. Was Lydia selbst im Übrigen auch nicht war. Er hatte seinen eigenen Tod vorgetäuscht. Das hatte sehr viel Zeit und Planung erfordert, und wahrscheinlich hatte er nicht nur die Polizei einbeziehen müssen, sondern auch Rettungsdienst, Krankenhaus, amtlichen Leichenbeschauer und Bestattungsinstitut. Paul hatte mindestens einen Polizisten und einen FBI-Agenten in der Tasche. Er hatte sehr viel mehr Zeit gehabt, die Sache durchzudenken, als sie oder Claire.

Was immer „die Sache" war, denn Lydia hatte keine Ahnung. Sie war so verbissen damit beschäftigt gewesen, Claire zu verdammen und ihre albernen Fluchtpläne zu schmieden, dass sie sich nie gefragt hatte, warum Paul sie überhaupt entführt hatte. Welchen Wert hatte sie für ihn? Was hatte Lydia, dass er sie mitnahm und nicht Claire?

Sie hörte eine Tür knarrend aufgehen.

Lydia erstarrte. Jemand war im Raum. Stand an der Tür. Sah sie an. Beobachtete sie. Wartete.

Dann ging die Tür zu.

Sie straffte die Schultern und drückte den Hinterkopf an die Wand.

Leise Schritte tappten über den Boden. Ein Schreibtischstuhl wurde herangerollt. Als Paul sich gegenüber von Lydia platzierte, gab es eine kaum wahrnehmbare Luftbewegung.

„Bist du schon in Panik?", fragte er.

Lydia biss sich auf die Unterlippe, bis sie Blut schmeckte.

„Du hast Dees Geburtstag als Passwort für deine iCloud benutzt." Er sprach ruhig, fast in einem Plauderton, als würden sie einander beim Mittagessen gegenübersitzen. Seine Knie drückten an die Innenseite ihrer Knie, sodass ihre Beine noch weiter geöffnet wurden. „Hast du Angst, Liddie?" Er spreizte ihre Beine noch mehr.

Jeder Muskel in Lydias Körper war angespannt. Sie keuchte, die Kapuze legte sich bei jedem Atemzug auf ihr Gesicht. Dieses Mal waren sie nicht im Freien, wo jemand des Weges kommen und sie retten konnte. Sie waren in einem geschlossenen Raum, den Paul vorbereitet hatte. Er hatte sie an einen Stuhl gefesselt. Ihre Beine waren gespreizt. Er konnte sich Zeit mit ihr lassen. Er konnte alles tun, was er wollte.

„Ich habe Claire mit deiner Find-My-iPhone-App aufgespürt", sagte Paul.

Lydia schloss die Augen. Sie versuchte das Gelassenheitsmantra, aber sie kam nicht über die erste Zeile hinaus. Sie konnte diese Sache, die sie nicht ändern konnte, nicht akzeptieren. Sie war hilflos. Claire würde sie nicht retten. Paul würde sie vergewaltigen.

„Claire war bei dir zu Hause. Weißt du, warum Claire zu dir gefahren sein könnte?" Selbst jetzt klang er nur neugierig, nicht wütend. „Wollte sie Rick warnen? Wollte sie ihm sagen, er soll Dee nehmen und irgendwo verstecken?"

Lydia bemühte sich, nicht über die Frage nachzudenken, denn die Antwort war offensichtlich: Claire war nicht bei Lydia gewesen. Sie war nebenan gewesen, um Hilfe von Rick zu erbitten. Es reichte nicht, dass sie Lydias Leben verpfuschte, jetzt hatte sie auch noch ihre Familie in Gefahr gebracht.

Paul schien ihre Gedanken zu lesen. „Jedes Jahr habe ich Dee älter werden sehen." Er wartete nicht auf eine Antwort. „Noch zwei Jahre, dann wird sie in Julias Alter sein."

Bitte, dachte Lydia, bitte sag nicht, was du gleich sagen willst.

Paul beugte sich vor. Sie konnte seinen Atem auf der Kapuze fühlen. „Ich bin schon sehr gespannt, wie sie schmecken wird."

Lydia konnte den Schrei nicht zurückhalten, der aus ihrer Kehle drang.

„Du bist zu sorglos, Liddie. Du warst es immer." Er drückte weiter gegen ihre Knie. Dann ließ er plötzlich los, als spielten sie ein Spiel. „Ich bin wegen dir in Auburn geblieben. Ich hätte meinen Abschluss am MIT machen können, aber ich bin geblieben, weil ich bei Julia Carrolls Schwester sein wollte."

Das Band um den unteren Rand der Kapuze saugte sich mit Lydias Tränen voll.

„Ich habe dich beobachtet. Gott weiß, wie lange ich dich beobachtet habe. Aber du warst unappetitlich und die ganze Zeit betrunken. Dein Zimmer im Studentenwohnheim sah aus wie ein Schweinestall. Du hast nicht gebadet. Du bist in deinen Kursen durchgerasselt." Paul klang angewidert. „Ich wollte dich schon aufgeben, aber dann kam Claire zu Besuch. Erinnerst du dich daran? Es war im Herbst 1996."

Lydia erinnerte sich. Claire hatte den Campus unmittelbar nach der Sommerolympiade besucht. Lydia war es peinlich, weil ihre Schwester ein Sweatshirt mit Izzy, dem bescheuerten Maskottchen der Spiele, trug.

„Claire strahlte, als sie auf dem Universitätsgelände umherspazierte. Sie war so glücklich, von zu Hause weg zu sein." Jetzt, da er von Claire sprach, hatte sich seine Stimme wieder verändert. „Da wurde mir klar, dass ich Julia Carrolls Schwester immer noch haben konnte."

Lydia konnte ihm nicht widersprechen, denn sie wussten beide, dass Claire sich förmlich in seine Handfläche geschmiegt hatte.

Dennoch versuchte sie es. „Sie hat dich betrogen."

„Ich würde es nicht betrügen nennen." Er klang, als interessierte es ihn nicht. „Sie hat herumgevögelt, na und? Ich habe auch herumgevögelt, aber wir sind immer wieder zueinander zurückgekehrt."

Lydia wusste, dass Paul nicht nur herumgevögelt hatte. Sie hatte die farbcodierten Akten gesehen. Sie hatte die Mordkammer in der Garage des Fuller-Hauses gesehen. Sie wusste, dass jemand die Kamera bei den zahllosen Vergewaltigungen und Tötungen junger Mädchen bedient hatte, und sie wusste, dass dieser Jemand Paul gewesen sein musste.

Würde er nun endlich die Grenze zum Mord überschreiten? Hatte er Lydia deshalb gefesselt und ihr eine Kapuze übergestreift?

„Weißt du", fuhr er fort, „die Sache mit Claire war die, dass ich nicht schlau aus ihr wurde." Er lachte, als würde ihn die Tatsache immer noch überraschen. „Ich weiß nie, was sie wirklich denkt. Sie tut nie zweimal das Gleiche. Sie ist unüberlegt. Sie hat ein höllisches Temperament. Sie kann verrückt, leidenschaftlich und witzig sein. Sie hat zu erkennen gegeben, dass sie bereit ist, im Bett alles auszuprobieren, was der Sache den ganzen Spaß nimmt. Aber manchmal kann Zurückhaltung genauso ein Spiel sein, wie alles herauszulassen."

Lydia schüttelte den Kopf. Sie wollte das nicht hören. Sie durfte es nicht hören.

„Jedes Mal, wenn ich denke, ich kann sie genau einordnen, tut sie etwas Aufregendes." Er lachte wieder überrascht. „Stell dir zum Beispiel das vor: Ich sitze eines Tages in einer Besprechung und bekomme einen Anruf auf dem Handy, und er ist vom Polizeirevier in Dunwoody. Ich denke, es hat mit einer anderen Geschichte zu tun, deshalb gehe ich nach draußen und melde mich, und diese Stimme vom Band fragt, ob ich das R-Gespräch eines Insassen der Justizvollzugsanstalt von Dunwoody annehme. Kannst du dir das vorstellen?"

Er wartete, aber natürlich wusste er, dass Lydia nicht antworten würde.

„Es war Claire. Sie sagte: ‚Hi, was machst du gerade?' Sie klang vollkommen normal, als würde sie anrufen, um mich zu bitten, auf der Heimfahrt noch Eiscreme zu besorgen. Aber angeblich kam der Anruf doch aus dem Gefängnis, also sage ich: ‚Da war eine Ansage, dass du im Gefängnis bist.' Und sie sagt: ‚Ja, stimmt, ich wurde vor etwa einer Stunde verhaftet.' Also frage ich: ‚Weswegen bist du denn verhaftet worden?' Und weißt du, was sie gesagt hat?" Paul beugte sich wieder vor. Er genoss das alles sichtlich. „Sie sagte: ‚Ich hatte nicht genug Geld, die Schlampen zu bezahlen, und sie haben die Polizei gerufen.'"

Pauls Lachen war voll aufrichtiger Freude. Er schlug sich sogar auf den Oberschenkel.

Dann fragte er Lydia: „Kannst du dir das vorstellen?"

Lydia hatte kein Problem, sich die Geschichte vorzustellen, aber sie plauderte nicht bei einem Grillabend mit ihrem Schwager, sondern war in einer abgelegenen Hütte mit einer Kapuze über dem Kopf an einen Stuhl gefesselt. „Was willst du von mir?"

„Wie wäre es damit?" Er rammte ihr den Fuß so heftig zwischen die Beine, dass ihr Steißbein gegen die Betonwand krachte. „Glaubst du, dass es das ist, was ich will?"

Lydia öffnete den Mund, aber sie gestattete sich nicht zu schreien.

„Liddie?" Er fing an, mit seinem Fuß zwischen ihren Beinen zu mahlen, wobei er das Profil der Sohle benutzte, um sie aufzudrücken.

Er sprach weiter im Plauderton. „Soll ich dir verraten, wo Julia ist?"

Als das Schuhprofil tiefer in sie einschnitt, zwang sie sich, den Mund zu halten.

„Willst du wissen, wo sie ist, Liddie? Willst du ihre Leiche finden?"

Sie spürte, wie die Haut über ihrem Schambein vor und zurück geschoben wurde.

„Sag mir, dass du hören willst, was passiert ist."

Sie versuchte, ihre Angst zu verbergen. „Ich weiß, was passiert ist."

„Ja, aber du weißt nicht, was danach geschah."

Seine Stimme hatte sich wieder verändert. Ihm gefiel das alles. Er genoss es zu sehen, wie sie sich krümmte. Er saugte ihre Angst auf wie ein Inkubus. Lydia hörte ein Echo der letzten Worte, die Paul Scott ihr damals zugeraunt hatte: Sag mir, dass du es willst.

Ihr ganzer Körper schauderte bei der Erinnerung.

„Hast du Angst, Liddie?" Langsam zog er seinen Fuß zurück. Lydia erlebte einen Augenblick der Erleichterung, dann strichen seine Finger über ihre Brüste.

Sie zuckte zusammen.

Während er die Hand zum Schlüsselbein und an ihrem Arm hinab bewegte, wurde sein Zugriff härter. Er presste den Daumen in ihren Bizeps, bis sie dachte, der Knochen würde brechen.

„Bitte." Das Wort rutschte ihr heraus, ehe sie es verhindern konnte. Sie hatte die Filme gesehen, die er gern anschaute. Sie hatte die Akten der Frauen gesehen, die er vergewaltigt hatte. „Bitte tu das nicht."

„Wie wäre es damit?" Paul packte ihre Brust.

Lydia schrie. Seine Hand drückte zu wie ein Schraubstock. Und dann drückte er noch kräftiger. Und kräftiger. Seine Finger meißelten sich tief in ihr Gewebe. Der Schmerz war unerträglich. Sie konnte nicht aufhören zu schreien. „Bitte!", flehte sie. „Hör auf!"

Langsam ließ er locker, einen Finger nach dem anderen.

Lydia rang keuchend nach Atem. Ihre Brust pochte, wo sich seine Finger ins Fleisch gebohrt hatten.

„Hat dir das gefallen?"

Lydia war im Begriff, ohnmächtig zu werden. Er hatte aufgehört, aber sie spürte immer noch, wie seine Hand ihre Brust quetschte. Sie hechelte. Sie kam nicht zu Atem, die Kapuze war zu eng. Es fühlte sich an, als läge etwas um ihren Hals. War es seine Hand? Berührte er sie? Sie drehte den Kopf nach links und rechts. Sie versuchte, ihren Körper von dem Stuhl zu reißen. Die Kette bohrte sich in ihren Bauch.

Sie hob die Hüften vom Sitz.

Ein Klicken.

Sie hörte ein Klicken.

Eine Feder, die sich vor und zurück bog.

Wackelte er mit dem Stuhl? Holte er sich einen runter?

Plötzlich war da der scharfe Geruch von Urin. Hatte sie sich nass gemacht? Lydia krümmte sich auf dem Stuhl. Der Gestank war überwältigend. Sie presste den Hinterkopf gegen die Wand.

„Atme", sagte Paul. „Tief einatmen."

Klick. Ein Quietschen. Klick.

Eine Sprühflasche. Sie kannte das Geräusch. Die winzige Feder im Griff. Das saugende Geräusch, wenn die Flüssigkeit nach oben gezogen wurde. Das Klicken, wenn man den Griff wieder losließ.

„Du solltest besser weiteratmen", sagte Paul.

Die Kapuze wurde immer nässer. Die feste Baumwolle legte sich schwer über Mund und Nase.

„Ich bezeichne das gern als meine persönliche Form von Waterboarding."

Lydia atmete in tiefen Zügen ein. Es war Pisse. Er besprühte sie mit Pisse. Sie drehte den Kopf zur Seite. Paul folgte ihr mit der Sprühflasche. Sie drehte ihn in die andere Richtung. Er folgte mit der Flasche.

„Immer weiteratmen", sagte er.

Sie öffnete den Mund. Er stellte den Verschluss der Flasche so ein, dass aus dem Sprühnebel ein Strahl wurde. Die nasse Baumwolle schmiegte sich an ihre Lippen. Die Kapuze wurde klatschnass. Der Stoff verstopfte ihre Nasenlöcher. Klaustrophobie packte sie. Sie würde ersticken. Sie atmete ein paar Tropfen Flüssigkeit ein. Sie hustete und bekam einen ganzen Mundvoll Urin ab. Lydia würgte. Der Urin lief ihr die Kehle hinunter. Sie erstickte. Er sprühte immer weiter, folgte ihr mit dem Strahl, egal, wohin sie den Kopf drehte. Er versuchte, sie zu ersäufen. Sie würde in seinem Urin ersaufen.

„Lydia."

Ihre Lungen waren gelähmt, ihr Herz kurz vor dem Stillstand.

„Lydia." Paul hob die Stimme. „Ich stelle die Sprühflasche weg. Schluss jetzt mit der Panik."

Doch Lydia fand nicht aus ihrer Panik. Es gab keine Luft mehr. Sie hatte vergessen, was man tat. Ihr Körper wusste einfach nicht mehr, wie man Luft holte.

„Lydia", mahnte Paul.

Lydia versuchte vergeblich, mehr Luft zu bekommen. Sie sah Lichtblitze. Ihre Lungen waren kurz davor zu explodieren.

„Atme aus", half ihr Paul. „Du atmest immer nur ein."

Sie atmete noch heftiger ein. Er log. Er log. Er log.

„Lydia."

Sie würde sterben. Sie konnte die Muskeln nicht mehr bedienen. Nichts funktionierte. Alles hatte aufgegeben, selbst ihr Herzschlag.

„Lydia."

Vor ihren Augen stoben Funken.

„Achtung." Paul boxte sie so heftig in den Magen, dass der Metallstuhl an die Wand schlug.

Ihr Mund ging auf. Sie stieß einen Strom warmer, feuchter Luft aus.

Luft. Sie hatte wieder Luft. Ihre Lungen füllten sich. Ihr Kopf füllte sich. Sie war benommen. Ihr Magen brannte. Sie sank vornüber. Die Kette schnitt ihr in die Rippen. Ihre Wange schlug auf ihr Knie. Blut floss in ihr Gesicht. Ihr Herz hämmerte. Ihre Lungen schrien.

Die nasse Baumwollkapuze hing vor ihrem Gesicht. Pisseverseuchte Luft strömte in ihren offenen Mund und ihre Nase.

„Verrückt, wie das passiert, nicht?", sagte Paul.

Lydia konzentrierte sich darauf, Luft in ihre Lungen zu bekommen und wieder auszustoßen. Sie war so schnell zusammengebrochen. Er hatte ihr Pisse ins Gesicht gesprüht, und sie war bereit gewesen aufzugeben.

„Du machst dir heftige Vorwürfe", erriet Paul. „Du dachtest immer, du wärst die Starke, aber du bist es nicht, oder? Deshalb hast du solchen Gefallen an Koks gefunden. Es macht dieses euphorische Gefühl, als könntest du alles auf der Welt schaffen. Aber ohne das Zeug bist du vollkommen machtlos."

Lydia quetschte Tränen aus ihren Augen. Sie musste stärker sein. Sie durfte ihn nicht auf einer psychologischen Ebene an sich heranlassen. Das beherrschte er zu gut. Er wusste genau, was er ihr antat. Er war nicht nur hinter der Kamera gewesen und hatte gezoomt.

Er hatte mitgemacht.

„Also, Julia", sagte Paul, „die war eine echte Kämpfernatur."

Lydia schüttelte den Kopf und bat ihn lautlos, es nicht auszusprechen.

„Du hast das Video angeschaut. Du hast gesehen, wie sie sich gewehrt hat, selbst am Ende noch."

Lydia spannte ihren Körper und zerrte an den Plastikfesseln.

„Ich habe dich beobachtet, als du gesehen hast, wie sie stirbt. Wusstest du das?" Paul klang zufrieden mit sich. „Ich muss sagen, das war ziemlich meta-mäßig."

Die Kabelbinder schnitten in ihre Haut. Sie spürte die Plastikzähne hin und her sägen.

„Meine Mom hat bei der Suche nach ihr mitgeholfen", sagte Paul. „Dad und ich hatten immer einen Mordsspaß, wenn sie morgens in ihre Stiefel schlüpfte, um in Feldern herumzustapfen, Bäche abzusuchen und Flugblätter aufzuhängen. Alle suchten nach Julia Carroll, und Mom hatte keine Ahnung, dass sie in unserer Scheune herumhing."

Lydia erinnerte sich an die Suchaktionen. Sie erinnerte

sich, wie die Stadt sich um ihre Familie geschart hatte, nur um ihr zwei Wochen später den Rücken zu kehren.

„Dad hat sie für mich am Leben gelassen. Sie hielt zwölf Tage durch. Falls man das Leben nennen will." Er beugte sich vor. Sie konnte seine Erregung spüren, als wäre sie ein Lebewesen, das zwischen ihnen stand. „Sie waren alle so nah, Lydia. Soll ich dir sagen, wie nah?"

Lydia presste die Lippen aufeinander.

„Soll ich dir sagen, wie es ist, jemanden zu ficken, während er stirbt?"

„Was willst du von mir?", schrie Lydia.

„Du weißt, was ich will."

Sie wusste, was kommen würde. Er hatte Lydia statt Claire genommen, weil er noch etwas zu Ende bringen musste.

„Tu es", sagte Lydia. In Bezug auf das Kokain hatte er recht. Er hatte in allem recht. Sie war nicht stark genug, um es mit ihm aufzunehmen. Ihre einzige Hoffnung war, dass es schnell ging. „Mach schon, dann habe ich es hinter mir."

Paul lachte wieder, aber es war nicht das freudige Lachen, das für Claire reserviert war. Es war ein mitleidiges Lachen. „Glaubst du im Ernst, ich habe Lust, eine fette Vierzigjährige zu vergewaltigen?"

Lydia hasste sich selbst, weil seine Worte sie trafen. „Ich bin einundvierzig, du blödes Arschloch."

Sie machte sich auf einen weiteren Faustschlag, einen Tritt oder auf die Sprühflasche gefasst, aber er tat etwas viel Schlimmeres:

Er nahm ihr die Kapuze ab.

Lydia schloss die Augen zum Schutz vor dem blendenden Licht. Sie wandte den Kopf ab. Sie sog zischend die frische Luft ein.

„Du kannst die Augen nicht ewig geschlossen halten", sagte Paul.

Sie blinzelte, um sich an das Licht zu gewöhnen. Das

Erste, was sie sah, waren ihre eigenen Hände, die die grünen Kunstlederpolster auf den Armlehnen des Stuhles umklammerten. Dann den Betonboden. Zerknüllte Fast-Food-Tüten. Eine fleckige Matratze.

Lydia sah zu Paul hinauf. Er streckte die Hände von sich wie ein Zauberkünstler am Ende eines Tricks.

Und er hatte sie wahrlich ausgetrickst.

Die Umgebungsgeräusche kamen aus zwei Computerlautsprechern. Das Laub unter ihren Füßen lag auf dem Boden der Garage. Die Wand hinter ihr war aus fleckigen Betonziegeln. Sie waren nicht in einer abgelegenen Hütte im Wald.

Paul hatte sie in das Fuller-Haus zurückgebracht.

17. KAPITEL

„Erzählen Sie mir von der Beziehung zu Ihrem Mann", sagte Fred Nolan.

Claire wandte den Blick von seiner selbstgefälligen Miene ab. Sie saßen in einem engen Vernehmungszimmer im Büro des FBI in der Innenstadt. Claire hatte die Beine unter einem billigen Plastiktisch übereinandergeschlagen, ihr Fuß zitterte unkontrolliert. Es gab keine Uhr im Raum. Stunden waren vergangen. Claire hatte keine Ahnung, wie viele, aber sie wusste, dass ihre selbst gesetzte Frist, nach der sie Paul sagen wollte, wie er an den USB-Stick kam, längst verstrichen war.

„War er ein netter Kerl?", fragte Nolan. „Romantisch?"

Claire antwortete nicht. Ihr war schlecht vor Angst. Paul würde keine Bilder von Lydia mehr schicken. Es gab nichts, was ihn in Schach hielt. War er nervös? Wütend? Wusste er, dass Claire gerade mit der Polizei sprach? Würde er seine Wut an Lydia auslassen?

„Was mich angeht", sagte Nolan, „versuche ich, romantisch zu sein, aber ich stelle es immer falsch an. Tulpen statt Rosen. Karten für die falsche Show."

Claire schmeckte Galle im Mund. Sie hatte gesehen, zu welcher Gewalt Paul fähig war. Was würde er wegen Claires Funkstille mit ihrer Schwester anstellen?

„Claire?"

Tränen traten ihr in die Augen. Lydia. Sie musste Lydia helfen.

„Kommen Sie." Nolan wartete eine volle Minute, ehe er einen langen, enttäuschten Seufzer ausstieß. „Sie machen sich alles nur viel schwerer."

Claire sah zur Decke hinauf, damit die Tränen nicht liefen. Die Uhr im Tesla hatte 18.48 Uhr angezeigt, als sie in das Parkdeck unter dem FBI-Gebäude gefahren war. Wie lange war das her? Claire wusste nicht einmal, ob immer noch Sonntag war.

Nolan klopfte auf den Tisch, damit sie sich auf ihn konzentrierte. „Sie waren fast neunzehn Jahre lang mit diesem Mann verheiratet. Erzählen Sie mir von ihm."

Claire blinzelte die nutzlosen Tränen aus den Augenwinkeln. Nichts von alldem würde Lydia zurückbringen. Was konnte Claire tun? Lydia hatte es selbst gesagt: Sie war keine Superheldin. Keine von ihnen war es. Sie sah zu dem großen Spiegel, der eine Wand des Raumes einnahm. Er zeigte ihr eine erschöpfte Frau mit einem dunklen Ring unter dem linken Auge. Paul hatte sie ins Gesicht geboxt. Er hatte sie k. o. geschlagen.

Was tat er mit Lydia?

„Also gut", versuchte es Nolan wieder. „Wie wäre es damit: War er für die Falcons oder für die Braves? Trank er seinen Kaffee mit Zucker?"

Claire starrte auf den Tisch. Sie musste sich in den Griff bekommen. Panik half ihr nicht, hier rauszukommen. Im Moment machte Nolan noch auf nett. Er hatte sie nicht festnehmen lassen, weil sie nicht zu dem vereinbarten Termin erschienen war. Sie hatte dem Streifenpolizisten freiwillig im eigenen Wagen zum FBI-Büro folgen dürfen. Nach ihrer Ankunft hatte er sie an ihre Bewährungsauflagen erinnert, aber er hatte ihr keine Handschellen angelegt und ihr nichts Schlimmeres angedroht, als dass er ihren Bewährungshelfer wegen eines Drogentests anrufen würde.

Bedeutete das nun, dass Nolan sauber war oder dass er mit Paul zusammenarbeitete?

Claire versuchte, ihre Ängste in Bezug auf Lydia beiseitezuschieben und sich darauf zu konzentrieren, was im Augenblick in diesem fensterlosen Raum geschah. Nolan stellte keine Fragen nach dem USB-Stick oder dem Fuller-Haus. Er hatte sie nicht in einem schmutzigen Motel untergebracht, wo er die Information aus ihr herausprügeln konnte. Er setzte ihr nicht wegen Captain Mayhew oder Adam Quinn zu, und er sprach nicht davon, wie viel Spaß es machte, an verregneten Abenden Filme anzusehen. Er quetschte sie nach ihrer verdammten Beziehung aus.

„Wie spät ist es?“, fragte Claire.

„Die Zeit ist ein flacher Kreis“, sagte Nolan.

Claire stöhnte übertrieben. Wenn sie nicht bald aus diesem Raum kam, würde sie zu schreien anfangen. Sie hatte Lydias Handy in ihrem BH versteckt. Nach dem Anruf bei ihrer Mutter hatte sie es abgestellt. Sie konnte Paul nicht anrufen und ihm keine SMS schicken. Sie kannte die Telefonnummer ihres Anwalts nicht. Sie konnte Rick nicht anrufen, nachdem sie ihm geraten hatte, mit Dee zu verschwinden.

In den letzten vierundzwanzig Jahren hatte Claire ihre Mutter kein einziges Mal um etwas gebeten. Wieso, um alles in der Welt, hatte sie es jetzt plötzlich für eine gute Idee gehalten, sich an sie zu wenden?

„Claire?“

Endlich sah sie Nolan an. „Sie stellen mir zum fünften Mal eine Variante der immer gleichen Frage.“

„Machen Sie mir die Freude."

„Wie lange noch?"

„Sie können jederzeit gehen." Er zeigte zur Tür, und sie wussten beide, was er meinte: Sie durfte zu ihrem Bewährungshelfer gehen, da Nolan wusste, dass sie Medikamente in ihrem Blut finden würden. Vielleicht wusste er sogar, dass sie eine Waffe im Wagen hatte. Sie hatte den Revolver in der Ablage der Fahrertür verstaut, weil ihr das etwas weniger naheliegend vorkam, als ihn im Kofferraum zu verstecken.

„Ich muss zur Toilette", sagte sie.

„Ich rufe eine Beamtin, die Sie begleitet."

Claire presste die Lippen zusammen. Dreimal hatte sie darum gebeten, zur Toilette gehen zu dürfen, und dreimal hatte eine Beamtin sie in die Behindertentoilette geführt und ihr zugesehen.

„Haben Sie Angst, ich könnte mich hinunterspülen?", fragte sie.

„Vielleicht haben Sie Drogen in Ihrer Kleidung versteckt. Sie waren in letzter Zeit viel mit Ihrer Schwester zusammen."

Diese Karte hatte er bereits gespielt. Claire biss nicht an.

„Vielleicht würde es sich sogar lohnen, Sie von einer Beamtin abtasten zu lassen." Er schwieg lange genug, um Claire ins Schwitzen zu bringen. Es war ihr egal, ob sie die Waffe im Tesla fanden, aber Lydias Telefon war ihre einzige Verbindung zu Paul.

Es gab kein Passwort für das Handy. Sie hörte förmlich, wie Paul ihr einen Vortrag darüber hielt, wie wichtig Passwörter waren.

Nolan schlug mit der flachen Hand auf den Tisch. „Wissen Sie, Claire, Sie sollten langsam wirklich anfangen, meine Fragen zu beantworten."

„Warum?"

„Weil ich beim FBI bin. Wir gewinnen immer."

„Das sagen Sie ständig, aber ich glaube nicht, dass diese

Worte bedeuten, was Sie glauben, dass sie bedeuten."

Er nickte anerkennend. „Ah, Inigo Montoya in *Die Braut des Prinzen*. Gefällt mir."

Sie sah in den Spiegel und fragte sich, welcher große und mächtige Zauberer sie durch ihn beobachtete. Johnny Jackson war ihr heißester Tipp. Captain Mayhew. Vielleicht sogar Paul. Sie konnte sich sehr gut vorstellen, dass er dreist genug war, in ein FBI-Gebäude zu spazieren, nur um zu sehen, wie sie sich wand und krümmte. Vielleicht hatten sie ihn sogar eingeladen.

„Würden Sie sagen, Ihre Beziehung zu Paul war gut?", fragte Nolan.

Claire gab ein wenig nach, denn totale Verweigerung hatte die letzten fünf Male nicht funktioniert. „Ja, ich würde sagen, die Beziehung zu meinem Mann war gut."

„Weil?"

„Weil er es, weiß Gott, verstand, mich zu ficken."

Nolan fasste es niederträchtiger auf. „Ich habe mich immer gefragt, wie es wohl ist, am Steuer eines Lamborghini zu sitzen." Er blinzelte. „Ich selbst bin mehr der Typ Ford Pinto."

Claire hatte selbstironische Männer nie attraktiv gefunden. Sie blickte zu dem Einwegspiegel. „Paul war gut mit Johnny Jackson befreundet. Kennen Sie ihn?"

„Den Abgeordneten?" Nolan verlagerte sein Gewicht im Stuhl. „Natürlich. Jeder hat schon von ihm gehört."

„Er hat viel für Paul getan."

„Tatsächlich?"

„Ja." Sie hielt den Blick auf den Spiegel gerichtet. „Er hat Quinn + Scott staatliche Aufträge in Milliardenhöhe verschafft. Wussten Sie das?"

„Ja."

Claire ließ ihren Blick wieder zu Nolan wandern. „Möchten Sie, dass ich Ihnen von dem Abgeordneten Jackson und seiner Beziehung zu Paul erzähle?"

„Sicher.“ Nolans Ton war unaufgeregt. „Es wäre ein Anfang.“

Claire betrachtete den Mann aufmerksam. Sie konnte ihn nicht deuten. Hatte er Angst? Konnte er es kaum erwarten? „Johnny war Anfang der Neunziger ein FBI-Agent.“

„Das stimmt.“

Claire wartete auf mehr. „Und?“

„Er war einer der beschissensten Agenten, die diese Dienststelle je gesehen hat.“

„Ich erinnere mich nicht, das in seiner offiziellen Biografie gelesen zu haben.“

Nolan zuckte mit den Achseln. Er schien nicht zu befürchten, dass Jackson durch den Spiegel hereinbrechen und ihn erwürgen könnte.

„Er war die ganze Zeit bei der Pressekonferenz mit der Familie Kilpatrick im Bild.“

„Ich sagte, er war ein beschissener Agent, nicht ein beschissener Politiker.“

Claire wurde immer noch nicht schlau aus dem Mann. „Klingt nicht, als wären Sie ein Fan von ihm.“

Nolan verschränkte die Hände auf dem Tisch. „Oberflächlich betrachtet, scheinen wir Fortschritte zu machen, aber wenn ich an die letzten Minuten unserer Unterhaltung zurückdenke, habe ich den Eindruck, dass Sie mich befragen statt andersherum.“

„Aus Ihnen wird eines Tages noch ein toller Detective.“

„Toi, toi, toi.“ Er grinste sie an. „Ich verrate Ihnen mal etwas über das FBI.“

„Sie gewinnen immer?“

„Das ist das eine, klar, und Terroristen natürlich. Kidnapper, Bankräuber, Pädophile – diese widerlichen Scheißtypen –, aber womit wir uns beim guten alten FBI im Alltagsgeschäft herumschlagen, sind Merkwürdigkeiten. Wussten Sie das?“

Claire erwiderte nichts. Er hielt diese Rede erkennbar nicht zum ersten Mal.

„Die Polizei vor Ort stößt auf etwas, das ihr merkwürdig vorkommt, aus dem sie nicht schlau wird“, fuhr Nolan fort. „Sie kommen damit zu uns, und wir stimmen entweder zu, dass es merkwürdig ist, oder nicht. Und wenn wir zustimmen, handelt es sich meistens nicht um eine Sache, die merkwürdig ist, sondern gleich um mehrere.“ Er reckte den Zeigefinger in die Höhe. „Merkwürdigkeit Nummer eins: Ihr Mann unterschlägt drei Millionen Dollar von seiner Firma. Nur drei Millionen Dollar. Das ist merkwürdig, denn Sie haben Geld wie Heu, richtig?“

Claire nickte.

„Merkwürdigkeit Nummer zwei.“ Er fügte einen weiteren Finger hinzu. „Paul war mit Quinn auf dem College. Sie haben sich ein Zimmer im Studentenwohnheim geteilt und später eine Wohnung. Quinn war Trauzeuge bei Ihrer Hochzeit, und dann haben die beiden zusammen eine Firma gegründet, richtig?“

Claire nickte wieder.

„Sie waren zwanzig Jahre lang die besten Freunde, und als Quinn nach diesen zwanzig Jahren herausfindet, dass sein Kumpel ihre Firma bestiehlt, die sie zusammen aus dem Nichts aufgebaut haben, da erscheint es mir doch merkwürdig, dass er nicht zu seinem Freund geht und sagt: ‚Hey, was soll das, Alter?‘, sondern er geht direkt zum FBI.“

„Okay“, sagte Claire.

Nolan hielt einen dritten Finger in die Höhe. „Merkwürdigkeit Nummer drei: Quinn geht nicht zur Polizei. Er geht zum FBI.“

„Wirtschaftsverbrechen fallen in Ihre Zuständigkeit.“

„Sie haben unsere Homepage gelesen.“ Nolan wirkte erfreut. „Aber lassen Sie mich noch einmal fragen: Wenn Ihr bester Freund seit mehr als zwanzig Jahren einmal eine kleine, beinahe zu vernachlässigende Summe von ihrer zig milliardenschweren Firma abzweigt – greifen Sie dann zum dicksten und übelsten Knüppel, um ihn fertigzumachen?"

Seine Frage lieferte Claire die Antwort auf eine ganz andere: Adam hatte Paul beim FBI angezeigt, was bedeutete, dass das Verhältnis der beiden nicht gut war. Entweder Adam Quinn wusste nichts von den Filmen, oder er wusste von ihnen und versuchte, Paul hereinzulegen.

„Was haben Sie dann getan?", fragte Claire.

„Wie bitte?"

„Sie haben Adams Anzeige wegen des veruntreuten Geldes bearbeitet. Sie müssen mit der Buchhaltung von Quinn + Scott geredet haben. Sie haben das Geld zu Paul zurückverfolgt. Und dann?"

„Ich habe ihn verhaftet."

„Wo?"

„Wo?", wiederholte Nolan. „Das ist eine komische Frage."

„Machen Sie mir die Freude."

Nolan lachte wieder. Die Sache gefiel ihm. „Ich habe ihn in seinem schicken Büro nicht weit von hier verhaftet. Ich habe ihm persönlich die Handschellen angelegt und ihn im Polizeigriff durch die Eingangshalle hinausgeführt."

„Sie haben ihn überrascht." Claire wusste, welche Dinge Paul zurückließ, wenn er überrascht wurde. „Haben Sie seinen Computer überprüft?"

„Noch eine komische Frage."

„Sie haben Ihre Merkwürdigkeiten, ich habe meine komischen Fragen."

Er trommelte mit den Fingern auf dem Tisch. „Ja, ich habe seinen Computer überprüft."

Claire nickte, aber nicht aus dem Grund, den Nolan wohl vermutete. Wenn Adam von den Filmen gewusst hätte, würde er dafür gesorgt haben, dass sie nicht auf Pauls Computer waren, wenn die Polizei kam. Denn das Erste, was Paul getan hätte, wäre gewesen, mit dem Finger auf seinen Partner zu zeigen. Und das hieß, Fred Nolan hatte Claire soeben einen zwingenden Beweis geliefert, dass Adam doch nicht in Pauls geschäftliche Nebentätigkeit verwickelt war.

„Und, was meinen Sie?", fragte Nolan. „Quid pro quo?"

Wieder starrten sie einander an, doch dieses Mal nicht feindselig, sondern voller Hoffnung.

Konnte sie Fred Nolan trauen? Er arbeitete für das FBI. Andererseits hatte Johnny Jackson das auch getan. Vielleicht sollte Nolans abfälliges Gerede über den Abgeordneten sie nur aus der Reserve locken. Ein bisschen geben, ein bisschen mehr bekommen. Oder Nolan war aufrichtig. Paul hielt Claire immer vor, dass sie niemandem traute, dass sie zu reserviert war.

„Was wollen Sie wissen?", fragte Claire.

Ein Lächeln trat auf sein Gesicht. „Hat Paul Ihnen etwas zugesteckt, bevor er starb?"

Der Schlüsselanhänger. Sie hätte fast gelacht vor Erleichterung. Dieser ganze Tanz sollte sie zu dem Schlüsselanhänger führen.

Claire entschied sich, auf begriffsstutzig zu machen. „Ist das eine Art sexuelle Anspielung, weil mein Mann und ich aus gewissen Gründen in der Gasse waren?"

„Nein." Die Frage warf ihn erkennbar aus der Bahn. „Absolut nicht. Ich will wissen, ob er Ihnen etwas zugesteckt – gegeben – hat. Irgendetwas. Es kann klein oder groß gewesen ..."

Claire stand auf. „Sie sind widerlich."

„Warten Sie." Er stand ebenfalls auf. „Ich benehme mich nicht wie ein Arschloch, sondern meine es wortwörtlich so, wie ich es sage."

Claire bediente sich einer Spruchweisheit von Grandma Ginny. „Wenn Sie sagen müssen, dass Sie etwas nicht tun, dann tun Sie es wahrscheinlich."

„Sie müssen sich wieder setzen." Nolan spielte nicht

mehr herum. In seinem Tonfall war nichts Kokettes oder Albernes. „Bitte."

Claire setzte sich und drückte das Kreuz kerzengerade durch. Sie konnte beinahe spüren, wie sich die Machtverhältnisse wieder zu ihren Gunsten verschoben. Nolan würde seine Karten auf den Tisch legen müssen, und sie wusste schon, welche er als Erste ausspielen würde, bevor er es tat.

„Er lebt", sagte er.

„Wer? Frankenstein?"

„Nein." Nolan strich über seine Krawatte. „Paul. Er ist nicht tot."

Claire verzerrte das Gesicht zu etwas, das hoffentlich wie eine ungläubige Miene aussah.

„Ihr Mann lebt."

„Ich habe genug von Ihrem blöden Geschwätz, Agent Nolan." Sie zwang eine Spur Arroganz in ihre Stimme. „Ich wusste, dass Sie moralisch verkommen sind, aber ich wusste nicht, dass Sie grausam sind."

„Es tut mir leid." Er streckte die Hände aus, als sei das alles nicht seine Schuld. „Ich bin nur ehrlich zu Ihnen. Ihr Mann lebt."

Claire bemühte sich, Verblüffung zu zeigen, aber es fühlte sich zu gespielt an. Sie wandte den Blick ab. Unterkühltes Auftreten hatte sich für sie immer bezahlt gemacht. „Ich glaube Ihnen nicht."

„Ich erzähle Ihnen keinen Quatsch mehr", sagte Nolan. „Wir haben ihm geholfen, seinen Tod vorzutäuschen."

Claire hielt den Blick weiter abgewandt. Sie musste sich in Erinnerung rufen, dass sie das Ausmaß von Pauls verbrecherischem Tun angeblich nicht kannte. „Sie wollen mir einreden, das FBI hat wegen drei Millionen Dollar meinem Mann geholfen, seinen Tod vorzutäuschen?"

„Nein, was ich letztes Mal erzählt habe, war die Wahrheit. Die Anklage wegen Veruntreuung wurde fallen gelassen. Das wurde außergerichtlich zwischen Ihrem Mann und seinem Partner geregelt. Aber bei der Untersuchung der ursprünglichen Anzeige haben wir einige andere Dinge gefunden. Dinge, die verdammt viel merkwürdiger waren als fehlendes Geld." Nolan führte es nicht genauer aus. „Wir erkannten, dass Paul Informationen hatte, die wir brauchten. Brisante Informationen. Sein Leben wäre in Gefahr gewesen, wenn herauskam, dass er redete, und wir brauchten ihn lebend, damit er beim Prozess aussagen kann."

Claires Wangen waren nass. Sie weinte. Warum weinte sie?

„Er war in Dinge – schlimme Dinge – mit einigen üblen Leuten verstrickt."

Sie führte die Hand ans Gesicht. Die Tränen waren echt. Wie konnte das sein?

„Er bat darum, ins Zeugenschutzprogramm gehen zu dürfen." Nolan wartete darauf, dass sie etwas sagte. Als sie es nicht tat, fuhr er fort. „Meine Vorgesetzten befürchteten, er könnte seine Flucht planen, deshalb haben wir die ganze Sache vorverlegt. Wir haben ihn abgefangen, als er auf dem Weg war, Sie zu treffen, haben ihm den Beutel mit dem falschen Blut angeklebt und ihm erklärt, es werde in der Gasse stattfinden."

Claire starrte ungläubig auf ihre nassen Fingerspitzen. Sie konnte nicht wegen Paul weinen. So dumm war sie nicht. Weinte sie um sich selbst? Um Lydia? Um ihre Mutter, die nie auftauchen würde?

Claire hob den Blick zu Nolan. Er hatte aufgehört zu reden. Sie sollte jetzt etwas sagen, eine Frage stellen, eine Bemerkung machen.

„Wussten Sie, dass Paul auf dem Weg war, um mich zu treffen? Dass ich es sehen würde?"

„Das gehörte zur Abmachung." Dieses Mal wandte Nolan den Blick ab. „Er wollte, dass es vor Ihren Augen geschah."

Claires Hände zitterten wieder. Wann würde ihr Körper endlich wieder einmal nicht zittern vor Wut, Angst oder dieser Mischung aus Hass und Verrat, die sie jetzt empfand? „Die Sanitäter …"

„Waren getarnte Agenten. Detective Rayman war ebenfalls eingeweiht."

„Der Bestattungsunternehmer?"

„Es ist erstaunlich, was die Leute für einen tun, wenn man damit droht, ihnen das Finanzamt auf den Hals zu schicken."

„Sie haben mich gefragt, ob ich die Leiche sehen will."

„Paul sagte, Sie würden es nicht wollen."

Claire ballte die Fäuste. Sie hasste es, dass er sie so gut kannte. „Was, wenn er sich getäuscht hätte und ich ihn doch hätte sehen wollen?"

„Es ist nicht wie im Fernsehen. Man zeigt Ihnen den Verstorbenen auf einem Bildschirm. Die Leiche befindet sich normalerweise in einem anderen Raum, und eine Kamera ist auf sie gerichtet."

Claire schüttelte den Kopf. Sie konnte das Ausmaß an Täuschung, das hier im Spiel war, gar nicht ergründen. Alles, um Paul zu helfen. Alles, um ihm ein neues Leben ohne Claire zu verschaffen.

„Es tut mir leid." Nolan griff in sein Jackett und reichte Claire ein Taschentuch. Sie blickte auf das ordentlich gefaltete weiße Stück Stoff. Seine Initialen waren in der Ecke eingestickt.

Sie sagte die Dinge, die sie Paul hatte sagen wollen. „Ich habe ihn sterben sehen. Er lag in meinen Armen. Ich habe gespürt, wie seine Haut kalt wurde."

„In einer so furchtbaren Situation kann sich in Ihrem Kopf vieles abspielen."

„Sie glauben, ich habe mir das alles nur eingebildet? Ich habe Blut aus ihm fließen sehen."

„Ja, wir haben zwei Beutel mit Blut an ihm befestigt. Wahrscheinlich hätte es auch einer getan."

„Aber das Messer ...“

„Das war ein Trickmesser. Die Klinge verschwindet im Griff. Die Kunststoffhülle der Blutbeutel braucht nicht viel Druck, um zu platzen.“

„Der Killer.“ Claire dachte an die Schlangentätowierung am Hals des Mannes. „Er sah echt aus.“

„Ja, gut, er ist tatsächlich ein übler Bursche. Einer meiner vertraulichen Informanten. Ein kleiner Drogendealer, der alles dafür tut, nicht ins Gefängnis zu müssen.“

Claire führte die Hand an den Kopf. Der Mann hatte ihr beinahe die Kopfhaut abgerissen.

„Ja, tut mir leid. Er hat sich ein wenig hinreißen lassen. Aber Paul ist vom Drehbuch abgewichen, und mein Mann war sauer. Diese Wendung am Schluss, als sich Paul in eine Ninja Turtle verwandelte, die stand nicht im Drehbuch.“

Sie betupfte sich die Augen mit dem Taschentuch. Sie weinte immer noch. Es war verrückt. Sie war doch gar nicht in Trauer. Warum weinte sie?

„Der Rettungswagen hat Paul in die Tiefgarage unter diesem Gebäude hier gebracht“, erzählte Nolan weiter. „Eigentlich sollte er Informationen bei sich haben, aber – Überraschung – er hatte sie nicht.“ Nolan war offenkundig immer noch verärgert, was diesen Teil anging. „Er sagte, er habe alles in seinem Wagen. Wir warteten, bis es Nacht wurde. Nur er und ich, alles sehr unauffällig. Wir gingen die Straße entlang und sprachen über die nächsten Schritte – Ihr Mann muss immer das große Ganze vor Augen haben –, und dann sind wir in seinem Wagen, und er wühlt im Handschuhfach herum, und ich denke: Verdammt, was soll das? Will der Kerl mich vielleicht verarschen?, und er sagt: ‚Hier ist es‘, und ich denke, er benimmt sich eben wie ein Arschloch, denn der Typ ist ein echtes Arschloch. Und dann kommt er aus dem Wagen, und ich strecke die Hand aus wie ein dummes Schulkind, das glaubt, es bekommt gleich etwas Süßes, und peng, schlägt mich das Arschloch ohne Vorwarnung nieder."

Claire sah auf die bläulich-gelbe Schwellung um Nolans Auge.

„Ja, ich weiß." Er zeigte auf sein Auge. „Ich bin zu Boden gegangen wie ein Sack Mehl und habe die Vöglein singen hören, und dann habe ich gesehen, dass dieses Arschloch die Straße entlanghüpft wie ein gottverdammtes Schulmädchen. An der Ecke dreht er sich um und macht so." Nolan streckte beide Daumen in die Höhe und setzte ein falsches Grinsen auf. „Bis ich meinen bedauernswerten Hintern vom Trottoir geschält hatte und selbst um die Ecke bog, war er über alle Berge." Nolan sah verärgert und zugleich beeindruckt aus. „Ich muss sagen, es ist nicht der einzige Grund, aber einer der Gründe, warum ich Ihren Mann wirklich sehr, sehr gern finden würde."

Claire schüttelte den Kopf. Das alles ergab immer noch keinen Sinn. Paul sollte darum gebeten haben, ins Zeugenschutzprogramm genommen zu werden? Niemals würde er die Kontrolle über sein Leben aus der Hand geben. Im Zeugenschutz würde er kein Architekt sein dürfen. Er würde keine Aufmerksamkeit auf sich oder seine beruflichen Leistungen ziehen können. Es musste etwas anderes geben, was er vom FBI zu bekommen versuchte. Sie übersah etwas, einen einzelnen Punkt, ein Wort, wodurch das Puzzle sich zusammenfügte.

„Hören Sie", sagte Nolan, „ich weiß, ich war ein Arsch, aber ich war mir nicht sicher, ob Sie von den außerplanmäßigen Aktivitäten Ihres Mannes wussten."

„Die Unterschlagung?"

„Nein, nicht das. Wie gesagt, was uns angeht, ist die Sache mit dem Geld abgeschlossen. Ich meine das andere Zeug."

Claire sah ihn ungläubig an. Wie konnte jemand glauben, sie hätte von den Filmen gewusst und hätte tatenlos danebengesessen? Aber Nolan hatte nicht von den Filmen gesprochen. Er hatte nur gesagt, Paul würde ein paar üble Leute kennen, die in schlimme Dinge verwickelt waren.

„Womit hatte er noch zu tun?“, fragte sie.

„Vielleicht ist es gut, dass Sie es nicht wissen“, sagte Nolan. „Ich höre Ihnen an, dass er Sie darüber im Dunkeln gelassen hat. Betrachten Sie es als einen Segen. Ich sehe, wie Ihre Hände zittern, ich sehe die Verwirrung in Ihren Augen. Aber Sie müssen verstehen, dass der Mann, den Sie geliebt haben, mit dem Sie glaubten, verheiratet zu sein, tot ist. Er existiert nicht mehr. Vielleicht hat er nie existiert.“

Er erzählte Claire nichts, was sie nicht schon wusste. „Warum glauben Sie das?“

„Wir haben einen Psychiater einen Blick auf ihn werfen lassen. Beim Zeugenschutzprogramm wollen sie immer ein psychologisches Profil von allen, die sie aufnehmen. Eine Art Spickzettel, damit sie das Verhalten der Kandidaten vorhersagen können.“

Claire bezweifelte, dass ein Stadion voller Psychiater das Verhalten ihres Mannes richtig vorhersagen könnte. „Und?“

„Er ist ein nicht gewalttätiger Borderline-Psychopath.“

Was das „nicht gewalttätig“ anging, lagen sie schon mal falsch. „Borderline?“, fragte sie. Warum wollte sie sich an dieses Wort klammern, warum wollte sie glauben, Paul sei kein totaler Psychopath, weil er immer noch fähig war, sie zu lieben?

„Er führte ein Doppelleben“, sagte Nolan. „Da ist zum einen der Typ, der mit dieser schönen Frau verheiratet und erfolgreich im Beruf ist, der in einer Million Dollar teuren Villa lebt, und dann ist da der andere, der wahre Paul Scott, der nicht sehr nett ist.“

„Nicht sehr nett“, plapperte Claire nach. Was für eine brutale Untertreibung. „Sie sagten, er sei als nicht gewalttätig eingestuft worden.“

„Das stimmt, aber ich bin der Blödmann, der einen Schlag

aufs Auge bekommen hat, deshalb denke ich zwangsläufig anders darüber."

„Warum haben Sie ihm geholfen, wenn er so ein schlechter Mensch ist?"

„Weil der wahre Paul Scott die Identität eines sehr bösen Menschen kennt, der für sehr lange Zeit ins Gefängnis gehört." Nolan warf einen Blick zum Spiegel. „Das ist alles, was ich Ihnen sagen darf. Geradeheraus, kein Scheiß. So funktioniert das System. Du tust etwas Böses, und wir lassen dich laufen, wenn du uns zu jemandem führst, der noch schlimmere Dinge tut. Und glauben Sie mir, es ist verdammt viel schlimmer."

Claire sah auf ihre Hände hinunter. Dieser gerissene Paul. Mit seinen Fähigkeiten im Bearbeiten von Filmen hatte er nicht nur Claire getäuscht, sondern sogar das FBI. Sie hatten die widerlichen Filme auf seinem Computer bei der Arbeit gefunden, und er hatte sie als Gegenleistung für seine Freilassung mit der Identität des Maskenmanns geködert.

Sie stellte Fred Nolan eine Frage, die sie sich früher oder später mit Sicherheit selbst stellen würde. „Sie sagten, er wollte ins Zeugenschutzprogramm. Er hatte vor, mich einfach zu verlassen? Einfach so?"

„Es tut mir leid, aber glauben Sie mir, es ist besser für Sie."

„Wusste Adam Quinn von dem anderen Zeug, in das Paul verstrickt war?"

„Nein. Wir haben ihn in die Mangel genommen, bis er Blut und Wasser geschwitzt hat. Er hatte keine Ahnung." Nolan nahm ihre Seelennot wahr. „Ich verstehe, warum Sie Ihrem Mann untreu waren. Er hat Sie wirklich nicht verdient."

Claire musste ihm recht geben, aber sie hatte Nolan bei einer Lüge ertappt. „Wenn Paul vorhatte zu fliehen, warum hätte er mir etwas zustecken sollen, bevor wir in die Gasse gingen?"

„Notfallplan?“, riet Nolan. „Es gab keine Garantie, dass es ihm gelingen würde, mich abzuschütteln.“

„Ich will sehen, ob ich wirklich alles richtig verstanden habe.“ Claire drehte die Karten, die er gerade aufgedeckt hatte, herum, sodass er sie aus ihrer Perspektive sah. „Sie haben Paul bei einer schlimmen Geschichte erwischt, etwas Schlimmerem als Unterschlagung. Er sagte, er kenne die Identität dieses Schwarzen Mannes. Sie sagen, er hat Sie zu seinem Wagen geführt, um Ihnen eine Art Beweis zu zeigen. Ich nehme also an, es handelt sich um ein Foto oder ein Schriftstück oder etwas Elektronisches. Es muss also auf Papier gedruckt oder auf einer CD oder einem USB-Stick oder etwas in der Art gespeichert gewesen sein, richtig? Etwas, das in seinem Handschuhfach Platz hatte? Etwas, das er mir zustecken konnte, ehe wir in die Gasse gingen?“

Nolan zuckte mit den Achseln, aber sie konnte ihn inzwischen einschätzen, und sie merkte ihm an, dass er nervös wurde.

„Sie sagten außerdem, Pauls Leben wäre in Gefahr gewesen, wenn herauskam, dass er den Schwarzen Mann verriet.“

„Richtig.“

„Damit haben Sie doch alle Trümpfe in der Hand. Paul braucht Sie mehr, als Sie ihn brauchen. Ich meine, sicher, Sie wollen einen Täter überführen, aber Paul will überleben. Sie sagten, sein Leben sei in Gefahr gewesen. Sie allein haben es in der Hand, ihn zu schützen. Warum versteckt er sich dann vor Ihnen?“

Nolan blickte nicht zum Spiegel, aber er hätte es ebenso gut tun können.

Claire versuchte, die Lage nun aus einem anderen Blickwinkel zu betrachten – aus dem von Paul.

Er war Nolan entkommen, aber er war nicht in einen Inselstaat geflohen, mit dem es kein Auslieferungsabkommen gab. Claire war überzeugt, dass irgendwo ein geheimes Geldversteck auf ihn wartete. Wahrscheinlich hatte er bereits die Gladiator-Schränke für die Garage bestellt. Er hatte ihr gegenüber am Telefon zugegeben, dass der Termin vorverlegt worden war, aber das erklärte nicht, warum er sich weiterhin hier herumtrieb. Das FBI konnte ihn nicht finden, aber wie Lydia sagen würde: Na und? Paul war ein freier Mann. Er musste nicht ins Zeugenschutzprogramm gehen. Er brauchte das FBI nicht. Er brauchte gar nichts.

Mit Ausnahme von dem, was auf dem USB-Stick war.

Die Tür erzitterte, als jemand mit der Faust an das billige Holz schlug. „Claire!“

Claire erkannte die wütende Stimme ihres Anwalts draußen vor der Tür. Wynn Wallace, der Colonel.

„Claire!“ Wallace versuchte es mit dem Türknopf. Die Tür war abgesperrt. „Halten Sie, verdammt noch mal, bloß den Mund!“

„Sie können seinen Beistand ablehnen“, sagte Nolan.

„Damit Sie mich weiter belügen können?“

„Claire!“, brüllte Wallace.

Claire stand auf. „Fred, Sie stellen die falsche Frage.“

Wallace versuchte, die Tür mit der Schulter aufzudrücken. Es knackste heftig.

„Verraten Sie mir die richtige Frage“, bat Nolan.

„Paul hat Ihnen die Information, die Sie haben wollten, nicht gegeben, deshalb ist sein Leben nicht in Gefahr. Er müsste irgendwo an einem Strand liegen. Warum treibt er sich noch hier herum?“

Nolan hustete wie ein Hund, dem etwas im Hals stecken geblieben ist. „Sie haben ihn gesehen?“

Claire öffnete die Tür.

Wynn Wallace stürmte in den Raum. „Was, zum Teufel, geht hier vor?“

Nolan versuchte aufzustehen, aber Wallace versperrte ihm den Weg. „Wer, zum Henker, sind Sie? Ich will auf der

Stelle Ihre Dienstnummer und den Namen Ihres Vorgesetzten wissen."

„Claire", versuchte es Nolan. „Gehen Sie nicht."

Claire zwängte sich durch die Tür. Sie fummelte in ihrem BH nach Lydias Handy. Das Metall war heiß. Sie drückte den Knopf, um das Gerät einzuschalten, starrte auf den Schirm und flehte lautlos, dass es eine Nachricht von Paul gäbe.

„Sweetpea?"

Claire fuhr herum. Sie glaubte zu halluzinieren. „Mom?"

Helen war den Tränen nahe. „Wir haben den halben Bundesstaat abgesucht. Sie wollten uns nicht sagen, wo du bist." Sie legte die Hand an Claires Wange. „Geht es dir gut?"

Claire zitterte wieder. Sie konnte nicht aufhören zu zittern. Es war, als stünde sie mitten in einem Hurrikan am Strand. Alles prasselte gleichzeitig auf sie ein.

„Komm mit." Helen nahm ihre Hand und zog Claire den Flur entlang. Sie warteten nicht auf den Aufzug, sondern Helen führte sie zur Treppe. Während sie ihrer Mutter folgte, starrte Claire auf das Handy. Das Signal war stark. Kein Anruf. Keine Nachricht. Es gab ein neues Foto. Paul hatte es zwei Minuten, nachdem Claire das Gerät ausgeschaltet hatte, geschickt. Lydia war immer noch im Kofferraum. Ihr Gesicht wies keine neuen Schnitte oder Prellungen auf, aber ihre Augen waren geschlossen. Warum waren ihre Augen geschlossen?

„Nur noch ein Stückchen", sagte Helen.

Claire steckte das Telefon in ihre Gesäßtasche. Lydia hatte geblinzelt, als Paul das Foto gemacht hatte. Oder sie war müde. Sie hatte die Augen wegen der Sonne geschlossen. Nein, auf dem Bild war es dunkel. Lydia gab Kontra. Sie wollte nicht, dass Paul seinen Willen bekam. Sie versuchte, Ärger zu machen, denn so war Lydia eben.

Claires Knie wurden weich. Fast wäre sie gestolpert. Helen half ihr zwei weitere Treppenabsätze hinunter. Schließlich sah sie das Schild für die Eingangshalle. Anstatt durch die angezeigte Tür zu gehen, führte Helen sie durch den Notausgang hinaus.

Das Sonnenlicht war schwach, aber Claire schirmte trotzdem die Augen mit der Hand ab. Sie sah sich um. Sie standen an der Ecke Peachtree und Alexander Street. Der Verkehr begann, die Straßen zu füllen.

„Wie spät ist es?", fragte sie.

„Halb sechs Uhr morgens", antwortete Helen.

Claire lehnte sich an die Wand. Sie war fast zwölf Stunden in dem Gebäude gewesen. Was konnte Paul in zwölf Stunden alles mit Lydia tun?

„Claire?"

Sie wartete darauf, dass ihre Mutter über sie herfiel, eine Erklärung dafür verlangte, warum sie einen Anwalt suchen und ihre Tochter aus den Fängen des FBI befreien musste.

Doch stattdessen strich Helen über Claires Wange und fragte: „Wie kann ich dir helfen?"

Claire war sprachlos vor Dankbarkeit. Es kam ihr vor, als hätte ihr seit Jahrzehnten niemand mehr etwas so Simples und Aufrichtiges wie Hilfe angeboten.

„Nichts ist so schlimm, dass es sich nicht reparieren ließe, Schatz", sagte Helen.

Sie lag so falsch, aber Claire zwang sich zu nicken.

Helen strich sich das Haar zurück. „Ich bringe dich nach Hause, okay? Ich mache dir Suppe und packe dich ins Bett, und wenn du geschlafen hast, können wir alles bereden. Oder auch nicht, es liegt ganz bei dir, Schatz. Wozu du mich auch brauchst, ich bin da."

Claire fühlte, wie ihre Selbstbeherrschung Risse bekam. Sie entzog sich der Berührung ihrer Mutter, weil sie ihr sonst in die Arme gefallen wäre und alles erzählt hätte.

„Sweetpea?" Helen rieb ihr über den Rücken. „Sag mir, was ich tun kann."

Claire öffnete den Mund, um zu antworten, dass es nichts

gab, was sie tun konnte, aber sie hielt inne, denn zwanzig Meter entfernt sah sie jemanden stehen, den sie kannte.

Detective Harvey Falke. Sie kannte ihn vom Polizeirevier in Dunwoody. Captain Mayhew hatte ihn gebeten, die externe Festplatte aus der Garage an seinen Computer anzuschließen, damit er Claire weismachen konnte, die Filme, die Paul angesehen hatte, seien gestellt.

Harvey lehnte an einem Geländer. Sein Sakko war offen, und er ließ ungeniert seine Waffe sehen. Er sah Claire direkt an und lächelte unter dem buschigen Schnauzbart.

„Claire?" Helen klang jetzt noch besorgter. Sie hatte den Mann ebenfalls gesehen. „Wer ist …?"

„Der Tesla steht unten in der Tiefgarage auf der dritten Ebene." Sie nahm den Schlüsselbund aus der Tasche. „Du musst ihn für mich zum „Marriot Marquis Hotel" fahren, okay? Besucherparkplatz. Hinterlass den Parkschein auf dem Sitz und versteck den Schlüssel hinter dem Kassenautomaten in der Eingangshalle."

Erstaunlicherweise verlangte Helen noch immer keine Erklärung. „Brauchst du sonst noch etwas?"

„Nein."

Sie drückte Claires Hand, bevor sie ging.

Claire wartete, bis ihre Mutter wieder im FBI-Gebäude verschwunden war. Dann lief sie die Straße entlang. An der Ecke zwang sie sich, nicht über die Schulter zurückzublicken. Sie überquerte die Straße bei Rot und wich einem gelben Taxi aus. Dann ging sie auf der West Peachtree in Richtung Zentrum. Jetzt endlich sah sie sich um.

Harvey war dreißig Meter entfernt. Er hatte die Arme angewinkelt und schritt zügig aus, um sie einzuholen. Sein Sakko blähte sich, und die Waffe hob sich dunkel und bedrohlich von dem weißen Hemd ab.

Claire beschleunigte und bemühte sich dabei, gleichmäßig zu atmen und ihre Pulsfrequenz unter Kontrolle zu halten. Sie sah sich um.

Harvey war zwanzig Meter entfernt.

Lydias Handy begann zu läuten. Claire zog es aus der Tasche, während sie zu laufen begann. Sie sah auf den Schirm. Unbekannte Nummer.

„War es schön beim FBI?“, fragte Paul.

„Geht es Lydia gut?“

„Ich weiß es nicht.“

Wieder überquerte Claire die Straße. Ein Auto kam mit kreischenden Bremsen knapp vor ihr zum Stehen. Der Fahrer brüllte sie aus dem offenen Fenster an. „Willst du diesen USB-Stick oder nicht?“, fragte sie Paul.

„Lydia geht es gut. Was hast du dem FBI erzählt?“

„Nichts. Deshalb haben sie mich dort so lange festgehalten.“ Claire sah wieder über die Schulter. Harvey war vielleicht noch fünfzehn Meter entfernt. „Ein Polizist folgt mir. Einer von Mayhews Leuten.“

„Sieh zu, dass du ihn abschüttelst.“

Claire beendete das Gespräch. Sie trabte über die Straße. Sie kannte diesen Teil der Stadt, weil sie im Flatiron Building gearbeitet hatte, als sie nach Altanta gezogen waren. Claire hatte den Job gehasst. Sie hatte in der Mittagspause lange Spaziergänge gemacht, war zu spät ins Büro zurückgekommen und hatte mit ihrem Boss geflirtet, damit er sie früher gehen ließ.

Sie lief weiter. Harvey verringerte beständig die Entfernung zwischen ihnen. Er war ein großer Mann und machte lange Schritte, bald würde er sie eingeholt haben.

Claire bog um die Ecke in die Spring Street, sie rannte jetzt richtig. Bis Harvey um das Gebäude kam, war sie schon an der nächsten Ecke. Claire lief die Seitenstraße halb hinunter und warf einen schnellen Blick über die Schulter. Harvey war noch nicht wieder aufgetaucht. Hektisch sah sie sich nach einem Fluchtweg um. Der Seiteneingang der Southern Company war die nächstgelegene Möglichkeit. Es gab sechs Glastüren sowie eine große Drehtür am anderen

Ende. Sie versuchte es an der ersten Tür, aber die war verschlossen. Sie probierte die nächste Tür, dann noch eine. Harvey war immer noch nicht aufgetaucht, aber er würde jetzt sicher jeden Moment da sein. Sie machte einen vergeblichen Versuch an der vierten Tür – und hätte sich am liebsten geohrfeigt, weil sie es nicht gleich zu Anfang bei der Drehtür versucht hatte. Claire rannte in vollem Tempo in den offenen Schlund der Tür und drückte so heftig gegen das Trennglas, dass der Antrieb knirschte.

Die Eingangshalle war mit gläsernen Drehkreuzen versehen. Der schläfrige Wachmann am Empfang lächelte. Wahrscheinlich hatte er beobachtet, wie sie zuvor sämtliche Türen ausprobiert hatte.

„Es tut mir leid." Claire schraubte ihre Stimme eine halbe Oktave höher, damit sie hilflos klang. „Ich weiß, es ist sehr viel verlangt, aber dürfte ich die Toilette bei Ihnen benutzen?"

Der Wachmann lächelte. „Einer hübschen Lady kann ich nichts abschlagen." Er griff unter den Tisch und öffnete eines der Drehkreuze für sie. „Gehen Sie geradeaus durch zur Haupteingangshalle an der West Peachtree. Die Toiletten sind auf der rechten Seite."

„Vielen Dank." Claire lief mit forschen Schritten durch das Drehkreuz. Sie sah sich um. Harvey rannte am Seiteneingang vorbei.

Sie genoss zwei Sekunden der Erleichterung, ehe er zurückkam.

Claire sauste in eine Aufzugsnische und stellte sich so, dass sie ihn sehen konnte. Harvey ging auf das Gebäude zu und zog an einer der verschlossenen Türen. Er war erkennbar außer Puste. Das Glas beschlug von seinem Atem, und er wischte es mit dem Ärmel wieder frei. Dann legte er die Hände seitlich an die Augen und spähte in die Eingangshalle.

Der Wachmann murmelte etwas.

Claire drückte sich an die Aufzugstür.

Harvey stieß sich von der Tür ab, doch statt sich zu entfernen, ging er hinüber zur Drehtür. Claire erstarrte. Sie konnte dem Wachmann erzählen, dass Harvey sie verfolgte, aber dann würde Harvey seinen Ausweis zücken. Oder sie konnte zum Haupteingang rennen und von dort wieder auf die Straße.

Oder sie konnte einfach hierbleiben.

Harvey war noch nicht durch die Drehtür gekommen, sondern stand noch draußen und hatte den Kopf nach rechts gewandt. Irgendetwas auf der West Peachtree hatte seine Aufmerksamkeit erregt.

Claire hielt den Atem an, bis er in die Richtung losrannte, in die er zuvor gestarrt hatte.

Sie löste sich aus der Nische und ging zurück zu dem gläsernen Drehkreuz. „Danke", sagte sie zu dem Wachmann.

Er tippte sich an die Mütze. „Einen gesegneten Tag."

Claire stieß die Tür auf. Ihr war klar, dass sie noch längst nicht in Sicherheit war. Sie rannte zur Spring Street zurück und von dort links auf die Williams. Ihre Füße hämmerten auf das rissige Pflaster. Sprühregen hing in der Luft. Claire sah sich im Laufen um und versuchte, sich zu orientieren. Auf der Straße konnte sie nicht bleiben, sie musste sich irgendwo verstecken. Aber so früh am Tag hatte noch keines der Cafés geöffnet.

Lydias Handy klingelte. Claire verlangsamte ihr Tempo nicht, als sie sich meldete. „Was ist?"

„Bieg links ab", sagte Paul. „Geh zum ‚Hyatt Regency Hotel'."

Claire ließ das Telefon an und bog links ab. In der Ferne sah sie das „Hyatt". Ihre Knie schmerzten, und ihre Beinmuskeln übersäuerten. Sie war es gewohnt, auf dem Laufband zu rennen, nicht über rissigen Asphalt. Schweiß lief ihr in den Nacken. Die Jeans begann, in der Taille zu scheuern. Sie hielt das Handy fest umklammert. Auf welche

Weise überwachte Paul sie? Waren Mayhew und Harvey ein Gespann? Versuchten sie, Claire an einen bestimmten Ort zu treiben, wo sie sich ihrer bemächtigen konnten?

Als der Page vor dem „Hyatt" Claire von der Einfahrt kommen sah, öffnete er die Tür. Falls er es merkwürdig fand, dass eine erwachsene Frau in Jeans und Hemdbluse um sechs Uhr morgens joggen war, ließ er es sich zumindest nicht anmerken.

Im Gebäude verlangsamte Claire ihre Schritte. Sie folgte den Wegweisern zur Damentoilette und stieß die Tür auf. Sie sah in allen Kabinen nach, um sich zu vergewissern, dass sie allein war.

Claire schloss die letzte Kabine ab und setzte sich auf den Toilettendeckel. Nach Atem ringend, sagte sie: „Lass mich mit Lydia sprechen."

„Ich kann dich zuhören lassen, wie sie schreit."

Claire schlug die Hand vor den Mund. Was hatte er getan? Zwölf Stunden. In der Zwischenzeit konnte er mit ihr in Key West, New Orleans oder Richmond sein. Er konnte sie foltern und schlagen und …

Claire durfte das „und" nicht denken.

„Bist du noch da?", fragte Paul.

Sie kämpfte gegen die überwältigende Seelenqual an, die daher rührte, dass sie genau wusste, wozu ihr Mann fähig war. „Du hast gesagt, du tust ihr nichts."

„Du hast gesagt, du rufst mich an."

„Ich werde mit einem Schwerlaster über diesen verdammten USB-Stick fahren."

Paul würde wissen, dass Claire tatsächlich dazu imstande war. Sie war nie abgeneigt gewesen, Brücken niederzubrennen, über die sie noch gehen wollte.

„Wo ist er?", fragte Paul.

Claire überlegte, ob sie eine Gegend kannte, mit der nur sie vertraut war und Paul nicht. „Er ist in der Wells-Fargo-Filiale in der Central Avenue."

„Was?“ Er klang besorgt. „Claire, das ist eine sehr gefährliche Gegend.“

„Bist du wirklich um meine Sicherheit besorgt?“

„Du musst vorsichtig sein“, mahnte er. „Wo genau ist die Bank?“

„In der Nähe des Hauptpostamts.“ Claire war einige Male zu dem Postamt gefahren, um Postwurfsendungen für den Tierschutzverein abzuliefern. „Ich hole ihn jetzt gleich. Wir können uns irgendwo treffen und …“

„Es ist sechs Uhr morgens. Die Bank öffnet erst um neun.“

Claire wartete. „Du kannst jetzt nicht aufbrechen. Wenn du mit dem Tesla so lange an der Central Avenue stehst, wirst du überfallen.“ Sie konnte förmlich hören, wie die Rädchen in seinem Kopf ratterten. „Bleib im Hotel. Um acht Uhr dreißig fährst du nach Hapeville hinunter. Dann müsstest du ziemlich pünktlich dort sein, wenn die Bank aufmacht.“

„Okay.“

„Auf der Rückfahrt wird viel Verkehr sein. Fahr auf die 75 und warte, bis du von mir hörst.“

Claire fragte nicht, woher er wissen wollte, wo sie war, denn inzwischen begann sie zu glauben, dass er einfach alles wusste. „Nolan hat mir erzählt, was du getan hast.“

„Tatsächlich?“

Claire führte es nicht näher aus, denn sie wussten beide, dass Nolan nur gesehen hatte, was er sehen sollte. „Er sagte, du wolltest ins Zeugenschutzprogramm.“

„Dazu wäre es nie gekommen.“

„Er sagte, du wolltest, dass ich dich sterben sehe.“

Paul schwieg einen Moment. „Es musste echt wirken. Ich wäre zu dir zurückgekommen. Das weißt du.“

Claire antwortete nicht.

„Ich regle das alles“, sagte Paul. „Du weißt, dass ich das immer tue.“

Claire schnappte nach Luft. Sie konnte seinen leisen, besänftigenden Tonfall nicht mehr ertragen. Ein winzig kleiner Teil von ihr wollte immer noch, dass ihr Mann alles irgendwie wieder heil machte.

Aber Fred Nolan hatte recht. Der Paul, den sie gekannt hatte, war tot. Dieser Fremde am Telefon war ein Eindringling. Oder vielleicht war er der echte Paul Scott, und ihr Mann, ihr Freund, ihr Geliebter war die Lüge gewesen. Erst wenn er die schwarze Ledermaske aufsetzte, zeigte der wahre Paul sein Gesicht.

„Ich will mit meiner Schwester sprechen", forderte sie.

„In einer Minute", versprach er. „Wahrscheinlich ist der Akku in deinem Handy fast leer. Hast du das Ladegerät mitgenommen?"

Claire sah auf das Display. „Er ist bei dreißig Prozent."

„Geh und kauf ein Ladekabel", sagte Paul. „Und du musst auch den Tesla aufladen. Im Peachtree Center gibt es eine Ladestation. Ich habe dir die App heruntergeladen, sodass du nur …"

„Lass mich mit Lydia sprechen."

„Bist du sicher, dass du das willst?"

„Hol verdammt noch mal meine Schwester ans Telefon!"

Sie hörte ein Rascheln, dann das blecherne Echo eines Telefonlautsprechers.

„Wach auf", sagte Paul. „Deine Schwester will mit dir reden."

Claire biss die Zähne zusammen. Er klang, als würde er mit einem Kind sprechen. „Lydia?", versuchte sie es. Dann noch mal lauter: „Lydia?"

Lydia antwortete nicht.

„Bitte sag etwas, Liddie. Bitte."

„Claire." Ihre Stimme war so ausdruckslos, so leblos, dass Claire sich fühlte, als risse man ihr das Herz aus der Brust.

„Liddie“, sagte Claire, „bitte halt durch. Ich tue, was ich kann.“

„Es ist zu spät“, murmelte Lydia.

„Es ist nicht zu spät. Ich werde Paul den USB-Stick geben, und er wird dich gehen lassen.“ Claire log. Sie alle wussten, dass sie log. Sie begann so heftig zu weinen, dass sie sich an der Wand abstützen musste. „Halt noch eine kleine Weile durch. Ich werde dich nicht im Stich lassen. Ich verspreche es: Nie wieder!“

„Ich vergebe dir, Claire.“

„Sag das nicht jetzt.“ Claire beugte sich vor. Tränen fielen auf den Boden. „Sag es mir, wenn wir uns sehen, okay? Sag es mir, wenn alles vorbei ist.“

„Ich vergebe dir alles.“

„Pepper, bitte. Ich mache das alles wieder gut. Ich sorge dafür, dass alles wieder okay wird.“

„Es spielt keine Rolle“, sagte Lydia. „Ich bin schon tot.“

18. KAPITEL

Paul lächelte, als er das Telefon neben die schwarze Kapuze auf den Tisch legte. Lydia sah nicht auf das Telefon, das sie sowieso nicht erreichen konnte, sondern auf die durchweichte Kapuze, die er ihr früher oder später wieder über den Kopf stülpen würde. Die Sprühflasche war zum dritten Mal geleert worden. Paul trank gefiltertes Wasser, damit er sie immer aufs Neue nachfüllen konnte.

Wenn er wieder bereit war, würde er sie zwingen zuzusehen, wie er die Flasche füllte. Dann würde er ihr die schwarze Kapuze über den Kopf ziehen und zu sprühen beginnen. Sekunden bevor sie das Bewusstsein verlor, würde er ihr mit dem Viehtreiber einen elektrischen Schlag versetzen, sie mit dem Ledergürtel peitschen oder treten und schlagen, bis sie keuchend nach Luft rang.

Und dann würde alles von vorn beginnen.

„Sie hört sich gut an, oder?", sagte er. „Claire, meine ich."

Lydia wandte den Blick von der Kapuze ab. Auf einer Werkbank, wie Paul sie auch in Dunwoody in der Garage hatte, stand ein Computer. Es gab Regale aus Metall. Alte Computer. In ihrem Kopf hatte sie alles katalogisiert, denn sie war seit fast dreizehn Stunden hier – Paul sagte ihr alle halbe Stunde die Uhrzeit –, und das Einzige, was sie davon abhielt, verrückt zu werden, war, sich wie ein Mantra das Inventar aufzusagen, während er versuchte, sie mit seiner Pisse zu ersäufen.

Apple Macintosh, Nadeldrucker, Fünf-Zoll-Disketten, Kopiermaschine, CD-Brenner.

„Ich wette, du willst wissen, was auf diesem USB-Stick ist, Lydia. Ich nenne ihn gern meine ‚Du kommst aus dem Gefängnis frei'-Karte."

Apple Macintosh, Nadeldrucker, Fünf-Zoll-Disketten, Kopiermaschine, CD-Brenner.

„Fred Nolan will ihn haben. Mayhew. Johnny. Eine Menge anderer Leute wollen ihn ebenfalls haben. Was für eine Überraschung. Paul Scott besitzt etwas, das alle haben wollen." Er hielt inne. „Was willst du von mir, Lydia?"

Apple Macintosh, Nadeldrucker, Fünf-Zoll-Disketten, Kopiermaschine, CD-Brenner.

„Willst du Oxycodon?"

Die Frage riss sie aus ihrer Benommenheit. Sie konnte die bitteren Pillen beinahe schmecken.

Er schüttelte das Pillenfläschchen vor ihrem Gesicht. „Ich habe sie in deiner Handtasche gefunden. Ich nehme an, du hast sie Claire gestohlen." Er setzte sich auf den Stuhl ihr gegenüber und stellte die Flasche auf sein Knie. „Du hast sie schon immer bestohlen."

Lydia starrte auf die Tabletten. Das wäre das Ende. Sie

hatte zu Claire gesagt, sie sei bereits tot, aber noch steckte ein Fünkchen Leben in ihr. Wenn sie ihrem Verlangen nachgab, wenn sie das Oxycodon nahm, dann wäre es wahrhaftig aus mit ihr.

„Interessant." Paul verschränkte die Arme. „Ich habe dich bitten und betteln hören und quieken wie ein abgestochenes Schwein, und das ist die Grenze, die du ziehst? Kein Oxycodon?"

Lydia versuchte, die Euphorie heraufzubeschwören, die von den Tabletten kommen würde. Sie hatte irgendwo gelesen, wenn man lange genug an ein bestimmtes Essen dachte, würde einem der Appetit darauf vergehen. Man würde sich selbst überlisten und schließlich glauben, man habe es bereits gegessen. Allerdings hatte es bei Donuts, Hamburgern und Pommes frites nie funktioniert … Apple Macintosh, Nadeldrucker, Fünf-Zoll-Disketten, Kopiermaschine, CD-Brenner.

„Ich könnte dir die Pillen mit Gewalt verabreichen, aber wo bliebe dabei der Spaß?" Er spreizte ihre Beine mit seinen Knien weiter auseinander. „Ich könnte sie anderswo hineinstecken. Irgendwohin, von wo sie schneller in deinen Blutkreislauf gelangen." Er holte tief Luft und atmete seufzend aus. „Ich frage mich, wie das wohl wäre. Wäre es das wert, dich zu ficken, wenn ich alle diese Pillen mit meinem Schwanz in deinen fetten Arsch schieben könnte?"

Lydias Kopf wurde leer. Genau so geschah es. Paul würde sie drängen, und sie würde zu viel Angst bekommen oder zu kaputt sein, und sie würde einfach dichtmachen.

Seine Hand ging an ihren Oberschenkel. Seine Finger bohrten bis auf den Knochen hinunter. „Willst du nicht, dass der Schmerz weggeht?"

Lydia war zu erschöpft, um aufzuschreien. Sie wollte es hinter sich haben – die Schläge, den elektrischen Viehtreiber, das Brandeisen, die Machete. Sie hatte gesehen, was der maskierte Mann mit seinem Handwerkszeug angestellt hatte. Sie hatte gesehen, was Pauls Vater Julia angetan hatte. Sie wusste aus erster Hand, zu welchen Foltermethoden Paul fähig war, und sie war überzeugt, dass seine Rolle in den Filmen alles andere als passiv gewesen war.

Er genoss das alles. Ungeachtet der niederträchtigen Dinge, die er gesagt hatte, erregte Lydias Schmerz Paul. Sie konnte den harten Schaft seines Schwanzes spüren, wenn er sich zu ihr beugte, um sich an ihrer Angst zu weiden.

Lydia betete nur darum, dass sie schon tot wäre, wenn er endlich daranging, sie zu vergewaltigen.

„Neue Strategie." Paul nahm die Pillenflasche von seinem Bein und stellte sie auf den Rolltisch mit seinen Werkzeugen. „Ich denke, das wird dir gefallen."

Apple Macintosh, Nadeldrucker, Fünf-Zoll-Disketten, Kopiermaschine, CD-Brenner.

Er trat vor das Metallregal neben dem Computer. Ihr Angstlevel schoss wieder in die Höhe, nicht weil er vielleicht etwas Neues und Furchtbares tun würde, sondern weil er die Ordnung der Gegenstände auf dem Regal durcheinanderbringen könnte.

Apple Macintosh, Nadeldrucker, Fünf-Zoll-Disketten, Kopiermaschine, CD-Brenner.

Sie mussten genau so bleiben – in exakt dieser Ordnung. Niemand durfte sie anfassen.

Paul zog eine Trittleiter heran.

Lydia weinte fast vor Erleichterung. Den Gegenständen geschah nichts. Er griff in das oberste Regalfach hinter die Disketten, zog einen Stapel Notizbücher hervor und zeigte sie Lydia. Mit ihrer Erleichterung war es vorbei.

Die Notizbücher ihres Vaters.

„Deine Eltern sind ziemlich produktive Briefeschreiber gewesen", sagte Paul. Er nahm wieder gegenüber von Lydia Platz. Die Notizbücher lagen in seinem Schoß. Obenauf lag ein Stapel Briefe, die sie zuvor nicht bemerkt hatte. Er hielt ein Kuvert in die Höhe, sodass Lydia es sehen konnte.

Helens Handschrift – präzise, ordentlich und so beklagenswert vertraut.

„Arme, einsame Lydia. Deine Mutter hat dir über die Jahre massenhaft Briefe geschrieben. Wusstest du das?" Er schüttelte den Kopf. „Natürlich wusstest du es nicht. Ich habe Helen erzählt, ich hätte versucht, sie dir zukommen zu lassen, aber du seist obdachlos und lebtest auf der Straße, oder du seist auf Entzug, den du aber leider abgebrochen hättest, bevor ich dich erreichen konnte." Er warf die Briefe auf den Boden. „Ich kam mir tatsächlich jedes Mal schlecht vor, wenn Helen fragte, ob ich etwas von dir gehört hätte, denn natürlich musste ich ihr sagen, du seist immer noch ein fetter, wertloser Junkie und lutschtest Schwänze, um an Oxy zu kommen."

Seine Worte hatten einen ungeahnten Effekt. Helen hatte ihr geschrieben. In dem Stapel waren Dutzende von Briefen. Ihre Mutter machte sich noch etwas aus ihr. Sie hatte sie nie aufgegeben.

„Helen wäre eine wundervolle Großmutter für Dee gewesen."

Dee. Lydia konnte sich nicht einmal ihr Gesicht ins Gedächtnis rufen. In der Sekunde, als Paul begann, sie mit dem Viehtreiber zu malträtieren, hatte sie alle Bilder ihrer Tochter aus ihrer Erinnerung verloren.

„Ich frage mich, ob sie sich genauso abmelden wird, wenn Dee verschwindet, wie sie es nach Julias Verschwinden getan hat." Er blickte auf. „Du wirst dich nicht daran erinnern, aber Claire war nach Julias Entführung ganz allein."

Lydia erinnerte sich. Sie war dabei gewesen.

„Jede Nacht war die arme kleine Claire ganz allein in diesem großen Haus am Boulevard und hat zugehört, wie sich eure nutzlose, beschissene Mutter in den Schlaf geweint hat. Niemanden hat es interessiert, ob Claire sich in den Schlaf geweint hat, oder? Du warst zu sehr damit beschäftigt, dir sämtliche Körperöffnungen ausstopfen zu lassen. Deshalb hat sie sich so heftig in mich verliebt, Liddie. Claire hat sich in mich verliebt, weil niemand von euch da war, um sie aufzufangen."

Apple Macintosh, Nadeldrucker, Fünf-Zoll-Disketten, Kopiermaschine, CD-Brenner.

„Was die hier angeht …" Paul hielt eines der Notizbücher ihres Vaters in die Höhe. „Dein Dad hat sich ebenfalls nicht für Claire interessiert. Alle seine Briefe schrieb er an Julia. Claire hat die meisten von ihnen gelesen, zumindest diejenigen, die er schrieb, bevor sie aufs College ging. Überleg mal, wie sie sich dabei fühlen musste. Ihre Mutter war quasi eine Alkoholikerin, die nicht mehr aus dem Bett kam, und ihr Vater schrieb stundenlang Briefe an seine tote Tochter, während seine lebende Tochter direkt vor ihm stand."

Lydia schüttelte den Kopf. So war es nicht gewesen, zumindest nicht ganz so. Helen hatte ihre Depression schließlich abgeschüttelt. Sam hatte sich sehr viel Mühe mit Claire gegeben. Er war mit ihr einkaufen gegangen und hatte sie ins Kino oder in ein Museum mitgenommen.

„Kein Wunder, dass sie ihn nicht besuchen wollte, nachdem er seinen Schlaganfall hatte." Paul blätterte die Seiten durch. „Ich habe sie dazu gebracht, dass sie zu ihm ging. Ich habe zu ihr gesagt, sie würde es bereuen, wenn sie es nicht täte. Und sie hat auf mich gehört, weil sie immer auf mich gehört hat. Aber das Komische dabei ist, dass ich euren Dad wirklich gemocht habe. Er hat mich an meinen eigenen Vater erinnert."

Lydia biss die Zähne zusammen, damit sie ihn nicht anschrie.

„Bei Eltern kann man nie wissen, habe ich recht? Sie können egoistische Schweinehunde sein. Zum Beispiel dachte ich, Dad und ich hätten ein gutes Verhältnis, aber er hat sich Julia ohne mich geschnappt." Paul blickte von den Notizbüchern auf. Offenbar gefiel ihm Lydias überraschte Miene.

„Ich muss sagen, ich war ziemlich sauer deswegen. Ich kam von den Frühlingsferien nach Hause, und da war deine große Schwester in der Scheune. Er hatte mir nicht viel von ihr übrig gelassen."

Lydia schloss die Augen. Apple Macintosh. Was kam als Nächstes? Sie durfte nicht auf das Regal schauen. Sie musste von allein draufkommen. Apple Macintosh.

„Sam war schlau", fuhr Paul fort. „Ich meine, sehr viel schlauer, als wir ihm alle zugetraut hätten. Er hätte Julias Leiche nie gefunden. Ich bin der einzige Mensch auf der Welt, der weiß, wo sie ist, aber dein Vater war mir auf der Spur. Er wusste über meinen Dad Bescheid, und er wusste, dass ich irgendwie beteiligt war. Warst du darüber informiert?"

Lydia war immun gegen Überraschungen geworden.

„Sam bat mich zu sich in die Wohnung. Er dachte, er würde mich überlisten, aber ich habe vor dem vereinbarten Treffen ein paar Erkundigungen angestellt." Er hielt die Notizbücher ihres Vaters wie eine Trophäe in die Höhe. „Mein Rat: Wenn du jemanden überlisten willst, lass dein Manuskript nicht herumliegen."

Lydia umklammerte die Armlehnen des Stuhles. „Halt verdammt noch mal das Maul."

Paul lächelte. „So kenne ich meine kleine Kämpferin."

„Was hast du mit meinem Vater gemacht?"

„Ich denke, du weißt, was ich getan habe." Paul ging den Stapel Notizbücher durch. Er überprüfte die Titelseiten. Er suchte nach etwas. „Ich kam zur festgesetzten Zeit in seine Wohnung. Ich schenkte uns Drinks ein, damit wir wie Männer reden konnten. Das tat dein Vater gern, nicht wahr? Klarstellen, wer die Männer waren und wer die Jungs."

Lydia hörte aus seinen Worten die Stimme ihres Vaters.

„Sam trank seinen Wodka. Er bezeichnete sich als Geselligkeitstrinker, aber wir wissen, dass er sich nachts in den Schlaf trank, nicht wahr? Genau wie es Helen tat, während die arme Claire allein in ihrem Zimmer saß und sich fragte, warum niemand in ihrer Familie wahrnahm, dass sie noch lebte."

Lydia schluckte. Sie schmeckte das saure Brennen seiner Pisse.

„Ich schätze, der Wodka hat den Geschmack der Schlaftabletten überdeckt, die ich in seinen Drink gemahlen hatte."

Lydia hätte gern die Augen geschlossen. Sie hätte ihn gern ausgeblendet. Aber sie konnte es nicht.

„Ich sah, wie ihm der Kopf auf die Brust sank." Paul imitierte ihren Vater, wie dieser in Erstarrung fiel. „Ich hatte ein Laken in lange Streifen geschnitten und sie mitgebracht. Damit habe ich ihn gefesselt. Seine Hände waren so schlaff, dass ich Angst hatte, dass er mir wegstirbt, bevor der Spaß losging."

Lydia spürte, wie sich alle ihre Sinne auf ihn ausrichteten.

Paul lehnte sich zurück und machte die Beine breit. Lydia zwang sich, nicht nach unten zu blicken, denn sie wusste genau, was sie sehen sollte. „Wenn man jemanden mit Bettlaken fesselt, findet der Leichenbeschauer keine Male. Wenn man vorsichtig ist, meine ich, denn natürlich muss man den Stoff richtig falten, was ich getan habe, denn mit deinem Vater konnte ich mir Zeit lassen. Hast du gehört, Liddie? Ich hatte jede Menge Zeit mit deinem Vater."

Lydias Verstand spielte verrückt. Es war zu viel. Sie konnte nicht aufnehmen, was er sagte.

„Als Sam aufwachte, haben wir uns zusammen das Video angesehen. Du kennst das Video, von dem ich rede? Das mit Julia?" Paul rieb sich die Wange. Sein Bart war einige Tage alt. „Ich hätte mir gern alle Bänder mit ihm zusammen angesehen, aber ich hatte Angst, die Nachbarn würden seine Schreie hören. Wobei er nachts natürlich ohnehin viel geschrien hat, aber trotzdem."

Lydia lauschte dem gleichmäßigen Ein und Aus ihres

Atems. Sie ordnete seine Worte im Kopf um, bis sie verdaubare Sätze ergaben. Paul hatte ihren Vater mit Drogen betäubt. Er hatte ihren Vater gezwungen zuzusehen, wie seine älteste Tochter brutal ermordet wurde.

„Am Ende überlegte ich hin und her, ob ich Sam verraten sollte, wohin Dad und ich Julias Leiche geschafft hatten. Was hätte es schaden können? Wir wussten beide, dass er sterben würde, nicht wahr?" Er zuckte mit den Achseln. „Vielleicht hätte ich es ihm sagen sollen. Es ist eine dieser Fragen, die man sich noch Jahre später stellt. Ich meine, es quälte ihn so, nicht? Er wollte nur noch wissen, wo sie war, und ich wusste es, aber ich konnte mich einfach nicht dazu aufraffen, es ihm zu sagen."

Lydia war bewusst, dass sie toben sollte, dass sie versuchen sollte, ihn zu töten. Aber sie konnte sich nicht bewegen. Ihr Magen war voll Urin. Sie hatte Krämpfe vor Schmerzen. An ihren Armen waren Blasen von den Stromschlägen. Die Wunde auf ihrer Stirn war wieder aufgegangen. Ihre Lippe war auf ganzer Länge aufgeplatzt. Ihre Rippen waren so schwer geprellt, dass es sich beim Atmen anfühlte, als hätten sich die Knochen in Messer verwandelt.

„Ich habe Nembutal benutzt", fuhr Paul fort. „Du weißt, was das ist, oder? Man erlöst damit Tiere von ihrem Elend. Und es ging ihm elend, vor allem nachdem er das Video gesehen hatte." Paul hatte das Notizbuch gefunden, das er suchte. „Da ist es." Er hielt die Seite so, dass Lydia sie sehen konnte. Die untere Hälfte war weggerissen. „Kommt dir das bekannt vor?"

Die Abschiedsworte ihres Vaters waren auf eine herausgerissene Notizbuchseite geschrieben. Lydia sah seine zittrige Schrift noch vor sich.

An alle meine wunderschönen Mädchen. Ich liebe Euch von ganzem Herzen. Daddy.

„Ich finde, ich habe eine gute Zeile ausgewählt", sagte Paul. „Meinst du nicht auch?" Er legte das Notizbuch wieder in seinen Schoß. „Eigentlich habe ich sie für Claire ausgesucht, denn ich fand, die Worte trafen besonders auf sie zu. Alle seine wunderschönen Mädchen. Du warst nie wirklich schön, Lydia. Und Julia – wie ich schon sagte, besuche ich sie noch manchmal. Sie ist nicht mehr schön. Es ist traurig, ihren Verfall über die Jahre mit anzusehen. Als ich das letzte Mal nach ihr geschaut habe, war sie nur noch morsche Knochen mit langen, schmutzig blonden Haarsträhnen und diesen bescheuerten Armreifen, die sie immer am Handgelenk trug. Erinnerst du dich noch daran?"

Armreife. Julia hatte Armreife am linken Handgelenk getragen und eine große schwarze Schleife im Haar, und sie hatte Lydias Oxford-Schuhe geklaut, um das Outfit zu komplettieren, denn sie behauptete, sie würden ihr ohnehin besser stehen.

Plötzlich hatte Lydia zu viel Speichel im Mund. Sie versuchte zu schlucken. Ihre Kehle zog sich zusammen. Sie hustete.

„Willst du nicht wissen, wo Julia ist?", fragte Paul. „Das ist im Grunde doch das, was euch alle fertiggemacht hat. Nicht ihr Verschwinden, nicht ihr wahrscheinlicher Tod, sondern nie Bescheid zu wissen. Wo ist Julia? Wo ist meine Schwester? Wo ist meine Tochter? Dieses Nichtwissen hat jeden Einzelnen von euch zerbrochen. Selbst Grandma Ginny, obwohl das alte Miststück gern so tut, als hätte sie mit der Vergangenheit abgeschlossen."

Lydia merkte, wie sie wieder in diese Zwischenwelt zurückglitt. Es hatte keinen Sinn, ihm länger zuzuhören. Sie wusste bereits alles, was sie wissen musste. Dee und Rick liebten sie. Helen hatte sie nie aufgegeben. Lydia hatte Claire verziehen. Vor zwei Tagen wäre sie in Panik geraten, wenn ihr jemand gesagt hätte, ihr bliebe nur noch eine begrenzte Zeit, um ihre Angelegenheiten zu regeln, aber letzten Endes war ihre Familie eigentlich alles, was zählte.

„Ich besuche Julia manchmal." Paul studierte ihr Gesicht, um die Wirkung seiner Worte abzuschätzen. „Wenn du einen letzten Wunsch hättest, wäre es nicht der zu wissen, wo Julia ist?"

Apple Macintosh, Nadeldrucker, Fünf-Zoll-Disketten, Kopiermaschine, CD-Brenner.

„Ich lese dir jetzt einige Auszüge aus den Tagebüchern deines Vaters vor, und dann werde ich in …" Er sah auf seine Armbanduhr. „… in zweiundzwanzig Minuten das nächste Waterboarding machen. In Ordnung?"

Apple Macintosh, Nadeldrucker, Fünf-Zoll-Disketten, Kopiermaschine, CD-Brenner.

Paul legte das Notizbuch in seinen Schoß auf die anderen. Er begann, laut vorzulesen. „Ich weiß noch, wie deine Mutter und ich zum ersten Mal mit dir durch den Schnee gelaufen sind. Wir hatten dich eingewickelt wie ein kostbares Geschenk. Der Schal war so oft um deinen Kopf geschlungen, dass wir außer deiner kleinen rosa Nase nichts mehr von dir sahen."

Seine Stimme. Paul hatte ihren Vater gekannt. Er hatte Stunden mit ihm verbracht – selbst seine letzten Stunden –, und er verstand es, Sams Worte mit der gleichen weichen Sprachmelodie zu lesen, die ihrem Vater zu eigen gewesen war.

„Wir waren mit dir zu Besuch bei Grandma Ginny. Natürlich war deine Mutter über dieses Ziel unseres Spaziergangs nicht erfreut."

„Ja", sagte Lydia.

Paul blickte von der Seite auf. „Wie – ja?"

„Gib mir das Oxycodon."

„Gern." Paul ließ die Notizbücher auf den Boden fallen. Er schraubte den Verschluss von der Sprühflasche. „Aber erst musst du es dir verdienen."

19. KAPITEL

Claire saß, mit den Ellbogen auf den Knien und dem Kopf in den Händen, auf der Toilette. Sie hatte sich leer geweint. Es waren keine Tränen mehr da, es war nichts mehr in ihr. Selbst ihr Herz plagte sich damit, in der Brust zu schlagen. Das langsame Pochen war beinahe schmerzhaft. Bei jedem Pulsschlag sagte ihr Gehirn lautlos das Wort: Lydia.

Lydia.

Lydia.

Ihre Schwester hatte aufgegeben. Claire hatte es in Lydias Stimme gehört, in der kein anderer Tonfall mehr lag als der vollständiger Kapitulation. Was hatte Paul Schreckliches getan, dass Lydia glaubte, bereits tot zu sein?

Über diese Frage nachzudenken würde Claire nur tiefer in die Verzweiflung stürzen.

Sie legte den Kopf an die kalte Wand. Die Augen fielen ihr zu. Sie war stehend k.o. vor Erschöpfung. Die nackte Wahrheit war, dass Claire ebenfalls aufgeben wollte. Mit jeder Faser ihres Seins verlangte es sie danach. Ihr Mund war trocken. Sie sah nur noch verschwommen. In beiden Ohren schrillte ein hoher Ton. Hatte sie in dem Vernehmungszimmer geschlafen? Durfte sie es als Ruhepause zählen, dass Paul sie bewusstlos geschlagen hatte?

Claire wusste nur, dass sie seit beinahe vierundzwanzig Stunden wach war. Das letzte Mal hatte sie etwas gegessen, als Lydia ihr gestern Morgen das Eibrot gemacht hatte. In zweieinhalb Stunden sollte sie zu der Bank in Hapeville fahren – aber wozu? Adam hatte den USB-Stick. Er war derjenige, mit dem Claire reden müsste. Die Büros von Quinn + Scott waren zehn Blocks entfernt. In ein paar Stunden würde Adam wegen seiner Präsentation dort sein. Claire sollte vor der Tür der Firma warten und nicht auf der Toilette im Hyatt sitzen. Wenn ihre Wells-Fargo-Lüge den Zweck gehabt hatte, sich Zeit zu erkaufen, dann hatte sie nur weitere sinnlose vier oder fünf Stunden dafür bekommen.

Sie wusste immer noch nicht, was sie tun würde. Ihr Verstand lehnte es ab, sich weiter in den vertrauten Kreisen zu drehen. Mayhew. Nolan. Der Abgeordnete. Die Waffe.

Was, zum Teufel, würde sie mit der Waffe tun? Alle Sicherheit von zuvor war restlos verschwunden. Claire konnte die stahlharte Entschlossenheit, die sie empfunden hatte, als sie Lydias Revolver zum ersten Mal in der Hand hielt, nicht wieder zum Leben erwecken. Konnte sie wirklich auf Paul schießen? Eine noch bessere Frage war vielleicht: Konnte sie schießen und ihn auch treffen? Sie war keine Annie Oakley. Sie müsste ihm nahe genug kommen, damit sie ihn traf, aber nicht so nahe, dass er ihr die Waffe wegnehmen konnte.

Und sie würde sie ihm an den Kopf werfen müssen, denn sie hatte verdammt noch mal keine Munition.

Die Tür zur Toilette ging auf. Instinktiv zog Claire die Füße an und setzte sie auf den Rand der Kloschüssel. Sie hörte den leichten Tritt weich besohlter Schuhe auf den Keramikfliesen. Harvey? Claire nahm an, ein so kräftiger Mann würde einen schwerfälligeren Gang haben. Eine Kabinentür wurde aufgestoßen, dann noch eine und noch eine, bis das Schloss an Claires Tür ratterte.

Claire erkannte die Schuhe. Braune Halbschuhe, mit denen man gut zwischen den Bücherstapeln umherlaufen konnte. Eine hellbraune Hose, auf der man den Staub von alten Zeitschriften und Taschenbüchern nicht sah.

„Mom." Claire schloss die Tür auf. „Was tust du hier? Wie hast du mich gefunden?"

„Ich bin hintenherum um das Gebäude gekommen, nachdem ich deinen Verfolger abgeschüttelt hatte."

„Was hast du?"

„Ich habe gesehen, wie dir dieser Mann nachlief. Ich bin um das Gebäude herumgegangen und habe in die Hände geklatscht, bis er auf mich aufmerksam wurde, und dann ..." Helen hielt sich an der Tür fest. Ihr Gesicht war gerötet, sie war außer Atem. „Sie ließen mich durch die Haupteingangshalle laufen. Der Wachmann am Seiteneingang sagte, du seist eben gegangen. Du bist so schnell gerannt, dass ich dich fast verloren hätte, aber dann hat der Hotelpage draußen gesagt, dass du hier bist."

Claire starrte sie ungläubig an. Helen trug eine farbenfrohe blaue Bluse von Chico's mit einer schweren Halskette. Sie müsste als Gastgeberin einer Signierstunde fungieren und nicht durch die Innenstadt von Atlanta rennen und einen Verfolger ihrer Tochter ablenken.

„Soll ich immer noch dein Auto bewegen?", fragte Helen.

Claire schüttelte den Kopf, aber nur, weil sie nicht wusste, was Helen stattdessen tun sollte.

„Ich weiß, dass Paul beschuldigt wurde, Geld gestohlen zu haben." Helen hielt inne, als erwartete sie, dass Claire widersprach. „Dieser Agent Nolan war gestern Nachmittag beim Haus, und kaum war er weg, hat dieser Captain Jacob Mayhew vorbeigeschaut."

„Er hat es getan", sagte Claire, und es war ein gutes Gefühl, ihrer Mutter auch nur ein winziges Stückchen Wahrheit erzählen zu dürfen. „Paul hat drei Millionen Dollar von der Firma gestohlen."

Helen wirkte entsetzt. Für ihre Mutter waren drei Millionen Dollar unglaublich viel Geld. „Du zahlst es zurück. Du ziehst bei mir ein. Du kannst an der Schule Kunst unterrichten."

Claire lachte, weil sie es sich so einfach vorstellte.

Helen presste die Lippen aufeinander. Natürlich hätte sie gern gewusst, was los war, aber sie sagte nur: „Soll ich dich in Ruhe lassen? Oder brauchst du meine Hilfe? Sag mir, was ich tun soll."

„Ich weiß es nicht", räumte Claire ein weiteres Scheibchen Wahrheit ein. „Ich muss in zwei Stunden nach Hapeville fahren."

Helen fragte nicht, wieso. „Gut", sagte sie schlicht. „Was noch?"

„Ich muss den Tesla aufladen. Ich muss mir ein Ladekabel für ein iPhone besorgen."

„Ich habe eins in der Handtasche." Helen öffnete den Reißverschluss ihrer braunen, um den Riemen mit Blumen bedruckten Lederhandtasche. „Du siehst furchtbar aus", sagte sie. „Wann hast du das letzte Mal etwas gegessen?"

Lydia hatte ihr vor zwei Tagen die gleiche Frage gestellt. Claire hatte zugelassen, dass ihre Schwester sich um sie kümmerte, und jetzt war sie Pauls Gefangene. Sein Faustpfand. Sein Opfer.

„Komm, Schatz." Helen hatte das Ladekabel in der Hand. „Lass uns in die Lobby gehen und etwas essen."

Claire ließ sich von ihrer Mutter genauso aus der Toilette führen wie zuvor aus dem Vernehmungszimmer des FBI. In der Hotelhalle standen einige Sitzgruppen mit großen Sofas und weich gepolsterten Sesseln. Claire ließ sich in den erstbesten fallen.

„Bleib hier", sagte Helen. „Ich gehe ins Café und hole etwas."

Claire legte den Kopf zurück. Sie musste Helen loswerden. Lydia war einzig und allein deshalb in Schwierigkeiten, weil Claire sie in Pauls Wahnsinn hineingezogen hatte. Sie würde ihre Mutter nicht auf denselben Weg führen. Sie musste sich etwas einfallen lassen, wie sie alle aus dieser Geschichte herauskamen. Paul würde sich irgendwo an einem abgelegenen Ort mit ihr treffen wollen. Claire sollte einen anderen Vorschlag haben. Einen öffentlichen Ort mit vielen Menschen. Eine Mall. Claire kannte all die teuren Läden in Phipps Plaza. Sie sah sich im Geiste mit Kleidern über dem Arm durch das Saks spazieren. Sie würde sie anprobieren müssen, denn manche Marken fielen kleiner aus als üblich, oder vielleicht brauchte Claire sie auch eine Nummer größer, seit sie nicht mehr vier Stunden am Tag Tennis spielte. Sie wollte sich die neuen Prada-Taschen ansehen, aber die Vitrine war zu nah an der Parfümtheke, und ihre Allergien meldeten sich.

„Schatz?“

Claire blickte auf. Das Licht hatte sich verändert, und Helen saß plötzlich auf der Couch neben ihr. Sie hatte ein Taschenbuch in der Hand und markierte die Seite, auf der sie war, indem sie den Daumen ins Buch schob.

„Ich habe dich eineinhalb Stunden schlafen lassen“, sagte sie zu Claire.

„Was?“ Claire setzte sich erschrocken auf. Sie suchte die Eingangshalle ab. Jetzt waren mehr Leute da. Der Empfang war voll besetzt. Koffer wurden über den Teppichboden gerollt. Sie sah sich die Gesichter an. Kein Jacob Mayhew. Kein Harvey Falke.

„Du sagtest, du hättest zwei Stunden Zeit.“ Helen steckte das Buch in ihre Handtasche. „Ich habe dein iPhone aufgeladen. Der Tesla hängt eine Straße weiter in der Peachtree Center Avenue an der Steckdose. Deine Handtasche ist genau neben dir. Ich habe den Schlüssel in die Reißverschlusstasche gesteckt. Saubere Unterwäsche ist ebenfalls drin.“ Sie zeigte auf den Kaffeetisch. „Das Essen ist noch warm. Du solltest etwas essen, dann wird es dir besser gehen.“

Claire sah auf den Tisch. Ihre Mutter hatte ihr einen großen Becher Kaffee und ein Hähnchen-Sandwich geholt.

„Nur zu, du hast noch Zeit.“

Helen hatte recht. Sie musste ein paar Kalorien zu sich nehmen. Der Kaffee ging auf jeden Fall, bei dem Essen war sie sich nicht so sicher. Sie nahm den Plastikdeckel von dem Becher. Helen hatte genügend Milch hineingeschüttet, sodass die Flüssigkeit hell war, wie Claire es mochte.

Helen faltete eine Serviette auseinander und legte sie auf

Claires Schoß. „Du weißt, dass dieser Revolver 38er-Spezialmunition braucht, ja?", sagte sie.

Claire trank einen Schluck Kaffee. Ihre Mutter war in dem Tesla gewesen. Sie musste die Waffe in der Türablage gesehen haben.

„Er ist in deiner Handtasche. Es erschien mir nicht ratsam, eine Waffe im Wagen zu lassen, solange er auf der Straße steht. Ich habe keinen Laden gefunden, sonst hätte ich dir gleich Munition gekauft."

Claire stellte den Becher ab. Sie packte das Sandwich aus, damit ihre Hände etwas zu tun hatten. Fast rechnete sie damit, dass sich ihr von dem Geruch der Magen umdrehte, aber dann merkte sie, dass sie Hunger hatte. Sie biss ein herzhaftes Stück ab.

„Huckleberry hat mich angerufen", sagte Helen. „Ich weiß, dass du von dem Video weißt."

Claire schluckte. Ihre Kehle schmerzte noch vom Schreien im Garten des Fuller-Hauses. „Du hast mich wegen Julia belogen."

„Ich habe dich beschützt. Das ist ein Unterschied."

„Ich hatte ein Recht, es zu wissen."

„Du bist mein Kind. Ich bin deine Mutter." Helen klang resolut. „Ich werde mich nicht dafür entschuldigen, dass ich getan habe, was meine Aufgabe ist."

Claire verkniff sich eine bissige Bemerkung darüber, wie erfrischend es war, dass Helen sich wieder ihrer Aufgabe stellte.

„Hat Lydia dir das Video gezeigt?", fragte Helen.

„Nein." Sie würde nicht zulassen, dass ihrer Schwester einmal mehr die Schuld gegeben wurde. „Ich habe es im Internet gefunden. Ich habe es ihr gezeigt." Lydias Handy. Helen hatte die unbekannte Nummer auf ihrem Display gesehen. „Ich habe ihr Handy genommen. Meines wurde bei dem Raubüberfall gestohlen, und ich brauchte eins, deshalb habe ich ihres genommen."

Helen drängte nicht auf eine bessere Erklärung, wahrscheinlich weil sie zahllose Diebstähle untersucht hatte, während die Mädchen heranwuchsen. Sie fragte nur: „Geht es dir gut?"

„Besser. Danke." Sie blickte an ihrer Mutter vorbei, denn sie brachte es nicht über sich, ihr in die Augen zu sehen. Claire durfte Helen nicht von Lydia erzählen, aber sie konnte ihr von Dee erzählen. Ihre Mutter war Großmutter. Sie hatte eine prachtvolle Enkelin, die im Moment hoffentlich irgendwo versteckt gehalten wurde, wo Paul sie nicht finden konnte.

Und das hieß, Claire durfte vorläufig auch nicht zulassen, dass Helen sie fand.

„Vorhin, als ich mit Wallace nach dir gesucht habe", sagte Helen, „ist mir etwas eingefallen, was dein Vater einmal sagte." Sie umklammerte die Handtasche in ihrem Schoß. „Er sagte, dass Kinder immer verschiedene Eltern haben, selbst in derselben Familie."

Familie. Helen hatte mehr davon, als sie wusste. Claires Schuldgefühle lasteten schwer auf ihr.

„Als Julia klein war", fuhr Helen fort, „und wir nur zu dritt waren, ich glaube, da war ich eine verdammt gute Mutter." Sie lachte, die Erinnerung machte sie offenbar glücklich. „Und dann kam Pepper, und sie war so furchtbar schwierig, aber ich habe jede Minute mit ihr geliebt, auch wenn es frustrierend und anstrengend war, denn sie hatte so einen Widerspruchsgeist und so einen starken Willen, und sie hat sich ständig mit Julia angelegt."

Claire nickte. Sie erinnerte sich gut an die lautstarken Auseinandersetzungen zwischen ihren älteren Schwestern. Sie waren sich zu ähnlich, um länger als ein paar Stunden miteinander auszukommen.

„Und dann warst da noch du." Helen lächelte liebevoll. „Du warst so unproblematisch, verglichen mit deinen Schwestern. Du warst still und gutmütig, und dein Vater und ich saßen abends oft beisammen und sprachen darüber, wie anders du warst. ‚Bist du dir sicher, dass sie die Babys im Krankenhaus nicht vertauscht haben?‘, sagte er dann. ‚Vielleicht sollten wir zum Gefängnis runtergehen und schauen, ob sie unser richtiges Kind wegen Erregung öffentlichen Ärgernisses verhaftet haben.‘“

Claire lächelte, denn das hörte sich sehr nach etwas an, das ihr Vater sagen würde.

„Du hast alles beobachtet. Du hast alles bemerkt.“ Helen schüttelte den Kopf. „Wenn du in deinem Hochstühlchen gesessen bist, haben mich deine Augen auf Schritt und Tritt verfolgt. Du warst so neugierig auf die Welt und hast dich allen anderen so angepasst, ihrem Temperament, ihren Leidenschaften und dominanten Persönlichkeiten, dass ich Angst hatte, du würdest völlig untergehen. Deshalb habe ich immer diese kleinen Ausflüge nur mit dir gemacht. Weißt du noch?“

Claire hatte es vergessen, aber jetzt erinnerte sie sich wieder. Ihre Mutter war mit ihr in Kunstmuseen in Atlanta gegangen und ins Marionettentheater, und sie hatten sogar einen missglückten Töpferkurs zusammen gemacht.

Nur sie beide. Keine Pepper, die Claires perfekt geformte Tonschale zerstören konnte. Keine Julia, die das Kasperletheater ruinierte, indem sie auf die patriarchalische Struktur zwischen den Figuren hinwies.

„Ich war dreizehn Jahre lang eine wirklich gute Mutter für dich“, fuhr Helen fort, „und dann war ich für etwa fünf Jahre eine wirklich schlechte, und mir ist, als hätte ich seitdem jeden Tag versucht, an diesen Punkt zurückzufinden, wo du mich wieder als eine gute Mutter siehst.“

Claire hatte genau dieses Gespräch in den letzten zwanzig Jahren wechselweise angestrebt oder war ihm aus dem Weg gegangen, aber sie wusste, dass sie zusammenbrechen würde, wenn sie es jetzt führten.

Deshalb fragte sie: „Was hast du von Paul gehalten?“

Helen drehte den Ring an ihrem Finger. Paul hatte sich geirrt. Claire drehte ihren Ehering, weil sie es so oft bei ihrer Mutter gesehen hatte.

„Keine Angst, du verletzt meine Gefühle nicht", fügte sie an. „Ich will die Wahrheit wissen."

Helen hielt sich nicht zurück. „Ich habe zu deinem Vater gesagt, Paul sei wie ein Einsiedlerkrebs. Denen fehlt die Fähigkeit, sich ihr eigenes Haus zu bauen, deshalb suchen sie herum, bis sie ein aufgegebenes Gehäuse finden, in das sie dann einziehen."

Claire wusste besser als irgendwer, dass ihre Mutter recht hatte. Paul war in ihr Gehäuse eingezogen, das von ihrer in Trauer versunkenen Familie aufgegeben worden war.

„Ich soll in einer halben Stunde nach Hapeville fahren", sagte sie zu ihrer Mutter. „Zu einer Bank oberhalb des Dwarf House. Es muss so aussehen, als wäre ich dort, aber ich muss unbedingt anderswohin."

„Welche Bank?"

„Wells Fargo." Claire biss noch einmal von ihrem Sandwich ab. Sie merkte ihrer Mutter an, dass sie sehr gern mehr erfahren würde. „Sie überwachen mich. Ich kann nicht nach Hapeville fahren, und sie dürfen nicht wissen, wohin ich wirklich fahre."

„Dann gib mir dein Handy, und ich fahre nach Hapeville. Am besten nehme ich den Tesla, denn vielleicht überwachen sie den auch."

Das Handy. Wie hatte Claire so dumm sein können? Paul hatte gewusst, dass sie im FBI-Gebäude war. Er hatte ihre genaue Position auf der Straße gekannt. Er hatte sie angewiesen, nach links abzubiegen, um zum Hotel zu kommen. Er benutzte die Find-My-iPhone-App, denn er wusste, dass Claire ohne ihre einzige Verbindung zu Lydia nirgendwohin gehen würde.

„Ich muss mich am Telefon melden können, wenn es läutet", sagte sie. „Es muss meine Stimme sein."

„Kannst du nicht die Anrufweiterleitung benutzen?" Helen wies mit dem Daumen zum Souvenirshop des Hotels. „Dort ist eine Auslage mit Prepaid-Handys. Wir können eines von denen kaufen, oder ich gebe dir mein Handy."

Claire kam aus dem Staunen nicht mehr heraus. In weniger als einer Minute hatte Helen eines ihrer größten Probleme gelöst.

„Hier." Helen zog ihre Wagenschlüssel aus der Handtasche, zusammen mit einem hellblauen Parkschein. „Nimm das schon mal. Ich gehe nach einem Handy schauen."

Claire nahm die Schlüssel. Ihre Mutter hatte sinnvollerweise die Parkhausebene und die Nummer des Stellplatzes auf der Rückseite notiert.

Sie sah, wie Helen mit dem Angestellten im Laden sprach. Der Mann zeigte ihr verschiedene Handymodelle. Claire begann sich zu fragen, wer diese selbstbewusste und tüchtige Person war, aber sie wusste es natürlich: Das war die Helen Carroll, die sie vor Julias Verschwinden gekannt hatte.

Oder vielleicht war es die Helen Carroll, die zu Claire zurückgekommen war, nachdem sie den Verlust Julias betrauert hatte, denn Helen hatte sofort nach Claires Anruf Wynn Wallace verständigt. Sie hatte die ganze Nacht nach ihr gesucht. Sie hatte sie vor Fred Nolan gerettet. Sie hatte Harvey Falke abgelenkt, damit Claire entkommen konnte. Und jetzt tat sie hier in der Eingangshalle des Hotels alles, um ihr zu helfen.

Claire hätte die Hilfe ihrer Mutter liebend gern in Anspruch genommen, um auch ihre anderen Probleme zu lösen, aber ihr fiel keine glaubhafte Geschichte ein, die nicht die Wahrheit enthüllte, und sie wusste, dass Helen ihre Neugier nicht endlos im Zaum halten konnte. Ihre Mutter war ohnehin schon unfassbar hilfreich gewesen. Sie hatte sich sogar nach Munition für die Waffe umgesehen. Paul wäre schockiert, wenn er das hörte.

Claire fing sich einen Augenblick zu spät. Sie würde Paul diese Geschichte nicht erzählen, wenn er heute Abend von der Arbeit nach Hause kam. Einen solchen Moment würde es zwischen ihnen nie mehr geben.

„Das war einfach." Helen hatte das Telefon bereits aus der Verpackung genommen. „Der Akku ist schon halb aufgeladen, aber ich habe ein Ladekabel fürs Auto, und der nette Mann im Laden schenkte mir einen Gutschein, deshalb hast du dreißig Minuten Telefonzeit gratis. Sofern man von gratis sprechen kann, wenn man für etwas bezahlt hat, um etwas zusätzlich zu bekommen." Helen setzte sich wieder neben Claire. Sie war offenkundig nervös, denn sie plapperte genau so, wie Claire es tat, wenn sie nervös war. „Ich habe bar bezahlt. Wahrscheinlich bin ich paranoid, aber wenn das FBI dich überwacht, überwachen sie eventuell auch mich. Ach ja …" Sie fasste in ihre Handtasche und zog ein Bündel Geldscheine hervor. „Das habe ich vom Geldautomaten geholt, während du geschlafen hast. Fünfhundert Dollar."

„Du bekommst es zurück." Claire nahm das Geld und stopfte es in ihre Handtasche. „Ich kann nicht glauben, dass du das alles für mich tust."

„Na ja, lass mich eines klarstellen: Ich habe schreckliche Angst wegen der Sache, in die du hier geraten bist." Sie lächelte, aber in ihren Augen glitzerten Tränen. „Das letzte Mal, als ich schreckliche Angst um eines meiner Kinder hatte, habe ich die ganze Familie im Stich gelassen: deinen Vater, dich und Lydia. Das werde ich nie wieder tun. Also, *mea culpa*, und wenn es sein muss, gehe ich sogar ins Gefängnis."

Claire wurde bewusst, dass Helen dachte, es ginge immer noch um das veruntreute Geld. Das FBI und die Polizei hatten sie befragt. Nolan hatte Claire zwölf Stunden lang vernommen. Claire schickte sie zu einer Bank in Hapeville. Ganz offensichtlich glaubte sie, sie hätte alle Puzzleteile zusammengesetzt, aber sie hatte absolut keine Ahnung, worum es tatsächlich ging.

Helen griff nach Lydias Handy. „Der nette Mann im Laden hat mir erklärt, dass man auf ‚Einstellungen' gehen muss …"

Claire nahm ihr das Telefon aus der Hand. „Zuerst das Passwort." Sie neigte den Schirm so, dass ihre Mutter nicht sehen konnte, was sie zuletzt angesehen hatte – Pauls Foto von Lydia im Kofferraum. Sie ließ das Bild verschwinden und tat, als würde sie ein Passwort eintippen, bevor sie Helen das Handy zurückgab. Dann sah sie erstaunt zu, wie geschickt ihre Mutter durch die Software navigierte.

Helen gab die Nummer des Prepaid-Handys ein und ging dann aus dem Menü. „Ah, schau." Sie drehte das Display zu Claire. „Siehst du das komische Ding da oben, die Abbildung von einem Telefon und einem Pfeil? Das bedeutet, die Anrufe werden weitergeleitet." Sie wirkte beeindruckt. „Was für ein wunderbares kleines Gerät."

Claire traute dem komischen Ding noch nicht. „Ruf mal die Nummer an und überzeuge dich davon, dass es funktioniert."

Helen holte ihr eigenes iPhone hervor. Sie fand Lydias Nummer unter den zuletzt erhaltenen Anrufen. Die beiden warteten. Mehrere Sekunden vergingen, dann fing das Prepaid-Handy an zu klingeln.

Helen unterbrach die Verbindung. „Meine Mutter hat immer geschimpft, wenn ich sie angerufen habe. ‚Es ist so unpersönlich', meckerte sie. ‚Warum schreibst du keinen Brief?' Und ich schimpfe mit dir, wenn du eine E-Mail schreibst, statt anzurufen. Und alle meine Freundinnen schimpfen ihre Enkelkinder wegen deren analphabetischen SMS. Was für ein merkwürdiges Wirrwarr von Bedürfnissen."

„Ich liebe dich, Mom."

„Ich liebe dich auch, Sweetpea." Sie räumte den Saustall

ab, den Claire auf dem Tisch in der Lobby hinterlassen hatte. Helen bemühte sich, ungezwungen zu wirken, aber ihre Hände zitterten. Sie hatte immer noch Tränen in den Augen. Sie war erkennbar hin- und hergerissen, aber sie war auch entschlossen, alles zu tun, was sie konnte, um zu helfen. „Ich sollte jetzt losfahren. Wie lange muss ich bei der Bank bleiben?"

Claire hatte keine Ahnung, wie lange es dauerte, etwas aus einem Bankfach zu holen. „Mindestens eine halbe Stunde."

„Und dann?"

„Fahr zurück auf die 75. Ich rufe dich auf deinem Telefon an und sage dir Bescheid." Sie dachte an Pauls Warnung. „Sei vorsichtig. Das ist nicht die tollste Gegend, vor allem wenn du in dem Tesla unterwegs bist."

„Die Bank hat sicher einen Wachmann auf dem Parkplatz." Helen berührte Claires Wange. Ihre Hand zitterte immer noch leicht. „Wenn das alles vorbei ist, gehen wir mal zusammen essen. Mit Drinks – vielen Drinks."

„Okay."

Claire sah auf die Uhr, damit sie Helen nicht nachblicken musste. Adam Quinn hatte gesagt, seine Präsentation würde in aller Frühe stattfinden. Arbeitsbeginn in der Firma war um neun, das hieß, dass Claire eine halbe Stunde blieb, um die zehn Blocks zu Fuß zu gehen.

Das Prepaid-Handy wanderte in ihre Hosentasche. Die Handtasche hängte sie sich um. Sie trank ihren Kaffee aus und ging noch mal zurück zur Toilette. Seit sie ihr Spiegelbild in dem Vernehmungszimmer an der Wand hinter Nolan gesehen hatte, hatte sich Claires Aussehen nicht verbessert. Das Haar klebte ihr am Schädel, ihre Kleidung war in einem katastrophalen Zustand. Wahrscheinlich roch sie verschwitzt, weil sie in hohem Tempo durch die Stadt gerannt war.

Der Riss auf ihrer Stirn schmerzte noch bei Berührung. Der dunkle Ring unter ihrem Auge hatte sich zu einem ausgewachsenen Veilchen entwickelt. Claire berührte die Haut vorsichtig. Paul hatte auch Lydia geschlagen. Er hatte ihre Stirn zum Bluten gebracht. Ihr Auge war zugeschwollen. Er hatte auch noch andere Dinge getan, Dinge, die Lydia aufgeben ließen, die sie glauben ließen, sie sei bereits tot, egal, was Claire unternahm.

„Du bist nicht tot, Lydia." Claire sprach die Worte laut aus. „Ich werde dich nicht im Stich lassen."

Sie ließ Wasser ins Waschbecken laufen. So, wie sie aussah, konnte sie nicht zu Adam Quinn gehen. Wenn Adam keine Ahnung davon hatte, was Paul wirklich trieb, würde er Claire wahrscheinlich viel eher helfen, wenn sie nicht aussah wie eine Obdachlose. Sie säuberte sich das Gesicht und wusch sich rasch unter den Achseln und zwischen den Beinen. Die Unterhose, die ihr Helen mitgebracht hatte, reichte ihr bis zum Nabel, aber sie war nicht in der Situation, sich zu beschweren.

Sie strich das Haar mit Wasser glatt nach hinten und lockerte es dann mit den Fingerspitzen zu einer sanften Welle, damit es trocknen konnte. In ihrer Handtasche war Make-up. Grundierung. Abdeckcreme. Lidschatten. Rouge. Puder. Wimperntusche. Eyeliner. Als sie die Schwellung unter dem Auge berührte, zuckte sie zusammen. Es war den Schmerz jedoch wert, denn langsam hatte sie den Eindruck, wieder sie selbst zu werden.

Die anderthalb Stunden Schlaf hatten wahrscheinlich mehr geholfen als der Neunzig-Dollar-Concealer. Sie merkte, wie ihr Verstand wieder zu arbeiten anfing. Sie dachte an die Frage, die sie Nolan ans Herz gelegt hatte: Warum trieb sich Paul noch hier herum?

Er wollte den USB-Stick. Claire war nicht so narzisstisch zu glauben, dass er wegen ihr noch hier war. Paul ging es um das eigene Überleben. Er setzte seine Freiheit aufs Spiel, um an den Stick zu kommen, und er sagte die Dinge zu Claire, von denen er glaubte, sie würde sie hören wollen, denn sie bei der Stange zu halten war der beste Weg, an den USB-Stick zu kommen.

Ihr zu sagen, dass er sie liebte, war das Zuckerbrot. Lydia war die Peitsche.

Nolan glaubte, dass Paul Beweise für die Identität des Maskierten anbieten würde, aber Claire wusste, dass er dem FBI keine Beweise gegen sich selbst liefern würde. Was blieb dann also noch übrig? Welche Informationen konnten auf dem Stick sein, dass Paul dafür seine Freiheit riskierte?

„Seine Kundenliste", sagte Claire zu ihrem Spiegelbild. Es war das Einzige, was einen Sinn ergab. Gestern am Telefon hatte Paul behauptet, er sei in das „Familienunternehmen" eingestiegen, weil er Geld für sein Studium brauchte. Wie viel Geld waren Leute bereit zu zahlen, um seine Filme anzuschauen? Und wie viele Namen standen auf der Kundenliste?

Gerald Scotts Videosammlung reichte mindestens fünfundzwanzig Jahre zurück. In der Garage gab es mindestens einhundert Kassetten. Die archivierte Ausrüstung in dem Metallregal deutete auf verschiedene andere Mittel der Vervielfältigung hin. Disketten für Fotos, DVDs für Filme. Der Super-Mac, um bearbeitete Filme ins Internet zu stellen. Es musste eine internationale Komponente geben. Paul hatte Claire zu zahllosen Reisen nach Deutschland und Holland mitgenommen. Er hatte behauptet, er würde Konferenzen besuchen, aber tatsächlich konnte sie nicht wissen, was er den ganzen Tag getrieben hatte.

Paul war mit Sicherheit nicht der einzige Mensch in diesem Geschäft, aber wie sie ihren Mann kannte, war er der Beste. Bestimmt hatte er Konzessionen für sein Konzept an andere Männer in anderen Teilen der Welt vergeben. Er würde Höchstpreise verlangen. Er würde jeden Aspekt des Marktes kontrollieren.

Solange er seine Kundenliste hatte, konnte Paul sein Geschäft überall auf der Welt betreiben.

Die Tür zur Damentoilette ging auf. Zwei Mädchen kamen herein, sie kicherten fröhlich und hatten große Starbucks-Becher mit einem eisgekühlten, wahrscheinlich pappsüßen Gebräu in den Händen.

Claire ließ das Wasser aus dem Becken ablaufen. Sie überprüfte ihr Make-up. Die Schwellung war bei ungünstigem Licht noch zu sehen, aber die konnte sie leicht erklären. Adam hatte sie schon bei der Beerdigung mit einer zerschrammten Wange gesehen.

Die Eingangshalle war voller Reisender auf der Suche nach einem Frühstück. Claire hielt nach Jacob Mayhew oder Harvey Falke Ausschau, aber sie waren nirgendwo zu sehen. Sie wusste aus Filmen, dass FBI-Agenten gern Knopfhörer im Ohr hatten, deshalb schaute sie auf die Köpfe aller Männer ohne Begleitung in ihrer Nähe. Und dann auf die der Frauen, denn schließlich gab es beim FBI auch weibliche Agenten. Zuletzt war sie sich ziemlich sicher, nur Touristen und Geschäftsreisende vor sich zu haben, denn alle Leute schienen gewaltig außer Form zu sein, und sie nahm an, man brauchte ein gewisses Maß an Fitness, um beim FBI zu arbeiten.

Ihr nun wieder frischer Verstand sprang mühelos zur nächsten Schlussfolgerung: Niemand hatte sie im „Hyatt" gefunden. Das hieß, Paul hatte niemandem ihren Aufenthaltsort verraten, und das wiederum bedeutete, er arbeitete nicht mit Mayhew oder dem FBI zusammen und damit, wenn man einen Schritt weiterdachte, auch nicht mit Johnny Jackson.

Wahrscheinlich.

Ein Blick nach draußen zeigte ihr, dass sich der Sprühnebel in einen gleichmäßigen Regen verwandelt hatte. Claire ging ein Stockwerk höher und benutzte die Skybridge, die zu einem Projekt gehörte, das achtzehn Gebäude und zehn Straßenzüge umfasste und Touristen half, sich auf der Kongress-Meile zu bewegen, ohne sich der drückenden Sommerhitze Atlantas auszusetzen.

Quinn + Scott hatten an zwei der Fußgängerbrücken gearbeitet. Paul hatte mit Claire eine Führung durch alle achtzehn der gläsernen Brücken gemacht, die sich über zahllose Straßen von Downtown spannten. Er hatte auf verschiedene architektonische Details hingewiesen und ihr Geschichten über die Gebäude erzählt, die man abgerissen hatte, um Platz für neue zu schaffen. Die Tour hatte an der Skybridge zum „Hyatt" geendet, die sich damals noch im Bau befunden hatte. Die Sonne war über der Silhouette Atlantas untergegangen. Der Pool des „Hyatt" hatte unter ihnen gefunkelt. Sie hatten auf einer Decke ein Picknick mit Schokoladenkuchen und Champagner veranstaltet.

Claire ignorierte den Pool, als sie über die Brücke zum „Marriott Marquis Hotel" ging. In den Straßen staute sich der Verkehr der Pendler, die zum Peachtree Center strömten, einem Komplex aus vierzehn verschiedenen Gebäuden, in denen von Büroflächen bis zu mehreren Shoppingarealen alles Mögliche untergebracht war. Ihr Kopf ging pausenlos nach links und rechts, während sie nach Knopfhörern Ausschau hielt, nach Mayhew, Falke oder Nolan oder nach irgendeinem anderen Gesicht, das ihr bedrohlich oder bekannt vorkam. Wenn niemand von ihnen mit Paul im Bunde stand, dann hatten sie alle einen Grund, Claire als Druckmittel gegen ihn zu benutzen. Sie konnte sich nicht noch einmal zwölf Stunden Verzögerung leisten, während Lydia wartete.

Nicht wartete, denn Lydia hatte bereits aufgegeben.

Claire joggte eine weitere Rolltreppe auf dem Weg zur nächsten Fußgängerbrücke hinunter. Sie durfte sich nicht mit Gedanken an Lydia aufhalten. Sie machte Fortschritte. Das allein zählte jetzt. Sie musste sich auf die Aufgabe konzentrieren, die vor ihr lag. Und die lautete, den USB-Stick von Adam zu bekommen. Sie rief sich ständig etwas ins Gedächtnis, das Nolan während der Vernehmung preisgegeben hatte: Sie hatten Pauls Computer untersucht.

Adam war derjenige gewesen, der das FBI überhaupt verständigt hatte. Sicher war ihm klar gewesen, dass sie Pauls Büro und seinen Computer durchsuchen würden. Hätte Adam zu einem Unternehmen gehört, das Snuff-Pornos produzierte und verbreitete, wäre er – egal, wie viel Geld Paul gestohlen hatte – nie im Leben so dumm gewesen, eine Strafverfolgungsbehörde einzuschalten, schon gar nicht das FBI.

Als sie zu der Fußgängerbrücke hinauffuhr, die das letzte AmericasMart-Gebäude mit dem Museum Tower verband, merkte sie, wie etwas von der Last auf ihren Schultern abfiel. Von dort war es nur noch ein kurzer Spaziergang zum Olympic Tower am Centennial Park Drive.

Claire huschte unter Markisen, um dem prasselnden Regen zu entgehen. Normalerweise fuhr sie alle paar Wochen zu einem Lunch mit Paul ins Zentrum. Sie hatte einen Besucherausweis für Quinn + Scott in der Tasche, mit dem sie durch die Drehkreuze in der Eingangshalle kam. Die Büros befanden sich im obersten Stockwerk des Turmes, mit Blick auf den Centennial Park, einem achteinhalb Hektar großen Überbleibsel der Olympischen Spiele. Im Rahmen einer Wohltätigkeitssammlung hatte das Olympische Komitee Ziegelsteine mit eingravierten Namen verkauft, die die Wege im Park säumten. Eines der letzten Geschenke, das Claire von ihrem Vater bekommen hatte, war ein Ziegel im Park mit ihrem Namen darauf gewesen. Er hatte auch einen für Lydia und Julia gekauft.

Claire hatte Paul die Ziegel gezeigt. Sie fragte sich, ob er manchmal von seinem Penthouse-Büro herunterschaute und lächelte.

Der Aufzug öffnete sich zum Stockwerk von Quinn + Scott. Es war 9.05 Uhr. Vermutlich waren die Sekretärinnen und Assistenten zehn Minuten zu früh gekommen. Sie machten sich alle eifrig an ihren Schreibtischen zu schaffen oder liefen mit Kaffeebechern in der Hand herum und kauten auf Donuts.

Als sie Claire sahen, hielten alle abrupt inne.

Es gab verlegene und nervöse Blicke, was Claire verwirrte, bis ihr einfiel, dass die Leute sie das letzte Mal gesehen hatten, als sie vor dem Sarg ihres Mannes stand.

„Mrs. Scott?“ Eine der Empfangsdamen kam um den hohen Tisch herum, der die Eingangshalle von den Büros trennte. Alles war offen und durchgestylt, mit mattem Chrom und gebleichtem Holz, und ohne dass etwas den meist spektakulären Blick auf den Park beeinträchtigte.

Genau an dieser Stelle hatte Claire gestanden, als Paul und Adam ihre neuen, größeren Büroräume mit Pizza und Cocktails feierten, die aus Whisky und Saure-Gurken-Sud bestanden, ein scheußliches Ritual, das sie aus Collegezeiten herübergerettet hatten.

„Mrs. Scott?“, wiederholte die Empfangsdame. Sie war jung, hübsch und blond, genau Pauls Typ. Die Kleine hätte eine jüngere Claire sein können.

„Ich muss Adam sprechen“, sagte Claire.

„Ich rufe ihn.“ Sie langte über ihren Empfangstisch nach dem Telefon, dabei spannte sich ihr Rock eng über dem Hintern. Sie zog das Bein an und lupfte den linken Fuß vom Boden. „Wir haben eine Präsentation in …“

„Ich finde ihn schon.“ Claire konnte nicht länger warten. Sie spazierte durch die offenen Büros. Alle Augen folgten ihr durch den Raum. Sie ging den langen Flur entlang, wo die Mitarbeiter untergebracht waren, die sich den Luxus einer abgeschlossenen Bürotür verdient hatten. Der Raum für Präsentationen lag gegenüber dem Konferenzraum, der auf den Park hinausging. Paul hatte ihr den Gedankengang dahinter erklärt: Erst die Kunden mit dem Eine-Million-Dollar-Ausblick zum Staunen bringen, sie dann in den Präsentationsraum führen und mit der eigenen Arbeit beeindrucken.

Präsentationsstudio. So hatte Paul es genannt. Claire

hatte es vergessen, bis sie das Schild an der geschlossenen Tür sah. Sie hielt sich nicht damit auf zu klopfen.

Adam fuhr in seinem Sessel herum. Er sah sich gerade einen Probelauf der Präsentation an. Claire erkannte einen Haufen Zahlen neben einem Zitat des Bürgermeisters, der damit geprahlt hatte, Atlanta sei auf dem Weg, Las Vegas bei der Anzahl der Kongressbesucher zu überholen.

„Claire?“ Adam machte das Licht an. Er schloss die Tür und nahm Claires Hände. „Stimmt etwas nicht?“

Sie sah auf ihre Hände hinunter. Sie würde nie wieder die Berührung eines Mannes spüren können, ohne sich zu fragen, ob sie ihm wirklich trauen konnte.

„Es tut mir leid, dass ich dich störe“, sagte sie.

„Ich bin froh, dass du hier bist.“ Er zeigte auf einen der Stühle, aber Claire setzte sich nicht. „Ich habe mich beschissen aufgeführt mit dieser Nachricht an deinem Auto. Es tut mir leid, dass ich dir gedroht habe. Ich hätte nie im Leben die Anwälte eingeschaltet, und ich will, dass du das weißt. Ich brauchte die Dateien, aber ich hätte mich nicht wie ein Schläger benehmen müssen.“

Claire wusste nicht, was sie sagen sollte. Ihr Argwohn war zurückgekehrt. Paul war so ein guter Schauspieler. War Adam ebenfalls ein guter Schauspieler? Nolan behauptete, er habe Adam schwer in die Mangel genommen, aber Nolan war ein notorischer Lügner. Das war etwas, was sie alle sehr viel besser beherrschten als Claire.

„Ich weiß von dem Geld“, sagte sie zu Adam.

Er zuckte zusammen. „Ich hätte das mit Paul unter vier Augen regeln sollen.“

„Warum hast du es nicht getan?“

Er schüttelte den Kopf. „Das spielt keine Rolle. Du sollst nur wissen, dass es mir leidtut.“

„Bitte.“ Claire berührte seine Hand. Aus der Berührung wurde ein Streicheln, und wie auf Knopfdruck wich aus seiner Haltung alle Härte.

„Adam, ich muss es wissen", sagte sie. „Erzähl mir bitte, was passiert ist."

„Wir verstanden uns schon eine ganze Weile nicht mehr gut. Vermutlich war es zum Teil meine Schuld. Die ganze Sache mit dir war verrückt. Nicht dass es nicht schön gewesen wäre", versicherte er rasch, „aber es war nicht richtig. Ich liebe Stella. Und ich weiß, dass du Paul geliebt hast."

„Das habe ich", stimmte sie zu. „Und ich dachte, du hast ihn auch geliebt. Du hast ihn seit zwanzig Jahren gekannt."

Adam verstummte wieder. Sie legte die Hand an seine Wange, damit er sie ansah. „Sag es mir."

Wieder schüttelte er den Kopf, aber er sagte: „Du weißt, dass er seine Launen hatte, seine depressiven Phasen."

Claire hatte immer gefunden, dass Paul der ausgeglichenste Mensch war, den sie je gekannt hatte. „Das hat er von seinem Dad", riet sie.

Adam widersprach nicht. „In letzter Zeit schien er nicht mehr aus diesen Phasen herauszufinden. Ich würde sagen, ich hatte schon seit ein, zwei Jahren nicht mehr das Gefühl, dass wir wirklich Freunde waren. Er hat mich immer auf Abstand gehalten, aber diesmal war es anders. Und es hat wehgetan." Adam sah tatsächlich verletzt aus. „Ich habe überzogen gehandelt. Ich hätte nicht das FBI rufen sollen, und glaub mir, ich arbeite mit meinem Therapeuten daran, aber irgendetwas hat mich durchdrehen lassen."

Claire erinnerte sich an einen der Gründe, warum sie sich nie eine längerfristige Beziehung mit Adam Quinn hatte vorstellen können: Er sprach ständig von seinen Gefühlen.

„Ich war nicht nur wütend wegen des Geldes", fuhr er fort. „Diese Sache war einfach noch dazugekommen zu seinen Stimmungsschwankungen, den Tobsuchtsanfällen und seinem zwanghaften Bedürfnis, alles unter Kontrolle zu haben, aber ich wollte nie, dass es eskalierte. Als ihn dieses Arschloch vom FBI in Handschellen aus dem Büro führte, wusste ich bei dem Gesichtsausdruck von Paul, dass ich ihn noch nie so wütend gesehen hatte. Er hatte sich in einen Menschen verwandelt, den ich nicht kannte.“

Claire hatte gesehen, wozu dieser Mensch fähig war. Adam konnte von Glück reden, dass Paul mit Handschellen gefesselt gewesen war. „Du hast die Anklage fallen gelassen. Geschah das, weil er das Geld zurückbezahlt hat?“

„Nein.“ Adam wandte den Blick ab. „Ich habe das Geld selbst zurückbezahlt.“

Claire war überzeugt, dass sie sich verhört hatte. Sie musste die Worte wiederholen, um sicherzugehen. „Du hast das Geld selbst zurückbezahlt.“

„Er wusste von uns. Von den drei Malen.“

Die drei Male.

Claire war dreimal mit Adam Quinn zusammen gewesen: bei der Weihnachtsfeier, während des Golfturniers und in der Toilette, während Paul im Erdgeschoss auf die beiden gewartet hatte, weil sie gemeinsam zum Lunch gehen wollten.

Fred Nolan hatte die Antwort auf seine erste Merkwürdigkeit: Paul hatte für jedes Mal, wenn Adam sie gefickt hatte, eine Million Dollar gestohlen.

„Es tut mir leid“, sagte Adam.

Claire kam sich dumm vor, aber nur, weil sie nicht von allein darauf gekommen war. Geld war immer der Antrieb von Paul und Adam gewesen. „Er hat genügend Geld entwendet, um deine Aufmerksamkeit zu gewinnen, aber nicht so viel, dass du gezwungen wärst, die Polizei zu rufen. Nur dass du es trotzdem getan hast. Du hast das FBI informiert.“

Adam nickte verlegen. „Stella hat mich dazu gedrängt. Und dann ist es eskaliert. Sie haben Paul verhaftet und seinen Computer durchsucht und …“ Seine Stimme verlor sich. „Am Ende habe ich ihn sogar um Verzeihung gebeten. Ich meine, klar, was ich getan habe, war falsch, aber wir waren Partner und mussten einen Weg finden, weiter zusammenzuarbeiten, also …“

„Du hast ihm ein Drei-Millionen-Dollar-Bußgeld gezahlt.“ Claire hatte nicht den Luxus, an ihren Gefühlen arbeiten zu können. „Ich schätze, wenn ich schon eine Hure sein soll, dann wenigstens keine billige.“

„Hey …“

„Ich muss den USB-Stick wiederhaben, den ich für dich in den Briefkasten gelegt habe.“

„Natürlich.“ Adam ging zum Beamer. Seine Aktentasche stand offen daneben. Claire dachte, dies war wohl der letzte Beweis, den sie noch brauchte, dass Paul sein abartiges Unternehmen vor seinem besten Freund geheim gehalten hatte. Oder ehemals besten Freund, wie es schien.

Adam hielt den Schlüsselanhänger in die Höhe. „Ich habe die Dateien, die ich brauchte, bereits heruntergeladen. Kann ich dir sonst noch …“

Claire nahm ihm den Anhänger aus der Hand. „Ich muss den Computer in Pauls Büro benutzen.“

„Sicher. Ich kann dich von jemand …“

„Ich weiß, wo es ist.“

Claire ging in den Flur zurück, die Hand fest um den Schlüsselanhänger geschlossen. Sie hatte Pauls Kundenliste, davon war sie überzeugt. Trotzdem gingen ihr Fred Nolans Worte nicht aus dem Kopf: Vertrauen ist gut, Kontrolle ist besser.

In Pauls Büro brannte kein Licht. Der Sessel war unter den Schreibtisch geschoben. Die Schreibunterlage war leer. Nirgendwo lagen Papiere herum. Der Hefter war am Becher mit den Stiften ausgerichtet und dieser an der Lampe. Jeder Mensch würde annehmen, Pauls Büro sei ausgeräumt worden, aber Claire wusste es besser.

Sie setzte sich in Pauls Schreibtischsessel. Der Computer war noch auf Stand-by. Sie steckte den USB-Stick seitlich in die Tastatur des iMac. Paul hatte sich nicht ausgeloggt. Sie konnte sich vorstellen, wie er noch vor ein paar Tagen an seinem Schreibtisch saß, als Fred Nolan kam, um ihm zu sagen, es sei Zeit, seinen Tod vorzutäuschen. Vermutlich hatte Paul nichts anderes mehr tun können, als aufzustehen und zu gehen.

Doch selbstverständlich hatte er sich noch die Zeit genommen, den Sessel schnurgerade unter den Schreibtisch zu schieben.

Claire doppelklickte auf das Icon für den USB-Stick. Es gab zwei Ordner, einen für Adams laufende Aufträge und den anderen für die Software des Sticks. Sie öffnete den Software-Ordner. Sie überflog die Dateien, die alle technisch klingende Namen und .exe als Erweiterung hatten. Sie überprüfte das jeweilige Datum. Paul hatte die Dateien zwei Tage vor seiner inszenierten Ermordung auf den USB-Stick gespeichert.

Claire scrollte zum unteren Ende der Liste. Die letzte Datei, die Paul gespeichert hatte, war ein Ordner namens FFN.exe. Vor zwei Tagen in der Garage hatte Claire den Stick auf Filme überprüft, aber das war gewesen, bevor sie die Verderbtheit ihres Mannes in ihrer ganzen Tiefe ermessen hatte. Inzwischen wusste sie, dass sie nichts für bare Münze nehmen durfte. Sie wusste außerdem, dass Ordner keine Erweiterungen brauchten.

FFN. Fred F. Nolan. Sie hatte die Initialen des Mannes auf seinem Taschentuch gesehen.

Sie klickte den Ordner an.

Sie wurde aufgefordert, ein Passwort einzugeben.

Claire starrte auf den Bildschirm, bis die Eingabeaufforderung vor ihren Augen verschwamm. Die anderen Passworte hatte sie erraten, weil sie davon ausging, dass sie ihren Mann kannte. Dieses Passwort hier war von einem Paul Scott eingegeben worden, den sie nie kennengelernt hatte – dem Paul Scott, der eine Maske aufsetzte, um sich dabei zu filmen, wie er junge Frauen vergewaltigte und ermordete. Der seinem besten Freund eine Million Dollar pro Nummer in Rechnung stellte, die er mit seiner Frau geschoben hatte.

Der den Stapel Filme seines Vaters gefunden und beschlossen hatte, das Geschäft auszubauen.

Paul musste die Bänder auf dem Videorekorder angeschaut haben, den Claire und Lydia im Fuller-Haus gesehen hatten. Claire stellte sich vor, wie ihr junger, unbeholfener künftiger Mann vor dem Fernseher saß und zum ersten Mal die Filme seines toten Vaters betrachtete. War er überrascht gewesen von dem, was er sah? Angewidert? Sie hätte gern geglaubt, dass er schockiert und abgestoßen gewesen war und dass Abstumpfung und Notwendigkeit ihn dazu getrieben hatten, die Videos nicht nur zu verkaufen, sondern die Abartigkeiten seines Vaters selbst auszuprobieren.

Andererseits hatte Paul knapp sechs Jahre später Claire im Mathelabor kennengelernt. Sicherlich wusste er genau, wer Claire war, wusste genau, wer ihre Schwester war. Sicherlich hatte er Julias Film bis dahin Dutzende, vielleicht Hunderte Male gesehen.

Claires Hände waren überraschend ruhig, als sie das Passwort eingab: 04.03.1991.

Keine Eselsbrücken. Keine Akronyme. 4. März 1991, der Tag, an dem ihre Schwester verschwunden war. Der Tag, an dem alles begonnen hatte.

Sie drückte die Entertaste. Das Regenbogenrad begann sich zu drehen.

Der Ordner ging auf, und sie sah eine Liste von Dateien.

.xls – Excel-Tabellen.

Insgesamt gab es sechzehn Tabellen.

Sie öffnete die erste. Sie hatte fünf Spalten: Name, E-Mail-Adresse, Bankverbindung, Beginn der Mitgliedschaft.

Mitgliedschaft.

Claire scrollte die Liste hinunter. Fünfzig Namen insgesamt. Manche Mitgliedschaften reichten dreißig Jahre zurück. Sie kamen von überallher, von Deutschland und der Schweiz bis Neuseeland. Mehrere Adressen in Dubai.

Sie hatte recht gehabt. Paul brauchte seine Kundenliste.

Suchte Mayhew ebenfalls nach ihr? Wollte er Pauls Geschäft übernehmen? Oder schickte Johnny Jackson die Polizei, um den Saustall seines Neffen auszumisten?

Claire schloss die Datei. Sie klickte alle anderen Tabellenblätter an und scrollte durch sämtliche Namen, denn sie hatte schon einmal den Preis dafür bezahlt, dass sie sich nicht alles angesehen hatte.

Fünfzig Namen in jeder Tabelle, sechzehn Tabellen insgesamt. Es gab achthundert über die ganze Welt verteilte Männer, die für das Privileg bezahlten, sich anzusehen, wie Paul brutale, kaltblütige Morde beging.

Hätte Claire nur damals in der Garage alle Dateien auf dem USB-Stick geöffnet. Andererseits hätte sie das Passwort zu diesem Zeitpunkt unmöglich erraten, weil sie ihren Mann noch für einen passiven Zuschauer gehalten hatte und nicht für den aktiven Täter.

Claire hielt die Maus über die letzte Datei, die eigentlich gar keine Datei war. Es war ein weiterer Ordner, benannt mit JJ.

Wenn der FFN-Ordner Dinge enthielt, an die Fred Nolan gelangen wollte, dann enthielt der JJ-Ordner sicher Informationen, die für den Abgeordneten Johnny Jackson wertvoll waren.

Claire öffnete den Ordner. Sie fand eine Liste von Dateien ohne Namenserweiterung. Sie ging hinüber zur Spalte ganz rechts.

Art: JPEG-Bild.

Claire öffnete die erste Datei. Was sie sah, ließ sie würgen.

Das Foto war schwarz-weiß. Johnny Jackson stand in einem Gebäude, das nur die Scheune des Fuller-Hauses sein konnte. Er posierte neben einer Leiche, die kopfüber vom Deckenbalken hing. Das Mädchen war zusammengeschnürt wie ein erlegtes Wild. Die Knöchel waren mit Stacheldraht gefesselt, die in ihr Fleisch schnitten. Sie hing an einem großen Metallhaken, der aus einer Metzgerei stammen musste.

Ihre Arme schleiften über den Boden. Sie war der ganzen Länge nach aufgeschlitzt worden. Johnny Jackson hielt ein scharf aussehendes Jagdmesser in einer Hand, eine Zigarette in der anderen. Er war nackt. Schwarzes Blut bedeckte die Vorderseite seines Körpers und schloss seinen steifen Penis mit ein.

Claire öffnete die nächste Datei. Ein weiterer Mann in Schwarz-Weiß. Ein weiteres totes Mädchen. Eine weitere blutbesudelte Szenerie. Sie erkannte das Gesicht nicht. Sie klickte weiter. Und weiter. Und dann fand sie, was sie sich die ganze Zeit hätte denken können.

Sheriff Carl Huckabee.

Es war ein Kodachrome-Farbfoto. Huckabee hatte ein Grinsen im Gesicht mit dem ordentlich frisierten Schnauzer, das sich nur als schweinisch bezeichnen ließ. Er war nackt bis auf seinen Cowboyhut und die Stiefel. Auf seiner blanken Brust war ein Spritzer Blut. Das dichte Schamhaar war von getrocknetem Blut verklebt. Das Mädchen, das neben ihm hing, war verschnürt wie alle anderen, nur war es nicht irgendein Mädchen. Claire erkannte sofort die silbernen und schwarzen Armreife, die an ihrem schlaffen Handgelenk hingen.

Es war Julia.

Das schöne blonde Haar ihrer Schwester hing auf den Boden. Lange Schnitte legten das Weiß ihrer hohen Wangenknochen frei. Man hatte ihr die Brüste abgeschnitten. Ihr Bauch war aufgeschlitzt, und die Eingeweide hingen heraus und wickelten sich wie ein Schal um ihren Hals.

Die Machete steckte noch in ihr.

Der fünfzehnjährige Paul stand auf der anderen Seite von Huckabee. Er trug ausgewaschene Jeans und ein unförmiges rotes Polohemd. Sein Haar stand federartig vom Kopf ab. Er hatte eine dicke Brille auf der Nase.

Er zeigte dem Mann hinter der Kamera zwei erhobene Daumen.

Claire schloss das Foto. Sie sah aus dem Fenster. Der Himmel hatte seine Schleusen geöffnet, eine Sturzflut ergoss sich in den Park. Die Wolken waren beinahe schwarz. Sie lauschte dem unaufhörlichen Prasseln des Regens am Fensterglas.

Sie hatte sich zu der Hoffnung verleiten lassen, Paul würde Lydia keinen irreparablen Schaden zufügen, weil er Claire immer noch zufriedenstellen wollte. Ihre Selbsttäuschung war einem schlichten Muster gefolgt: Natürlich hatte er Lydia Angst gemacht. Er hatte sie eindeutig verletzt. Aber niemals würde er ihr ernsthaft etwas antun. Die Gelegenheit dazu hatte er schon vor achtzehn Jahren gehabt. Er hatte Männer bezahlt, die ihr jahrelang gefolgt waren. Er hätte sie zu jedem Zeitpunkt nehmen können, und er hatte es nicht getan, weil er Claire liebte.

Weil sie schön war? Weil sie klug war? Weil sie clever war?

Weil sie eine Närrin war.

Lydia hatte recht. Sie war bereits tot.

20. KAPITEL

Paul lief im Raum auf und ab, während er telefonierte. Aus seinem Mund kamen Worte, die aber keinen Sinn ergaben. Tatsächlich ergab für Lydia nichts einen Sinn.

Sie wusste, dass sie Schmerzen litt, aber es war ihr egal. Sie hatte Angst, aber es spielte keine Rolle. Sie stellte sich ihre Angst wie eine schwärende Wunde unter einem frischen Schorf vor. Sie wusste, dass sie noch da war, sie wusste, schon die leiseste Berührung konnte sie wieder aufplatzen lassen, und dennoch konnte sie sich nicht dazu überwinden, sich Sorgen zu machen.

Nichts vermochte ihre Gedanken sehr lange zu okkupieren, bis auf eine köstliche Wahrheit: Sie hatte vergessen, wie verdammt fantastisch es war, high zu sein. Der Pissegestank war fort. Sie konnte wieder atmen. Die Farben im Raum waren eine einzige Pracht. Apple Macintosh, Nadeldrucker, Fünf-Zoll-Disketten, Kopiermaschine, CD-Brenner – sie alle leuchteten, wenn Lydia sie ansah.

„Nein, Johnny, du hörst mir zu", sagte Paul. „Ich habe hier das Sagen."

Johnny. Johnny Appleseed. Johnny Jack corn and I don't care.

Nein, das war Jimmy.

Jimmy Jack Corn and I don't care.

Nein, es hieß: Jimmy crack corn …

Aber interessierte es sie?

Lydia erinnerte sich vage daran, dass Dee das Lied zusammen mit den Puppen der *Sesamstraße* gesungen hatte. Aber das konnte nicht stimmen. Dee fürchtete sich zu sehr vor Big Bird. Wahrscheinlich hatte Claire das Lied gesungen. Sie hatte eine Geraldine-Puppe gehabt, die jedes Mal, wenn man an der Schnur zog, sagte: „Der Teufel hat mich dazu gebracht." Claire hatte die Schnur abgerissen, und Julia war wütend, weil die Puppe ihr gehört hatte. Sie war mit ihrer Freundin Tammy zu „Sambo's" gegangen.

Stimmte das? „Sambo's"?

Lydia war auch dort gewesen. Auf der Speisekarte des Restaurants war ein Kind mit schwarzem Gesicht, das um einen Baum rannte. Die Tiger, die es jagten, verwandelten sich in Butter.

Pfannkuchen.

Sie konnte fast riechen, wie ihr Vater Pfannkuchen machte. Am Weihnachtsmorgen, das war die einzige Zeit, in der Helen ihn in die Küche ließ. Ihr Vater machte sich einen Spaß daraus, sie zu ärgern. Sie mussten alle ihr Frühstück aufessen, bevor sie die Geschenke auspacken durften.

„Lydia?"

Lydia ließ den Kopf zur Seite rollen. Auf der Innenseite ihrer Augenlider waren Sterne. Ihre Zunge schmeckte wie Bonbons.

„Ach, Lydia."

Pauls Stimme war ein Singsang. Er telefonierte nicht mehr. Er stand mit dem Klauenhammer in den Händen vor Lydia. Claire hatte ihn gestern auf den Küchentisch gelegt. Oder vorgestern? Letzte Woche?

Prüfend wog er das Eisen in den Händen. Er sah auf den Hammerkopf, die riesige Klaue am anderen Ende. „Das Ding könnte durchaus sehr nützlich für mich sein, findest du nicht?"

Arschloch, sagte Lydia, aber nur in ihrem Kopf.

„Pass auf." Er hielt das Brecheisen wie einen Baseballschläger über die Schulter. Dann schwang er die Klaue an ihren Kopf.

Er verfehlte ihn.

Absichtlich?

Sie hatte den Zug gespürt, als das Metall durch die Luft fuhr. Sie konnte eine metallische Art von Schweiß riechen. Claires Schweiß? Pauls Schweiß? Er schwitzte jetzt nicht. Sie sah ihn immer nur schwitzen, wenn er mit diesem widerlichen Grinsen im Gesicht vor ihr stand.

Lydia blinzelte.

Paul war fort. Nein, er saß am Computer. Der Monitor war riesig. Lydia sah, dass er eine Karte betrachtete. Sie war zu weit entfernt, als dass sie Orientierungspunkte hätte erkennen können. Er hing am Schirm und verfolgte Claires Fortschritt auf dem Weg zur Bank, denn Paul hatte ihr gesagt, dass Claire den USB-Stick in einer Bank versteckt hatte. In einem Bankschließfach. Lydia war versucht gewesen, ihm zu widersprechen, aber ihre Lippen waren zu voll, als hätten Riesenballons darangeklebt. Jedes Mal, wenn sie versuchte, den Mund aufzumachen, wurden die Ballons schwerer.

Aber sie durfte es ihm nicht sagen. Sie wusste, dass Claire etwas probierte. Sie trickste ihn aus. Sie versuchte, Lydia zu helfen. Sie hatte am Telefon zu Lydia gesagt, sie würde sich um die Sache kümmern, oder? Dass Lydia durchhalten müsse. Dass sie sie nicht noch einmal im Stich ließe. Aber der USB-Stick war bei Adam Quinn. Was, zum Teufel, tat sie also bei der Bank?

Adam Quinn hat den USB-Stick, sagte Lydia zu Paul, aber die Worte waren nur in ihrem Kopf, weil ihr Mund mit Klebeband verschlossen war. Es war ihr nämlich endlich gelungen, ein paar Dinge zu Paul zu sagen, die er nicht hören wollte.

Claire hasst dich jetzt. Sie glaubt mir. Sie wird nie, nie wieder zu dir zurückgehen.

We are never ever ever getting back together.

Taylor Swift. Wie viele Male hatte Dee diesen Song gespielt, nachdem sie Heath Carmichael in flagranti mit einer anderen erwischt hatte?

This time I'm telling you …

„Lydia?" Paul stand neben ihr. Sie sah zurück zu seinem Computermonitor. Wann hatte er sich bewegt? Er hatte in den Computer gestarrt. Er hatte etwas davon gesagt, dass Claire die Bank verließ. Wie konnte er jetzt neben ihr stehen, wenn er an seinem Computer saß?

Sie drehte den Kopf, um Paul zu fragen. Ihr Blick stolperte bei jedem neuen Bild. Sie hörte das bionische Geräusch, das Steve Austin in dem Film *Der Sechs-Millionen-Dollar-Mann* macht.

Ch-ch-ch-ch …

Paul war nicht da.

Er stand vor dem Rollwagen. Er ersetzte die alten Gegenstände durch neue. Seine Bewegungen waren langsam und präzise. Ch-ch-ch machte es bei seinen Stop-Motion-Bewegungen, die sie an Rudolf Rotnase erinnerten.

Claire. Sie hatte die Weihnachtssendung mit den irre

fröhlichen Kreaturen gehasst, die sich so ruckartig bewegten. Julia zwang sie jedes Jahr, sie anzusehen, und Claire machte sich ganz klein und schmiegte sich an Lydia wie ein verängstigtes Püppchen, und Lydia lachte zusammen mit Julia, weil Claire so ein Baby war, aber insgeheim fürchtete sie sich auch vor den Kreaturen.

„Darauf solltest du dich jetzt vielleicht vorbereiten", sagte Paul.

Das klang wichtig. Lydia fühlte, wie der Schorf anfing zu jucken. Sie schüttelte den Kopf. Sie würde nicht daran zupfen. Dieser Schorf musste bleiben, wo er war. Stattdessen versuchte sie, sich auf seine Hände zu konzentrieren, auf die manierierten Bewegungen seiner Finger, als er alles geraderückte, erst einmal, dann zweimal, dann ein drittes und ein viertes Mal.

Lydia hörte ein neues Mantra in ihrem Kopf entstehen …

Stacheldraht. Brecheisen. Ein Stück Kette. Ein großer Haken. Ein scharfes Jagdmesser.

Ein Moment der Klarheit brach durch die Wolkendecke ihres Bewusstseins.

Sie näherten sich dem Ende.

21. KAPITEL

Claire saß mit dem Rücken zur Wand im Office Shop auf der anderen Seite der Phipps Plaza. Sie hatte sich so zwischen Vorder- und Hintereingang postiert, dass sie sah, ob jemand hereinkam. Sie war der einzige Kunde in dem kleinen Laden. Der Angestellte arbeitete schweigend an einem der Mietcomputer. Claire hielt das Prepaid-Handy in der Hand. Helen war seit zehn Minuten auf der I-75.

Paul hatte noch nicht angerufen.

Ihr Kopf füllte sich mit wilden Überlegungen, warum das

Telefon noch nicht geläutet hatte: Paul war auf dem Weg hierher. Er hatte Lydia bereits ermordet. Er würde Claire ermorden. Er würde Helen aufspüren und zu Grandma Ginnys Heim fahren, und dann würde er sich auf die Suche nach Dee machen.

Vielleicht war das die ganze Zeit sein Plan gewesen: ihre Familie vollständig auszulöschen. Claire war nichts weiter als ein kalkulierter erster Schritt. Mit ihr ausgehen. Ihr den Hof machen. Sie heiraten. Vorgeben, sie glücklich zu machen. Vorgeben, glücklich zu sein.

Lügen über Lügen und noch mehr Lügen.

Sie waren wie Granaten. Paul warf sie in hohem Bogen über die Mauer, und Claire wartete eine unbestimmte Zeit, bis die Wahrheit endlich vor ihrer Nase explodierte.

Die Fotografien waren tausend Granaten. Sie waren eine Atomexplosion, die sie taumelnd an den dunkelsten Ort schleuderte, den sie je gesehen hatte.

Paul, fünfzehn Jahre alt, der mit einem irren Grinsen neben der verschnürten Leiche ihrer Schwester für die Kamera posierte. Er hatte beide Daumen hochgereckt, so wie er es bei Fred Nolan gemacht hatte, als er dem FBI-Mann entwischt war.

Claire starrte auf das Prepaid-Handy. Der leere Schirm starrte zurück. Sie zwang sich, an weniger beunruhigende Gründe zu denken, warum es nicht läutete: Die Anrufweiterleitung funktionierte nicht richtig. Mayhew hatte mit jemandem bei der Telefongesellschaft gesprochen, der Paul auf das Gerät aufmerksam machte. Adam war doch heimlich eingeweiht und hatte Paul alarmiert, damit seine Männer Claire folgen konnten.

Nichts davon war weniger beängstigend, denn auch diese Gründe führten alle wieder zu Paul.

Claire befühlte ihre Handtasche, bis sie den harten Umriss von Lydias Revolver spürte. Wenigstens diese eine Sache hatte sie richtig gemacht. Kugeln für die Waffe zu kaufen war einfach gewesen. Ein Stück weiter in der Straße gab es einen Waffenladen, wo man ihr eine Schachtel Hohlspitzgeschosse verkaufte, ohne Fragen zu stellen.

In dem Office Shop konnte man drucken lassen und Computer auf Stundenbasis mieten. Claire war zu sehr von ihrer Angst in Anspruch genommen, als dass sie den Versuch gemacht hätte, mit dem jungen Computerfreak hinter dem Ladentisch zu flirten. Stattdessen hatte sie ihn mit zweihundertfünfzig Dollar von Helens Bargeld bestochen. Sie hatte ihm vage ihr Problem erklärt – dass sie etwas auf YouTube posten wolle, aber es seien Fotos, keine Filme, und es seien viele, zusammen mit einigen Tabellen, und alles müsse korrekt funktionieren, weil jemand versuchen würde, sie schnell wieder herunterzunehmen. An diesem Punkt hatte der Junge sie gestoppt. Sie brauche nicht YouTube, sie brauche etwas wie Dropbox, und dann hatte Claire ihre Handtasche von einer Schulter zur anderen gewechselt, und der Junge hatte die Schachtel Munition und die Waffe gesehen und gesagt, es würde noch einmal hundert Dollar mehr kosten und sie brauche etwas namens Tor.

Tor. Claire erinnerte sich vage, im *Time Magazine* von der illegalen Plattform gelesen zu haben. Es hatte irgendwie mit dem Dark Web zu tun, was bedeutete, dass es nicht katalogisiert war und man es nicht zurückverfolgen konnte. Vielleicht benutzte ja Paul Tor, um seine Filme zu verbreiten. Anstatt umfangreiche Dateien als E-Mail zu verschicken, konnte er einen komplizierten Link zu einer Website verschicken, die nur jemand fand, der die richtige Kombination von Buchstaben und Ziffern kannte.

Sie hatte die E-Mail-Adressen dieser Leute. Sollte sie Pauls Kunden seine Tabellen und Fotos schicken?

„Fertig." Der Junge stand vor Claire und knetete seine Hände. „Stecken Sie einfach den Stick ein und ziehen Sie alles, was Sie draufhaben wollen, auf die Seite, dann wird es hochgeladen."

Claire las sein Namensschild. „Danke, Keith."

Er lächelte sie an, ehe er sich zu seinem Ladentisch zurückschleppte.

Claire setzte sich vor den Computer. Während sie den Anweisungen des Jungen folgte, warf sie gelegentlich einen Blick zum Eingang und zum Notausgang. Es war kalt im Laden, aber sie schwitzte. Ihre Hände zitterten nicht, aber sie spürte ein Vibrieren im Körper, als hätte eine Stimmgabel ihre Knochen berührt. Als Pauls Dateien geladen wurden, sah sie noch einmal zu den Türen. Sie hatte die JPEGs oben platziert, sodass man mit dem ersten Klick das Bild von Johnny Jackson öffnete. Das Kunststück bestand darin, jemanden dazu zu bringen, dass er es anklickte.

Claire ging zu dem Mail-Programm, das Keith ihr eingerichtet hatte. Nun hatte sie eine neue E-Mail-Adresse, und sie konnte mithilfe des Programms Datum und Uhrzeit, wann eine E-Mail geschickt werden sollte, genau festlegen.

Sie begann zu tippen.

Mein Name ist Claire Carroll Scott. Julia Carroll und Lydia Delgado waren meine Schwestern.

Claire wurde übel von dem Verrat. Lydia lebte noch. Sie *musste* leben.

Sie schlug die Backspacetaste an, bis der letzte Satz wieder gelöscht war.

Ich habe Beweise ins Netz gestellt, dass der Kongressabgeordnete Johnny Jackson an pornografischen Filmen mitgewirkt hat.

Claire betrachtete die Worte. Das stimmte nicht ganz, denn es war weit mehr als Porno. Es war Entführung, Vergewaltigung und Mord. Aber sie befürchtete, das alles aufzulisten könnte die Leute davon abhalten, den Link anzuklicken. Sie würde ihn an sämtliche Medien schicken und an alle staatlichen Behörden, die eine Kontaktadresse auf ihrer Website hatten. Wahrscheinlich wurden die E-Mail-Konten von jungen Praktikanten gewartet, die keine Ahnung hatten, wer Johnny Jackson überhaupt war, und die mit E-Mails aufgewachsen waren und deshalb wussten, dass man keine anonymen Links anklickte, vor allem keine, die mit Tor in Verbindung standen.

Claire öffnete ein neues Browserfenster. Sie fand Penelope Wards Adresse auf der Elternbeiratsseite der Westerley Academy. Lydias Nemesis sah genauso aufgesetzt süß aus, wie Claire sie sich vorgestellt hatte. Das Unterstützungskomitee für Branch Wards Wahlkampf hatte die Adresse intern@WeWantWard.com. Die Seite ließ darauf schließen, dass die Gruppe ein Aktionskomitee war, eine Lobbygruppe, und das hieß, dass sie nach allem Ausschau halten würden, womit sie den Gegenkandidaten mit Dreck bewerfen konnten.

Das Prepaid-Handy läutete.

Claire eilte in den Lagerraum und öffnete die Hintertür. Es regnete noch immer in Strömen. Der Wind hatte zugelegt. Sie hoffte, das Hintergrundgeräusch würde genügen, um Paul davon zu überzeugen, dass sie den Tesla über die I-75 steuerte.

Sie klappte das Telefon auf. „Paul?"

„Hast du den Schlüsselanhänger?"

„Ja. Lass mich mit Lydia sprechen."

Er schwieg. Sie konnte seine Erleichterung spüren. „Hast du dir angesehen, was darauf ist?"

„Klar doch, ich habe den Computer in der Bank benutzt." Sie bündelte all ihre Wut in diese sarkastische Antwort. „Lass mich mit Lydia sprechen. Sofort."

Er ging die üblichen Schritte durch. Sie hörte, wie er sein Handy auf Lautsprecher umstellte.

„Lydia?", sagte Claire. Sie wartete. „Lydia?"

Sie hörte ein lautes, verzweifeltes Stöhnen.

„Ich glaube, ihr ist nicht nach Reden zumute", sagte Paul.

Claire legte den Kopf an die Mauer. Sie sah zum Himmel hinauf, damit ihr die Tränen nicht aus den Augen strömten.

Er hatte Lydia ernsthaft verletzt. Claire hatte noch ein Fünkchen Hoffnung gehabt, dass er es nicht getan hatte, so wie sie sich auch wegen Julia viele Jahre lang an einen Rest Hoffnung geklammert hatte. Ihr Gesicht brannte vor Scham.

„Claire?"

„Ich will, dass wir uns in der Mall treffen. Phipps Plaza. Wie lange brauchst du dorthin?"

„Vergiss es", sagte Paul. „Warum treffen wir uns nicht bei Lydias Haus?"

Claire hörte auf, gegen die Tränen zu kämpfen. „Hast du Dee?"

„Noch nicht, aber ich weiß, dass du bei Lydia warst, um ihren Hinterwäldlerfreund zu warnen. Er hat Dee zu einer Fischerhütte am Lake Burton gebracht. Hast du immer noch nicht kapiert, dass ich alles weiß?"

Er wusste nichts von der Waffe. Er wusste nichts vom Office Shop.

„Fahr zurück nach Watkinsville", sagte er. „Wir treffen uns beim Haus meiner Eltern."

Claire zog es den Magen zusammen. Sie hatte gesehen, was Paul im Fuller-Haus mit gefangenen Frauen machte.

„Bist du noch da?"

Claire zwang sich, zu sprechen. „Es ist eine Menge Verkehr. Wahrscheinlich werde ich ein paar Stunden brauchen."

„Es sollte nicht länger als neunzig Minuten dauern."

„Ich weiß, dass du mich mithilfe meines Telefons überwachst. Verfolg den blauen Punkt. Es dauert so lange, wie es eben dauert."

„Ich bin ungefähr so weit vom Haus entfernt wie du, Claire. Denk an Lydia. Du willst bestimmt nicht, dass ich mich langweile, während ich auf dich warte."

Claire klappte das Handy zu. Sie sah auf ihren Arm hinunter. Der Regen kam zur Tür herein, ihr Ärmel war nass.

Im Laden gab es zwei weitere Kunden. Eine Frau. Ein Mann. Beide jung. Beide mit Jeans und Kapuzenshirts bekleidet. Beide ohne Knopfhörer. Claire sah forschend in ihre Gesichter. Die Frau wandte den Blick ab. Der Mann lächelte sie an.

Claire musste möglichst bald hier raus. Sie setzte sich wieder an den Computer. Inzwischen waren die Dateien hochgeladen. Sie überprüfte den Link, um sich zu vergewissern, dass es funktionierte. Der Monitor stand von den anderen Kunden abgewandt, aber sie spürte, wie ihr die Hitze in die Wangen stieg, als sie sich versicherte, dass das Foto von Johnny Jackson auf dem Server war.

Sollte sie es offen auf dem Monitor lassen? Sollte sie Keith herausfinden lassen, woran er unwissentlich mitgewirkt hatte?

Claire hatte schon genügend Menschen verletzt. Sie schloss das Foto. Ihr blieb keine Zeit, stilistisch an ihrer E-Mail zu feilen. Sie schrieb noch ein paar Zeilen und fügte den Link darunter an. Dann überprüfte sie erneut die eingestellte Zeit, wann die E-Mails rausgehen würden.

In zwei Stunden würde jeder, der einen Internetzugang hatte, die wahre Geschichte von Paul Scott und seinen Komplizen kennen. Man würde sie auf den Bildern sehen, auf denen sein Vater und sein Onkel die Mordlust in der Familie weitergaben. Man würde sie in den fast tausend E-Mail-Adressen sehen, die Identität und Aufenthaltsort seiner Kunden preisgaben. Man würde instinktiv wissen, dass es die Wahrheit war, wenn man Bild um Bild von jungen Mädchen sah, die im Verlauf von mehr als vier Jahrzehnten aus ihren Familien verschleppt worden waren. Und man würde verstehen, wie Carl Huckabee und Johnny Jackson ihre Tätigkeit bei Polizei und FBI genutzt hatten, um sicherzustellen, dass es nie jemand herausfand.

Bis jetzt.

Claire zog den USB-Stick aus dem Computer. Sie überzeugte sich, dass keine Kopien wie von Zauberhand auf dem Desktop gelandet waren. Sie ließ den Stick in ihrer Handtasche verschwinden und winkte Keith zu, als sie ging. Draußen schüttete es immer noch. Bis sie am Steuer von Helens Ford saß, war sie klatschnass.

Claire stellte die Scheibenwischer an und fuhr aus dem Parkplatz. Sie wartete, bis sie wohlbehalten am Ende der Peachtree Street angelangt war, ehe sie ihre Mutter anrief.

Helens Stimme klang angespannt. „Ja?"

„Alles in Ordnung." Sie log schon fast so geschmeidig wie Paul. „Du musst weiter in Richtung Athens fahren. Ich bin im Moment zwanzig Minuten vor dir, also mach langsam. Halt dich an die Geschwindigkeitsbeschränkung."

„Fahre ich nach Hause?"

„Nein, fahr nicht nach Hause. Park den Wagen vor dem „Taco Stand" und geh dann zu Fuß zu Mrs. Flynn. Lass das Telefon im Auto. Sag niemandem, wohin du gehst." Claire dachte an die E-Mails, die dann versendet werden würden. Ihre Mutter war eine der Empfängerinnen, was emotional einem Stich in ihr Herz gleichkam. „Ich habe dir eine E-Mail geschickt. Bis du bei Mrs. Flynn bist, müsste sie da sein. Du kannst sie lesen, aber klick den Link nicht an. Wenn du in drei Stunden noch nichts von mir gehört hast, möchte ich, dass du damit zu deiner Freundin gehst, die beim *Atlanta Journal* arbeitet – die eine, die Bücher schreibt."

„Sie ist mittlerweile im Ruhestand."

„Sie wird trotzdem noch Leute kennen. Mom, es ist sehr wichtig. Du musst sie dazu bringen, auf den Link zu gehen, aber schau dir nicht an, was sie sieht."

Offenbar hatte Helen Angst, aber sie sagte nur: „Claire."

„Vertrau Huckabee nicht. Er hat dich in Bezug auf Julia belogen."

„Ich habe das Video gesehen." Helen hielt inne, bevor sie weitersprach. „Deshalb wollte ich nie, dass du es siehst. Weil ich es selbst gesehen habe."

Claire glaubte nicht, dass sie fähig wäre, noch mehr Schmerz zu empfinden. „Wie das?"

„Ich war diejenige, die euren Vater gefunden hat." Sie hielt inne. Die Erinnerung machte ihr erkennbar zu schaffen. „Er saß in seinem Sessel. Der Fernseher war an, er hatte die Fernbedienung in der Hand. Ich wollte sehen, was er sich angeschaut hatte und …"

Sie unterbrach sich wieder.

Sie kannten beide die letzten Bilder, die Sam Carroll gesehen hatte. Nur dass Claire vermutete, ihr Mann sei derjenige gewesen, der sie ihm gezeigt hatte. War das der letzte Anstoß gewesen, das, was ihren Vater dazu gebracht hatte, sich das Leben zu nehmen? Oder hatte Paul auch dabei nachgeholfen?

„Es ist lange her, und der Mann, der es getan hat, ist tot."

Claire öffnete den Mund, um zu widersprechen, aber ihre Mutter würde alles erfahren, wenn sie die E-Mail öffnete. „Hilft das? Zu wissen, dass er tot ist?"

Helen antwortete nicht. Sie war immer gegen die Todesstrafe gewesen, aber etwas sagte Claire, dass ihre Mutter kein Problem damit hatte, wenn jemand anderer als der Staat dem Mann das Leben nahm, von dem sie glaubte, er habe ihre Tochter getötet.

„Geh einfach nicht zu Huckleberry, okay?", sagte Claire. „Du wirst später verstehen, wieso. Du musst mir vertrauen. Er ist kein guter Mensch."

„Sweetpea, ich traue dir schon den ganzen Tag. Ich werde jetzt nicht damit aufhören."

Wieder musste Claire an Dee denken. Helen war Großmutter, sie hatte es verdient, davon zu erfahren. Aber Claire wusste, dass es nicht damit getan war, es ihrer Mutter einfach zu erzählen. Sie würde Einzelheiten wissen wollen. Sie würde Dee treffen, mit ihr reden, sie berühren, umarmen wollen. Sie würde wissen wollen, warum Claire sie nicht zueinander ließ. Und dann würde sie anfangen, Fragen nach Lydia zu stellen.

„Gibt es noch etwas, Schatz?", fragte Helen.

„Ich liebe dich, Mom."

„Ich liebe dich auch."

Claire klappte das Handy zu und warf es auf den Sitz neben sich. Sie umklammerte das Lenkrad mit beiden Händen, sah auf die Uhr am Armaturenbrett und gestattete sich eine ganze Minute, um den Schmerz und die Verzweiflung hinauszuschreien, die sie beim Begräbnis ihres Vaters nicht hatte zum Ausdruck bringen können.

„Okay", sagte sie zu sich selbst. „Okay."

Die Wut würde ihr helfen. Sie würde ihr die Kraft geben, um zu tun, was sie tun musste. Sie würde Paul töten, weil er ihrem Vater das Video gezeigt hatte. Sie würde ihn töten für das, was er ihnen allen angetan hatte.

Regen prasselte auf die Windschutzscheibe und raubte ihr fast die Sicht, aber sie fuhr weiter, denn der einzige Vorteil, den sie gegenüber Paul hatte, war das Überraschungsmoment. Wie genau sie ihn überraschen wollte, war ihr noch ein Rätsel. Claire hatte die Waffe. Sie hatte die Hohlspitzgeschosse, die einen Menschen in zwei Teile zerreißen konnten.

Sie erinnerte sich an jenen lange zurückliegenden Tag, an dem sie mit Paul auf dem Schießstand gewesen war. Das Erste, was der Instruktor zu ihnen gesagt hatte, war, dass man nie eine Waffe auf eine andere Person richten sollte, wenn man nicht bereit sei, abzudrücken.

Claire war mehr als bereit abzudrücken. Sie wusste nur nicht, wie sie die Gelegenheit dazu finden sollte. Es bestand die Chance, dass sie vor Paul beim Fuller-Haus ankam. Sie konnte den Wagen ihrer Mutter in der Baumgruppe seitlich vom Haus abstellen und zum Hintereingang schleichen. Es gab mehrere Plätze, wo sie sich auf die Lauer legen konnte: in einem der Schlafzimmer, im Flur, in der Garage.

Es sei denn, er war schon dort. Es sei denn, er hatte wieder gelogen und war die ganze Zeit schon dort gewesen.

Sie hatte angenommen, dass er über noch ein weiteres Haus verfügte, aber vielleicht war das Fuller-Haus das einzige Haus, das Paul brauchte. Ihr Mann liebte es, wenn alles blieb, wie es war. Er war ein Sklave seiner Gewohnheiten. Er benutzte immer dieselbe Schale zum Frühstück, dieselbe Kaffeetasse. Er hätte jeden Tag denselben schwarzen Anzug getragen, wenn Claire ihn gelassen hätte. Er brauchte Strukturen. Er brauchte Vertrautheit.

Am Armaturenbrett ertönte ein Warnton. Claire hatte keine Ahnung, was er bedeutete. Sie wurde langsamer. Der Motor durfte jetzt nicht streiken. Hektisch suchte sie nach Warnlämpchen am Armaturenbrett, aber das einzige gelbe Licht zeigte einen kleinen Benzinkanister über der Treibstoffanzeige.

„Nein, nein, nein." Der Tesla brauchte nie Benzin. Paul tankte Claires BMW jeden Samstag nach. Sie konnte sich nicht erinnern, wann sie zuletzt an einer Tankstelle gewesen war, außer um Getränke zu kaufen.

Claire hielt Ausschau nach den Hinweisschildern am Rand der Interstate. Bis Athens waren es noch fünfundvierzig Minuten. Sie kam an mehreren Ausfahrten vorbei, ehe sie ein Tankstellen-Schild sah.

Mit den letzten Tropfen Benzin rollte sie an die Zapfsäule. Der Regen hatte nachgelassen, aber der Himmel war noch von dunklen Wolken bedeckt, und es war bitterkalt geworden. Claire hatte keine Ahnung, wie viele Liter Benzin der Ford Focus ihrer Mutter fasste. Sie gab dem Typ an der Kasse Helens letzte vierzig Dollar und hoffte auf das Beste.

Als Claire wieder zum Wagen kam, stand ein junges Paar neben einer ramponierten Limousine. Sie bemühte sich, die beiden zu ignorieren. Sie stritten wegen Geld. Claire und Paul hatten sich nie wegen Geld gestritten, weil Paul immer welches hatte. In der Anfangszeit ihrer Beziehung drehten sich ihre Auseinandersetzungen hauptsächlich darum, dass Paul zu viel für sie tat. Es gab nicht ein Bedürfnis von ihr, das Paul nicht befriedigte. Ihre Freundinnen hatten über die Jahre immer das Gleiche gesagt: Paul kümmerte sich einfach um alles.

Der Zapfhahn klickte.

„Mist." Ein Schwall Benzin hatte sich über Claires Hand ergossen, der Geruch war scheußlich. Sie ließ den Kofferraumdeckel aufspringen. Paul hatte die gleiche Notfallausrüstung für Helens Wagen besorgt wie für alle ihre Autos, und zu der gehörte eine Packung Reinigungstücher für die Hände. Es gab auch eine Schere, aber sie riss die Kunststofffolie mit den Zähnen auf. Während sie sich die Hände abwischte, betrachtete sie den Inhalt des Notfallrucksacks im Kofferraum.

Zu Beginn ihrer Ehe hatte Paul einen immer wiederkehrenden Albtraum gehabt. Es waren die einzigen Gelegenheiten gewesen, bei denen sie ihren Mann je in Angst erlebt hatte.

Und er hatte sich wahrhaft zu Tode gefürchtet.

Er hatte die Albträume nicht oft, vielleicht zwei- oder dreimal im Jahr, aber er wachte dann schreiend, wild um sich schlagend und nach Luft schnappend auf, denn er hatte geträumt, dass er bei lebendigem Leib verbrannte, so wie seine Mutter bei dem Autounfall seiner Eltern verbrannt war.

Claire studierte den Inhalt des Kofferraums. Signalfackeln. Ein Taschenbuch. Ein Heftchen wasserresistente Streichhölzer. Ein Fünfzehn-Liter-Benzinkanister.

Paul hatte sich wirklich um alles gekümmert.

Jetzt war es an Claire, sich um ihn zu kümmern.

22. KAPITEL

Als Claire durch die Innenstadt fuhr, hatte der Regen Athens noch nicht erreicht. Kräftige Windböen fegten durch die Straßen. Studenten holten sich zwischen ihren Kursen etwas zu essen, sie waren dick in Mänteln und Schals eingemummt. Die meisten rannten, um dem aufziehenden Sturm zuvorzukommen. Alle konnten die schweren dunklen Wolken am Horizont sehen, die sich von Atlanta heranwälzten.

Claire hatte Helen angerufen, um zu sehen, wie viel Zeit sie noch hatte. Ihre Mutter war in der Nähe von Winder, etwa dreißig Minuten entfernt. Auf der I-78 hatte es einen Unfall gegeben, der ihr zusätzliche zehn Minuten verschaffte. Zum Glück hatte Helen ihr sofort davon berichtet, sodass sie Paul, als er anrief, wahrheitsgemäß erklären konnte, warum sich Lydias Handy nicht mehr bewegte.

Sie fuhr denselben Weg nach Watkinsville, den sie und Lydia am Tag zuvor gefahren waren. Fast hätte Claire die Abzweigung zu Pauls Straße übersehen. Sie fuhr langsam, denn sie musste sich nicht nur wegen Jacob Mayhew und Harvey Falke Gedanken machen. Carl Huckabee war immer noch der Sheriff des Countys. Und er hatte Hilfssheriffs, auch wenn man nicht sagen konnte, auf welcher Seite des Gesetzes sie standen.

Außerdem war er mit den Vorgängen im Fuller-Haus bestens vertraut.

Claire war sich darüber im Klaren, dass sie den Wagen nicht öffentlich stehen lassen durfte. Deshalb lenkte sie den Ford von der Straße herunter in die dichte Baumgruppe hinein. Die Räder holperten über das unebene Gelände, der Seitenspiegel klappte nach innen, es knirschte und quietschte laut, als Kiefernrinde über die Wagenlackierung schrammte. Sie fuhr so weit in das Gehölz hinein, wie es nur ging. Dann stieg sie durch das Fenster aus, weil sie die

Tür nicht mehr aufbekam. Sie beugte sich noch einmal hinein, um den Revolver herauszuholen.

Er fühlte sich irgendwie schwerer an. Tödlicher.

Sie stellte die Schachtel mit der Munition offen auf das Wagendach, holte eine Patrone nach der anderen heraus und legte sie sorgfältig in die Trommel ein.

„Für Julia", sagte sie bei der ersten. „Für Daddy. Für Mom. Für Lydia."

Claire betrachtete die letzte Patrone in ihrer Hand. Diese fühlte sich am schwersten von allen an – glänzendes Messing mit einer bedrohlichen schwarzen Spitze, die sich auffächern würde, sobald sie in weiches Gewebe traf.

„Für Paul", flüsterte sie. Ihre Stimme klang heiser und verzweifelt.

Die letzte Kugel würde für ihren Mann sein, der vor langer Zeit gestorben war, als er noch ein Junge war und sein Vater ihn zum ersten Mal mit hinaus in die Scheune genommen hatte. Als er Claire erzählt hatte, er habe eine glückliche Kindheit gehabt. Als er vor dem Friedensrichter gestanden und geschworen hatte, sie für den Rest seines Lebens zu lieben und zu ehren. Als er ihre Hand so überzeugend gehalten hatte, während er vorgab, in der Gasse zu sterben.

Diesmal würde er nicht nur so tun.

Claire ließ die Trommel einrasten. Sie probierte die Waffe aus, hielt den Lauf gerade vor sich, krümmte den Zeigefinger um den Abzug, übte, den Hahn mit dem Daumen zurückzuziehen.

Ihr Plan sah so aus: Sie würde Benzin rund um das Haus verschütten – aber nur um die Schlafzimmer, die Vorderveranda und unter dem Badezimmer, denn sie setzte darauf, dass Paul ihre Schwester in der Garage gefangen hielt. Dann würde sie das Benzin in Brand setzen. Paul würde das Feuer riechen oder knistern hören. Er würde in Panik geraten, denn Feuer war das Einzige, was ihm wirklich Angst machte. Wenn er aus dem Haus stürzte, würde Claire mit der Waffe in der Hand warten und fünfmal auf ihn schießen.

Dann würde sie ins Haus rennen und Lydia retten.

Der Plan war riskant, wahrscheinlich sogar verrückt, dessen war sich Claire bewusst. Sie spielte buchstäblich mit dem Feuer, aber ihr fiel nichts Besseres ein, wie sie Paul aus dem Haus locken konnte, ohne ihre Anwesenheit zu verraten.

Und ihr war klar, dass sie schnell handeln musste, denn es war fraglich, ob sie es schaffte abzudrücken, wenn sie zu viel Zeit zum Nachdenken hatte.

Claire war nicht wie ihr Mann. Sie konnte einem anderen Menschen nicht so beiläufig das Leben nehmen, selbst wenn diesem Leben jede Menschlichkeit fehlte.

Sie schob den Revolver vorn in den Bund ihrer Jeans. Der Lauf war nicht lang, aber der Zylinder drückte auf ihren Hüftknochen. Sie verlagerte ihn in die Mitte, genau unter den Reißverschluss, aber das war noch schlimmer. Schließlich verstaute sie ihn hinten am Rücken. Die Großmutterunterhose, die ihre Mutter für sie gekauft hatte, schob sich um die Trommel herum zusammen. Der Lauf des Revolvers ragte in ihre Pospalte, was ein wenig unangenehm war, aber keine ihrer Taschen war tief genug, und sie wusste, dass sie geliefert war, wenn Paul die Waffe sah.

Sie öffnete den Kofferraum, zog den Reißverschluss des Rucksacks auf und suchte nach der Rettungsdecke. Das Paket, in dem sie sich befand, war klein, aber als sie die Decke auseinanderfaltete, hatte sie die Größe eines Regencapes. Die wasserfesten Streichhölzer lagen auf den Signalfackeln, die wiederum auf einem dicken Taschenbuch lagen.

Die gesammelten Gedichte von Percy Bysshe Shelley.

Wie ihre Mutter vielleicht sagen würde, waren Dichter nicht die einzigen geheimen Gesetzgeber der Welt.

Claire packte ihre Ausrüstung in die Decke. Sie öffnete die vier Wasserkanister. Ihre Bluse war noch nass von dem

Spurt durch den Regen in Atlanta, trotzdem schüttete sie das Wasser über sich aus. Es war ein Kälteschock, aber sie achtete darauf, wirklich alles nass zu machen: Kopf, Rücken, jeden Zentimeter der Ärmel bis zu den Manschetten am Handgelenk. Den Rest des Wassers goss sie über die Beine ihrer Jeans.

Dann nahm sie die Decke und den Fünfzehn-Liter-Kanister mit Benzin.

Als sie den großen Kunststoffbehälter durch das Gehölz schleppte, schwappte das Benzin darin hin und her. Unter dem Blätterdach der Bäume schien ein permanenter Sprühnebel gefangen zu sein. In der Ferne hörte sie Donnergrollen, das ihr als angemessenes Begleitgeräusch für die Aufgabe schien, die vor ihr lag. Claire kniff die Augen zusammen. Der Himmel wurde mit jeder Minute dunkler, aber sie sah einen puderblauen Chevrolet Impala hinter einer Reihe von Bäumen stehen.

Claire setzte den Kanister und die Decke ab und zog den Revolver. Sie spannte den Hahn und näherte sich vorsichtig dem Wagen, für den Fall, dass sich Paul oder einer seiner Komplizen darin befanden.

Er war leer.

Sie steckte die Waffe wieder hinten in den Bund ihrer Jeans. Jetzt fühlte sie sich schon nicht mehr so fremd an.

Sie legte die Hand auf die Kühlerhaube des Wagens. Der Motor war kalt. Wahrscheinlich war Paul schon wieder beim Fuller-Haus, seit Claire von hier weggefahren war.

Warum sollte er woandershin fahren? Hier beschützte ihn der Sheriff.

Sie hob Decke und Benzinkanister wieder auf und marschierte weiter in Richtung Haus. Das Unterholz war dicht. Einen Moment lang fragte sie sich schon erschrocken, ob sie etwa vom Kurs abgekommen war, aber dann sah sie das grüne Dach des Hauses. Sie ging in die Hocke. Die Fenster waren immer noch mit verwitterten Sperrholzbrettern vernagelt. Claire blieb trotzdem unten, denn sie wusste, dass man im Wohnzimmer durch einen Schlitz in die Einfahrt hinaussah, und wenn es einen gab, konnte es auch weitere geben.

In dem von Unkraut überwucherten Garten knisterte das trockene Gras unter ihren Füßen. Als ein kräftiger Wind über die offene Fläche fegte, wo die Schreckensscheune gestanden hatte, knarrte die Schaukel. Claire machte einen Bogen um den Bereich. Sie trampelte ein Stück Gras flach, um einen Platz zu haben, wo sie ihre Decke und deren Inhalt ausbreiten konnte.

Sie studierte die Rückseite des Hauses. Das Sperrholzbrett, das sie und Lydia von der Küchentür gestemmt hatten, lehnte an der Hauswand. Sie hatten es auf dem Boden liegen lassen, so wie es gefallen war. Vermutlich hatte Paul es aufgehoben und ordentlich neben die Tür gelehnt. Wahrscheinlich hatte er im Haus ebenfalls aufgeräumt. Oder hatte er das Besteck als eine Art Alarmanlage auf dem Boden liegen lassen, damit er hörte, wenn jemand das Haus betrat?

Claires Problem bestand nicht darin, ins Haus zu gelangen, sondern Paul nach draußen zu locken.

Sie bückte sich und schraubte den Deckel vom Ausgießer des Kanisters. Sie fing links von der kleinen Veranda hinter der Küche an und spritzte Benzin über die Holzverkleidung auf der Außenseite des Hauses. Sie arbeitete sorgfältig, sodass das Benzin auch in die Zwischenräume der Bretter gelangte. Bei jedem Fenster hob sie den Kanister und tränkte die Sperrholzbretter so gut es ging, ohne allzu viel Lärm zu machen.

Als sie die Treppe der Vorderveranda hinaufstieg, hämmerte Claires Herz so laut, dass sie Angst hatte, es könnte sie verraten. Die ganze Zeit über behielt sie die Garage im Blick und bemühte sich gleichzeitig, nicht daran zu denken, dass Paul mit Lydia da drin war. Das Rolltor war immer noch von außen mit einem Vorhängeschloss versperrt. Seine

Mordkammer. Lydia war in seiner Mordkammer eingesperrt.

Claire machte kehrt, schlich wieder um das halbe Haus herum und überprüfte das Ergebnis ihrer Arbeit unter den vernagelten Fenstern. Als sie damit fertig war, hatte sie einen Halbkreis aus Benzin von der Veranda über die Schlafräume bis zum Badezimmer um die linke Seite des Hauses geschüttet. Küche und Garage auf der rechten Seite blieben unberührt.

Schritt eins: abgeschlossen.

Claire kehrte zu der Rettungsdecke zurück und kniete nieder. Sie schwitzte stark, aber ihre Hände waren so kalt, dass sie die Finger kaum spürte. Lautlos entschuldigte sie sich bei ihrer Mutter, der Bibliothekarin, als sie den Shelley-Gedichtband zerfetzte. Sie knüllte und rollte die Seiten zu einer Art langen Docht zusammen, schraubte den Verschluss von dem Benzinkanister und steckte ihren Papierdocht hinein. Rund zwanzig Zentimeter ließ sie herausragen.

Schritt zwei: erledigt.

Sie hatte zwei lange Signalfackeln aus dem Kofferraum mitgenommen. Als sie zur Vorderseite des Hauses ging, hielt Claire beide in der Hand. Sie stellte sich unter das Fenster des Nähzimmers. Die leere Straße lag hinter ihr. An der Tankstelle hatte sie die Anweisung durchgelesen, wie man die Leuchtsignale entzündete. Es funktionierte genauso, wie man ein Streichholz anzündete: Man zog den Plastikverschluss ab und rieb die Sandpapierseite daran über den Kopf der Signalfackel.

Claire zog den Verschluss ab. Sie sah zum Haus hinauf. Dies war der entscheidende Moment. Jetzt konnte sie noch aufhören. Sie konnte zum Wagen zurückgehen, das FBI in Washington, D.C. anrufen, den Heimatschutz. Den Secret Service. Die FBI-Zentrale für Georgia.

Wie viele Stunden würde es dauern, bis sie beim Haus ankamen?

Wie viele Stunden hätte Paul dann allein mit ihrer Schwester?

Claire strich über den Kopf der Fackel. Sie machte einen Satz rückwärts, denn sie hatte nicht damit gerechnet, dass sofort eine derart mächtige Flamme auflodern würde. Funken tropften vor ihre Füße. Die Fackel machte ein Spritzgeräusch wie ein voll aufgedrehter Wasserhahn. Ein nervöses Zittern erfasste Claire. Was tat sie hier? Sie hatte gedacht, ihr würde mehr Zeit bleiben, aber das Benzin hatte im Handumdrehen Feuer gefangen. Rötlich orange Flammen züngelten an der Hauswand hinauf. Sie ließ die Fackel fallen. Das Herz schlug ihr bis zum Hals. Sie musste sich beeilen. Es gab kein Zurück mehr.

Claire lief um das Haus herum, entzündete die zweite Fackel und ließ sie unter das Elternschlafzimmer fallen. Es gab ein Zischen, einen heißen Windstoß, dann fraßen sich die Flammen schon in der Spur des Benzins zu den Sperrholzbrettern vor den Fenstern hinauf.

Die Hitze war gewaltig, aber Claire zitterte. Sie lief zu ihrem Depot zurück und wickelte sich die Rettungsdecke um die Schultern. Das verknitterte Material bedeckte kaum ihren Oberkörper. Sie sah zum Himmel hinauf. Die Wolken zogen schnell. Aus dem leichten Sprühnebel waren dicke, fette Tropfen geworden. Mit dem Regen hatte Claire nicht gerechnet. Sie beobachtete die Hauswand, um sich zu überzeugen, dass sie Feuer fing. Weißer Rauch stieg in Kringeln auf. Orangefarbene Flammen züngelten hinter dem Sperrholz hervor.

Schritt drei: in Arbeit.

Claire nahm den Benzinkanister und ging jetzt zur rückwärtigen Veranda. Sie baute sich in ein paar Metern Entfernung genau vor der Treppe auf und stellte den Kanister ab. Sie holte den Revolver hervor und hielt ihn mit dem Lauf nach unten seitlich am Körper.

Sie wartete.

Der Wind drehte. Rauch wehte ihr ins Gesicht. Er war nun nicht mehr weiß, sondern schwarz. Claire wusste nicht, was das zu bedeuten hatte. Sie erinnerte sich an einen Film im Fernsehen, bei dem der Farbunterschied eine wichtige Rolle für die Handlung gespielt hatte, aber sie erinnerte sich andererseits auch an einen Artikel, in dem stand, die Farbe des Rauches hinge davon ab, welches Material brannte.

Brannte überhaupt etwas? Claire sah keine Flammen mehr. Nur eine schwarze Rauchwolke hüllte das Haus ein, während sie darauf wartete, dass Paul schreiend aus der Tür gerannt kam.

Eine Minute verging. Noch eine. Sie hielt den Revolver umklammert und unterdrückte ein Husten. Der Wind drehte wieder zur Straße hin. Noch eine Minute. Und noch eine. Sie lauschte dem Rauschen des Blutes in ihren Ohren, während ihr Herz aus der Brust zu springen drohte.

Nichts.

„Scheiße", flüsterte sie. War da Feuer? Der Regen reichte nicht, um das Gras nass zu machen, geschweige denn, ein brennendes Haus zu löschen. Selbst die Signalfackel loderte noch munter spuckend vor sich hin.

Ohne die Hintertür aus den Augen zu lassen, schlurfte sie ein Stück nach links, um nach der Seitenwand des Hauses zu sehen. Rauch quoll unter dem Sperrholz hervor wie aus einem Kohlekraftwerk. War das Feuer in den Wänden? Die Holzverkleidung war alt und trocken. Die hölzernen Pfosten steckten seit mehr als sechzig Jahren in der Wand. Claire hatte jede Menge Querschnitte von Wänden für Wohngebäude gesehen: die Außenverkleidung, die dünne Holzabsteifung für die Stabilität, die dicke Schicht Isolierung, die zwischen den Wandpfosten steckte, die Rigipsplatten. Es gab mindestens fünfzehn Zentimeter Material zwischen der Innen- und Außenseite des Hauses, das meiste davon Holz, zu großen Teilen mit Benzin getränkt. Wieso hatte sich das Feuer nicht längst durch die Wand gefressen?

Die Isolierung.

Paul hatte alle Fenster ausgetauscht. Sicher hatte er die alten Rigipsplatten entfernt und eine feuerhemmende Isolierschicht eingespritzt, denn egal, was sich Claire einfallen ließ, Paul war ihr immer sechs Schritte voraus.

„Verdammte Scheiße", murmelte sie.

Was nun?

Der Benzinkanister. Sie hob ihn auf. Noch immer war ein Rest Benzin darin. Der Papierdocht hatte das meiste davon aufgesogen. Das war ihr einziger Plan B: den Docht entzünden und den Kanister aufs Dach schleudern.

Und dann? Zusehen, wie auch das nicht brannte? Sie hatte das Feuer in einem Halbkreis gelegt, damit Paul notgedrungen zur Hintertür herausrennen musste. Wenn er etwas auf dem Dach hörte, konnte er genauso gut vorn rausgehen oder sogar durch das Garagentor. Oder er ignorierte das Geräusch, weil er es für einen herabfallenden Ast hielt. Oder er hörte es überhaupt nicht, weil er zu sehr mit dem beschäftigt war, was er Lydia antat.

Claire stellte den Kanister ab. Sie klappte das Handy auf, wählte die Auskunft und ließ sich die Festnetznummer von Buckminster Fuller geben. Sie drückte die Wahltaste.

Im Haus begann das Küchentelefon zu läuten. Das Geräusch bohrte sich immer noch wie ein Eispickel in ihr Ohr. Während sie dem Klingelton lauschte, ließ sie die Mündung des Revolvers an ihr Bein schlagen. Eins, zwei, drei. Gestern um diese Zeit war Claire wie ein fügsames Kind auf der hinteren Veranda gesessen und hatte darauf gewartet, dass Paul sie alle zwanzig Minuten anrief, um ihr mitzuteilen, ob ihre Schwester noch am Leben war.

Paul meldete sich nach dem fünften Läuten. „Hallo?"

„Ich bin's." Sie sprach ruhig. Sie konnte ihn durch die demolierte Küchentür sehen. Er kehrte ihr den Rücken zu. Es war kein Rauch in dem Raum, kein Anzeichen für ein Feuer. Er hatte das rote Sweatshirt ausgezogen. Seine Schulterblätter zeichneten sich unter dem dünnen Material des T-Shirts ab.

„Wieso rufst du auf diesem Telefon an?", fragte er.

„Wo ist Lydia?"

„Langsam habe ich die ständigen Fragen nach deiner Schwester wirklich satt."

Der Wind hatte wieder gedreht. Rauch brannte ihr in den Augen. „Ich habe die unbearbeiteten Videos gesehen."

Paul antwortete nicht. Er sah zur Decke hinauf. Konnte er den Rauch riechen?

„Paul, ich weiß Bescheid."

„Was genau glaubst du zu wissen?" Er dehnte die Telefonschnur so weit es ging, um in den Flur hinauszuspähen.

Claire nahm ein Aufblitzen wahr. Eine einzelne Flamme züngelte von der Decke über dem Badezimmer hinab. Sie blickte wieder zu Paul. Die Telefonschnur hielt ihn in der Küche fest. „Ich weiß, dass du der Maskierte bist."

Wieder blieb er stumm.

Claire sah, wie der Flammenfinger zu einer ganzen Hand anwuchs. Ruß färbte die Holzverkleidung schwarz. „Ich weiß, dass du Fotos von Johnny Jackson auf dem USB-Stick hast. Ich weiß, dass du deine Kundenliste haben willst, damit du dein Geschäft weiterbetreiben kannst."

„Wo bist du?"

Claires Herz vibrierte vor Aufregung, als sie sah, wie das Feuer an der Sperrholzabdeckung vor dem Badfenster hinaufkroch.

„Claire?"

Paul sprach nicht am Telefon. Er stand auf der Veranda und sah am Haus hinauf. Rauch wälzte sich vom Dach herab. Er sah nicht verängstigt aus, er sah verblüfft aus. „Was hast du getan?"

Claire ließ das Telefon fallen. Sie hielt den Revolver immer noch seitlich am Körper. Paul sah auf ihre Hand hinab.

Er wusste, dass sie eine Waffe hatte. Jetzt war es an der Zeit, sie zu heben, auf ihn zu richten, den Hahn zu spannen. Sie sollte schnell handeln. Sie sollte sich breitbeinig hinstellen. Sie sollte bereit sein abzudrücken, bevor sein Fuß den Boden berührte.

Paul kam die drei Stufen herunter. Sie dachte daran, wie er zu Hause immer die Treppe heruntergekommen war, wie er sie am Morgen angelächelt und ihr gesagt hatte, wie schön sie sei, wie er sie auf die Wange geküsst hatte und wie er ihr kleine Notizen im Badezimmerschrank hinterließ und ihr tagsüber lustige SMS schickte.

„Hast du das Haus angezündet?", fragte er. Er klang ungläubig und insgeheim erfreut, exakt so, wie er sich angehört hatte, als Claire ihn von der Polizeistation aus anrief, um ihm zu sagen, er müsse sie auf Kaution herausholen.

„Claire?"

Sie war zu keiner Bewegung fähig. Das war ihr Mann. Das war Paul.

„Wo hast du den her?" Er sah auf den Revolver herunter. Wieder wirkte er eher überrascht als besorgt. „Claire?"

Der Plan. Sie durfte den Plan nicht vergessen. Das Feuer griff um sich. Der Revolver war in ihrer Hand. Sie musste den Hahn spannen. Auf Pauls Gesicht zielen. Abdrücken. Abdrücken. Abdrücken.

„Lydia geht es gut." Er stand so nah bei ihr. Sie konnte seinen muffigen Schweiß riechen. Er hatte einen Vollbart. Die dicke Brille hatte er abgenommen. Unter dem weißen T-Shirt sah sie den Umriss seines Körpers.

Sie hatte seinen Körper geküsst. Sie hatte die Haare auf seiner Brust zärtlich mit dem Finger gezwirbelt.

Er blickte zum Haus zurück. „Sieht aus, als würde es sich rasch ausbreiten."

„Du hast panische Angst vor Feuer."

„Das stimmt. Wenn es nah genug kommt, um mir etwas anzuhaben." Er sprach nicht aus, was ohnehin offensichtlich war: dass er sich im Freien befand, dass es regnete und dass er meilenweit offenes Gelände zur Verfügung hatte, um sich in Sicherheit zu bringen. „Hör zu, das Feuer wird nicht mehr lange zu kontrollieren sein. Gib mir den USB-Stick. Dann verschwinde ich, und du kannst ins Haus gehen und Lydia losbinden." Er lächelte sein nettes, unbeholfenes Lächeln, das ihr sagte, er habe sich um alles gekümmert. „Du wirst sehen, dass ich ihr nichts getan habe, Claire. Ich habe mein Versprechen gehalten. Ich halte meine Versprechen dir gegenüber immer."

Claire sah ihre Hand an seine Wange fassen. Seine Haut fühlte sich kalt an. Sein T-Shirt war zu dünn. Er brauchte eine Jacke.

„Ich dachte …", sagte sie.

Paul sah ihr in die Augen. „Was dachtest du?"

„Ich dachte, ich habe dich erwählt."

„Natürlich hast du das." Er legte beide Hände sanft um ihr Gesicht. „Wir haben einander erwählt."

Claire küsste ihn. Küsste ihn richtig. Paul stöhnte. Als sich ihre Zungen berührten, blieb ihm der Atem weg. Seine Hände bebten an ihrem Gesicht. Sie fühlte sein Herz schlagen. Es war genau so, wie es immer gewesen war, und deshalb wusste sie, dass es immer eine Lüge gewesen war.

Claire spannte den Hahn. Und drückte ab.

Der Knall ließ die Luft erzittern.

Blut spritzte bis zu ihrem Hals herauf.

Paul ging zu Boden. Er schrie. Es war ein wilder, furchterregender Laut. Er umklammerte sein Knie, oder was davon noch übrig war. Das Hohlspitzgeschoss hatte seine Kniescheibe vollständig zertrümmert und seinen Knöchel auseinandergerissen. Weißer Knochen, Sehnen und Knorpel hingen lose von dem Bein wie die blutgetränkten Enden einer ausgefransten Schnur.

„Das war für mich", sagte sie.

Claire steckte die Waffe wieder hinten in ihre Jeans. Sie

nahm die Rettungsdecke und machte sich auf den Weg zum Haus.

Dann blieb sie stehen.

Das Feuer hatte die ganze linke Hälfe des Hauses erobert. Flammen griffen nach der Küchenwand. Funken sprangen bis zur Decke hinauf. Glas zersprang in der enormen Hitze. Das Telefon war geschmolzen. Das Linoleum war schwarz. Rauch hing in der Luft wie Watte. Orangerote Flammen hatten das Wohnzimmer eingenommen und wälzten sich zum Flur.

Zur Garage.

Es war zu spät. Sie konnte nicht mehr hinein. Lydia helfen zu wollen wäre Wahnsinn. Sie würde sterben. Sie würden beide sterben.

Claire holte tief Luft und rannte ins Haus.

23. KAPITEL

„Ich bin in der Garage!“ Lydia zerrte sinnlos an ihren Fesseln, als leuchtend rote Flammen am Ende des Flures züngelten. „Helft mir!“

Sie hatte einen Schuss gehört. Sie hatte einen Mann schreien hören.

Paul, dachte sie. Bitte, lieber Gott, lass es Paul sein.

„Ich bin hier!“, rief Lydia. Sie wand sich auf ihrem Stuhl. Sie hatte die Hoffnung schon aufgegeben. Bis das Telefon läutete. Bis der Schuss fiel.

„Hilfe!“, schrie sie.

Wussten sie, dass es brannte? Legte die Polizei Paul Handschellen an, statt schnell ins Haus zu laufen? Er hatte die Tür offen gelassen. Sie konnte aus der ersten Reihe verfolgen, wie sich das Wesen des Feuers veränderte. Das sanfte Züngeln hatte sich in weiß glühende Flammen verwandelt, die sich durch die Wände fraßen. Der Teppichboden löste sich ab. Verputz schmolz in großen Brocken von der Decke. Rauch und Hitze wälzten sich durch den engen Flur. Ihre Hände waren heiß. Ihre Knie waren heiß. Ihr Gesicht war heiß.

„Bitte!“, schrie Lydia. Das Feuer arbeitete sich so schnell voran. Wussten sie nicht, dass sie hier drin war? Sahen sie die Flammen nicht durch die Decke schießen?

„Hier bin ich!“, brüllte sie. „Ich bin in der Garage!“

Vergeblich zerrte Lydia an ihren Fesseln. So durfte sie nicht sterben, nach allem, was sie überlebt hatte. Sie musste Rick noch einmal sehen. Sie musste Dee im Arm halten. Sie musste Claire sagen, dass sie ihr wirklich vergeben hatte. Sie musste ihrer Mutter sagen, dass sie sie liebte, dass Paul Sam getötet hatte, dass sich ihr Vater nicht das Leben genommen hatte, dass er sie alle so sehr geliebt hatte und …

„Bitte!“ Sie schrie so laut, dass sie an dem Wort halb erstickte. „Helft mir!“

Am Ende des Flures tauchte eine Gestalt auf.

„Hier!“, brüllte sie. „Ich bin hier!“

Die Gestalt kam näher. Näher.

„Hilfe!“, schrie Lydia. „Helft mir!“

Claire.

Die Gestalt war Claire.

„Nein, nein, nein!“ Lydia geriet in Panik. Wieso war das Claire? Wo war die Polizei? Was hatte ihre Schwester getan?

„Lydia!“ Claire lief geduckt, um unterhalb des Rauches zu bleiben. Sie hatte eine Rettungsdecke über dem Kopf. Das Feuer tobte hinter ihr – ziegelrote und orangefarbene Flammen, die an den Wänden emporschlugen und Stücke aus der Decke rissen.

Warum Claire? Wo waren die Feuerwehrleute? Wo war die Polizei?

Lydia sah hektisch zur Tür. Sie wartete darauf, dass weitere Personen in den Raum stürzten. Männer in schweren, feuerfesten Jacken. Männer mit Helmen und Sauerstoff. Männer mit Äxten.

Aber da war sonst niemand. Nur Claire. Die verrückte, unüberlegte, verdammte Claire.

„Was hast du getan?“, schrie Lydia? „Claire?“

„Es ist gut“, schrie Claire zurück. „Ich werde dich retten.“

„Großer Gott!“ Lydia sah, wie das Feuer den Anstrich von der Wand löste. Rauch füllte die Garage. „Wo sind die anderen?“

Claire nahm das Messer vom Tisch und schnitt die Kabelbinder durch.

„Geh!“ Lydia stieß sie fort. „Ich bin an die Wand gekettet! Du musst gehen!“

Claire langte hinter den Stuhl. Sie drehte an etwas. Die Kette fiel ab wie ein Gürtel.

Einen Moment lang war Lydia zu verdutzt, um sich zu rühren. Sie war frei. Nach fast vierundzwanzig Stunden Martyrium war sie endlich frei.

Frei, um bei lebendigem Leib zu verbrennen.

„Komm!“ Claire ging in Richtung der offenen Tür, aber das Feuer hatte ihren einzigen Weg nach draußen schon aufgezehrt. Flammen ließen die Kunststofflamellen an den Wänden schmelzen. Der Teppich rollte sich ein wie eine Zunge.

„Nein!“, schrie Lydia. „Verdammt noch mal, nein!“ So durfte sie nicht sterben. Nicht, nachdem sie Pauls Folter überlebt hatte. Nicht, nachdem sie geglaubt hatte, sie würde davonkommen.

„Hilf mir!“ Claire rannte gegen das Rolltor. Das Metall schepperte ohrenbetäubend. Claire nahm noch einmal Anlauf, aber Lydia packte sie am Arm.

„Was hast du getan?“, schrie sie. „Wir werden sterben!“

Claire riss sich mit einem Ruck los. Sie lief zu dem hölzernen Regal und fegte die Videobänder auf den Boden.

Dann riss sie die Regalbretter aus ihren Halterungen.

„Claire!", schrie Lydia. Ihre Schwester war endgültig verrückt geworden. „Claire! Stopp!"

Claire hob das Brecheisen vom Boden auf und schwang es wie einen Baseballschläger gegen die Wand. Der Hammer blieb im Rigips stecken. Sie zog ihn heraus und holte erneut aus.

Rigips.

Lydia sah benommen zu, wie Claire noch einmal auf die Wand einschlug. Wie alles andere in der Garage war die Betonziegelwand nur Attrappe. Die eigentliche Garage war aus Rigips und hölzernen Pfosten mit einer Außenverkleidung, hinter der die Freiheit lag.

Lydia riss Claire das Brecheisen aus den Händen. Jeder Muskel in ihrem Körper schrie, als sie das zehn Pfund schwere Metallwerkzeug über den Kopf hob. Sie legte ihr ganzes Gewicht in den Schlag, und das Eisen sauste nieder wie ein Hammer. Sie schlug ein ums andere Mal zu, bis der Rigips fort war und hart gewordene Stücke der Schaumisolierung wie Schnee herausbrachen. Lydia holte erneut aus. Der Schaum schmolz. Das Brecheisen fuhr in ihn wie in Butter.

„Nimm die Hände!", schrie Claire.

Beide rissen den schwelenden Schaumstoff mit bloßen Händen heraus. Lydias Finger brannten. Der Schaumstoff kehrte zu seinem flüssigen Zustand zurück und setzte beißende chemische Dämpfe frei. Beide Frauen begannen, keuchend zu husten. In der Garage war dichter Rauch. Lydia sah kaum, was sie taten. Das Feuer kam näher. Die Hitze versengte ihr den Rücken. Wie von Sinnen riss sie an der brodelnden Isolierung. So würde es nicht funktionieren, es dauerte zu lange.

„Geh zur Seite!" Lydia nahm so viel Anlauf, wie sie konnte, und rannte gegen die Wand. Sie spürte ihre Schulter gegen die Holzverkleidung krachen. Sie ging zurück und rannte noch einmal in der Mitte zwischen zwei Wandpfosten dagegen, um bis zur Außenwand vorzudringen.

Lydia nahm erneut Anlauf.

„Es funktioniert nicht!“, schrie Claire.

Es funktionierte doch.

Lydia spürte, wie die Bretter unter ihrem Gewicht brachen. Wieder ging sie einige Schritte zurück. Tageslicht fiel durch das zersplitterte Holz.

Lydia rannte mit voller Wucht gegen die Wand, die sich verbog. In ihrer Schulter knallte etwas. Ihr Arm hing nutzlos am Körper herab. Da benutzte sie den Fuß und trat mit aller verbliebenen Kraft gegen die Holzleisten, bis sie aus ihren Nägeln sprangen. Rauch wurde ins Freie hinausgesaugt. Lydia drehte sich zu Claire um.

„Hilf mir!“ Claire hatte die Hände voller Videobänder. Das Feuer war so nah, dass sie fast durchscheinend aussah. „Wir müssen sie hinausschaffen!“

Lydia packte ihre Schwester am Kragen und schob sie zu der schmalen Öffnung. Claire kam mit den Kassetten nicht durch die Lücke. Lydia schlug sie ihr aus der Hand. Wieder stieß sie Claire. Ihre Füße rutschten, die Schuhsohlen schmolzen in den Beton. Lydia gab Claire einen letzten Stoß, der sie ins Freie beförderte, dann warf sie sich direkt hinter ihr durch die Lücke. Beide landeten unsanft in der Einfahrt.

Die frische Luft war wie ein Schock für Lydias Kreislauf. Sie war mit dem Schlüsselbein auf den Beton gekracht und fühlte sich, als habe ihr jemand ein Messer in die Kehle gerammt. Sie drehte sich auf den Rücken und rang nach Atem.

Videobänder regneten auf sie herab. Lydia schlug sie zur Seite. Sie hatte solche Schmerzen. Alles tat ihr so entsetzlich weh.

„Beeil dich!“ Claire kniete vor der Öffnung in der Garage und streckte die Hände hinein, um weitere Videokassetten zu bergen. Ein Ärmel ihrer Bluse fing Feuer. Sie schüttelte die Flamme aus und langte wieder durch die Öffnung. Lydia versuchte, sich aufzurichten, aber ihr linker Arm versagte den Dienst. Als sie sich auf die rechte Hand stützte, war der Schmerz beinahe unerträglich. Sie packte Claire an der Bluse und wollte sie wegziehen.

„Nein!“ Claire fischte immer weiter nach den Bändern. „Wir müssen sie retten.“ Sie raffte die Kassetten mit beiden Händen zusammen, so wie sie früher Sand zusammengeschoben hatte, um Burgen zu bauen. „Bitte, Liddie!“

Lydia kniete neben Claire nieder. Sie sah kaum etwas vor sich. Rauch quoll aus der Öffnung. Die Hitze raubte ihr den Atem. Sie spürte, wie ihr etwas auf den Kopf fiel. Lydia dachte, es seien Funken des Feuers, aber tatsächlich war es der Regen.

„Es sind nur noch ein paar!“ Claire zog immer noch Kassetten heraus. „Schaff sie vom Haus weg!“

Lydia warf die Videos mit ihrer gesunden Hand in die Einfahrt hinaus. Es waren so viele. Sie überflog das jeweilige Datum auf den Etiketten, und sie wusste, dass die Daten vermissten Frauen entsprachen, deren Familien keine Ahnung hatten, warum ihre Schwestern, ihre Töchter verschwunden waren.

Als Flammen aus der Garage schlugen, fiel Claire nach hinten. Ihr Gesicht war schwarz von Ruß. Das Feuer hatte die Garage nun endlich ganz eingeschlossen. Lydia packte Claire am Kragen und zog sie vom Haus fort. Als Claire versuchte aufzustehen, stolperte sie. Ihre verschmorten Schuhe fielen von den Füßen. Sie stieß gegen ihre Schwester. Lydia fuhr ein Schmerz in die Schulter, der jedoch nichts gegen den rauen Husten war, der ihren Körper schüttelte. Sie beugte sich vornüber und erbrach einen Strom schwarzes Wasser, der nach Pisse und Zigarettenasche stank.

„Liddie.“ Claire strich ihr über den Rücken.

Lydia öffnete den Mund und gab einen weiteren fauligen, schwarzen Schwall von sich, bei dem sich ihr Magen verkrampfte. Gott sei Dank war nicht mehr viel drin. Sie wischte sich den Mund ab. Sie stand auf. Sie schloss die Augen gegen das Schwindelgefühl.

„Lydia, schau mich an."

Lydia zwang sich, die Augen zu öffnen. Claire stand mit dem Rücken zur Garage. Hinter ihr wütete das Feuer, aber sie sah Lydia an. Sie hatte die Hand auf den Mund gepresst und wirkte erschüttert.

Lydia konnte sich nur vorstellen, was ihre Schwester vor sich sah: die Schwellungen, die Striemen, die Verbrennungen von den Elektroschocks.

„Was hat er mit dir gemacht?", fragte Claire.

„Ich bin okay", sagte Lydia, denn sie musste es sein.

„Was hat er getan?" Claire zitterte heftig. Tränen malten helle Schneisen in den Ruß auf ihrem Gesicht. „Er hat versprochen, dass er dir nichts tun wird. Er hat es versprochen!"

Lydia schüttelte den Kopf. Sie konnte das jetzt nicht. Es spielte keine Rolle. Nichts von alldem spielte eine Rolle.

„Ich werde ihn töten." Claires nackte Füße stampften in den Boden, als sie sich auf den Weg zur Rückseite des Hauses machte.

Lydia folgte ihr, bemüht, ihren unbrauchbaren Arm so ruhig wie möglich zu halten. Bei jedem Schritt prallte das gebrochene Schlüsselbein gegen den Halsansatz. Ihre Gelenke hatten sich mit Kiesstaub gefüllt. Der Regen hatte den Ruß auf ihrem Gesicht in nasse Schwärze verwandelt.

Claire war ein kurzes Stück vor ihr. Im hinteren Bund ihrer Jeans steckte ein Revolver. Lydia kannte die Waffe, vollkommen fremd war ihr dagegen die flüssige Bewegung, mit der Claire sie zog, den Hahn spannte und auf den Mann richtete, der über den Boden kroch.

Paul hatte sich knapp zehn Meter vom Haus weggeschleppt. Ein Streifen dunkles Blut zeigte seinen Weg durch das nasse Gras an. Sein rechtes Knie war ein blutiger Brei.

Sein Fußknöchel war zertrümmert. Die untere Hälfte seines Beines hing in einem unnatürlichen Winkel am Oberschenkel. Knochen, Sehnen und Muskeln glänzten im Schein der Flammen, die immer noch wüteten.

Claire hatte die Waffe auf Pauls Gesicht gerichtet. „Du verdammter Lügner."

Paul kroch weiter auf Händen und Ellbogen, fort von dem Feuer.

Claire folgte ihm mit der Waffe. „Du hast gesagt, du hast ihr nichts getan."

Paul schüttelte den Kopf, kroch aber weiter.

„Du hast es versprochen."

Endlich blickte er auf.

„Du hast es versprochen", sagte Claire. Sie klang bockig, am Boden zerstört und wütend.

Paul brachte ein Achselzucken zustande. „Wenigstens habe ich sie nicht gefickt."

Claire drückte ab.

Lydia schrie. Der Knall war ohrenbetäubend. Die Kugel hatte Pauls Hals seitlich aufgerissen. Er presste die Hand auf die Wunde und fiel auf den Rücken. Das Blut quoll zwischen seinen Fingern hindurch.

„Großer Gott", keuchte Lydia. Es war alles, was sie herausbrachte. „Großer Gott."

„Claire." Pauls Stimme gurgelte durch den Blutstrom. „Ruf einen Rettungswagen."

Claire richtete die Waffe auf seinen Kopf. Ohne die kleinste Gefühlsregung sah sie ihn an. „Du verlogenes Stück Scheiße."

„Nein!" Genau in dem Moment, in dem Claire abdrückte, griff Lydia nach der Hand ihrer Schwester. Der Schuss ging weit daneben. Sie konnte den Rückstoß durch Claires Hand in ihrer eigenen spüren.

Claire wollte erneut zielen.

„Nein." Lydia hielt ihre Hand fest. „Schau mich an."

Claire ließ die Waffe nicht los. Ihre Augen waren glasig. Sie war irgendwo anders, an einem dunklen und bedrohlichen Ort, den sie nur wieder verlassen konnte, wenn sie ihren Mann ermordete.

„Schau mich an", wiederholte Lydia. „Er weiß, wo Julia ist."

Claire wandte den Blick nicht von Paul ab.

„Claire." Lydia sprach so deutlich sie konnte. „Paul weiß, wo Julia ist."

Claire schüttelte den Kopf.

„Er hat es mir gesagt. Er hat es mir in der Garage gesagt. Er weiß, wo sie ist. Sie ist in der Nähe. Er hat gesagt, er besucht sie noch."

Claire schüttelte den Kopf. „Er lügt."

„Ich lüge nicht", sagte Paul. „Ich weiß, wo sie ist."

Claire versuchte, die Waffe wieder auf seinen Kopf zu richten, aber Lydia hielt ihre Hand fest. „Lass es mich versuchen, okay? Lass es mich einfach versuchen. Bitte."

Langsam wich die Spannung aus Claires Arm. Sie gab nach. Dennoch behielt Lydia ihre Schwester im Auge, als sie mühsam niederkniete. Der Schmerz im Arm raubte ihr fast den Atem. Bei jeder Bewegung fuhr ein scharfes Messer in ihre Schulter. Sie wischte sich den Schweiß von der Stirn. Sie sah auf Paul hinunter. „Wo ist Julia?"

Paul sah sie nicht an. Er war nur an Claire interessiert. „Bitte", flehte er. „Ruf einen Rettungswagen."

Claire schüttelte den Kopf.

„Verrate uns, wo Julia ist, und wir rufen einen", sagte Lydia.

Paul sah mit zusammengekniffenen Augen zu Claire hinauf. Der Regen prasselte auf sein Gesicht.

„Ruf einen Rettungswagen", wiederholte er. „Bitte."

Bitte. Wie oft hatte Lydia ihn angefleht? Wie oft hatte er nur gelacht?

„Claire ...", stöhnte Paul.

„Wo ist sie?“, wiederholte Lydia. „Du hast gesagt, sie ist in der Nähe. Ist sie in Watkinsville? Ist sie in Athens?“

„Bitte, Claire“, sagte er. „Du musst mir helfen. Das hier ist ernst.“

Claire ließ die Waffe seitlich am Körper baumeln. Sie sah zum Haus zurück, zu dem Feuer. Ihr Mund war ein schmaler Strich. Ihr Blick war immer noch wild. Sie würde zusammenbrechen, Lydia konnte nur nicht sagen, auf welche Weise.

Sie sah wieder zu Paul hinunter. „Sag es mir.“ Sie bemühte sich, keinen bittenden Ton anzuschlagen. „Du hast gesagt, du weißt, wo sie ist. Du hast gesagt, du besuchst sie.“

... morsche Knochen mit langen, schmutzig blonden Haarsträhnen und diesen albernen Armreifen ...

„Claire?“ Paul verlor zu viel Blut. Seine Haut war weiß und wächsern. „Claire, bitte schau mich an.“

Lydia hatte keine Zeit für das alles. Sie rammte ihre Finger in sein zertrümmertes Knie.

Pauls Schreie schnitten durch die Luft. Sie ließ nicht nach. Sie presste weiter, bis ihre Fingernägel über blanken Knochen schabten.

„Sag uns, wo Julia ist.“

Zischend stieß er die Luft zwischen den Zähnen hervor.

„Sag uns, wo sie ist!“

Paul verdrehte die Augen, bis nur noch das Weiße zu sehen war. Er wurde von Krämpfen geschüttelt. Lydia nahm ihre Hand weg.

Er rang keuchend nach Atem. Galle und rosa Blut liefen aus seinem Mund. Er drückte das Gesicht in den Boden. Seine Brust wogte auf und ab. Er gab ein ersticktes Geräusch von sich. Er weinte.

Nein, er weinte nicht.

Er lachte.

„Du hast es nicht drauf.“ Zwischen den nassen Lippen erschienen Pauls weiße, blutbefleckte Zähne. „Du nutzlose, fette Schlampe.“

Lydia stieß ihre Finger wieder in sein Knie. Ihre Knöchel schlossen sich um zersplitterte Knochenfragmente. Diesmal schrie Paul so laut, dass seine Stimme brach. Sein Mund stand offen. Luft strömte an seinen Stimmbändern vorbei, aber kein Laut war zu hören.

Sein Herz musste jetzt flimmern. Seine Blase und sein Darm würden sich gleich entleeren. Seine Seele würde sterben.

Lydia wusste das, weil Paul sie in der Garage dazu gebracht hatte, genau so zu schreien.

Wieder wurde er von Krämpfen erfasst. Seine Arme versteiften, die Hände krallten sich um die Wunde an seinem Hals. Dunkelrotes Blut sickerte zwischen seinen Fingern hervor.

„Ich habe einen Erste-Hilfe-Kasten im Auto", sagte Claire. „Wir könnten seinen Hals zusammenflicken, damit es länger dauert." Sie sprach in einem Plauderton, fast so wie Paul zuvor in der Garage. „Oder wir könnten ihn bei lebendigem Leib verbrennen. In dem Kanister ist noch ein wenig Benzin."

Lydia wusste, dass ihre Schwester es todernst meinte. Claire hatte bereits zweimal auf ihn geschossen. Wenn Lydia sie nicht davon abgehalten hätte, hätte sie ihn hingerichtet. Jetzt wollte sie ihn foltern, lebendig verbrennen.

Und was tat Lydia selbst? Sie sah auf ihre Hand hinunter, die fast bis zum Gelenk verschwand in dem, was von Pauls Knie noch übrig war. Sie spürte sein Zittern, es setzte sich direkt in ihr Herz fort. In ihre Seele.

Sie zwang sich, die Hand zurückzuziehen. Es fiel ihr schwer wie wenige Dinge zuvor, ihn von dem Schmerz zu befreien. Doch welche Hölle Paul Scott Lydia und ihrer Familie auch bereitet haben mochte, sie würde nicht werden wie er, und sie würde, verdammt noch mal, nicht zulassen, dass ihre kleine Schwester so wurde.

„Paul, wo ist sie?" Lydia versuchte, an den kleinen Rest

Menschlichkeit zu appellieren, den Paul noch besitzen mochte. „Du wirst sterben. Du weißt, dass es nur noch eine Frage der Zeit ist. Sag uns, wo Julia ist. Tu ein einziges Mal etwas Anständiges, bevor du abtrittst."

Ein Faden Blut lief aus Pauls Mund. „Ich habe dich wirklich geliebt", sagte er zu Claire.

„Wo ist sie?", fragte Lydia.

Paul wandte den Blick nicht von Claire. „Du warst das einzig Gute in meinem Leben."

Claire presste die Lippen zusammen und klopfte mit dem Lauf des Revolvers leicht an ihr Bein.

„Schau mich an", bettelte er. „Ein Mal noch, bitte."

Sie schüttelte den Kopf und starrte auf die Wiese hinter dem Haus.

„Du weißt, dass ich dich liebe", sagte er. „Du warst der einzige Teil von mir, der normal war."

Wieder schüttelte Claire den Kopf. Sie weinte. Trotz des Regens konnte Lydia erkennen, wie ihr die Tränen über das Gesicht strömten.

„Ich hätte dich nie verlassen." Nun weinte Paul ebenfalls. „Ich liebe dich. Ich verspreche es, Claire. Ich liebe dich bis zu meinem letzten Atemzug."

Endlich sah Claire auf ihren Mann hinab. Sie öffnete den Mund, aber nur um Luft zu holen. Ihr Blick irrte über ihm hin und her, als würde sie nicht ganz begreifen, was sie vor sich hatte.

Sah sie in diesem Moment den alten Paul, den unsicheren Studenten, der sich so verzweifelt wünschte, dass sie ihn liebte? Oder sah sie den Mann, der diese Filme gemacht hatte? Den Mann, der vierundzwanzig Jahre lang das dunkle Geheimnis bewahrt hatte, das ihre Familie quälte?

Paul streckte die Hand nach Claire aus. „Bitte. Ich sterbe. Weiter will ich nichts. Bitte."

Sie schüttelte den Kopf, aber Lydia sah, dass ihre Entschlossenheit bröckelte.

Paul sah es ebenfalls. „Bitte."

Langsam, widerstrebend kniete Claire neben ihm nieder. Sie ließ den Revolver ins Gras fallen und legte ihre Hand über seine. Sie half ihm, die Blutung zu drosseln. Sie half ihm, am Leben zu bleiben.

Paul hustete. Zwischen seinen Zähnen spritzte Blut hervor. Er verstärkte seinen Griff um die Wunde. „Ich liebe dich. Was auch geschieht, du sollst immer wissen, dass ich dich liebe."

Claire unterdrückte ein Schluchzen. Sie strich ihm über die Wange. Sie strich ihm die Haare aus der Stirn. Sie lächelte ihn traurig an und sagte: „Du blödes Arschloch. Ich weiß, dass du Julia in den Brunnen geworfen hast."

Lydia hätte Pauls schockierten Blick nicht bemerkt, wenn sie ihm nicht ins Gesicht geschaut hätte. Rasch ordnete er seine Züge zu einem Ausdruck reiner Freude um. „Mein Gott, du warst immer so clever."

„Nicht wahr?" Claire war immer noch über ihn gebeugt. Lydia dachte, sie würde ihn küssen, aber stattdessen löste Claire seine Hand von der Wunde am Hals. Paul wehrte sich, er wollte den Blutfluss stoppen, aber Claire hielt seine Hand fest. Sie stieß ihn auf den Rücken. Er hatte keine Kraft mehr. Er konnte die Blutung nicht aufhalten. Er konnte Claire nicht aufhalten. Sie setzte sich rittlings auf ihn und drückte ihm beide Handgelenke auf den Boden. Sie sah ihm unverwandt in die Augen und sog jede Veränderung auf, die über sein Gesicht ging – Ungläubigkeit, Angst, Verzweiflung. Sein Herz schlug rasend schnell, und mit jedem Schlag sprudelte mehr arterielles Blut aus der Wunde. Claire sah nicht weg, als sich sein Mund öffnete und der Regen in seine Kehle rann. Sie hielt seinen Blick fest, als es aus seiner Halswunde nicht mehr sprudelte, sondern das Blut nur noch in einem gleichmäßigen Rinnsal floss. Als sich die geballten Fäuste öffneten. Als die Spannung aus den Muskeln wich, und sein Körper erschlaffte. Auch als nur noch das Pfeifen seines Atems und die rosa Bläschen zwischen seinen Lippen verrieten, dass Paul noch am Leben war, nahm Claire nicht den Blick von ihm.

„Ich sehe dich“, sagte sie. „Ich sehe genau, wer du bist.“

Lydia war wie benommen. Sie konnte nicht glauben, was vor ihren Augen geschah. Was sie zugelassen hatte. Davon würden sie sich nicht mehr erholen. Ausgeschlossen, dass sich Claire jemals davon erholte.

„Komm.“ Claire sprach mit Lydia. Sie stand auf und wischte sich die blutigen Hände an der Hose ab, als käme sie gerade von der Gartenarbeit.

Lydia war noch zu keiner Bewegung fähig. Sie sah Paul an. Zwischen seinen Lippen gab es keine Bläschen mehr. Im glasigen Schwarz seiner Pupillen spiegelten sich die Flammen vom Haus.

Ein Regentropfen fiel auf seinen Augapfel. Er blinzelte nicht.

„Liddie.“

Lydia drehte sich um. Claire war schon im Garten. Jetzt regnete es heftig. Claire schien es nicht zu bemerken, mit entschlossenen Schritten bahnte sie sich einen Weg durch das hohe Unkraut.

„Komm“, rief Claire. „Hilf mir.“

Irgendwie gelang es Lydia, sich aufzurichten. Sie stand immer noch unter Schock, und nur aus diesem Grund bremste der Schmerz sie nicht. Sie zwang sich, einen Fuß vor den anderen zu setzen. „Was hast du vor?“, brachte sie heraus.

„Da ist ein Brunnen!“ Claire musste die Stimme heben, damit sie durch den Regen zu verstehen war. Mit bloßen Füßen trat sie das Unkraut nieder und zeichnete weite Kreise auf die Erde. „Und laut Steuerunterlagen ist das Haus an die städtische Wasserversorgung angeschlossen.“ Sie konnte ihre Aufregung kaum zügeln. Sie war so atemlos wie früher, wenn sie Lydia eine Geschichte über die Gemeinheiten der Mädchen in der Schule erzählt hatte. „Vor vielen Jahren habe ich ein Bild für Paul gemalt. Ich habe es nach einem Foto ihres Gartens angefertigt, das er mir in unserer ersten Zeit gezeigt hat. Er sagte, er liebe diese Ansicht, weil sie ihn an zu Hause, an seine Eltern und sein Aufwachsen auf der Farm erinnere, und da war eine Scheune auf dem Bild, Liddie. Eine große, gruselige Scheune, und direkt daneben war ein Brunnen mit einem Dach darüber. Ich habe mich stundenlang mit dem richtigen Farbton abgeplagt – ach was, tagelang. Wochen. Nicht zu fassen, dass ich diesen verdammten Brunnen vergessen habe."

Lydia trat ein paar Büschel hohes Unkraut zur Seite. Sie hätte ihr gern geglaubt. Sie sehnte sich danach, ihr zu glauben. Konnte es so einfach sein? Konnte Julia wirklich hier sein?

„Ich weiß, dass ich recht habe." Claire stampfte unter der Schaukel in die Erde. „Paul hat im Haus alles gelassen, wie es war. Alles. Warum also sollte er die Scheune abreißen, außer um Beweise zu vernichten? Und warum sollte er den Brunnen abdecken, wenn sich nichts in ihm befand? Du hast seinen Gesichtsausdruck gesehen, als ich den Brunnen erwähnt habe. Sie muss da sein, Pepper. Julia muss in dem Brunnen sein."

Sie waren alle so nah, Lydia. Soll ich dir sagen, wie nah?

Lydia fing ebenfalls an, durch das nasse Unkraut zu stapfen. Der Wind hatte schon wieder die Richtung gewechselt. Sie konnte sich gar nicht mehr vorstellen, wie es war, etwas anderes als Rauch zu riechen. Sie sah zum Haus zurück. Das Feuer brannte immer noch kräftig, aber vielleicht würde der Regen verhindern, dass es auf das Gras übergriff.

„Liddie!" Claire stand unter der Schaukel. Sie schlug mit der Ferse auf den Boden. Ein hohles Geräusch hallte tief aus der Erde.

Claire fiel auf die Knie. Sie bohrte die Finger in die Erde. Lydia stürzte neben ihr nieder und tastete mit der gesunden

Hand nach dem, was ihre Schwester gefunden hatte. Die hölzerne Abdeckung war schwer, knapp drei Zentimeter dick und einen Meter im Durchmesser.

„Das muss er sein", sagte Claire. „Das muss der Brunnen sein."

Lydia schaufelte mit der Hand die Erde fort. Sie blutete und hatte Blasen vom Feuer, von dem schmelzenden Schaumstoff. Dennoch grub sie weiter.

Claire hatte schließlich genügend Erde beiseitegescharrt, um ihre Finger unter die Abdeckung zu zwängen. Sie ging in die Hocke wie ein Gewichtheber und zog so angestrengt, dass die Sehnen an ihrem Hals hervortraten.

Nichts.

„Verdammt." Claire versuchte es noch einmal. Ihre Arme zitterten von der Anstrengung. Lydia versuchte zu helfen, aber sie brachte ihren Arm nicht dazu, sich in diese Richtung zu bewegen. Der Regen machte die Sache nicht leichter. Alles fühlte sich unendlich schwer an.

Claires Finger rutschten ab. Sie fiel rückwärts ins Gras. „Scheiße!", schrie sie und stieß sich wieder vom Boden hoch.

„Wir versuchen, ihn wegzudrücken." Lydia stemmte die Füße gegen den Deckel. Claire half ihr und schob mit den Händen.

Lydia merkte, wie sie abrutschte. Sie stützte sich mit dem Ballen der gesunden Hand ab und drückte so kräftig mit den Beinen, dass sie befürchtete, sie könnten entzweibrechen.

Schließlich, endlich gelang es ihnen, das schwere Stück Holz einige Zentimeter zu bewegen.

„Fester!", kommandierte Claire.

Lydia wusste nicht, ob sie noch viel stärker drücken konnte. Sie versuchten es noch einmal, diesmal benutzte Claire ebenfalls die Beine. Der Deckel bewegte sich wieder zwei Zentimeter. Dann noch ein paar. Sie schoben und schrien beide vor Schmerz und Anstrengung, bis sich der Deckel so weit bewegt hatte, dass ihre Beine in die Öffnung baumelten.

Erde und Steine rieselten in den Brunnen hinab. Regen plätscherte auf Wasser. Sie sahen beide in die endlose Dunkelheit hinunter.

„Verdammt!" Claires Stimme hallte von den Brunnenwänden wider. „Wie tief, glaubst du, ist er?"

„Wir brauchen eine Taschenlampe."

„Im Auto ist eine."

Lydia sah, wie ihre Schwester mit ihren bloßen Füßen losspurtete. Sie stürzte über einen umgefallenen Baum. Sie war so entschlossen in ihrem Vorwärtsdrang, dass sie nicht einmal anhielt, um sich umzublicken.

Paul. Sie hatte nicht einfach zugesehen, wie er starb. Sie hatte seinen Tod eingesogen, wie ein Kolibri Nektar saugt.

Vielleicht machte es nichts aus. Paul sterben zu sehen war vielleicht genau die Nahrung, die Claire gebraucht hatte. Vielleicht sollte sich Lydia nicht den Kopf darüber zerbrechen, was sie Paul angetan hatten. Sie sollte sich eher darum sorgen, was Paul ihnen angetan hatte.

Ihrem Vater. Ihrer Mutter. Claire. Julia.

Lydia sah in den schwarzen Schlund des Brunnens. Sie versuchte zu erlauschen, wann der Regen auf das Wasser tief unten traf, aber es waren zu viele Tropfen, um dem Echo von nur einem zu folgen.

Sie fand einen Kieselstein und ließ ihn in den Brunnen fallen. Sie zählte die Sekunden. Nach vier Sekunden spritzte der Kiesel ins Wasser.

Wie weit kam ein Kiesel in vier Sekunden? Lydia streckte die Hand in die Dunkelheit, fuhr an den rauen Steinen entlang und bemühte sich, nicht an Spinnen zu denken. Die Steine waren uneben. Mörtel bröckelte ab. Vielleicht würden ihre Beine Halt finden, wenn sie vorsichtig war? Sie beugte sich tiefer hinein und fuhr mit der Hand hin und her.

Der Mörtel fühlte sich trocken an. Ihre Finger strichen über eine Ranke.

Nur dass es zu zart für eine Ranke war, zu dünn. War es Metall? Ein Armreif? Eine Halskette?

Vorsichtig versuchte Lydia, die Kette von der Wand zu pflücken. Es gab einen Widerstand, und sie nahm an, dass die Kette irgendwo festhing. Sie konnte nicht mit der zweiten Hand nach unten greifen, um sie wegzuziehen. Sie warf einen Blick über die Schulter. In der Ferne sah sie Claire mit der brennenden Taschenlampe herbeirennen. Sie würde sich die Füße auf dem Waldboden aufreißen. Wahrscheinlich fühlte sie im Moment nur nichts wegen der bitteren Kälte.

Lydia stöhnte, als sie sich tiefer in den Brunnen beugte. Sie ließ ihre Finger an der Kette entlangwandern, bis sie ein massiveres Stück Metall ertastete, fast wie eine Münze. Es steckte zwischen den Mauersteinen fest. Es war nicht rund, sondern vielleicht eher oval. Sie fuhr mit dem Daumen über die glatten Ränder. Lydia bewegte die Münze vorsichtig hin und her, bis sie sich aus der Spalte löste. Dann wickelte sie die Kette um die Finger und zog ihren Arm aus dem Brunnen.

Sie sah auf das Kettchen in ihrer Hand hinunter. Das goldene Amulett war wie ein Herz geformt und hatte ein kursives L eingraviert. So etwas schenkte einem ein Junge in der siebten Klasse, weil man ihm erlaubt hatte, einen zu küssen, und weil er glaubte, das hätte zu bedeuten, dass man nun fest miteinander ging.

Lydia erinnerte sich nicht an den Namen des Jungen, aber sie wusste, dass Julia ihr das Amulett aus ihrer Schmuckschatulle geklaut hatte und dass sie es an dem Tag getragen hatte, an dem sie verschwand.

„Es ist dein Amulett“, sagte Claire.

Lydia drehte die billige Kette in den Fingern. Sie hatte sie für so wertvoll gehalten, und er hatte wahrscheinlich im Trödelladen fünf Dollar dafür bezahlt.

Claire setzte sich auf den Boden und machte die Taschenlampe aus. Sie atmete schwer, weil sie so schnell gelaufen war. Lydia hingegen atmete schwer, weil sie daran dachte, was nun vor ihnen lag. Dichter Rauch schob sich vor das schwache Sonnenlicht. Die Luft war eisig, und der kondensierte Atem der beiden Schwestern vereinte sich über dem Amulett.

Das war der Moment. Vierundzwanzig Jahre suchen, sehnen, wissen, nicht wissen, und jetzt konnten sie nichts weiter tun, als hier im Regen zu sitzen.

„Julia hat unter der Dusche immer Bon Jovi gesungen", sagte Claire. „Weißt du noch?"

Lydia gestattete sich ein Lächeln. „*Dead or Alive.*"

„Im Kino hat sie immer das ganze Popcorn weggefuttert."

„Sie hat Lakritze geliebt."

„Und Dackel."

Beide verzogen das Gesicht.

„Sie hat diesen krassen Typ mit der Vokuhila-Frisur gemocht", sagte Claire. „Wie hieß er gleich noch? Brent Lockhart?"

„Lockwood", erinnerte sich Lydia. „Dad hat ihn dazu gebracht, dass er einen Job bei McDonald's angenommen hat."

„Er hat nach Burger gestunken."

Lydia lachte, denn die Vegetarierin Julia war entsetzt gewesen. „Eine Woche später hat sie mit ihm Schluss gemacht."

„Sie hat sich trotzdem von ihm befummeln lassen."

Lydia sah auf. „Das hat sie dir erzählt?"

„Ich habe sie von der Treppe aus heimlich beobachtet."

„Du warst immer so ein grässliches Balg."

„Ich habe es nicht ausgeplaudert."

„Ausnahmsweise."

Sie sahen beide wieder auf das Amulett hinunter. Das Gold auf der Rückseite war abgescheuert. „Was ich am Telefon sagte, habe ich ernst gemeint. Ich vergebe dir."

Claire wischte sich den Regen aus den Augen. Sie sah nicht so aus, als würde sie sich jemals selbst vergeben. „Ich habe eine E-Mail abgeschickt …"

„Erzähl es mir später."

Es gab so viele andere wichtige Dinge, die sie nachholen mussten. Lydia freute sich darauf mitzuerleben, wie Dee ihre verrückte Tante kennenlernte. Sie wollte hören, wie Rick und Helen über das Übel diskutierten, das diesen E-Books innewohnte. Sie wollte ihre Tochter im Arm halten. Sie wollte ihre Hunde und Katzen und ihre Familie um sich scharen und wieder heil werden.

„Sie zu finden war alles, was Daddy wollte", sagte Claire. „Es ist Zeit."

Claire machte die Taschenlampe an. Das Licht reichte bis auf den Grund des Brunnens. Die Leiche war in einer flachen Wasserlache zu liegen gekommen. Die Haut war abgefallen. Kein Sonnenlicht hatte die Knochen gebleicht.

Das Amulett. Das lange blonde Haar. Die silbernen Armreife.

Julia.

24. KAPITEL

Claire lag auf Julias Bett, ihr Kopf ruhte auf Mr. Biggles, Julias Lieblingsstofftier. Der uralte zottelige Hund hatte die Kindheit der Mädchen nur mit knapper Not überlebt. Körperlotion verklebte seine Füllung. Seine Beine waren als Vergeltung für ein entwendetes Buch in Kool-Aid-Brausepulver getaucht worden. Für eine gestohlene Mütze hatte er mit einer teilweise weggebrannten Nase bezahlt. Und irgendwer hatte ihm aus Verärgerung das Fell am Kopf bis auf die Watte hinuntergestutzt.

Lydia sah nicht viel besser aus. Ihr versengtes Haar wuchs wieder nach, aber auch sechs Wochen nach ihrer Tortur hatte sie noch scheußliche schwarze und gelbe Prellungen am Leib. Die Platzwunden und Verbrennungen fingen erst seit Kurzem an zu vernarben. Der Bereich um die gebrochene Augenhöhle war noch rot und geschwollen. Den linken Arm würde sie für weitere zwei Wochen in einer Schlinge tragen müssen, aber sie hatte bemerkenswertes Geschick darin entwickelt, so gut wie alles mit einer Hand zu erledigen, selbst Julias Kleidung zusammenzulegen.

Sie waren in ihrem Elternhaus am Boulevard. Helen machte in der Küche Mittagessen. Claire sollte Lydia eigentlich dabei helfen, Julias Sachen zu packen, aber sie war umstandslos wieder in das alte Muster zurückgefallen, ihre große Schwester alles machen zu lassen.

„Schau, wie winzig sie war." Lydia strich eine Jeans glatt. Sie spreizte die Hand am Bund der Hose. Daumen und kleiner Finger waren nur wenige Zentimeter von den Seiten entfernt. „Früher habe ich mir die geborgt." Sie klang ungläubig. „Und ich hielt mich für fett, als sie starb."

Als sie starb.

So sagten sie es jetzt – nicht mehr: als Julia verschwand. Denn der DNA-Test hatte bestätigt, was sie in ihren Herzen die ganze Zeit gewusst hatten: Julia Carroll war tot.

Letzte Woche hatten sie sie neben ihrem Vater beigesetzt. Es war eine kleine Feier gewesen, nur Claire, Helen, Lydia und Grandma Ginny, die Lydia eine Höllenangst machte, weil sie ihr ständig versicherte, sie sei genauso hübsch, wie sie sie in Erinnerung hatte. Nach dem Begräbnis hatten sie Ginny mit nach Hause genommen und Dee und Rick im Haus am Boulevard getroffen. In einer Woche war schon Weihnachten. Unter dem Baum lagen Geschenke. Sie saßen an dem langen Esszimmertisch, aßen Brathähnchen und tranken Eistee und erzählten sich vergessene Geschichten über die Verstorbenen – wie Sam jedes Mal summte, wenn er Eiscreme aß, und wie Julia bei ihrem ersten Klaviervorspiel sämtliche Noten vergessen hatte. Sie hörten auch Geschichten über Dee, denn sie hatten die ersten siebzehn Jahre ihres Lebens verpasst, und Dee war ein so interessantes und übersprudelndes, ein so kluges und hübsches junges Mädchen. Sie war eindeutig eine ganz eigenständige Persönlichkeit, aber sie war auch Julia so ähnlich, dass Claires Herzschlag jedes Mal aussetzte, wenn sie Dee sah.

„He, du Faulpelz." Lydia kippte eine Schublade voll Socken auf das Bett neben Claire. „Mach dich mal nützlich."

Claire sortierte die Socken so demonstrativ langsam, dass Lydia es irgendwann verärgert selbst machen würde. Julia hatte Kleinmädchen-Muster mit rosa Herzen, roten Lippen und diversen Hunderassen geliebt. Irgendwer würde sie gut gebrauchen können. Sie spendeten die Sachen ihrer toten Schwester dem Obdachlosenheim, in dem sie noch an dem Tag ehrenamtlich gearbeitet hatte, an dem Gerald Scott beschloss, ihr das Leben zu nehmen.

Und Paul, denn das Foto aus der Scheune bewies, dass er an der Ermordung ihrer Schwester aktiv teilgenommen hatte.

Lydia hatte alle anderen Einzelheiten berichtet, die Paul in der Garage gestanden hatte. Sie wussten vom inszenierten Selbstmord ihres Vaters. Sie wussten von den Tagebüchern. Von den Briefen, die Helen an Lydia geschrieben hatte und die nie ausgeliefert worden waren. Von Pauls Plänen für Dee, wenn sie neunzehn wurde. Irgendwann hatte Claire es Helen gleichgetan und aufgehört, Fragen zu stellen, weil sie die Antworten nicht wissen wollte. Es gab keinen Unterschied zwischen der roten und der blauen Pille.

Es gab nur verschiedene Grade des Leidens.

Paul war ein gewalttätiger Psychopath gewesen. Er war ein Folterer. Er war ein Mörder. Sie hatten seine farbcodierten Akten untersucht, und er stand mittlerweile als Serienvergewaltiger fest. Die Akten aus dem Lagerraum im Keller hatten das FBI zu Auslandskonten mit Hunderten von Millionen Dollar geführt, die Kunden aus der ganzen Welt eingezahlt hatten. Claire hatte ganz richtig darauf getippt, dass Paul eine Art Franchise-System aufgebaut hatte. Es gab andere Maskenmänner in Deutschland, Frankreich, Ägypten, Australien, Irland, Indien, der Türkei …

Von einem bestimmten Punkt an machte zusätzliches Wissen über das Ausmaß von Pauls Sünden Claires Last nicht mehr schwerer.

„Ich glaube, das ist deines." Lydia hielt ein weißes T-Shirt hoch, auf dessen Vorderseite in schwarzen Lettern RELAX stand. Der Kragen war à la *Flashdance* eingerissen.

„Das habe ich immer mit sensationellen regenbogenfarbenen Legwarmern getragen."

„Das waren meine Legwarmer, du Miststück."

Claire fing das T-Shirt auf, das ihr Lydia an den Kopf warf. Sie hielt es vor sich hin. Es war ein gutes Shirt. Wahrscheinlich könnte sie es immer noch tragen.

„Hast du schon überlegt, was du tun wirst?"

Claire zuckte mit den Achseln. Es war eine derzeit häufig gestellte Frage. Alle wollten wissen, was Claire tun würde. Aktuell wohnte sie bei Helen, nicht zuletzt deshalb, weil die Nachbarn ihrer Mutter wesentlich weniger dazu neigten, mit der Presse zu sprechen, was in Dunwoody jeder tat, der Claire je begegnet oder auch nur einmal im selben Raum mit ihr gewesen war. Die Frauen ihrer Tennismannschaft klangen vollkommen fertig und untröstlich für die Kameras, und doch hatten sie es irgendwie alle fertiggebracht, rechtzeitig vor ihrem Fernsehauftritt beim Friseur gewesen zu sein und sich professionell schminken zu lassen. Selbst Allison Hendrickson hatte sich mit ins Getümmel gestürzt, allerdings hatte noch niemand den naheliegenden Witz über Claires Hang zu Gewalt gegen Kniescheiben gemacht.

Zumindest niemand außer Claire selbst.

„Diese Sache mit dem Unterrichten an der Schule klingt doch nett“, sagte Lydia. „Du liebst Kunst.“

„Wynn meint, ich komme schon über die Runden.“ Claire drehte sich auf den Rücken und sah zu dem Billy-Idol-Poster hinauf, das über dem Bett an die Decke geklebt war.

„Du brauchst trotzdem einen Job.“

„Vielleicht.“ Pauls Vermögen war eingefroren, das Haus in Dunwoody beschlagnahmt. Wynn Wallace hatte erklärt, es werde Jahre dauern und Millionen an Anwaltsgebühren verschlingen, die auf verbrecherische Weise erzielten Gewinne von Pauls legalem Firmenbesitz zu trennen.

Natürlich hatte Paul das offenbar berücksichtigt, als er sein Vermögen strukturierte.

„Die Lebensversicherungspolicen waren mit einem unwiderruflichen Bezugsrecht versehen und gehörten einem Treuhandkonto, das Quinn + Scott angelegt hatte. Es gibt eindeutige schriftliche Unterlagen. Ich kann mich jederzeit daraus bedienen.“

Lydia starrte sie an. „Du erhältst Geld aus Pauls Lebensversicherungen?“

„Finde ich nur gerecht. Schließlich war ich diejenige, die ihn getötet hat.“

„Claire“, mahnte Lydia, denn Claire sollte keine Witze darüber machen, dass sie ungestraft jemanden getötet hatte.

Und soweit sie sehen konnte, würde sie tatsächlich ohne Strafe davonkommen. Wenn Claire aus ihrem vorangegangenen Ausflug in das System der Strafjustiz etwas gelernt hatte, dann das: Man musste mit der Polizei nicht reden, wenn man nicht wollte. Claire hatte in einem Vernehmungszimmer in der FBI-Zentrale in Georgia gesessen und geschwiegen, bis Wynn Wallace eingetroffen war und ihr geholfen hatte, eine juristisch einwandfreie Verteidigung für die Brandstiftung und das Tötungsdelikt zu erfinden.

Die Sache hatte für Claire schließlich auf dem Beifahrersitz von Wynn Wallaces Mercedes geendet.

Paul hatte das Feuer gelegt. Claire hatte ihn in Notwehr erschossen.

Lydia war die einzige Zeugin. Aber sie gab an, sie sei bewusstlos gewesen und habe deshalb keine Ahnung, was geschehen war.

Nach dem Regen und dem Einsatz der Feuerwehr gab es nicht mehr viele Spuren, die eventuell heikel gewesen wären und die Geschichte löchrig erscheinen lassen konnten. Und ohnehin war es nicht so, als hätte zu diesem Zeitpunkt noch jemand groß darauf geachtet, was Claire getan oder nicht getan hatte. Ihre vorprogrammierte E-Mail-Aussendung mit dem Tor-Link machte bereits die Runde. Die Studentenzeitung *Red and Black* hatte die Geschichte als Erste aufgegriffen, dann das *Atlanta Journal*, dann die Blogs und schließlich die landesweiten Nachrichtensender. So viel zu Claires Befürchtungen, niemand würde einen anonym geschickten Link anklicken.

Am meisten bedauerte sie, dass sie Huckleberry in die Empfängerliste mit aufgenommen hatte, denn Zeugenaussagen zufolge war Sheriff Carl Huckabee an seinem Computer gesessen und hatte Claires E-Mail gelesen, als er sich plötzlich an die Brust fasste und an einem massiven Herzinfarkt verstarb.

Er war einundachtzig Jahre alt. Er wohnte in einem hübschen Haus, das abbezahlt war. Er hatte seine Kinder und Enkel heranwachsen sehen und seine Sommer mit Fischen und seine Winter mit Strandurlauben verbracht, und er hatte seine anderen perversen Hobbys absolut ungehindert genossen.

Wenn man Claire fragte, war Huckleberry derjenige, der wirklich ungestraft davongekommen war.

„Hey." Lydia warf eine Socke nach Claire. „Hast du noch einmal darüber nachgedacht, einen richtigen Therapeuten aufzusuchen?"

„Mit einem Poster von Rasputin und einem Bart bis zu den Knien?"

„Ich dachte eher an ‚Kid Fears'."

Claire lachte. Sie hatte die Band Indigo Girls mit dem Song „Kid Fears" auf einer der zahllosen Kassetten gehört, die Julia in einem Schuhkarton unter dem Bett aufbewahrt hatte. „Ich werde darüber nachdenken", sagte sie, denn sie wusste, dass das Zwölf-Schritte-Programm ihrer Schwester wichtig war. Nur ihm war es zu verdanken, dass Lydia in der Lage war, jetzt hier zu stehen und Julias Sachen zu falten, statt zusammengekrümmt in der Ecke zu liegen.

Aber wie Claire ihrer vom Gericht bestellten Therapeutin bei der letzten Pflichtsitzung erklärt hatte, war es ihr hitziges Temperament gewesen, das sie schließlich zu Julia geführt hatte. Vielleicht würde Claire irgendwann mit einem richtigen Therapeuten an ihren Aggressionsproblemen arbeiten. Es gab weiß Gott genug, woran sie arbeiten konnte, aber im Augenblick verspürte sie keine Lust, sich genau von dem Verhalten zu trennen, das sie alle gerettet hatte.

Wer würde das schon wollen?

„Hast du die Nachrichten gesehen?", sagte Lydia.

„Welche?", fragte Claire, denn es gab so viele, dass sie kaum Schritt halten konnten.

„Mayhew und dieser andere Detective kommen nicht auf Kaution frei."

„Falke", half Claire aus. Sie wusste nicht, warum sie Falke immer noch festhielten. Er war ein durch und durch schlechter Polizist, aber was Pauls illegale Geschäfte anging, war er so ahnungslos gewesen wie Adam Quinn. Das hatte ihr jedenfalls Fred Nolan erzählt, nachdem die Big Boys von Washington heruntergekommen waren und die beiden Männer drei Wochen lang verhört hatten.

Konnte sie Fred Nolan glauben? Konnte Claire überhaupt je wieder einem Mann glauben? Rick war nett. Lydia hatte ihn endlich gefragt, ob er bei ihr einziehen wolle. Er kümmerte sich um sie. Er half ihr, gesund zu werden.

Und dennoch.

Wie oft hatte Claire das Gleiche für Paul getan? Nicht dass sie Rick für einen schlechten Menschen hielt, aber sie hatte ja auch Paul für einen guten Menschen gehalten.

Wenigstens wusste sie genau, in welche Kategorie Jacob Mayhew fiel. Das FBI hatte eine Razzia in seinem Haus durchgeführt und seine Computer durchsucht, und sie hatten Links zu fast allen Filmen gefunden, die Paul je gemacht hatte, sowieso zu vielen der internationalen Machwerke.

Claire hatte die Größenordnung des Unternehmens richtig eingeschätzt. Mit Mayhews Computer, dem Inhalt des USB-Sticks und den Videobändern aus der Garage arbeiteten FBI und Interpol an der Identifizierung Hunderter Opfer, zu denen Hunderte von Familien auf der ganzen Welt gehörten, die eines Tages vielleicht wieder Frieden finden würden.

Die Kilpatricks. Die O'Malleys. Die Van Dykes. Die Deichmanns. Die Abdullahs. Die Kapadias. Claire wiederholte ihre Namen bei jeder neuen Meldung laut, denn sie wusste, wie es damals vor vielen Jahren gewesen war, wenn die Leute ihre Zeitung aufgeschlagen und über den Namen Julia Carroll hinweggelesen hatten.

Am Namen des Abgeordneten Johnny Jackson kam niemand vorbei. Seine Verstrickung in den Snuff-Pornoring war immer noch der Aufmacher in allen Nachrichtenmedien. Nolan hatte ihr anvertraut, man arbeite an einer Art Absprache, die das Kongressmitglied vor der Todesstrafe bewahrte. Das US-Justizministerium und Interpol brauchten Jackson, um die Einzelheiten von Pauls Geschäft in verschiedenen Strafprozessen rund um die Welt zu erhärten, und Johnny Jackson verlangte es nicht danach, auf eine Bahre gefesselt zu werden und eine Spritze in den Arm zu bekommen.

Claire war bitter enttäuscht, dass sie nie in einem Zuschauerraum würde sitzen können, um jedes Zucken und jedes Wimmern zu beobachten, wenn der Staat Georgia Johnny Jackson hinrichtete.

Sie wusste, wie es war, einen schlechten Menschen sterben zu sehen, zu fühlen, wie seine Angst wuchs, wie sich die Erkenntnis in seinen Blick schlich, dass er absolut machtlos war. Wie es war zu wissen, dass die letzten Worte, die er hören würde, die waren, die man ihm ins Gesicht sagte: dass man ihn durchschaut hatte, dass man alles über ihn wusste, dass man Abscheu empfand und ihn nicht liebte und dass man nie, nie vergessen würde. Dass man ihm nie, nie verzeihen würde. Dass es einem wieder gut gehen würde. Dass man glücklich sein würde. Dass man überleben würde.

Vielleicht sollte sie wirklich erwägen, früher in Therapie zu gehen.

„Großer Gott." Lydia nahm Claire die Socken weg und begann, sie selbst zusammenzulegen. „Warum bist du so zerstreut?"

„Fred Nolan hat mich gefragt, ob ich mit ihm ausgehen will."

„Das ist jetzt nicht dein Ernst, oder?"

Claire warf ihr eine einzelne Socke hin. „Es ist schon verrückt, dass der Typ, der aussah, als könnte er auf Snuff-Pornos stehen, der Einzige war, der nichts mit Snuff-Pornos zu tun hatte."

„Aber du wirst doch nicht mit ihm ausgehen wollen?"

Claire zuckte die Schultern. Nolan war ein Arschloch, aber wenigstens würde sie es von Anfang an wissen.

„Du lieber Himmel."

„Du lieber Himmel", äffte Claire sie nach.

Helen klopfte an die offene Zimmertür. „Zankt ihr beiden euch etwa?"

„Nein, Ma'am", antworteten sie unisono.

Helen lächelte so entspannt, wie Claire es aus ihrer Kindheit in Erinnerung hatte. Obwohl die Presse ihr die Tür einrannte, hatte Helen Carroll endlich Frieden gefunden. Sie hob eine von Julias Socken von dem Haufen auf dem Bett auf. Um den Bund waren Dackel eingestickt, die sich küssten. Helen suchte das dazu passende zweite Exemplar und legte sie zusammen. Die Carrolls waren keine Sockenroller. Sie legten sie paarweise in eine Schublade und gingen davon aus, dass die Dinger es fertigbrachten beisammenzubleiben.

„Mom, kann ich dich etwas fragen?", sagte Lydia.

„Natürlich."

Lydia zögerte. Sie waren sehr lange getrennt gewesen. Claire war ganz klar aufgefallen, dass sie nicht so ungezwungen miteinander umgingen wie früher.

„Es ist gut, Schatz", sagte Helen. „Sag, worum geht es?"

Lydia wirkte immer noch zögerlich, aber schließlich stellte sie ihre Frage: „Warum hast du das ganze Zeug aufgehoben, wenn du wusstest, dass sie nicht zurückkommen wird?"

„Das ist eine gute Frage." Helen strich Julias Steppdecke glatt, bevor sie sich aufs Bett setzte. Sie sah sich im Zimmer um. Fliederfarbene Wände. Rockstarposter. Polaroidfotos am Spiegel über der Kommode. Nichts hatte sich verändert, seit Julia ausgezogen war, um aufs College zu gehen, nicht einmal die hässliche Lavalampe, die ihre Mutter, wie alle wussten, gehasst hatte.

„Es hat euren Vater glücklich gemacht zu wissen, dass der Raum so war wie früher, dass er auf sie warten würde, falls sie jemals zurückkam." Helen legte die Hand auf Claires Knöchel. „Nachdem ich herausgefunden hatte, dass sie tot war, bin ich wohl einfach gern hier hereingekommen. Es gab keine Leiche von ihr. Es gab kein Grab, das ich besuchen konnte." Sie zitierte Grandma Ginnys Worte. „Das hier war wohl der einzige Ort, an dem ich meinen Schmerz zurücklassen konnte."

Claire fühlte einen Kloß in der Kehle. „Das hätte ihr gefallen."

„Ich glaube auch."

Lydia setzte sich neben Helen aufs Bett. Sie weinte. Genau wie Claire. Sie weinten alle. So war es, seit sie in diesen Brunnen geblickt hatten. Ihr Leben war wie eine frische Wunde. Nur die Zeit konnte sie vernarben lassen.

„Wir haben sie gefunden", sagte Lydia. „Wir haben sie nach Hause gebracht."

Helen nickte. „Das habt ihr."

„Das ist alles, was Daddy wollte."

„Nein." Helen drückte Claires Bein und strich Lydia eine Haarsträhne aus dem Gesicht.

Ihre Familie. Sie waren alle wieder vereint. Sogar Sam und Julia.

„Das hier", sagte Helen. „Das ist alles, was euer Vater je wollte."

VII

Ich erinnere mich noch an das erste Mal, als du mich deine Hand nicht halten lassen wolltest. Du warst zwölf Jahre alt, und ich habe dich zu Janey Thompsons Geburtstagsfeier gebracht. Samstag. Warmes Wetter, obwohl es zu Beginn des Frühjahrs war. Das Sonnenlicht schien uns hartnäckig auf den Rücken. Die niedrigen Absätze deiner neuen Schuhe klackerten über den Gehsteig. Du trugst ein gelbes Sommerkleid mit schmalen Trägern. Zu erwachsen für dich, dachte ich, aber vielleicht auch nicht, denn plötzlich warst du so viel älter. Keine dürren Ärmchen und staksigen Beine mehr, mit denen du Bücher umwarfst und gegen Möbel liefst. Kein aufgeregtes Kichern mehr und keine gequälten Schreie, weil man dir ungerechterweise ein Stück Kuchen verweigerte. Das goldene Haar war blond und wellig geworden. Die strahlend blauen Augen blickten skeptisch, ja verkniffen. Der Mund lächelte nicht mehr sofort, wenn ich dich an den Zöpfen zog oder am Knie kitzelte.

Keine Zöpfe heute. Strümpfe bedeckten deine Knie.

Wir hielten an der Straßenecke, und ich griff instinktiv nach deiner Hand.

„Dad.“ Du hast die Augen verdreht. Deine Stimme hörte sich älter an. Ein Anklang an die Frau, die ich nie kennenlernen sollte.

Dad.

Kein Daddy mehr.

Dad.

Ich wusste, das war’s. Kein Händchenhalten mehr. Kein Auf-dem-Schoß-Sitzen. Nie wieder würdest du die Arme um meine Mitte schlingen, wenn ich zur Tür hereinkam, oder auf meinen Schuhen stehend mit mir durch die Küche tanzen. Ab jetzt würde ich die Bank sein. Die Fahrgelegenheit zu deiner Freundin. Der Kritiker deiner Biologie-

Hausaufgabe. Die Unterschrift auf dem Scheck, der deiner Anmeldung zum College beigefügt war.

Und wenn ich diesen Scheck an unserem Küchentisch ausschrieb, würde ich daran denken, wie ich immer imaginären Tee aus winzigen Porzellantässchen trank, während du und Mr. Biggles mir aufgeregt von eurem Tag erzählt habt.

Mr. Biggles. Dieser arme ausgestopfte Zottelhund hatte die Windpocken und ein verschüttetes Glas Limonade überlebt, ja selbst den Versuch, ihn ohne viel Federlesens in der Mülltonne zu entsorgen. Er war von deinem Gewicht platt gedrückt und versehentlich angesengt worden, als er zu nah an einen Lockenstab geriet, und deine kleine Schwester hatte ihm aus unbekannten Gründen den Kopf geschoren.

Ich weiß noch, wie ich in dein Zimmer kam, als du fürs College gepackt hast: „Schatz, hattest du vor, Mr. Biggles wegzuwerfen?"

Du hast von deinem Koffer aufgeblickt, der mit zu engen T-Shirts und abgeschnittenen Jeans gefüllt war, mit Make-up und einer Schachtel Tampons, die wir beide ignorierten.

Dad.

Der gleiche genervte Tonfall wie damals an der Straßenecke, als du mir gewaltsam deine Hand entzogen hast.

In Zukunft würdest du mich nur noch beiläufig berühren – wenn du die Wagenschlüssel oder Geld entgegennahmst oder mir rasch um den Hals fielst, weil du in ein Konzert oder einen Film gehen durftest oder zu einer Verabredung mit einem Jungen, den ich nie mögen würde.

Wenn du älter geworden wärst als neunzehn – wenn du überlebt hättest –, hättest du dann diesen Jungen geheiratet? Hättest du ihm das Herz gebrochen? Hättest du mir Enkel geschenkt? Weihnachtsfeiern bei uns zu Hause? Sonntagsessen. Geburtstagskarten mit Herzen darauf. Gemeinsame Urlaube. Beschwerden über deine Mutter. Hättest du auf deine Neffen und Nichten aufgepasst und deine Schwestern herumkommandiert? Sie ständig angerufen. Sie nicht oft genug angerufen. Mit ihnen gestritten. Dich mit ihnen versöhnt. Und ich mittendrin, spätnächtliche Anrufe wegen Keuchhusten und Masern und „Warum hört das Baby nicht auf zu schreien?“ und „Was meinst du, Daddy?“ und „Warum tut es das, Daddy?“ und „Ich brauche dich, Daddy.“

Daddy.

Ich habe neulich eines deiner Sammelalben gefunden. Im fünfzehnten Jahr deines kurzen Lebens haben du und deine Schwestern eure Traumhochzeit geplant. Die Kleider und die Torte, die gut aussehenden Bräutigame und die anspruchsvollen Bräute. Luke und Laura. Charles und Diana. Du und Patrick Swayze, George Michael oder Paul McCartney (wobei der viel zu alt für dich war, wie auch deine Schwestern fanden).

Letzte Nacht habe ich von deiner Hochzeit geträumt – der Hochzeit, die du nie hattest.

Wer hätte am Ende des Mittelgangs auf dich gewartet? Traurigerweise nicht der zielstrebige junge Mann, den du im Orientierungsprogramm zu Studienbeginn kennengelernt hast, oder der angehende Mediziner im Vorstudium, der einen Zehnjahresplan hatte. Es ist wahrscheinlicher, dass du dir diesen faulen, nichtsnutzigen Jungen ausgesucht hättest, dem die Haare ins Gesicht hingen und der so stolz verkündete, sein Hauptfach sei noch nicht klar.

Da diese Hochzeit, die nie stattfand, meine Fantasie ist, ist dieser Junge an eurem besonderen Tag frisch rasiert, und sein Haar ist ordentlich gekämmt, während er leicht nervös vorn beim Priester wartet und dich ansieht, wie ich mir immer gewünscht habe, dass dich ein Mann ansehen sollte: freundlich, liebevoll, leicht eingeschüchtert.

Wir würden beide das Gleiche denken, Mr. Nichtsnutz und ich: Wieso, um alles in der Welt, ausgerechnet er?

Die Musik spielt. Wir beginnen unseren Marsch. Die

Leute stehen auf. Man hört sie über deine Schönheit flüstern. Deine Anmut. Du und ich sind nur mehr wenige Meter vom Altar entfernt, als ich dich plötzlich packen und den Gang mit dir zurückrennen möchte. Ich möchte dich bestechen, noch ein Jahr zu warten. Nur mit ihm zusammenzuleben, auch wenn deine Großmutter Ginny empört wäre. Du könntest nach Paris gehen und Voltaire studieren. New York besuchen und dir alle Broadway-Shows ansehen. Wieder in dein Zimmer mit den Postern an den Wänden und mit Mr. Biggles auf dem Bett ziehen – und mit dieser hässlichen Lampe, die du auf einem Hofflohmarkt entdeckt und zur Enttäuschung deiner Mutter nicht mit ins College genommen hast.

Doch selbst in meinem Traum weiß ich, dass es nur das Gegenteil bewirkt, wenn ich dich in eine bestimmte Richtung dränge. Das hast du zum Ende deines Lebens genauso bewiesen wie an dessen Anfang.

Und so stehe ich bei deiner Phantomhochzeit neben dir, halte meine Tränen zurück und übergebe dich der Zukunft, die du nie haben wirst. Deine Mutter wartet in der ersten Reihe auf mich. Deine Schwestern sind beim Priester vorn, gegenüber von dem Jungen. Sie strahlen, sie sind nervös und stolz und heulen wegen der romantischen Stimmung, aber auch wegen der Veränderungen, die kommen werden. Sie sind beide Brautjungfern. Sie tragen beide Kleider, über die lange gestritten wurde. Sie sind beide so stolz und so hübsch und können es kaum erwarten, aus dem engen Kleid und den drückenden Schuhen herauszukommen.

Du klammerst dich an meinen Arm. Du hältst meine Hand. Du hältst sie fest, so wie früher, wenn wir die Straße überquert haben, wenn ein gruseliger Film im Fernsehen lief oder wenn du mich nur wissen lassen wolltest, dass du da bist und mich lieb hast.

Du siehst zu mir auf. Ich bin verblüfft. Plötzlich, wie von Zauberhand, bist du eine erwachsene, wunderschöne Frau.

Du bist deiner Mutter sehr ähnlich und dennoch auf einzigartige Weise du selbst. Du hast Gedanken, die ich nie erfahren werde. Wünsche, die ich nie verstehen werde. Freunde, die ich nie kennenlernen werde. Leidenschaften, die ich nie teilen werde. Du hast dein eigenes Leben. Du hast eine ganze Welt vor dir.

Dann lächelst du und drückst meine Hand, und selbst im Schlaf wird mir die Wahrheit bewusst: Egal, was dir zugestoßen ist, egal, welche Schrecken du erdulden musstest, als du uns geraubt wurdest – du wirst immer mein hübsches kleines Mädchen sein.